GABRIEL

TOME I

YAN LE VERNOY

Ce livre est un ouvrage de fiction. Les noms, les personnages et les événements relatés sont le fruit de l'imagination de l'auteur ou sont utilisés à des fins de fiction.

Copyright © 2020 Yan Le Vernoy

Conception, illustration et photographie de la couverture :
© Avelin Armand

www.ylv-ecrivain.com

ISBN : 978-1-949720-60-0

Au souvenir d'une rose.
D'une rose et d'un reflet dans le miroir…

PROLOGUE

La voiture abandonnée devant le magasin mordait le trottoir. Phares allumés, il n'y avait pourtant plus rien à voir. La radio égrena les premières notes et la chanson s'échappa par la portière qui baillait dans la bourrasque. Des pincements de guitare d'abord, un refrain ensuite.

« Hello Darkness, my old friend
I've come to talk with you again[1] »

Le murmure s'insinua sous la porte vitrée, puis rampa dans la poussière jusqu'à mes pieds. "Salut Noirceur, ma vieille amie, je suis venu te parler à nouveau".

Le diable était malin, il avait aussi le sens de l'esthétique. Cette chanson était un message. J'étais responsable, j'étais coupable, et il le savait. Genève, Miami et enfin New York. En quelques jours, la glissade s'était muée en dérapage. Et, au bout de la route, la chute, le chaos et le silence.

« Within the sound of silence[2] »

Oui, le diable était malin. Il était mélomane aussi…

---

[1] Simon and Garfunkel, *The Sound of Silence*.
[2] "Dans le son du silence".

PARTIE I

On rencontre sa destinée
Souvent par des chemins qu'on prend pour l'éviter.

Jean de la Fontaine
Fables, livre VIII, fable 16, "L'Horoscope"

1

Un frisson parcourut l'embouteillage. Une voiture avait roulé sur quelques mètres, puis s'était immobilisée. Chrome contre chrome, le reste de la procession ondula à son tour pour combler l'espace libéré.

– Amnésie, hypermnésie et état de fugue… Vous pourriez être plus précis ?

Le bureau de James Franklin Perkins, directeur de l'antenne régionale du FBI, surplombait le boulevard. Tony Becket, qui s'était approché de la fenêtre, bascula son regard vers la Mustang qui, en contrebas, se garait entre deux berlines aux couleurs ternes. Quelques instants plus tard, un homme traversa le bitume, avant de disparaître de son champ de vision : un costume bleu marine, pas de cravate, la silhouette était mince et la démarche était souple.

– Docteur ? insista Perkins.

Tony se tourna en direction de l'homme au crâne dégarni et aux tempes argentées qui, assis face au directeur, avait ôté ses lunettes de vue. Une canne était posée contre l'accoudoir du fauteuil et, de temps à autre, sa main en effleurait le pommeau. Ce psychiatre, qu'ils avaient convoqué en urgence, avait semblé fasciné par la projection. À intervalles réguliers, il avait suspendu le visionnage d'une pression sur la télécommande, tout en ponctuant le silence d'un commentaire.

– Comme je vous l'ai indiqué, vous n'aurez pas un diagnostic complet sur la seule base de cet enregistrement.

Tony jeta un coup d'œil à l'écran, glissa ensuite sur le visage de Perkins qui avait froncé les sourcils en découvrant l'heure à sa montre, puis il franchit les quelques mètres qui le séparaient du canapé.

— Nous avons simplement besoin de votre aide pour fixer un cadre, souffla-t-il en s'affalant.

Le médecin, qui avait relancé le visionnage, pressa une nouvelle fois la télécommande et pivota sur sa gauche.

— C'est intéressant que vous mentionniez un cadre, agent Becket.

— Pourquoi ?

— Parce que je pense que l'image du cadre est appropriée.

— Allez-y, docteur, s'impatienta Perkins. Nous sommes un peu pressés.

L'homme extirpa un mouchoir de sa poche, essuya consciencieusement les verres de ses lunettes, puis reprit la parole.

— Restituer une image, une information, un enchaînement d'évènements ou un souvenir, pour la plupart d'entre nous, c'est une fonction quasi mécanique : la mémoire répondra, sans difficulté, à la moindre requête. Non seulement ça, mais la mémoire assure également la fonction de calendrier.

— De calendrier ?

— Oui. Et c'est une partie du problème auquel vous allez être confrontés. Chaque information, expérience, sensation, est, comme vous le savez, instantanément rangée, compartimentée et datée. C'est le cadre que vous avez mentionné, agent Becket. Or, d'après ce que j'ai vu sur cet enregistrement, votre homme est non seulement victime d'un syndrome post-traumatique qui l'empêche de reconstituer les souvenirs, mais il a également développé un mécanisme de défense qui a désorganisé le stockage.

— D'où sa difficulté à aborder cette période ?

— Oui, bien sûr ! Mais ce qui est original, c'est que le mécanisme a, comment dire ?... s'interrompit-il, avant qu'un sourire ne rafraîchisse son visage. Oui, ce mécanisme a étendu un voile sur son quotidien et, de ce fait, la mémoire n'assure plus sa fonction première.

— Autrement dit ?

— Comme vous le savez, face à un choc, l'oubli, c'est la guérison. Une prise de distance progressive avec l'évènement. La chose vous est évidemment familière, mais l'amnésie dissociative n'est pas qu'une simple prise de distance. Disons plutôt que c'est un disjoncteur. Confronté à l'inacceptable ou à la douleur, les zones du cerveau concernées par le traumatisme sont désactivées. Mais d'après ce que j'ai vu, il semble que nous n'ayons pas affaire à un simple dysfonctionnement lié à cette période. À un degré que je suis incapable d'évaluer, c'est tout le passé de votre témoin qui est atteint. Comme un virus si vous préférez, l'amnésie s'est, en quelque sorte, propagée dans son quotidien. Il est donc probable qu'il ségrègue inconsciemment chaque expérience vécue.

– Il ségrègue ?

– Oui, il fait le tri.

– Je ne comprends pas.

– Pour simplifier, ce n'est pas seulement sa mémoire à long terme qui est affectée, mais bien une succession de filtres qui estompent tout ou partie des journées qu'il traverse. L'enregistrement est défaillant, vous comprenez ?

Les deux agents se regardèrent et le médecin enchaîna :

– Attendez, je vous montre.

Il appuya sur une touche de la télécommande pour rembobiner le film et les images défilèrent à reculons.

– Là, indiqua-t-il en interrompant le mouvement.

Il relança la lecture.

« *Je ne sais pas.* »

« *Vous ne savez pas quel jour ?* »

« *Non.* »

« *Le mois peut-être ?* »

« *Non.* »

« *L'année ?* »

« *Je ne sais pas.* »

Le médecin suspendit le visionnage.

– Vous voyez ? Il a occulté des séquences entières de son disque dur. Au mieux, lorsqu'il arrive malgré tout à restituer des images du passé, il est incapable de relier l'évènement à une date et, au pire, il entre véritablement en état de fugue : il revit la scène. Ses mouvements oculaires sont tout à fait caractéristiques.

– Pas de simulation ?

– Aucune simulation, c'est un état de conscience modifié.

– Vous êtes sûr ?

– Il n'y a jamais de certitude en psychologie, agent Perkins, mais si vous me demandez mon opinion, je vous la donne : aucune simulation ! D'ailleurs, vous avez certainement remarqué qu'il a changé plusieurs fois de langue au cours de l'audition. Lorsque le souvenir est trop difficile à affronter, il se réfugie immédiatement dans ce que j'imagine être sa langue maternelle. C'est fascinant ! s'écria le médecin en saisissant sa canne.

– Mais, ça n'a pas de sens. Il a mené une vie parfaitement normale. Banquier, puis maintenant patron d'une société d'investissement. Comment peut-on vivre une vie si... normale, tout en effaçant le passé et l'expérience qui va avec ?

– Je viens de vous le dire : il ségrègue, reprit le médecin. L'information est stockée, elle est même parfaitement accessible, mais à certaines conditions seulement.

– Lesquelles ?

– Aucune idée. Mais si vous me dites qu'il a exercé un métier exigeant, c'est qu'il a trouvé, d'une certaine manière, un compromis avec son passé. On peut imaginer que des pans entiers soient partiellement effacés et que d'autres restent totalement intacts. Incroyablement intacts même. Amnésie, énonça-t-il en levant un index, j'efface ce qui pèse ou dérange ma trajectoire, et hypermnésie, poursuivit-il en redressant son majeur, je conserve chaque détail et je suis capable de restituer le moment passé comme s'il était présent. Vous connaissez l'amnésie, messieurs, mais sachez que, dans notre jargon, l'hypermnésie est une exaltation de la mémoire. Il est d'ailleurs tout à fait possible que cela lui ait donné la possibilité d'accentuer son potentiel, en modifiant certains aspects de sa personnalité.

– Comme quoi par exemple ?

– Imaginez que vous n'ayez aucun bagage, messieurs. Vous circuleriez avec une fluidité extraordinaire dans votre quotidien, n'est-ce pas ? Pas de passé, peu de projection, vous êtes dans l'instant, seulement dans l'instant.

Il suspendit sa phrase avant de poursuivre :

– Le défi réside alors dans l'équilibre.

– L'équilibre ?

– Oui. L'intimité, la psyché, l'altérité[3] si vous voulez. Notre personnalité se forge tout au long de notre vie en s'appuyant sur une accumulation d'expériences de toutes sortes et c'est sur ce chemin que nous nous dessinons. Un brouillon d'abord, puis le trait s'affirme progressivement. Or, si mon diagnostic est le bon, l'équilibre de votre témoin est un mystère. Je suis incapable de vous dessiner sa personnalité. Incapable de l'imaginer même, c'est vous dire !

– Je le savais ! Ça signifie bien que nous avons affaire à un déséquilibré.

– Pas du tout, agent Perkins. Tout ce que je dis, c'est que son alchimie est le fruit d'un déséquilibre majeur ! Parmi la multitude d'expériences qu'il a vécues après le drame initial, votre bonhomme semble avoir délibérément choisi celles qui devaient être conservées et celles qui devaient être effacées. Je ne sais ni pourquoi ni comment, mais on peut, sans prendre de risque, imaginer que ce schéma s'est mis en place dans son enfance. Un réflexe d'abord. La réaction d'un enfant pour surmonter le choc et, si vous me passez l'expression, le cerveau ferme les yeux. Ce que je ne vois pas, n'existe pas, vous comprenez ? Si ce n'est qu'ensuite, ce réflexe a visiblement perduré dans le temps.

– Donc il a fait plus qu'effacer les évènements de son enfance ?

– D'après ce que j'ai vu sur cette vidéo, oui. Bien sûr, vous pouvez effacer en toute conscience, ou sans même vous en rendre compte, mais votre subconscient, lui, opère de manière autonome.

– Je ne suis pas sûr de vous suivre, docteur.

– Supprimer, volontairement ou involontairement, des séquences de votre mémoire n'empêchera pas votre cerveau de conserver l'information. En gros, le mécanisme d'amnésie tente de duper la machine, mais la machine ne se laissera pas duper.

Le médecin esquissa un sourire :

– N'oubliez pas qu'il n'y a pas d'artiste véritable sans un déséquilibre manifeste et, ce qui est valable pour un artiste, le sera pour une multitude d'autres métiers.

– Même pour un financier ?

---

[3] Sans altérité, il n'y a pas de compréhension de l'autre.

– Un financier, un écrivain ou un agent du FBI, oui, agent Perkins.

– Un conseil à nous donner ?

– Ça dépend de ce que vous recherchez.

– La vérité, asséna Becket.

– Vous parlez à un psychiatre, agent Becket. La vérité est une notion très subjective.

– Alors disons que nous avons besoin de bâtir un dossier. Le procureur nous a demandé d'être particulièrement prudents et nous ne pouvons plus nous permettre la moindre erreur. Donc, construire un dossier solide avant toute chose. Ce qui implique d'identifier et de comprendre certaines dates clefs dans le parcours de ce témoin, et de le confronter ensuite

– Le confronter à quoi ou qui ?

Hésitation. Le docteur observa Perkins et nota le décalage.

– À une tentative d'assassinat dans laquelle il pourrait être impliqué, lâcha finalement Perkins.

– Alors, contrairement à ce que vous m'avez dit, ce n'est pas un témoin, mais un suspect ?

– Nous ne sommes sûrs de rien pour l'instant, grommela Tony.

– Quoi qu'il en soit, balaya Perkins, nous avons besoin de connaître son histoire, comprendre ses motivations, son état d'esprit. Il a d'abord refusé de collaborer avec nous et a finalement débarqué à Miami pour témoigner. C'était il y a un an. C'est l'enregistrement que nous vous avons montré, docteur.

– L'évènement… traumatique, pour reprendre vos termes, date quant à lui de plus de vingt-cinq ans, précisa Tony.

– C'est ce que j'ai cru comprendre au cours du visionnage, réagit le médecin. Dans son enfance, donc. Ça rend le blocage mémoriel encore plus prégnant. Et cette tentative d'assassinat à laquelle vous voulez le confronter, elle est liée au traumatisme initial ?

– L'homme qui a été blessé est probablement l'auteur de...

– Probablement ?! s'insurgea Tony.

Les deux hommes s'affrontèrent du regard un court instant.

– Vous ne semblez pas d'accord, messieurs, glissa malicieusement le médecin.

– Concernant le passé, nous n'avons que le témoignage de…

Et il pointa son doigt en direction de l'écran.

– Pas de nom, n'est-ce pas ? s'amusa le vieil homme.

Perkins grimaça un sourire, puis poursuivit :

– Donc, l'homme qui a été blessé est probablement à l'origine du drame initial, reprit-il une deuxième fois. Ce drame dans l'enfance de notre… témoin.

– Je vois.

– La question est donc, pour cette audition un peu particulière, auriez-vous un conseil à nous donner ?

– Avant toute chose, je peux déjà vous dire qu'il manque quelque chose.

– C'est-à-dire ?

– Il manque un élément déclencheur. Parce qu'un traumatisme dans l'enfance et, des décennies plus tard, si j'ai bien compris ce que vous avez en tête, il aurait soudainement décidé de se faire justice tout seul ? Non. Il manque quelque chose. Vous ne m'avez pas tout dit.

Perkins observa Tony et hocha la tête en guise d'assentiment.

– Il y a un an, il a également perdu un ami proche.

– Perdu ?

– Mort au cours d'une fusillade.

– Et quel serait le rapport avec le choc initial, agent Becket ?

Nouveau hochement de tête de Perkins :

– Le même individu pourrait être à l'origine des deux drames.

Le médecin réfléchit quelques secondes :

– Je résume. Un enfant perd un être cher. Il est marqué dans sa chair et enfouit le souvenir très profondément. De nombreuses années plus tard, un de ses amis proches perd la vie. Et les deux évènements sont peut-être liés. Nous avons donc un choc initial, puis un deuxième, c'est bien cela ?

– Correct.

11

– Un deuxième choc, et sa mémoire se réveille, et vous le soupçonnez d'avoir voulu se faire justice. D'accord. Ça tient la route. Je vois pourquoi les soupçons se portent sur lui. Des soupçons, mais pas ou peu de preuves, sinon je ne serais pas là, n'est-ce pas ?

En l'absence de réaction, le psychiatre poursuivit :

– Nous collaborons depuis longtemps. Près de dix ans, n'est-ce pas ?

– En effet. Et à notre plus grande satisfaction.

– Vous m'en voyez ravi. D'où ma surprise.

– Quelle surprise ?

– Vous m'aviez habitué à plus de transparence par le passé. Vos informations sont parcellaires. Le témoignage d'une victime m'aviez-vous dit, et puis vous m'annoncez qu'il est suspecté dans une tentative d'assassinat. De victime en suspect, je comprends maintenant que vous êtes sur le chemin d'une inculpation et si vous l'inculpez, vous enfermez une victime. Ce que vous avez aussi omis de me dire.

– Nous ne sommes sûrs de rien pour le moment.

– Mais vous avez une conviction. Une conviction que ne partage pas l'agent Becket d'ailleurs, et la pression sur ce dossier est forte. Je le sens dans votre retenue. Et vous voudriez, à tort ou à raison, que cette audition conforte votre conviction ?

– Rien d'anormal, docteur.

– Rien d'anormal, sauf votre malaise. Pas de nom, pas de dossier, juste un témoignage filmé. Ce n'est pas classique comme procédure. D'ailleurs, si vous le permettez, je vais faire un pari et combler une absence dans ce schéma. Vous me direz si j'ai raison.

– Allez-y.

– Le drame dans l'enfance de votre suspect ou l'assassinat de son ami il y a un an, j'imagine que l'auteur de ces crimes est identifié, mais toujours en liberté. Libre ou en fuite. C'est cela ?

– C'est compliqué.

– Un homme puissant ?

– C'est compliqué, s'obstina Perkins. En résumé, nous avons un témoin. Il y a un faisceau d'indices troublants qui le lie à une tentative d'assassinat. D'après vous, ce témoin a un problème de

12

mémoire, alors nous vous demandons de nous indiquer le meilleur moyen d'accéder à la vérité.

– Le moyen de l'extirper de sa mémoire ? J'ai le sentiment que la justice et la morale ne jouent pas dans le même camp aujourd'hui. C'est cela qui vous gêne, agent Becket ?

Tony encaissa la remarque et Perkins s'interposa :

– Ce n'est pas le sujet. Nous voulons comprendre, 'doc'. Simplement comprendre.

– Comprendre dites-vous.

Son pouce caressait les motifs gravés du pommeau de la canne.

– Docteur ? Un conseil à nous donner ?

– Je vais vous donner un mode d'emploi, mais gardez à l'esprit la chose suivante : le souvenir du bonheur n'est plus du bonheur alors que le souvenir d'une douleur est encore de la douleur[4]. C'est un principe valable pour toutes les mémoires. Mais dans la sienne, dit-il en pointant son index en direction de l'écran, ce principe peut être particulièrement brutal.

– Qu'est-ce que ça veut dire ?

– Ça signifie que vous jouez avec le feu, messieurs. Réveiller une mémoire n'est pas sans conséquence et ce qui remonte du passé est le plus souvent douloureux.

– Nous en sommes conscients.

– Vraiment ? J'en doute. Une audition est un face-à-face. Vous avez l'habitude de cet exercice et vous avez vos techniques. Mais ici, le face-à-face se déroulera également entre votre suspect et sa mémoire. Je ne connais pas son état d'esprit ni son désir de collaborer ou pas, mais c'est un combat très particulier.

– D'où votre présence. Alors, on fait comment ?

– Bon. Vous voulez un mode d'emploi ? Alors prenez un puzzle. Si vous voulez le compléter, vous allez commencer par où ?

– Par les bords ?

– Exact. Par les bords, puis l'image se formera. Vous êtes d'accord ?

– Oui.

---

[4] "Le souvenir du bonheur n'est plus du bonheur. Le souvenir de la douleur est de la douleur encore." Lord Byron, *Poèmes*.

– Bien, maintenant imaginez que vous n'ayez pas le modèle de ce puzzle. L'image, le souvenir donc, est quelque part, mais inaccessible pour le moment.

– D'accord.

– Alors conservez les bords, mais oubliez l'image. Vous ne l'obtiendrez pas en le questionnant. Le modèle a disparu ou il est fragmenté, et les pièces ne s'emboîtent plus.

– Pas de questions directes. C'est ça ?

– Dans la mesure du possible, c'est exactement ça.

– On procède comment, alors ?

– Vous l'incitez à reconstruire le décor, messieurs. Se réapproprier les bords du puzzle pour reprendre l'analogie. Vous devez l'amener à revivre la séquence jusqu'au moment précis où l'image s'est estompée dans sa mémoire, pour qu'il puisse la reconstituer. Pour ce faire, il va probablement devoir revivre les sensations.

– Revivre le moment ?

– Oui. Exaltation de la mémoire, vous vous souvenez ? Et je vous invite à avancer prudemment. Certains souvenirs sont probablement intacts, alors que vous découvrirez que d'autres sont bloqués et je ne suis pas sûr qu'il y ait une logique dans ce processus. Encore une fois, messieurs, je vous apporte une vision extrêmement parcellaire et je ne sais rien de votre dossier. Mais d'après ce que j'ai vu, il a affronté des évènements à la charge traumatique exceptionnelle et, surtout, ces évènements se sont déroulés à une période charnière de sa vie. Il y a plus de vingt-cinq ans dites-vous ? À quel âge précisément d'ailleurs ?

– Il avait sept ans.

– Sept ans ?!

Le médecin garda le silence. Il caressa le pommeau de sa canne un long moment, puis :

– Alors, je confirme : prenez-le par la main et remontez le temps. Mais évitez autant que possible la moindre allusion à un évènement traumatique, quel qu'il soit. Lancez le mouvement et évaluez ses réactions. Soit il se prête au jeu et accepte de replonger dans le passé…

– Soit ?

– Soit il se bloquera.

– Un putain de baby-sitting mémoriel ?

– Exactement. Sept ans, répéta-t-il songeur, je comprends mieux maintenant.

– Mieux quoi ?

– Une image m'a troublé dans cet enregistrement, mais maintenant, je crois comprendre.

– Quelle image ?

– À la fin de son témoignage, lorsqu'enfin il évoque l'assassinat, la balle qui frappe le dos, la main qui s'échappe de la sienne.

– Oui ?

– Il n'y a pas de douleur exprimée. C'est même assez froid. Mais j'ai cru voir quelque chose dans son regard. C'était fugace, mais j'en suis presque certain.

– Quoi donc ? Qu'avez-vous vu ?

– De la culpabilité, messieurs. Une bonne chape de culpabilité.

– Mais il n'était pas coupable !

– Il avait sept ans, messieurs ! À sept ans, on est coupable ou innocent. La nuance ne fait pas encore partie de notre univers. Ni la nuance, ni la prise de distance.

– Et en quoi cela peut-il nous aider ?

– Je n'en ai aucune idée, mais comprendre n'est jamais une perte de temps, n'est-ce pas agent Becket ?

La sonnerie du téléphone s'enclencha et Perkins décrocha.

– Oui ?

L'écran du téléviseur accrocha le regard de Tony. La scène que le psychiatre avait évoquée lui revint en mémoire. Celle-là et toutes les autres. Un an déjà. Gabriel était enfin venu pour délivrer son témoignage. Un accouchement incroyablement douloureux, se remémora-t-il. Et, une heure plus tard, la mort avait frappé sur la terrasse du News Café.

– OK. Il est seul ?

Perkins haussa un sourcil.

– Parfait. On arrive, conclut-il en raccrochant.

15

– Alors ?

– Il est là, et il est venu sans avocat.

– Pas d'avocat, murmura Becket, sans trop savoir ce que cela signifiait.

– C'est un original, messieurs, plaisanta le psychiatre. Au moins vous êtes prévenus !

Perkins se leva et contourna son bureau. Le médecin accompagna le mouvement en s'appuyant sur sa canne. Les deux hommes se serrèrent la main.

– Merci d'être venu aussi rapidement 'doc'.

– Si je peux vous aider pour la suite, n'hésitez pas.

– Docteur, une dernière question.

– Je vous en prie, agent Becket.

– D'après vous, il est conscient de son état ?

Le médecin pointa sa canne en direction de Tony.

– Et vous, agent Becket, êtes-vous conscient de votre état ?

– Mais…

– C'est sa normalité, agent Becket, et sa normalité est pour lui aussi normale que la vôtre. Je suis peut-être incapable de vous dire ce qu'il ressent ou ce qu'il éprouve, mais je peux vous assurer de trois choses…

– Lesquelles ?

– La première est qu'il n'y a apparemment aucune altérité dans son jugement, sa morale, sa capacité à évaluer, à entreprendre ou à ressentir et il est même probable que certains angles de sa personnalité soient bien plus performants que la moyenne. Une originalité dans son rapport au monde, son rapport aux autres, je ne sais pas

– D'accord. Et la deuxième ?

– Vous connaissez Corneille ?

– Non.

– Un écrivain, un Français.

– Quel est le rapport ?

– Laissez-moi vous expliquer : dans ma jeunesse, j'ai passé une année à Paris. J'ai rencontré une jeune femme à la Sorbonne.

– Docteur, s'il vous plaît !

– Ça va être rapide, ne vous inquiétez pas. Donc avec cette jeune femme, Sandrine, oui, Sandrine Duprès, j'ai eu une très belle histoire d'amour. Mais j'étais 'Un Américain à Paris[5]', j'étais jeune, insouciant. Et je l'ai trompée.

– Et ?

– Et j'ai mené deux histoires en parallèle. Ça a duré plusieurs semaines, jusqu'à ce que je trébuche dans mes mensonges. Jusqu'à ce que Sandrine découvre que j'avais une relation avec une de ses amies.

– Je ne vois toujours pas le rapport, s'impatienta Perkins.

– Un jour, elle m'a convoqué dans un café. Le quartier Saint-Germain. Un très bel endroit pour une rupture. Elle m'a regardé, tout en tournant sa cuillère dans une tasse de thé et elle m'a dit : "Henry, 'il faut bonne mémoire après qu'on a menti[6]'."

– Pardon ?

– C'est une citation, agent Becket. Pierre Corneille. Les Français, Sandrine tout du moins, rompent avec Corneille. Ils se quittent en poésie. C'est merveilleux, n'est-ce pas ?

– D'accord, mais qu'est-ce que ça veut dire ?

– Cela signifie, entre autres choses, qu'avec une mémoire aléatoire…

– La vérité l'est également, compléta Tony.

– C'est un peu ça, cher ami. Vous maîtrisez votre sujet, bravo ! Parce que sans mémoire, votre témoin pourra vous mentir en toute bonne foi.

– Et la troisième chose ?

Le médecin s'appuya des deux mains sur le pommeau de sa canne.

– La troisième chose, c'est qu'il y a des moments où j'aimerais avoir cette capacité à vivre le présent sans être embarrassé par mon passé. Pas vous ?

Tony ne répondit pas et Perkins posa la main sur le dos du médecin pour l'inviter à quitter le bureau.

---

[5] Film de Vincente Minnelli.
[6] Pierre Corneille, *Le Menteur*, acte IV, scène 5.

– Mary ? Vous accompagnez le docteur jusqu'à sa voiture, s'il vous plaît ?

L'assistante accourut instantanément.

– Encore merci pour votre aide, docteur.

– C'était un plaisir, agent Perkins.

Perkins referma la porte et se tourna vers Tony qui avait relancé la vidéo. Un psy, un amnésique, le Département d'État, la Justice et l'agent Tony Becket, songea-t-il en rejoignant son bureau. Il ne manquait plus que la presse pour que ce merdier explose encore une fois.

– Donc il ne simule pas ?

Tony ne répondit pas. Il observait la scène à l'écran comme il l'avait fait des centaines de fois. Qu'avait dit le docteur ? Réveiller une mémoire n'était pas sans conséquence ? Et dire que c'était lui qui avait réveillé Gabriel. C'était lui qui avait réveillé la douleur. Il en avait conscience. Il connaissait même la date du réveil.

– Tony ?

– Je te l'avais dit. Non. Il ne simule pas.

– Et il n'est pas taré ?

– Il est différent. Il efface 'l'avant'. Ça donne un truc bizarre. Tu verras.

– Je vais te suivre sur ce coup-là, mais je n'ai pas changé d'avis. Je garde la main sur l'audition. Tu es beaucoup trop impliqué.

– Comme tu veux. C'est toi le boss.

– Bien. Et on le commence par où ton puzzle ? Miami ou le Guatemala ?

– C'est pas le 'où', c'est le 'quand'. Décembre 1998. C'est par là qu'il faut commencer.

Perkins agrippa le volumineux dossier sur son bureau et consulta les premières pages.

– Décembre 98, c'est la date de ton premier coup de fil ?

– Oui. C'est le point de départ. Tout est là.

Documents, photos, témoignages, des décennies d'investigations. Perkins referma le dossier, le déposa sur le bureau et saisit un bloc-notes. Ses services avaient couvert tous les angles.

Les questions étaient déjà posées. La chronologie avait été précisée. Il ne restait plus qu'à obtenir les réponses.

– Très bien. Donc, on lui propose les bords et il remplit le cadre ?

– Comme le 'doc' l'a dit. Pièce après pièce et l'image apparaît.

– Comme une chasse au cerf. On le fait courir et, à la fin, épuisé, il tombe tout seul. Tu as déjà chassé le cerf ?

– Les hommes me suffisent.

Perkins reposa le bloc-notes sur le dossier. Il allait conserver la main sur la suite, mais il avait besoin de Tony. C'était lui qui avait la connaissance intime de cette histoire. La connaissance et les cicatrices, songea-t-il en observant le profil de son agent.

– Les photos sont là ?

– Quelles photos ?

– Le passage de la frontière.

– Oui. À la fin du dossier.

– Avec celle en gros plan ?

– Tout est là, confirma Tony en appuyant sur la touche 'pause'.

Le visage et les traits étonnamment juvéniles se figèrent à l'écran. L'enfant était toujours là. La coupe de cheveux indisciplinée et ce même regard qu'il avait croisé il y avait pourtant une éternité. Tout était intact.

– Et c'est quoi l'image de ton puzzle ?

Comme si la mémoire bloquée de Gabriel avait par la même occasion suspendu les effets du temps, remarqua-t-il. Et toujours ce sourire. Le sourire non plus n'avait pas changé. Un sourire innocent, mais un sourire à contretemps.

– Tony ? Décembre 98, c'est quoi l'image ?

– Décembre 98, c'est des montagnes enneigées. Des montagnes, le secret bancaire et un putain de jet d'eau sur un lac…

2

J'avais dévalé les marches tout en boutonnant mon manteau. La porte de son immeuble avait claqué dans mon dos et je m'étais engagé sur la gauche. Quelques flocons saupoudraient la ruelle d'une fine pellicule blanche. La progression était périlleuse et, une fois arrivé au bout de la rue, j'avais résisté à l'envie de saisir la rampe métallique de l'escalier qui dégringolait vers la rue du Rhône. Plutôt me casser la gueule, m'étais-je dis, que de ressembler aux deux types qui, en contrebas, se cramponnaient comme des vieillards à la rambarde.

Les images étaient claires, limpides même. Ils avaient insisté pour que je revienne sur cette journée en particulier et, tant que le rétropédalage me ramenait à une scène anodine, renouer avec le passé était finalement assez fluide, remarquai-je en ouvrant les yeux. Les deux costumes assis en face de moi me dévisageaient sans intervenir.

Une assistante m'avait installé dans cette salle une poignée de minutes auparavant. Moquette élimée, éclairage approximatif, un tailleur strict et des mollets tristes, elle avait refermé la porte et j'avais suivi sa silhouette longer la baie vitrée qui séparait la pièce du couloir. Elle avait disparu de mon champ de vision et, à la place, un homme avait boité dans l'autre direction, puis s'était immobilisé en découvrant ma présence. Je n'avais pas la mémoire des noms, ni celle des visages. En revanche, j'avais la mémoire des accessoires et cette canne ne m'évoquait rien de particulier. Pourtant, lui, avait eu l'air de me reconnaître. Il s'était rapproché de la vitre et m'avait exposé ses rides. Échange de sourires, le type avait pétillé derrière ses lunettes, et sa moustache qui formait une parenthèse s'était aplatie aux extrémités. Les sillons gravés sur son visage étaient chargés d'histoires, mais s'il y avait un message dans cette agitation, je ne l'avais pas attrapé. Une femme sans forme l'avait rappelé à l'ordre et il avait finalement repris sa progression.

Au plafond, une mouche m'avait ensuite gentiment tenu compagnie. À peine le temps d'observer ses angles droits et sa trajectoire erratique que les deux agents avaient débarqué. Polis, mais distants. Ce Perkins avait rabattu le store sur la vitre et s'était présenté gravement : James Franklin Perkins, 'special agent' et directeur du FBI de Miami. En deux prénoms, un nom et un titre, il avait imposé sa gravité. Je n'étais pas un grand fan de la gravité. Ni des deuxièmes prénoms d'ailleurs. Tony s'était assis et l'autre avait fait de même. Nous nous étions observés. Partie de poker ou d'échecs ? Le dossier qu'ils avaient déposé sur la table était imposant. Au poker, ça s'appelait une quinte flush. Nous nous étions observés et j'avais finalement opté pour la partie d'échecs. Au poker, il fallait du jeu et du jeu, je n'en avais pas. Ce préambule silencieux, c'était ce Perkins qui l'avait interrompu en s'enfonçant dans un long monologue. Avec des mots, pas mal de précautions et une étrange direction en conclusion. Parce qu'entre nous, le passé n'était pas une direction. Encore moins une destination. Jamais !

– Monsieur Lacour ?

Je repris le parcours là où je l'avais laissé. Déambulation dans ma mémoire, c'était glissant. Oui, les pavés étaient glissants et un vent glacé s'engouffrait dans la ruelle. L'escalier. Dernières marches, projetai-je sans effort.

L'éclairage public qui, le soir venu, tapissait l'obscurité d'une teinte sépia un peu maladive, avait rendu l'âme quelques instants plus tôt et, au pied de la vieille ville où vivait Angelica, un soleil timide avait attiré mon attention. J'avais bifurqué dans la rue Le Prince où un troquet sans prétention avait disposé quelques tables sur le trottoir.

– *Un expresso, s'il vous plaît !*

– Je crois me souvenir de cette journée, mais je ne comprends toujours pas.

Perkins croisa les mains sur la table et attrapa mon incompréhension avec autorité.

– Le contexte, monsieur Lacour. Le contexte.

C'est donc lui qui est à la manœuvre, me dis-je, en observant Tony qui restait impassible. Ouverture classique, Perkins avait avancé son pion et attendait ma réaction.

– Le contexte, répéta encore une fois cet agent que je n'avais jamais rencontré. Tout ce que vous pourrez nous dire, sur ce que vous avez vécu avant, nous sera utile.

21

Asymétrie. Il était puissant, il était chez lui. Il posa la main sur le dossier et la mouche qui se reposait sur la couverture cartonnée s'envola au plafond. Je suivis le parcours et les deux agents levèrent la tête d'un commun accord. Retour à l'horizontale, Perkins tapotait la pile de documents. Il était confiant, certains gestes étaient plus éloquents que des mots. Il ouvrit enfin le dossier, consulta la première page, puis releva les paupières :

– Vous vous êtes rendu dans nos locaux il y a un an, le 28 mars 2000.

– C'est possible.

Il haussa un sourcil :

– Vous avez livré votre témoignage, cet après-midi-là, à l'équipe de l'agent Becket, puis vous avez quitté le bâtiment à 17h42.

– C'est très précis !

– C'est le FBI, m'asséna-t-il tranquillement. Puis, à 18h51, une fusillade a éclaté sur la terrasse du News Café.

Je ne répondis pas, il n'y avait rien à dire.

– Et après, plus rien. Pendant un an, vous avez systématiquement refusé tout contact avec nos services.

– J'avais quelques raisons de me tenir à l'écart.

– Donc, balaya-t-il, nous n'avons pas eu la possibilité de mettre à jour les données concernant votre parcours.

Le néon dispersait sa mauvaise humeur sur les deux visages qui me faisaient face. Tony était blanc et Perkins était noir. En soi, l'information n'était pas vitale, mais j'avais l'habitude de m'accrocher à l'accessoire. Il était noir et il occupait une sacrée surface. Si Tony était mince, c'était en comparaison. Du ventre jusqu'au visage, Perkins était large.

– C'est mon parcours qui vous intéresse ?

– Oui. Comprendre votre cheminement.

– Et pourquoi revenir sur cette journée en particulier ?

– C'est bien là que tout a commencé, non ?

Parce qu'il y avait une date précise qui sanctionnait le démarrage de cette glissade ?

– Le jour où l'agent Becket m'a appelé ?

– C'est bien cela. On part de là et on avance jusqu'à votre venue dans nos bureaux pour témoigner.

– Je ne vois toujours pas le rapport avec ma convocation aujourd'hui.

– Nous passerons ensuite à l'objet de la convocation, mais avant, si vous êtes d'accord, on remonte sur votre vie à Genève.

Tony s'agita sur sa chaise.

– Si c'est ce que vous voulez.

Visiblement satisfait, il saisit son stylo, posa sa paume sur le bloc-notes, puis, sans me lâcher du regard :

– Agent Becket, vous prenez le relais ?

Tony plaça son index sur le boîtier métallique.

– Lorsque j'enclencherai cet interrupteur, notre conversation sera enregistrée, vous comprenez ?

– Oui.

– Bien. Alors, allons-y.

Il bascula le bouton et une petite lumière verte apparut.

– Nous sommes le 31 août 2001, il est huit heures vingt-et-une du matin. Je suis l'agent spécial Tony Becket, matricule F1457822, et l'agent Perkins, directeur de l'antenne régionale du FBI, est présent. Nous allons procéder à l'interrogatoire de monsieur Gabriel Lacour, domicilié au…

– L'interrogatoire ?

– L'audition, si vous préférez, temporisa Perkins.

– Oui, je préfère.

– C'est une courtoisie de notre part, monsieur Lacour. Vous êtes auditionné en qualité de témoin. Nous avons pensé, étant donné la situation, que c'était plus adapté. Vous comprenez ?

– Parfaitement. Et avec cette courtoisie, pas de publicité non plus. C'est bien ça ?

– Tout cela reste entre nous, en effet.

– Pour le moment, agent Perkins, pour le moment.

Un rapport de force, c'était un jeu très masculin. Une réaction virile et de l'instinct. Quelques mots comme un coup de poing et on bombait le torse en se toisant. C'était inutile le plus souvent, mais à force de répétition, un territoire se dessinait. Chacun dans son camp et le combat pouvait commencer. Tout franchissement de frontière serait immédiatement sanctionné.

Il hocha la tête sans commenter.

– Bien, reprenez, agent Becket.

Tony avait coupé l'enregistrement lorsque je l'avais interrompu. Il enclencha de nouveau l'interrupteur et reprit son texte.

– Nous sommes le 31 août 2001, il est huit heures vingt-deux du matin, corrigea-t-il, après avoir inspecté l'heure à sa montre. Je suis l'agent spécial Tony Becket, matricule F1457822, et l'agent Perkins, directeur de l'antenne régionale du FBI, est présent. Nous allons procéder à l'audition, déclama-t-il en appuyant sur chaque syllabe, de monsieur Gabriel Lacour, domicilié au 2244 North Bay Avenue, à Miami. Vous avez bien compris que cette audition est enregistrée ?

– Oui.

– Vous avez refusé de vous faire assister par un avocat. Est-ce bien exact ?

– En effet.

– Et tout ce que vous direz aujourd'hui pourra être retenu contre vous. Vous comprenez ?

– Parfaitement.

– Bien. Vous êtes convoqué dans le cadre de la convention d'entraide judiciaire qui lie notre pays au Guatemala. Il nous a été demandé d'investiguer sur la tentative d'assassinat perpétrée contre le sénateur Enrique Juavez.

– J'en ai entendu parler, agent Becket.

Tony grimaça un sourire :

– Mais auparavant, nous aimerions remonter dans le temps. Avant Miami, vous résidiez à Genève, c'est bien ça ?

– Exact.

– Et une nuit, je vous ai appelé pour solliciter votre témoignage, n'est-ce pas ?

– La nuit pour vous, donc le matin pour moi, corrigeai-je, dans l'espoir que cette précision ferait ressurgir un souvenir quelconque.

– Pourriez-vous nous décrire cette journée ? Et les suivantes aussi. Nous voudrions retracer les différentes étapes qui vous ont conduit jusqu'à Miami, quinze mois après ce coup de fil, intervint Perkins, qui décidément voulait à tout prix tenir le manche.

– Je vais essayer.

– Allez-y, monsieur Lacour, nous vous écoutons.

Le passé. C'était un costume que je n'enfilais jamais. Bon ou mauvais souvenir, ce qui n'était plus était planqué dans un placard. Un placard, une penderie, un tiroir, je ne sais pas, mais l'idée de décrocher le vêtement qui correspondait à une date précise était un exercice très hasardeux.

Le matin où Tony m'avait appelé ? Impossible de fixer le curseur sur ce coup de téléphone. Plus je mettais de force dans ma recherche, plus l'évènement s'échappait. Pour une raison mystérieuse, j'avais instinctivement remonté le fil de cette journée jusqu'à la porte de l'immeuble d'Angelica. Pourtant, aucune certitude sur ce choix. Était-ce ce jour-là qu'il m'avait appelé ? J'allais devoir suivre le cours pour m'en assurer. Et quitte à me promener dans le passé, autant poursuivre le chemin, et tant qu'à faire, remonter même un peu plus loin.

Ce coup de téléphone finirait bien par sonner à un moment ou à un autre.

Fermer les yeux, revenir en arrière. Il y avait le froid qui m'avait saisi lorsque j'avais ouvert la lourde porte en bois de son immeuble, mais avant, avant le froid, avant la porte ou l'escalier en colimaçon, il y avait de la chaleur.

Les sens étaient un moyen de transport pour ma mémoire. Rarement la vue, quelquefois l'ouïe, souvent le toucher. Et avec le toucher, je respirais aussi des odeurs. Et respirer quelqu'un, c'était aussi le goûter…

Le décor s'installa. La pénombre, le bruit d'une respiration, le grain de sa peau.

J'avais passé la nuit chez elle, emmêlé dans ses bras, dans ses jambes. Mon portable avait murmuré sur la table de nuit, je l'avais éteint. Elle avait soupiré.

Le matin, son parfum avait la couleur de la nuit, cette chaleur si particulière qu'on embarquait dans le sommeil et qui, sur sa peau, se muait en douceur vanillée. J'avais repoussé sa main et dégagé ma jambe, sans la réveiller. Un vrai Mikado !

Un rouge à lèvres traînait sur la console. J'avais dessiné une rose maladroite sur le miroir qui réfléchissait dans un coin de sa chambre. Et au-dessus, quelques mots :

"Ne m'efface jamais..."

Puis, descendre la ruelle à l'aube, l'escalier en pierre ensuite et enfin bifurquer dans la rue Le Prince. Le soleil, les tables. Renouer avec la chronologie de la journée.

− C'était sur une terrasse de café.

− C'est ça, m'encouragea Perkins.

Le bourdonnement de la 'clim' qui agaçait le silence s'estompa, aussitôt remplacé par le murmure des conversations. La terrasse était pleine malgré le froid et une tache de soleil longeait la devanture. Reprendre le costume, revivre l'instant. Que le passé redevienne un présent ? Pourquoi pas.

J'avais posé mon journal sur la table et le tablier blanc patientait.

− Un expresso, s'il vous plaît !

Dans la rue, obstruée d'un côté par deux plots en béton, des façades d'immeubles faisaient la tête. Sur la droite, une maison de maître avait survécu au naufrage. Elle exhibait tristement ses pierres de taille au milieu des crépis aux couleurs improbables. Figée dans le temps, Genève avait décidé que les années soixante-dix, il n'y avait vraiment rien de mieux, me dis-je en chaussant mes lunettes de soleil.

Sur la gauche, un tram grinçait dans l'artère principale et je m'attendais à tout instant à voir Lino Ventura, la mine sévère, débouler du coin de la rue avec son pardessus beige. Un peu plus loin, le célèbre jet d'eau s'épuisait à arroser le ciel et, de part et d'autre du lac Léman qui lui servait d'écrin, une succession de banques aux noms exotiques et d'enseignes de joaillerie aguicheuses. Et toujours ce sentiment qu'ici, le temps s'exprimait différemment. À croire que les banquiers et les horlogers avaient conclu un accord secret pour parfumer d'un petit goût de sécurité et d'éternité le temps qui s'écoulait.

Malgré le journal que j'avais déplié mécaniquement, l'écho du monde me parvenait comme assourdi. Un léger décalage. Comme si les garde-frontières helvètes ne se contentaient pas de contrôler les arrivants, mais atténuaient par la même occasion la portée des évènements qui s'affichaient *à la 'une'. Un filtre invisible couvrait la ville, anesthésiait la conscience. La volonté aussi, peut-être.*

Étrange sensation. Comme un bouquin sagement rangé dans une bibliothèque, le passé se déployait. Il suffisait de le saisir et parcourir le bon chapitre.

– Tout va bien, monsieur Lacour ?

– Je suis désolé, ma mémoire est capricieuse.

– Vous ne vous rappelez pas ?

– Au contraire, je me rappelle très bien. Je dois simplement faire le tri. Laissez-moi quelques secondes, je termine mon café et je suis à vous.

– Vous terminez votre café ?

– Je plaisante, agent Perkins.

Le serveur déposa la tasse et je le remerciai. Tout en tourmentant le breuvage de ma cuillère, j'effectuai un nouveau panoramique sur la carte postale. C'était un beau matin d'hiver et les crêtes enneigées se détachaient sans complexes sur le ciel bleu. Genève était une paume de main, rassurante, solide et douce, et les montagnes qui la cerclaient renforçaient cette impression diffuse.

– *London Business School et cinq ans chez Barclays, et toi ?*

La voix était grave. Ce n'était pas un instrument de musique, c'était une arme, un marteau, remarquai-je sans détourner la tête. Étrange comme les hommes enfonçaient les mots au lieu de les caresser.

– Les deux cons.

– Je vous demande pardon !?

– Pas vous, messieurs. Je me souviens qu'à cette terrasse, il y avait deux abrutis.

– *Moi ? HEC et sept ans à Singapour.*

L'aristocratie ne manquait jamais une occasion pour affirmer à voix haute sa domination.

– *Expatrié ?*

Ils avaient leurs codes. Chaque mot avait un sens. Diplômes, statut, argent, c'était une cité médiévale. Il y avait les banquiers... et il y avait les autres.

– *Avec la maison, la voiture, le fixe et le bonus !*

– Pourquoi mentionner ces deux personnes, monsieur Lacour ?

Costumes sur mesure, cigares posés sur des lèvres gourmandes, le monde leur appartenait. Genève était une place forte et, derrière les façades austères, une multitude de citadelles, des tribus et des clans, la ville était à eux. L'argent aussi : de toutes les couleurs, avec tous les accents, des torrents d'argent qui irriguaient les corps, inondaient les consciences.

– Combien de zéros ?

Une jeune femme toussota. Le cigare n'avait pas de frontières lui non plus. Il envahissait les espaces voisins et quelques mains s'agitèrent pour chasser le nuage.

Indisposées par la fumée, pas par la vulgarité.

– J'ai arrêté de compter.

– Monsieur Lacour ?

– Pourquoi les deux cons ? Aucune raison. Ils sont un peu bruyants. Les cons sont souvent bruyants, vous ne trouvez pas ?

– Je ne me suis jamais posé la question et ce n'est pas le sujet.

Accessoire et inutile, m'adressa son regard. Aucune importance. J'étais coutumier de ce genre de sanction. Il suffisait de s'échapper de l'emprise et de repartir sur cette terrasse.

L'homme en costume gris expulsa un rire qui s'écoula le long de la terrasse populaire, balayant les masses laborieuses jusqu'à s'échouer à mes pieds.

La Suisse n'avait pas la révolution dans le sang. Pas d'indignation. Aucune révolte. J'avais du mal à me positionner dans cette léthargie ambiante. Mes combats étaient confus et solitaires. Acteur et complice, j'étais un passager clandestin sur ce navire. Heureux d'être à bord, mais horrifié par l'équipage ! Les deux types s'étaient enfin éloignés et j'accompagnai un court instant leur démarche satisfaite. De l'autre côté de la rue, la devanture d'un coiffeur en profita pour me renvoyer un reflet trouble. Ma silhouette 'encostumée' était confortablement installée sur cette terrasse et, sans cette foutue chevelure impossible à domestiquer et un bronzage un peu trop appuyé, je me serais presque fondu dans la masse.

Je levai ma tasse et portai un toast à l'imposture. Le coiffeur qui officiait derrière la vitre intercepta le mouvement et sembla surpris par l'attention. Les ciseaux interrompirent leur danse et l'homme agita une main timide dans ma direction. Amusé par le malentendu, je répondis par un sourire à cette ébauche d'amitié. Dans le doute, le Suisse choisissait toujours la civilité. À l'image de la ville, ça en faisait une créature totalement anachronique.

– Et l'appel de l'agent Becket ?

– Dès qu'il sonne, je vous préviens, agent Perkins.

Soupir agacé de l'un, esquisse de sourire chez l'autre, je repris l'immersion.

La saison de ski, à peine entamée, avait manifestement déjà fait quelques dégâts chez les Helvètes. Quelques béquilles en attestaient.

– *C'est le Festival de 'cannes' ! me chuchota le serveur en posant un deuxième café sur la table.*

Je souris à la saillie et jetai un nouveau regard aux alentours. J'étais dans La Mecque de la finance et de la banque privée. Voilà un an tout juste, cette prestigieuse banque, reine des garces parmi toutes les autres qui faisaient le trottoir le long du lac, m'avait demandé en fiançailles. Et j'avais dit oui !

À quelques centaines de mètres, la façade du bâtiment brillait au soleil. Rutilante, clinquante. Comment résister ?

Mon téléphone s'agita dans la poche intérieure de ma veste.

– Mon téléphone sonne. Un préfixe américain.

– C'est le coup de fil ?

– Quel coup de fil ?

– Celui de l'agent Becket ?

– Attendez !

– Attendre quoi ?

– Attendez que je décroche !

L'air s'accumula dans ses joues. Vision fugace de Louis Armstrong et de sa trompette. J'observai le gonflement jusqu'à ce qu'il se stabilise. Déception. À peine un chuintement lorsque finalement Perkins expira le trop-plein.

– Et alors, reprit-il. C'est bien l'agent Becket ?

– Oui. C'est l'agent Becket.

– Et ?

– Il m'explique que les choses ont changé, qu'une procédure d'extradition va être engagée contre le sénateur pour qu'il soit jugé aux États-Unis. Et qu'il a besoin de mon témoignage.

– Vous vous rappelez la date de cet échange ?

– Non. C'est l'hiver, il fait froid.

– Nous sommes en décembre. Le 16 décembre 1998, pour être précis.

– Si vous le dites…

– Et comment réagissez-vous ?

– Je l'écoute, puis je raccroche sans lui donner de réponse.

– C'est ça, confirma Becket. C'était la première fois que nous nous parlions avec monsieur Lacour depuis les évènements.

– Les évènements qui se sont déroulés au Guatemala durant votre enfance, précisa Perkins à l'attention de l'enregistreur. Pourquoi avoir refusé de témoigner ?

– Je ne sais pas.

– Il doit bien y avoir une raison ?

– Sûrement.

– Pourriez-vous nous la communiquer ?

– Je ne crois pas.

– Pourquoi ?

– J'ai oublié.

– Vous vous souvenez de l'appel, mais pas de la raison pour laquelle vous avez refusé ?

– C'est ça.

– Bien. Et après ?

– Après le coup de fil ?

– Oui, après ce coup de fil. Vous raccrochez précipitamment, que s'est-il passé ensuite ?

Après le coup de fil, il y a de la colère. Pas de souvenir précis, c'était plutôt une sensation. Une compression, me dis-je en chassant l'impression qui, du passé, tentait de prendre le pas sur mon présent.

– Après, c'est… Jack Russell.

– Jack Russell ?

Autre ambiance, le décor est grandiose, les téléphones sonnent, différentes langues, des accents, des visages aussi. J'avais oublié toute cette énergie.

– *Entre, Gabriel !*

Situé au rez-de-chaussée du bâtiment flambant neuf, son abri était tapissé de vitres. Étrange transparence pour quelqu'un qui professait le secret bancaire et faisait commerce de l'opacité, pensai-je alors que la porte soupirait dans mon dos en se rabattant.

Perdu au milieu de la multitude d'"open spaces", son bureau était une île et, sitôt la porte refermée, un silence ouaté enveloppait le visiteur. Il m'indiqua d'un geste de la main le coin salon et je m'installai confortablement dans le canapé qui faisait face à son royaume. L'appel de cet agent du FBI remua quelques instants encore en moi, avant que je ne le chasse définitivement de mon esprit.

– Monsieur Lacour, qui est ce Jack Russell ? Et ça s'écrit comment ?

– Comme le chien.

Nouveau soupir. Je le sentais. Un agacement mentholé.

En arc de cercle, près de cent vingt banquiers privés bourdonnaient sur une immense scène.

– *Tu apprécies le spectacle ?*

– *La vue est spectaculaire, en effet !*

Il se leva, contourna son bureau avec élégance et me rejoignit en quelques pas. Ce type était tellement anglais que même sa démarche avait un accent. Sur la gauche, posée sur une console, une peinture de bataille navale attira mon attention et je devinai sans peine que le bateau qui coulait était français.

Ma fibre patriotique était à mon image… confuse. Par réflexe, je me vengeai sur la photo d'un visage ingrat posé de biais sur son bureau… Son épouse probablement.

Il s'enfonça dans le fauteuil qui me faisait face.

Interrompre la promenade :

– Jack Russell, c'est le patron de la banque privée. J'ai rendez-vous avec lui.

– Il y a un rapport avec notre affaire ?

– Je réaliserai ça plus tard, mais oui, c'est à ce moment que la mécanique s'enclenche, répliquai-je, sans émerger du face-à-face.

– *Toutes ces nationalités qui se côtoient, c'est assez… vertigineux, tu ne trouves pas ?*

– *Bouleversant, répliquai-je en tentant de me mettre à la hauteur de son adjectif.*

– Bien, il est temps de faire le point, tu ne crois pas ?

Deux dragons se chamaillaient sous le nœud de sa cravate parfaitement ajusté. Le blason de son université, probablement. Il croisa les jambes.

– Excellente idée, l'accompagnai-je en croisant les miennes.

Il observa un bref un instant mes lacets qui ne correspondaient en rien au code vestimentaire de Sa Gracieuse Majesté.

– Cela fait un an que tu es là, exact ?

J'opinai du chef.

– Et tu as constitué une équipe de dix gérants ?

– Douze en fait.

– Donc, douze gérants. Et, avec ton équipe, vous couvrez à peu près toutes les zones géographiques.

Ce n'était pas une question. J'attendis la suite.

– Tu achètes des actions, principalement sur les marchés américains, et le rythme s'accélère. De plus en plus.

– Je vends aussi.

– Évidemment, tu vends aussi.

Ces types étaient des généralistes. Ils abordaient mon univers comme on pose le pied sur une île mystérieuse. En terrain conquis, mais sans grande compétence.

– J'ai vu les chiffres, Gabriel, tu as récupéré près de quatre-vingts de mes clients et tu as plus de six cents millions de dollars investis en bourse.

– Ça fait beaucoup.

– Et pas un accident.

– Je croise les doigts !

Il fronça les sourcils. C'était la première fois que nous avions une vraie discussion et ma répartie l'intriguait visiblement.

– Vous pourriez être plus précis ? La mécanique s'enclenche, dites-vous, mais de quelle mécanique parlez-vous ?

Propulsé une fois de trop dans le présent, le passé s'estompa instantanément. C'était fragile 'l'avant'. La couche était fine. Le stylo de Perkins égratignait la page de son bloc-notes. Que pouvait-il bien écrire ?

– Vous vouliez savoir comment j'ai finalement débarqué dans vos bureaux il y a un an ?

– Exact.

– C'est un ensemble d'évènements. D'abord le coup de fil de l'agent Becket, le rendez-vous avec Jack, puis Travers.

– Travers ?

– Hans Travers, patron du département Gestion discrétionnaire, précisai-je à Perkins, dont le stylo s'énervait dès que j'ouvrais la bouche. La soixantaine, un accent suisse qui pique les yeux. C'est celui que je pille consciencieusement depuis mon arrivée.

– Très bien, ponctua Perkins.

– *Mes équipes semblent t'apprécier, reprit-il, nos clients aussi. Il n'y a que Hans Travers qui s'agace de ton succès, n'est-il pas ?*

– *Oui, il ne m'apprécie pas, c'est ce que j'ai entendu dire.*

Russell battit des cils. Il semblait espérer un commentaire plus fourni.

– *Lorsque je dis qu'il s'agace, je veux dire qu'il ne t'aime pas. Vraiment pas.*

Les 'British' étaient les rois de l'euphémisme.

– *J'avais fait la traduction, Jack.*

Il hocha la tête, comme si mes réponses creuses étaient particulièrement brillantes, et s'inclina légèrement en avant :

– *Et là, tu te demandes pourquoi je te parle de tout ça ?*

– *Je me dis que la réponse ne va pas tarder.*

Une présence chagrina l'atmosphère. Pierre Collard, qui longeait la baie vitrée, avait ralenti en découvrant ma présence. La main sur la poignée de la porte, il me dévisagea un court instant avant de faire demi-tour et disparaître dans la ruche.

– Pierre Collard est passé.

– Qui est-ce ?

C'était un homme attentif et calculateur, un homme de dossiers, comme il en existait de plus en plus dans nos organisations. Son physique correspondait à la tâche. Darwin poursuivait son œuvre. Il était courbé et méfiant.

– Le 'compliance officer', le flic si vous préférez. C'est lui qui s'assure que les fonds que nous planquons pour nos clients sont propres.

– Propres, ça veut dire, honnêtes ?

– La banque n'est pas une église. Secret de la confession, peut-être, mais l'honnêteté ou la morale n'est pas son fonds de commerce. Propre, ça veut simplement dire légal.

– Et pourquoi évoquer ce Pierre Collard ? C'est important ?

– Je ne sais pas. Il joue un rôle, je crois, mais plus tard.

– Bien. Donc, vous êtes dans le bureau de ce Jack Russell. Quel était le sujet de votre conversation ?

– Nous avons parlé de tout et de rien, mais je me souviens qu'il avait quelque chose en tête.

Je ne savais pas que j'avais emmagasiné tout ça. Normalement, un moment passé était un moment qui n'existait plus.

– Quoi donc ?

– Quoi donc quoi ?

Entre les souvenirs et mes digressions, c'était le grand écart.

– Il avait quelque chose en tête, avez-vous dit.

– Ça arrive, agent Perkins. Je dois suivre le cours, sinon, je vais me perdre.

Ma mémoire était linéaire, il fallait respecter le sens ou tout se morcelait.

– On vous suit, monsieur Lacour.

– *Pardon, tu disais ? adressai-je au visage de Russell.*

Marrant. Je m'étais aussi paumé dans mes pensées, dans le passé.

– *Ce comité de direction, demain, répéta-t-il, je voudrais que tu nous fasses une présentation complète de ton activité.*

– *Demain ?*

– *Oui, demain.*

– *C'est court !*

– *Tu improviseras, je te fais confiance.*

– Il y avait une lutte interne dans la banque et ma présence a servi de détonateur.

– Vous pouvez être plus précis ?

– Jack Russell, responsable de la banque privée. Xavier Breton, mon patron, en charge de la salle des marchés. Hans Travers, c'est la gestion d'actifs et, au-dessus d'eux, Patrick Verbier, le directeur de la banque. Tout ce petit monde se chamaille et ma trajectoire percute les égo. Donc Jack me convoque à une réunion, un comité de direction.

– Pourquoi ?

– Je suis devenu gênant.

– Une petite guerre de chapelle ?

– Pas si petite que ça, souris-je en glissant à nouveau dans le bureau de Jack.

– *'What you achieved is stunning*[7]*'* !

En passant en mode shakespearien, il réaffirmait tout en douceur sa différence et l'Union Jack flotta un court instant dans mon esprit. C'était une manière très subtile de rappeler à son interlocuteur qu'il y avait une hiérarchie dans le monde et, dans la guerre qui jalonnait notre histoire commune, ils avaient gagné la partie, m'agaçai-je en faisant face à son sourire en coin.

– *Tu sais que ton succès est remonté jusqu'au siège à Paris ?*

– *Vraiment ?*

– *Oui vraiment. Ton nom circule et ça commence à faire du bruit.*

– *C'est bien, le bruit.*

Quand j'agaçais mon entourage, j'avais souvent du mal à ne pas insister, toujours curieux d'explorer les limites, aussi dérisoires fussent-elles.

– *C'est bien, oui, sauf qu'à force d'attirer l'attention, tu attises les rancœurs. Et Xavier ne pourra pas te protéger. Moi, si ! Donc, demain, je veux une présentation, des chiffres, une stratégie et un discours clairs de ta part. Tu es un banquier privé, Gabriel, ne l'oublie pas.*

Le message était clair : mes revenus contre sa protection. Je lui adressai une cascade de sourires, qu'il réceptionna sans trop savoir qu'en faire. Il passa une main dans ses cheveux et sa chevalière agrippa un fil

---

[7] "Ce que tu as accompli est impressionnant !"

35

blanc au passage. Il semblait perturbé par mon absence de réaction, alors que j'étais simplement absorbé par la contemplation du cheveu qui s'échappa finalement de son annulaire pour atterrir sur son pantalon. Il suivit la trajectoire de mon regard et balaya le cadavre d'un revers de la main.

Après un dernier soupir, il se leva, marquant ainsi la fin de notre entrevue, et me serra la main. Son parfum capiteux submergea mon Chanel.

– Tu te souviens de la baronne ? m'interpella-t-il, alors que je m'apprêtais à m'extirper de sa prise.

– La baronne ?

– Oui, notre première rencontre. En Italie.

C'était dans mon autre vie. Avant Genève, il y avait Hong Kong. Ce petit territoire grand comme une miette de pain vivait ces dernières heures de liberté. La Chine allait bientôt la dévorer et attiré par cette bascule à venir, j'avais aiguisé mes premières lames dans une banque, lorsqu'un jour...

– Tu parles de Molière ?

– C'est ça, Tartuffe, confirma-t-il en repassant en français.

J'extirpai le souvenir : convoqué par les conseillers d'une vieille dame fortunée et bien abîmée par la vie, j'avais participé à un concours de beauté réunissant, chez son avocat, à Rome, trois banques et leurs représentants chargés de séduire l'héritière et ses millions. Débauche de sourires, étalage de promesses, mais aussi menaces feutrées et dénigrement du rival. Par ennui ou absence de caractère, j'avais assisté, un peu en retrait, à cette bataille. Lorsque la poussière était retombée, le sourire sur le visage de Jack Russell, que je ne connaissais pas à l'époque, avait signalé sans doute possible le vainqueur de la joute. J'avais alors conclu la scène par un :

"Bravo, quel spectacle !"

La vieille dame, intriguée et surprise, avait tourné ses rides dans ma direction et m'avait interpellé d'une voix chevrotante :

"C'est un peu court, jeune homme !"

Sans réfléchir, j'avais balayé mentalement mon jeu de citations. La citation donnait du relief à ma façade, de la profondeur à ma légèreté et Tartuffe avait pointé son museau :

"Baronne, 'le plus souvent l'apparence déçoit : il ne faut pas toujours juger sur ce qu'on voit[8]'", avais-je bêtement récité.

Jack Russell, assis en face de moi, avait ouvert la bouche, scandalisé par l'intrusion de Molière dans notre pièce, mais aucun son n'était sorti. D'autant que c'était à mon bras qu'elle avait quitté la réunion.

Elle, moi et ses millions.

— Je me souviens, Jack. Pourquoi ?

— Parce que tu ne pourras pas toujours gagner avec 'un' citation.

— Une, le corrigeai-je sans réfléchir.

— Pardon ?

— On dit 'une' citation.

— Si tu veux.

Son sourire s'élargit, mais ses yeux ne suivirent pas le mouvement. Derrière l'accent sophistiqué, planqué sous le tissu londonien, il y avait un requin. Je le savais.

— Donc, tout ça pour te dire que Travers va te pendre à un crochet de boucher. Ce n'est qu'une question de temps !

J'interrompis le flot d'images. Perkins patientait depuis un moment en tapotant le bloc avec son stylo et la mouche faisait de même, à sa manière. Posée au bord du bloc-notes, elle traversa finalement la table pour me rejoindre. Fut un temps, j'étais doué pour les attraper. Les attraper, mais sans les tuer.

— En résumé, ce rendez-vous était l'occasion pour Russell de me menacer. Je le rejoins, ou je meurs. Hans Travers, le patron de la gestion discrétionnaire est en embuscade. Il attend son heure avant de…

D'instinct, paume grande ouverte, je balayai la table et repliai les doigts sans regarder. Perkins sursauta, mais ne commenta pas. Je rapprochai la main de mon oreille. Le silence, d'abord, puis rapidement, un bourdonnement et des contacts aussi furtifs que furieux. Dans ma paume, elle était bien là.

— Il attend son heure avant de quoi, monsieur Lacour ?

— Avant de m'attraper, agent Perkins…

---

8 Molière, *Le Tartuffe ou l'Imposteur*, acte V, scène 3.

3

– **P**ardon, vous disiez ?

Il observa ma main, puis répéta la question :

– C'est quoi au juste la gestion discrétionnaire ?

J'ouvris ma paume et ma copine s'envola tellement rapidement qu'elle disparut sans que je repère sa destination. Mais elle reviendrait. Un problème de mémoire ou une trop grande curiosité, malgré l'accident et ma main qui l'avait attrapée, elle reviendrait toujours se poser là où il ne fallait pas.

– La gestion discrétionnaire, c'est la gestion d'actifs. Sur la base d'un contrat, un client donne pouvoir pour qu'on gère sa fortune. Profil de risque classique.

– Ce n'était pas aussi votre travail ?

– Mes clients étaient différents. Très différents. Et mon travail était différent. Ils voulaient plus que la normale. Ils voulaient gagner, beaucoup. Beaucoup et tout le temps.

– Je n'ai jamais compris la fascination des gens pour votre métier. La finance, l'argent, les actions et tous ces trucs. C'était quoi la formule dans ce film ? Ah oui. "Greed is good[9]", ricana-t-il en direction de Tony.

Dédain manifeste, c'était sa première sortie de route. Rien de dramatique, mais il était sorti de son rôle et semblait d'ailleurs regretter la chose. Tony n'avait pas réagi. À peine un hochement de tête. Le silence bourdonna, le sourire en coin s'estompa et Perkins opta pour une moue plus adaptée. Un rétrécissement de ses lèvres qui, par la force des choses, arrondit sa bouche. J'observais tout cela avec curiosité. Les Américains avaient des postures amusantes, avais-je déjà remarqué. Ils éprouvaient souvent le besoin d'habiller

---

[9] "La cupidité est bonne." *Wall Street,* film d'Oliver Stone.

leurs visages en fonction des pensées ou des mots qu'ils propulsaient. Bouche arrondie, les yeux un peu trop ouverts, Perkins évita de croiser mon regard, prit une inspiration, se racla la gorge et plongea le nez dans ses notes :

– Très bien. Donc, pour en revenir à cette conversation, ce Hans Travers est en embuscade. Alors, qu'avez-vous fait ?

– Tout ce qu'il ne faut pas.

– Poursuivez.

– Poursuivez quoi ?

– Vous avez terminé votre conversation avec Jack Russell, il se passe quoi après ?

– J'imagine que j'ai ouvert la porte de son bureau.

– Et puis ?

– Probable que je l'ai refermée.

Tony toussota dans le creux de sa main, puis se redressa sur sa chaise. Il se redressa et j'attrapai une étincelle dans ses yeux juste avant qu'il ne rompe le contact. De son côté, Perkins avait croisé les bras. C'était sa manière de gérer l'agacement. Depuis le début de l'audition, j'avais senti comme un courant d'air entre ces deux agents. Ce n'était pas criant, c'était même assez discret, mais oui. Il y avait une faille, un espace entre eux. Il y avait…

– Nous vous écoutons, monsieur Lacour.

Pas le temps de pousser plus loin. Ouvrir la porte, la refermer et repartir dans le passé.

La porte vitrée libéra en un instant le bruit et l'agitation qui régnaient sur le plateau et je m'éloignai du bureau de Jack. Sur ma gauche, les troupes d'Europe du Nord étaient largement représentées. Les Scandinaves étaient beaux, athlétiques et… sincères. C'était agaçant cette sincérité permanente. Les Néerlandais, qui voisinaient avec les fjords, étaient tout aussi beaux et les entendre parler était un régal : j'étais convaincu qu'ils ne se comprenaient pas, cette langue ne voulait rien dire. À côté d'eux, leurs cousins belges souffraient visiblement de cette proximité. Une guerre sourde régnait entre eux. Le Belge et le Batave se mélangeaient mal. Déjà que les Belges avaient du mal à se mélanger entre eux !

Je pressai le pas sur la moquette azur et m'enfonçai en plein Paris, passage obligé pour quitter les lieux : l'évacuation contraignait le visiteur à traverser un embouteillage de costumes sur mesure. Les Français constituaient le bataillon principal et avaient colonisé de force le centre du plateau. Toute la splendeur de la France éternelle ! Capables du meilleur comme du pire, ils se distinguaient par une connaissance approfondie du maquis fiscal et règlementaire, que des cerveaux sadiques avaient imaginé. Ça les rendait… prudents par nature. Même jeunes, ils paraissaient vieux, mûrs, habités, missionnés et convaincus. Forts de ce savoir, ils planaient fâchés, tout le temps fâchés. Des Italiens qui font la gueule, comme dirait l'autre.

Un peu à l'écart, nos grands amis anglais. Fidèles à leur héritage, ils régnaient en maîtres sur leur territoire. Trois bureaux et une cloison disproportionnée les isolaient du reste du continent. Caricatural !

Enfin, sur le côté opposé du plateau, à droite, l'Europe du Sud. Les Espagnols, Portugais, Grecs et Italiens formaient une excroissance qui ne semblait pas plaire aux Français. Là, c'était 'West Side Story[10]'. De l'énergie, du rythme, de l'envie et du plaisir. Ils se mélangeaient avec délice aux plus exotiques encore, les 'desks' Amérique latine et Moyen-Orient, qui complétaient la mappemonde. Ceux-là étaient plus secrets, on sentait que c'était du sérieux. Il y avait des histoires de famille, des dynasties et des princes, de la jungle et du sable.

Déjà, une main se dressait pour attirer mon attention. Une minute de plus et, comme des champignons après la pluie, ils allaient se lever, les uns après les autres, pour solliciter un rendez-vous, un avis, ou que sais-je encore. Alors je baissai la tête, ignorai la rafale d'interpellations et m'extirpai enfin de la scène. Je dévalai la dizaine de marches qui séparaient le plateau de l'espace de réception et freinai brutalement devant le bureau de l'accueil en propulsant un sourire à la jolie réceptionniste qui, absorbée par une communication, rata le missile.

– Après le 'meeting' avec Jack, j'ai traversé le plateau, puis je suis passé par le hall.

Ce hall était une vraie cathédrale.

Les architectes avaient particulièrement travaillé les dimensions afin d'écraser le visiteur. La puissance et la solidité de la banque se manifestaient ici bruyamment. Quelques talons claquaient et le son se répercutait à l'infini.

– C'est là que je l'ai vue. Avec mes oreilles d'abord.

– Pardon ?

---

[10] Film de Jerome Robbins et Robert Wise.

40

Des accents espagnols se dispersèrent dans mon dos alors que je m'arrêtais face aux ascenseurs.

– Un accent d'Amérique latine.

– Cette femme d'Amérique latine, vous nous confirmez qu'il s'agissait bien de…

– Oui, c'était bien elle.

– Catarina Juavez ? La fille du sénateur ?

– La fille de l'assassin, oui. Mais je ne le savais pas à l'époque.

– Et qu'avez-vous fait ?

– Je me suis retourné. Je ne savais pas que c'était elle, mais je l'ai remarquée.

Elle ôta son manteau, puis s'avança vers les deux banquiers du 'desk' Amérique latine qui s'étaient approchés pour l'accueillir.

– Pourquoi ?

– Pourquoi quoi ?

– Pourquoi l'avez-vous remarquée ?

La chevelure noire encadrait son visage. Impossible de distinguer ses traits, mais la prise de possession de l'espace était spectaculaire. Son visage s'inclina très légèrement, vision fugace, son regard était sombre. Un lac sans fond. Rien de froid pourtant, au contraire même, l'intensité de son regard était juste… stupéfiante.

– Parce qu'elle était… remarquable.

Tony avait sorti une photo du dossier et la glissa sur la table. Perkins la saisit.

– Remarquable parce que belle ?

Il y avait toujours un chemin pour s'éloigner de la vérité. Il suffisait de puiser dans le talent des autres. Ses yeux étaient sombres et le noir était une lumière. Pierre Soulages[11] et sa peinture ou alors…

– "Laissons les jolies femmes aux hommes sans imagination[12]."

– Hein ?

– C'est une phrase célèbre.

---

[11] Peintre et graveur particulièrement connu pour son usage des reflets de la couleur noire. Le 'noir-lumière'.
[12] Marcel Proust, *À la recherche du temps perdu*.

41

– Qui veut dire quoi ?

– Que la beauté est banale, agent Perkins.

– Vous trouvez ?

– Pas vous ?

Perkins releva la tête.

– Que la beauté est banale ? Bien sûr que non.

– Alors, peut-être manquez-vous d'imagination.

– C'est ce que vous pensez ?

– Pas moi. Marcel.

– C'est qui ce type ? marmonna-t-il en notant 'Marcel' comme s'il s'agissait d'un témoin.

– Marcel ? C'est un type comme vous. Il cherche.

– Il cherche quoi ?

– Il cherche le temps perdu.

Petite variation agacée dans son regard, puis un revers de sa main pour chasser la mouche qui était revenue faire un tour.

– Vous pensez que je perds mon temps ? C'est ça que vous essayez de me dire ?

– Je dois parler du passé et ma madeleine[13] a un goût de sang. Alors si c'est vous le pâtissier, disons que j'ai un peu de mal à l'avaler.

– Je ne sais pas qui est ce Marcel ou cette Madeleine dont vous parlez et je ne comprends rien à votre histoire de pâtissier.

Son stylo s'énerva et Madeleine rejoignit Marcel. Étrange participation de Proust et d'une pâtisserie à un interrogatoire du FBI. La vision était absurde et plutôt réjouissante.

– Un assassin est en liberté, agent Perkins, et moi je suis enfermé avec vous. Non seulement enfermé, mais je dois faire un tour en arrière. Il y a plein de sang dans mon passé et je n'aime pas ça, est-ce que ça vous paraît plus clair maintenant ?

– Beaucoup plus clair, mais pourquoi devez-vous faire autant de détours pour exprimer une idée simple ?

---

[13] Une 'madeleine' de Proust, par allusion à la *Recherche du temps perdu*, est un geste du quotidien, un objet, un son, une odeur ou une couleur qui réactive un souvenir.

Simple ou pas, en répondant d'instinct la perspective se retournait et le sol devenait plafond. Puisque ça ne lui convenait pas, cela me plaisait d'autant plus.

– Parce que l'ironie de la situation est telle que je me retrouve grâce aux détours. Et si au détour, Marcel et sa madeleine viennent faire un tour, ça me tient compagnie.

– Et vous évitez de répondre aux questions gênantes par la même occasion.

– Ce qui est gênant ici, c'est qu'un meurtrier soit en liberté. Ce qui est gênant, c'est que cette idée ne vous gêne pas. Et cette fois, je vous le dis sans aucun détour.

Il jeta un coup d'œil à Tony qui écarta légèrement les mains. Un mime que je traduisis en : "Je te l'avais bien dit."

– Et qui est ce Marcel ?

– Un écrivain.

– Et cette Madeleine ?

– Un souvenir lointain.

Perkins raya les deux noms et Tony masqua un sourire en passant la main sur son menton. La mouche avait repris sa ronde au plafond. Elle fila ensuite en direction de la fenêtre et se perdit un petit moment entre la vitre et les lamelles du store. Vrombissement rageur, elle était têtue. Je l'aimais bien cette mouche et je n'aimais pas ce Perkins. Je ne l'avais jamais rencontré, mais je connaissais les symptômes. Un agacement spontané et le besoin d'égratigner cette façade par tous les moyens possibles.

– Bien, reprit-il. Alors, si ce n'est pas sa beauté qui a attiré votre attention dans le hall de la banque, qu'avait-elle de si remarquable cette Catarina Juavez ?

Il avait relevé la tête. Regard lisse, les traits épais, aucune aspérité.

– Je ne sais pas au juste.

– Que faisait-elle là ?

– Ouvrir un compte probablement. C'est ce qu'on fait habituellement dans une banque.

– Et ça ne vous a pas surpris ?

– Quoi donc ?

– Eh bien, cette jeune femme que vous remarquez sans la connaître et qui débarque précisément dans votre banque.

– Je ne savais pas qui elle était.

– Vous êtes sûr ?

– Oui.

– Mais maintenant que vous savez ?

Chercher un sens aux signes n'apportait que rarement une explication.

– Une simple coïncidence, si vous voulez mon avis.

Perkins lança un bref coup d'œil à Tony, qui semblait, lui aussi, troublé par ma réponse.

– Bien, nous verrons cela plus tard, mais sachez que, malgré nos demandes, votre ancienne banque a refusé de nous remettre les images des caméras de vidéosurveillance.

– Secret bancaire suisse, messieurs. J'y retourne ?

– Où ça ?

– Dans le hall.

Haussement de sourcils.

– Oui, allez-y.

J'appuyais sur le bouton d'appel de l'ascenseur, lorsque le bruit caractéristique d'une démarche désynchronisée résonna dans mon dos. Les portes métalliques me renvoyèrent la progression chaotique de Hans Travers, qui s'échoua finalement à mes côtés. Il n'était pas bossu, mais il boitait.

– Vous êtes toujours dans le hall de la banque ?

Ce n'était pas qu'il ne m'aimait pas, comme Jack m'avait présenté la chose. Non, il me détestait, me haïssait, et je sentais que lui, tout en maîtrise, aurait pu… non, aurait rêvé de m'atomiser, me disperser, me détruire contre les portes de ce foutu ascenseur qui lambinait je ne sais où.

– Oui, répondis-je, en suspendant la séquence sans m'éloigner vraiment de l'animosité qui, à l'époque, m'avait chatouillé les narines. Et j'ai croisé Hans Travers.

Il envisageait son métier comme un sacerdoce, un engagement massif, et affichait son infirmité comme une blessure de guerre et un sacrifice sur l'autel de la performance. Alors que tout cela n'était qu'un jeu pour moi.

Je pénétrai enfin dans la cabine et il boita dans mon ombre.

– Que vous a-t-il dit ?

Pour la première fois, impossible de récupérer l'échange. J'avais l'image, mais plus le son.

– Je ne sais pas. Mais je pense que c'était désagréable.

Nous ne nous adressions que rarement la parole et nos regards ne se croisaient jamais. Mais là, je ne pus m'empêcher de remarquer, dans le reflet du miroir, que Travers… penchait.

– Voilà le résumé de la journée, messieurs. L'appel de l'agent Becket d'abord, Jack Russell ensuite, Hans Travers et Catarina Juavez enfin.

– Si j'ai bien compris, ce Jack Russell n'était pas votre patron. C'est bien ça ?

– Non. Mon équipe était logée dans la salle des marchés. Alors, techniquement, c'était le patron de la salle des marchés, Xavier Breton, qui me 'coachait'. Mais mes clients venaient bien de chez Jack et de la banque privée.

Perkins griffonnait son calepin au fur et à mesure.

– Mais dites-moi, c'est vraiment important tous ces détails ?

Il compléta ses annotations et releva la tête :

– S'il vous plaît, monsieur Lacour. Nous tentons de reconstituer toute la séquence.

Puis il replongea le nez dans ses feuilles :

– Cette discussion avec ce Jack Russell, vous l'avez évoquée avec ce monsieur Breton ? Le patron de la salle des marchés, c'est ça ?

Pas d'agressivité, pas de soupçon manifeste, me dis-je en l'affrontant quelques instants, avant de repartir en arrière. Sauf que j'avais oublié où je m'étais arrêté.

– Je dois reprendre le fil pour vous répondre. J'en étais où ?

– Vous étiez dans l'ascenseur.

– C'est ça. Travers a quitté l'ascenseur au deuxième et moi, je sors au quatrième.

L'aquarium de Xavier Breton, le patron de la salle des marchés, était déjà dans mon champ de vision. Il leva nerveusement le nez de ses listings et agita sa main dans ma direction. Je franchis le seuil du bocal attenant à la salle des marchés.

Il n'avait pas de relief, je l'attaquai donc bille en tête :

– On a un problème. Jack Russell veut piquer ton bébé.

Je lui exposai en quelques mots les intentions que Jack venait de me confier sous le sceau du secret et le visage de Xavier se crispa. Il bondit de son siège et se mit à tournoyer furieusement autour de moi.

– C'est un roquet ce type… Pour qui se prend-il ? Je vais l'exploser, le 'British' !

Du haut de son mètre soixante-dix, il n'avait pas les moyens de ses ambitions. Mais le Français était toujours courageux, tant que l'ennemi était hors de portée. Je lui rappelai que j'avais pris l'engagement de ne parler à personne de cet entretien et que, sans Russell, il n'y avait plus de clients. Alors…

Il interrompit sa ronde et me dévisagea.

– Tu lui as répondu quoi ?

La suspicion dévorait son visage sans forme.

– J'ai répondu quoi à quoi ?

Je commençais à être à court de formules creuses.

– Il veut te récupérer. Tu as répondu quoi ?

– Rien

– Rien ?

Heureusement, les attentes des autres étaient simples à satisfaire.

– Rien, lui confirmai-je avec force.

– Monsieur Lacour, me rappela à l'ordre Perkins, avez-vous communiqué à monsieur Breton votre échange ?

– Oui, je lui ai résumé la situation.

– Et ?

– Et il s'est mis en colère.

Il m'avait scanné les rétines avec cette gravité indispensable pour masquer la médiocrité de la pensée et, visiblement rassuré par la sobriété de ma réponse, relâcha la pression :

– Ne t'inquiète pas. Prépare la réunion et je m'occupe du reste.

– Je ne suis pas inquiet, Xavier.

Il sembla déçu par ma remarque mais, absorbé par l'urgence du combat à venir, il pardonna d'un geste de la main mon manque de considération pour la gravité de la situation.

Je l'abandonnai à ses manœuvres, quittai silencieusement son bureau, badgeai la porte menant à la salle des marchés et la vitre coulissa nerveusement. En un instant, une vibration animale s'échappa par l'ouverture. Les uns à côté des autres, dans des cockpits survoltés, des traders étaient aux commandes. Ces hommes se battaient, juraient, imploraient dans toutes les langues. Peu de vocabulaire, règle du jeu élémentaire : argent, profit, dollar ou franc, vaincre à tout prix… vaincre ou mourir. Et tout au fond de la salle, un peu à l'écart et protégé par des vitres, mon territoire de chasse. Une autre ambiance, mais la même férocité. Douze mecs, cinq nationalités, plus de quarante écrans d'ordinateurs et les actions américaines comme casino.

Faites vos jeux, rien ne va plus…

– Il s'est énervé et il m'a demandé de préparer la réunion, et puis j'ai quitté son bureau. Cette fois, vous avez tout. On peut s'arrêter là ?

– Non, monsieur Lacour. Ça n'explique pas la suite.

– Donc je continue ?

– Votre activité dans cette banque joue un rôle dans votre décision de témoigner il y a un an, n'est-ce pas ?

– D'une certaine manière, oui. Tout est lié.

– Donc, si je résume la situation : ce Hans Travers veut vous détruire, Jack Russell veut vous récupérer, vous avez dit non à l'agent Becket lorsqu'il vous a appelé et, le jour même, vous croisez Catarina Juavez dans le hall de la banque, totalement par hasard. Je n'oublie rien ?

– Si. Il manque une chose.

– Quoi donc ?

– Vous avez oublié de préciser que vous m'aviez convoqué à la demande d'un génocidaire. Ce n'est pas très important, mais quitte à être précis, autant aller au bout de l'exercice. Donc, Jack, Hans, Catarina Juavez, vous avez le tiercé dans l'ordre. Et avec le FBI à la botte d'un meurtrier, nous sommes au complet.

Ses doigts se crispèrent sur son stylo, mais son visage était impassible. Un très bon joueur de poker, appréciai-je. Il avait du jeu, toutes les cartes en main et peut-être même un atout planqué dans sa manche. Et de mon côté, je ne savais rien, à l'exception de cette bouffée de colère irrépressible qu'il venait de m'inspirer. Une bourrasque aussi soudaine qu'incompréhensible. Pas le temps

47

d'analyser. Il redressa enfin la tête et Tony baissa la sienne. Une jolie chorégraphie et encore ce courant d'air. Il y avait bien un espace entre eux.

– C'est une demande d'entraide judiciaire, monsieur Lacour. Nous suivons simplement la procédure. Nous pouvons continuer ?

– Maintenant que les choses sont claires entre nous, je vous en prie.

La pointe de son stylo s'immobilisa un court instant sur une ligne avant de remonter sur la page. Toujours pas de réaction. Sous ses cheveux qui tourbillonnaient, c'était le calme plat. La pointe se figea au début d'une phrase et il repartit à l'assaut de ma mémoire.

– Et cette réunion qui devait se tenir le lendemain ?

– Oui.

– Vous l'avez préparée ?

– Ça n'a aucune importance.

Respiration contrariée, mais toujours aucune manifestation. À peine quelques points de suspension avant de reprendre sa progression.

– Vous faisiez un métier particulier. Je cherche à comprendre comment tout cela fonctionnait.

– Et vous pensez trouver quoi dans mes réponses ?

– Votre activité dans la banque est intimement liée à votre décision de venir témoigner il y a un an.

– Par accident, oui.

– Ce sont précisément ces accidents qui m'intéressent. Ils sont souvent les révélateurs de nos décisions. Vous n'êtes pas d'accord ?

Calme, posé, imperturbable, il déposait chaque question comme un maçon pose une pierre. L'une après l'autre, méthodique, il construisait quelque chose. Un mur ou une prison, aucune idée, mais la mécanique était parfaitement huilée. Chronologie, méthode, il y avait un plan. Un début et une fin. D'instinct, je tentai de perturber son travail, modifier la trajectoire, bousculer le schéma :

– Jusqu'à une tentative d'assassinat au Guatemala, agent Perkins ? C'est bien cela que vous avez en tête ?

– Vous avez tué quelqu'un dans cette banque ? non. Alors, poursuivons. De cette réunion jusqu'à Miami. Vous voulez bien ?

Étrange infantilisation. Face à l'autorité, on perdait une partie de son identité. D'autant que mon passé n'avait pas de papiers. Ce n'était pas un territoire. Encore moins un pays. Il n'y avait aucune identité dans ma mémoire.

– La réunion, s'il vous plaît, insista-t-il. Vous l'avez préparée ?

Je repris le fil que j'avais interrompu et m'assis dans le fauteuil de bureau qui m'avait accueilli tant de fois en gémissant.

Le curseur clignotait sur l'écran. Préparer la réunion ? Je poussai un soupir résigné et plongeai un orteil dans mes souvenirs. C'était la règle, me semblait-il. Pour évoquer le futur, il fallait agiter le passé. Je basculai du traitement de texte à un graphique. La courbe du Nasdaq crevait le plafond. La hausse, toujours la hausse. Pas la peine de préparer cette réunion. Il n'y avait qu'un sens, qu'une direction. Toujours plus haut…

– Pas vraiment, j'ai improvisé. Quelques graphiques et prévisions.

– Et la réunion s'est bien passée ?

– Pas mal, répliquai-je sans conviction.

– Allez-y, monsieur Lacour.

Revenir à la réunion, c'était croiser la trajectoire d'Alex. Et ça, c'était bien plus compliqué. Dans ma régate mémorielle, il y avait deux ou trois balises que j'évitais autant que possible.

– Donnez-moi une seconde.

– Prenez votre temps.

Réticence. La scène était à portée de main, mais je n'avais pas envie de reprendre ce chemin.

– C'est vraiment indispensable tout ça ?

– Totalement, monsieur Lacour.

– Je suis venu sans avocat.

– Nous avons remarqué ! N'est-ce pas agent Becket ?

Tony me fixa, puis il détourna les yeux sans répondre.

– Je suis venu sans avocat, mais il y a des limites que je ne franchirai pas.

– C'est votre droit.

 Parler ou s'enfuir. Se souvenir ou mentir.

– Donc la réunion, monsieur Lacour, insista posément Perkins.

4

À cette profondeur, il n'y avait pas de bruit, plus de lumière, et la vie se limitait à sa plus simple expression.

Les deux explosions initiales seraient passées totalement inaperçues si elles n'avaient percé ces veines de pétrole qui sillonnaient les fonds marins. Un mince ruban de C-4 placé à la jointure de deux oléoducs et les soudures avaient volé en éclats.

Dans l'obscurité, le liquide visqueux semblait hésiter sur la conduite à tenir. Une nappe s'était élargie à partir des brèches et remontait progressivement à la surface. Respiration sinistre, le débit s'accéléra et des profondeurs jusqu'aux crêtes des vagues, le pétrole étendit son voile sur l'océan. La prochaine explosion serait plus spectaculaire encore. La partition était écrite et le minuteur décomptait les minutes sans s'émouvoir du drame à venir.

Parce que des côtes de la Floride jusqu'à Wall Street, l'anatomie de l'Amérique était élémentaire. Cœur, tête et poumons, tout était une question d'artères. Circulation d'air, de pétrole ou d'informations, l'Amérique était un mouvement perpétuel. Couper la circulation et la machine se bloquait. Le pétrole était son sang et l'hémorragie venait de commencer. Dans l'obscurité, de ses veines, le premier sang versé.

La terreur était toujours psychologique. Cœur, tête et poumons, c'était la répétition qui générait la vulnérabilité, détruisait l'assurance, sapait la confiance et terrorisait les faibles.

5

– **R**appelez-moi la date, s'il vous plaît.

C'était ridicule, mais le souvenir butait contre la porte qui menait à la salle de réunion.

– C'était le lendemain de l'appel de l'agent Becket, m'indiqua Perkins.

– D'accord, mais quelle était la date ?

– Le 17.

– Quel mois ?

– Décembre.

– Décembre, murmurai-je en remontant le cours du temps.

Mon curseur mémoriel s'arrêta sur une balle en mousse s'écrasant sur mon visage. Pas la peine de chercher, je connaissais l'agresseur. De retour de New York où je l'avais envoyé faire le tour de nos courtiers, Alex avait décidé de faire un crochet par le bureau avant la réunion.

– *Comment vont les Ricains ? lui adressai-je en renvoyant la balle qu'il esquiva.*

– *Tu sais quoi ? Ils parlent vraiment très mal, les cow-boys.*

– *Tu es sûr que c'est pas ton anglais qui pose problème ?*

– *Possible, m'accorda-t-il en retirant sa veste. Pourtant, je me suis appliqué, tu sais !*

Il était marseillais, Alex, et lorsqu'il s'aventurait dans une langue étrangère, son accent pointait et c'était Raimu qui surgissait.

Grande et belle gueule, il multipliait les aventures d'un soir depuis son arrivée à Genève. Loup dans la bergerie, il décimait le troupeau d'assistantes avec application. Décomplexé et généreux, il partageait ses exploits amoureux avec gourmandise et s'amusait à me choquer à grand renfort d'expressions graveleuses.

– Vous allez bien, monsieur Lacour ?

L'étau s'installe. Je reconnais les signes. Ma respiration se comprime et un grésillement effleure mes tympans.

– Il y a des souvenirs que je n'aime pas agiter.

Il s'assit à côté de moi et poussa un long soupir, ce qui, dans son dialecte, était une introduction à une digression salace. L'esprit ailleurs, je le laissai faire son numéro. Le sexe était une acrobatie permanente chez lui et, pour une fois que la France exportait son savoir-faire…

– *Tu savais que tes compatriotes ne savaient pas embrasser ?*

– *Non. Mais, rassure-moi, tu as réglé le problème ?*

– *C'était mon devoir, répondit-il, la main sur le cœur.*

– *Je suis fier de toi, Alex !*

Mon portable murmura fort à propos sur la table.

– Éteignez-le, m'ordonna Perkins.

– S'il vous plaît.

– Pardon ?

– On dit éteignez-le, 's'il vous plaît'.

– Gabriel ? intervint Tony en redressant l'extrémité de ses doigts en signe d'apaisement.

J'endormis mon portable d'une pression, abandonnai Perkins et son regard ovale, et en profitai pour sauter dans la séquence suivante.

Il était presque midi lorsque l'une des icônes de l'écran de mon téléphone clignota.

– *Bonjour, Gabriel. Ils vous reçoivent dans cinq minutes.*

C'était l'assistante de Patrick Verbier.

– *Déjà ?*

– *D'après les échos que j'entends, ils sont même très impatients, gloussa-t-elle.*

– Monsieur Lacour ?

– Mon ami m'a retrouvé au bureau. Nous discutons, il est énervé. Il a peur je crois.

– Votre ami ? Vous faites allusion à monsieur Alex Montclair ?

Je hochai la tête.

– C'est bien lui qui…

– Et on me demande de rejoindre la salle de réunion, le coupai-je brusquement.

Ses prunelles se recroquevillèrent, mais il conserva son calme.

– De quoi avait-il peur ? poursuivit-il en reprenant sa voix de baryton.

– Vous vouliez que je vous raconte la réunion.

– Avant, dites-moi de quoi il avait peur.

Pas nécessaire de revenir en arrière pour dénicher la raison de cette peur. Je l'avais affrontée pendant des années. Elle était imprimée en moi. Sa peur. Mon inconscience. Et les conséquences.

– Il me dit qu'on va trop vite. Que tout va trop vite. Plus on accélère, plus ça fera mal.

– Et vous lui avez répondu quoi ?

– Je ne sais plus. Un truc sur la cinétique.

– Parce que vous alliez trop vite ?

– Possible. Trop de deals.

– Des deals ?

– Achats et ventes d'actions.

– C'est ça qui lui faisait peur ?

– Oui. Ça et une histoire de contrats qu'on nous refuse. Et puis on m'a appelé. La réunion allait commencer.

Je repris ma trajectoire. Alex n'était plus dans la séquence et la pression qui m'avait comprimé le torse se relâcha.

J'avais resserré le nœud de ma cravate en traversant la salle des marchés. Le couloir qui menait à la salle de réunion était désert. Je m'arrêtai face à la lourde porte, et la voix de Patrick Verbier, le big boss, me parvint, assourdie, mais en colère.

Nos bureaux étaient situés au même étage. Lui était à gauche en sortant de l'ascenseur, alors que la salle des marchés et mon royaume étaient de l'autre côté. Un soir, il m'avait demandé pourquoi, "en trois mots, pas plus", les clients étaient aussi désireux de travailler avec mon équipe. Je lui avais répondu du tac au tac, tel un agent immobilier :

"L'emplacement, l'emplacement, l'emplacement !" Il n'avait rien dit, il avait simplement regardé autour de lui et souri. Il comprenait qu'en ouvrant la salle des marchés à quelques privilégiés, nous leur offrions une lucarne magique.

Sur une réplique de Molière face à une baronne, il m'avait débauché. De Hong Kong à la Suisse, et à une salle des marchés. En Tartuffe financier, j'avais donc naturellement planté un décor de théâtre sur le territoire qu'il m'avait alloué. Canapés et lumières tamisées, j'étais un acteur et Wall Street... le metteur en scène. En quelques mois, ce décor s'était mué en concept : un service, une présence, une force de frappe sur les marchés. Nos clients et les banquiers étaient irrésistiblement attirés par la lumière que nous irradions. Champagne, adrénaline, lumière et papillons !

La salle de réunion était supposée être totalement insonorisée. Pourtant, l'écho d'une engueulade transpirait. Visiblement, ils ne m'avaient pas attendu pour se sauter à la gorge. J'enclenchai la touche de l'appareil logé dans la poche intérieure de ma veste et levai la main pour frapper les trois coups réglementaires, mais la porte s'ouvrit brutalement sur un visage décomposé.

– C'est la guerre ici !

Les cris me percutèrent, et Valérie referma précipitamment derrière elle.

– On attend que ça se calme et on y va. OK ?

Je la regardai en souriant.

– Au fait, joyeux anniversaire Gabriel !

– C'était donc ça tous ces cris ? Votre manière de me faire la fête ?

– Vous souriez, monsieur Lacour.

– Oui. Je repense à une amie.

– Qui est-ce ?

– La DRH[14]. J'avais oublié.

– Donc, vous avez quitté votre bureau, la réunion va débuter et la DRH est avec vous ?

Valérie dirigeait avec fermeté les ressources humaines. Une belle femme, la quarantaine appuyée, tout en formes et en émotions.

---

[14] Directrice des ressources humaines.

D'un souvenir à l'autre, notre première rencontre me revint en mémoire :

Elle m'avait demandé, lors de mon entretien de recrutement, de lui fournir une lettre manuscrite pour une étude graphologique. Je lui avais fait parvenir un texte écrit de ma plus belle plume, emprunté à Rudyard Kipling, en anglais, "If you can dream and not make dreams your master[15]" et autres leçons de vie. Lorsque nous nous étions retrouvés dans son joli bureau, elle m'avait demandé, après les formules de politesse d'usage, pourquoi j'avais choisi ce texte. Je lui avais répondu que je me surprenais régulièrement à le réciter silencieusement aux croisements de ma vie. "Et vous êtes à un croisement ?" m'avait-elle relancé. "Un embranchement, peut-être", avais-je souri.

– Monsieur Lacour, vos silences sont interminables !

– Oui, la réunion va commencer.

Les cris s'étaient estompés, Valérie tendit l'oreille en posant sa main le long de celle-ci :

– Bon, tu es prêt ? Je te préviens, c'est chaud bouillant !

– Mais ils ont déjà commencé à s'étriper.

Valérie ouvrit la porte et un silence polaire nous accueillit.

À l'extrémité de l'immense table, un ordinateur ronronnait et, sur l'écran posé sur le mur, la première page de ma présentation s'affichait. Une dizaine de visages plutôt congestionnés encerclaient l'acajou. Valérie regagna son fauteuil, non sans signaler à l'assistance que c'était mon anniversaire. Annonce qui fut accueillie avec autant d'enthousiasme qu'une blennorragie.

– Vous avez parlé de contrats je crois. Ils s'étripent à cause de ça ?

– Possible.

Perkins posa un peu trop fort son stylo sur la table.

– Ça vous ennuierait de nous expliquer cette histoire de contrats ?

Le suivre, lui et ses questions, tout en parcourant mes souvenirs pour la première fois, c'était assez perturbant comme exercice. Pas un exercice, une brasse, réalisai-je alors. C'était une

---

[15] "Si tu peux rêver sans devenir esclave de tes rêves". Rudyard Kipling, *Rewards and Fairies*, poème "If-".

brasse coulée. Tête dans l'eau, plonger dans le souvenir, puis tête en l'air, reprendre contact avec ses questionnements.

– Ces contrats, ils ont une importance pour la suite, n'est-ce pas ?

Sa voix était floue, je poursuivis ma brasse coulée.

– *Quel âge ?*

Je m'apprêtais à répondre lorsque Patrick Verbier, qui s'était absenté, entra et s'installa sur son trône, en bout de table.

– *Quel âge qui ? adressa-t-il à la ronde.*

– *C'est l'anniversaire de Gabriel aujourd'hui, intervint Valérie.*

– *Alors quel âge cela nous fait, Gabriel ?*

– *Trente-trois ans, monsieur.*

J'attendis l'imparable : "L'âge du Christ", tout en me demandant qui allait s'y coller.

Et le gagnant fut… Hans Travers ! Normal ! Il rêvait de me crucifier.

– *Beaucoup trop jeune Gabriel, souligna Patrick en souriant.*

Ses lèvres étaient minces. Un simple trait rose qui s'étirait sans dévoiler grand-chose. C'étaient ses yeux qui donnaient la température. Il y avait de l'intelligence et de la chaleur dans son regard.

– *Ça passera monsieur, je m'y engage.*

– *OK, Gabriel, tu as vingt minutes, alors… 'go' !*

– Monsieur Lacour ?

Le passé était une parenthèse, un truc bien fermé que je n'avais pas l'habitude d'ouvrir. Mais une fois la parenthèse ouverte, j'aimais profiter du paysage, sans avoir à suspendre la projection à chaque instant !

– Quoi encore ?

– Je vous demanderais d'être un peu plus précis dans votre témoignage.

– Précis ?

– Oui. Par exemple, et pour la troisième fois, c'est quoi cette histoire de contrats ?!

– De quels contrats parlez-vous, agent Perkins ?

Mes connexions ne fonctionnaient pas toujours correctement. Chaque souvenir semblait se faner sitôt que je l'avais restitué. Les contrats ? Je ne comprenais pas de quoi il parlait, tout en sentant confusément que j'avais dû en parler, ou y penser.

– Vous avez parlé de contrats qu'on vous avait refusés, soupira Perkins.

Ça devait être pénible pour les autres d'avancer dans la vie avec ce stock d'images périmées dans la tête.

– L'histoire des contrats ?

– C'est bien cela, monsieur Lacour. Pourquoi est-ce si important ?

– Je ne pense pas vous avoir dit que c'était important.

– Parce que ce n'est pas important ?

– Si, c'était important.

Nouveau rétrécissement de ses rétines. Mon terrain de jeu était clairement localisé à cet endroit.

– Pour simplifier, j'étais devenu trop gros. Ça indisposait certaines personnes.

– Ce monsieur Travers ?

– Oui.

– Et alors ? insista-t-il, en laissant traîner sa voix grave sur le point d'interrogation.

– Alors, on m'avait refusé la possibilité de faire signer des contrats à mes clients. Avec ces contrats, mon activité aurait été identifiée dans le bilan de la banque. J'aurais fait de l'ombre à Travers.

– OK, donc sans contrats, si j'ai bien compris, vous étiez…

– En l'air. Pas de filet de sécurité. Au moindre accident, je plonge.

– Et ça ne vous inquiétait pas ?

– Je ne sais pas. Je n'ai pas le vertige.

Perkins jeta un regard appuyé à Becket, puis griffonna quelque chose sur son bloc-notes.

– Bien, poursuivez, marmonna-t-il en barrant un mot qu'il remplaça par je ne sais quoi.

– Je saute à la fin de la réunion, si vous voulez bien.

– Pour autant que vous ne ratiez pas un détail important, c'est comme vous voulez.

Retour à la réunion. Sur ma gauche, de l'autre côté de la baie vitrée teintée, le jet d'eau insistait dans sa vidange J'avais toujours trouvé étrange que le symbole d'une ville soit… une éclaboussure. La table de réunion était vaste. Immense même. Et tout autour, des crânes dégarnis. Décidément, m'étais-je dis, le pouvoir, la réussite et l'argent déboisaient à tout va. Échanges nourris, j'avais présenté mes graphiques et ils s'étaient copieusement engueulés sur le morceau de viande. Rien d'intéressant dans ces échanges ventripotents. Pourtant, ma mémoire s'accrocha étrangement à un éclat de voix.

– 'Anspruchsvolle arschlöcher' !

– Pardon ?

– C'est une insulte. Un truc du genre "petit con prétentieux", en suisse-allemand.

– Pas comme ça que j'imaginais l'atmosphère dans une banque suisse, sourit Becket.

– Moi non plus.

– Continuez !

– *'Anspruchsvolle arschlöcher' !*

Il était le seul représentant de la Suisse alémanique, et l'interpellation de Travers déclencha une vague d'accents circonflexes sur les sourcils parisiens.

– *J'avais dit pas d'interruption ! s'énerva Patrick Verbier, qui avait deviné que l'intervention de notre minorité ethnique n'était pas un compliment.*

– Travers n'avait pas apprécié le tableau récapitulatif. D'où l'insulte.

– Il y avait quoi sur ce tableau ?

– Les revenus de mon activité. Le PNB d'un petit pays. J'avais grossi, je pesais lourd, et cette prise de poids, il ne la supportait pas.

– *'Anspru' machin. Ça ferait un 'killing*[16]*' au Scrabble.*

– *S'il te plaît, Gabriel. Ne t'y mets pas aussi.*

– *Désolé, monsieur.*

---

[16] Une tuerie.

– *Continue, soupira-t-il.*

– Et je me souviens maintenant. C'est là que je les ai piégés.

– *Messieurs, nous sommes le 17 décembre 1998. Cela fait un an que je vous ai fait parvenir, par e-mails, plusieurs demandes concernant la mise en place de contrats pour encadrer notre activité.*

– Où ça, là ?

Travers rugit :

– *Il n'en est pas question, je suis le seul autorisé à exercer une gestion sous contrats dans cette banque.*

– Là, répétai-je. Hans Travers puis les autres, les uns après les autres.

– Nous ne sommes pas dans votre tête, monsieur Lacour. Précisez, je vous prie.

– Je me suis acheté une carte 'chance'.

– Une carte 'chance' ?

– Une carte 'sortie de prison', plutôt.

– Que vous utiliserez ?

– Oui, plus tard.

– C'est quand, plus tard ?

– À la fin.

– Vous aimez jouer avec le feu, n'est-ce pas ?

– L'époque était un peu folle.

– Donc, c'est pas le joueur, mais le jeu ?

– Un peu des deux, peut-être.

– La réunion est donc terminée ?

– Avant de partir, on évoque la soirée de la banque.

– Celle qui se déroule dans ce château au bord du lac Léman ?

Surpris, je fixai Perkins.

– Comment savez-vous ?

– Continuez, monsieur Lacour. La soirée au château, avez-vous dit.

Beaucoup trop calme ce type. Je l'affrontai un instant, il absorba mon regard sans rien manifester. J'allais devoir faire attention. Ces incursions dans le passé avaient tendance à anesthésier ma vigilance. Faire le tri, prendre le temps et ne pas me perdre dans ces allers-retours.

– *Gabriel ?*

– *Monsieur ?*

– *Il y a des discussions en cours. Des évolutions qui pourraient te concerner.*

– *Vraiment ?*

– *Alors ce soir, essaye de faire bonne impression, s'il te plaît.*

– *Je ferai de mon mieux, monsieur.*

– Il me dit que des discussions sont en cours à mon sujet. J'ai éteint l'appareil et je suis parti.

– Qui est ce 'il' ?

– Verbier, Patrick Verbier, le directeur de la banque.

– Cet appareil dans votre poche, que vous avez éteint avant de partir, c'est la carte 'chance' ?

– Non, en fait, je suis parti et j'ai éteint l'appareil après, corrigeai-je, sans réfléchir.

– Merci de la précision, ironisa-t-il. Donc, cet appareil, c'est bien la carte 'sortie de prison' ?

– Oui. Un conseil que m'a donné Angelica.

– Angelica Santini ?

– Oui.

– Parlez-nous d'elle.

– Pardon ?

– Votre rencontre, votre relation.

– Agent Perkins ?

– Oui ?

– Vous vous foutez de moi ?

– Gabriel, intervint précipitamment Tony, tu dois comprendre que tout cela est destiné à nous donner une indication sur…

– Le mobile ?

– Non, ce n'est pas ce que je voulais dire.

– Pas le mobile, alors quoi ? Ma capacité à être violent ? C'est pour ça que vous remontez dans le temps ? C'est pas mon parcours, mais mes accidents et mes réactions qui vous intéressent ?

Tony ne répondit pas. Perkins prit le relais.

– Bien, reprenons. D'après le rapport qui a été rédigé à l'époque, vous vous êtes rencontrés à Genève, c'est bien ça ?

– Un assassin se balade dans la nature et vous me demandez comment j'ai rencontré Angelica ?

Tony releva la tête. Son regard vacillait sous le néon.

– Vous n'avez rien de mieux à faire au FBI ? Une enquête sur ma rencontre ? C'est 'Les Feux de l'amour[17]' chez vous ?

– Dans un dossier, il faut comprendre les étapes. Toutes les étapes.

– Donc vous montez un dossier contre moi ?

– Ce n'est pas ce que j'ai dit. Vous êtes témoin. Simplement témoin.

– Et si j'avais refusé de venir ?

– Disons que nous aurions trouvé d'autres moyens pour vous entendre.

– Donc, je suis témoin parce que suspect aurait été de mauvais goût. Une mauvaise publicité pour vos services, n'est-ce pas ? Après autant d'échecs, me boucler, ça fait mauvais genre !

– Aurions-nous des raisons de vous boucler ?

– Puisque depuis vingt ans, vous laissez un assassin en liberté, j'ai quelques doutes sur vos intentions.

– Cette personne n'est pas un citoyen américain.

– Mais il a tué des Américains. Combien d'ailleurs ?

– Ce n'est pas le sujet.

– C'est bien le problème. Ça devrait être votre sujet, monsieur Perkins.

– Agent Perkins, corrigea-t-il.

– Si vous voulez. Il m'arrive d'oublier que vous êtes un enquêteur. En revanche, pourquoi mêler Angelica à tout ça ?

---

[17] Série télévisée de William Joseph Bell et Lee Phillip Bell.

Il n'avait pas réagi à la morsure. Au contraire, il semblait presque apprécier l'échange.

– La réponse viendra en son temps. Un peu de patience. Donc vous vous êtes rencontrés à Genève ?

– Oui.

– Elle est italienne, je crois.

– Elle en avait l'accent.

– Et elle était avocate.

– Non.

Surpris, Perkins extirpa une feuille et prit un moment pour la consulter.

– Si, monsieur Lacour. Elle était avocate.

– Non. Elle chantait.

– Vraiment ?

– Oui, vraiment.

– Mademoiselle Santini était chanteuse ?

– Non. Elle était avocate.

Tony étouffa un rire et l'agent Perkins le fusilla du regard.

– On peut passer la journée sur le sujet, ou la semaine si vous voulez. Mais on avancera étape par étape. Vous me suivez ?

– Je vous précède, Perkins.

– C'est agent Perkins, soupira-t-il. Donc, avocate et chanteuse. C'est bien ça ?

– C'est ça.

– Racontez-nous, en quelques mots.

Revenir à ma rencontre avec Angelica n'apporterait jamais le bon éclairage, parce que…

– Nous nous sommes rencontrés avant notre rencontre.

– C'est-à-dire ?

Il y avait toujours de la musique avec elle. Il y avait toujours une ambiance singulière. J'enfilai le souvenir comme on enfile un pullover… Un souvenir cashmere !

Une porte cochère, puis une cour pavée et sur la droite, un escalier en pierre qui s'enfonçait dans un sous-sol. Confortable et désuet, un bar

63

accueillait mes fins de soirées solitaires. *Le vestiaire, quelques marches encore et dans la pénombre garnie de fauteuils en cuir sombre, quelques couples parlaient trop fort. Les femmes faisaient semblant de rire, les hommes faisaient semblant d'y croire.*

Je me souviens que mon premier contact avait été avec la lumière d'un projecteur. Cette tache laiteuse et ronde qui l'avait saisie alors qu'elle se dirigeait vers le piano. Encore une artiste, une de plus, m'étais-je dit en la découvrant. Mais la lumière n'était pas d'accord. Elle avait semblé s'attacher un peu plus que de coutume à cette ombre chinoise.

Elle avait glissé sur la scène et s'était assise au piano. Le dos droit, elle avait caressé les notes. Oui, elle les avait effleurées…

– Vous vous êtes rencontrés avant votre rencontre, avez-vous dit, je ne comprends pas.

– Rassurez-vous, moi non plus.

Une fois assise, le haut de son corps avait légèrement pivoté. Elle était de biais, avais-je remarqué, et j'avais senti chez elle comme une résistance. Elle refusait d'affronter le clavier de face. Le clavier, le public ou son talent, je ne savais pas ce qu'elle fuyait, mais en pivotant sur sa droite, sans le savoir, elle m'avait offert un tête-à-tête. J'étais dans le coin obscur, celui où les autres n'allaient pas. Elle avait basculé son regard dans ma direction sans savoir que dans cette ombre, j'étais là. C'était notre premier échange, son premier regard, et dans cette intimité que je lui volais, j'avais posé le pied, pour la première fois, dans son territoire. C'était curieux de trébucher dans la vie d'une inconnue. Son vertige ou son trac, je ne sais pas, mais à cet instant précis, j'étais tombé en elle. Et plus rien n'avait été pareil.

Elle avait expiré un soupir, sa main avait attrapé le micro et l'avait ajusté. Elle avait murmuré quelques mots et la salle avait murmuré à son tour. Le silence l'avait enveloppée et j'avais aimé ce silence sur sa peau. Sa main s'était levée et elle avait claqué des doigts une fois, puis une deuxième fois. La musique avait surgi, un bracelet avait coulissé sur son avant-bras avant qu'elle ne repose ses doigts sur les touches. Premières notes, sa voix un peu rauque, 'Georgia on My Mind'.

Elle s'était envolée avec Ray Charles et moi, j'avais décollé avec elle.

– Une ou deux fois par semaine, elle chantait dans un piano-bar.

Ses cheveux noirs joliment dessinés se décoiffaient au rythme des chansons, et assez rapidement, une mèche lui chatouillait le nez. Elle avait un visage très pur, qui ne souriait qu'une fois la dernière note déposée. Et, à chaque fois qu'elle se levait à la fin de son récital, elle paraissait un peu perdue, désorientée, comme après un réveil trop brutal. Sous la poussée du ventilateur placé devant la scène, ses vêtements amples et un peu bohêmes se plaquaient alors contre son corps et, miraculeusement, les applaudissements s'amplifiaient, alors que les miens s'interrompaient.

– C'est donc là que vous vous êtes rencontrés ?

Je n'avais pas osé l'approcher. Jusque-là, j'avais toujours eu peur que la réalité ne soit pas à la hauteur de mes rêves. Et puis, jusqu'à Angelica, j'avais de grands rêves, mais de petits sentiments.

– Non. Je l'ai vue.

– C'est tout ?

– Normalement, je regarde, mais je ne vois pas.

– Regarder et ne pas voir, ça ne veut rien dire, mais poursuivez.

Quelques jours, semaines, ou mois plus tard, alors que je déboulais dans le bureau de Jack Russell, je m'étais arrêté net devant le tailleur strict qui était posé sur son canapé. Un sourire moqueur m'avait accueilli. Elle s'était levée pour se présenter et j'avais écouté, sans les entendre vraiment, les explications de Jack sur la raison de la présence de ma chanteuse à la banque. Elle avait glissé sa paume dans la mienne, et ma main, dans cette poignée, s'était sentie chez elle.

Murmure d'une interprétation pathétique de 'Georgia on My Mind'. Jack Russell m'avait dévisagé. C'était sorti tout seul. C'était complètement ridicule, mais une fois embarqué dans la mélodie, j'avais insisté…

– C'est à la banque que je lui ai parlé pour la première fois.

Angelica avait interrompu le massacre en libérant sa main de la mienne pour mieux déposer son index sur ses lèvres. Elle avait voulu me stopper par ce geste, me demander de me taire, d'arrêter, mais c'était trop tard. Le sourire qui éclairait alors son visage avait été ma première victoire. Dessiner un sourire sur ses lèvres était instantanément devenu la seule destination possible.

Elle était surprise, elle était curieuse. Elle ne savait rien de moi. Je ne savais rien d'elle. Nos questionnements silencieux s'emboîtaient parfaitement.

Ce qui est beau à l'aube d'un sentiment, ce sont les points d'interrogation !

– Elle était aussi avocate associée dans un grand cabinet et elle bossait pour nous de temps en temps.

– Vous voyez, ce n'était pas si difficile que ça.

Partager le beau, le pur, c'est immanquablement le salir. Au contact de l'autre, il y avait un frottement, une érosion, une meurtrissure qui m'indisposait.

– Et quelques heures après cette réunion, le soir même donc, mademoiselle Santini vous accompagnera au dîner annuel de la banque, c'est bien ça ?

Tony Becket se tourna vers son patron, mais Perkins poursuivit sans tenir compte de son regard inquiet.

– Ce dîner se tient dans un château, je crois.

Je ne répondis pas.

– Parlez-nous de cette soirée.

– Non !

Le stylo de Perkins se stabilisa au-dessus de son bloc-notes.

– Pardon ?

– Non.

– C'est important, monsieur Lacour.

Léger vertige. Le grésillement devient douleur. Je ne dois pas pousser plus loin. Je le sens.

– Je ne crois pas, non.

– Nous avons retracé le parcours de Catarina Juavez pendant son séjour à Genève.

– Et alors ?

– Nous avons récupéré les enregistrements de la vidéosurveillance du château. Je crois qu'il serait opportun que vous nous donniez votre version des faits.

– Quel est le rapport entre cette soirée et Catarina Juavez ?

– Tout est lié, monsieur Lacour. C'est bien ce que vous nous avez dit, non ?

– Oui, mais cette soirée n'a rien à voir avec la suite. Et encore moins avec la fille de Juavez.

– Vous en êtes sûr ?

– Certain.

– Pourtant, sur les images de vidéosurveillance, nous avons repéré Catarina Juavez.

– Quoi ?!

– Toujours rien à partager avec nous sur ce sujet, monsieur Lacour ?

6

– James, je crois que…

– Agent Becket, laissez monsieur Lacour décider tranquillement. Il est venu sans avocat, la moindre des choses est que nous soyons transparents. Soit monsieur Lacour nous apporte son témoignage et nous éclaire sur la présence de mademoiselle Juavez ce soir-là, soit ces images seront versées à la procédure et le procureur aura tout le loisir de les interpréter à sa manière.

Il extirpa une photo du dossier, la déposa sur la table et la fit pivoter du bout des doigts.

– Alors, regardez cette photo et racontez-nous cette soirée. Peut-être que la mémoire vous reviendra.

– Je voudrais m'arrêter un instant.

– Pas maintenant, monsieur Lacour. Regardez la photo, vous la reconnaissez ?

La photo était de mauvaise qualité. C'était la nuit, la forêt ceinturait le château. Gros plan sur un visage perdu dans une combinaison sombre. Je braquai finalement mon regard sur Tony, qui semblait de plus en plus mal à l'aise.

– Tony, je…

– C'est agent Becket, monsieur Lacour, me cingla Perkins. Prenez tout le temps nécessaire, mais je ne saurais trop vous recommander de nous livrer votre version du déroulement de cette soirée.

L'ambiance s'était brutalement rafraîchie et Tony reprit la main.

– Je crois que c'est important. On peut te montrer les images, si tu veux.

– Non.

– Comme tu veux. Donc, cette soirée a…

– Je ne me souviens plus.

– Reviens en arrière, tu es arrivé dans ta voiture.

Je ne dois pas l'accompagner sur ce chemin. Pas dans cette voiture. Pas dans ce souvenir. Je le sais.

– Tu n'es pas seul dans la voiture, n'est-ce pas ?

Perkins affichait une curiosité manifeste. Tony était concentré. Ils ne comprenaient pas. Ils ne comprenaient pas qu'il suffisait de contourner le passé pour ne pas s'y engluer et vivre à n'en plus finir dans ce qui n'était plus.

Le souvenir rampait quelque part. Je savais qu'il suffisait de l'appeler pour qu'il sorte la tête de son trou.

– Vous êtes libre de vous taire, précisa Perkins, qui avait profité de mon silence pour lancer la lecture sur le poste de télévision. Mais laisser ces images sans explication pourrait vous être particulièrement dommageable. Et je ne parle pas uniquement de la présence de mademoiselle Juavez ce soir-là. À vous de voir !

Je refusais de voir, justement.

– Il a raison, Gabriel. Il est préférable, pour la suite de l'audition, que tu nous racontes ce qui s'est passé.

J'avais toutes les raisons de lui faire confiance. J'avais également certaines raisons de me méfier d'eux.

– On vous voit arriver tous les deux. Vous êtes sur le chemin, Angelica et toi, la nuit est tombée. Regarde, on voit ta voiture sur l'écran, tu te souviens ?

– Éteignez ça, s'il vous plaît.

Tony saisit la télécommande sur la table, sans se préoccuper de Perkins qui aurait pourtant volontiers prolongé l'exercice.

– C'est quoi ta voiture ?

Je n'avais pas besoin de la vidéosurveillance pour déterrer les images.

– Gabriel, je n'arrive pas à voir sur l'écran, c'est quoi ta voiture ?

– Un vieux truc.

– On dirait une Porsche. C'est juste ?

– Oui. Bien cabossée, mais elle roulait vite.

– Donc, tu es au volant de ta vieille Porsche, tu arrives au château pour la soirée annuelle de la banque. Angelica est assise à côté de toi ?

Question simple. Oui, bien sûr qu'elle était là.

– Elle est là.

– C'est ça. Angelica est là et le château est en face de toi.

La soirée avait bien débuté pourtant. Des flocons dansaient devant la voiture et, pour accentuer l'effet, j'étais passé en mode 'pleins phares'.

– Il y a des graviers.

Toujours l'accessoire, toujours les anomalies. Je ne sais pas pourquoi, mais c'est comme ça. Angelica aime ça chez moi. Mais pas les autres. Les autres n'aiment pas l'accessoire.

– Exact. Et des torches sont allumées de part et d'autre du chemin.

– Oui, il y a les graviers et les torches.

Les graviers avaient crépité sous les roues de la voiture. Angelica était silencieuse et, moi, je vagabondais encore une fois. Ma mémoire prenait toujours des détours. Des bruits, un décor, le grain de sa peau…

Les graviers qui s'éclatent sous les roues de la voiture, le souffle du chauffage sur mon visage et une chanson, un tube des années quatre-vingt à la radio. Kate Bush ? Oui, c'est ça, son duo avec je ne sais plus qui. La caméra tourne autour d'eux et elle est follement amoureuse, me remémorai-je, en sautant de la chanson au clip vidéo. J'aimais bien le mensonge quand il était magnifiquement interprété.

– Monsieur Lacour, pourriez-vous accélérer, je vous prie ?

Ouvrir les yeux, croiser son regard. L'un de ses sourcils avait décollé.

– Ou préférez-vous que je vous aide avec les images de vidéosurveillance ?

– Ça ne sera pas nécessaire.

Refermer les yeux. Les graviers…

J'aimais ce bruit. Je le classais dans le même dossier intime que celui de l'odeur du souffre d'une allumette, l'explosion d'un papier bulle entre mon pouce et mon index, ou encore, délice absolu, du parfum des poulets qui bronzaient sur les trottoirs parisiens, à la sortie des rôtisseries. Cela devait sûrement faire appel à des souvenirs lointains.

Sur le point de partager cette considération hautement philosophique avec Angelica, je tournai la tête dans sa direction et ravalai mon commentaire. Comme souvent, comme toujours même, j'étais frappé au cœur : les courbes de son visage, la mèche capricieuse qui s'échappait de son chignon ou ses narines qui frémissaient au rythme de ses pensées… et comme un con, je restais suspendu à cette vision.

– Monsieur Lacour ?

Cette voix n'avait rien à faire dans la séquence. Je l'effaçai sans effort. Effacer, j'étais plutôt doué dans cet exercice.

Des torches enflammées en bordure de l'allée saluaient notre progression et, plus loin, une demeure imposante se dessinait dans la nuit. Le château surplombait le lac Léman et resplendissait de sa gloire passée. La soirée annuelle de la banque allait déployer tout son faste. Je lâchai un long soupir résigné en ralentissant devant le perron.

Les deux agents se regardèrent. Tony fit un va-et-vient vertical avec ses mains. Attendre, indiquait-il en silence. Perkins hocha la tête et reporta son attention sur Gabriel : les yeux fermés, un sourire accroché à ses lèvres, il était quelquefois touchant, mais le plus souvent agaçant. Son côté français probablement, mais pas totalement dénué d'intérêt. Il était différent, mais dans une version qu'il n'avait jamais rencontrée jusque-là.

À l'instant où j'arrêtai la voiture au pied de l'escalier monumental, deux jeunes hommes en tenue de laquais se précipitèrent et ouvrirent nos portières simultanément.

– *Plus le choix, murmura Angelica.*

– *Et si on faisait l'amour ?*

– *Quoi ?!*

– *Je me gare plus loin et on fait l'amour.*

– *Et après ?*

– *Après ? On recommence.*

– *D'accord, mais après ?*

– *Après on rentre et on refait l'amour.*

Elle fit la moue et posa sa main au-dessus de la portière, sur la toile qui faisait office de toit.

— Un poil prétentieux si tu veux mon avis, et puis ta Porsche est trop petite.

— Je décapote ! m'exclamai-je.

Angelica rit de plus belle. Et j'aimais ça. Elle se pencha et m'embrassa. Sa langue longea mes lèvres et je fermai les yeux. Lorsque la sensation disparut, elle avait déjà détaché sa ceinture de sécurité. J'adorais cette ceinture. Elle avait un talent de dingue pour se loger entre ses seins.

— Je dois prendre ça pour un non ?

— Tu dois prendre ça pour une promesse, pétilla-t-elle en posant un talon dans le gravier.

Je me dépliai et sortis de la vieille Porsche à mon tour. Le voiturier saisit la clef que j'avais tendue, prit ma place au volant et s'en alla garer la voiture à côté d'une berline arrogante.

Lorsqu'il ressortit de la voiture, je n'avais toujours pas bougé, et il m'adressa un sourire. Visiblement, il avait aimé le contact du vieux cuir. Au même instant, un vrombissement contrarié attira nos regards. Un bolide hoquetait sur l'allée. Impossible de le rater. Couleur poussin et plat comme une tranche de saumon, le véhicule bondissait sur quelques mètres avant de se bloquer. Les pneus crissèrent une dernière fois et je fis un bond en arrière pour éviter le pare-chocs. La porte se souleva.

— Capricieuse ? adressai-je au pilote.

— Comme toutes les belles femmes, s'aventura Alex en se déployant.

— La dernière était rouge, si je me souviens bien.

— Oui, mais le rouge, c'est pas discret.

Je jetai un coup d'œil dubitatif à la carrosserie, alors qu'Alex lançait son trousseau de clefs au valet qui s'était approché.

— Vous la garez à côté de l'antiquité, indiqua-t-il en pointant du doigt ma voiture.

Puis il leva la main à l'attention d'Angelica qui patientait en haut des marches. Un châle sur les épaules, son sourire était frigorifié.

— Tu as mauvais goût pour les voitures, reprit-il, mais question carrosserie, ta dulcinée est bien équipée !

C'était vrai qu'avec la lumière en arrière-plan, sa silhouette se découpait au couteau.

– Carrosserie et moteur, y a pas à dire, les Italiennes sont les reines et j'ai toujours eu un faible pour les Turinoises, embraya-t-il en me propulsant un sourire chargé de sous-entendus.

– Alex ?

– Et ses jantes. Tu sais que c'est la première fois que je vois ces jantes ? Cette robe est…

– Alex ! l'interrompis-je plus fermement.

– Son Altesse ?

– C'est d'Angelica que tu parles.

– Je sais. Désolé, mais je n'ai pas roulé depuis un moment.

– Combien de temps ?

– Deux jours ou trois, une vraie voie de garage. Et le pire, c'est que c'était plutôt décevant. La suspension était pas terrible. Du genre, Renault, si tu vois ce que je veux dire.

Lorsqu'il dénichait une thématique, il l'exploitait jusqu'à épuisement.

– Elle n'était pas scandinave ?

– Merde, t'as raison. Oui, une Volvo alors. Quatre roues motrices, mais aucune tenue de route, je t'assure, tout fout le camp !

– Tu sais quoi, mon pote ?

– Non ?

– Tu es un vrai poète.

– Je sais, m'accorda-t-il en souriant. Tu veux que je te parle du moment où je lui ai fait les niveaux ?

– Je vais essayer de m'en passer.

– Monsieur Lacour ! Je vous rappelle qu'il s'agit d'une audition officielle, que vous êtes enregistré, alors merci de partager vos… réflexions, indiqua Perkins, après une légère pause. Avec nous et à voix haute !

– Les garçons ? Vous avez terminé ?

– On parlait carrosserie, s'excusa Alex en grimpant l'escalier.

– De la tienne, en particulier, complétai-je en les rejoignant.

Échange de baisers. Mon Marseillais embrassait volontiers.

– C'est ce que j'ai cru comprendre, s'amusa-t-elle en saisissant mon bras.

Nous pénétrâmes enfin dans le hall surplombé par un gigantesque lustre et tous les regards se tournèrent vers nous.

Vers elle plutôt.

— Vous m'entendez ?

Ma mémoire, visiblement perturbée par l'interruption, fit une embardée : demi-tour, retour dans la voiture. Lorsque j'avais ouvert la portière, le froid m'avait saisi et, en entrant dans le hall, la chaleur m'avait presque engourdi. Je n'allais pas partager mes digressions climatiques avec lui, alors, autant l'ignorer et avancer.

— Monsieur Lacour ?!

L'utilisation du 'monsieur' m'indiquait l'origine de l'interpellation.

— Je me suis garé. On entre dans le château, lui accordai-je finalement.

Dans la vie d'une grande entreprise, s'il y avait des moments clefs qui jalonnaient l'année, la soirée de Noël en était l'apothéose. Celle qui gérait cette symphonie, c'était Valérie Gendre.

— Valérie nous accueille dans le hall.

— Valérie ?

Toujours l'accessoire… L'essentiel, il ne fallait jamais le partager.

— La DRH.

— D'accord, et ensuite ?

En robe longue et scintillante de diamants, elle assumait avec grâce son rôle de maîtresse de cérémonie. Elle accueillait les convives à l'entrée de la grande salle de bal et son œil frisa en nous découvrant. Elle m'écarta sans ménagement pour mieux imprimer son rouge à lèvres sur les joues d'Angelica. La silhouette de ma douce s'enfonça en riant dans les rondeurs de Valérie et j'étais à deux doigts de lancer une opération d'évacuation pour la secourir.

— *Tu sais qu'il n'est pas très bavard ton chevalier, lui adressa-t-elle, après l'avoir libérée. Ça fait des mois que je m'inquiète de ses soirées solitaires et qu'il ne m'accorde qu'un sourire comme réponse aux questions que je lui pose sur le sujet. Très agaçant ce sourire à la longue, d'ailleurs, ponctua-t-elle.*

— Elles se moquent de moi.

— Cette Valérie ?

– Oui. Et Angelica aussi.

– *Vous vous connaissez ?*

– *Genève est un village, me sermonna Valérie. Donc ce soir, vous êtes à ma table et puisqu'à la différence des autres cadres supérieurs qui font le siège de mon bureau depuis des semaines – elle me lança un regard faussement fatigué – Gabriel n'a pas daigné me demander avec qui vous alliez partager ce repas, sachez qu'il y aura Didier Courbet, le patron du groupe, Éric de Courçon, le responsable du métier Banque privée à l'international, ainsi que Pierre Collard, notre estimé 'compliance officer'.*

– *Et moi ? intervint Alex.*

– *La table des enfants. Et pas touche aux robes longues, je te surveille !*

– *Oui, madame, se renfrogna-t-il.*

Elle se tourna vers Angelica :

– *Tu veux bien faire en sorte de maîtriser ton bonhomme, s'il te plaît ?*

– *Je vais faire ce que je peux.*

– *Tu as choisi un drôle d'oiseau, tu sais.*

– Je suis un drôle d'oiseau, d'après la DRH.

Je m'en veux de partager ces instants. Partager, c'est trahir, toujours trahir…

– C'est un quetzal, en effet.

– Un quetzal, murmurai-je.

Angelica connaissait le symbole du Guatemala, cet oiseau mystique.

– *Un quetzal ? l'interrogea Valérie.*

– Quetzal, c'est le nom de votre société à Miami, non ?

Elle ne savait pas que c'était aussi le surnom qu'un enfoiré avait, une nuit, décidé de m'accoler.

– Oui. J'ai toujours aimé le symbole.

– C'est quoi comme symbole ?

– Un piaf d'Amérique centrale. Symbole de richesse et de prospérité, il ne peut pas vivre en cage.

Tony hocha la tête. On ne pouvait pas avoir traversé le pays sans avoir rencontré cette histoire. Et le Guatemala, Tony l'avait sillonné de long en large !

– Vous travaillez, dans cette société Quetzal, pour un ancien client de la banque ?

Il était pénible à me solliciter en permanence. Mais je n'avais pas le choix. Réduire mes réponses, que sa présence soit la plus légère possible.

– Oui.

– Avec votre associé italien, c'est ça ?

– Matteo Grazini, oui.

– Très bien. Donc, le dîner de banquiers. Allons-y.

– Le dîner de gala, confirmai-je, en m'enfonçant dans les murmures de la vaste salle de réception.

Lorsque finalement nous rejoignîmes notre table, Pierre Collard, habillé d'une épouse qui semblait un peu effarée par le décorum et la débauche de luxe, m'offrit une grimace qui, dans son monde, devait s'apparenter à un sourire. C'était un couple parfaitement assorti, me dis-je en répondant à la grimace d'un hochement de tête. Ils paraissaient porter toute la misère du monde sur leurs épaules, jusqu'à leurs regards, recroquevillés et étroits, qu'ils expulsaient par rafales avant de se replier sur eux-mêmes.

Je saluai respectueusement les deux membres éminents de la direction, qui se perdirent d'un commun accord dans l'échancrure de la robe d'Angelica. L'ambiance était carrément guindée, remarquai-je en repoussant la chaise d'Angelica, qui me remercia tout en s'asseyant. Je m'assis à mon tour et fis un panoramique : une fournée de banquiers, ça pouvait rapidement devenir sinistre.

Je me lançai à l'aveugle, présentant Angelica aux convives attablés comme chanteuse-interprète, ce qui eut le mérite de raviver les prunelles du binôme de la direction, et complétai son curriculum vitae par l'évocation de son titre d'avocate associée chez Lambert & Wilson. Agacement immédiat chez Collard, dont la religion interdisait la moindre originalité. Angelica corrigea gracieusement mon propos et une détente circula sur la nappe, alors qu'une brise timide éclairait le visage de madame Collard. Première dissonance dans ce petit couple, me dis-je en souriant à cette prisonnière. Les couples étaient souvent des détenus plus ou moins volontaires, et mes capteurs attrapaient régulièrement l'anomalie de ce genre d'attelage.

– La salle est pleine. Il y a des gens importants à notre table.

– Qui ?

– Didier Courbet, le patron du groupe, Éric de Courçon, le patron du métier banque privée et Collard.

– Collard ?

– Oui, le 'compliance officer'. Le FBI de la banque.

– Très bien, vous vous installez, et ensuite ?

– Ensuite, je mange. Vous voulez le menu ?

– Cela ne sera pas nécessaire. En revanche, j'aimerais connaître la nature de vos échanges.

– Je ne vois pas l'intérêt.

– Étant donné la suite de votre dîner, chaque détail compte.

– Alors, je dois y retourner, soupirai-je.

Reprendre le chemin. Renouer avec la nappe, le service guindé, le concert de couverts contre les faïences et… le brouhaha. Un étrange mot que ce… brouhaha.

– *Puisque nous avons un spécialiste à table, profitons-en. Alors, 1999 s'annonce comment ?*

Une gorgée de vin et… se lancer :

– *Vous vous souvenez lorsque l'Occident maîtrisait les flux, dominait la pensée et imposait sa puissance au reste du monde ? Eh bien, c'est terminé et ça complique la lecture. Aujourd'hui, on entrevoit un monde multipolaire. L'Europe s'essouffle, le Japon n'en finit plus de ralentir et l'Amérique bombe le torse avec son énergie d'adolescente, mais nous ne maîtrisons plus le script. Les économistes découvrent le scénario au fur et à mesure de la projection. Les pays émergents font plus qu'émerger et personne n'arrive à imaginer réellement l'état du monde dans cinq ou dix ans. Pour satisfaire les besoins des actionnaires, souvent des fonds de pension anglo-saxons, les entreprises se dévorent entre elles, en utilisant une nouvelle monnaie de singe, qui fait office de monnaie d'échange : leurs propres actions, gonflées à l'hélium par la hausse récente des bourses. Elles font du troc. Et à force de grossir, si vous connaissez la fable de la grenouille et du bœuf, vous connaissez donc la fin de l'histoire[18].*

– *Vous pensez comme monsieur Travers que le marché s'effondrera un jour ?*

---

[18] Jean de La Fontaine, *Fables*, livre I, fable 3, "La grenouille qui se veut faire aussi grosse que le bœuf".

– *Travers travaille sur le temps long et à long terme, prévoir une bascule ou un accident, c'est aussi élémentaire que de prévoir qu'avec un rhume, le nez coule.*

Courbet sourit et le type à la particule prit le relais. Puisque la banque privée était une monarchie, avoir une particule, c'était l'équivalent d'un curriculum vitae. La compétence résidait dans l'apparence.

– *L'un de mes amis m'a fait part d'une expérience troublante, Gabriel. Il est client de la banque en Suisse, mais vous lui auriez refusé l'accès à votre service.*

– *Vous parlez du patron du Cac 40 ?*

– *Exact.*

– *Je me souviens et, c'est vrai. Il voulait acheter des actions de sa propre société.*

– *Et vous avez refusé ?*

– *Il s'agissait d'un délit d'initié.*

– *N'est-ce pas là tout l'intérêt du secret bancaire ? Abriter sa fortune et éventuellement en profiter ?*

– *Possible, mais ma matière première, mon carburant, c'est le risque et l'inconnu. Du fait de sa position, il connaissait les nouvelles avant qu'elles ne soient accessibles. Il ne respectait donc pas les règles du jeu.*

– *Les règles de 'votre' jeu.*

– *Si les boîtes de nuit ont un 'dress code', j'ai bien le droit d'avoir le mien. On ne triche pas avec l'inconnu, sinon, il n'y a plus d'illusion. Et si mon métier consiste à lire l'avenir, vous admettrez avec moi que l'illusion a toute sa place dans mon quotidien.*

– *Ce n'est donc pas une question de morale ?*

– *Je suis un banquier privé à Genève, monsieur de Courçon. Ma morale, les douaniers suisses l'ont confisquée à mon arrivée. En revanche, avoir un ou deux principes, ça m'évite de tomber du mauvais côté.*

Une farandole de langoustines débarqua et Didier Courbet s'engouffra dans le silence :

– *Tout cela confirme les rumeurs à votre sujet. On ne triche pas avec l'illusion, avez-vous-dit ! La formule est plaisante. Savez-vous qu'il y a un surnom vous concernant qui circule au siège.*

– *Vraiment ? non, je ne savais pas.*

– *Houdini.*

– *Le magicien ?*

78

– *Le magicien*, confirma Courbet. *Je ne sais pas s'il s'agit de vos résultats ou de votre manière de faire, mais je suis venu faire un tour chez vous dans l'après-midi pour me faire une opinion.*

– *J'étais malheureusement en réunion.*

– *Dites-moi une chose, Gabriel. Transformer vos bureaux en une salle de spectacle, il fallait y penser. Comment vous est venue l'idée ?*

– *Assez naturellement.*

– *D'accord, mais comment ? C'est quoi le point de départ de ce concept ?*

– *C'est très simple, monsieur, mais cela risque de vous décevoir. Je n'ai rien d'un Houdini.*

– *N'est-ce pas ce que répondrait un illusionniste ?*

– *Possible*, souris-je. *Mais la réalité est amplement suffisante et la magie est une question de regard. Le spectacle était là bien avant moi. Il suffisait simplement de l'éclairer correctement.*

– *Si vous n'êtes pas ce Houdini dont on m'a parlé, qui êtes-vous alors ?*

Les conversations s'interrompirent et sans réfléchir :

– *Un nez rouge, des chaussures taille 56, une veste bariolée, je suis, je suis ?*

– *Vous êtes un clown ?*

– *Oui, je suis un clown.*

– *Voilà qui n'est pas de nature à me rassurer.*

– *Mais le pire est à venir. Parce que si je suis un clown, vous, vous êtes le patron d'une multinationale de l'argent. Vous êtes puissant et raisonnable. Vous êtes donc… le clown blanc.*

– *Monsieur Lacour*, réagit Collard, *je ne pense pas que…*

Courbet leva une main manucurée :

– *Laissez Gabriel s'exprimer, monsieur Collard. Donc, nous sommes des clowns selon vous, je trouve ce point de départ plutôt intéressant. Continuez, je vous prie.*

– *Une fois que nous avons défini nos rôles respectifs, l'idée ou le concept se met en place tout naturellement. Parce que si nous sommes des clowns, nous sommes donc ?*

– *Au cirque ?*

79

– *Exactement. Nous sommes au cirque. Les actions sont notre ménagerie. Le taureau symbolise la hause des marchés et l'ours, la baisse*[19]. *Nous sommes d'accord ?*

– *Parfaitement, cher ami.*

– *Mais vous savez comme moi, que ce qui attire le public…*

– *Ce sont les fauves, s'exclama Valérie qui s'était prise au jeu.*

– *Oui, ce sont les tigres, les lions et le sang. Donc, je suis le clown. Vous êtes le clown blanc, Valérie fait du trapèze et nos clients sont dans les gradins.*

– *Et les autres banquiers ?*

– *Les clowns sont partout. Tenez, prenez monsieur Collard, par exemple.*

– *Merci de me tenir à l'écart de vos clowneries, grogna-t-il.*

– *Un parfait clown triste.*

– *Je ne vous permets pas de…*

– *Ou grognon, l'interrompis-je.*

La table éclata de rire, Collard se renfrogna et la main d'Angelica remonta le long de ma cuisse.

– Des questions sur quoi ? soupira Perkins.

– Pardon ?

– Vous avez dit qu'on vous posait des questions.

– Je ne me souviens pas vous avoir dit ça. Mais oui. Des questions sur mon activité. Je parle et Angelica…

Le vin, l'ambiance ou l'adrénaline accumulée ces dernier temps, je ne savais pas, mais il y eut soudainement comme une pression… sous le chapiteau. Angelica souriait de toutes ses dents et sa main se perdit dans la poche de mon pantalon.

– Vous n'avez pas fini votre phrase. Angelica ?

Un doigt, puis un autre, ce n'était pas un accident…

– Elle m'écoute.

– D'accord. Vous parlez, elle vous écoute. Continuez.

– *Et les marchés financiers ? quels rôles jouent-ils dans notre cirque ?*

---

[19] Le taureau, célèbre statue installée à Wall Street, symbolise un marché boursier en hausse. L'ours, au contraire, symbolise la chute.

– *Wall Street est ma cage et les actions du Nasdaq sont mes fauves. Le clou du spectacle étant bien évidemment la performance. La performance, c'est le petit tour de magie que vous évoquiez. Il n'y a pas plus belle et grande illusion que de vouloir gagner tout le temps. Vous le savez aussi bien que moi.*

– *Et vous gagnez beaucoup.*

– *Et comme je gagne, vous gagnez aussi du coup.*

– *C'est fascinant. Et cette mise en scène est la raison de votre succès ?*

– *Excitation et adrénaline, dans mes bureaux, confortablement installés dans des canapés, quelques privilégiés peuvent toucher les fauves. Ils suivent en direct les opérations. Sur des écrans, achats et ventes, et New York qui hurle. Ils entendent et ressentent chaque mouvement. Éclairage et système audio, une immersion très excitante. Et vous savez à quoi ressemble un type fortuné face à un fauve ?*

– *Pas vraiment, non.*

– *Il redevient un enfant, monsieur.*

– *C'est une vision particulière, mais je vois parfaitement l'image. Une approche totalement psychologique des marchés.*

– *Les marchés ne sont que psychologie. Derrière chaque ordre d'achat, il y a un homme qui rêve.*

– *Mais il y a de la technique et des tas d'équations dans votre travail.*

– *Vous voyez ? vous jouez le clown blanc. Celui qui tente de raisonner un monde qui a perdu la raison.*

– *Le monde a perdu la raison ?*

– *Bien évidemment. Il est foutraque le monde et ce n'est que le début. Lorsque vous abandonnez le pouvoir au monde de l'argent, vous perdez l'essentiel. Vous perdez la raison. Tout cela va mal finir, ce n'est qu'une question de temps. Mais savoir que c'est fou n'est pas une raison suffisante pour arrêter de rire. De rire ou d'acheter une action. Le marché monte, il monte de plus en plus, et alors ? Si à Los Angeles, on sait que le grand tremblement de terre viendra, cela n'empêche pas les entrepreneurs de bâtir des tours sur les failles, n'est-ce pas ?*

– *En attendant l'accident, j'imagine*, souligna Angelica en refermant sa main sur sa prise.

– *Oui, Angelica*, répondis-je en débloquant ma respiration. *En attendant l'accident ! Un krach boursier ou un tremblement de terre, ce n'est qu'une question de temps. D'ici là, the show must go on*[20].

Accélérant le rythme, je cherchai une conclusion à tout prix.

    – En attendant cet accident, je ne sais plus qui disait que... "c'est avoir tort que d'avoir raison trop tôt[21]".

    – Marguerite Yourcenar, je crois, ponctua Angelica en pressant son pouce sur...

N'y tenant plus, je me levai brusquement tout en refermant ma veste. Précaution supplémentaire, je masquai le relief en dépliant ma serviette. Le bras en angle droit, le tissus couvrit les effets indésirables du travail manuel d'Angelica. Son travail, mais pas son sourire espiègle.

    – Je suis désolé, Valérie, madame Collard, messieurs, mais j'ai un coup de fil important à passer à un client.

Je m'apprêtais à partir comme un voleur, mais Courbet me retint encore :

    – Je ne sais pas si je dois m'inquiéter ou me réjouir de la situation que vous évoquez ?

Collard écarquilla les yeux en direction de la serviette, alors que sa compagne rosit et posa sa main sur ses lèvres fines afin d'abriter ce que j'imaginais être... un sourire.

    – Je crois me souvenir que lors de la ruée vers l'or, ce sont les marchands de pelles qui se sont véritablement enrichis. Disons que, quelle que soit la conclusion de cet épisode, les clients voudront toujours creuser.

    – Monsieur Lacour, il se passe quoi après, s'agaça Perkins.

    – Après, j'en ai marre de parler. Alors, je me suis levé pour prendre l'air.

Slalom entre les tables en direction de la sortie, ma serviette... en étendard.

    – Mademoiselle Santini vous a rejoint à l'extérieur ?

Je ne répondis pas.

    – Nous avons la suite sur les vidéos, monsieur Lacour.

    – Vous ne savez rien.

Son assurance tranquille était pesante. Il me manipulait, je le savais. Il voulait savoir si j'étais capable du pire, je le sentais.

    – Très bien, si nous ne savons rien, alors, racontez-nous !

---

[20] "Le doit spectacle doit continuer".
[21] Marguerite Yourcenar, *Mémoires d'Hadrien*.

Réduire, rétrécir et ne partager que l'accessoire ? Simple lorsque ma mémoire débusquait l'anecdotique, beaucoup plus complexe de maîtriser le discours lorsque le chaos s'installait.

Retisser le fil, reprendre le chemin. J'avais godillé entre les convives, rejoint le hall, descendu les marches en pierre et mes chaussures avaient apprécié le contact avec le gravier. J'avais levé la tête, les flocons s'éclataient contre les vieilles pierres ridées par le temps. Et puis, sa robe était apparue. De quelle couleur était-elle ? Aucune idée, aucun souvenir de ce détail.

Elle avait descendu les marches, m'avait pris par la main avec autorité. La façade principale du château luisait dans la nuit, mais, sitôt le virage franchi à l'angle, la pénombre nous enveloppa. Les épaules dénudées d'Angelica frissonnèrent. Je voulus les couvrir de ma veste, mais elle refusa d'un geste, s'arrêta sous l'encadrement d'une fenêtre et m'embrassa jusqu'à me mordre la lèvre. Puis, s'écartant légèrement :

– Tu sais que tu es sexy quand tu parles en public ?

– Je sais.

– Et que je n'ai rien compris ?

– Moi non plus.

Elle sourit en se blottissant contre moi. Le froid était piquant et le contraste avec la chaleur de nos corps, soudés l'un à l'autre, était saisissant. Je voulus la serrer davantage, mais elle glissa d'entre mes bras. Une rotation tout en douceur, puis elle se cambra en posant ses mains contre le parapet, juste en dessous de la fenêtre qui s'ouvrait sur des centaines de conversations. Son dos dénudé, qu'un lustre avait la délicatesse d'éclairer, ainsi que la pression exercée sur…

– Nous sommes à l'extérieur et…

– Nous savons ce que vous faites, monsieur Lacour. Mais c'est la suite qui nous pose un problème.

– Viens…

Encore une fois, ses hanches ondulèrent et se pressèrent, impatientes.

– Viens, Lacour !

Je souris à l'injonction. J'aimais sa manière de jouer avec l'instant.

Une bretelle de sa robe s'échappa le long de son épaule et l'échancrure dans son dos s'élargit délicieusement. Les flocons de neige disparaissaient sitôt qu'ils se déposaient.

Je savais revivre, pas me rappeler. Aucune distance, c'était la beauté de la chose. Un inconvénient également.

Contact de mes mains froides sur ses seins, mes lèvres longèrent ses frissons pour mieux finir en tête à tête avec ses fesses. Mordre enfin de toutes mes dents dans l'offrande. Le cri qu'elle étouffa précipitamment décupla mon désir. Sa culotte en dentelle noire glissa le long de ses cuisses. Elle leva un pied et puis l'autre, et je récupérai les quelques centimètres de tissu qui terminèrent le périple, roulés en boule, dans la poche intérieure de ma veste. Puis, saisir ses fesses à pleines mains et envahir de ma bouche chaque espace libéré, la retourner d'un geste sec et plonger mes lèvres dans son intimité.

J'aimais son odeur, sa saveur et mes lèvres savaient où se poser. Son plaisir était une destination qu'elles adoraient fréquenter. Un jeu que ma langue s'employait à faire durer. Sa main agrippa une poignée de mes cheveux, forçant encore la pression entre ses cuisses, puis elle me libéra et se pencha pour m'embrasser.

Hier, aujourd'hui, le plaisir est là.

Je me relevai et elle m'observa un court instant, puis ferma les yeux. Sa main parcourue mon visage, un geste d'aveugle, mes traits dans sa paume, mon sourire au bout de ses doigts.

Et dans cette tendresse silencieuse, parce qu'un sentiment n'avait pas toujours besoin de mots pour s'exprimer, c'était mon cœur qu'elle caressait.

– La suite, monsieur Lacour !

La suite, c'est maintenant… Le grain de sa peau, l'étincelle dans ses yeux. J'avais tout. Jusqu'à sa mèche de cheveux qui s'était allongée contre sa joue. Tout était là.

– *Maintenant, murmura-t-elle.*

– *Ici ?*

– *Ici, maintenant, tout de suite.*

Elle avait dégagé tous les obstacles. Ceinture, bouton et braguette, madame était agile, bien plus que moi. Un courant d'air glacé avait couvert ma bandaison, qu'elle s'employa à réconforter avec sa paume. Cocktail savoureux. Un froid extrême et une chaleur sensuelle.

– *Tu veux que je te parle des marchés ?*

La caresse s'accéléra.

– *Je pense que je peux m'en passer.*

– Tu es sûre ?

– Gabriel ?

– Oui ?

Elle se retourna, se cambra de plus belle.

– Tais-toi et viens !

À travers la fenêtre, vision sur le personnel qui s'agitait autour des tables. Le dîner touchait à sa fin.

– Et le dessert ?

– C'est moi ton dessert !

Échange de sourires, la chorégraphie était parfaite. Les courbes, sa peau, mes mains sur ses hanches, fermer les yeux…

– Pourriez-vous ouvrir les yeux, monsieur Lacour, et nous parler de la suite !

Sa chaleur me saisit et je m'évanouis en elle, j'étais en elle, j'étais chez moi. Faire l'amour était un mystère. Deux corps, deux peaux, mais dans cette chorégraphie, il y avait une élévation qui m'échappait. Au-delà du désir, bien plus que le plaisir, c'était toujours une première fois. Une découverte et une surprise qui emballaient mon cœur, aiguisaient mes sens et embrumaient mon cerveau. Et perdu quelque part dans ce brouillard, il y avait mon innocence et… des sentiments.

Elle accompagnait chaque mouvement, les anticipait ou les précédait. Lèvres pincées, elle retenait ses gémissements et je m'employais à compliquer ses efforts le plus possible. Ralentir, suspendre, puis accélérer, fort et loin. Les flocons insistaient sur sa chevelure, mais fondaient sur son dos.

Lâcher prise, c'était un acte de foi, un acte de confiance et un abandon. Je ne savais pas pour les autres, mais pour moi, c'était comme ça. Alors que la neige redoublait de violence, nos mouvements s'accordèrent parfaitement, le rythme s'intensifia et, les yeux fermés, je me laissai enfin aller.

Soudain, la vibration de mon téléphone bouleversa l'équilibre.

– Mon téléphone sonne. C'est ce flic.

– L'agent Becket ?

– Oui, l'agent Becket.

En lâchant prise, j'avais ouvert un espace, une brèche et, avec cet appel, des émotions s'échappèrent. Je savais qui m'appelait. Et avec ce flic, c'était le passé qui s'insinuait.

Profitant de l'ouverture, une frayeur animale se propagea.

Quand un souvenir ne s'écrit plus au passé, quand un souvenir se conjugue au présent, sa force se démultiplie.

Brutalement projeté quelques décennies en arrière, sur un chemin de terre, le brouillard de neige se transforme en un halo vert. La jungle et la pourriture. Une frayeur et le dégoût.

– Je ne sais pas ce qui se passe. Des images, des sensations, ça monte. Non, ça m'envahit.

L'image prend forme. Poupées russes, aujourd'hui, hier, un souvenir dans un souvenir, la spirale est vertigineuse. Impossible de résister à la glissade. Perte de sens, un effondrement silencieux. Les couleurs s'évanouissent. Le château s'estompe. Angelica disparaît. La nuit aussi. Et à la place…

Le chemin crépite de gouttes de soleil. Quelques taches qui se fraient un passage dans la canopée. Le ruban de terre fait un coude et une petite troupe apparaît soudain. Sa main se crispe sur la mienne. Il y a un cri que je ne comprends pas, deux hommes se sont détachés du groupe et courent dans notre direction. On s'arrête. Un uniforme s'approche à son tour. Il a une cicatrice et, quand je baisse la tête, je vois au bout de sa main qu'il lui manque une phalange.

– Je ne dois jamais revenir là-bas. C'est dangereux.

– Revenir où ?

Je relève la tête. Il a répondu à l'homme en uniforme. À la fin de sa phrase, sa main serre la mienne, fort, de plus en plus fort. Son torse se gonfle et se dégonfle vite. Trop vite. Son visage est creusé, il est pâle. L'homme en uniforme parle. Sa voix est grave. Papa répond. Le ton monte. Je sens sa peur. Elle glisse jusqu'à moi. Papa ?

– Je lève la tête et je le regarde, quelque chose ne va pas. Il a peur. Je le sens.

– Mais de qui parlez-vous ?

Il y a de la colère dans cette respiration et cette colère vibre de partout. Sa main me serre de plus en plus fort.

La douleur s'insinue. Mon poing se referme. La vibration me vrille les tympans.

– Je ne dois pas revenir. Mais c'est trop fort…

– Qu'est-ce qui est trop fort ? On ne comprend rien ! s'agaça Perkins, dont le stylo patientait depuis un moment au-dessus du bloc. Et revenir où ?

L'homme en uniforme parle. Je ne comprends pas ce qu'il dit.

– Je suis sur le chemin.

Le canon du fusil est pointé sur nous. À un moment, le fusil se détourne et mon bras part violemment en arrière. On se met à courir. Des cris dans mon dos. Courir encore plus vite. Je ne l'avais jamais vu courir comme ça.

– Dans la jungle ? Avec votre père ?

La douleur augmente. Elle s'insinue, de plus en plus profondément. Elle cherche à atteindre des zones du cerveau qu'il ne faut jamais déranger.

– On court. Il faut rejoindre la lisière et s'enfoncer dans la jungle. Disparaître…

Perkins ouvrit la bouche, mais Tony Becket le prit de vitesse.

– Tu parles en français, Gabriel. Tu peux repasser en anglais, s'il te plaît.

Une détonation claque. Un coup de fouet dans l'air. Le temps s'arrête et sa main quitte la mienne…

– Vous êtes avec votre père, à Tikal, c'est bien cela, monsieur Lacour ?

Sa main quitte la mienne… Et je m'arrête. Je ne comprends pas. Je regarde, je comprends, mais je ne comprends pas. Le temps s'est arrêté. Je me suis arrêté. Tout est suspendu. J'ai arrêté de respirer. Comme lui. Une inspiration, une expiration, une inspiration, puis… plus rien. J'ai arrêté de respirer, parce que papa avait arrêté.

L'image s'estompe. La chaleur s'évanouit. La neige revient. La neige, le froid et le jour redevient nuit.

Je combats la peur en m'enfonçant en elle, de plus en plus violemment. Angelica n'est plus qu'un fantôme que je piétine de toute ma rage. Terreur et coups de reins… je ne vois rien. Il n'y a plus rien.

– Je suis contre la façade du château. Elle a poussé un cri, mais…

– *Gabriel !?*

– … mais je ne dois jamais revenir dans la jungle.

J'agrippe ses hanches et plante mes ongles dans sa chair. Je m'enfonce, je creuse de toutes mes forces, un trou ou une tombe, je veux disparaître. Elle gémit de douleur, mais je ne suis plus là pour l'entendre.

Impossible de contenir la bête…

M'enfoncer et disparaître…

− Vous êtes où ?

− Tous les passés se confondent.

− Vous parlez encore en français, monsieur Lacour. On ne comprend pas !

Confusion, les souvenirs fusionnent, la chronologie est aberrante, impossible de renouer avec le fil. Il est rompu…

Mes oreilles résonnent encore du bruit de la détonation. Quelqu'un a retourné le corps. La tache qui se forme, la flaque qui longe son corps est noire. Les yeux rivés sur les pierres du château, c'est la terre qui se dessine. La terre et le sang de mon père. Mes jambes lâchent d'un coup et je me retrouve à genoux.

Aujourd'hui, hier, avant. Mes jambes lâchent. Papa ?!!

Tony posa sa main sur le bras de Perkins pour l'empêcher d'intervenir.

Une feuille est collée sur son front. Je l'enlève. Mes doigts tremblent. En effleurant sa peau, je dépose du sang. Il est noir, j'ai perdu les couleurs. Mes mains sont noires, tout est noir. Relever la tête. Il n'y a pas de ciel. Il y a des arbres et des yeux. L'homme qui me surplombe dit non de la tête. Puis, non, avec les yeux. Il dit non. Il dit que c'est fini. Le canon de son fusil est pointé sur mon front. Je ferme les yeux.

− Il est là.

− Qui est là ?

− Enrique.

− Enrique Juavez ?

Quelqu'un s'interpose. L'œil du canon disparaît derrière un dos. Dans ce dos il y a des cheveux. Des longs cheveux noirs. Puis on me prend par le bras, on me relève et on s'enfonce dans la forêt. Je me retourne et je vois un jeune garçon penché sur le cadavre. Il prend la montre. On me pousse, je me retourne encore, on me pousse de nouveau et je m'enfonce avec eux dans la jungle. J'entends un rire l'accueillir quand il nous rejoint en courant, exhibant le trophée à son poignet.

− C'est le début.

– Le début de votre captivité ?

Il y a une ombre sur ma gauche. Une pyramide me tourne le dos. Tikal, la cité maya. Elle est à portée de main, mais je ne la verrai pas. On s'écarte et, moi, je m'éloigne de tout ça. J'efface la vision. Ce corps sans vie, ce visage tout pâle, c'est un masque. Je détruis les souvenirs. C'est un réflexe. Il ne reste que le sang. Mes mains sont rouges. Elles sont rouges, mais je ne vois que le noir. Je les frotte contre mon pantalon. L'ombre disparaît, sauf sous les ongles. Alors, les uns après les autres, je les arrache. Aucune douleur. Je ne ressens rien. Il n'y a plus rien.

– C'est le début. Mais il n'y a pas d'après. C'est fini.

– Tu as témoigné ici même, l'année dernière, Gabriel. Enrique Juavez a tiré sur ton père. Tu nous as déjà raconté ça. C'est donc mon appel qui a déclenché ce souvenir et la violence cette nuit-là ?

– Pas d'après, plus d'avant. Il n'y a plus rien. C'est terminé.

Le Guatemala, la jungle et Tikal, le château en Suisse et la violence. Et Miami maintenant. Miami, c'est la terrasse, la fusillade et la mort. Ça va trop vite, je déchire les images au fur et à mesure, mais elles se réaniment à chaque fois.

– Gabriel ? insista Tony.

Il y a trop de voix. Les cris sont toujours là. J'ai ouvert une porte. Il faut la refermer. Mais j'ai pas la clef. Alors je dois aller jusqu'au bout. Punition, sanction, jusqu'au bout. La honte, le dégoût. Angelica gémit, mais de douleur cette fois. Les images reviennent. Le passé, c'est une mauvaise herbe. Une saloperie de mauvaise herbe…

– Putain de boucle de sang.

– Qu'est-ce qu'il a dit ? chuchota Perkins.

– Aucune idée.

– *Tu me fais mal, Gabriel !*

Impossible de m'arrêter. La vision s'est estompée, pas le vide. Pas la fureur. J'accentue encore la pression, la martèle de toutes mes forces. C'est le passé que je défonce. C'est l'enfant, que je veux détruire. C'est lui le coupable. C'est lui qui doit mourir.

– Je n'entends pas ses cris. Ou je les entends, je ne sais pas.

– En anglais, s'il vous plaît.

– Je n'entends rien. Elle crie, je le sais, mais je n'entends rien, repris-je mécaniquement en anglais.

– *Mais arrête !*

– De qui parlez-vous ?

– Faire mal, avoir mal, mais ne rien ressentir…

– *Arrête ça tout de suite !!!!*

– C'est la scène avec votre amie ? Vous êtes avec Angelica ?

– Oublier, effacer, disparaître…

– Revenez en anglais ! s'énerva Perkins.

J'ouvris les yeux…

J'ouvre les yeux, une douleur sèche sur ma joue a interrompu le cauchemar. La main en l'air, Angelica s'est retournée, ses yeux me foudroyant d'un mélange d'incompréhension et de larmes.

Après la gifle, seul un sanglot se dépose entre nous.

– Je suis responsable… de ça aussi.

– Responsable de quoi, monsieur Lacour ?

Refermer les yeux, chasser la vision. Reprendre mes distances avec le passé. L'effacer et l'enfouir.

– Ouvrez les yeux, monsieur Lacour ! Responsable de quoi ?

J'obéis sans y penser et le dévisageai sans vraiment le voir.

– Je lui ai fait mal.

– Nous le savons. Nous avons vu les images. Vous lui avez fait mal, parce que l'appel de l'agent Becket a ouvert une porte sur votre passé, c'est juste ?

La jungle avait disparu. Il ne restait que le froid et la nuit.

Angelica se rhabille précipitamment et, avant que je ne puisse réagir, sa silhouette disparaît dans l'obscurité.

– Vous avez donc perdu le contrôle. Vous avez perdu le contrôle et vous avez été violent, monsieur Lacour. Très violent.

Je me sens… mort. Sale et mort. Le plus étrange est que je ne déteste pas cette sensation.

– Et Catarina Juavez ? Une idée sur la raison de sa présence ?

Au contraire, je l'accueille comme je l'ai toujours fait. Cette sensation est une amie, une amie un peu salope, mais qui jamais ne se détournera de moi, parce qu'elle sait que je suis coupable. Elle m'accepte tel que je suis, sans masque.

– Monsieur Lacour !?

Un bruit sec. Mon cœur se serre. Un pincement douloureux immédiatement suivi d'une nausée. Perkins avait claqué sa paume de main sur la table et le son s'était engouffré dans ma mémoire. Le bruit d'une détonation. Un coup de feu. La mort…

– Catarina Juavez, monsieur Lacour ?

– Quoi Catarina Juavez ?

– Que faisait-elle là, derrière un arbre, à vous observer ?

– Je ne sais pas.

– D'accord, reprenez votre respiration et calmez-vous.

– Je suis calme.

– Très bien. Sur les images de vidéosurveillance, on vous voit appeler quelqu'un au téléphone. Vous vous souvenez ?

– Il neigeait de plus en plus, je crois. Il neigeait et je suis resté… Je ne sais plus. Un moment. Un long moment.

– D'après l'analyse des images, cela a duré plus de vingt-cinq minutes en fait. Sans bouger. Vous êtes resté complètement immobile. Vous vous souvenez ?

La température est glaciale. Sans réfléchir, je sors mon téléphone de la poche intérieure de ma veste et appuie sur la touche 'rappel'.

– Oui, et puis j'appelle Becket, confirmai-je finalement.

– Vous lui dites quoi ?

– *Agent Becket.*

– *Gabriel Lacour à l'appareil.*

– *Monsieur Lacour, je suis heureux de…*

– Je lui dis : "Ne m'appelez plus. Ne m'appelez plus jamais !"

– Nous nous reparlerons encore une fois un peu plus tard dans la soirée. Tu t'en souviens ?

– Non. Je ne sais plus.

– Et après ?

– Après, je suis revenu à la table.

– Et ?

– Et Hans était là, avec Collard.

– Hans Travers ?

– Oui.

– C'est faux ! rugit Travers, je dis juste que vous n'êtes pas à votre place. C'est dans mon service que vous devriez être, sous ma responsabilité et pas dans votre coin avec personne pour vous contrôler…

– Une vraie querelle de couple, grinçai-je à l'attention du reste de la table. Hans, on ne va pas ennuyer tout le monde parce que je refuse de coucher avec vous, n'est-ce pas ?

Travers se raidit sous l'attaque. 'Fuck' les convenances ! Il s'apprêtait à me mordre en retour lorsqu'une voix dans mon dos prit le relais avec gourmandise :

– Au-dessus ou en dessous, moi je veux bien coucher. Vous avez quoi en magasin ?

Alex avait posé ses sabots sur la table. Impossible pour lui de résister à une bonne bagarre. Un véritable aimant à emmerdes. Travers le fixa d'un regard mauvais.

– On s'est engueulés et mon téléphone n'arrête pas de vibrer sur la nappe.

– C'était moi, réagit Tony.

– Oui, c'est encore toi.

– Vous, le Marseillais, je vous….

– Méfiez-vous, Hans, il est très chatouilleux, intervins-je.

Mais il était trop tard. Une fois allumée, il était impossible d'éteindre la mèche.

– Il a un problème avec les Marseillais, le Suisse allemand ?

– Alex, s'il te plaît.

Une lueur sauvage dans ses yeux. Sous le costume, il y avait le gamin de banlieue. J'aimais bien ça chez lui. Pour le meilleur et pour le pire.

– Je m'occupe du casque à pointe, me glissa-t-il sans lâcher sa cible du regard.

Alex avait un rapport trouble avec l'histoire. La Seconde Guerre mondiale, ou tous les grands évènements, c'était un prétexte pour décocher des flèches approximatives et souvent erronées. Mais l'intérêt du jeu était dans l'affrontement et le plaisir des mots. Il aimait Audiard et la gouaille d'avant, et plus c'était vache, mieux c'était. J'en faisais quelquefois les frais, mais pour Travers, c'était une grande première. Il s'étouffa en entendant la référence et s'évacua le plus dignement possible. Alex cligna de l'œil :

92

– *Pour un Allemand, il bat en retraite assez facilement.*

– *Un Suisse allemand, Alex.*

– *C'est pareil,* grogna-t-il tout en souriant à une jeune femme qui *s'ennuyait ferme à la table d'à côté.*

Le téléphone vrombit de plus belle sur la nappe et…

– Je décroche finalement et je crois que j'ai dit : "Allez-vous faire foutre, Becket !" Puis je raccroche.

– Notre dernière conversation, confirma Becket. La dernière avant que tu ne changes d'avis. Plus tard.

– *Un client agacé ?* s'amusa Courbet.

– *Non, monsieur. Juste le FBI.*

– *Le FBI ?*

– Les discussions s'arrêtent. Tous les regards se tournent vers moi.

Perkins saisit l'une des bouteilles d'eau qui étaient disposées sur la table, dévissa le bouchon et avant de l'approcher de ses lèvres :

– Pourquoi ?

– Je ne sais pas. Si, je sais. Ces trois lettres, FBI, autour d'une table de banquiers privés… c'est aussi malvenu qu'une sodomie au Vatican.

Il s'étouffa bruyamment, reposa la bouteille entre deux toux et pointa un index outré dans ma direction. Entre l'indignation et respirer, il choisit finalement l'oxygène et Tony en profita :

– Je ne savais pas.

J'ouvris les yeux et le dévisageai.

– Tu ne savais pas quoi ?

– Je ne savais pas que mon appel allait provoquer ça.

– Tu ne pouvais pas savoir, agent Tony, répondis-je en m'égarant entre tutoiement, vouvoiement, son prénom et son titre.

C'est vrai ! En anglais, pas de nuance entre le 'tu' et le 'vous'. Mais pas dans ma tête, réalisai-je, en reprenant possession du décor. Atterrir dans une digression, ou au Vatican, c'était bien plus confortable.

– Vous avez perdu le contrôle, monsieur Lacour, reprit finalement Perkins après avoir éteint sa toux en quelques gorgées. L'appel de l'agent Becket a fait ressurgir des scènes de votre enfance et vous avez perdu le contrôle. Vous avez été brutal et nous avons les images.

– C'est une question ?

– Vous avez une explication ?

– Sûrement un peu de stress. Un accident.

– Un accident, dites-vous ?

– Oui.

– Et les accidents vont se multiplier, n'est-ce pas ?

– À quoi faites-vous allusion ?

– Nous allons y venir. Et comment votre amie a-t-elle réagi ?

– Quelle amie ?

– Mademoiselle Santini.

– Angelica ?

– Oui.

– Elle m'a quitté. Je lui ai fait mal. Pourquoi me poser des questions dont vous avez la réponse, agent Perkins ?

– Elle ne savait pas ?

– Elle ne savait pas quoi ?

– Elle ne savait rien de votre passé, monsieur Lacour ?

– C'est quoi l'intérêt de toutes ces questions ?

– Nous voulons simplement comprendre. Avez-vous informé votre amie de votre passé ?

– Non. Elle ne savait rien.

– Pourquoi ?

– Ça ne vous regarde pas.

– Pourquoi ne rien lui avoir dit ?

– Le passé n'est pas une direction.

– Je ne comprends pas.

– Je ne suis pas mon passé.

– Mais quand il revient, par accident, vous devenez violent ?

J'en avais marre de parler. J'en avais marre de ce passé qui collait à mes semelles.

– Je fais une pause, messieurs.

– Je ne vous ai pas donné l'autorisation de…

– Je fais une pause, Perkins. Vous allez m'arrêter ?

7

– **U**n, deux, trois… compta-t-il à voix basse dans le hall de l'immeuble.

Les semelles de crêpe de ses chaussures couinèrent tout au long de la progression et il s'arrêta au quinzième pas en rassemblant ses pieds, côte à côte. Il retira délicatement de la poche intérieure de sa veste un mouchoir parfaitement plié en quatre et effaça consciencieusement la buée qui avait recouvert les verres de ses lunettes. Jerry Goldman replia ensuite le mouchoir en respectant les plis, le rangea dans sa poche, puis entra dans l'ascenseur. Les portes se refermèrent en soupirant, il appuya sur le bouton qui s'illumina et l'écran numérique au-dessus de la porte afficha les étages signalant chaque passage par une petite sonnerie. La cabine s'arrêta enfin au septième et Jerry suivit, tête basse, le carrelage qui menait jusqu'à la porte d'entrée. Il effleura du doigt les ailes de l'oiseau gravé sur la plaque, puis badgea le boîtier posé contre le mur. Un grésillement dans la serrure sanctionna l'exercice.

– Bonjour Jerry !

Il passa devant la réceptionniste et grimaça un sourire en contournant le motif d'oiseau imprimé sur le tapis rectangulaire qui bordait l'accueil et longea la baie vitrée du bureau vide de Gabriel, puis celle de celui de Matteo qui, depuis son fauteuil, le goba silencieusement du regard. La moquette était récente, pourtant quelques taches avaient déjà fait leur apparition. Il en mémorisa les emplacements et bifurqua en direction du périmètre qui lui était alloué. Situé à l'extrémité de l''open space', la traversée était désagréable, elle était chargée des humeurs et des bruits de la dizaine de personnes employées par la société. Mais une fois installé à sa place, il appréciait le fait de ne plus être confronté à la moindre interaction. Il déposa sa sacoche, enfila sa veste sur le dossier, puis s'installa. Sur sa gauche, la télévision était déjà allumée sur une chaîne d'information en continu. Les six écrans d'ordinateurs formaient une tour. D'une pression de l'index, il activa les disques durs et un murmure s'échappa des engins. Il effleura l'un d'eux du bout des doigts, un curseur clignota sur l'un des écrans, puis se stabilisa. Il y avait le bruit, mais la sensation était aussi plaisante. Sous ses doigts, les microprocesseurs s'éveillaient et les écrans se chargeaient de symboles. Il aimait ce moment, cet instant où, d'une simple pression du doigt, les informations affluaient du monde entier, s'organisaient avec logique. Informations, chiffres et courbes, il y avait une combinaison infinie de paramètres à décoder.

Autant de trésors à chasser.

La baie vitrée sur sa droite était bleue : la mer se jetait dans le ciel. Quelques tours accrochaient le regard. Il fixa son attention sur l'une d'elle, puis glissa sur la surface de l'océan qui s'échappait entre les bâtiments à la silhouette futuriste. Dans le quartier des affaires de Brickell, de nombreuses filiales de banques s'étaient déployées afin de servir la clientèle d'Amérique latine. "Un petit New York tropical, de l'énergie et du soleil", comme avait dit Gabriel lors de leur première rencontre. Il reporta son attention sur le mur tapissé d'écrans en face de lui, puis sur sa gauche, en direction du téléviseur. En face, à gauche et à droite, sa tête faisait l'essuie-glace et le vide n'était pas toujours là où on l'imaginait.

Retour aux écrans, la récréation quotidienne était terminée. Jerry ouvrit un tiroir, saisit l'un des trois flacons et fit glisser quelques gouttes d'un produit antiseptique alcoolisé dans les paumes de ses mains qu'il frotta soigneusement l'une contre l'autre. Satisfait, il agita ses doigts quelques instants, puis redéposa le flacon à sa place et referma le tiroir. Il parcourut enfin en un regard les centaines de positions, les graphiques et la multitude d'indicateurs qui s'étaient figés, la veille, à la clôture des marchés.

En haut à gauche, il avait positionné, à l'écart, une fenêtre dédiée aux anomalies. Un programme qu'il avait concocté lorsqu'il vivait à New York et qui extirpait de la masse des transactions celles qui dénotaient par rapport à l'ensemble. Outil de prévision, d'anticipation.

Une alerte silencieuse clignotait. Il pianota un code sur le clavier et découvrit la position que le système avait repérée. Le mouvement était discret, mais pas assez pour échapper à ses filtres. Il décrocha le téléphone et lança les premières opérations.

Matteo passa la main sur son menton, caressa la barbe soigneusement taillée qui, comme souvent chez les barbus, camouflait une absence ou, au contraire – et c'était son cas – une présence un peu trop pointue, et consulta les transactions qui venaient d'apparaître sur l'écran. Le petit génie s'était mis en mouvement. Et encore une fois, impossible de comprendre l'objectif visé. Il releva la tête. Tout au bout de l''open space', les cheveux blonds de Jerry Goldman émergeaient de la forêt d'ordinateurs.

Même sa coupe de cheveux l'horripilait ! Une raie barrait son front et, plus haut sur le crâne, des mèches pointaient vers le plafond.

– Ridicule, grogna-t-il en revenant à ses écrans.

Le rythme des transactions s'était subitement accéléré et Matteo tenta d'identifier le schéma que Jerry avait en tête, sans y parvenir. Ils avaient pourtant imposé une limite, un montant maximum que le jeune homme pouvait engager dans ses opérations, mais le système de contrôle se perdait dans la multitude et Matteo était le plus souvent incapable de savoir si la limite était respectée ou non. Le 'trading' ne contribuait peut-être pas significativement à la performance générale – c'était même marginal par rapport au cœur d'activité, qui consistait en la prise de contrôle de sociétés à travers le monde – mais les clients adoraient cet exercice. Ça les excitait.

Après une courte pause, les opérations reprirent de plus belle et, n'y tenant plus, il se leva, contourna son bureau, ôta sa veste de costume du cintre, l'enfila et l'ajusta, tout en fixant sa cible. Le buste de Jerry était en mouvement permanent, une légère bascule d'avant en arrière, qu'il allait interrompre avec plaisir.

Matteo était colérique, il le savait. La colère, feinte ou réelle, faisait partie de son héritage. Il avait quitté l'Italie à dix-huit ans pour poursuivre ses études à Londres, puis avait passé près de vingt ans à barboter dans ce foutu lac Léman. Un Italien était souvent exubérant, mais un Italien que la vie avait éloigné de ses racines se transformait facilement en une caricature. C'était ça, ou l'assimilation, il n'y avait pas de juste milieu.

Le flegme 'British' ne convenait pas à son tempérament. Il avait fait des efforts dans cette prestigieuse université britannique, mais c'était assommant de se contenir à chaque instant. L'endormissement élégant des Helvètes, ensuite, avait heurté ses convictions. Il n'y avait pas de rythme, le pays bougeait comme il parlait : lentement, doucement, faiblement. Un contresens d'autant plus énervant que cette Confédération, confetti perdu au cœur de l'Europe, performait bien mieux que sa botte italienne. Impossible de se moquer, impossible de dénigrer, un vrai cauchemar ! Finalement, c'était aux États-Unis que sa particularité avait rencontré le succès qu'il méritait. Pays sans histoire, les cow-boys étaient fascinés par le patrimoine. N'importe quel patrimoine. Alors, Matteo avait amplifié son accent, augmenté le volume en jonchant ses phrases d'interjections transalpines sans intérêt, et la gestuelle romaine, qui pourtant ne faisait pas partie de son éducation, était devenue un cliché qu'il exposait avec gourmandise. Un accent, une exubérance soigneusement travaillée, quelques bonnes manières et un tissu de qualités pour illuminer ses rondeurs, il était passé de la classe 'éco' à la première en débarquant dans cette fournaise. Les femmes le trouvaient charmant le jour, et la nuit, les hommes s'allongeaient dans son lit en soupirant. L'Amérique l'avait immédiatement adopté et il aimait, depuis, se noyer dans son regard tellement naïf et se blottir dans ses muscles si saillants.

Une ivresse et un plaisir qui avaient la fâcheuse tendance à disparaître au contact de ce Jerry. C'était devenu un rendez-vous particulièrement pénible. Matteo traversa le plateau à grandes enjambées, puis s'engagea vers le territoire d'Iceman.

Iceman, c'était le surnom dont Gabriel avait affublé ce drôle de type. Gabriel ne l'appréciait pas vraiment non plus, mais il respectait ses performances. D'autant que c'était lui qui avait insisté pour accepter sa candidature. Depuis New York et une prestigieuse banque d'investissement, le jeune homme âgé de vingt-neuf ans avait débarqué peu de temps après l'ouverture de la société. Des débuts aussi pâles que son teint, puis Jerry avait soudainement augmenté la cadence. Les profits avaient suivi, certes, et Gabriel l'avait félicité à de très nombreuses reprises, mais avec la multiplication des opérations, les risques avaient augmenté également. "Il est bon", répondait Gabriel à chaque fois que Matteo tentait de l'alerter, "alors surveille-le, mais ne l'étouffe pas". Facile à dire ! Ce n'était pas lui qui devait se coltiner le bonhomme au quotidien. Matteo s'arrêta à quelques pas de la silhouette frêle et réajusta une nouvelle fois son gilet en le tirant vers le bas.

– Jerry ?

Il se racla la gorge sans obtenir la moindre réaction.

– Jerry ?

Le jeune homme modifia un diagramme et le déplaça d'un écran à l'autre.

– Je te vois, murmura Jerry Goldman sans détourner le regard.

– Tant mieux, parce que tu es à la limite de ton autorisation !

– Je te vois, répéta-t-il, en ajustant le schéma qui décomposait les transactions en autant de points.

Chaque point s'habillant d'une couleur selon la direction, l'ensemble formait un langage qu'il était le seul à décrypter. Il plaça le curseur de la souris sur l'un des points, puis traça une ligne entre les différents sommets qui composaient le graphique.

– Tu m'entends, Jerry ? Tu fais quoi là ? J'ai besoin de comprendre.

Visiblement satisfait, Jerry saisit les deux téléphones posés devant lui et appuya sur l'une des gâchettes pour activer la communication.

– Tom, tu vends sur les niveaux…

Puis il relâcha la gâchette du premier téléphone, appuya sur l'autre et s'adressa à son autre courtier.

– Steeve, tu te places en dessous du niveau. 10 points de retracement et tu déclenches l'achat. Montants doublés. 'Go' !

À la hausse, à la baisse, ou immobiles, les marchés étaient un terrain de jeu qu'il savait exploiter dans tous les sens possibles. Basculant d'un continent à l'autre, surfant sur les devises, actions, taux d'intérêt, matières premières, il jonglait en permanence. Et si les instruments n'existaient pas, il les inventait, les façonnait, selon son humeur. Offre, demande et volatilité étaient les clefs. Jerry se foutait du sous-jacent ou de la réalité, seul le prix comptait. Tout ce qui avait un historique pouvait être modélisé. N'importe quoi et n'importe où, tant qu'il y avait une histoire et un passé, il y avait de l'argent à gagner. La finance était devenue un art et l'imagination n'avait pas de limites.

Matteo comprenait la logique, mais le plus souvent, il n'évaluait l'impact des interventions qu'à postériori, ce qui, en matière de contrôle, était par nature trop tard.

– Iceman ! rugit-il. Tu veux bien m'expliquer ce que tu fais ?

Les épaules se redressèrent et la bascule se bloqua.

– Tu ne vois pas ?

– Je ne vois pas quoi ?!

– Là. Il est là, indiqua-t-il en pointant du doigt une zone remplie de points.

Matteo se rapprocha de l'écran.

– Putain, Jerry, il n'y a rien à voir sur ton truc !

– Si tu ne vois pas, comment veux-tu que je t'explique ?

– Mais il y a quoi ?

– Il va tomber.

– Qui va tomber ?!

– Lui, reprit Jerry, en déposant l'index sur une autre zone.

– Et tu es dans quel sens ? Sur quel marché ?

– Je suis avec lui. Et je le vois.

Visiblement, la conversation était terminée et les lèvres fines marmonnèrent quelques mots que Matteo ne comprit pas :

– Hein ? Tu dis quoi ?

Jerry approcha de nouveau le téléphone de sa bouche, sans interrompre sa litanie incompréhensible.

– Jerry !? Tu arrêtes tes conneries et tu m'expliques ! Tout de suite ! Ou je te coupe tes autorisations.

– Steeve ? Tu doubles encore sur le retracement et tu te planques au-dessus. Même taille, 5 points en aller-retour. Maintenant.

Matteo dévisageait le profil du jeune homme, lorsque son téléphone vibra à l'intérieur de sa veste. Il l'extirpa de sa poche, le regard toujours fixé sur la monture des lunettes de Jerry.

– Oui ?

– C'est moi.

– Gabriel ! s'exclama Matteo, tu tombes vraiment bien !

– Pourquoi ?

– Parce que je suis à quelques centimètres du visage de Jerry et, à moins que tu ne me donnes une bonne raison de ne pas le faire, je le vire dans dix secondes !

Tony s'était écarté de quelques pas pour me laisser passer le coup de fil. Après avoir quitté la salle d'interrogatoire, il m'avait rejoint dans le couloir. Il avait badgé le boîtier électronique placé contre le mur et nous n'avions pas échangé un mot dans l'ascenseur. Nous avions ensuite traversé le hall sous le regard inquisiteur du gardien et, sitôt la porte menant au parking franchie, la bête s'était précipitée sur nous : le soleil avait plaqué nos ombres au sol et la chaleur s'était précipitée dans nos poumons.

– 10, gronda Matteo.

Tony s'était éloigné, je m'étais écarté. J'avais allumé une cigarette et expirai la fumée.

– 9, poursuivit-il en chargeant le décompte de menaces.

Cette nuit au château égratignait ma conscience. Le temps de descendre jusqu'au parking, les images avaient disparu. Mais la sensation, quant à elle, persistait.

– 8.

J'avais dessiné une rose sur son miroir, il y a longtemps. "Ne m'efface jamais…", avais-je écris.

– 7.

C'était à Genève. C'était au début. Il y avait encore plein de points d'interrogation entre nous.

– 6.

J'aimais bien les points d'interrogation.

– 5.

Mais ce soir-là, au château, elle m'avait effacé, moi et ma putain de ponctuation.

– Gabriel ?

– Pardon Matteo, tu en étais où ?

– À 5.

– OK. Passe-le-moi.

– Gabriel veut te parler, Jerry !

Une bouffée de cigarette plus tard, la voix fluette me chagrina les oreilles.

– Allo ?

– C'est quoi le problème, Jerry ?

– Il n'y a pas de problème.

J'entendis un grognement transalpin.

– Matteo ne semble pas être d'accord avec toi.

– C'est parce qu'il ne voit pas.

– Il ne voit pas quoi ?

– Il ne voit pas le mouvement.

Ce type était insupportable.

– Et tu ne peux pas lui expliquer ?

– S'il ne voit pas, c'est difficile.

Aucune agressivité dans son ton, c'était un simple constat. J'imaginai sans peine l'agacement de mon associé italien, engoncé dans son costume trois pièces.

– Tu es sur quoi ?

– Sur quoi ?

– Sur quel marché ?

– Arbitrage jaune contre noir.

– Ça ne veut rien dire.

– Or contre pétrole, précisa-t-il enfin.

– Et qu'est-ce que tu vois qu'il ne voit pas ?

Le silence s'installa. J'avais déjà remarqué qu'un silence n'était pas de nature à le déranger. Contrairement à Matteo qui avait un rapport au bruit radicalement opposé. J'entendis un nouveau juron transalpin en arrière-plan et décidai de monter d'un cran.

– Jerry ?

– Oui ?

– Qu'est-ce que tu vois et qu'il ne voit pas ?

– Il y a quelqu'un. Il est planqué, mais je l'ai repéré.

– Et ?

– Le noir perd, Gabriel.

– Et toi ?

– Et moi, je gagne.

– OK. Repasse-moi, Matteo.

– Allo ? grogna son accent italien.

– C'est bon ?

– Non.

– Mais il gagne ?

– Apparemment.

– Rien d'autre ?

Matteo poussa un long soupir.

– Si, j'ai eu Miguel au téléphone ce matin.

Miguel était l'ombre de Perreira. Et Perreira était notre actionnaire historique, ma baleine, mon Moby Dick. C'était à sa demande que j'avais quitté Genève pour m'installer à Miami. Nous gérions sa fortune, ainsi que celle d'un petit groupe de ses amis, tous actifs dans les matières premières, tous Brésiliens. Un club très fermé de milliardaires. Nous avions créé pour eux toute une panoplie de structures, fonds luxembourgeois, sociétés panaméennes ou des Caraïbes et autres trusts, afin d'optimiser, camoufler et investir leurs fortunes.

Créer de la valeur et contrôler autant que possible les acteurs clefs du marché des matières premières. Exploitation, exploration, transport, raffineries, oléoducs, je proposais des cibles, ainsi qu'une stratégie et, après validation, nous partions à l'attaque : prises de contrôle, partielles ou totales, selon l'humeur. Notre portefeuille de participations s'était rapidement étoffé. Avec ses dernières découvertes en eaux profondes, le Brésil se rêvait un destin de pétromonarchie et ma petite boîte à outils jouerait un rôle essentiel dans ce jeu de Meccano.

Allais-je devoir aussi évoquer avec le FBI en quoi consistait mon travail ? me demandai-je, tout en aspirant un savant mélange de nicotine et de vapeur du goudron qui transpirait à mes pieds. Jusqu'où plongeraient-ils leurs griffes ?

– Il va bien, Miguel ?

– Pas vraiment.

Depuis quelques semaines, une petite musique résonnait dans certains journaux : enquêtes, malversations et corruption au Brésil. Hommes d'affaires, sénateurs. Même le nom du président était évoqué.

– Rapidement, Matteo, le pressai-je.

– L'attention se porte sur l'attribution de concessions en haute mer, les puits Rosas, certains lots que Petrobras aurait négociés avec de grosses contreparties, si tu vois ce que je veux dire.

Je voyais bien, très bien même. Je n'avais jamais été partie prenante dans les opérations au Brésil, mais je savais que le graissage de pattes était un sport national là-bas.

Maintenant, à quel point mon actionnaire était-il impliqué ? Lui et ses petits copains ?

– Et ?

– Et ils sont plantés. Une action en justice, ils sont mouillés jusqu'au cou. Leur boîte au Brésil va perdre. De l'argent, mais ça, ils s'en foutent. Mais surtout ils s'apprêtent à perdre aussi la concession Rosas. Et ça, ils ne veulent pas.

– OK.

– Non, c'est pas OK, Gabriel ! Comme ils sont coincés avec leur boîte au Brésil, Miguel nous demande d'acheter une société similaire : exploitation pétrolière. Et ils veulent qu'on soumette une nouvelle offre sur les concessions.

– Et alors ?

– On a un mois, Gabriel. Un mois pour le faire. Un putain de mois ! Et ça, c'est impossible, on est morts.

Tony s'était rapproché. La récréation allait bientôt se terminer.

– J'essaye de te rappeler tout à l'heure, d'accord ?

C'était un peu audacieux de se projeter sur le moindre 'tout à l'heure', pensai-je.

– OK, rappelle-moi. Pour l'instant, j'ai demandé à l'équipe de se mettre en mode 'combat', mais…

– Mais quoi ?

– Attends !

– J'ai pas vraiment le temps d'attendre là.

– Attends, Iceman me dit qu'il y a une 'news[22]' sur Bloomberg. Une marée noire apparemment.

– Où ça ?

---

[22] Une 'news' est une "information". Le Bloomberg est un outil d'analyse financière qui dispose d'un service d'information mondial.

Je l'entendis échanger avec Jerry.

– Matteo ! Où ça ?

– Ici. Au large des côtes de Miami.

– Il faut y aller, m'interpella Tony.

Je hochai la tête.

– Une marée noire à nos pieds et un ultimatum de Miguel. Une belle journée ! grinça mon Rital, en raccrochant.

– On doit remonter, insista Tony.

– Donne-moi encore une minute.

Il pointa du doigt la cigarette.

– Elle est bonne ?

Chaque mot était soigneusement pesé. Il n'y avait rien d'anodin.

– Elle est mortelle, Tony.

Il sourit sans commenter et je plongeai mon regard en direction du boulevard qui murmurait le long du parking. La circulation s'était apaisée. Comme une toux de fumeur, Miami aspirait dès l'aube les banlieusards qui tentaient de rejoindre le cœur de l'organisme, avant de les recracher le soir venu. Mais entre ces deux respirations encrassées, la ville était en apnée. Miami retenait sa respiration, et moi, j'évacuais les images. Les images et les mots que ce Perkins s'entêtait à déterrer. Sur le trottoir, une jeune femme courait en longeant le parking. Foulée souple, une queue de cheval qui tressautait à chaque impact. Ses bras se balançaient. C'était joli un bras. Main, poignet, bras et quelques gouttes de sueur sur son épaule qui roulait au soleil.

Sa casquette bifurqua dans ma direction. Son sourire et ses dents très blanches également.

En temps normal, je ne m'allongeais pas dans la beauté des autres. D'autant que l'Amérique avait un rapport singulier à l'apparence. La beauté était un peu clinquante ici et les jolies femmes se fanaient le plus souvent dans cette assurance. Une assurance que les regards sans nuances trahissaient. Une beauté et une assurance qui n'étaient que rarement à la hauteur des existences.

Échange de regards alors qu'elle passait à quelques mètre de moi, elle sembla attendre une validation de ma part. Sur sa silhouette fuselée ou sur son existence. Je trouvais ça con de vivre dans le regard des autres. Le regard des autres, c'était toujours inconfortable. C'était un radeau qui tanguait, et qui coulait à la première vague. À défaut de réaction, sa casquette reprit sa position initiale. Elle s'éloigna finalement et j'accrochai au passage un autre visage. Sur un panneau publicitaire, coincé entre deux enseignes de restauration rapide, un prédicateur au sourire éblouissant. Impossible de repérer l'équipe pour laquelle il jouait, il y avait autant de dieux que de fast-foods ici.

Tony s'impatientait et j'aspirai une dernière bouffée du poison.

Le prédicateur souriait toujours sur son affiche. Sous ses canines, un slogan tapageur barrait sa soutane :

"Jésus est la clef, vous êtes la serrure !"

La spiritualité comme le reste, il y avait toujours un mode d'emploi. C'était le pays des solutions clefs en main :

"Alors, ouvrez !" nous ordonnait-il.

À la différence de Genève, où le vide s'habillait avec élégance, où l'ennui se drapait d'oripeaux séduisants et où le vocabulaire camouflait les petits destins, il n'y avait rien de tel ici. Genève était aussi étroite que Miami était large. Large et plate. Totalement plate, me dis-je en dérivant sur ce boulevard anonyme. Pas de faux-semblants, aucun faux-plat, aucun relief pour camoufler le vide, le premier degré était de rigueur. Et avec le premier degré, un seul et unique "auxiliaire" pour se conjuguer. Parce que pour "être", ici, il suffisait d'"avoir ".

À côté du serrurier céleste, une autre affiche vantait une carte de crédit : une créature en maillot de bain, la carte de crédit posée contre sa lèvre, était proche de l'extase. Mélange des genres, Miami priait avec ferveur, mais écartait les cuisses sans aucune pudeur. Liberté, opportunisme, rapports de domination permanents, et cette impression diffuse que cette terre n'abritait pas de sentiments sincères. Visa et American Express, les deux mamelles de la ville. Vous saupoudrez de religion, un zeste de sexe facile, infusez dans la violence et ajoutez une poignée de cash bien sûr. Le cash toujours !

Parce que si Paris était une bourgeoise vieillissante, Genève un comptable de province, New York un jeune homme pressé, Miami, quant à elle, était une pute magnifique, m'amusai-je, alors qu'au loin, deux jets de l'armée labouraient le ciel.

– Il faut y aller, Ga...

Un grondement déchira mon prénom. Un autre avion de chasse avait fait trembler les vitres du bâtiment. Le fuselage découpa le ciel presque à notre verticale. Tony leva la main pour abriter ses yeux du soleil et suivit la progression de l'engin qui se dirigeait vers l'océan. La manche de son costume glissa sur son avant-bras. Les cicatrices étaient visibles.

– Tony ?

Il rabattit son bras contre sa jambe.

– Ton avant-bras, c'est le Guatemala ?

Il passa la main sur sa manche, mais ne répondit pas.

– L'explosion de la maison du juge. C'est ça ?

Pas de réaction.

– Comment s'appelait-il ?

Il hésita un court instant.

– Le juge Corrazon. Alberto Corrazon.

– Sa maison a explosé à Guatemala City et au même instant, sa femme se faisait abattre à Miami. C'est ça ?

Il détourna le regard sans répondre.

– Tu sais, je me suis demandé si j'étais responsable de ça aussi.

Surpris, il m'observa un court instant, mais le cerbère de l'accueil interrompit la séquence.

– Agent Becket ?

– On arrive.

Traversée silencieuse. Le parking, le hall, l'ascenseur, puis le couloir. On s'était contentés d'échanger quelques regards tous les trois. Lui, moi et le miroir de l'ascenseur. On était probablement plus nombreux encore. Les fantômes et les morts. Il avait touché la manche de son costume plusieurs fois. Les cicatrices étaient là...

8

« *Centre des opérations pour commandant Scufield !* »

Le commandant abandonna le dossier qu'il parcourait depuis une heure – un audit de l'état du matériel, complété d'une série de propositions pour optimiser les ressources dont il disposait – et appuya sur le bouton logé sur le boitier intercom qui le reliait au centre des opérations.

– Qu'y a-t-il ?

« *Message d'alerte, commandant. On vous attend en 'salle d'op'.* »

– J'arrive !

Scufield saisit sa casquette, se leva et se dirigea vers la fenêtre protégée par un store. Il en écarta les lamelles et des tranches de soleil de Floride découpèrent instantanément la pièce. À l'extérieur, le ruban de béton de la piste de décollage était tapissé d'une légère brume de chaleur. Il chaussa ses lunettes de soleil qui étaient accrochées à la poche de sa chemise, laissa tomber la lamelle qui claqua sèchement, et quitta son bureau, après avoir avisé son aide de camp.

La salle des opérations était située dans un bunker au pied de la tour de contrôle. Il faisait trop chaud pour marcher les dix minutes nécessaires, alors il sauta dans une jeep garée à proximité des marches du bâtiment. Il s'engagea en bordure de la piste et immobilisa le véhicule quelques centaines de mètres plus loin, à l'ombre de la tour. Lorsqu'il pénétra dans la 'control room', le commandant ôta ses lunettes de soleil et perçut immédiatement la nervosité ambiante. Un silence de plomb régnait et toutes les têtes pivotèrent vers lui.

Le jeune lieutenant qui l'avait appelé se leva pour se poster à ses côtés.

– Lieutenant, au rapport, je vous prie !

– Veuillez me suivre, monsieur.

Sur une table tactile, une carte marine interactive était affichée.

– Voilà la position des deux fuites repérées plus tôt dans la matinée, indiqua-t-il du doigt.

– Et alors ?

– Nous avons une deuxième nappe en formation, monsieur.

– Qui a signalé la fuite ?

– La NSA, monsieur. Image satellite.

– Position ?

Le lieutenant fit glisser la carte avec son index et posa un doigt à vingt miles de la pollution initiale.

– Il y a quoi là-bas ?

– Plate-forme de Transocean, monsieur.

– Les pipelines et après la plate-forme ? Ça commence à faire beaucoup, grinça Scufield. Pourquoi ne nous ont-ils pas prévenus ? Vous les avez contactés ?

– Pas de réponse, monsieur. Ils sont coupés du monde. Je me suis permis de dérouter deux de nos chasseurs sur la zone.

– Vous avez bien fait.

Scufield se rapprocha du spécialiste des transmissions et lui demanda d'établir la liaison avec les deux pilotes.

– Lieutenants Stew et Malhonay, monsieur, précisa le radio tout en enclenchant d'une pression la communication.

– Lieutenant Stew, ici MacDill. Rapport de situation, je vous prie.

La voix, légèrement déformée par les amplificateurs de la salle de contrôle, résonna.

« *Stand-by*[23]*, MacDill.* »

Patrick Stew tourna légèrement la tête. Au loin, sur sa gauche, une tache sombre dénotait dans le paysage.

« *Correction, cap 270* », indiqua-t-il à son coéquipier, qui volait à une dizaine de mètres sur sa droite.

« *Copy that*[24] », répondit Malhonay.

---

[23] "Prêt."

Les deux F-16 corrigèrent leur trajectoire.

– Affichez, ordonna le commandant.

Les images de la caméra embarquée surgirent sur l'écran principal. Les deux jets survolaient la première nappe de pétrole à très basse altitude. Des silhouettes de navires, qui s'activaient pour contenir et traiter la pollution, apparurent fugacement. Puis la mer scintilla pendant plus d'une minute, jusqu'à ce que l'obscurité remplisse de nouveau l'écran.

– Qu'est-ce que c'est que ce merdier ?! gronda Scufield.

« Rapport, coordonnées 7845, confirmation sur une pollution indépendante de la première. Je poursuis l'évaluation. »

Les images défilaient, sombres et poisseuses. La nouvelle nappe de pétrole s'étendait déjà sur une vingtaine de kilomètres, lorsque la structure apparut enfin.

« Pas de réponse de la plate-forme », confirma le pilote, qui s'éloigna en opérant un large cercle autour de la zone.

« C'est le puits », intervint l'autre pilote. *« Ça bouillonne tout autour ! »*

– Agrandissez, ordonna Scufield, en s'approchant de l'écran.

Des bulles agitaient la surface, remarqua-t-il, aucun doute sur l'emplacement de la fuite. Cette fois, réalisa Scufield, ce n'était pas un pipeline qui était en cause, non, c'était le cœur même de l'installation qui avait été atteint.

Sur les images, Scufield repéra des ouvriers regroupés dans le cercle peint en blanc qui délimitait l'endroit où les hélicoptères devaient se poser.

– Envoyez des moyens d'évacuation. Récupérons ces types avant que ça n'empire.

– Les hélicoptères sont déjà en routes.

– Parfait. Rassemblez les images, tout ce qu'on a. Je veux un dossier d'ici une demi-heure.

– Je m'en occupe, monsieur.

– Qui est au courant ?

---

[24] "Bien reçu..

– Pour la fuite sur les pipelines ? Le gouverneur et depuis quelques minutes, les médias.

– Et pour la plate-forme ?

– Personne, monsieur. Toutes les transmissions sont interrompues. Ils sont sourds, aveugles et muets.

– Faites en sorte que ça dure. Je ne veux pas de panique avant la déclaration officielle. Comment s'appelle le patron de Transocean ?

– Billy Sanders. Nous sommes en contact avec ses équipes à terre.

– Et il en pense quoi ?

– Il a poussé des jurons et il ne sait rien apparemment. Aucune alerte n'a fonctionné, leur salle de contrôle a visiblement été attaquée par quelque chose et les techniciens sont en route.

– OK. Je vais l'appeler et je m'occuperai du gouverneur quand vous m'aurez transmis le rapport. Il va vouloir toutes les infos avant de prendre la parole. Avisez les garde-côtes et la FEMA[25]. C'est eux qui centraliseront les moyens d'intervention. Vous les informez de la situation, qu'ils interviennent sur la plateforme au plus vite, mais imposez le secret, c'est compris ?

– Ils ne vont pas aimer ça, mais oui, monsieur.

– Et lieutenant ?

– Monsieur ?

– Contactez le directeur du FBI. Un certain Perkins, je crois. C'est à eux de prendre le relais…

---

[25] Federal Emergency Management Agency.

9

Perkins était plongé dans ses notes et je m'assis sans qu'il réagisse. Tony s'assit à son tour et avança la main vers le boîtier pour relancer l'enregistrement.

– Pas tout de suite, agent Becket. J'aimerais remplir quelques vides avant de poursuivre.

Puis, sans prendre la peine de relever la tête :

– Avez-vous connaissance, monsieur Lacour, de ce qui s'est passé après votre refus de collaborer avec nous ?

– Non.

– Alors laissez-moi vous expliquer. Lors de cette soirée au château en décembre 1998, me rappela-t-il, vous avez été très clair avec l'agent Becket : vous ne témoigneriez pas. C'est bien cela ?

– Exact.

– Or, sans vous, il n'y avait plus de témoin, donc plus de dossier.

– C'est impossible. Il a tué des milliers d'hommes et de…

– Je parle de victimes américaines, monsieur Lacour. La mort de six américains pourrait être liée à monsieur Juavez et ses activités passées, mais nous n'avions pas assez d'éléments et aucun témoin pour soutenir le dossier. Et il y avait votre père et vous. Et vous étiez le seul témoin toujours en vie.

Je ne répondis pas.

– Donc, sans votre participation, le dossier d'extradition contre Enrique Juavez est tombé à l'eau. Nous nous sommes retournés vers la justice guatémaltèque. Pression du Département d'État, discussions au plus haut niveau, jusqu'à ce qu'enfin, avec l'accord du président guatémaltèque, un juge s'empare de l'affaire. L'agent Becket a servi d'agent de liaison. Des mois sur place, jusqu'à la veille de l'opération qui devait mener à l'arrestation de monsieur Juavez. Vous ne saviez pas ?

– Non.

C'était totalement instinctif. Mentir à l'un, dire la vérité à l'autre. Enfoncer un coin dans ce binôme. En ne réagissant pas, Tony me manifestait sans le savoir une solidarité silencieuse. C'était dans ce silence que je tentais de tracer un chemin.

– Ces évènements ont pourtant fait la 'une' des journaux.

– Je ne savais pas.

– Vraiment étrange, monsieur Lacour. Je vais donc combler cette lacune : la veille de l'opération, après des mois de collaboration avec le juge Corrazon, il y a eu un incident. Ça ne vous dit toujours rien ?

Tony se redressa sur sa chaise.

– Non.

– Une action combinée, asséna-t-il, sans prendre de précautions. La maison du juge Corrazon a été vaporisée dans une explosion, l'agent Becket a été gravement blessé et, simultanément, l'épouse du juge, qui avait été mise à l'abri avec ses enfants à Miami avant l'opération, a été assassinée. Dès le lendemain, conférences de presse, articles et reportages, Juavez et son clan ont saturé le pays de propagande, égrena Perkins, en déposant une à une des coupures de journaux sur la table. Et comme par magie, il est devenu le favori de la prochaine élection présidentielle.

Je saisis le premier titre et le parcourus en diagonale.

> Complot américain pour détruire
> l'espoir du Guatemala.
> Le président Hernandez complice ?
> Enquête sur la corruption, le
> gouvernement vacille...

– Un gros mensonge, mais quand un mensonge est répété tellement de fois, il devient une vérité. N'est-ce pas, monsieur Lacour ?

– C'est vous le spécialiste.

Il me propulsa un regard suspect avant de poursuivre :

– Le président Hernandez refuse de collaborer avec nous depuis. Juavez a retourné notre opération et l'a habilement transformée en campagne électorale et...

– Sauf que quelqu'un l'a stoppé, n'est-ce pas ?

– Que voulez-vous dire ?

– Il était le favori de l'élection présidentielle, avez-vous dit.

– Et alors ?

– Et alors, s'il n'est pas président aujourd'hui, c'est que quelqu'un a fait le boulot à votre place, agent Perkins.

– Vous avez une idée sur ce quelqu'un ?

– Je sais juste que ce n'est pas vous.

– En effet, ce n'est pas moi. C'est vous peut-être ?

– C'est ce que vous pensez ?

– Nous aborderons ce sujet plus tard, mais disons que vous aviez un mobile.

– Ça me paraît assez évident. Oui, j'ai un mobile.

– Et votre présence a été signalée là-bas.

– Je voyage beaucoup et j'ai un mobile. Mais vous savez que Juavez est un enfoiré taille XXL ? Je ne dois pas être le seul à avoir un mobile.

– Je vous l'accorde. Mais nous reviendrons là-dessus plus tard. Donc, suite à…

– Et la justice, c'est un mobile ? l'interrompis-je sans réfléchir.

Il bloqua sa respiration, croisa les bras, puis soupira :

– La justice est un objectif, pas un mobile. Il n'y a pas de vengeance dans nos interventions.

– Pas de résultats non plus.

– Vous n'avez pas confiance en nous, n'est-ce pas ?

– Je suis un financier, agent Perkins. Disons que si vous étiez une action en bourse, après analyse de vos résultats et de votre stratégie, je pense que je me tiendrais à l'écart.

– Vous êtes énervé on dirait.

– Vous devriez essayez l'énervement. Ça évite le fatalisme.

– Nous ne sommes pas fatalistes. N'est-ce pas, agent Becket ?

Celui-ci ne réagit pas. Fatalisme, complicité, silence, je me glissai dans son regard. Forcer l'étincelle. Provoquer une

115

combustion. Si je me souviens, toi aussi tu dois te souvenir ! Mais Tony détourna le visage.

– Avec le fatalisme, la complicité n'est pas loin, adressai-je à son profil. Vous m'avez convoqué à la demande du type qui a assassiné mon père et six autres Américains si j'ai bien compris. Il a également blessé l'agent Becket, tué un juge, assassiné une femme qui était sous votre protection, ici, à Miami.

Puis m'adressant directement à Perkins :

– La liste est longue. Combien de morts ? Six américains et des milliers de Guatémaltèques, vous avez fait l'addition ?

– Nous travaillons au service de la justice et, derrière votre sourire, je constate que vous êtes très énervé.

Tony refusait le contact, Perkins contrôlait l'échange.

– Quand la justice ne fait pas son boulot, ça a tendance à m'agacer.

– Au point de vous sentir l'âme d'un justicier ?

– Bien plus que vous, apparemment.

Perkins annota son bloc-notes. J'observais les mouvements de son stylo. Ce type était un buvard. Il absorbait mes humeurs et les transformait en encre.

– Bien. Maintenant que vous avez connaissance des conséquences de votre refus de collaborer avec nos services, reprenons l'audition. Agent Becket ?

Tony pointa du doigt le boîtier sur la table.

– Prêt ?

– Plus ou moins.

Il appuya sur le bouton, la lumière verte apparut, Perkins saisit sa feuille et raya d'un trait quelque chose. C'était reparti pour un tour.

– Vous ne saviez pas que Catarina Juavez vous avait suivi cette nuit-là ?

– Quelle nuit ?

– Le château.

– À la soirée de la banque ? Non.

– Ni ce qui a pu la motiver ?

– C'est à elle que vous devriez poser la question.

– C'est à vous que je la pose. Alors ?

– Aucune idée.

– Bien, poursuivons alors.

– Que voulez-vous savoir ?

– Les étapes essentielles.

– C'est comme votre sens de la justice, agent Perkins. C'est confus. Précisez, je vous prie.

– Très amusant, monsieur Lacour, grinça-t-il. Commençons par le lendemain de cette soirée au château, cette soirée ou vous avez… dérapé ? Puis on accélère jusqu'à Miami.

Le lendemain ? Le lendemain, j'arrive à la banque, mais ça, c'est un souvenir mécanique, puisque j'arrivais tous les matins à la banque. Le problème résidait dans l'identification du matin en question.

– Vous êtes à la banque le lendemain de la soirée au château ?

– J'imagine, oui.

– Rien de particulier après cette nuit ?

– Rien d'intéressant.

– Vous êtes sûr ? D'après la presse, il me semble qu'il se passe quelque chose pourtant.

Je jetai un coup d'œil à la coupure du journal qu'il venait de déposer. 'La Tribune de Genève' et ses potins.

– Racontez-nous cette journée, je vous prie.

Mon équipe est déjà là. Nous sommes les premiers, le reste de la salle est vide, les traders arrivent un peu plus tard. Agitation, vibration, énergie, il y a ce coup de fil. C'est ce matin-là ? Probablement. Une icône s'agite sur l'écran du téléphone et, d'une pression de l'index, j'établis la communication. C'était quoi ce coup de fil ? C'était qui ?

Oui. Ça y est.

– *Gabriel, il vous demande.*

– *Maintenant ?*

– *Dans son bureau, Gabriel. Tout de suite !*

La secrétaire avait raccroché et j'enfilai ma veste.

– Je suis convoqué chez le big boss.

Perkins parcourut ses notes :

– Patrick Verbier ?

– Oui.

En traversant la salle, je butai sur les employés qui, à huit heures précises, débarquaient en file indienne pour prendre possession des machines.

Ou étaient-ce les machines qui pilotaient le mouvement ?

Je longeai le bureau de Xavier, franchis le couloir d'une dizaine de mètres et ouvrai la porte sur l'antichambre. C'était là que la tigresse officiait. La secrétaire de Patrick Verbier était un dragon qui terrorisait ceux qui s'approchaient de la salle du trône. Protectrice, elle gardait la porte avec férocité. Elle m'accueillit pourtant avec un sourire malicieux. Il était vrai qu'incapable de déployer la moindre stratégie de moquette, autre nom que je donnais aux manœuvres politiques des cadres supérieurs, je ne faisais jamais le siège de ce bureau. Son assistante devait probablement trouver ma transparence plutôt rafraîchissante.

– Il vous attend.

– Je devrais m'inquiéter ?

Elle se leva, contourna son bureau et s'approcha de la porte à double battant.

– Vous avez une certaine réputation, c'est pour lui que je m'inquiète, répliqua-t-elle, en ôtant ses lunettes de vue qui, retenues aux branches par une chaîne, s'affalèrent sur son absence de poitrine. Ne le faites pas attendre, son emploi du temps est insensé aujourd'hui.

Elle frappa, ouvrit la porte et s'effaça pour me laisser entrer.

Les lieux de puissance avaient toujours un truc particulier. Je n'avais jamais réussi à mettre d'adjectif dessus. Mais ils dégageaient un parfum singulier. Rien d'olfactif, c'était plutôt une atmosphère, une densité dans l'air.

Quelques enjambées, puis je m'immobilisai en plein milieu d'un tapis sur lequel des chevaux galopaient sans bouger. Patrick Verbier leva la tête du dossier qu'il parcourait et m'interpella :

– Tu te souviens de ce que je t'avais demandé hier ?

Les deux pieds sur la croupe d'un étalon au regard halluciné, je fouillai dans ma mémoire. Mais impossible de pêcher quelque chose de précis.

– Je t'avais demandé de faire bonne impression. Ça ne te rappelle rien ?

– Oui, monsieur. Je me souviens.

– Tu crois que la présence de Didier Courbet et Éric de Courçon à ta table était le fruit du hasard ?

– Je n'ai pas vraiment réfléchi à ça, monsieur.

– C'est peut-être ça ton problème.

– Quoi donc, monsieur ?

– Tu ne réfléchis pas assez, Gabriel.

Je gardai le silence. Mes réponses n'allaient pas lui convenir et, avec le temps, j'avais appris qu'un silence poli était souvent ma meilleure réplique.

– Donc, tu traites de clown le patron de notre groupe et comme si ce n'était pas suffisant, tu trouves le moyen de te disputer avec Hans Travers ?

– J'ai pensé que le spectacle les amuserait.

Patrick Verbier me soupesa du regard. Je fis quelques pas pour rejoindre la moquette.

– Aussi étrange que cela puisse paraître, ils m'ont fait part de leur satisfaction, en effet.

– Vous m'en voyez soulagé, monsieur.

– Mais dis-moi, c'était quoi cet appel du FBI ?

– Il évoque la soirée. Mon engueulade avec Hans Travers et l'appel du FBI.

– D'accord.

La bifurcation était radicale. Ses yeux s'étaient plissés.

– Pardon ?

– De Courçon m'a fait part d'un appel étrange que tu aurais reçu.

– Un appel du FBI ?

– Le FBI, oui.

– C'est un ami, monsieur.

– Parce que tu as des amis au FBI ?

– Juste un.

– Et tu dis à tes amis d'aller se faire foutre ?

– *C'est un ami légèrement crampon.*

– *Crampon ?*

– *Collant, corrigeai-je.*

– *Donc, je n'ai aucune raison de m'inquiéter ?*

– *Aucune, monsieur.*

Il déposa un silence suspect entre nous. Je l'enjambai en glissant sur les deux peintures, qui, dans son dos, me dévisageaient. Deux portraits, un homme et une femme, japonais, pensai-je au vu de la colonne de symboles qui, à la verticale, longeait des regards très... horizontaux...

– *Gabriel ?*

– *Monsieur ?*

– *Pourquoi ai-je toujours l'impression que tu te fous de moi ?*

– *C'est le sourire, monsieur. Une vraie malédiction ! Au fond de moi, c'est un mélange de respect et d'admiration inconditionnelle, mais la façade est abîmée par ce sourire.*

Patrick Verbier bascula un instant son regard vers la commissure de mes lèvres, qui s'était élargie, et poussa un soupir résigné :

– *Rien à faire pour l'effacer ?*

– *Rien, monsieur.*

– *Même si je te menace ?*

– *Ça serait pire, je pense.*

Il prit un instant de réflexion avant de conclure :

– *C'est très désagréable, Gabriel.*

– *Une vraie malédiction.*

– *Et tes lacets ?*

– *Mes lacets ?*

– *Ils sont orange, Gabriel. Ça vient d'où cette idée de déguiser tes chaussures ?*

– Il parle de mes lacets. Il me demande d'où ils viennent.

– Vos lacets ?

– Oui. Ce n'est pas très important.

Perkins se pencha pour jeter un coup d'œil sous la table.

Je baissai la tête pour accompagner l'index qu'il avait pointé sur mes godasses. Les boucles étaient orange. Et sur le cuir noir, elles s'éclataient !

– Donc, il vous parle de vos lacets. En effet, ça n'a aucune importance. Continuez.

– *Tu sais que nous avons un 'dress code' dans la banque ?*

– *Oui, monsieur. Mais je n'ai rien vu concernant la couleur des lacets.*

– *Évidemment, soupira-t-il.*

Ses yeux remontèrent jusqu'à mon sourire.

– *Alors je ne vois pas d'autre moyen, pour corriger ces lacets et ce… sourire, que de te nommer au comité de direction. Peut-être que cette promotion te mettra un peu de plomb dans la tête.*

– *Je ne suis pas sûr de comprendre.*

– *Je vais t'expliquer : dans ta situation, c'est une demande que n'importe qui m'aurait faite depuis longtemps.*

– *Vraiment ?*

– *Oui, vraiment.*

– *Ça a l'air de vous contrarier, monsieur.*

– *Parce que tu es contrariant.*

– *Je vois.*

– *Visiblement, tu ne vois pas grand-chose.*

– *Je ne savais pas que ne rien demander pouvait être contrariant.*

– *C'est non seulement contrariant, mais c'est inquiétant. Parce que lorsqu'on génère autant de profits que toi, lorsqu'on pèse dans une entreprise comme tu le fais, l'accès aux responsabilités est naturel.*

– *Je comprends, monsieur, mais…*

– *Mais le problème, m'interrompit-il, c'est que c'était à toi de le demander. Je ne comprends pas comment tu fonctionnes, Gabriel, mais je t'assure qu'il est anormal que cela soit moi, ou le patron du groupe, qui nous alarmions de ton silence. Bref, j'ai le plaisir de t'annoncer ta nomination au comité exécutif de la banque qui sera effective en date du 2 février de l'année prochaine. Tu recevras le courrier d'ici peu. Maintenant file ! Vous m'agacez, toi, tes lacets et ton sourire.*

– *Ça veut dire que je pourrai vous tutoyer et entrer dans votre bureau sans frapper ?*

Son regard m'apporta une réponse très argumentée et je battis en retraite en compagnie des chevaux qui, remarquai-je en m'éloignant, fuyaient un incendie qui ravageait une citadelle dans un coin du tapis.

– Je suis nommé au comité de direction.

Membre du comité exécutif, m'amusai-je en regagnant mon bureau. Et dire que cette comédie avait commencé par une citation de Molière, à Rome. Tartuffe et les apparences !

– C'est en effet ce qui est indiqué sur les coupures de presse. Rien d'autre à signaler ?

Retour à mon bureau. Une enveloppe était posée sur le clavier. À l'intérieur, une lettre. "Angelica est passée", me dit Alex.

L'enveloppe est là, à portée de main. À portée de mémoire. La feuille également. Mais une fois dépliée, la vision se trouble. Impossible de lire. Il y a des lettres, il y a même des mots, mais ce souvenir est myope. Une étrange censure dans laquelle seules quelques bribes de phrases survivent. Une phrase en particulier.

Parce qu'hier, aujourd'hui et demain, tu es mon homme. Parce que je suis à toi. Parce que tu es à moi.

Angelica

C'était une lettre de rupture. Mais la fin du texte avait une odeur d'éternité. "Hier, aujourd'hui et demain". Un parfum de toujours qui m'avait visiblement marqué, puisque le souvenir avait survécu à la traversée.

Je l'avais violentée dans la nuit. Violentée ? Y avait-il vraiment une nuance entre violer et violenter ? Je ne savais pas. Elle non plus sûrement.

Elle avait posé des conditions dans sa lettre. Les détails m'échappaient, mais elle voulait savoir. Comprendre le pourquoi. Le pourquoi et le comment.

Ces mots, cette lettre, tout cela avait ouvert un pont avec mon passé. Et d'une amnésie à l'autre, la mécanique s'était enclenchée. J'avais déchiré sa lettre, la seule et unique page de mon livre intime.

Alex me regarda faire sans rien dire et j'appréciai son silence. D'un geste de la main, les fragments de papier disparurent dans la poubelle qui ouvrait la bouche à mes pieds.

C'était pourtant avec elle que je voulais écrire mon passé, mais, à peine le temps d'un prologue et c'était déjà fini, terminé. Elle voulait savoir, elle voulait comprendre et j'avais atteint mes limites dans le partage. Expliquer, c'était redevenir cet enfant. Et je n'étais pas cet enfant. Lecture impossible, voyage impossible, partage illusoire, alors déchirer, effacer et... oublier.

– Non, rien à signaler, agent Perkins.

Il me soupesa du regard quelques instants, puis replongea dans ses notes.

– Bien, reprit-il, décembre 1998, fête annuelle de la banque, mademoiselle Angelica Santini vous a quitté après votre dérapage, ce Hans Travers attend son heure, aidé par monsieur Collard, si j'ai bien compris.

– Exact.

– Parfait. Je résume. Catarina Juavez a croisé deux fois votre chemin, ce qui est pour le moins étrange, vous en conviendrez. Cela étant, vous refusez de collaborer avec nos services et, puisque vous êtes le seul témoin encore en vie, sans votre témoignage, la procédure d'extradition est tombée à l'eau. Nous provoquons donc une action en justice au Guatemala. La maison du juge Corrazon, en charge de l'enquête visant à l'arrestation de Juavez, explose dans la capitale et, exactement au même moment, son épouse est assassinée à Miami. Le sénateur Juavez devient la coqueluche des médias et nous accuse, nous et le président Hernandez, d'être derrière ce double attentat. Quant à l'agent Becket, qui a survécu à l'explosion, il abandonne le dossier Juavez, et la page est tournée. Nous sommes d'accord sur la chronologie ?

– Nous sommes d'accord. Vous avez échoué.

Son regard se durcit, mais il refusa le combat encore une fois et rebascula dans ses notes.

– Ah oui, et j'oubliais : vous êtes également nommé au comité de direction de la banque. Le plus jeune dans l'histoire de cette banque, m'a-t-on signalé.

– Il paraît, oui.

– Alors, que se passe-t-il entre ces évènements et le coup de téléphone que vous passez finalement à l'agent Becket en mars 2000 ?

– Mars 2000 ? C'est le krach boursier.

– Remplissez le cadre, monsieur Lacour.

– Pardon ?

– Décembre 1998 jusqu'au krach boursier, donnez-nous les étapes.

– Il n'y a pas vraiment d'étapes. Les marchés explosent à la hausse, les clients affluent, j'accompagne le mouvement.

123

– C'est-à-dire ?

– La bourse grimpe, les performances sont anormalement bonnes.

– D'accord, mais vous ?

– Moi ? J'accélère…

Décharge d'adrénaline…

– '20'000 *for you my friend. 22-28 dollars for now, fucking hot*[26]' !

Je levai deux doigts pour qu'Alex saisisse l'information dans nos systèmes. Vingt mille actions, plutôt un bon début.

Les introductions en bourse se multipliaient et nous étions devenus des experts dans ce domaine. Sur les opérations les plus chaudes, il était quasiment impossible d'obtenir du papier[27]. Nos courtiers pratiquaient l'exercice avec la même légèreté et la même absence de règles que nous. D'où le voyage à New York qu'Alex avait effectué afin de mettre les choses au clair : "Vous voulez continuer à travailler avec nous messieurs ? Donnez-nous du papier." C'était un langage qu'ils avaient parfaitement compris, même avec l'accent parfumé à la lavande de mon Marseillais.

Alex attendait la réponse d'un autre courtier new-yorkais, lorsqu'à son tour, il leva trois doigts. Trente mille pour lui donc, soit cinquante mille au total.

Je repris mon courtier, lui indiquai que je le gardais en ligne jusqu'à l'ouverture et appuyai sur une touche afin de transférer la communication dans les haut-parleurs. L'agitation de la salle des marchés new-yorkaise fusionna avec la nôtre. Cela donnait un petit côté cap Canaveral très excitant.

Derrière nous, les visiteurs se massaient au fur et à mesure. Pêle-mêle, quelques clients et leurs banquiers étaient venus assister au spectacle. Ils nous demandaient l'autorisation quelques jours avant, et j'étais obligé de restreindre l'accès à quatre ou cinq privilégiés de la banque privée au maximum. Xavier, Jack et même Pierre Collard étaient également venus humer l'odeur de la poudre. J'aperçus aussi le sourire de…

J'ouvris subitement les yeux.

Le sourire de… ? Impossible de me rappeler son nom. Le signal avait sauté, une coupure d'autant plus stupide que certains détails

---

[26] "20'000 [actions] pour toi mon ami. La fourchette est à 22-28 dollars. C'est super chaud !"
[27] Des actions.

m'étaient revenus : pas la bonne période, mais ce sourire féminin, perdu au milieu des costumes qui nous regardaient, s'était juxtaposé à une scène particulièrement intense. Mon calendrier buggait, ça ne collait pas et je n'arrivais pas à remettre un nom sur cette cambrure de reins qui avait jaillit dans mon esprit. Pourtant elle venait souvent me rejoindre dans mon bureau. Sa démarche était spectaculaire. Elle s'asseyait régulièrement à côté de moi et me posait des questions sur les marchés. Beaucoup de questions, jusque tard le soir. Et après, on se séparait sur un 'bonne nuit'. C'était pas normal de se dire bonne nuit au bureau.

– Bonne nuit, Julie !

Voilà, c'était Julie, c'était elle qui souriait.

– Qu'avez-vous dit ?

– Rien. Je me suis égaré dans un souvenir.

Perkins hocha la tête.

Fermer les yeux, reprendre le cours…

Nos regards se croisèrent et je détournai la tête pour ne pas avoir à répondre au sourire de Julie. Je souriais souvent, mais rarement à quelqu'un. Sourire, c'était donner sa main, et ma main, je ne la donnais plus…

Revenir à la vibration, effacer ce sourire et replonger dans cette ambiance qui me prenait les tripes dans la salle des marchés. Cette putain de vibration dont je m'étais shooté à l'époque. Sans effort, avec la conviction de pouvoir décrocher à tout instant. C'était de la folie, mais j'étais chez moi dans ce monde. Artificiel, puéril, excitant, une danse langoureuse avec les marchés, avec en prime cette conviction qu'ont les mecs de connaître la danseuse simplement parce qu'elle a accepté de vous prendre dans ses bras.

À quelques minutes de l'ouverture de la bourse, Peter nous annonça un léger resserrement de la fourchette : « 30-36 dollars », et Alex confirma l'information. Sur CNBC, les présentateurs bardés de bretelles assuraient le service après-vente sur la société visée et nous découvrîmes que notre proie était une pépite. Une pépite de… je ne savais quoi d'ailleurs. On s'en foutait de toute manière ! La cloche sonna, Wall Street[28] ouvrait, le rideau allait enfin se lever...

Sur l'écran central apposé contre un pilier, l'action était toujours inerte. Le graphique de la cible s'animerait lorsque l'équilibre serait atteint

---

[28] Bourse de New York.

entre l'offre et la demande. Encore vingt minutes, puis un cri dans les haut-parleurs nous fit sursauter. Les conversations s'interrompirent immédiatement. Alex, debout, montrait l'écran du doigt. Trente-deux dollars à l'ouverture, soit plus de 200% par rapport à son prix d'introduction. Des cris de surprise et quelques applaudissements ricochèrent sur mon dos. Je levai la main pour réclamer le silence, coupai les haut-parleurs, saisis le téléphone et demandai à Peter de 'checker[29]' la profondeur du marché. Quelques instants plus tard, il m'indiquait qu'il voyait des ordres se placer autour de trente-cinq dollars.

Alex leva son index, puis ouvrit sa paume :

– 10'000 à 35 dollars ?

Toujours au téléphone, je levai un pouce à mon tour. OK ! Il donna l'instruction :

– 'Sell 10'000 at 35[30]' !

En quelques secondes, la vente fut exécutée. Peter s'excitait au téléphone et me demandait ce qu'on faisait du reste de la position. Je scrutai mes écrans. Les flux s'accumulaient dans le désordre et, finalement, je plaçai dix mille titres à la vente à trente-six dollars. Au même moment, le cours glissa légèrement : 34½, 34, puis tomba comme une pierre : 33½, 33, 32¾. Il se stabilisa enfin autour des trente-deux dollars. Sur le graphique, l'effet était saisissant. Derrière, un client se manifesta :

– Mais qu'il vende bon Dieu !

Séché fort peu diplomatiquement par Matteo, l'Italien de mon équipe, le convive qui s'était approché recula prudemment de quelques pas.

Il était riche, mais cette arène ne lui appartenait pas.

Trente-et-un, puis trente dollars.

Tenir ou craquer, réagir ou patienter, on gagnait ou on perdait sur un état d'âme. On gagnait ou on perdait, et il n'y avait jamais la moindre trace. Une fragilité qui rendait l'exercice fascinant, parce qu'il n'y avait aucune leçon à retenir. Le succès ou l'échec ne validait rien. Pas de morale, pas de leçon, pas de sentiment. Tout était une question d'instinct.

L'action navigua pendant dix minutes sur ce niveau, puis un gros intervenant surgit et le cours de l'action rebondit instantanément. Nouveau murmure dans notre dos. Une heure plus tard, stabilisation autour des trente-huit dollars. Déboucler progressivement la position :

---

[29] Vérifier.
[30] "Vends 10'000 [actions] à 35 [dollars] !"

prix moyen de 37¼ pour cinquante mille actions, 270% en deux heures, un million trois cent cinquante mille dollars et des brouettes de gains.

– Pas mal !

– Pas mal, me répondit Alex, les traits creusés par la tension.

Le spectacle se terminait, le rideau se baissait. Les invités quittèrent le plateau en nous jetant le genre de regard qu'on adressait habituellement aux acteurs. Le genre de regard qui exagérait la performance.

– Nous sommes de plus en plus actifs sur le marché américain. Les introductions en bourse se multiplient.

– Les performances explosent ?

– C'est ça.

– Tout cela confirme les articles vous concernant.

– Vous lisez beaucoup les journaux, dites-moi.

– Bien sûr. Recouper les informations, valider les hypothèses, c'est la base de notre métier, monsieur Lacour. Et vos clients, poursuivit-il, comme si tout cela était normal, comment réagissent-ils durant cette période ?

Mes clients ?

Un visage surgit.

Un cigare se reposait, coincé dans un créneau du cendrier. La fumée grimpait en ligne droite, avant de se distordre progressivement. Je détruisis la colonne en soufflant sur la base et quelques cendres s'échappèrent. Nazir ne réagit pas à ma maladresse. Il balaya simplement l'accident d'un revers de la main et son sourire s'élargit.

Dans la galerie de portraits, c'était sur ce client-là que je m'étais arrêté. Peut-être parce qu'il symbolisait le système. Accroc aux marchés, dangereux et bien élevé, au moindre accident, il me détruirait.

Après m'avoir félicité sur mes résultats, il m'annonça son intention de transférer trente millions de dollars supplémentaires.

– Ils sont plutôt heureux, mes clients.

C'était un intermédiaire, un marchand d'armes en fait. À l'abri de nos coffres, il y avait de tout : capitaines d'industries, mannequins, sportifs et des artistes, très vertueux dans la lumière, mais qui, dans l'ombre, venaient enterrer leur pactole dans nos sous-sols. Un vrai concentré de la misère humaine. Riches, mais vides.

– Ils ont amassé une fortune dans la hausse.

– Grâce à vous ?

– Je ne suis que le pilote. Je flotte de plus en plus.

– C'est votre manière de dire que vous perdez contact avec la réalité ?

– C'est plutôt la réalité qui perd le contact, à mon avis. Une bulle financière, c'est une réalité boursouflée. Mais dans le moment, on ne la voit pas telle qu'elle est.

– OK. Les marchés grimpent. Et cette histoire de contrats n'est toujours pas réglée ?

– Non.

– Donc au moindre accident, vous explosez ?

– C'est ça.

– Alors vous vous en tirez comment ?

Les Îles Cayman, Rio, Miami, je devais réduire la séquence.

– Je déniche une porte de sortie.

– Une porte de sortie, c'est ce client pour lequel vous travaillez aujourd'hui ?

– C'est ça.

– Un Brésilien ?

– Oui.

– Vous savez que ce Brésilien a des contacts avec le Guatemala ?

– À ce niveau de fortune, il a probablement aussi des contacts avec le Botswana !

Perkins m'offrit un sourire silencieux, abandonna la page et saisit la suivante qui, comme les précédentes, était désespérément pleine de points d'interrogation.

– Votre présence est signalée à Miami en décembre 1999.

– Miami ?

– Oui. D'ailleurs, vous entrez sur le territoire, mais il n'y a aucune trace de votre sortie. C'est à cette occasion que vous avez rencontré votre client pour la première fois ?

– Oui. C'est bien cela.

– Racontez-nous.

– Un rendez-vous avait été pris par un de nos banquiers.

– Sergio Blavas, c'est ça ?

– Vous êtes bien informé, agent Perkins. Oui, Sergio Blavas.

– Vous êtes repérés, tous les deux, sur le vol Genève-Miami le 15 décembre 1999, précisa-t-il, après avoir consulté un document que Tony avait extirpé du dossier.

– Donnez-moi un instant. Ça fait beaucoup d'allers-retours !

– Hôtel Delano. Vous avez dormi plusieurs nuits là-bas.

– Oui, l'hôtel Delano, le client est en retard.

– Bien, poursuivez.

– Donnez-moi un instant.

– Vous êtes fatigué ?

Engourdi, serait plus juste. Mon attention faiblissait, ma mémoire boitait. Ça existait, une entorse aux souvenirs ? Perkins esquissa un sourire alors que je me massais les tempes. Rompre le rythme, respirer et… une jeune femme avait déposé un plateau un peu plus tôt. Des sandwichs et du café. J'en saisi un et Tony versa une rafale du liquide dans un gobelet. La fatigue faisait-elle partie de la mission ? Affaiblir, endormir, et provoquer l'accident ? C'était une tactique ?

– Reprenons, monsieur Lacour. Vous êtes à l'hôtel Delano et vous avez rendez-vous avec votre client. Je vous écoute.

Il aimait les lignes droites. À moi de le déporter dans mes virages. Un peu de caféine dans un gobelet, avaler un sandwich au jambon plastifié et…

– "On ne va jamais aussi loin que lorsqu'on ne sait pas où l'on va[31]."

– Je vous demande pardon ?

– Le client est en retard et le banquier qui m'accompagne…

– Sergio Blavas.

– Si vous voulez. Donc ce client est très en retard et Sergio tourne en rond devant la réception.

---

[31] Rivarol, *Pensées, répliques et portraits.*

– Et que vouliez-vous dire par "on ne va jamais aussi loin que lorsqu'on ne sait pas où l'on va" ?

– C'est ce que je lui ai dit pour qu'il se calme. L'Amérique latine est rarement à l'heure. Ça fait partie de son charme, d'ailleurs. Plutôt que de tourner en rond, je lui recommande de lâcher prise. Pas besoin de GPS, pas nécessaire de tout maîtriser, avancer sans savoir, en confiance. Parce qu'on ne va jamais aussi loin lorsqu'on ne sait pas où l'on va. Mais il n'a pas compris. Il a épuisé la moquette, agacé le personnel pendant trois ou quatre jours et je me suis occupé de mon côté.

La piscine, la salle de sport ou des incursions en ville. J'enfilais les journées avec la même légèreté que mes tenues : chemise en lin un peu froissée et un maillot de bain. On avait toujours quinze ans en maillot de bain.

– Et tout cela nous mène quelque part ?

– Vous posez les questions, je réponds.

– Mais vos réponses sont confuses.

– Autant que vos questions, Perkins.

Il saisit un sandwich à son tour, le déchiqueta sans me lâcher du regard et j'en profitais pour m'allonger sur une chaise longue.

"Une voiture viendra vous chercher à 18h45. Venez seul."

Il était dix-huit heures trente, autant dire que ce client ne s'embarrassait pas de précautions, son invitation qui avait bipé sur mon portable était une réquisition. Affalé au bord de la piscine, je me levai d'un bond, sautai dans mon pantalon en toile et regagnai le hall de l'hôtel qui avait revêtu ses habits de soirée. Décoré par Philippe Starck, avais-je appris, ce hall spectaculaire frissonnait de magnifiques voilages qui, de part et d'autre du couloir, plongeaient le visiteur dans une ambiance un peu fantasmagorique.

– Enfin, j'ai reçu un message me demandant de me tenir prêt. Le client veut me voir seul.

– Pourquoi seul ?

– C'est un type un peu particulier. Il n'aime pas les banquiers.

– Mais vous êtes un banquier !

– Vraiment ?

Au loin, Blavas, qui s'acharnait à tracer des ronds sur la moquette, se figea en me voyant apparaître. Il était tellement peu en phase avec le tempo de la ville que son agitation en devenait presque… artistique. À l'arrêt, il me dévisagea comme un chien à l'affût d'une friandise. Je me rapprochai de lui, les voilages ondulant sur mon passage. Une traversée très cinématographique : le vaste corridor était dans la pénombre et, à l'extrémité, derrière sa nervosité, une lumière un peu rose. Le soleil devait probablement être en train de se coucher.

– Alors ? aboya-t-il, comme il le faisait à chaque fois que nous nous croisions depuis trois jours.

Je lui laissai le soin de lire le texte sur mon portable et ses minuscules épaules s'affaissèrent.

– 'No es posible[32]'. Qu'est-ce qu'on fait ?

– C'est toi le commercial, Sergio. Si tu veux, je lui dis d'aller se faire foutre et on rentre.

– Non, surtout pas !

Il réfléchit un instant, envisagea les différentes options et finit par soupirer :

– Tu vas devoir t'occuper de l'ouverture du compte.

– C'est ton boulot, Sergio. Je vais tout organiser, lui présenter un schéma et, s'il accepte, c'est toi qui t'en occuperas plus tard.

Dans ses yeux, un amour inconditionnel que seule une liasse de dollars pouvait allumer dans le cœur d'un banquier suisse. Une limousine s'engagea devant l'entrée. Le chauffeur interpella le portier, qui se retourna dans ma direction. C'était bien mon carrosse.

– Une voiture est venue me chercher.

– Destination ?

– On ne va jamais aussi loin que…

– … lorsqu'on ne sait pas où l'on va. J'ai compris monsieur Lacour. Destination…

– Inconnue, complétai-je en broyant le gobelet en plastique.

Je n'avais aucune idée de ma destination et cela me convenait très bien. Avant de m'asseoir sur le siège arrière de la limousine, je remerciai le chauffeur qui referma la portière. Il fit le tour du véhicule, s'installa de l'autre côté d'une cloison opaque, et la voiture décolla en souplesse, alors que Sergio, abandonné et perdu dans son col amidonné, levait la main pour me saluer.

---

[32] "Ce n'est pas possible", en espagnol.

Vingt minutes plus tard, mon carrosse s'immobilisa devant la passerelle d'un yacht.

– *Soyez le bienvenu ! m'accueillit un uniforme blanc qui me surplombait.*

– Finalement, je grimpe à bord d'un bateau.

– Quel bateau ?

– Un immense truc flottant.

– Le nom du bateau ?

– Je crois que c'était le *j'en sais rien*.

– Vraiment ?

– Non, c'était le *on s'en fout*.

– Très drôle. Vous ne vous souvenez plus du nom ?

– Tous ces détails n'ont aucune importance.

– C'est à nous de décider ce qui est important ou pas. Mais poursuivez.

– On m'a conduit à ma cabine. À part l'équipage, il n'y avait personne.

À peine perceptible, une vibration signala que les moteurs se mettaient en marche. À travers le hublot, les lumières de la ville défilèrent, puis le bateau bifurqua. Il était tellement gros, tellement massif, aucune sensation de mouvement, pas de déplacement. C'était Miami qui s'éloignait. Nous, on ne bougeait pas. South Beach au loin, puis... plus rien.

– Après ? On flotte.

– Donc, vous quittez Miami par la mer et votre client n'est pas à bord, c'est juste ?

– C'est ça.

– Original, ponctua Perkins.

– Un milliardaire l'est souvent.

– Nous avons vérifié, c'est l'une des plus grosses fortunes mondiales.

– Il n'a pas de problèmes de fin de mois.

– Ça doit être très enivrant tout ça !

– Quoi donc ?

– L'argent, le pouvoir.

– C'est comme la beauté, ne vous fiez pas aux apparences.

– À force de fréquenter tous ces ultra-riches, il doit y avoir un sentiment d'impunité, non ?

– L'argent n'est qu'un outil. Et les ultra-riches, comme vous dites, sont rarement à la hauteur du spectacle.

– C'est-à-dire ?

– Derrière le rideau, derrière l'apparence, c'est souvent assez primaire. Disons que s'ils peuvent tout acheter, ils ont souvent peu à offrir.

– Pourtant vous travaillez pour cet homme ?

– Et alors ?

– Alors, vous êtes dans son sillage. Argent, pouvoir, domination.

– C'est un jeu, agent Perkins. Ce type est un indicateur du dérèglement du système. Trop de pouvoir, trop d'argent et je ne suis pas dans son sillage, je suis juste une pièce dans le jeu.

– Il vous a acheté ?

– Non. Il possède le jeu et m'a donné la liberté de m'amuser.

– Et vous faites quoi dans ce jeu ?

– Je fais d'une addition une multiplication.

– Vous achetez des sociétés à travers le monde, c'est bien cela ?

– Un jeu de Meccano.

– Pour servir la volonté d'un homme ?

– Pas pour servir. Plutôt comme un 'corsaire'.

– Un 'corsaire' ?

– Je ne connais pas le nom en anglais. Un 'corsaire' est un pirate qui a signé un contrat avec un roi. Il sillonne les océans et partage le fruit de ses rapines.

– Rapines ?

– Son butin.

– Un pirate et un butin, c'est très agressif comme vision.

– Ce monde est agressif. Mais en prenant le large, je me tiens à l'écart.

– À l'écart du monde ?

– Exact.

– Vous n'aimez pas le monde ?

– Il n'est pas aimable, vous êtes bien placé pour le savoir.

– En effet. Bref, revenons sur ce bateau. Vous flottez et il se passe quoi ?

– On se retrouve pour le dîner.

– Le soir même ?

– Non, deux ou trois jours plus tard. La table était dressée sur le pont arrière. Petite tache de lumière perdue dans l'obscurité, l'absence de repères était savoureuse.

– Donc deux ou trois jours plus tard, vous dînez avec votre client. Jose Perreira, c'est bien ça ?

– Oui. Et Miguel Cordoba, son collaborateur le plus proche et...

– Attendez, il y a un trou ! Votre client n'est pas à bord quand le bateau quitte Miami, puis vous vous retrouvez pour le dîner... deux ou trois jours plus tard. Alors que vous naviguez en mer. Vous nous expliquez ?

– Hélicoptère.

– Naturellement. Ils sont venus par les airs. Et vous êtes où ?

– Sur le pont arrière.

– Non, je veux dire, le bateau, il est où ?

– Le bateau ?

– Oui.

– Sur l'eau, agent Perkins.

Perkins leva un sourcil. Tony plissa les yeux.

– Je vois, soupira-t-il. Et ce dîner alors, monsieur Lacour ?

– Je crois que ça suffit comme ça.

– Pardon ?

– Ce dîner s'est bien passé. Les détails ne vous concernent pas.

– Ce dîner était un examen de passage ?

– Ils m'ont accordé leur confiance.

– C'est ce soir-là que ce Perreira, ce milliardaire, vous propose de quitter la banque et de gérer à plein temps sa fortune, c'est ça ?

134

– Possible.

– Vous avez décroché le pactole en une seule soirée, monsieur Lacour !

– Possible.

– Mais vous ne voulez pas donner les détails.

– Ce sont mes actionnaires et ce qui s'est passé ne vous regarde pas.

– Vous n'avez pas de problème pour évoquer votre passage à la banque, mais vous coincez sur ce qui s'est passé sur ce bateau ?

– La banque est une page fermée, c'est du passé.

– Sur ce bateau aussi, c'est du passé.

– C'est un passé que je compose encore. Je travaille avec ces personnes. Donc, vous n'aurez pas les détails.

– Sauf que, contrairement à ce que vous nous avez indiqué, ce n'était pas votre première rencontre avec eux, n'est-ce pas ?

– Je ne sais plus.

– Le Venezuela, monsieur Lacour.

– Oui, j'avais oublié. Vous avez raison. Quinze jours au Venezuela dans son ranch, je ne sais plus quand.

– OK. Combien de temps dure cette croisière ?

– Je ne sais plus.

– Mais vous ne revenez pas à Miami. Nous n'avons aucune trace de vous. Alors, où avez-vous débarqué ?

– Une île et puis, un avion privé.

– Les Îles Cayman ?

– Possible.

– Un avion privé pour Genève ?

– Oui.

– Quel était le montant de la transaction ?

– Quelle transaction ?

– Vous étiez employé par une banque. Il y a bien eu une transaction ? Une ouverture de compte en Suisse ?

Plus de dix milliards de dollars, m'amusai-je en braquant mon regard sur cet agent, qui semblait penser que chaque question méritait une réponse.

– Secret bancaire, messieurs.

– Nous pourrions vous obliger à…

– Non. Vous ne pourriez pas.

– Nous verrons, monsieur Lacour. En résumé, décembre 1999, après Miami et l'hôtel Delano, une croisière vers une île, puis un retour à Genève ?

– Retour à Genève.

– Concernant votre future collaboration avec ces Brésiliens, vous avez signé le contrat à ce moment-là ?

– La signature définitive se fera à Rio.

– Janvier 2000, c'est cela ?

– Je n'ai plus la date.

– Je vous le confirme. Janvier 2000.

– Pourquoi me poser la question si vous avez la réponse.

Il balaya ma remarque d'un geste de la main et poursuivit :

– Donc Rio pour signer le contrat avec ce client, quitter la banque et Genève, s'installer à Miami, gérer la fortune de ce Perreira avec Alex Montclair ?

– Oui.

– Donc tout va bien ?

– C'est ce que je croyais.

– Et après votre retour à Genève ?

– Rien à signaler.

– Et la soirée annuelle de la banque ? Elle se déroule bien le soir même de votre retour ? Pas d'autre dérapage incontrôlé, monsieur Lacour ?

10

Le froid s'était engouffré dans la carlingue. La porte s'était ouverte et l'hôtesse s'était écartée en souriant. Sur le Tarmac de l'aéroport de Genève, un fourgon blindé patientait. Les deux pit-bulls qui m'avaient accompagné depuis les Îles Cayman, rejoints par une équipe tout aussi musclée dépêchée par la banque, avaient surveillé le chargement des malles. Du cash et de l'or, un vrai film de série 'B', avais-je pensé, en sautant dans un taxi. Nous avions longé le lac Léman, bifurqué sur le pont du Mont-Blanc et j'avais frissonné de froid en m'évacuant du véhicule, qui s'était garé à ma demande devant la porte de service. L'écho de la fête qui, exceptionnellement cette année-là, se tenait au rez-de-chaussée de la banque, m'avait accompagné alors que je grimpais les escaliers.

À vingt-deux heures, tout était calme dans les étages.

La porte coulissa et je foulai la moquette en direction de mon territoire. Une salle des marchés vide, c'était une anomalie. La vibration faisait partie intégrante du décor et, sans elle, l'endroit semblait se chercher une raison d'être. C'était étrange toutes ces machines assoupies, ces téléphones inertes et ces écrans sombres qui me suivaient du regard, alors que j'enfilais ma veste sur le dossier du fauteuil. Mais il en fallait peu pour réanimer l'énergie. Les ordinateurs crépitèrent d'informations et CNN me souhaita la bienvenue à grands coups de mâchoires carrées. J'inclinai mon fauteuil et fermai les yeux.

J'avais dû m'endormir sans m'en rendre compte, parce que le léger tintement qui résonna tout à coup dans le silence me fit sursauter.

– Comment fais-tu pour être aussi bronzé, tu ne travailles donc jamais ?

Une bouteille de champagne à la main, deux flûtes qui s'entrechoquaient, une robe noire plutôt sage. Je clignai des yeux. Elle était devant l'écran de télévision, un sourire perlé de dents blanches, et sa silhouette fuselée se dessinait à contre-jour. Depuis combien de temps était-elle là ?

– Et il sourit, mais ne dit rien. Parce que sourire est une réponse ?

Je n'attrapai pas le point d'interrogation.

– C'est très mystérieux, murmura Julie en posant les deux verres entre nous.

Ils se frôlèrent suffisamment pour que le tintement que j'espérais se produise. J'aimais bien ce bruit. Son absence m'aurait déçu.

– Et je suis certaine que tu ne le sais pas.

C'était un moment pur, esthétique. Le fond ne m'intéressait pas, seule la forme importait.

– Tu ne le fais pas exprès. Ce n'est pas un jeu. Tu es vraiment comme ça...

La scène m'apparut clairement. Action. Moteur. Ça tourne !

– ... je me trompe ?

Ses mains posées sur le bureau, ses yeux ne me lâchaient pas. Ses bras étaient dénudés et j'aimais bien les bras. J'avais toujours aimé les bras sans trop savoir pourquoi. En l'absence de réponse, elle sourit, secoua la tête en mimant un agacement un peu exagéré, puis elle se redressa finalement, contourna le bureau et s'installa dans le canapé derrière moi. Rotation du fauteuil, accompagner le déplacement, puis une petite pause sur image. Elle ouvrit la bouche, sembla sur le point de dire quelque chose, puis se ravisa. Je profitais du silence pour la contempler, de l'extérieur. Une absence qui pouvait surprendre l'autre. Mais en m'effaçant de la scène, je la dégustais d'autant plus. Une promenade innocente, pas d'avant, pas d'après, aucune conséquence. Elle lissa sa robe. Un geste de petite fille et ses bras étaient vraiment très jolis. Elle m'observa et ses mains se reposèrent sur ses cuisses. N'étant pas vraiment là, je savourais en toute décontraction le spectacle. Pas d'anticipation, sa présence était un accident. Et puis, j'aimais bien ses bras, ses épaules aussi d'ailleurs et j'étais un grand fan des accidents.

– Je peux te poser une question un peu personnelle ?

Je ne voulais pas de ma voix dans la scène.

– Juste une ? insista-t-elle.

Je fis non de la tête. Ce n'était pas très masculin comme réaction. Pas très mûr non plus. Mais c'était terriblement sincère.

Elle traduisit ma négation comme une plaisanterie.

– On m'a parlé d'une magnifique amazone qui t'accompagnait l'année dernière, à la soirée de la banque.

Je ne réagis pas.

– Et je me demandais si cette demoiselle t'attendait à la réception ce soir.

Les mots avaient un sens, un poids. Répondre, c'était acter la fin, valider la blessure. Fin de la promenade et… fin de l'innocence. Un an déjà ! réalisai-je subitement.

– Il n'y a personne qui m'attend.

Elle garda le silence un moment, semblant réfléchir au sens réel de ma réponse.

– C'est douloureux ?

J'allais lui faire remarquer que ça faisait deux questions, lorsque mon portable s'éclaira. C'était Alex. Je décrochai et son accent marseillais me sauta au visage :

– Je peux savoir ce que tu fous ? cria-t-il, alors que la musique de la soirée couvrait sa voix. Je suis en bas, champagne et petits fours, tu es au quatrième ? Tu viens ? Non ? Alors, j'arrive ma poule. Tu vas me raconter ton voyage.

Julie patientait tout en me dévisageant. Je reposai le portable sans avoir prononcé une parole. Il était très doué pour faire les questions et les réponses.

– C'était Alex.

Son regard m'enveloppa.

– Tu devrais t'échapper. Je ne peux pas garantir ta sécurité si tu le croises dans les couloirs.

Sans un mot, elle se leva, sa main effleura mon épaule, puis sa silhouette disparut derrière la bouteille de champagne qui, toujours posée sur mon bureau, me narguait. Je la saisis et fis sauter le bouchon, qui rebondit sur l'écran de la télévision.

– Je ne suis pas allé à cette soirée.

– Où étiez-vous alors ?

– La soirée se tenait au rez-de-chaussée, et moi, j'étais à mon bureau.

– Je suis amoureux !

Assis à côté de moi, Alex avait déjà réglé son sort à la bouteille de champagne.

– De qui ?

– *Elle est en bas. À la soirée.*

– *Alors, qu'est-ce que tu fais là ?*

– *On m'a dit que tu étais rentré. Je ne pouvais pas t'abandonner. Accompagne-moi, je te présenterai.*

– *Elle s'appelle comment ?*

Il vida son verre et se leva :

– *Aucune idée. On y va ?*

– *Je te rejoins plus tard. OK ?*

Il me jeta un regard inquiet :

– *Ça va ? Tu veux en parler ?*

– *Tout va bien.*

Il hocha la tête, agita la bouteille qu'il avait vidée et, visiblement rassuré de me laisser sans alcool à proximité, s'évacua du plateau en sifflant.

La salle des marchés retrouva son microclimat, sombre, silencieux, stérile. Seul mon bureau était éclairé et, sur cette île, dans la pénombre, j'inclinai le fauteuil et fermai les yeux de nouveau. CNN berçait l'obscurité de ses commentaires exubérants. J'allumai une cigarette. Je ne pensais à rien. Les télévisions enchaînaient les diffusions d'émissions et reportages sur le 'NouveauMonde.com' qui se dessinait. C'était amusant d'être spectateur d'une révolution à laquelle je contribuais, à ma manière. Une révolution vide de sens. Sans projet ni message. Le monde dansait au bord du précipice. Fascinant !

– *'No future' !*

– *Il ne s'est rien passé d'important*, poursuivis-je, sans trop savoir si je m'adressais à Perkins ou à moi-même.

– *'No future' ? reprit en écho une voix dans mon dos. Vraiment ?*

Elle m'avait surpris avant et la surprise me rattrapait aussi maintenant. Par mimétisme, je…

… gardai les yeux fermés. Un bruissement de tissu, puis un courant d'air qui caressa ma joue. Alors ouvrir les yeux. À la télévision, le guignol s'excitait toujours. Elle s'était assise sur le bureau, jambes sagement croisées, elle attrapa ensuite le dossier du fauteuil, le fit légèrement pivoter et, en quelques secondes, je passai du chroniqueur survolté à l'intensité grave de ses yeux.

– *C'est mieux comme ça, non ?*

Je ne dis rien.

– Attention, ta cendre va tomber.

Julie saisit la cigarette, son doigt effleura mon index au passage, puis elle porta le bâtonnet à ses lèvres. Son visage se dressa lorsqu'elle expulsa un brouillard dans le reflet de la lucarne. Ombre chinoise, elle garda la pose, puis écrasa la cigarette dans le cendrier. C'était troublant de sentir un autre parfum. Malgré la fumée, il avait réagi : mon odorat avait une intelligence très limitée, il ne savait pas qu'Angelica avait disparu de sa vie. Comme un con, il s'agaçait de ce changement et se perdait dans cet effluve qu'il ne reconnaissait pas.

– Je n'ai pas l'habitude de demander, Gabriel, demander ou faire le premier pas. Alors j'ai bu un peu trop… en bas, histoire de trouver le courage… ici.

Plus de distance, plus de frontière. Ce n'est plus un souvenir, ma peau se souvient. Les mouvements, la lumière, et sa voix. Le présent s'estompe et je me glisse dans la scène. Le passé redevient… maintenant.

Sa main s'approche. Son ongle se pose sur mes lèvres.

– Parce que si ce n'est pas moi…

Puis remonte le long de ma joue.

– … ce n'est pas toi qui bougeras.

Elle se pince les lèvres, les yeux fixés sur la caresse.

– N'est-ce pas ?

Ses lèvres sont pleines, elles sont roses et j'ai faim.

Perkins passait en revue les prochaines questions inscrites sur la page, lorsque la main de Tony se posa sur sa manche pour attirer son attention. Il releva la tête et observa le visage qui lui faisait face : yeux fermés, traits impassible. Il remarqua alors les mouvements. Sous les paupières, il y avait comme des tressautements.

– Tu n'as qu'un mot à dire et je m'en vais.

Son doigt fait demi-tour pour revenir se poser sur mes lèvres. Ancien réflexe, ma main se pose sur sa cuisse, premier contact avec sa peau. Premier contact avec une autre peau que...

– Je dois prendre ça pour une réponse ?

Sans attendre, sa bouche glisse sur mon cou et elle soupire. Un filet d'air, sensuel, s'insinue contre mon torse. De sa cuisse, la paume de ma main remonte le long de sa hanche jusqu'à l'échancrure de sa robe. Un sein, que je ne connais pas, réagit à la caresse. Je me lève, elle s'écarte d'un pas. Pas de sentiment, mon cœur est ailleurs. Je brûle, mais la lumière est noire.

Elle se rapproche, défait ma ceinture et m'envahit de ses mains. Elle ne sourit pas. C'est même assez grave. Puis son visage disparaît. Après ses mains, après ses doigts, sa bouche.

Nous ne nous sommes toujours pas embrassés. Il n'y a pas eu d'avant. Ça va trop vite et je ne suis pas complètement là. Pas tout à fait dans l'instant. Décalage, désynchronisation, mes sens s'adaptent. Ils s'acclimatent, mais dans le désordre. J'ai la musique, mais il manque les paroles.

La prise se raffermit, main et bouche, elle prend possession du terrain, explore et s'aventure. Elle joue avec mes limites, envisage mon plaisir. Un jeu dans lequel je plonge sans retenue, sans partage. Empoignant ses cheveux, je force le mouvement. C'est un geste qui ne m'appartient pas. Un geste qui, paradoxalement, l'éloigne de moi.

Pas d'abandon, pas de vertige, elle m'évalue et, alors que sa langue virevolte, les yeux ouverts, elle m'observe. J'interromps d'instinct le va-et-vient, attrape sa main et la relève. Le bruit d'une fermeture éclair, sa robe glisse jusqu'à nos pieds. Elle dégrafe ensuite son soutien-gorge et le projette sur sa droite. Il termine sa course sur un écran d'ordinateur. Sa culotte suit la même trajectoire et s'échoue sur le clavier. Puis, plus rien. Quelques secondes de contemplation. Suspendre l'instant. Quelques secondes de dissociation aussi. Désir physique, sentiment brouillon. À chacune de ses respirations, sa poitrine se dresse fièrement. Je fais un pas en arrière. Dans ses yeux, de l'incompréhension.

Elle est belle. Dans la pénombre, avec les écrans de télévision comme autant de bougies, sa peau s'éclaire, vacille ou s'éteint. Elle croise les bras. Sa poitrine se cache. Elle lève la tête vers le souffle du climatiseur, qui du plafond propulse sa fraîcheur, et remonte ses mains le long de ses bras... 'Shiver[33]'. *Je fais l'amour en français, mais ce* 'shiver' *américain, à ce moment précis, je l'aime bien. Sans raison apparente, ou peut-être parce que seuls mes yeux sont sollicités, je l'habille d'une autre langue. Un langage de cinéma, l'émotion par l'image. Encore un pas en arrière. Je l'observe. Elle est nue, totalement immobile, le souffle court. Elle est gênée, je le sens. Ma manière d'être, ma manière de suspendre le mouvement, de prendre le temps, autant de notes blanches dans ma partition intime, ce n'est visiblement pas dans ses habitudes. L'amour est une chorégraphie mystérieuse et j'aime bien les notes blanches. Des notes de silence, des*

---

[33] "Frisson."

142

moments de respiration. Pas d'inspiration sans respiration. Gros plan sur son regard. Il est fiévreux. Un peu inquiet aussi. Deux pas en avant, les prunelles de ses yeux accusent réception. Elle décroise les bras. Sa poitrine se déploie. Je saisis un sein, il se loge dans ma paume, mon autre main longe son dos, glisse sur sa croupe, nos lèvres s'effleurent.

Elle a fermé les yeux, pas moi.

Rompre le contact et presser sa poitrine avec force et embrasser la pointe. C'est brutal, ce n'est pas mon vocabulaire habituel. Pourtant son gémissement décuple mon excitation. Ma main longe son ventre, effleure son nombril avant de se perdre entre ses cuisses.

Tout est différent. Le relief, l'odeur, le grain…

– Monsieur Lacour, votre respiration s'accélère, vous allez bien ?

Elle est grande. Son plaisir est presque à ma hauteur. Il me dérange, m'embarrasse.

Je l'abandonne. Elle est debout, je m'agenouille à mon tour. Un genou à terre, l'autre à mi-chemin, ce n'est pas une demande en mariage, c'est un détour. Je suis un peu perdu. La musique est là, mais toujours pas de paroles. Alors, rapprocher son intimité de mes lèvres, j'ai soif et ma langue se perd dans sa moiteur. Pas mon cœur.

Le parfum, la saveur, je suis en terre inconnue.

Elle me relève soudainement, pose ses deux mains sur mon torse et me repousse en direction du canapé. Quelques pas à l'aveugle, en reculant, jusqu'à m'affaler sur les coussins. Son corps est incroyable, courbes ciselées, à contre-jour, la perfection absolue. Elle m'enfourche sans retenue, mais ce n'est pas ma chorégraphie. J'aurais voulu prendre le temps. M'imbiber du moment pour que sa beauté, peut-être, devienne un sentiment. Mais elle a décidé du tempo. Un bouton après l'autre, puis elle écarte les pans de ma chemise, son regard glisse sur mon torse, puis sa langue. Elle me dirige enfin de sa main et j'entre en elle, comme un voleur. Elle se cambre instantanément. Mains refermées sur le dossier du canapé, ses cheveux fouettent mon visage. Pas de paroles, pas de rires non plus, même la musique s'estompe, je suis spectateur. Je suis à l'extérieur. Elle agrippe ma nuque et plonge ses yeux dans les miens. Derrière l'intensité de son regard, je devine le reflet d'un engagement, l'espoir d'une promesse.

Je repousse le pacte en refermant les yeux.

– Pourriez-vous ouvrir les yeux, s'il vous plaît !

Le rythme s'accélère progressivement. Chaque ondulation est ponctuée d'un soupir, vite, de plus en vite, 'soupirer', 'gémir', elle ferme *les yeux, j'ouvre les miens. Sa poitrine accompagne joliment le mouvement. Son nombril cligne de l'œil. CNN parle un peu plus loin. Un journaliste, complice, sourit dans ma direction. Elle se cambre encore une fois, sa tête part en arrière, ses cheveux s'éparpillent, puis une bascule en avant. Elle plante ses ongles dans mes épaules lorsque le plaisir la submerge, alors que j'interdis le mien, l'interromps, le bloque.*

Nos regards se croisent et la tendresse, qui a chassé la passion, m'agresse. Elle frissonne légèrement, en français cette fois, et repose son torse contre le mien. Sa tête se fraie un chemin dans mon cou. Brise d'air contre ma peau, respiration saccadée, je respire ses cheveux.

– Une dernière fois, je vous demande de…

Ouvrir les yeux. Le temps reprend sa course. Ils m'observent. Tony par en dessous. Perkins est frontal. Ils n'ont pas le même port de tête. Dernier murmure dans ma mémoire…

Corps contre corps, chaleur contre chaleur, sa respiration s'apaise. Elle sait que je n'ai pas joui et sa main tente une nouvelle approche, que je bloque. Elle garde le silence, elle ne comprend pas.

Moi non plus d'ailleurs.

– Il y a quelque chose que vous voudriez partager ?

– RAS, agent Perkins.

– Vous êtes sûr ?

– Certain !

Les deux agents se regardèrent, puis Perkins tourna la page de son bloc-notes et posa la pointe de son stylo sur la question suivante :

– OK. Passons à Rio, alors.

Rien ne semblait pouvoir le détourner de sa trajectoire. Il voulait savoir, mais j'avais l'impression que c'étaient autant les faits que mon état d'esprit qui l'intéressaient. Il devait probablement préparer la conclusion. Poser les jalons en vue de mon exécution. Dans ma tête, le grésillement ne s'éteint pas. Dans mon corps, la sensation se dissipe en quelques vagues. L'odeur, la peau, je la respire une dernière fois. La vision s'estompe. Le souvenir aussi. Il ne s'était rien passé.

– Pardon ?

– J'ai dit : passons à Rio.

– Il n'y a rien de particulier à Rio. J'avais embarqué Alex pour qu'il rencontre le client. On devait signer les contrats et préparer notre sortie de la banque.

– Racontez-nous-en quelques mots, insista Perkins, en sortant un autre document de l'épais dossier.

Le dîner, le rire d'Alex, aucune envie de revenir sur cette séquence. Ma mémoire proteste, le grésillement ne s'éteint plus.

– Vous débarquez à Rio avec votre ami, Alex Montclair, le 14 janvier 2000, reprit-il.

– Peut-être bien, oui.

– Et ?

– Nous signons le contrat définitif : arrivée à Miami prévu le 1er mai 2000. Deux appartements seront prêts à nous accueillir, ainsi que des bureaux dans le quartier des affaires.

– Créer une société et administrer les fonds de votre client ?

– Oui.

– On a le droit de quitter une banque en embarquant un client ?

– Non. C'est interdit.

– Alors, comment avez-vous fait ?

– J'ai trouvé une astuce.

– OK. J'imagine que vous nous expliquerez cette astuce plus tard, c'est ça ? Rien d'autre ?

– Non.

– Rio est votre dernier voyage pour la banque ?

– Je crois.

– Rien de spécial jusqu'à mars 2000 ?

– Rien.

– Vous n'avez rien vu venir ?

– Vous parlez du krach boursier de mars ?

– Oui.

– Si. Je crois que quelqu'un m'avait prévenu quand j'étais à Rio.

– Vraiment ?

– Oui. J'étais au bord de la piscine et le ciel s'était chargé de nuages.

– D'accord. Et ?

– Et il y a eu un grondement sourd, au loin. Le vent s'est levé.

– Le vent s'est levé ?

– Oui. Un éclair dans le ciel, un parasol qui cabriole le long de la piscine et enfin un serveur qui s'approche.

– Je ne vois pas le rapport avec le krach.

– Il m'a dit : "Une tempête arrive, 'señor'. Vous devriez vous abriter."

– Il vous a dit ça ?

– Oui.

– Vous vous foutez de moi ?

– Pas du tout. "Une tempête arrive, vous devriez vous abritez", je m'en souviens très bien. On m'avait prévenu. Mais je n'ai pas écouté. J'écoute assez mal.

Tony esquissa un sourire et Perkins griffonna quelques mots.

– Donc, vous n'avez rien vu venir.

– Rien. Jusqu'à la tempête.

– Le 10 mars 2000. Ça ressemble à quoi un krach boursier ?

– C'est un point. Un point sur mon écran. Des années de hausse ininterrompue et puis un point.

– Je ne comprends pas.

– On sait toujours pour nos premières fois, n'est-ce pas ? Généralement, il suffit de se rappeler, faire un léger effort et la mémoire nous restitue l'image, le sentiment. Mais la dernière fois est vicieuse, agent Perkins. Il n'y a qu'à postériori que l'on réalise que, oui, c'était la dernière. Mais ce point sur mon écran n'était qu'un point. Comment aurais-je pu deviner que c'était le dernier ?

– C'est quoi ce point ?

– Un point d'inflexion. 5'048,62 points et puis… plus rien. La chute. Le vide.

Le dernier baiser, le dernier 'je t'aime', la dernière étreinte. Elle ne se dévoilait, la coquine, que lorsqu'il était trop tard. C'était une leçon que la vie m'avait enseignée très jeune. Pourtant, j'avais laissé le train filer, à toute allure. Acheter, vendre, accélérer et s'écraser contre un mur. Et ce mur, c'était un point sur mon écran. Un point de plus. Juste un point final.

– Donc, encore un accident ?

– Oui. Une putain de glissade !

Nos écrans s'étaient habillés de rouge et nos positions s'étaient effondrées. Balayées, nos actions avaient pris l'allure d'une armée en déroute. En quelques jours, le Nasdaq avait chuté de 30%. S'agissant d'une moyenne, il y avait de très fortes disparités dans les indices et certaines de nos valeurs avaient chuté de plus de 50%. Et conditionnés par deux années de hausse, nos clients étaient figés dans le déni. Comme des biches prises en plein dans les phares d'une voiture, ils ne bougeaient plus. Or, dans les marchés, ne pas bouger, c'était prendre une position.

Sourds et aveugles, nous l'avions été à la hausse, pourquoi ne pas l'être à la baisse ?

– Très bien. Les marchés boursiers s'effondrent, c'est la panique j'imagine. Comment s'est déroulée cette séquence ?

– Une réunion exceptionnelle a été convoquée : l'ensemble du comité de direction de Genève et le CEO[34] du groupe, qui a fait le déplacement de Paris pour l'occasion. Un peloton d'exécution en fait.

– Combien de temps après le krach boursier ?

– Je ne sais pas. Quinze jours peut-être.

– Vous ne pouviez pas simplement démissionner et partir travailler pour votre client comme c'était prévu ?

– C'était plus compliqué que ça. D'abord, mon client s'était fait aussi embarquer dans la baisse et, comme il était arrivé tard sur les marchés, il n'avait pas engrangé les bénéfices de la hausse comme les autres clients. Et puis partir, c'était les laisser me détruire sans pouvoir répondre.

– Alors, qu'avez-vous fait pendant ces quinze jours ?

– Pas grand-chose. Il n'y avait rien à faire. Pour jouer dans les marchés, il n'y a qu'une seule condition : de l'amplitude. On appelle ça la volatilité.

– L'amplitude, c'est un mouvement important ? m'interrogea Perkins, qui visiblement ne pratiquait pas ce genre d'exercice.

---

[34] 'Chief executive officer'.

– Oui. N'importe lequel, à la hausse ou à la baisse, il me fallait une respiration brutale. Mais il n'y avait plus de respiration. Il n'y avait rien à faire, c'était mort. Le jour et la nuit, j'ai attendu. Je n'ai pas bougé pendant quinze jours et à la fin, je me suis endormi. Il ne restait plus que trois heures avant la clôture et le lendemain matin, la réunion à l'issue de laquelle j'allais me faire virer. Et moi, je me suis endormi.

– Et c'est à ce moment-là que vous avez changé d'avis ?

– Sur quoi ?

– Collaborer avec nous et témoigner.

– Oui. Je crois. Je ne sais plus pourquoi, je ne sais plus ce qui m'a poussé, mais c'est à cette période je crois, oui.

– En effet, je peux vous le confirmer même. Mais ce qui m'intéresse, c'est le déclencheur.

– Je ne sais pas.

– Alors, continuez, monsieur Lacour. On trouvera bien l'explication sur le chemin. Racontez-nous cette réunion.

– La réunion, murmurai-je.

Mon nom revenait à intervalles réguliers. À tel point, qu'il perdait son attribut. Plus rien de propre, j'étais devenu… un nom commun. Je fis le tour du peloton d'exécution, il y avait du monde autour de la table.

– Je suis assis à l'extrémité de la longue table et, de l'autre côté, Verbier et Courbet me dévisagent.

– Rappelez-nous l'objet de cette réunion.

– Mon exécution.

Le réquisitoire de Collard était impitoyable :

– *Investi à 100% sur le marché de la haute technologie américaine, ce client a perdu près de 60% de sa fortune. 60% ! répéta-t-il, en soignant son effet. Comment justifier ce manque de professionnalisme ? Comment pouvons-nous réagir face à ce client qui vient nous réclamer le remboursement intégral des pertes occasionnées ? Il nous menace de porter plainte. Je l'ai personnellement rencontré il y a deux jours et il m'a confirmé que monsieur Lacour lui avait demandé de signer des instructions, sans lui fournir la moindre explication. Ce client nous a fait confiance et, par avidité, par cupidité, par amateurisme aussi, monsieur Lacour a trahi cette confiance. C'est l'image même de notre banque qui est touchée, atteinte, abîmée…*

Il s'interrompit un instant et parcourut l'assistance de son regard nerveux. Aucune réaction. Le comité exécutif prenait des notes, l'écoutait, le respectait. C'était lui qui maîtrisait la séance. C'était lui qui, pour une fois, était au centre de la pièce.

– *D'après nos estimations, nous allons faire face à une trentaine de demandes d'indemnisation. Au minimum. En prenant la valorisation d'il y a deux jours, et je remercie les équipes de monsieur Travers qui m'ont aidé dans ce travail, je pense qu'une fourchette de cent quatre-vingts à deux cents millions de dollars doit être envisagée et provisionnée. En espérant que les marchés se stabilisent sur ces niveaux parce que, d'après monsieur Travers, rien n'est moins sûr. Tous ces clients refusent de vendre et attendent de savoir si nous allons les indemniser, ou non. Nous sommes donc en position de risque extrême et devons impérativement agir aujourd'hui pour limiter les dégâts.*

– Collard me descend en flammes, puis c'est le tour de Hans Travers.

Sa voix gronda et il s'empara de l'assemblée.

– *Je serai bref. Cette situation était prévisible. Je vous avais mis en garde. Je pense que certains d'entre vous ont été abusés par monsieur Lacour. Il est temps d'arrêter les frais. Si vous le souhaitez, je suis prêt à reprendre la responsabilité de l'activité de ce monsieur, en y apportant enfin le professionnalisme qui lui a tant fait défaut…*

– L'un après l'autre, ils enfoncent les derniers clous sur mon cercueil.

– *À tel point,* enchaîna Collard, *que nous n'avons pas d'autre option que de dénoncer le contrat de monsieur Lacour. Le dénoncer et poursuivre monsieur Lacour pour ses agissements. Ne pas le faire serait admettre notre complicité !*

– Ils demandent mon renvoi immédiat. Faute grave.

– Et vous êtes véritablement responsable de cette situation ?

– On est toujours responsable, vous ne pensez pas ?

– Donc vous étiez responsable.

– Autant qu'une bulle de champagne. Vous aimez le champagne ?

– Pas particulièrement.

– Moi non plus. Mais le marché boursier ou une bulle de champagne, il n'y a pas de mensonge. Elle monte le long de la paroi de verre, de plus en plus, et puis elle explose en atteignant la

149

surface. Une bulle n'est jamais décevante. Elle ne ment que rarement. Jamais elle ne cachera que tout ce qui monte, explose et redescend… plus ou moins brutalement.

– Donc vous avez explosé ?

– Le bouchon a sauté, la bulle a explosé, tout cela est normal.

– Normal et violent.

– Normal et enivrant.

Perkins ne poursuivit pas plus loin. Ma réflexion dépassait visiblement le cadre de ses attributions. Je repris l'excursion là où je l'avais laissée.

De profil, les traits de Collard se découpaient à contre-jour. De longs cils qui s'agitaient frénétiquement et ses yeux qui débordaient de leurs orbites. Et puis, à l'étage du dessous, une étrange avancée. Je n'avais jamais remarqué jusque-là, mais ce connard, avait une mâchoire de cheval.

L'homme qui murmurait à l'oreille des cons[35]…

C'était une pensée d'avant ? Ou un trait que je décochais maintenant ? Il avait basculé son regard étroit dans ma direction, alors qu'avec son accent traînant, Hans Travers insistait lourdement sur mes manquements.

– Après Hans Travers, c'est au tour de Verbier, repris-je, en suivant minutieusement la chorégraphie.

Toute cette séquence était assez esthétique dans mon esprit. Et, même si je ne renouais jamais avec le passé, je sentais instinctivement qu'il fallait respecter les étapes. Comme pour un bon film : ni trop vite, ni trop lentement. Parce que même le passé avait son rythme. Et cette scène était un joli tango.

Patrick Verbier prit la parole. Il fallait en finir. Une dernière formalité et on tournerait la page. Il n'y avait pas de place pour les sentiments. Il n'y avait rien de personnel, c'était juste une question d'efficacité.

– Verbier livre le discours convenu. Un rapide résumé de la situation, un parfum d'oraison funèbre.

Perkins haussa un sourcil.

– C'est pas comme ça qu'on dit ? 'Oraison funèbre', en anglais ?

– Oui. C'est juste que vous avez une étrange manière de parler.

---

[35] *L'homme qui murmurait à l'oreille des chevaux*, film de Robert Redford.

– Désolé, mais je parle comme je me souviens.

L'accent circonflexe se dressa en équerre.

– Et puis ?

– Et puis, c'est à mon tour de parler. Les pertes cumulées étaient considérables et, sans contrats signés par les clients actant leur acceptation des risques encourus avec ces investissements, aucun moyen pour me protéger. Collard et Travers ont un dossier complet. Chacun des clients, les uns après les autres, historique et situation, ça sent pas bon.

– Alors, comment avez-vous fait ?

Les visages étaient braqués dans ma direction. Tous, à l'exception de celui de Pierre Collard, qui, accompagné par un membre de l'inspection du siège, avait le nez plongé dans les dossiers volumineux posés sur la table.

– Je me suis levé, mais Collard reprend la parole.

– *Monsieur Lacour, m'interpella-t-il, sans même faire l'effort de lever la tête, peut-être pourriez-vous nous…*

– Et un con, ça dérape souvent.

– C'est-à-dire ?

– Il a ouvert la bouche au mauvais moment.

– *De quand date vos estimations, Collard ?*

Surpris, il releva son museau nerveusement :

– *Vous m'avez interrompu, monsieur Lacour.*

– Le con, c'est bien ce Collard ?

– *Vous avez fait le point sur la situation, n'est-ce pas ? Alors, c'est à moi de parler, je crois. Je ne vous interromps pas, je vous remets simplement à votre place.*

– *Et quelle serait ma place, selon vous ?*

– Oui, c'est bien lui, Collard.

Nouveau coup d'œil sur sa mâchoire.

– *À l'écurie ?*

– *Gabriel ! intervint Verbier brutalement. Ce n'est vraiment pas le moment !*

Puis se tournant vers Collard, qui avait assez mal encaissé ma ruade :

– *Répondez à la question. De quand datent ces évaluations ?*

151

Il saisit un document parmi les centaines d'autres, y déposa son doigt comme s'il parcourait les Tables de la Loi, puis finalement :

– Elles datent d'il y a deux jours et…

– Monsieur Collard ?

– Quoi encore ?

– Dans les marchés, deux jours, c'est une éternité vous savez.

– Il ne s'est rien passé de significatif hier, je me suis renseigné : le marché a clôturé sur une légère hausse, mais ce n'est pas assez, monsieur Lacour. Vraiment, vous êtes très loin du…

– C'est à mon tour de parler, n'est-ce pas ? adressai-je au bout de la table, où Patrick Verbier et Didier Courbet siégeaient.

– Nous vous écoutons, monsieur Lacour.

Un ordinateur trônait sur une console posée contre le mur du fond :

– Vous permettez ?

– Je vous en prie.

Je me dirigeai vers l'ordinateur.

– L'évaluation sur laquelle ils ont bâti le dossier date d'il y a deux jours.

– Et alors ?

– Alors, j'insère une clef USB dans l'ordinateur.

– Il y a quoi dans cette clef ?

– Il y a la journée manquante.

– La veille ?

– Oui. La veille, je m'étais endormi et autour de dix-neuf heures trente…

Le cri résonna dans les haut-parleurs.

« It's falling! The market is crashing down[36]! »

Le sourire d'Alex apparut au-dessus de mon sommeil :

– Si Son Altesse veut bien se lever.

– Vous pouvez être plus précis, monsieur Lacour ?

– Nous avions contactés nos clients et avions obtenu l'accord de la plupart d'entre eux.

---

[36] "Il tombe ! Le marché s'effondre !"

– Leur accord pour quoi faire ?

– Une partie de poker, messieurs.

Je me précipitai vers les écrans et, d'un coup d'œil, visualisai le décrochage tant attendu.

– *Te voilà enfin, petit enfoiré, murmurai-je aux courbes qui, les unes après les autres, avaient plongé.*

Tous nos indicateurs s'affichaient en rouge, une vague se formait et déferlait. Les volumes étaient puissants et les cris des courtiers se télescopaient dans la salle. Les marchés avaient ouvert avec une baisse de 1%, puis s'étaient stabilisés. J'étais parti m'allonger un moment et c'était à croire que, vexés par l'indifférence que j'avais manifestée à leur égard, ils avaient décidé de m'exprimer leur flamme, une dernière fois. Les bourses avaient brutalement décroché pendant mon sommeil et accéléraient maintenant leur bascule. Alex posa un café brûlant devant moi. C'était le moment. Que le spectacle commence !

– Qu'est-ce que vous entendez précisément par une partie de poker ?

Les acheteurs se faisaient dévorer, déchiqueter. Je ne voulais même pas savoir ce qui avait provoqué cette chute. Je devais juste me concentrer sur les niveaux, sur les volumes, les points d'inflexion possibles. Le support était encore loin. Plus de 2% avant de l'atteindre. Intervenir avant ? Attendre ? Faire des moyennes à la baisse ? La main d'Alex pressa mon bras et je détournai un instant le regard des écrans.

– Je savais qu'à la première respiration, le premier murmure deviendrait un cri. Le marché ne meurt jamais vraiment. Il était juste endormi. Je me suis réveillé, il s'est réveillé et nous avons entamé une partie de poker menteur.

Nouveau haussement de sourcil, que j'ignorais copieusement. Ce passé était bien plus intéressant que leur moment. Et puis, moi aussi, je voulais connaître la fin !

– *Prends ton temps, répéta Alex.*

Il avait raison. L'adrénaline revint, le plaisir aussi. De la légèreté, tout cela n'était qu'un jeu.

– *Affiche les valeurs sur l'écran, repère les niveaux d'achat pour chacune d'entre elles, moi je m'occupe des indices.*

Les cris, le tumulte. Je la sentais, la peur était partout. Les acheteurs se retiraient et le marché s'effondra en une deuxième vague. Il n'y avait plus de frein, plus de résistance.

Dans les haut-parleurs, les courtiers hurlèrent :

« They are shorting the market, Gabriel. Waiting for your go[37]. »

On s'approchait des niveaux d'achat. Vite même. Beaucoup trop vite. Alex poussa un cri, les actions qu'il devait acheter avaient amplifié la baisse des indices et tapaient le support violemment.

Nous nous regardâmes un instant. Nous savions que, pour acheter des options dans de bonnes conditions, il fallait intervenir avant le rebond, si rebond il y avait.

Nos courtiers new-yorkais hurlèrent à nouveau.

« Still waiting for your go[38] ! »

– Nous avions fixé des niveaux théoriques pour déclencher des achats. Jouer le rebond.

Les volumes augmentaient encore et le support graphique céda sous la violence des vendeurs. Nous étions maintenant sans repères.

– Mais la baisse était trop violente. Les supports techniques n'ont pas résisté.

– 'Fuck'! *hurla Alex.*

Je ne réagis pas. Il ne restait plus que l'instinct. Nous cherchions frénétiquement un niveau, un signe, quelque chose ! Mais il n'y avait plus rien. Je fis apparaître les retracements Fibonacci.

– *Qu'est-ce que tu fous ? m'interpella Alex, en jetant un coup d'œil à mon écran.*

Ce n'était pas le bon outil pour une action rapide, mais c'était le seul que je n'avais pas encore tenté. Directement inspirés d'un mathématicien italien, les retracements Fibonacci étaient une suite de chiffres[39] qui possédait la particularité de conduire systématiquement au nombre d'or : 1,618. Nous utilisions le ratio d'or pour faire surgir d'autres supports théoriques. Cinq lignes horizontales apparurent sur les graphiques et l'une d'elles se dessinait à 38,2% depuis le point haut.

– *Regarde !*

– Alors on a utilisé une autre technique.

---

[37] "Ils vendent à découvert (vendre des titres que l'on ne possède pas, jouer le marché à la baisse), Gabriel. On attend ton feu vert !"

[38] "On attend toujours l'ordre d'achat !"

[39] Une série de chiffres (1, 2, 5, 8, 13, 21…) qui permettrait de décrire les proportions naturelles de l'univers, y compris les mouvements de prix des actifs boursiers. Les ratios sont obtenus en divisant un nombre par le nombre suivant. Les retracements correspondent généralement à des supports ou à des résistances sur les graphiques.

La concordance était incroyable, parfaite. Tous les graphiques rejoignaient ce point. En dessous, c'était le néant.

– *On fixe les niveaux et on attaque sur la ligne. OK ?*

Alex ne répondit pas. Courbé sur ses machines, il réajustait frénétiquement les positions pour être prêt à les envoyer électroniquement à nos courtiers. Nous n'avions pas le droit à l'erreur. Les graphiques plongeaient en ligne droite. Les cours avaient du mal à s'ajuster. Sur un écran séparé, la liste de nos ordres apparut enfin, en attente du feu vert. Les montants que nous engagions étaient astronomiques. J'approchai le doigt de la touche 'envoi'.

– Les sommes que nous voulions engager étaient prêtes à être injectées. C'était maintenant ou jamais !

– *Alex, tu es prêt ?*

Nous étions presque sur le retracement.

– *ALEX !*

Il me regarda et trouva le moyen de me sourire.

– *Tu sais, ça va me manquer tout ça. Je suis prêt sur ton ordre, quand tu veux.*

Je m'apprêtais à enfoncer la touche et lancer le 'go' à nos courtiers… lorsque subitement les graphiques défoncèrent le support. Le plancher magique n'avait pas résisté. Il n'y avait plus de repères, juste un putain de vide.

Le sourire d'Alex s'évanouit en un instant.

– *Merde ! hurla-t-il en se redressant. C'est foutu ! On est foutus !!!*

– Mais là encore. Ça n'a pas marché.

– C'est-à-dire ?

– La baisse a explosé les niveaux que nous avions identifiés pour lancer les achats. Il n'y avait plus rien. Impossible de trouver le moindre plancher. Aucun autre support pour déclencher la frappe.

– La frappe ?

– L'achat, corrigeai-je sans réfléchir.

Mécaniquement, je saisis la télécommande et changeai de chaîne pour ne plus voir le massacre sur les écrans...

– J'ai changé de chaîne de télévision. Je ne voulais plus voir, plus entendre les commentaires. C'était foutu. On était morts.

Tous les écrans de télévision de la salle basculèrent sur CNN et le visage d'un homme prit possession des lucarnes. J'étais cerné de toutes parts, il était impossible d'échapper à son regard. Je montai le son. Perché sur une tribune, l'homme annonçait qu'il allait se présenter aux élections présidentielles, « pour le peuple du Guatemala », clamait-il dans un grand sourire. La cicatrice sur son visage, sa voix, son regard... Je n'avais pas besoin de plus pour le reconnaître.

– C'est là que je l'ai vu.

Le visage d'Enrique disparut de l'écran de télévision, mais il était trop tard. Je fermai les yeux et tentai désespérément de combattre le vertige qui m'avait saisi, lorsque le bruit sourd d'un écran qui s'effondrait interrompit ma chute. Alex venait de se venger sur un ordinateur. Sa détresse fusionnait avec ma peur.

– Qui avez-vous vu ?

– Enrique Juavez.

– Quel rapport avec les marchés ?

– Je crois que, même dans le chaos, il y a un message.

– Pardon ?

Les courbes des graphiques anéantissaient tout sur leur passage, jusqu'à nos courtiers qui s'étaient tus. Les haut-parleurs grésillaient dans le vide. Le silence envahit la salle et nous ensevelit.

Soudain, une étincelle dans la nuit. L'ébauche d'une idée folle. Une intuition qui, petit à petit, prenait forme...

– Alex ?

– Quoi !? me répondit-il, livide.

– Tu te sens comment ?

– Je me sens comment !? Je me sens au fond du trou, putain ! C'est le désespoir total ! La haine ! Et à voir ta tête, t'as pas l'air beaucoup mieux. On dirait que t'as vu un fantôme.

– Alex, tu...

– Mais merde, Gabriel ! Arrête de sourire comme ça !

– Alex, rassieds-toi ! Tu ne comprends pas ?!

– Je comprends pas quoi !? aboya-t-il, le regard perdu.

– Il est là le support. Sous tes yeux !

Alex vrilla son regard sur son écran, puis se retourna vers moi :

– Je vois rien ! Putain, Gabriel, je vois rien du tout !

– *C'est un poignard. Y'a plus personne pour l'attraper.*

– Derrière nos machines, il y a des hommes. Et chez les hommes, les moteurs sont simples…

– *L'attraper ?*

– *Oui. Ils ont peur. Ils sont morts de trouille. Rater le manche, choper la lame et se couper.*

– … Ils sont élémentaires même…

Alex pianota une série d'instructions pour rétrécir le graphique sur la dernière demi-heure. Une ligne droite, verticale. Pas un acheteur pour ralentir la chute.

– *Un poignard, murmura-t-il.*

– … primaires, murmurai-je, alors que l'adrénaline m'envahissait, comme à l'époque.

– *Tu réajustes les positions. Maintenant ! lui ordonnai-je.*

– *Sur quels niveaux ?*

– *Tu oublis les niveaux, les supports et on y va au feeling.*

Le temps était compté, c'était une question de minutes, de secondes peut-être. Je saisis un téléphone et composai le numéro que j'avais juré ne jamais appeler. À la télévision, un journaliste gesticulait dans tous les sens.

– Dans ce chaos, j'ai accepté.

Perkins avait arrêté de prendre des notes.

– *Gabriel ?!*

– *Fais-moi confiance. J'en ai pour une minute.*

– Vous avez accepté quoi, monsieur Lacour ?

– J'ai accepté que le chaos entre en moi. Je ne sais pas pourquoi, mais j'ai… accepté. Et ce chaos est devenu un signe. Et j'ai suivi le signe.

– Je comprends ce que tu veux dire, intervint Tony.

J'ouvris les yeux, nos regards se croisèrent brièvement.

– Pas moi, intervint Perkins. C'est quoi le chaos ?

– Le chaos, c'est le néant avec beaucoup de bruit dedans.

Il expira bruyamment sans commenter.

– J'ai donc décroché mon téléphone.

La sonnerie s'interrompit et je coupai le son du téléviseur.

– *Tony Becket à l'appareil.*

– Et j'ai appelé Tony.

– *Agent Becket ? Gabriel Lacour.*

– *Gabriel ? Comment…*

– *Je n'ai pas le temps. Dites-moi juste une chose : si je viens vous rendre visite à Miami, vous me donnez votre parole que nous arrêterons ce salopard ?*

– *C'est un peu compliqué de…*

– *Répondez à ma question, le pressai-je.*

– *Oui, je vous le promets. Mais…*

– *Alors, j'arrive.*

Et je raccrochai.

– Je lui ai dit que j'allais venir témoigner à Miami.

– Pourquoi avoir appelé à ce moment précis ?

– Il faut toujours être à la hauteur des signes. C'était le prix à payer.

– *Tu es prêt ?*

– *À l'aveugle, tu es sûr ?*

– *On achète les rêves, Alex. Et ça tombe bien… ils sont en soldes.*

Il me jeta un regard inquiet, puis replongea dans ses calculs sans un mot. Enfin, il leva le pouce.

– *Prêt !*

Il dirigea son index vers la touche de son ordinateur.

– *Pas encore Alex…*

Quelques minutes s'écoulèrent.

– *Gabriel ?! Parle-moi, putain ! Je réajuste encore ou j'envoie ?!*

Un frémissement dans la chute. Presque imperceptible. Mais je le vois. Je le sens. Je l'entends. C'est de la musique, il y a un rythme, une modulation, il faut simplement écouter.

– La musique a changé, je l'ai entendue. Alors j'ai donné l'ordre à Alex.

– *Maintenant !*

– Il a appuyé sur la touche. L'instruction électronique est partie.

– Et vous ?

– Moi, j'ai plongé.

– '*New York? This is Geneva. You have a go. We buy the market*[40]' !

---

[40] "New York ? Ici Genève. Vous avez le feu vert. On achète le marché !"

11

Évacuer le passé, revenir à l'instant, ouvrir les yeux et se reconnecter. Le mur en arrière-plan est blanc, la veste de costume est comprimée à la hauteur des épaules. Les coupes américaines sont souvent approximatives. La chemise est blanche, la cravate, quant à elle, pend sans conviction, le bracelet de sa montre est sombre, mais le cadran est crème. Sa peau est noire, mais ça, je l'avais déjà remarqué, et….

– Monsieur Lacour ? répéta la voix en grimpant d'une octave.

… et le blanc de ses yeux est… super blanc, me dis-je, en reprenant contact avec le visage de Perkins.

– Vous avez dit : "Moi, j'ai plongé." Que vouliez-vous dire ?

Le grésillement reprit de plus belle. Il s'était interrompu ou l'évocation du souvenir l'avait masqué. Mais il était revenu. Plus fort, plus profond. Je posai un index sur ma tempe et massai la zone sans illusions. On ne massait pas un souvenir. On ne masquait pas les conséquences non plus…

– J'ai plongé. Ou sauté si vous préférez.

– Ça se traduit comment dans votre monde ?

– Une phrase à mon courtier. Quelques mots suffisent.

– Quelle phrase ? insista Tony.

– "New York ? Ici Genève. Vous avez le feu vert."

– Et ça suffit pour déclencher une opération ?

– Oui.

– Et dans votre opération de la veille, quel montant aviez-vous injecté ?

Avant que je ne réponde, la porte s'ouvrit et un agent s'avança d'un pas :

160

– On a besoin de vous, monsieur.

– On a besoin de moi ?

Celui-ci me jeta un coup d'œil, puis :

– Fuite sur deux pipelines et une explosion sur une plate-forme. J'ai MacDill au téléphone et ils insistent.

Perkins réfléchit quelques secondes, puis :

– Je termine et j'arrive.

– Mais, monsieur…

– J'arrive, agent Ryan ! claqua Perkins, qui, pour la première, affichait devant moi une autorité qu'il avait contenue jusque-là.

La porte se referma.

– Où en étions-nous, agent Becket ?

– La somme injectée dans l'opération.

– C'est ça. Et donc ?

– Plusieurs centaines de millions de dollars.

– Tu es vraiment taré, Gabriel !

– Je dirais plutôt une chance insensée, fouetta Perkins.

Changement de ton. Ou alors était-ce le rythme ?

– Parce que vous avez dit, et je reprends vos propos : "Et ce chaos est devenu un signe. Et j'ai suivi le signe." Mais au fond, ça ressemble plutôt à un coup de folie.

Je gardai le silence. L'annonce de cette explosion avait modifié son plan. Il passait à l'attaque. Instinctivement, je le laissais avancer sans résister. Dans les marchés, ne rien faire, c'était prendre position. Dans un face-à-face aussi.

Il y avait une bataille ancienne qui m'avait marqué. Dans la grande histoire, j'aimais les angles droits qui contrariaient les petites histoires écrites d'avance. Et cette bataille oubliée avait été un tournant. Hannibal, ses éléphants et les Romains[41]. Disposant d'une troupe bien inférieure en nombre, Hannibal avait volontairement dégarni sa première ligne. Positionnée en V face aux légions romaines, il n'avait pas résisté et les colonnes romaines s'étaient alors enfoncées en plein cœur du dispositif.

---

[41] Le 2 août 216 av. J.-C., bataille de Cannes entre l'armée de Carthage dirigée par Hannibal et une armée de la République romaine.

– Et je ne peux pas m'empêcher de faire le lien entre ce coup de chance dans une salle des marchés et celui de cet homme qui a tiré dans un cimetière au Guatemala, reprit-il en croisant ses mains sur la table. Il était seul, le sénateur Juavez était protégé par des gardes du corps, et cet homme s'en est sorti. Un vrai coup de poker et une chance incroyable là aussi.

En reculant, Hannibal avait attiré le gros des troupes romaines au centre et, en se refermant sur les assaillants, il avait réduit l'avantage numérique. Attaque par les flancs, harcèlement, les romains, empêtrés dans la nasse, avaient perdu à deux contre un.

Perkins m'observe. Je le regarde. Et il s'enfonce encore plus loin.

– Ou alors, peut-être que cet homme dans ce cimetière a lui aussi suivi un signe. Vous en pensez quoi, monsieur Lacour ?

– Vous ne croyez pas aux signes ?

– Je ne sais pas ce que c'est qu'un signe. En revanche, je reconnais un indice ou un schéma dans un comportement.

– Intéressant.

– Et il y a une étrange similitude, vous ne trouvez pas ? Coup de poker, coup de folie, une salle de 'trading' ou un cimetière, une chance incroyable, non ?

– Peut-être devriez-vous me posez la question directement plutôt que de faire du tourisme dans ma mémoire.

– La question arrivera, monsieur Lacour. N'en doutez-pas. Mais éclairez-moi avant. C'est donc une simple image du sénateur à la télévision pendant cette opération qui vous a fait changer d'avis ? Une image et subitement, vous appelez l'agent Becket ?

Il a encore autre chose. Je le sens. Je garde le silence.

– Si une image vous fait changer d'avis, la perte d'un être cher sur une terrasse de café à Miami, ça déclenche quoi chez vous exactement ?

Voilà. Il avait envoyé son infanterie et semblait maintenant décontenancé par la faiblesse de ma première ligne.

– Pas une image, agent Perkins. Un signe.

– Un signe, si vous voulez. Mais c'est étrange. Il y a comme un schéma. Action et réaction, le passé revient et, à chaque fois, la violence et la mort. Vous n'êtes pas d'accord ?

À moi de jouer. C'était le moment de refermer la tenaille sur ce trop-plein de confiance.

– Je vais vous raconter une histoire Perkins. Éteignez votre machine.

– Pardon ?

– N'ayez pas peur. Éteignez l'enregistrement, s'il vous plaît.

Il hésita un instant, puis bascula l'interrupteur et la lumière vira au rouge.

– Nous vous écoutons, monsieur Lacour.

– Vous faites des liens, vous tentez de relier mon passé à un cimetière. D'une violence à une autre. Mais pour tisser un lien, il faut connaître l'histoire.

– C'est pour cela que vous êtes là.

– J'ai bien compris. Mais dans une histoire, dans toutes les histoires, il y a des signes. Plus l'histoire a des angles pointus, plus les signes seront coupants. C'est la règle, je crois. Et au début de mon histoire, un enfant voit son père mourir, nous sommes d'accord ?

– Continuez.

– Sur un chemin dans la jungle, il croise la route d'un meurtrier et depuis cet instant, dans sa vie, les signes vont se multiplier.

– Quels signes ?

– Ils sont nombreux. Ils sont permanents. Un dialogue de film, une scène dans une rue, un regard ou une chanson, les messages sont partout. Mais cet enfant n'aime pas les signes. J'imagine qu'ils lui rappellent de mauvais souvenirs, alors cet enfant grandit en s'éloignant le plus possible de tout ce qui pourrait lui rappeler le passé. Une vie de voyage, il décolle, mais n'atterrit que rarement. Parce que lorsqu'il atterrit, vous savez ce qui se passe ?

– Non.

– Lorsqu'il atterrit, il est au sol. Et le sol, c'est le territoire de Newton. L'un de vos amis certainement. Mais la gravité, c'est pas vraiment son truc à cet enfant. D'autant qu'au sol, les signes reviennent. Donc l'enfant redécolle, voyage et vit aux quatre coins du monde et un jour, l'enfant devient un homme. C'est un homme, mais il continue sa course. Une course d'homme, mais des jambes d'enfant. Parce qu'en courant, il pense s'éloigner, toujours s'éloigner, mais les signes sont malins. Ils reviennent toujours.

– Et quel est le rapport avec notre affaire ?

– Votre petit tour dans mon passé ne sert à rien. Vous espérez découvrir un schéma, ou des indices, mais vous ne trouverez rien. À la fin, vous me poserez la question. Et moi je vous dirai, non. Non, ce n'est pas moi le tireur dans ce cimetière. Mais avant de vous laisser à votre petite mise en scène, je vais au moins régler la question de la chance ou de la folie qui semble vous tenir à cœur.

– Faites donc cela. La folie et la violence, monsieur Lacour, me corrigea-t-il.

– Lorsque l'agent Becket m'a appelé, j'étais en Suisse. Et pour la première fois de ma vie, je m'étais installé. Signe ou malchance, le soir même, Tony m'a rappelé et ma vie a basculé. Vertige, plus de plancher, plus de terre sous mes pieds, le passé est revenu me mordre et j'ai violenté une femme que j'aimais. Tout cela parce qu'un signe m'a rappelé qui j'étais.

– Vous n'êtes pas responsable ? Ce n'est pas de votre faute, mais la faute des signes ?

– Faites un effort, Perkins. Je vous donne des indices, alors remontez la piste. Bien sûr que c'est de ma faute.

– Il y a des signes, vous les suivez ou ils vous suivent, si j'ai bien compris, et ils vous rappellent qui vous êtes en permanence ?

– C'est ça.

– Mais qui êtes-vous, monsieur Lacour ? Un fou qui joue des centaines de millions de dollars à cause d'un signe à la télé ou une victime qui est capable de se transformer en agresseur ?

– Ni l'un ni l'autre, et si je suis sûr que vous savez ce que vous êtes, moi, je ne sais pas ce que je suis. Celui qui répondra à cette question sera par définition un...

– Faites attention à ce que vous allez dire, monsieur Lacour.

– Ça restera entre nous, Perkins. Nous ne sommes plus enregistrés.

– Donc si moi, je sais ce que je suis ?

– Ça serait la preuve par défaut que vous ne savez rien. Ce qui visiblement n'est pas un handicap pour grimper dans la hiérarchie du FBI.

– Vous serrez les poings, monsieur Lacour. Il serre les poings, agent Becket, vous êtes d'accord avec moi ? Je crois qu'il veut me frapper ! Vous voudriez me frapper, monsieur Lacour ?

– Si je peux négocier une immunité, ça pourrait être amusant.

– L'idée est plaisante. Je suis d'accord. Cela dit, ce n'est pas la première fois que vous serrez les poings devant moi.

– Ça m'étonnerait. Je ne vous connais pas.

Il sembla surpris, mais ne commenta pas.

– En revanche, agent Perkins, je sais ce que j'ai été.

– C'est vous qui ouvrez la porte, monsieur Lacour. Alors comme je suis apparemment stupide, je vous repose la question. Qui êtes-vous ou qui étiez-vous ?

– Je suis celui qui a tué son père, agent Perkins. Je serai toujours un enfant qui a tué son père.

– Pourquoi dites-vous cela ? c'est ridicule de…

– Je ne vous demande pas de comprendre. Mais de suivre l'histoire. Mon passé ne vous appartient pas. Vous n'avez rien à foutre là-bas, vous comprenez ? Et ces signes qui n'existent pas ou que vous ne voyez pas, ils sont en permanence avec moi. Des murmures ou une ombre, l'enfoiré est et sera toujours là.

– Vous parlez du sénateur Juavez ?

– Oui. Ce type que vous n'avez jamais réussi à attraper, vous vous rappelez ? Et si vous ne voyez pas les signes, c'est peut-être que votre conscience vous laisse tranquille. Ou votre absence de conscience plutôt. Pourtant, les signes sont là. Je vais donc prendre les devants et vous expliquer certaines choses.

– Trop aimable.

– Ces images que j'ai effacées, je m'en souviens maintenant. Dans ma salle des marchés, j'ai changé de chaîne de télévision et de Wall Street je me suis retrouvé sur une place.

– Vous parlez de la soirée de l'opération à Genève ?

– Non Perkins, c'est vous qui en parlez. Vous vous êtes foutu de moi en reprenant une phrase, ça aussi, vous l'avez déjà oublié ?

– "Et j'ai suivi le signe." C'est de cette phrase-là dont vous parlez ?

– Exact. Cette phrase correspond à un moment particulier. Les signes choisissent soigneusement les moments. Une fragilité ou une intensité particulière, c'est toujours là qu'ils apparaissent. Et à ce moment-là, dans ma salle de 'trading', il y avait une image à la télévision, vous me suivez toujours ? Et cette image, je m'en souviens maintenant. C'était la vue aérienne d'une campagne électorale et une foule immense débordait dans les rues adjacentes. Une estrade était installée au cœur de la population et j'ai reconnu l'endroit. Ou j'ai reconnu le signe. La place principale de la ville de Flores, en plein milieu de la jungle du Petén, pas très loin des vestiges mayas de Tikal. Les signes sont marrants, n'est-ce pas ?

– De quel signe parlez-vous ?

– L'enfant était aussi sur cette place. C'est ça le signe.

– C'est vous l'enfant ?

– Quelqu'un a voulu le prendre par la main sur cette place. Un costume sombre et un sourire et cette main avait un accent américain. Je ne sais pas qui il était, mais il était jeune et ses cheveux étaient coupés ras.

Tony s'apprêtait à réagir, mais Perkins le bloqua d'un regard.

– Continuez, monsieur Lacour. Je ne comprends rien, mais c'est passionnant.

– Vous avez raison, Perkins. Vous vous foutez de moi et vous avez tellement raison. Mais le truc amusant, c'est que les signes s'intéressent à ceux qui vivent en grand. Grands malheurs ou grandes joies, ils n'apparaissent que lorsque l'on vit en seize-neuvième.

– Je ne comprends rien. Agent Becket, vous comprenez quelque chose ?

Tony ne répondit pas. Son regard planté dans le mien, c'était fou comme un regard pouvait être bruyant.

– C'est une image, Perkins. Le seize-neuvième, c'est un format. Pour vous faciliter la tâche, disons plutôt que du noir et blanc, il faut passer à la couleur pour voir les signes.

– Vous dites ça parce que je suis noir ?

De mieux en mieux. Il s'enfonçait de toute son ignorance. Refermer, l'étouffer et… je ne l'aimais pas. Je ne l'aimais vraiment pas.

– Vous êtes noir ?

– Oui, je suis noir.

– Et moi ?

– Vous êtes blanc et je n'aime pas beauc…

– Vous êtes noir et moi je suis blanc. Bravo ! Voilà enfin une enquête résolue.

Il ouvrit la bouche, mais je poursuivis sur ma lancée.

– Donc, en seize-neuvième et en couleur, un coup de poker ou rouler les dés, et le passé est revenu précisément à cet instant, Perkins. Juavez est sur cette place en pleine campagne électorale et bien des années avant, il y avait un enfant aussi. On venait de le libérer cet enfant, sur cette même place, exactement. Et dans ma salle des marchés, les scènes se confondent. Maintenant et l'avant, un petit clin d'œil de l'histoire, Perkins, ou une bonne gifle. Et cet enfant a repoussé la main d'un type qui était venu le chercher parce qu'il ne veut plus qu'on lui prenne la main. La main aussi est un signe, vous voyez ? Quand il voit une main, il repense toujours à celle qui l'a lâché. Marrant, non ? Alors la question est la suivante : pourquoi ces images sont-elles revenues précisément à cet instant ? Aucune idée. C'était un signe ou de la chance, je ne sais pas. Tout ce que je sais, c'est qu'il a pris la parole et je n'ai pas eu d'autre choix que de l'écouter. Je me souviens de chaque mot. Il a dit : "J'ai lutté contre la dictature pendant près de vingt ans, versé le sang en votre nom, pour que le peuple soit respecté…" et sur sa droite, un podium était encombré de journalistes. Il a continué en découpant chaque mot. Et ce type était très doué pour découper. Les mots, les membres, un vrai boucher. Mais je dois bien admettre qu'il a un certain talent. Écoutez Perkins. "La dignité…" a-t-il hurlé dans son micro et les cris ont fusé. "La prospérité…" et la vague s'est propagée. "Le courage…" et une forêt de bras et de drapeaux s'est agitée frénétiquement. Les gens sont prêts à croire n'importe qui, tant que le type interprète correctement son texte. Et pour finir, l'enfoiré a conclu en disant : "Parce que je suis le peuple. Parce que vous êtes le peuple…" et la ville a été emportée par des chants hystériques et l'enthousiasme s'est diffusé partout. "Parce que nous sommes le peuple… Parce que nous aussi, le peuple, nous avons le droit !" Et la foule a repris : "Nous avons le droit !" Vous voyez l'image ? C'est du seize-neuvième Perkins. Et cette putain d'image s'est figée. Les bras en l'air, Enrique m'a regardé. J'ai fermé les yeux, et j'ai plongé.

Le silence. Les deux agents ne réagirent pas. C'était agréable ce silence.

– Et puis j'ai téléphoné à Tony. Pas l'agent Becket comme vous voudriez que je l'appelle, mais Tony. Parce que Tony voit ce que vous ne voyez pas, Perkins. Parce que nous partageons le même dénominateur commun. À savoir, un enfoiré. Et après, je ne sais plus quand, je suis venu témoigner ici même. De Genève à Miami.

– Le 28 mars 2000.

– Vous avez la date, encore bravo. Tout ce que je sais, c'est que j'ai témoigné et une heure après vous avoir quitté, il y avait encore du sang sur un trottoir. Encore un signe ? Non, il n'y a pas de signes, n'est-ce pas ? Mais si vous ne voyez pas les signes, moi, je les vois. Vous me parlez du passé, vous millésimez mes souvenirs comme si cela avait la moindre importance, alors nous allons nous arrêter là.

– Ça veut dire quoi, millésimer un souvenir ?

– Poser une date, répondit Tony sans me lâcher du regard. Comme sur un vin.

– Personne ne parle comme ça.

– Je ne vais pas changer ma manière de parler pour convenir à votre myopie, Perkins. Et à la différence du vin, mes souvenirs ne se bonifient pas avec le temps. Mais n'oubliez pas une chose, vous êtes en grande partie responsable de ce merdier.

– Moi ?

– On est toujours responsable, vous vous rappelez ? Si je suis responsable de mon passé, en tant que directeur, je vous tiens pour personnellement responsable de ce qui s'est passé par la suite.

– Mais…

– Il n'y a qu'une chose que je ne sais pas à votre sujet, mais ça va me revenir. Au-delà de votre responsabilité, vous jouez un rôle dans mes souvenirs. Un mauvais rôle, je crois. Il y a quelque chose entre nous et, je ne vous aime pas. Je voulais que les choses soient claires.

– Je vous ai entendu et je crois que je ne vous aime pas beaucoup non plus.

– Parfait. Au moins, vous n'aurez plus besoin de faire semblant. Maintenant, appuyez sur le bouton, posez-moi vos questions et finissons-en…

12

À Tallahassee, capitale de l'État de Floride, au pied du gigantesque escalier menant aux colonnes du Capitole, le carrefour entre Apalachee Parkway et Monroe Street était encombré de véhicules.

Camionnettes surmontées d'antennes satellites, studios d'enregistrement embarqués, les équipes déversaient précipitamment leur matériel sur les trottoirs, toutes flanquées d'une journaliste, blonde ou brune selon la chaîne, mais toujours spectaculaire. Les premières images étaient déjà parvenues aux rédactions. Une marée noire en Floride ! Les hélicoptères retransmettaient au plus près de l'évènement, mais c'était devant le Capitole que les premières déclarations officielles seraient faites. Déclarations et explications !

– Monsieur le gouverneur ? MacDill au téléphone.

Plongé dans la carte déployée au travers de la table, le gouverneur ne réagit pas. Il observait les traits sombres qui reliaient différents points en pleine mer à la terre ferme. Tôt dans la matinée, une fuite de pétrole avait été repérée. En collaboration avec la FEMA, les militaires avaient mis à disposition des moyens sous-marins et les pipelines de Transocean avaient été identifiés.

Tous les experts s'étaient accordés sur le fait qu'il était inimaginable que l'opérateur n'ait pas remarqué le problème. La chute de pression après une rupture sur un oléoduc aurait dû enclencher des mécanismes automatiques de coupure, les sirènes auraient dû retentir. Mais rien n'avait fonctionné.

– Monsieur le gouverneur ?

La seule perspective d'affronter les questions des journalistes sans avoir de réponses à leur fournir lui était insupportable. Transocean était coupable, et son pétrole avait coulé pendant des heures sans que rien ne soit détecté. Son patron, un certain Billy Sanders, n'avait pas d'explication. Les deux hommes s'étaient parlé et le ton était monté. Ce type avait le sang chaud et le gouverneur avait brutalement mis fin à la communication. Mais avant de le crucifier en direct à la télévision, il attendrait d'avoir les preuves sur son bureau On ne devenait pas gouverneur sans prendre un minimum de précautions. Tant pis pour la meute qu'il avait aperçue tout à l'heure par la fenêtre.

Le gouverneur fit enfin un geste de la main à son assistante qui patientait et saisit le téléphone :

– Francis Thomas à l'appareil, c'est vous commandant Scufield ?

Il resta silencieux un long moment. Les conversations s'étaient interrompues dans le bureau.

– Une explosion sur une plate-forme ?

Sa main se crispa sur le combiné.

– Je vois, ponctua le gouverneur, dont le regard s'était progressivement durci. Merci commandant. Tenez-moi au courant de l'évolution.

Il rendit l'appareil à son assistante, puis se leva, contourna le bureau et se rapprocha de la carte, posa son index sur un tracé d'oléoduc, puis sur un deuxième, et le fit glisser jusqu'à un point signalant une plate-forme.

– Transocean, grogna-t-il. Et cette fois, ce n'est pas un accident. MacDill confirme. Les pipelines puis la plate-forme, c'est une attaque !

Il bascula ensuite en direction du téléviseur accroché au mur de son bureau et rétablit le son. Une journaliste était postée devant le Capitole et annonçait la tenue prochaine d'une conférence de presse. Incrustée dans le coin supérieur gauche de l'écran, une image en direct du drame. La nappe de pétrole se répandait maintenant jusqu'à l'horizon.

« Une source proche du gouverneur nous informe qu'il s'agirait de deux ruptures sur les oléoducs de Transocean Offshore. Ce n'est pas encore confirmé, mais ce serait bien Transocean qui serait à l'origine de la catastrophe. Nous attendons des détails, que nous ne manquerons pas de vous communiquer dès qu'ils nous parviendront. »

171

Les reporters avaient commencé à couvrir l'évènement. Ils avaient connaissance de la marée noire et des fuites, mais ils ne savaient pas encore pour la plateforme. Le secret n'allait pas tenir longtemps. Le gouverneur réfléchit quelques secondes, puis interpella son assistante.

– Appelez-moi Billy Sanders tout de suite et envoyez une voiture le chercher. Je le veux à mes côtés pendant la conférence de presse.

– Et s'il refuse, monsieur ?

– Dites-lui que dans sa situation, il a tout intérêt à parler. Mieux vaut être une victime que le responsable de ce merdier !

L'assistante se précipita dans l'autre pièce, consulta la base de données et composa le numéro de la ligne directe.

– Et Sara, je veux parler au patron du FBI. Maintenant !

13

– **O**ù en étions-nous, agent Becket ?

– Le lendemain de l'opération. En pleine réunion.

– C'est ça. Finissez Genève et je reprends la suite après, indiqua-t-il en saisissant son portable.

Tony rapatria le dossier, puis pressa l'interrupteur et la lumière vira au vert.

– Donc le lendemain de cette opération, tu leur as raconté ton plongeon. Ces centaines de millions et ils ont réagi comment ?

– *Mais, c'est impossible, bredouilla Collard. Comment avez-vous fait ?*

– Plutôt bien.

– *Mon Dieu ! murmura Valérie.*

– Les détails de l'opération étaient projetés sur l'écran. Je les ai laissé prendre possession de l'information.

– *Au total, nous avons engrangé près de cinq cent cinquante millions de dollars de gains. Un peu plus de cent cinquante millions pour le seul compte de Perreira, notre client d'Amérique du Sud qui est, comme vous pouvez l'imaginer, particulièrement satisfait. Après avoir perdu près de 8% dans la journée, le marché a clôturé en hausse de 2,5%. Nous avons donc liquidé, à la clôture de Wall Street, l'ensemble des positions. Cela faisait partie de l'accord. Les clients qui ont donné leur accord sont donc complètement liquides, 100% cash. Et ils affichent tous sur l'année…*

D'une pression sur le clavier, le tableau récapitulatif des pourcentages de gains apparut :

– *Une performance remarquable !*

Pour la première fois, Didier Courbet intervint :

– *C'est stupéfiant… Tout simplement stupéfiant !*

173

– Et après ? s'impatienta Tony.

– Tu veux la suite ?

– Oui. Tu as sauvé ta peau sur un coup de poker, mais après ?

Pierre Collard s'agita sur son fauteuil :

– Ça ne règle en rien les problèmes que j'ai soulevés tout à l'heure. D'autant que la moitié des clients dont vous vous occupez n'est pas concernée. Et encore moins ceux qui ont déposé une réclamation. N'est-ce pas ? Ces clients considèrent que vous les avez exposés à des risques inconsidérés, que vous les avez trompés. Et ils ont raison, je ne peux rien faire pour protéger la banque de ces accusations et ce, par votre faute.

– Après, ils contre-attaquent.

– Qui ça ?

– Collard et Travers.

– Mais tu avais réussi ton coup, non ? Je ne comprends pas.

– Je suis responsable de l'absence de contrats, c'est bien ça ?

– Pas pour tous mes clients. Et puis, ils ne pouvaient plus reculer sans perdre la face. Monter un dossier contre moi, faire venir le CEO du groupe, ils avaient mobilisé tout leur réseau et pas mal de moyens pour me faire tomber. Impossible de faire demi-tour. Et sans contrats, j'étais légalement en l'air.

– Monsieur Lacour, voulez-vous arrêter avec ces contrats ! Vous avez bien signé un contrat avec votre client brésilien, monsieur Perreira, n'est-ce pas ?

– En effet, mais vous savez, comme moi, que c'était une exception et que vous vous êtes tous opposés à ce que d'autres clients puissent bénéficier du même traitement.

– Monsieur Lacour, soyez raisonnable ! S'il y a eu un contrat, rien ni personne ne vous empêchait d'étendre la chose à l'ensemble de votre activité et de vos clients ! Nous le savons tous.

– Mais ces contrats, tu les avais demandés et c'est eux qui ont refusé de les mettre en place, non ?

– Exact. Mais ils n'ont pas l'air de s'en souvenir…

– Donc, vous soutenez que je suis seul responsable ?

– Vous plaisantez j'espère ! Vous admettrez tout de même qu'il était de votre responsabilité de mettre en place les outils de contrôle de votre

activité ! Et vous voudriez nous faire croire que nous serions responsables de vos manquements ?

– *C'est exactement ce que j'affirme monsieur Collard ! Mes e-mails sur le sujet le démontrent d'ailleurs. Il suffit que vous les relisiez.*

– *Et toutes les traces concernant mes demandes de mise en place de contrats avaient disparu. Les e-mails, la réunion pendant laquelle j'avais évoqué le sujet, il n'y avait plus rien.*

– *Je n'ai aucun souvenir de tels e-mails. Pourriez-vous nous les communiquer ?*

Je gardai le silence, scrutant les visages des différents protagonistes, un par un. Puis, dans un soupir résigné :

– *Ces e-mails ont, étrangement, disparu de nos bases de données.*

Pierre Collard ricana.

– Donc, la partie n'était pas gagnée ?

– Non. Sur le conseil de certains banquiers privés, plusieurs clients avaient déjà lancé une procédure contre moi et la banque. J'avais sauvé l'essentiel avec l'opération de la veille, mais pour le reste, sans contrats et sans preuves, j'étais planté.

– *S'il n'y a plus d'e-mails pour attester de ma bonne foi, je suis certain que les membres du comité de direction se souviendront d'une réunion qui s'est tenue ici même, en décembre 1998, pendant laquelle j'ai évoqué et réclamé des contrats pour cadrer mon activité. Monsieur Travers ?*

Il ne prit pas la peine de répondre.

– *Alors Jack ? Xavier ? Personne ?*

– Alors, tu as fait quoi ?

Toutes incisives dehors, Pierre Collard tenta de clôturer le débat :

– *Ça suffit ! Je ne vous laisserai pas insinuer plus longtemps que nous sommes des menteurs ! Nous avons évoqué ce sujet avant votre arrivée et monsieur Courbet est parfaitement informé de la situation. Les choses sont claires, monsieur Lacour. Vous avez peut-être comblé une partie des pertes hier, mais vous êtes totalement responsable de celles qui restent. Responsable des risques insensés qui nous ont conduits à nous réunir aujourd'hui. Responsable d'avoir mené vos équipes au bord du précipice, sans aucun cadre juridique qui plus est. Monsieur Travers a alerté la direction sur la situation, sur votre comportement et, puisque vous avez le toupet de m'accuser de mensonge, je suis malheureusement obligé d'aviser officiellement le comité, que j'ai en ma possession un enregistrement de vos ébats dans la salle des marchés.*

Il suspendit sa phrase, le temps qu'elle infuse dans les esprits.

– Eh oui, monsieur Lacour, souriez, vous êtes filmé ! Et veuillez croire que je n'imaginais pas un jour devoir assister à une telle scène pornographique en plein milieu de la salle des marchés. Ceci est une injure au principe de probité de notre banque, alors, monsieur Lacour, une bonne fois pour toutes, taisez-vous !

Sa voix avait dérapé sur la fin, mais je devais bien avouer qu'il m'avait pris par surprise.

– Vous vous souvenez comment je vous ai présenté ce Collard ?

– Le FBI de la banque ?

– Exact. Le FBI. Et il a fait ce que vous avez fait, Perkins. Collard a exhibé une vidéo de moi dans une position, comment dire, légèrement compromettante.

– Un type bien ce Collard, intervint Perkins.

– Vous vous seriez entendu à merveille.

– Une vidéo de quoi ?

– Une scène pornographique ?

– Exactement ! Une scène pornographique ! Et sachez que mademoiselle Julie Favre recevra un blâme pour son comportement, même s'il est plus que probable que, compte tenu de sa position hiérarchique, nous devrons retenir à sa décharge que vous avez profité de votre ascendant sur elle.

– Collard ?

– Quoi encore !?

– Vous êtes un con. Un vrai champion du monde !

– Vous entendez ?! s'étrangla-t-il. L'insulte et le mensonge, un joli résumé de votre passage chez nous, monsieur Lacour !

Colère d'avant et colère d'aujourd'hui, Collard ou…

– Ça ne vous regarde pas, Perkins. Mais les échanges ont duré, le ton a monté…

– Monsieur Travers, ici présent, avait prévu votre fin et nous y sommes, monsieur Lacour. Plus d'échappatoire, plus de mensonge, c'est terminé pour vous ! Nous avons présenté un rapport précis de vos

agissements à monsieur Verbier, et celui-ci nous a rejoints dans cette conclusion.

Il déposa un silence pour accentuer son propos :

– Vous ne serez pas le fossoyeur de notre établissement, monsieur Lacour, vous m'entendez ? C'est terminé !

– … et Patrick Verbier m'a lâché.

– Je pense, en effet, qu'il n'y a plus rien à ajouter, Gabriel. Cette opération d'hier est stupéfiante, mais elle ne peut pas occulter…

– Vous êtes certain ? l'interrompis-je.

– J'ai donc sorti ma carte 'chance'.

– C'est-à-dire ? me demanda-t-il en plissant les yeux.

– C'est-à-dire, monsieur Lacour ?

Quand les dialogues se rejoignaient, la symétrie était savoureuse…

– Je vous repose simplement la question, monsieur Verbier. Vous êtes sûr de votre décision ?

– Je n'ai plus le choix, Gabriel. Tu sais très bien que…

– Vous me trouviez fatigant, n'est-ce pas ?

– C'est vrai.

– Épuisant, même, si je me souviens bien.

– Terriblement, confirma-t-il. Mais tu veux bien me dire où tu veux en venir ?

– Vous n'imaginez pas à quel point je peux l'être, monsieur.

– J'avais enregistré la réunion à l'époque. Toute la réunion. Ma carte 'chance' ou ma carte…

– 'Sortie de prison', s'exclama Tony.

J'ouvris la petite boîte qu'Alex m'avait donnée juste avant la réunion et en sortis un appareil.

– Et je suis certain que monsieur Courbet trouvera cet enregistrement… particulièrement instructif.

Je branchai l'appareil sur l'ordinateur, appuyai sur la touche 'lecture' et ma voix s'empara des haut-parleurs situés aux quatre coins de la salle :

« Messieurs, nous sommes le 17 décembre 1998. Cela fait un an que je vous ai fait parvenir, par e-mails, plusieurs demandes concernant la mise en place de contrats pour encadrer notre activité… »

177

Soudain, la voix de Travers explosa autour de nous et je baissai le son :

« *Il n'en est pas question, je suis le seul autorisé à exercer une gestion sous contrats dans cette banque...* »

– J'ai fait défiler l'enregistrement.

« *Il est certain qu'un jour, les marchés seront plus difficiles et nos clients auront tout le loisir de se retourner contre moi, puis contre la banque s'il devait y avoir un accident. Je suis surpris de constater que monsieur Collard ne soit pas sensible à mes demandes. Je pensais que son métier était de protéger la banque, pas de se prêter au jeu d'une guerre de chapelle. Mon numéro deux, Alex Montclair, partage mes inquiétudes. Il vous a transmis, à ma demande, des e-mails datés du 16 avril et du 2 juin de cette année. Nous n'avons pas reçu de réponse à ce jour et j'aimerais connaître votre pos...* »

– Il y avait tout. C'était assez amusant de les choper, les uns après les autres, les doigts dans le pot de confiture.

– J'imagine très bien, s'esclaffa Tony, en oubliant toute retenue. Et ils ont réagi comment ?

J'arrêtai un instant l'enregistrement.

– *Je suis désolé, monsieur Verbier, mais vous ne m'avez pas laissé le choix. Vous avez placé votre confiance au mauvais endroit.*

Je relançai la lecture et sa voix résonna à son tour dans les haut-parleurs :

« *Nous en avons parlé avec Hans Travers et Pierre Collard, il n'en est pas question, Gabriel...* »

« *Je comprends, monsieur. Je me permettrai d'envoyer ce soir à monsieur Collard un e-mail confirmant votre refus d'autoriser la mise en place de contrats, alors que nous pensons que c'est dans l'intérêt de la banque de se protéger contre des demandes illégitimes de nos clients à l'avenir. Merci, monsieur Verbier, monsieur Travers, monsieur Russell, monsieur Breton, monsieur Collard...* »

– Un silence de mort, Tony. Ils ont réagi en s'enterrant dans un bon gros silence.

Je ne savais plus qui avait dit qu'à la fin d'un morceau de Mozart, même le silence était de lui[42]. En l'occurrence, le silence qui régnait lorsque j'arrêtai définitivement l'enregistrement était bien moins harmonieux. Les

---

[42] "Lorsqu'on vient d'entendre un morceau de Mozart, le silence qui lui succède est encore de lui." Sacha Guitry

visages étaient figés par la surprise. Valérie avait la bouche ouverte, Pierre Collard roulait des yeux dans tous les sens, alors que les autres gardaient la tête basse.

Seul Didier Courbet me dévisageait et l'étonnement le disputait à l'amusement.

– Avec cet enregistrement, j'ai sauvé ma peau. Mais il restait encore l'essentiel.

– C'est quoi l'essentiel ?

De la poche intérieure de ma veste, je sortis une enveloppe.

– *Voici ma lettre de démission. Elle prend effet à cet instant. Monsieur Perreira m'a fait une proposition et j'ai décidé de l'accepter.*

– Démissionner et partir bosser pour un de mes clients.

Pierre Collard esquissa un sourire :

– *À mon tour d'être désolé, monsieur Lacour, mais ça ne sera pas possible. Votre contrat de travail est précis. Vous pouvez partir, mais seul.*

– Et ça pose un problème ?

– Clause de non-concurrence, Tony. Les banques sont très vigilantes sur le sujet. Éviter à tout prix que les banquiers s'en aillent en embarquant les clients stratégiques.

Hans Travers prit la parole à son tour :

– *Si monsieur Lacour décidait de nous quitter pour rejoindre monsieur Perreira, nous serions dans l'obligation de l'attaquer en justice. Je vous rappelle que je suis le gérant principal de la fortune de monsieur Perreira. Mon travail consiste à le protéger de vous aussi, monsieur Lacour.*

– Alors, qu'avez-vous fait, monsieur Lacour ?

– *Vous avez juste omis un détail, monsieur Travers. Un tout petit détail.*

– *Lequel ?*

– Mes clients brésiliens avaient imposé que je sois nommé directeur des structures qui détenaient leurs avoirs.

– *Je suis le directeur des sociétés que nous avons constituées pour monsieur Perreira. Vous vous souvenez ? La banque a validé ce schéma il y a quelques mois.*

Le sourire de Travers s'effaça progressivement.

– *Dès l'instant ou je démissionne… que vous le vouliez ou non… en tant que directeur des sociétés, le client, votre client, c'est moi !*

– Qu'un employé de la banque soit directeur des sociétés d'un client, c'était une demande originale, la banque aurait refusé en temps normal, mais face à une telle fortune, le banquier a tendance à s'agenouiller.

Nous nous affrontâmes du regard. Il allait réagir. Je n'avais qu'à attendre.

– Et à genoux, on prie, mais on ne pense plus.

– *Je refuse de travailler pour vous, Lacour.*

– En tant que directeur des sociétés de Perreira, j'avais un pouvoir sur le compte. Ils avaient fait une erreur, et je me suis engouffré dedans. Parce qu'en démissionnant, je me transformais juridiquement de gérant de fortune employé de la banque, en…

– … en un client, s'amusa Tony. Plutôt bien joué.

– *Très bien, dans ce cas, je transférerai l'intégralité des fonds de monsieur Perreira dans un autre établissement, ce qui nous évitera une confrontation à l'avenir.*

Il blêmit et se leva. J'en profitai pour porter la dernière estocade :

– *Ce ne sont que dix milliards après tout.*

Patrick Verbier, qui avait pris la mesure de la tension, s'interposa :

– *Ça ne sera pas nécessaire, Gabriel.*

– *Vraiment ?*

– *Oui. Je te le garantis.*

– *J'aimerais l'entendre de la bouche de mon gestionnaire.*

Travers serra les poings.

– *Monsieur Travers !? l'interpella Courbet. Nous vous attendons.*

– *Hans ? le pressa Verbier à son tour.*

Nos regards se croisèrent et il se rassit lourdement. J'avais gagné. Et comme souvent, la victoire se fanait aussitôt qu'elle était engrangée.

– *Ça ne sera pas nécessaire, monsieur Lacour, murmura-t-il finalement.*

– Donc cette fois, c'est terminé ?

– Oui.

– Bien. Vous quittez la Suisse et vous témoignez ensuite dans nos locaux le 28 mars 2000. L'agent Becket, Jane Croft, l'assistante du procureur et deux agents de Washington sont présents. Vous avez eu quelques difficultés à restituer votre expérience dans la jungle, mais vous identifiez finalement monsieur Juavez, ainsi que, et c'est plus surprenant, sa fille, Catarina.

– Je l'avais croisée à la banque.

– Un de vos signes, j'imagine.

– Imaginez ce que vous voulez.

– Et à la fin de cette audition, vous discutez avec l'agent Becket de la suite. Celui-ci vous communique les mesures de protection qu'il compte déployer d'ici au procès, puis vous quittez le bâtiment.

– Si vous le dîtes.

– Sans protection.

– Cela ne me paraissait pas nécessaire.

– Si je résume, en quelques jours, vous faites une opération en bourse tellement audacieuse qu'un journal américain en a fait sa une. Le lendemain, vous démissionnez et quittez la Suisse immédiatement et votre départ fera également les gros titres des journaux à Genève. Vous débarquez dans nos locaux parce qu'une image à la télévision, non, pardon, un signe venus d'ailleurs, vous l'a commandé. Et enfin, vous repartez après avoir refusé notre protection.

– Présenté comme cela, je suis coupable de la suite. C'est ça ?

– Disons que vous êtes impulsif. Cela vous convient ?

Je ne répondis pas.

– Et fort de toute cette belle publicité, c'est sur une terrasse de café que vous allez poursuivre votre journée.

– Perkins ?

– Oui, monsieur Lacour ?

– Je ne vous aime pas du tout.

– Je sais. Mais ce n'est pas le sujet. Alors, sur cette terrasse à South Beach, il était comment le café ?

14

C'était un rituel. Passé dix-huit heures, les choses sérieuses commençaient. À l'approche du crépuscule, l'électricité se propageait. La bête avait faim. Elle dansait et baisait, le soir venu.

Bienvenue à Miami…

– Et quelle heure était-il précisément lorsque vous vous installez ?

La tasse de café débarqua. L'expresso était si serré que je dus me pencher pour apercevoir la mare qui, recroquevillée au fond de la tasse, semblait vouloir m'indiquer de quoi le futur serait fait. Le soleil conclut sa course quotidienne en glissant sous le parasol.

– Le soleil était à plat, donc autour de dix-huit heures j'imagine.

– OK. Dans ce cas, pour nous permettre de conserver la chronologie, agent Becket, pourriez-vous nous indiquer ce qui s'est passé de votre côté, pendant que monsieur Lacour prenait un café ?

Tony releva la tête, rapatria le dossier que son boss avait monopolisé jusque-là, récupéra une autre liasse de documents et parcourut les premières lignes du rapport en soupirant :

–Après le départ de monsieur Lacour, nous avons consigné son témoignage lorsqu'à 18h06, l'officier March de la police de Tampa nous a contactés. Suite à la diffusion des portraits, il me rapporte un signalement.

– Une question à mon tour. C'est quoi cette diffusion, Tony ?

– Veuillez utiliser nos titres lorsque vous vous adressez à nous, monsieur Lacour.

La tension n'était pas retombée. Toujours aucune raison à ma colère. Être un con n'était pas un motif suffisant. Et puis, on était toujours le con de quelqu'un. Son portable avait grésillé plusieurs fois. Il avait reçu des messages et sa mauvaise humeur s'était aggravée en les découvrant. Les nouvelles de l'extérieur n'étaient pas bonnes. En soi, c'était plutôt une bonne nouvelle. Il avait accéléré le rythme, évacué mon témoignage en quelques phrases, puis m'avait projeté sur cette terrasse de café.

– D'accord, agent Perkins. C'est quoi cette diffusion de portraits, 'agent Tony' ?

Perkins ouvrit la bouche pour réagir à l'infraction, mais Tony lui brûla la politesse :

– Diffusion des portraits de personnes affiliées à monsieur Juavez.

– C'est-à-dire ?

Il sollicita du regard Perkins, qui hocha la tête en guise d'assentiment.

– Felipe Juavez, le fils du sénateur, était à la tête d'une société de… surveillance, indiqua-t-il.

– Felipe, celui qui a volé la montre sur le cadavre de mon père ?

– C'est ça. Et, suite à ton appel nous annonçant ta visite dans nos bureaux, nous avions, par précaution, fait circuler un bulletin d'alerte sur tous les vols en provenance du Guatemala.

– Cet appel que je vous ai passé, pourrais-tu me redonner la date ?

– Le jour de ton arrivée à Miami. Donc, deux jours avant ta venue dans nos locaux pour témoigner.

– Et l'appel de l'officier March vous signalant l'arrivée d'un suspect date du jour de mon audition, c'est ça ?

– Oui, juste après ton départ de nos locaux.

– Quelqu'un en provenance du Guatemala a donc débarqué précisément ce jour-là ?

– En fait, il y aurait eu un léger… cafouillage, intervint Perkins.

– C'est-à-dire, agent Perkins ?

– L'officier March appelle le jour de votre venue dans nos bureaux, mais l'arrivée du suspect date de la veille.

– Donc, le lendemain de mon appel.

– C'est ça.

– A mon tour de résumer : je quitte Genève, j'appelle l'agent Becket dès que j'atterris et, le lendemain, la veille de mon audition, quelqu'un débarque du Guatemala. C'est bien cela agent Perkins ?

Il ouvrit la bouche, mais je décidai pour la première fois de la lui refermer.

– Une sacrée coïncidence, dites-moi ! Ou alors, vous pensez que c'est moi qui ai prévenu cet enfoiré ?

– Je ne crois pas, non. L'enquête a conclu que vous deviez être sous surveillance, monsieur Lacour. Votre téléphone ou vos e-mails.

– Depuis plus de vingt-cinq ans ? Ils sont tenaces vos amis !

– Ce ne sont pas nos amis.

– Peut-être, mais quelqu'un les a bien avertis de mon arrivée chez vous. Et ils ont beaucoup d'amis. Peut-être même au sein de votre famille. Non ?

– Ma famille ?

– Les agents du FBI forment une famille, je me trompe ?

– Gabriel, intervint Tony, nous connaissons ton opinion sur le sujet, mais…

– On accélère, agent Becket, le coupa Perkins. Je dois aller m'occuper de ces incidents en mer.

Petite pause dans le silence contrarié… Perkins d'abord, qui détourna rapidement les yeux, Tony ensuite qui, au contraire, solidifia son regard dans le mien :

– Donc, un vol a atterri à Tampa, la veille de l'audition, reprit Tony, un avion privé en provenance de Guatemala City, et un individu présentant quelques ressemblances avec l'un de nos suspects a débarqué. D'où le signalement de l'officier March. J'ai demandé l'envoi de la capture d'écran faite par la caméra de surveillance : la photographie était de mauvaise qualité, mais la ressemblance avec Felipe Juavez était suffisante.

– Très bien, et qu'avez-vous fait ?

– J'ai immédiatement appelé Gab… monsieur Lacour.

– Que lui avez-vous dit, agent Becket ?

– Rien. Il n'a pas décroché. J'ai essayé plusieurs fois et ai laissé plusieurs messages lui demandant de me rappeler de toute urgence.

Perkins se redressa :

– Donc, monsieur Lacour n'a pas décroché ?

La phrase vibra anormalement. Elle agita un souvenir. Un autre souvenir et une colère sourde qui rampait depuis le début de l'audition. Impossible de renouer avec ce moment. Impossible de revenir dans cet instant. L'explication traînait quelque part. Je n'avais pas décroché ? C'est vrai. Je n'avais pas décroché parce que...

Mon Marseillais apparut au coin de la rue. Je refusai l'appel qui vibrait dans la paume de ma main et me levai pour l'accueillir comme il se devait. Alex avait pris possession du trottoir avec autorité. Il s'arrêta à quelques mètres de la terrasse, leva les bras au ciel, puis pointa un doigt dans ma direction.

– *Oui, Alex ! 'We did it*[43]*'! répondis-je en riant à son interpellation* muette.

– Bien, et ensuite, agent Becket ?

– J'ai fait circuler le rapport et la photo auprès de mon équipe. Comme je vous l'ai dit, impossible de confirmer l'identité de l'individu, impossible de remonter sur l'immatriculation du jet privé non plus. L'un de mes hommes m'avait simplement confirmé que l'avion était détenu par une cascade de sociétés opaques.

– Donc ?

– Donc, j'ai demandé à nos services de localiser le téléphone de Lacour.

– Combien de temps pour réaliser l'ensemble de ces opérations ?

– Quinze minutes, d'après mes souvenirs.

– On pouvait difficilement faire mieux !

– On pouvait difficilement faire pire, répliquai-je un peu trop fort.

L'agacement était de plus en plus difficile à contrôler. Une perte de contrôle qui allait s'aggraver. Avec la douleur qui me vrillait les tympans, Perkins devenait une cible presque à chaque instant. Une cible identifiée, mais aucun souvenir précis lié à ce besoin de l'amocher.

---

[43] "On l'a fait !"

185

– Et ensuite, agent Becket ? reprit-il après avoir encore une fois refusé le combat.

– Ensuite, j'ai ordonné à mes hommes de s'équiper et on a foncé à nos voitures.

– Direction ?

– Le News Café, sur Ocean Drive.

– Parfait. Et vous, monsieur Lacour, vous avez rejeté l'appel de l'agent Becket, vous vous êtes installé sur cette terrasse et votre associé est arrivé. C'est bien ça ?

– Mon ami.

– C'est ça, votre ami, soupira-t-il. Bon, et après ?

M'éloigner de Perkins. Revenir sur cette terrasse. Entre la peste et le choléra…

– Alors Son Altesse, comment ça se passe ?

– En pleine forme ! Tu as fait bon voyage ?

Il s'assit à la table :

– J'ai dormi et après… je me suis rendormi.

Son accent 'pagnolesque' résonnait agréablement ici. Comme un filet d'huile d'olive dans une salade. Un petit goût de Sud de la France.

Je lui tendis un trousseau de clefs.

– 'Appart' et voiture. Cadeau de la société. Bienvenue à Miami, 'amigo' !

– Putain, s'exclama-t-il en faisant sauter le trousseau dans sa paume, alors 'we did it vraiment[44]*' ?!*

– 'We dit it vraiment', confirmai-je en souriant.

– Tu es au courant pour Collard ?

– Je ne suis au courant de rien. Pourquoi ?

– Enterrement de première classe ! Il vient de se faire muter. Genre, patron de l'archivage au siège.

– Parfait !

Alex jetait des coups d'œil fréquents à sa montre.

– Tu as déjà un rendez-vous ?

---

[44] "On l'a fait vraiment ?!"

– Moi ? Non…

– Au fait, en parlant de rendez-vous, je l'ai prévenue.

– Tu as prévenu qui ?

– Amber, notre assistante. Elle m'a parlé de ton coup de fil.

– Oui, très gentille cette demoiselle. Je l'ai appelée il y a quelques jours. Mon installation à Miami, découvrir la ville, j'ai besoin qu'on m'aide, tu sais bien.

– C'est pour ça que tu l'as invitée à dîner ?

– C'était la moindre des choses ! Tu me connais !

Il mentait mal. Ou il ne faisait jamais le moindre effort pour camoufler ses dérapages. Son accent pointait simplement un peu plus que la normale, Raimu et Fernandel ensemble. Et moi, j'adorais ses airs outragés.

– Rien à voir avec son physique, t'es sûr ?

– Tu me prends pour qui ? Et en plus, je ne l'ai jamais rencontrée.

– Je t'avais envoyé son dossier avant de la recruter. Avec sa photo, précisai-je. Tu te rappelles ?

– C'est vrai ? J'avais oublié !

– On avait dit : pas avec le personnel, Alex !

Son sourire s'élargit, puis son regard se fit soupçonneux.

– Et tu lui as raconté quoi à mon sujet ?

– J'ai hésité entre un herpès congénital et une sexualité confuse.

– Tu as pris l'herpès ?

– J'ai pris les deux.

– T'es vraiment con, Gabriel ! rigola-t-il. Et tu penses vraiment que ça va m'arrêter ?

– Te freiner peut-être. Elle commence à peine à prendre ses marques. Alors si tu l'embrasses une fois, je te préviens… Tu l'épouses !

– Le mystère de l'amour, mon pote. C'est malheureusement après le baiser que tu découvres la réponse.

– C'est bien ça qui m'inquiète.

– Je n'ai jamais eu de plaintes jusque-là. Mais je ferai attention. Tu me connais !

Ce "tu me connais" était annonciateur de catastrophe.

187

– En revanche, avant de te laisser, j'ai un truc à t'avouer.

– Donc, tu as bien un rendez-vous.

– On vient d'en parler, me sermonna-t-il entre deux gorgées bruyantes de la bière que le serveur venait de déposer. Je t'aime beaucoup mon pote, mais Amber s'est proposée de soigner ma peur de l'inconnu. Mes premiers pas à Miami. C'est un peu l'angoisse, tu comprends ?

– Tu connais très bien Miami, soupirai-je, mais vas-y. Et c'est quoi ce truc que tu dois m'avouer ?

– Figure-toi que j'ai récupéré deux ou trois choses à la banque. Je me suis dit que ce serait dommage que ça finisse à la poubelle.

– Monsieur Lacour ?

Il sortit une enveloppe de sa sacoche et la déposa sur la table.

– Qu'est-ce que c'est ?

Son sourire lui mangeait le visage :

– On est dans le pays de la deuxième chance, non ?

– Monsieur Lacour !? s'énerva la voix.

Ouvrir l'enveloppe et découvrir les fragments d'une lettre. Des fragments et du scotch, beaucoup de scotch.

J'avais le dialogue. Le rythme, les intonations, jusqu'aux battements de mon cœur. C'était vertigineux, impossible de résister à la glissade…

– J'étais curieux. Je t'avais vu la déchirer.

– Et tu l'as recollée ?

– Ouaip. Ça m'a pris une éternité, mais je suis très patient.

– Et tu en as fait quoi de cette lettre ?

– Rien, j'en ai rien fait.

– T'es sûr ?

– Rien du tout. Je l'ai gardée, dans un tiroir. Jusqu'à la soirée 'poker'…

– Quelle soirée 'poker' ?

– La soirée 'Geneva, you have a go'. Tu vois ?

– Je vois.

– Tu as marmonné des trucs sur ton père, juste avant l''opé'. Tu ne te souviens pas ?

Je ne répondis pas.

– T'as pas dit grand-chose en fait, mais c'était suffisant. J'ai remonté le fil jusqu'à un article de presse. L'histoire d'un gosse dans la jungle. L'assassinat de son père, et…

– Et ?

– Et j'ai simplement fait ce que tu aurais dû faire, mon pote. Parce que non seulement tu ne m'avais rien dit de ton passé, mais tu ne lui avais pas parlé de ça à elle non plus.

– Mais, tu as…

– Vraiment pas malin toutes tes cachoteries.

– Ne me dis pas que…

– Oh que si !

– Tu lui as raconté quoi ?

Pas de réponse.

C'était léger, c'était profond. Je voulais connaître la fin. Et je ne voulais pas…

– Alex ?! Qu'est-ce que tu as fait ?

– J'ai fait un truc bien, mon pote.

– OK. Mais tu as fait quoi ?

– Je l'ai appelée. Je l'ai appelée et elle est venue. On a pris un café. C'était sympa.

– D'accord. Et ?

– Et je lui ai raconté.

– Il faut t'arracher les mots de la bouche !? Tu lui as raconté quoi ?

– Elle a pleuré, Gabriel.

Chaque mot, à la lettre près. Tout était là. Tout, sauf son visage. Ses traits avaient disparu. Et dans mes souvenirs, il ne restait que ses rides de plaisir. Elles surgissaient quand il souriait. Des plis qui écornaient son regard.

– Elle m'a écouté, reprit-il, et elle a pleuré, puis elle s'est levée.

– Et ?

– Et elle m'a pris dans ses bras et m'a remercié.

– Putain, Alex !!! Tu lui as raconté quoi ?

Pas de réponse. Il lève simplement la tête. Ses yeux pétillent. Il y a quelqu'un dans mon dos, je sens sa présence !

Ce moment, cet instant-là, je voulais le prolonger en pressant le souvenir. Extirper la magie, la tordre de toutes mes forces, jusqu'à la dernière goutte. La magie, c'était toujours avant. Quand on sentait avant même de savoir. Quand on savait avant même de comprendre.

– *Il m'a raconté la vérité, Gabriel, murmure une voix dans mon dos.*

Puis un casque qui se pose sur mes oreilles. Et la musique qui enveloppe le moment.

'Georgia on My Mind'… 'Georgia on My Mind', encore une fois.

Elle était là. Sur cette terrasse. Et moi, j'avais fermé les yeux.

– Monsieur Lacour, pendant que l'agent Becket fonce dans votre direction, votre associé est bien arrivé ?

Je voulais connaître la fin. Aller au bout de la chanson. Et je ne voulais pas. Parce qu'à la fin de la chanson…

– Voulez-vous bien ouvrir les yeux, monsieur Lacour ?

La musique égrène ses dernières notes, 'Georgia on My Mind'… Encore une première fois… qui se répète.

– Mademoiselle Angelica Santini est également là. Même vol que votre associé, en provenance de Genève via Zurich, n'est-ce pas ?

Ressentir, éprouver, dévorer l'instant. Parce qu'à la fin, après la beauté, après l'innocence, il y a la mort…

– Je n'ai pas beaucoup de temps, monsieur Lacour ! On m'attend, il y a une crise en cours. Alors pourriez-vous, s'il vous plaît, ENFIN nous indiquer où vous étiez exactement lorsque l'agent Becket a débarqué !

Je suis avec elle… Je suis chez moi…

– Le rapport n'est pas très clair sur ce moment, se calma-t-il. Certaines personnes disent que vous étiez debout, d'autres que vous étiez assis. Auriez-vous vu quelque chose sur cette terrasse ?

– Non.

La vibration entre mes tempes avait pris de l'ampleur. J'avais beau cantonner mes voyages à l'accessoire, ma mémoire avait de l'instinct.

190

– Alors, je répète ma question. Où étiez-vous sur cette terrasse ?

Tout comme l'éclair précède le grondement de l'orage, les nuages s'accumulaient, ma migraine crépitait de flash et plongeait ses racines encore plus loin.

– 'Dans ton cul' !

– Pardon ?

J'ouvris les yeux et me reconnectai brutalement avec son incompréhension.

– Je n'ai pas compris. Vous pouvez me dire où vous étiez ?

– 'Dans ton cul' ? répétai-je, en plantant un point d'interrogation à la fin.

Il y avait quelque chose. Cette formule n'était pas neutre. Je l'avais chargée de colère et de mépris. Une furieuse envie de faire mal. De blesser. Et cette colère, c'était contre ce visage que je l'avais propulsée. Aucun doute, il y avait quelque chose, mais quoi ? Ce Perkins jouait un rôle dans ce souvenir. Impossible de visualiser la scène, mais ce ressentiment instinctif qu'il m'inspirait depuis le début de l'audition, était subitement devenu... violent.

Becket avait ouvert la bouche et ses yeux s'étaient écarquillés. Il pratiquait la langue de Molière en amateur et parlait couramment l'espagnol. Le voisinage était suffisant pour qu'il comprenne le sens.

– Je ne parle pas le français, monsieur Lacour, mais sachez que je ferai traduire tout ce que vous dites.

– Avec un immense plaisir, agent Perkins ! Donc, je suis sur la terrasse, mais vous le savez déjà. Mon ami est bien là, ça aussi vous êtes au courant. Et Angelica est également là, ce qui n'est pas non plus une révélation.

– Sa présence est une surprise pour vous, c'est bien cela ?

– 'Cette histoire ne t'appartient pas'.

– Plus en français ! m'ordonna-t-il, en abandonnant toute civilité.

– Vous n'aimez pas les Français, agent Perkins ?

Il souffla bruyamment et se retint de répondre.

– Vous ne vous attendiez pas à sa présence, c'est bien cela ?

– La présence de qui ?

– De votre Angelica.

– 'Nein'.

– Ça veut dire "non", glissa Tony.

Il balaya d'un geste de la main l'intervention de Tony et poursuivit en accélérant encore le rythme.

– Et où êtes-vous précisément sur la terrasse ?

– Ça n'a aucune importance.

– Ou étiez-vous précisément ?

– On s'en fout. C'est passé. Ça n'existe plus.

– Pour le bon déroulé de cette audition, j'ai besoin de votre localisation.

– Sur une chaise.

– À quel endroit ?

– Au mauvais endroit.

– Ou ça ?

– 'Dans ton…

– Un conseil, rugit-il, n'allez pas plus loin !

– … cul', expirai-je en français.

– Vous êtes exaspérant.

– C'est mon fonds de commerce.

– Et vous souriez trop !

– Surtout quand quelqu'un me déplaît.

– C'est très arrogant comme attitude.

– C'est pour coller au cliché.

– Quel cliché ?

– Le Français est arrogant, n'est-ce pas ?

– En effet. Mais vous êtes américain également.

– Une partie, oui.

– Quelle partie ?

Je glissai sur sa chemise qui, à la hauteur de son ventre, se tendait à chacune de ses respirations.

– La partie cholestérol ?

Il plissa les yeux. Il était vraiment temps qu'on en finisse...

– La question est très simple. Sur cette terrasse, l'agent Becket débarque et vous, vous vous tenez où ?!

Dans mes rétropédalages, je n'avais aucun sens de la géographie. Peut-être parce que j'étais attentif à l'autre plus qu'à ma position. Et puis tout cela était passé, on s'en foutait de l'endroit précis. À gauche, à droite, devant ou derrière, je savais avec qui, rarement où.

– Je suis à la maison, dans ses bras, agent James Franklin Perkins.

– Agent Perkins suffira. Et, votre regard est étrange, monsieur Lacour. Vous allez bien ?

Bien plus que de la violence, c'était maintenant de la haine. Totalement incompréhensible, aucune raison, pas de racine, et pourtant, la colère avait poussé en un instant. Une floraison spectaculaire. J'étais prêt à lui défoncer la tête.

– Et vous, agent Perkins ?

– Moi ? Je vais très bien merci.

– Non, vous, où étiez-vous ?

– Ça n'a aucune importance.

– Nous sommes d'accord.

– Bien. J'imagine que "à la maison, dans ses bras", c'est votre manière de nous expliquer la raison pour laquelle vous n'avez rien vu de la suite ?

– J'ai vu l'essentiel, n'oubliez pas !

– OK. Alors à vous, agent Becket. Vos voitures arrivent donc sur Ocean Drive. Racontez-nous ce qui se passe à partir de là, demanda Perkins, tout en saisissant son téléphone qui s'était agité sur la table.

Une grimace égratigna son visage alors qu'il consultait un nouveau message.

– Nous sommes intervenus avec trois voitures et sept agents, et j'ai ordonné à deux binômes de s'engager par les côtés, de bloquer les piétons et d'évacuer ceux qui étaient en face de la terrasse du News Café.

– Très bien, grommela-t-il en reposant le téléphone. Et le reste de l'équipe ?

– Nous nous sommes signalés et avons demandé aux clients attablés de se lever et de quitter les lieux.

– Vous avez repéré monsieur Lacour ?

– Oui, il était debout.

– Où était-il ?

– Vous faites une fixation, Perkins !

– Ou était-il, agent Becket ? s'agaça-t-il en claquant sa paume de main sur la table.

– Debout, en plein milieu de la terrasse.

– Donc, il s'est levé. Cela signifie qu'il vous a entendu arriver ?

– Je ne crois pas, non. Il avait le dos tourné et il s'adressait à une jeune femme, qui était également debout. Je crois qu'elle avait posé sa main sur sa joue. L'autre homme qui les accompagnait nous faisait face.

– Alex Montclair ?

– Oui.

– Et après ?

– Mon équipe a appréhendé deux hommes en douceur. Ils étaient armés. Sur la terrasse, c'était un peu chaotique. Beaucoup de touristes, la musique était forte. Et c'est là que je l'ai remarqué.

– Felipe Juavez, le fils d'Enrique Juavez?

– Felipe Juavez, oui.

– Vous avez reconnu son visage ?

– Non. J'ai d'abord été attiré par un reflet du soleil : un type était au fond de la terrasse, accoudé au bar, il avait une montre en or et ça ne collait pas avec la combinaison d'ouvrier qu'il portait. Il était aussi le seul à ne pas avoir bougé. Je crois qu'il a esquissé un sourire en me reconnaissant.

– Le reflet, c'était le soleil sur la montre du père de monsieur Lacour ?

– C'est ce que nous découvrirons plus tard, oui.

– Et monsieur Lacour ?

– Toujours dans sa bulle. Il avait un casque audio sur les oreilles et il n'a pas réagi quand j'ai crié son nom. J'ai demandé à l'agent Blake de l'évacuer, puis je me suis avancé vers l'inconnu qui n'avait pas bougé du bar, j'ai dégainé mon arme et…

– Et ?

– C'est là que ça a foiré.

– C'est-à-dire ?

– J'ai demandé à l'homme de lever les mains, mais, au lieu d'obtempérer, il a sorti une arme – un Uzi, a-t-on identifié par la suite – qu'il avait plaquée dans son dos, sous sa combinaison. Il a braqué l'arme dans ma direction. J'ai tiré d'instinct, une balle dans le front, il est mort sur le coup.

Tony baissa la tête :

– Mais il a eu le temps de lâcher une rafale, avant.

– Monsieur Lacour, j'imagine que, même dans votre bulle, vous avez bien dû entendre la rafale, non ?

Tout ce dont je me rappelais, avant que la fusillade ne sème la panique et la mort, c'était que sa main s'était avancée et qu'elle avait attrapé une goutte sur ma joue.

Pourtant, il faisait beau ce jour-là…

– D'après le rapport, vous êtes donc resté debout, immobile.

– Et alors ?

– J'essaye de comprendre votre réaction.

– Parce que je suis resté debout et immobile ?

– C'était la panique, tout le monde s'enfuyait ou était allongé et vous, vous êtes resté debout. Votre amie s'est jetée au sol et vous, rien. Vous n'avez pas bougé.

– Quand les autres bougent, je reste immobile.

– Juste après l'échange de tirs, un agent a tenté de vous éloigner, mais vous l'avez repoussé.

– Je ne sais pas.

– Puis l'agent Becket s'est adressé à vous. Vous vous souvenez ?

– Non.

– Vous n'avez pas réagi, pas répondu. Et c'est à ce moment précis que vous vous êtes approché du corps de votre ami ?

Dans son regard, de l'incompréhension.

– Allongé sur le dos, il était mortellement blessé. Vous n'avez pas oublié, j'imagine.

De la peur aussi.

– Non, je me souviens. Il m'a regardé.

– Et vous vous êtes agenouillé, c'est bien cela ?

La flamme vacille, puis, plus rien. Son regard s'est... vidé.

– On s'en fout que je me sois agenouillé. Il est mort.

"Elle essaya d'imaginer à quoi ressemble la flamme d'une bougie après qu'on l'a soufflée[45]."

Pourquoi cette phrase était-elle venue à ce moment-là ? Pourquoi m'étais-je réfugié dans ses bras ? Un réflexe d'enfant ? Je n'étais pas cet enfant.

– Oui, il est mort. Votre ami est mort. Une balle perdue.

– C'est tellement con cette expression... "une balle perdue".

– Vous vous êtes accroupi ou agenouillé et vous avez posé vos mains sur la plaie. Vous vous souvenez ?

– On s'en fout.

– Puis, toujours d'après le rapport, vous avez relevé vos mains, elles étaient rouges du sang de votre ami et vous avez murmuré quelque chose.

– J'ai murmuré quelque chose ? Mais qu'est-ce que ça peut bien vous foutre tout ça ?

– Vous avez murmuré quelques mots en français apparemment. C'était une question semble-t-il. Vous vous rappelez ?

La flamme, la bougie, le regard qui s'éteint, l'absurdité... un écho lointain, une phrase innocente. Je me rappelais du phrasé, pas du passé. Mais le souvenir se reconstitua malgré tout

– C'était Alice, je crois.

– Alice ?

_____

[45] Lewis Carroll, *Alice au pays des merveilles.*

– Oui, elle m'a posé une question.

– Qui est cette Alice ? Agent Becket, il y avait une Alice sur cette terrasse ?

Tony ne réagit pas.

– Vous savez "combien de temps dure 'toujours'[46]", Perkins ?

– Quoi ?!

– C'était ça, la question. Elle m'avait déjà posé cette question. Il y a très longtemps.

– Elle a un nom de famille cette Alice ?

– Combien de temps dure 'toujours' ?, c'est vraiment absurde comme question, vous ne trouvez pas ? Aussi absurde que de mourir à cause d'une balle perdue. Une balle perdue sur une terrasse de café, tout cela parce qu'un jour, dans une salle des marchés, j'ai fait la connerie de décrocher mon téléphone. Vous appeler, venir vous voir et témoigner. Alors, c'était ça la putain de question. Il a expiré son dernier souffle et j'ai vu l'affolement dans son regard. De l'affolement et de la terreur. Il n'avait jamais peur de rien, Alex. C'était un bloc, un granit et à l'intérieur, c'était doux. Il souriait du cœur mon pote. Et à la fin, son dernier regard a été un hurlement, Perkins. Et je l'entends encore maintenant son dernier regard. C'était le tout dernier, vous comprenez ça ? Alors, vous qui savez tout, vous allez me répondre maintenant : combien de temps dure cet instant quand c'est le dernier ? Vous savez combien de temps dure 'toujours', Perkins ? Vous en avez la moindre idée ? Non, vous ne savez rien. Moi non plus d'ailleurs. Mais c'était ça, la putain de question sur cette putain de terrasse de café.

– Monsieur Lacour, pourriez-vous…

– Et vous savez ce que répond le lapin blanc ?

– Hein ? Quoi ? Un lapin blanc ?!

– "Parfois, 'toujours' c'est juste une seconde, Alice[47]". Juste une seconde.

---

[46] *Ibid.*

[47] *Ibid.*

15

Le parquet du salon protesta sous ses pieds nus. Le soleil inondait la pièce et la climatisation bourdonnait de colère. Gestes du quotidien, contourner le comptoir qui ouvrait sur une vaste cuisine, supprimer le vacarme d'une pression sur le boîtier, ouvrir la baie vitrée qui chuinta sur son rail, puis s'immobiliser sur le seuil en contemplant le spectacle. En quelques secondes, la chaleur s'épaissit et la brise profita de l'appel d'air pour soulever les pans de la chemise, qui caressèrent ses cuisses en se reposant. La mer saturait l'horizon. Une simple nuance de bleu dans un ciel turquoise. Un goéland frôlait la surface sans effort.

Angelica suivit la trajectoire.

Goéland ou cormoran, elle ne savait pas grand-chose sur les becs et les oiseaux. En revanche, elle connaissait le vent et les ailes. Cette glissade ou ce survol, et dans la brise qui permet l'envol, cordes de guitare ou de piano, la musique et les mots.

Je suis prête, se dit-elle, en se repliant dans la cuisine. Elle versa le café dans le mug rouge, tout en balayant l'espace du regard. Dans le coin opposé, le piano la narguait depuis plusieurs jours. Elle saisit l'anse du mug, ainsi qu'un stylo qui traînait sur le bar, s'approcha de l'instrument et caressa les notes, avant de s'asseoir sur le petit banc tapissé d'un cuir sombre. Ce piano était son confident. Il avait recueilli de tout temps ses pensées les plus intimes, ses rêves les plus fous. Elle déposa le stylo au pied de la feuille, qui avait frémi une fraction de seconde lorsqu'elle s'était installée, puis but une gorgée, déposa la tasse qui rougit de plus belle sur le piano blanc et plongea son regard dans le texte.

La musique avait besoin de mots.

Une main au-dessus du clavier, elle suspendit l'instant. L'accord était une projection. Mentale, émotionnelle, sa main n'était que le véhicule. Angelica ferma les yeux, prit une profonde inspiration, déposa sa main sur les touches et son pied effleura la pédale. Composer, c'était un saut dans le vide. Il fallait accepter de toute son âme cette prise de risque. Lâcher prise, songea-t-elle en relevant la tête, avancer sans rien savoir de la destination. La deuxième main rejoignit la première. La fusion devait être parfaite.

Les mots avaient besoin de musique.

L'accord surgit enfin. Aussitôt accompagné par une fugue lancinante, elle ponctua l'harmonie d'un deuxième accord. Elle accéléra progressivement le tempo tout en conservant la trame initiale, puis le rythme s'apaisa. C'était le moment d'expirer les paroles.

Voix grave, le couplet était sombre :

– 'Into the jungle of secrets and lies… He walks through the danger, under a falling sky… Playing his life, wearing a mask… For a bloody game, a mysterious task[48']…

Il y aurait une rupture mélodique, sa voix allait exploser dans un cri d'ici peu. Mais plus tard, se dit-elle, tout en ralentissant le tempo qui avait tendance à s'emballer. Une mèche de cheveux s'était échappée de son chignon, la virgule effleura la commissure de ses lèvres, elle ouvrit les yeux, ses doigts filaient sur les touches. C'était une poésie, les mots avaient un sens et le sens avait un rythme :

– 'I see his smile and all his tears behind… Hidden deeply, in his troubled mind… Who is this guy, in only a few words… Has stolen my heart, letters can be swords[49']…

Les deux autres couplets suivant dans la même modulation, elle prolongea la musique le temps de jeter un coup d'œil à la feuille et de s'approprier la suite. C'était le moment, ressentit-elle intuitivement. Exploser, tout lâcher ! La maîtrise et l'abandon, partir des graves et monter, de plus en plus et, dans l'ascension, alliage subtil, la force et l'émotion :

---

[48] "Enfoui dans la jungle des secrets et des mensonges… Il traverse le danger, sous un ciel tourmenté… Jouant sa vie, portant un masque… Un jeu sanglant, une mystérieuse destinée…"
[49] "Je vois son sourire et toutes ses larmes masquées… Cachées profondément, dans son esprit agité… Qui est ce type, qui en quelques mots… A volé mon cœur, parce que les lettres peuvent être des épées…"

– 'Tell me why there is a wall… I hear your cry, but no tears fall… Hold my hand, don't go away… Close your eyes and feel my pray[50]'…

Plus de mots, plus de musique, c'était le cœur qui s'exprimait. Variation, harmonie dans la fugue ensuite, puis rupture avec le dièse. Elle replia ses mains, souleva délicatement son pied de la pédale et savoura la dernière vibration. Le silence aussi avait sa musique. Elle hocha la tête, satisfaite de ce premier jet, glissa la mèche rebelle derrière son oreille et saisit le stylo qui coinçait la feuille posée sur le piano. Sans réfléchir, elle inscrivit quelques lettres au-dessus du texte, puis reposa le morceau de papier et découvrit son choix.

Le texte était bleu, le titre était rouge.

Échec & Masque

Un cadre de photo posé sur le piano lui tournait le dos. Elle le fit pivoter et contempla gravement le portrait. Le joueur d'échecs, réalisa-t-elle, en comprenant le sens des mots qu'elle avait déposés sans réfléchir sur la feuille. Et derrière le masque, sous le sourire, 'secrets and lies[51]'…

---

[50] "Dis-moi pourquoi y a-t-il un mur… J'entends tes pleurs, mais aucunes larmes ne coulent… Prends ma main, ne t'enfuis pas… Ferme les yeux et ressens ma prière…"
[51] "Secrets et mensonges".

16

La lumière sur le boîtier posé sur la table avait encore une fois viré au rouge. Perkins était sorti quelques instants plus tôt… avec mon lapin blanc. Il m'avait jeté un coup d'œil avant de disparaître, puis l'atmosphère s'était allégée lorsqu'il avait refermé la porte. Tony s'était levé et avait hésité avant de finalement faire le tour de la table et s'adosser contre le mur. J'avais profité de l'interruption pour revenir sur la discussion que j'avais eue plus tôt dans la matinée avec Matteo. Une manière comme une autre d'apaiser ce mal de tête.

Acheter une société, dans un délai d'un mois !? "Impossible", avait conclu Matteo. Impossible en effet, confirmai-je silencieusement en visualisant l'écueil. Cela dit, plus le problème était grand, plus la solution était simple. Soit elle était là et, en règle générale, il n'y en avait qu'une, soit c'était le mur.

Une fois éliminées les options classiques, il ne restait plus grand-chose. Ou alors… Une image se forma. Un paysage, un climat, une température. Pourquoi pas ? Je ne connaissais rien là-bas, mais il y avait quelqu'un qui pouvait m'aider. Un 'British' particulièrement agaçant, mais le meilleur dans ce genre d'exercice. Envoyer rapidement une demande d'assistance. Oui, quelques détails, mentionner l'urgence. S'il y a une ouverture, il la trouvera !

– Tu devrais faire attention, Gabriel.

Surpris, je relevai la tête. Tony venait d'enfreindre la règle que Perkins avait abandonnée juste avant de quitter la pièce. Ne pas communiquer, pas un mot, rien, avait-il grondé lorsqu'un agent l'avait sollicité à nouveau pour qu'il prenne une communication urgente.

– Attention à quoi ?

– Perkins.

– Je ne l'aime pas ton patron.

– Ne le pousse pas trop loin. Il peut être brutal. Et il est en position de force. Alors, fais attention. C'est pas un salaud, mais il est entêté.

– Un con, ça insiste souvent, je sais.

Tony hocha la tête. Je saisis mon téléphone et écrivis un long message. Une traduction de mon intuition en langage technique. Indicatif : Angleterre. Destination : les grands froids. Mission : trouver une cible !

La porte s'ouvrit et je reposai le téléphone après avoir pressé la touche 'envoi'.

– Désolé, mais je ne peux pas rester plus longtemps. Le gouverneur est dans tous ses états. Un petit malin joue avec des pétards au large de nos côtes et les installations pétrolières sautent les unes après les autres depuis ce matin. Agent Becket, vous assurez la suite ?

– Pas de problème.

– Autre chose. Un virus informatique a infecté les serveurs de la police et se propage. J'ai une équipe sur le coup, mais les Bleus[52] nous demandent de l'aide pour une intervention sur Ocean Drive.

– Quel genre ?

– Rien de précis. Signalement d'un suspect et probablement armé. Tu as qui sous la main ?

– Envoie Philips.

– OK.

– Et trois hommes pour l'accompagner, ça sera plus sûr.

Perkins acquiesça puis bascula une dernière fois dans ma direction :

– On m'avait prévenu à votre sujet et…

– Oui ?

– Et je viens de comprendre. Le lapin blanc, c'est 'Alice au pays des merveilles', c'est bien cela ?

– Une amie d'enfance, agent Perkins.

---

[52] Couleur des uniformes de la police.

– Évidemment ! Autant vous dire que je vais lire très attentivement la fin de votre interrogatoire.

– Pas un interrogatoire, une audition, vous vous souvenez ?

– Comme quoi, votre mémoire n'est pas aussi abîmée que cela.

– Jamais quand il s'agit de corriger vos approximations ! D'ailleurs, je viens de me souvenir.

– Lorsque nous nous sommes croisés ? J'en étais sûr. Je l'ai vu dans votre regard.

– Oui, sur la terrasse du News Café. Vous avez débarqué après la fusillade, n'est-ce pas ?

– Exact.

– Je comprends maintenant pourquoi je ne vous aime pas.

– C'était pourtant très furtif comme rencontre.

– C'était amplement suffisant, croyez-moi. C'est un peu confus, mais si je me souviens bien, vous m'avez dit : "Vous auriez dû décrocher votre téléphone. Rien ne serait arrivé si vous aviez répondu."

– C'était peut-être maladroit de ma part, j'en conviens.

– Et après vous m'avez également rappelé que j'avais refusé la protection rapprochée que le FBI m'avait proposé.

– Je ne me souviens pas de ça.

– Vous savez, mon vieux, j'ai deux ou trois autres adjectifs qui conviendraient mieux que… 'maladroit'.

– Vu le merdier de la situation et la pression, je voulais m'assurer que vous… Bref. Oublions ça si vous voulez bien.

– Je ne crois pas, Perkins. Je n'oublierai pas. Et plus tard, j'ai serré les poings, n'est-ce pas ?

– Sur la terrasse ? Oui. Je voulais vous embarquer avant que les journalistes n'arrivent, mais vous avez refusé de nous accompagner et j'ai, comment dire… insisté ? Et c'est là que vous avez serré les poings. J'ai même cru que le coup allait partir.

– Mais ce n'était ni l'endroit ni le moment.

– Une prochaine fois peut-être ?

– Avec plaisir, Perkins.

Échange de sourires de crotales que la porte découpa en se refermant un peu trop fort. Tony regagna sa chaise et plongea dans le dossier sans commenter l'affrontement puis extirpa une nouvelle liasse de documents qui, à vue de nez, se situait à la fin du paquet. Il releva la tête, me dévisagea comme si c'était la première fois, ouvrit la bouche, mais son téléphone bourdonna sur la table. Tony le saisit et un sourire illumina son visage. Il pianota un message : "17h45, sur les marches du palais."

– C'est pour qui ?

– Pour qui quoi ?

– Ce sourire.

Le mélange des genres était source de confusion pour lui. Il aimait les lignes droites et conserver le même rythme dans une conversation.

– Tu sais, il y a aussi du bien qui a poussé sur ce merdier.

– Comme quoi, rien de mieux qu'un bon fumier ! Et elle a un nom ?

Son sourire s'élargit.

– Jane.

J'avais vu le message qu'il avait envoyé. Ce rendez-vous sur les marches du palais de justice. L'association des deux, un prénom et un lieu, était évidente.

– Jane ? La Jane ? Celle que je connais ?

– Celle-là même, oui.

– L'assistante du procureur qui m'a tenu la main pendant l'audition ?

– C'est la mienne qu'elle tient maintenant, s'amusa-t-il, avant de reprendre son sérieux.

Il laissa filer quelques instants sur la table. Avant chaque acte, dans toute bonne pièce de théâtre, il y avait toujours une pause, une respiration. Je respectai la chose, parce que, sans mise en scène, la vie des hommes n'était pas très esthétique. Et puis, j'aimais bien ce type.

– J'ai vu la nouvelle dans les journaux, responsable de l'antiterrorisme alors ?

– La nomination est récente, mais oui.

– Félicitations. Et ça consiste en quoi ?

– C'est la même chose qu'avant. Avec d'autres enfoirés et d'autres accents.

– Je vois. Et ta présence ici aujourd'hui ?

– J'ai bossé plus de vingt ans sur ton dossier et celui de Juavez, donc…

– Bizarre de terminer un dossier comme ça. Non ? Après vingt ans, le seul type que tu auras attrapé, c'est moi ? Juavez doit bien rigoler.

Il ne répondit pas, indiqua le boîtier, je hochai la tête. On arrivait à l'épilogue. Le dernier acte. La lumière passa au vert et il se racla la gorge en humidifiant son index. Il parcourut différentes feuilles, en sélectionna une et la sépara de ses camarades. Là encore, des tas de points d'interrogation. Puis il saisit une pochette plastifiée dans le dossier et l'ouvrit.

– La tentative d'assassinat contre le sénateur Juavez a été couverte par les médias du monde entier, entama-t-il, tout en disposant une pile d'articles de presse entre nous. Mais j'imagine que vous avez suivi tout cela ?

C'était là… C'était maintenant… On était enfin arrivé à destination. Après l'épluchage de ma vie passée, c'était enfin le moment.

– Pas vraiment, mais j'ai vu quelques images aux infos.

– Il faut avouer que l'attaque était spectaculaire, n'est-ce pas ?

Je ne répondis pas. Chaque mot allait peser sur la suite.

– D'autant que le sénateur était le favori de l'élection présidentielle.

– Il devait avoir pas mal d'ennemis, répondis-je, en attrapant l'article de presse posé sur le sommet de la pile.

Chronique de Bill Allay : La mémoire et l'histoire.
The Miami Herald

Le 20ᵉ siècle a inventé la justice des mémoires. Initiée à Nuremberg, les fantômes pouvaient enfin s'apaiser. La reconnaissance des crimes contre l'humanité autorisait enfin les survivants à faire le deuil. Parce qu'un tribunal est aussi le cénacle où la mémoire

émerge des limbes. Avec le droit, la
civilisation des hommes domestique la
conscience et réanime, le temps du procès, la
parole de ceux qu'on avait oubliés. Dans
cette parole, l'humanité se dresse un court
instant au-dessus de sa condition, et
condamne l'atrocité.

– Beaucoup d'ennemis, en effet.

– Tu permets que je termine ?

Il hocha la tête, mais je n'avais pas attendu pour poursuivre ma
lecture.

L'arrestation était programmée et des
milliers de spectres s'apprêtaient à assister
à l'enfermement du boucher. Mais la mort
simultanée d'un juge à Guatemala City et de
son épouse à Miami, il y a quelques mois, a
suspendu une nouvelle fois le cours de la
justice. Or sans justice, la morale
s'effondre et la mémoire s'évanouit dans
l'histoire. J'avais partagé ma colère à la
suite de ce drame, en vous criant qu'en la
matière, et contrairement au titre de ma
chronique, il n'y avait ni mémoire, ni
histoire, ni justice, lorsqu'un génocidaire
bénéficiait de l'impunité et de l'oubli.

Comme je m'accorde dans cette chronique un
droit de poursuite, laissez-moi très
rapidement vous faire part d'une petite
correction. S'il n'y a que peu de mémoire et
si l'histoire, petite ou grande, a tendance à
se diluer dans notre amnésie collective, le
cynisme trébuche de temps en temps et la
justice peut pousser dans les endroits les
plus incongrus.

Le sénateur Juavez, candidat à la présidence
du Guatemala, a été grièvement blessé au
cours de l'enterrement de son fils. Cela fait
un mois, rien de nouveau me direz-vous ?! Eh
bien si. Une musique, une petite musique a
circulé de village en village, note par note,
jusqu'à finalement atterrir sur mon bureau.
Dans la mélodie qui circule, on parle d'un
fantôme qui aurait surgi d'une tombe, d'un
homme couvert de boue qui aurait hurlé sa
rage, tout en tirant. Rien n'est confirmé,
mais la mélodie est tenace et je trouve même
que l'image est belle. L'homme aurait échappé
à la traque et se serait évanoui dans la
nuit. Je ne sais pas qui est cet homme, mais,

à défaut d'un procès, ce hurlement de rage
est une justice comme une autre.

Je m'appelle Bill Allay, je me bats avec les
mots et les idées et vous, monsieur, pour ce
cri que vous avez poussé, pour la page que
vous avez écrite, vous êtes, à tout jamais,
mon frère d'encre et de sang…

Je reposai, sans la commenter, la coupure de presse sur la pile.

–Bien. Quelques semaines après la fusillade au News Café, vous avez décidé de vous rendre au Guatemala. C'est bien ça ?

– C'est exact.

– Quel était le but de ce déplacement ?

– Me rendre sur la tombe de mon père.

– C'était la première fois ?

– Je ne sais pas.

Tony m'observa, puis suspendit l'enregistrement. Je l'observai à mon tour, et il ne détourna pas les yeux. Il ouvrit finalement la bouche, sembla hésiter un instant, puis :

– Tu t'es déjà rendu sur cette tombe auparavant, Gabriel.

– Vraiment ?

– Tu ne te rappelles pas ?

– Je n'essaye pas. Je n'ai aucune raison d'essayer.

– Après ta libération à Flores, tu es revenu à Antigua. Et dès le lendemain, tu as demandé à te rendre sur cette tombe.

– Comment le sais-tu ?

– J'étais là. C'était moi qui conduisais. Une heure de route pour se rendre à ce foutu cimetière. J'ai parlé tout le long !

– Je ne savais pas.

– Tu ne te rappelles vraiment de rien ?

– Je ne sais pas. Peut-être. Si. Il y avait un chien ?

– En effet. Il y avait bien un chien.

– Je me souviens du chien. C'est tout.

– Tu ne te souviens pas d'un coup de feu ?

Quelques images circulèrent, mais rien de précis. Sauf que les cimetières avaient une dégaine de parcours de golf là-bas. Une pelouse à l'infini. Une pelouse et des trous.

– Non. Je ne me souviens pas d'un coup de feu. En revanche, il y avait un arbre. Un arbre gigantesque à côté de la tombe. C'est ça ?

– Tu avais sept ans. À sept ans, tout est grand.

– Oui. Et les racines formaient comme des nœuds. Je me souviens. Je ne le vois pas, mais je l'entends.

– Pardon ?

– Un grondement d'abord, puis une ombre qui se détache. Mais je ne sais pas si c'est un rêve ou si ça s'est vraiment passé.

– Ça s'est vraiment passé. Il y avait ce chien. Je ne l'ai pas vu tout de suite. J'étais resté dans la voiture.

– Et son museau est maculé de sang. Cette vision me fascine. Il ne me lâche pas du regard. Et puis, il fait un bond pour s'extirper des racines, avant de s'immobiliser. Il me domine de toute sa taille.

– Exact. C'est à ce moment que je l'ai aperçu. Et toi, tu avais tendu la main. J'ai cru faire une crise cardiaque. Ce chien était monstrueux, la gueule pleine de sang. Et toi, tu as approché la main de son museau.

– Je crois qu'à un moment, il s'est allongé. Il s'est allongé et j'ai fait comme lui. On s'est allongés sur mon père. C'est ça ?

– Oui. Il a reniflé ta main, il s'est allongé et tu t'es allongé sur la terre. J'ai tiré en l'air pour le faire fuir.

– C'était toi ?

– Oui. C'était moi. Le chien s'est enfui et tu n'as pas réagi. Tu t'es simplement redressé, puis tu t'es retourné dans ma direction et, je crois avoir vu dans ton regard que tu m'en voulais de l'avoir fait fuir. Mais tu n'as rien dit. Tu t'es simplement allongé de nouveau sur la terre. Et après, je t'ai ramené dans ta maison. Tu devais prendre un avion dans l'après-midi. Avec ton frère.

– Avec mon frère.

– Oui. Tu ne lui as pas parlé. Tu n'as rien dit. Ni à moi, ni à lui. À personne.

– OK.

– Une fois de retour à Antigua, après le cimetière, tu es allé dans une pièce au bout du couloir. C'était le dressing de ton père. Pendant de longues minutes, tu es resté là, à regarder les vêtements, sans bouger. Tu sais, tu n'as pas pleuré une seule fois. Pas de mots, pas de larmes. Ni à Flores quand je suis venu te récupérer, ni dans le cimetière, ni quand ton frère et les autres ont pleuré en te voyant. Pas un mot et pas une larme, rien. C'était étrange. Tu semblais… je ne sais pas. Bref, j'étais dans le couloir de cette immense maison et je t'ai vu faire.

– Faire quoi ?

– À un moment, tu t'es penché et tu as attrapé une paire de chaussures. C'était pas anodin, c'était même très réfléchi, comme si tu avais pris une décision. J'ai eu l'impression que ça venait de loin, tu vois ce que je veux dire ? En tout cas, c'est ce que je me suis dit en te voyant faire. Tu les as d'abord tenues contre toi, tu les as serrées dans tes bras et tu as fermé les yeux. J'ai vu ta bouche s'ouvrir, mais je n'ai pas entendu ce que tu as dit, et puis tu as retiré les lacets et tu les as fourrés dans ta poche. Ils étaient orange ces lacets.

– Vraiment ? Orange ?

– Oui, les lacets étaient orange.

– C'est amusant. Je n'ai jamais su d'où venait cette habitude. Ces lacets orange.

– Mais il s'est passé autre chose juste après.

Il semblait gêné et il suspendit la suite. En face à face, les mots avaient un autre poids.

– Je m'étais approché de quelques pas, toujours dans le couloir, et je t'observais. Après les lacets, tu t'es accroupi et tu as extirpé une boîte en bois qui était sous les vêtements et tu l'as ouverte. Tu l'as ouverte et… il y avait une arme. Un flingue de la Seconde Guerre mondiale.

– Le flingue de mon père.

– Oui. Il était beaucoup trop lourd. Tu étais maigre comme un clou après tous ces mois dans la jungle. Tu l'as pris avec tes deux mains et je me suis précipité pour te l'arracher.

– Je ne m'en souviens pas.

– J'ai rangé l'arme dans sa boîte et tu m'as regardé faire. C'était bizarre. J'étais presque gêné par ton regard. Et puis, tu m'as souri. Il

209

n'y avait rien d'amusant, mais tu as souri et pour la première fois tu m'as parlé. C'était en français, mais j'ai compris. Non, en fait c'était un mot en espagnol et le reste en français.

– C'était quoi ce mot ?

– 'Matar'.

– 'Matar' ? "Tuer" ?

– Oui. Tu l'as répété plusieurs fois et puis tu m'as dit…

– Tue-le ?

– Oui. Tu m'as dit : "Tue-le, s'il te plaît. Tue-le."

Il laissa infuser le souvenir. J'avais entendu, mais je n'avais pas fait le voyage. Tant qu'on ne conjuguait pas le passé, ce qui n'était plus restait dans son trou. Il pointa le doigt vers le boîtier. Je hochai la tête et la lumière repassa au vert.

– Vous vous êtes donc rendu au Guatemala. Quel était précisément le but de ce voyage ?

– Comme je viens de vous le dire : j'avais besoin de me rendre une dernière fois sur la tombe de mon père. J'avais récupéré sa montre, enfin, pour être précis, c'est vous qui aviez récupéré cette montre, que Felipe Juavez avait volée sur le cadavre de mon père. Felipe la portait à son poignet lorsque vous l'avez abattu durant l'opération à South Beach. J'ai simplement voulu la rapporter là où elle devait être.

– La rapporter ?

Évoquer une scène sans la visualiser, c'était un exercice d'équilibriste. Les images étaient enterrées dans un coin de ma tête. Je devais effleurer les souvenirs, sans provoquer d'association. Parce que tout était lié. Parce qu'il ne fallait pas réveiller les morts.

– Oui. C'était la montre de mon père. Sa place était là-bas.

– Je vois. À quelle date vous êtes-vous rendu sur la tombe de votre père alors ?

– Le 2 septembre de l'année dernière, répondis-je sans hésiter.

– Vous vous souvenez de la date ? C'est surprenant !

Il était repassé au vouvoiement. Pas formellement, mais dans son ton. Une prise de distance que j'accompagnais involontairement.

– Comme elle peut m'éviter la case 'prison', j'ai fait un effort.

– Donc, le 2 septembre de l'année dernière, vous vous êtes rendu dans ce cimetière à Guatemala City. Deux jours avant la tentative d'assassinat du sénateur Juavez, dans ce même cimetière, perpétrée par un inconnu. C'est bien ça ?

– Si vous le dites. Je ne connais pas les détails de cet… incident.

– Et vous n'avez rien à voir avec l'individu qui a tiré, blessant gravement le sénateur ? Aucune connaissance de ces évènements ?

– Malheureusement non. Mais si vous rencontrez cet homme, remerciez-le donc de ma part.

Tony garda le silence quelques secondes :

– Par quel moyen vous êtes-vous rendu au Guatemala ?

Changement de ton, il attaquait les détails. C'était compliqué les détails.

– Le clan Juavez étant particulièrement puissant, j'ai pensé qu'il serait prudent de faire une entrée discrète dans le pays.

– C'est-à-dire ?

– Eh bien, j'ai franchi la frontière en bus à l'aller, en provenance du Mexique.

– Et au retour ?

– J'ai pris un bus aussi, qui m'a déposé à proximité d'un autre point de passage.

– Et ?

– J'ai franchi à pied le poste-frontière, avant de reprendre un bus au Mexique jusqu'à l'aéroport, puis j'ai pris l'avion pour rentrer à Miami.

– Ce matin, vous avez laissé votre passeport à l'agent de l'accueil.

– En effet.

– Nous nous sommes permis de l'étudier et il n'y pas de tampons dedans. Aucune trace de votre passage de la frontière.

– C'est un nouveau passeport.

– Et vous avez égaré l'autre ? Celui avec les tampons, les dates et les preuves ?

– Malheureusement oui. Mais il suffit de s'adresser aux douanes pour vérifier.

– Le Guatemala ne conserve pas ces information. Du moins, dans les points de passage un peu exotiques. Et à ce sujet, à quel endroit avez-vous traversé ?

– Je ne comprends pas.

– Le point de passage à la frontière, quel est son nom ?

– J'en ai aucune idée, agent Becket.

– Et après le Mexique, vous êtes donc rentré immédiatement à Miami ?

– Non, j'ai passé un jour et une nuit à Mexico, avant de prendre mon vol de retour pour Miami.

– Donc, vous étiez à Mexico City et non au Guatemala le jour où la tentative de meurtre contre le sénateur Juavez a eu lieu, c'est ça ?

– C'est bien ça. Vous pouvez vérifier la réservation.

– Nous l'avons fait, monsieur Lacour. Il y a bien une réservation, mais l'hôtel dans lequel vous auriez séjourné n'a pas de système de surveillance. Aucune caméra pour prouver votre présence.

– Un hôtel pittoresque en effet. Pas de caméras, mais un excellent petit déjeuner.

– Vous avez effectué des achats sur place ?

– Rien de particulier.

– Utilisation de votre carte de crédit ?

– C'est le Mexique, le cash est roi !

Tony ne réagit pas. Il saisit enfin la photo posée devant lui et la regarda longuement.

– Je vais vous montrer une photo, monsieur Lacour. Et je vais vous demander de l'étudier attentivement. Prenez votre temps.

Je savais que j'étais soupçonné. Je ne savais pas qu'il y avait une photo !

– Cette photo a été prise au point de contrôle de La Mesilla, à la frontière avant Huehuetenango, le lendemain du jour où monsieur Juavez a été blessé dans le cimetière, entama Tony. Pour votre information, le sénateur a été touché par deux balles, tirées depuis un point situé à quelques mètres de la tombe de votre père.

– C'est étrange.

– En effet.

– La vie est vraiment taquine.

– Un homme a surgi d'une tombe et il a tiré. Ça n'a rien de… 'taquin'.

– Surgi d'une tombe ?! C'est effrayant !

– Mais il n'a fait que blesser le sénateur, ce qui, au vu de la distance présumée qui le séparait de sa cible, dénote un certain amateurisme…

– Tout fout le camp ! Si les assassins ratent leur coup à petite distance, où va le monde !

– … avant de s'échapper dans un pick-up, reprit-il, en contenant son agacement.

– C'est solide ces machines.

– Dans un pick-up et avec l'aide d'un complice.

– Et vous avez retrouvé le complice ?

– Ce n'est pas la question, monsieur Lacour ! Le problème que nous avons, c'est que l'homme qui apparaît sur cette photo vous ressemble étrangement. Et que, s'il s'agit de vous, nous avons un problème de date, vous l'admettrez avec moi. À vous entendre, vous auriez quitté le pays la veille de la tentative d'assassinat. Or, cette photo est datée du lendemain de ladite tentative. Vous comprenez ce que cela implique ?

Je repris la photo et l'inspectai. Toutes ces images passées avaient disparu. Ne subsistait que l'écho de la violence. Rien de conscient, juste un murmure dans ma chair. C'était étrange de n'avoir comme seul souvenir que les hoquets de la crosse d'une arme. Si je voulais, je pourrais les déterrer ces images, les réanimer, mais ça n'avait aucun intérêt. C'était plus simple de mentir en effaçant.

– Je comprends parfaitement, mais vous remarquerez non seulement que cette photo est de mauvaise qualité, mais aussi que ce type porte une casquette. Il me paraît un peu hasardeux d'en conclure qu'il s'agirait de moi. D'autant que j'avais quitté le pays la veille, comme je viens de vous le dire.

Tony baissa la tête un instant. J'étais dans son viseur et il avait le doigt sur la détente. Les bras croisés sur la table, sa position était inconfortable. L'une de ses mains s'écarta en direction d'une deuxième photo.

– Gabriel, dit-il en utilisant mon prénom sans même s'en apercevoir, nous pouvons vérifier la chose très simplement.

– Vraiment ? Alors, je vous en prie, Tony, je vous écoute. Allez-y.

La photo qu'il tenait me tournait le dos. Elle était plus grande que la précédente. Il fixa son regard sur ce que je ne voyais pas encore, puis m'affronta enfin.

Il paraît que la peur servait de signal, que c'était grâce à elle qu'on évitait de se retrouver dans ce genre de situation. Mais elle empêchait d'avancer aussi, elle empêchait d'éprouver également. Peut-être que la peur prenait sa source dans la mémoire. Peut-être que c'était dans le passé qu'elle puisait toute son énergie. Peut-être qu'à force d'effacer 'l'avant', 'l'après' ne pouvait plus s'appuyer sur elle pour m'alerter.

Un tic nerveux agita sa lèvre. Le temps s'étira. Il pensait, je dérivais…

Plus de vingt ans de chasse à l'homme et le néant comme conclusion. Comment te sens-tu, agent Becket ? Quel est l'équilibre ? La justice des hommes, l'injustice du monde ? Je ne sais pas, je ne comprends pas. Les autres sont un mystère. Les autres fonctionnent bizarrement. Ils ont peur, ils ont tous un passé. Ils ont toujours des tas de raisons, des tas d'explications pour faire ou ne pas faire. Malentendu suprême entre la connaissance et le conditionnement. Parce que lorsque mon présent est emprisonné par mon expérience passée, ma liberté d'être et de vivre… rétrécit. Or, c'est dans l'erreur que la liberté s'exprime aussi. Dans l'erreur, dans l'excès, dans l'inconfort et le déséquilibre. Tout ce que la sagesse et la maturité s'emploient de toutes leurs forces à… éviter.

On ne va jamais aussi loin que lorsque l'on se fout de savoir où l'on va !

Je l'observais, il m'observait. Mes pensées s'enchaînaient, mais elles avaient un goût de plaidoirie. Une tentative maladroite de rationaliser mon coup de folie ? La photo tremblait dans sa main. Il y avait donc bien un joker dans le jeu de cartes. Pas de peur, au contraire, un plaisir malsain. Foncer contre le mur ? Abats ta carte, Tony ! Prive-moi de ma liberté de jouer. Et en parlant de liberté, la mienne se jouait à l'instant. Sa main trembla de nouveau, la photo frissonna de plus belle entre ses doigts. Il retient le moment. Il hésite. Je le sens.

Enchaînement de pensées, le fatalisme faisait partie de mon 'package'. Ma vie avait basculé dans la jungle quand j'avais sept ans. Je n'étais que le fruit de cette bascule. Ni plus ni moins.

Tony suspendit ma digression en avançant finalement la photo dans ma direction. Bras en l'air, main tendue, l'image entre son index et le pouce. Ce n'était pas une main qu'il tendait : c'était un doigt accusateur, une dénonciation et une complicité coupable auxquels il s'abandonnait. Du moins, c'est ce que j'aurais éprouvé à sa place.

Mais je n'étais pas à sa place, alors saisir le cliché qui allait me faire plonger. C'était un agrandissement. On y voyait l'épaule de l'homme, et une trace sombre sur sa chemise. Photo en noir et blanc peut-être, mais cette tâche à l'épaule était rouge à l'origine.

J'ai toujours aimé le sang. Le mien, pas celui des autres. Bien que celui qui avait coulé dans ce cimetière ait été plutôt réjouissant. Je ne me souviens plus vraiment. Il pleuvait, j'ai hurlé et l'autre, l'enfoiré, il a saigné…

– Je suis censé voir quoi ?

On ne traversait pas ma vie sans rencontrer l'acteur. Quand on était un imposteur, feindre était une seconde nature. Sur la photo, c'était mon épaule. Et sur cette épaule, c'était mon sang.

– D'après les témoignages que nous ont transmis les autorités guatémaltèques, il y a eu des échanges de tirs immédiatement après la tentative d'assassinat. Les gardes du corps du sénateur et Catarina Juavez, sa fille, ont poursuivi l'inconnu qui avait tiré. Il aurait été blessé à l'épaule au cours de sa fuite. Catarina Juavez a été catégorique sur le sujet.

Je pris un moment pour contempler les cartes que j'avais en main. Il avait abattu son joker et je n'avais pas grand-chose à lui opposer. Mais à force de tordre mes pensées, une image se forma. Une image, c'était pas si mal pour tenter le coup.

– D'après vous, Catarina Juavez m'a suivi cette nuit-là, l'hiver de je ne sais plus quelle année, la soirée de la banque dans ce château, n'est-ce pas ?

Surpris par ce virage, il croisa les bras.

– Et alors ?

– C'est qu'elle me connaît, non ?

– En effet.

– Si elle me connaît, elle m'aurait reconnu dans ce cimetière, j'imagine, non ?

Tony fronça les sourcils, mais ne répondit pas.

– Si elle a vu l'épaule, si elle a confirmé avoir blessé cet homme dans le cimetière, elle a aussi vu son visage, alors je vous pose la question, agent Becket : est-ce qu'elle m'a identifié dans ce cimetière ?

Un petit coup de poker. Je n'avais aucune idée de ce qu'elle avait pu dire ou ne pas dire. Ne rien savoir, ça rendait la partie encore plus... séduisante !

– Non, soupira-t-il.

– Non, elle ne m'a pas identifié ?

– Il faisait sombre, il pleuvait à torrents et la scène n'a duré que quelques secondes.

Un peu plus en fait...

– Trop sombre pour un visage, mais assez clair pour une épaule, agent Becket ? Vous êtes sûr que ça tient la route ?

– Un garde du corps vous a identifié, monsieur Lacour. Dans le rapport que les autorités guatémaltèques nous ont transmis, le témoignage est précis.

Au bord du précipice, quel pied ! La vie se matérialise enfin, dans toute sa splendeur, dans toute sa fragilité.

– Vous m'en direz tant ! Donc, un type que je n'ai jamais vu m'identifie, mais cette Catarina Juavez, qui m'a suivi et me connaît, ne l'a pas fait ?

Finie la comédie, plus besoin de faire semblant. Un pas en avant et le vide vous aspire. Alice et le puits, Alice et le miroir. Elle avait raison, je l'ai toujours su.

– Il n'y a pas que ça, murmura-t-il.

– Pardon, Tony ? Je ne t'ai pas entendu.

– Je disais, il n'y a pas que ce témoignage qui potentiellement vous incrimine.

– Quoi d'autre ?

– C'est simple. Montrez-moi votre épaule, monsieur Lacour. Si vous êtes innocent et qu'il n'y a aucune cicatrice, cela mettra fin à cette audition.

– Je peux te poser une question ?

– Oui.

– Je ne comprends pas. Pourquoi tout ce déballage sur Genève ? Pourquoi m'avoir forcé à revenir en arrière, s'il suffisait de me demander de…

Suspendre la phrase, prise de conscience, comprendre…

– S'il suffisait de quoi ? Vous n'avez pas fini votre phrase.

– Je viens de comprendre. C'est tellement évident. Preuve circonstancielle ? C'est bien comme ça que l'on dit ?

– Pardon ?

– Si j'ai une cicatrice sur l'épaule, ça sera un indice, mais en aucun cas une preuve de culpabilité. Et vous n'avez rien d'autre, c'est ça ? Une vague concordance sur mon déplacement là-bas, mais ce n'est pas suffisant. D'où le déballage. Revenir en arrière, mon passé, mes réactions, c'était pour compléter le dossier. Fournir au procureur les pièces manquantes. Façonner un portrait.

– Je ne…

– Alors, c'est pour ça que tu m'as convoqué, Tony ? Satisfaire les demandes d'un boucher, fouiller dans mon passé pour présenter un profil psychologique ? Me piéger avec un témoignage foireux pour couvrir le merdier que vous avez foutu ?

Sa main trembla, avant qu'il ne referme le poing.

– Ce n'est pas…

– "Impulsif" a dit Perkins. Je suis donc coupable !

– Puisque vous n'êtes pas l'inconnu qui était dans le cimetière et que, par conséquent, vous n'avez pas pu être blessé à l'épaule dans la fusillade, cela ne devrait pas vous poser de problème, n'est-ce pas ?

– Et toi ?

– Quoi moi ?

– Ça ne te pose aucun problème d'assister un assassin ?

– Je suis la procédure. Ce n'est pas moi qui décide.

217

– 'Jawohl[53] ! Super confortable la procédure, pour se planquer.

C'était à lui de traverser le miroir pour me rejoindre. Alice, encore Alice.

Tony détourna le regard, écorna mécaniquement le coin supérieur gauche de la feuille qu'il tenait dans ses mains et la reposa sur la table. J'avais lu une histoire sur un type qui lisait un bouquin dans sa cellule de prison. La grille s'était ouverte, c'était le moment. Avant de se lever, avant de se faire guillotiner, avant de se faire raccourcir, il avait, lui aussi, écorné une page, un marque page dans son bouquin, pour 'l'après'. Mais il n'y avait pas eu d'après pour lui, et il n'y en aurait pas non plus pour moi d'ailleurs. Je n'avais pas de livre et dans cette histoire, mon seul marque page, totalement dérisoire, c'était mon sourire.

Tony releva la tête, s'arrêta un court instant sur mon sourire et conclut sa course en affrontant mon regard.

– Votre épaule, s'il vous plaît.

– On n'échappe que rarement à son passé, n'est-ce pas, agent Becket ?

– Rarement.

– Ni à son destin, j'imagine, murmurai-je en déboutonnant ma chemise.

Bouton après bouton, c'était interminable. Et tellement trop rapide ! Ma main glissa finalement sous le tissu, à la hauteur de mon cou. Mes doigts effleurèrent la cicatrice sur mon épaule, une très légère boursouflure et, à son contact, une vision se matérialisa. Une diversion salutaire.

À mon retour à Miami, après le Guatemala, le cimetière, l'orage et les cris, je n'avais pas hésité lorsque je l'avais retrouvée. Dans la salle de bain, torse nu, ce passé avait l'odeur du désinfectant.

Imbibée de sang séché, la bande de gaze avait protesté, avant de finalement accepter de se décoller de mon épaule.

– Tu es tombé ? grimaça-t-elle, en découvrant la plaie. Vraiment ?

Le sang avait profité de l'opération pour repartir à l'attaque de mon bras. La tête penchée, une mèche de ses cheveux effleura ma peau. Je frissonnai de plaisir, alors qu'elle s'employait à colmater les brèches. Puis elle releva son visage et plongea ses yeux de husky dans les miens. Deux ou

---

[53] "Oui bien sûr !" en allemand.

trois îles flottaient dans le gris de son regard. Question de marée, d'éclairage, je ne savais jamais.

– Il y a un problème ?

– *Alors ? insista-t-elle.*

– Aucun problème, agent Becket.

Hier, aujourd'hui, demain, c'est une simple conjugaison. Rétrécir le champ, je suis plus à l'aise au présent.

– *Gabriel ? s'obstine-t-elle.*

Accentuation dans l'urgence, le premier point d'interrogation est toujours doux, le deuxième est souvent plus appuyé. Je connais ses enchaînements, elle a besoin de réponses. Elle nettoie la plaie avec un coton imbibé d'alcool, des filaments se sont accrochés. Encore une fois, elle redresse la tête, encore une fois, une mèche de ses cheveux effleure mon bras.

– Monsieur Lacour, je crois que…

– J'arrive, Tony, l'interrompis-je, en ordonnant à ma main de poursuivre son chemin sous le tissu.

J'avais dit la vérité à Angelica à l'époque. J'en étais convaincu !

– *Arrête de sourire et dis-moi !*

– 'Moi'.

– *Très drôle !*

Son sourire s'estompe juste après, pas le mien. Elle repart à l'attaque :

– *Tu es vraiment tombé ?*

J'avais répondu à sa question, j'avais dit la vérité, puisque j'avais déjà tout effacé.

– *Je tombe souvent, Angelica. Je tombe tout le temps…*

17

Le téléphone sonnait, mais Jerry ne réagit pas. Il savait que c'était son courtier à New York, et il savait pourquoi il appelait.

La nouvelle avait flashé sur ses écrans. Un bandeau rouge dans le défilé permanent d'informations qui alimentaient son Bloomberg avait titré, sans apporter d'autres détails : "Explosion sur une plate-forme au large de Miami".

Après une chute dramatique dans la matinée, conséquence de l'annonce de deux fuites sur les pipelines de la société, Transocean s'était effondré de 40% en quelques minutes. Et quelques heures plus tard, cette explosion l'avait condamné. Comme après une crise cardiaque, le graphique de l'action avait absorbé la nouvelle en se mettant en mode… létal. Un simple trait horizontal signifiant que les opérations avaient été suspendues le temps que le système absorbe les ordres de vente. Jerry pianota une série d'instructions. Il y avait un marché gris, non officiel, qui donnait une indication sur l'évolution des cours avant la reprise de la cotation. Le prix sembla trouver un équilibre, puis le mouvement baissier s'accéléra encore une fois. Toujours pas de cotation. La deuxième vague, songeait Jerry, alors qu'un point apparut finalement sur son graphique. Perdu au milieu de nulle part, il était suspendu dans le vide. La cotation avait repris et le trou était abyssal !

Ses téléphones sonnaient sans interruption maintenant, mais Jerry était trop absorbé par l'analyse de ses graphiques pour décrocher. Il se retourna et jeta un rapide coup d'œil en direction du bureau de Gabriel : il était vide. Aucune importance. Il n'y serait pas allé de toute façon. Pas maintenant, pas encore.

Il décrocha enfin le téléphone :

– Jerry ?

– Oui.

– On fait quoi avec la position ?

Jerry reporta son attention sur la nuée de points. Il avait vendu le titre à découvert quelques jours plus tôt et, avec la baisse, ses gains dépassaient les trente millions de dollars. Il observa le combat entre les vendeurs et les acheteurs, puis :

– On clôture. Rachète sur les niveaux et on n'y touche plus.

– OK, répondit son courtier, qui passa l'ordre instantanément.

Matteo visualisa l'instruction sur son ordinateur qui était lié au système de transaction du courtier new-yorkais. La position se déboucla en quelques minutes et son système ajusta instantanément les gains.

– Putain ! murmura Matteo en découvrant la somme.

Il se leva, traversa l''open space' et s'approcha du bureau de Jerry. Il se fit violence pour habiller son visage d'un sourire avenant. Ce type l'horripilait, mais il fallait bien lui reconnaître un sacré talent.

– Joli coup, dis-moi. Tu as fait comment ?

– J'ai fait comment quoi ? répondit la nuque du jeune homme, qui ne daigna pas se retourner.

– Transocean, Jerry. T'as fait comment pour Transocean ?!

Jerry Goldman pianota sur son clavier. La myriade de points prit possession de l'écran et il montra du doigt une zone :

– Il suffit d'ouvrir les yeux.

Matteo s'inclina légèrement. Impossible de distinguer la moindre cohérence dans ce bordel.

– Et pourquoi vendre maintenant ? reprit Matteo, en voyant le titre s'enfoncer davantage.

– Parce que je ne comprends pas, répondit Jerry, en décrochant de nouveau son téléphone.

Matteo s'éloigna et Jerry saisit le document qu'il venait d'imprimer. Il relut les indications. Un contrat de prêt d'une banque, avec un seuil de déclenchement de garantie. En dessous de vingt dollars, la banque avait l'option d'acheter les actions de la société afin de garantir le remboursement du prêt.

Il reporta son regard sur le graphique. Les acheteurs étaient présents, les blocs étaient clairement visibles et, pourtant, le titre ne remontait pas. Deux pipelines, puis la plate-forme : Transocean était passée en quelques heures du statut de coupable d'une catastrophe écologique, à celui de victime. Après l'effondrement du cours, sa valorisation en bourse aurait dû obligatoirement remonter. L'incident était grave, mais la société était saine. Elle surmonterait le choc. Pourtant le prix ne remontait pas. Quelque chose n'allait pas. Il y avait encore cette même anomalie.

L'action cotait trente dollars. Plus de 60 % de baisse en un jour. À ce niveau-là, pas un professionnel ne jouerait le titre à la baisse. C'était impossible, et pourtant…

Jerry repéra un mouvement. Puis un autre encore. Aucun doute, il y avait encore quelqu'un. Il saisit le combiné, appuya sur la touche et la communication s'établit presque instantanément avec New York.

– Jerry ?

– Le seuil de déclenchement est de vingt dollars, c'est bien ça ?

– J'ai eu l'info par l'un de nos banquiers d'affaires. En dessous de vingt dollars, Transocean se fait bouffer par son banquier, lui confirma le courtier.

– Absurde !

– De moins en moins. On s'en approche même de plus en plus.

– Et dans le marché, qui est-ce qui joue ?

– Je ne sais pas, il est planqué.

– Pas tant que ça. Je le vois. Tu as pu remonter jusqu'où ?

– Une plage et du soleil, mon pote.

– Cayman ?

– Centralisé là-bas, mais ça arrive de partout. Quelqu'un neutralise le rebond.

Jerry garda le silence. Les ordres d'achat apparaissaient, mais, à chaque fois, un bloc à la vente surgissait et neutralisait la hausse. Quelqu'un vendait massivement, sans que Jerry puisse comprendre le raisonnement. Et ce quelqu'un étant abrité derrière le secret bancaire, impossible d'en savoir plus.

– Tu veux jouer ?

– Pas encore. C'est trop tôt.

Jerry raccrocha.

Un seuil de déclenchement à vingt dollars. Absurde ! se dit-il une nouvelle fois.

Il composa une série de codes. Après la chute de l'ensemble du secteur, toutes les sociétés pétrolières affichaient des rebonds spectaculaires. Toutes, à l'exception de Transocean.

– Réunion dans mon bureau dans quinze minutes, l'interpella Matteo.

Et quelques secondes plus tard :

– Tu as entendu, Jerry ?

Donner à l'autre ce dont il avait besoin. Reprendre la question et en modifier les extrémités :

– J'ai entendu, Matteo.

Le sens n'avait aucune importance. Les attentes et les besoins étaient le plus souvent primaires. Le tout était de participer sans jamais s'impliquer. Sans se noyer.

18

Les deux voitures du FBI se garèrent dans la contre-allée.

Un clochard allongé à même le sol releva la tête et, un peu plus loin, d'autres silhouettes fantomatiques se dessinaient dans la brume. L'agent Philips s'extirpa du siège passager et sortit de sa poche un mouchoir blanc pour s'éponger le front. Le taux d'humidité atteignait un record et l'averse brutale qui avait noyé la ville en quelques minutes n'avait pas amélioré les choses. Le soleil était revenu et une vapeur nauséabonde rampait dans la ruelle. Il jeta un regard aux alentours. On était loin de l'image que la ville vendait aux touristes. Comme souvent ici, il y avait la face et l'envers du décor.

Et ces deux réalités se côtoyaient sans jamais vraiment se rencontrer.

Philips fit quelques pas et s'immobilisa au bout de la ruelle. Une éternité qu'il n'était pas sorti en opération. À quelques mois de la retraite, il n'était plus vraiment en condition. Intervention, planque ou filature, son corps était fatigué. C'était aux autres de prendre le relais, se dit-il en jetant un regard aux agents qui l'entouraient. Place à la jeune génération. Donc oui, il s'était renfrogné, et les agents s'étaient gentiment moqués de lui, lorsque Perkins lui avait ordonné d'assurer la mission. Le FBI et la police ne s'entendaient pas toujours très bien, alors filer un coup de main aux hommes en uniforme, de temps en temps, ça mettait de l'huile dans l'engrenage. Il avait protesté, mais Tony était bloqué dans une salle d'interrogatoire et le boss avait tranché.

Sur sa droite, l'océan tapissait l'horizon. Ocean Drive longeait le bord de mer et le quartier Art déco. Sur sa gauche, Collins Avenue et puis Washington Avenue. Des bars, des restaurants ou des boîtes de nuit. Si South Beach vivait la nuit, la journée, elle avait une dégaine de poivrot. Le quartier avait la gueule de bois, songea-t-il en s'engageant dans la rue. Au coin d'Ocean Drive et de la 8ᵉ, un flic les attendait. Debout devant sa moto, dont les chromes scintillaient au soleil, le policier s'était éloigné pour rejoindre la tache d'ombre qu'un palmier projetait sur le bas-côté. Philips s'engagea sur le trottoir, contourna l'un des nombreux nids-de-poule en évitant soigneusement de mouiller ses chaussures, serra la main du policier et présenta rapidement ses collègues. Les trois agents qui l'accompagnaient étaient beaucoup plus jeunes que lui. Et beaucoup plus aguerris à ce type d'intervention aussi.

– Quel est le problème ?

– On m'a donné l'ordre de vous attendre ici. Un individu suspect : un mètre quatre-vingts, corpulence normale, valise à la main, armé. Il serait peut-être accompagné de deux autres hommes, aucun signalement précis.

– Identité de la personne qui a donné l'alerte ?

– Il a raccroché sans la communiquer.

Le policier avait regagné sa moto et, après l'avoir enfourchée, avait soulevé un court instant son postérieur de la selle brûlante.

– C'est tout ?

Il enfila son casque et réajusta ses lunettes de soleil.

– C'est tout. Toutes les communications radio sont coupées. Je ne sais pas ce qui se passe, mais c'est un bordel total. On a une recrudescence d'appels d'urgence aux quatre coins de la ville, mais la plupart d'entre eux sont bidons.

– Et il est où votre bonhomme ?

Le policier indiqua du doigt le café au coin de la rue.

– Premier étage, il n'y a qu'une porte. Désolé les gars, je ne peux rien vous dire de plus, répondit-il, en pressant le bouton avec son pouce. Bonne chance !

La moto gronda docilement. Le policier rabattit la béquille, démarra en trombe et Philips le regarda s'éloigner en s'épongeant encore une fois le front.

– Je déteste travailler à l'aveugle, bougonna-t-il à l'attention de son équipe.

Il regagna son véhicule, s'affala sur le siège tout en laissant la portière ouverte, et saisit le micro :

– Agent Philips pour Central ?

Seul un grésillement répondit à l'appel.

– Central ?

Philips bascula sur le canal d'urgence :

– Agent Philips pour Central, il y a quelqu'un ?

Toujours rien. Il patienta quelques secondes, puis raccrocha le micro sur son support, poussa un juron et sortit son portable pour composer le numéro du bureau. Le téléphone égrena un long chapelet de sonneries, avant qu'une voix ne réponde enfin.

– Ici l'agent Philips, nous sommes en intervention et notre radio est HS.

– Ce n'est pas votre radio qui a un problème, agent Philips, c'est tout le système qui est en panne.

– Super ! maugréa Philips. Passez-moi l'agent Becket.

– Un instant.

Philips releva la tête. Les sans-abri se tenaient prudemment à l'écart des deux véhicules, mais il était toujours préférable de surveiller le périmètre. Dans cette pauvreté, il y avait aussi pas mal de déséquilibrés.

– Agent Philips ?

– Je suis là.

– Désolé, mais l'agent Becket a quitté l'immeuble.

– Génial ! ironisa-t-il, en regrettant la climatisation qui berçait habituellement ses journées. Prévenez-le que nous débutons l'opération…

Et, levant la tête pour lire le numéro de la rue :

– … sur Ocean Drive, angle de la 8e.

– C'est noté, agent Philips.

Il raccrocha, s'extirpa de la voiture péniblement, puis rejoignit ses agents qui patientaient devant la terrasse du café. Il pointa du doigt l'escalier qui, au fond de la terrasse, grimpait le long du mur et ses hommes se mirent en mouvement.

La musique était assommante et quelques couples étaient déjà en train de s'assembler sur une piste de danse improvisée. La terrasse était bondée de rires et de regards appuyés. Philips n'aimait pas ce quartier. Ça sentait la transpiration et le foutre. Il bouscula un homme qui, le bras en l'air, s'excitait dans son short au son d'une musique improbable, un 'shot' de tequila à la main, et il traversa la terrasse jusqu'à l'escalier. L'un de ses hommes l'avait précédé, les deux autres suivaient. Il grimpa les marches une à une et déboucha sur un long balcon qui surplombait une cour intérieure. Son équipe se posta de part et d'autre de la seule porte. C'était lui le patron. C'était à lui de jouer.

Il sortit de nouveau son mouchoir pour s'éponger le visage et l'enterra presque immédiatement au fond de sa poche. Ce n'était plus un mouchoir, c'était une éponge. Il hocha la tête à l'attention des trois agents qui avaient déjà dégainé leurs armes, et frappa avec autorité contre la porte.

– FBI, ouvrez !

Un grondement sourd résonna.

Surprise, Jane Croft, qui réorganisait les dossiers dispersés sur son bureau, releva la tête, puis se dirigea vers la fenêtre. Le ciel était bleu azur, aucun nuage à l'horizon, mais Miami était capricieuse et les nuages avaient l'habitude de faire la fête en bord de mer.

Au pied des marches du palais de justice, la circulation était dense et le bruit de sirènes de voitures de police lui parvenait. Encore du travail en perspective, se dit-elle en découvrant en contrebas les lumières caractéristiques du véhicule de Tony. Jane esquissa un sourire, se détourna de la fenêtre pour retourner à son bureau, déposa le dernier dossier sur la pile, saisit son sac à main et s'engagea d'un pas léger dans le couloir qui menait aux ascenseurs.

Elle se faufila jusqu'au fond de la cabine, jeta un coup d'œil à son reflet dans le miroir, puis se retourna alors que la porte coulissait à nouveau à l'étage inférieur. C'était l'heure de pointe dans les ascenseurs du bâtiment.

Tony avait levé la tête en quittant son véhicule. Le ciel était bleu. Pourtant le coup de tonnerre qu'il avait entendu avait été particulièrement violent. Il reporta son attention sur le parvis. Les marches étaient encombrées d'une foule de fonctionnaires pressés. Il savait précisément ce que Jane allait faire sitôt la porte franchie : elle détacherait son chignon et passerait une main dans sa chevelure blonde qui profiterait de cette liberté retrouvée pour se répandre dans son dos. Un vrai rituel, sa manière de retrouver la femme qu'elle était après une journée à n'avoir côtoyé que la criminalité et la misère. Tony était un homme d'habitudes et ce rituel était devenu un rendez-vous dans sa vie. La journée avait été éprouvante et ce retour à la normalité apaisa la tension accumulée.

Il replongea un court instant dans l'ultime face-à-face auquel il s'était livré avec Gabriel et deux scènes se superposèrent : le silence buté de cet enfant qu'il était venu chercher, et ce même silence qui avait ponctué son audition. Une journée complète de questions et à la fin…

Toujours ce sourire qui glissait sur son visage. Exactement le même sourire que celui que l'enfant lui avait adressé à l'époque, lorsqu'il avait tenté d'obtenir des réponses. Le même sourire et une mouche !

– Quel con ! murmura-t-il en extirpant son téléphone portable de la poche intérieure de sa veste.

Il visualisa le nom de Perkins sur l'écran et décrocha :

– Patron ? Ça tombe bien, j'allais t'appeler. Au sujet de l'épaule de…

– Ocean Drive et la 8ᵉ, Tony. Une explosion, fonce !

Jane s'écarta de quelques pas des portes, puis s'arrêta un instant sur le parvis. Elle détacha son chignon pour libérer ses cheveux. Le soleil éclaboussait la pierre, elle cligna des yeux en parcourant les marches et aperçut Tony qui s'engouffrait précipitamment dans sa voiture. Elle leva la main et cria son nom, mais il était trop tard : la voiture démarra en trombe et Jane baissa le bras. Encore une urgence, soupira-t-elle, en sortant son téléphone de son sac à main. Elle ôta sa boucle d'oreille et appuya sur la touche préenregistrée.

La sonnerie résonnait lorsque sa poitrine se pinça. Elle vacilla. Un pas en arrière, puis un autre. Sa boucle d'oreille roula en tombant sur la première marche et vrilla sur la seconde avant de s'immobiliser.

Le choc d'abord, l'incompréhension ensuite, la douleur enfin. Une tache rouge s'élargit sur son chemisier. Le téléphone lui échappa des mains.

Un hurlement retentit, puis un autre…

19

La restitution n'était pas parfaite, mais l'essentiel était là. Le squelette de la musique était enregistré sur son ordinateur, la mélodie au piano était terminée.

Après plusieurs écoutes, Angelica avait déposé sa voix, puis effectué les premiers réglages sur la balance du logiciel et, sans s'interrompre, si ce n'était pour refaire le plein de caféine tout en se maudissant d'avoir arrêté de fumer, elle avait procédé à des enregistrements supplémentaires. Des variations dans la tonalité de la version originale, qu'elle avait ensuite superposées à la copie initiale afin de donner de la profondeur à certains passages. Enfin, était venu le moment de sélectionner les instruments : infinité de possibles, elle avait attaqué la construction par la rythmique. Suivre son instinct, lâcher prise, se répétait-elle, lorsque son cerveau prenait le pas sur l'émotion.

Confrontée à la multitude d'options proposées par le logiciel, l'avocate se réveillait. Mais l'avocate n'était pas une artiste. Impossible de rationaliser cette démarche. L'artiste et l'avocate, l'abandon ou le contrôle, c'était un combat permanent chez elle. L'artiste devait s'oublier et dans ce lâcher-prise, le désir devenait vaporeux. L'inspiration n'avait aucun socle, aucune matérialité. La création était aussi fragile qu'un rêve. Et il n'y avait pas de Code de procédure du rêve. Pas d'article ou d'alinéa ni aucune table des lois. Il n'y avait aucun repère si ce n'était… se laisser aller.

Angelica saisit l'ordinateur qui était posé sur le bar, attrapa le mug et sauta du tabouret. Elle hésita un court instant. La terrasse était en plein soleil. Finalement, elle opta pour la fraîcheur de la chambre. Quelquefois, il fallait changer le décor extérieur pour qu'à l'intérieur un mouvement créatif s'engage. C'était souterrain, c'était mystérieux. Créer, c'était une délicate tectonique des plaques qui déplaçait des montagnes, sans que jamais on sente le mouvement.

Elle déposa le mug sur la table de nuit, s'allongea sur le lit, replia ses jambes, l'ordinateur sur ses cuisses, et elle rebrancha le casque.

Angelica écouta, encore et encore, et ses lèvres se tordirent de frustration lorsqu'elle prit conscience du chemin qu'elle avait emprunté. Elle avait opté pour un rythme tribal en introduction, tambours sourds, puis des cordes en accompagnement du piano. Pendant plus d'une heure, elle s'était acharnée à construire l'échafaudage, jusqu'à découvrir qu'elle s'était cantonnée, par confort, à une version classique. La mélodie était belle, originale, puissante même, mais par facilité, elle avait façonné une version de type Elton John.

Non ! Elle devait oser, s'écarter et tracer son propre sillon. Balayant le conformisme qui l'étouffait, elle modifia d'instinct l'ambiance d'une simple note. Un son électronique, une note grave, artificielle. La note s'estomperait, mais serait toujours présente tout au long de la chanson. À peine perceptible et pourtant essentielle. Le piano ensuite, puis une variation électro ainsi qu'une rythmique sèche. Et sa voix enfin. Elle ramena l'enregistrement au début en faisant glisser le curseur, puis cliqua sur 'play' et ferma les yeux. Un peu moins de trois minutes plus tard, elle dégagea le casque de ses oreilles et expulsa un soupir de soulagement.

Si une chanson était une maison, elle avait trouvé les fondations. Dans la vie ou dans la chanson, elle avait besoin de terre sous ses pieds. D'un plancher pour avancer. Son regard se déposa involontairement sur le miroir qui faisait face au lit et elle sourit : sous la rose qui y était dessinée depuis si longtemps, de nouvelles lettres se détachaient sur la surface, avec, comme toujours à la fin, les trois points de suspension. Elle ne les avait pas remarqués ce matin, en se levant.

"Ma fleur est là, quelque part...[54]"

'Le Petit Prince' et la rose, la référence est bonne, s'amusa-t-elle. Parce qu'il y avait toujours un message dans le message, une allusion qu'elle devait décrypter et, pour une fois, la référence était limpide.

La fenêtre était grande ouverte sur l'obscurité, la couette avait glissé au pied du lit, la pluie s'était interrompue, pas de vent, aucun

---

[54] Antoine de Saint-Exupéry, *Le Petit Prince*.

bruit, se remémora-t-elle en glissant dans le souvenir de la nuit dernière.

"'Le Petit Prince', l'apprentissage des sentiments, avait-elle confessé. Et toi ? Ta première lecture ? 'Peter Pan[55]', j'imagine ?"

Son regard s'était dispersé sur le plafond de la chambre et son sourire s'était élargi. "'Alice au pays des merveilles', avait-il finalement répondu, le vertige quand elle tombe dans le puits et toutes ses phrases lunaires dont je traquais le sens."

"Donne-m'en une, tout de suite !" l'avait-elle défié.

"Suis-je devenu fou ? Oui, je pense Chapelier. Mais je vais te dire un secret : la plupart des gens bien le sont[56]"

Absurde, fou et merveilleux, songea-t-elle, en reposant son mug sur la table de nuit.

L'absurdité ! C'était un déplacement, une créativité poétique, c'était cette direction qu'elle devait prendre. Elle posa ses mains sur les écouteurs qui s'étaient repliés au-dessus de sa poitrine, réajusta le casque sur ses oreilles et relança l'écoute du titre sans entendre la sonnerie du téléphone.

---

[55] Roman de James Matthew Barrie.
[56] Lewis Caroll, *Alice au pays des merveilles*.

20

– '**C**azzo57' !

Sous la pression, le combiné du téléphone ressortit de son emplacement et Matteo dut s'y reprendre à deux fois avant de finalement le stabiliser dans le socle. Impossible de joindre Gabriel sur son portable et pas plus de succès sur le numéro privé.

L'un des deux analystes financiers qu'il avait convoqués dans son bureau esquissa un sourire, une grimace qu'il se chargea de réduire en poussière en un regard. Sur sa gauche, le costume marron de Jerry se diluait dans le canapé couleur crème. Il ne l'avait pas entendu arriver alors qu'il s'évertuait à joindre Gabriel au téléphone.

– Toujours pas de nouvelles ?

– Il ne répond pas, ni sur son portable, ni chez lui. Alors, on va avancer sans lui, grogna-t-il à l'attention du plus joufflu des deux analystes.

Avancer ? Il n'y avait nulle part où avancer ! La prise d'otage était totale. Un mois pour acquérir une société ? Et pas n'importe laquelle en plus ! Les documents lui étaient parvenus dans la matinée : une cinquantaine de pages détaillant les besoins de leur actionnaire. Avec, à la fin, en écriture manuscrite pour souligner la menace : "L'échec n'est pas une option."

Ce n'était pas une mission, c'était un ultimatum !

Derrière les deux hommes assis en face de lui, la télévision hurlait les images du désastre. Le son était coupé, mais la vision était bruyante. La marée noire progressait, les deux nappes avaient fusionné, ce n'était plus qu'une question de temps. Les côtes seraient bientôt touchées. Putain de journée, se dit Matteo, en

---

[57] "Merde !" en italien.

attrapant le paquet de documents que les analystes avaient déposé sur son bureau. Il le fit défiler avec son pouce, puis s'adressa à eux, en ignorant ostensiblement Jerry qui, occupé à lisser le pli de son pantalon, lui rendit la pareille.

– Alors, on en était où ?

Les deux analystes s'étaient passé le relais et, à chaque entame de phrase, toujours la même formule : "C'est impossible parce que…"

Jerry se leva sans faire de bruit et tourna le dos à la discussion. Sur l'écran accroché au mur, le gouverneur de Floride tenait une conférence de presse avec, à ses côtés, un homme d'une soixantaine d'années, les pommettes saillantes sous un stupide chapeau de cow-boy. Matteo reporta son attention sur les deux guignols qui, assis en face de lui, venaient de terminer leur discours convenu sur un énième : "Donc, c'est impossible !"

"Toujours se méfier des anaphores[58]", disait Gabriel, la répétition était une facilité qui, souvent, camouflait une forme de paresse. On s'enfermait dans la boucle hypnotique, la forme plutôt que le fond. Sa fonction était esthétique, mais c'était aussi un artifice qui rétrécissait la pensée.

Matteo se concentra sur les deux hommes et s'engouffra dans la première suspension pour reprendre la main sur la conversation :

– Je ne crois pas que vous compreniez la situation. Je vous la résume encore et, cette fois, vous écoutez ! Quand Petrobras a fait ses découvertes en eaux profondes, le fameux gisement Rosas, ils ont décidé d'attribuer des concessions par lots. Étrangers ou locaux, les négociations ont été très fructueuses, mais vous savez comment ça marche, j'imagine…

Avec Petrobras, la compagnie nationale d'exploitation pétrolière, c'était l'ensemble de l'appareil de l'État et des partis politiques qui était concerné : au Brésil, le mélange des genres – la politique et les affaires – était toujours poussé à son paroxysme.

– Nous savons, mais…

Matteo effaça d'un geste de la main l'interruption :

– La commission d'enquête, qui a été mise en place pour mettre son nez dans tout ça, va bloquer les opérations et, d'après ce

---

[58] Répétition voulue d'un ou de plusieurs mots en tête de phrases successives.

que m'a dit Miguel, tout le monde est mouillé. Bref, il se trouve que notre client, le groupe de Perreira, s'est porté acquéreur et a obtenu l'attribution de plusieurs lots. Je ne veux pas entrer dans les détails, car vous n'êtes pas habilités, mais tout ce qu'ils ont fait, mis en place, préparé, les milliards investis, tout cela est maintenant compromis !

À défaut de solution, une leçon assénée aux deux analystes qui, par nature, vivaient loin derrière les lignes de front, lui parut être une excellente idée :

– Et s'ils meurent, nous, on coule. Vous voyez ce que je veux dire !?

Lorsqu'on avait peur, on n'aimait pas être seul. Les deux hommes se tortillèrent dans leurs fauteuils et Matteo apprécia l'ombre qui avait envahi leurs visages.

Il enchaîna.

– Je ne peux pas vous donner tous les détails, mais ils ne lâcheront pas, ponctua-t-il d'un claquement mélodramatique de la main sur le bureau, auquel Jerry réagit en sursautant. Vous comprenez !?

– D'accord. Mais si c'est impossible, on fait quoi ?

– Justement, c'est l'impossible que Perreira attend de nous, c'est donc ce que j'attends de vous !

– OK, mais encore ? rebondit le plus maigre des deux.

– Notre client va être écarté du nouvel appel d'offres, donc, il doit passer par ailleurs. Par nous en l'occurrence. Ce qu'il attend de nous est simple : identifier une cible, n'importe où dans le monde, une société non visée par la commission d'enquête. On l'achète, moyens illimités et nous déposons une nouvelle offre sur le gisement Rosas.

– On avait saisi, Matteo, mais il y a de grandes chances pour que cette boîte, cette cible, si elle existe, soit cotée en bourse, tu en as conscience ?

– Bien sûr.

– Un mois pour identifier, analyser et faire un 'takeover[59]' ?

– Exactement.

---

[59] "Prise de contrôle".

– D'une société cotée en bourse…

– C'est ça !

– Eh bien c'est impossible, confirmèrent-ils d'une même voix.

Matteo contempla la scène dans son bureau. Les deux analystes attendaient sa réaction et, en arrière-plan, ce foutu Jerry Goldman qui l'ignorait ostensiblement. Impossible de prendre le pouvoir, comme si dans le bureau, c'était le parfum de Gabriel, son Chanel, qui flottait en couvrant le sien. On ne se bat pas contre un parfum, s'agaça-t-il, en bombardant les deux analystes d'un regard noir.

– Je crois que vous ne comprenez pas…

Jerry lui tournait toujours le dos, une attitude intolérable.

– Parce que l'échec n'est pas une option.

Puis, n'y tenant plus, il se leva brusquement, et l'interpella :

– Jerry ?!

– Oui ?

– Je t'ennuie ?

– Non.

– Tu fais quoi ?

– Mets le son, Matteo.

– Quoi ?

– Mets le son. C'est le patron de Transocean. Je veux l'entendre.

– Tu as entendu ce que j'ai dit au sujet de la situation ?

– Tu parles fort, oui, j'ai entendu.

Matteo passa sa main dans sa barbe soigneusement taillée, puis l'apostropha sans ménagement.

– Tu es d'accord avec nos analystes ? Il n'y a rien à faire et c'est impossible ?

– Non.

– Non ?

– Non.

– Et c'est tout ?!

Le jeune homme ne répondit pas.

– Tu viens de me dire que tu n'es pas d'accord. Ça veut dire que tu as une idée ?

L'un des analystes toussota dans sa main et Matteo aboya :

– Jerry !?

– Non, lui accorda Jerry une troisième fois.

Matteo posa ses mains sur le bureau. Posture inutilement agressive puisque Jerry lui tournait le dos.

– Non quoi !? rugit-il au bord de la rupture.

– Non. Je n'ai pas d'idée, mais il y a un truc dans le marché. Il y a quelqu'un qui bouge. Je le vois.

– Et ?

– Je vais le suivre. Peut-être que, sur le chemin, je trouverai quelque chose.

Matteo poussa un soupir et les deux analystes étouffèrent un gloussement.

– Matteo ?

– Quoi ?

– Monte le son.

La silhouette qui apparut sur le seuil de son bureau suspendit le missile qu'il s'apprêtait à propulser sur le jeune homme.

– Monsieur Grazini ?

– Quoi encore ?!

Les deux analystes se retournèrent d'un commun accord. La jeune femme était spectaculaire et, pour une fois qu'elle n'était pas cachée par le meuble de l'accueil, ils en profitèrent généreusement.

– Monsieur Plummer voudrait vous parler.

– Monsieur qui ?

– Daniel Plummer, monsieur. Un Anglais.

Le nom lui disait quelque chose.

– Passez-le-moi !

À l'autre bout de la ligne, Plummer grimaça. Le crachin s'était mué en une pluie battante, constata-t-il, en relevant la tête du dossier qu'il avait ouvert avant d'appeler Miami. Les gouttes crépitaient violemment sur la vitre et le vent s'était joint à la danse depuis quelques minutes.

– Monsieur Plummer ?

– Oui ?

– Monsieur Grazini va vous prendre.

– Merci, mademoiselle.

La musique d'attente repartit de plus belle : Tchaïkovski, remarqua-t-il. Parfait pour un jour de pluie ! Puis elle s'interrompit pour laisser la place à un accent pointu :

– Matteo Grazini à l'appareil. Que puis-je faire pour vous, monsieur Plummer ?

– Merci de prendre mon appel, monsieur Grazini.

– Que puis-je faire pour vous ? répéta Matteo, qui avait coutume d'imposer sa puissance au début de chaque échange.

– Votre réceptionniste m'a dit que monsieur Lacour n'était pas là. C'est exact ?

– En effet.

– Et il ne répond pas sur son portable.

– Je ne suis pas sa secrétaire, monsieur Plummer.

Un rire britannique chagrina les oreilles de Matteo.

– J'en suis convaincu, monsieur Grazini. Donc, à défaut de pouvoir communiquer avec monsieur Lacour, j'aimerais que vous m'envoyiez les documents.

– Quels documents ?

– Les documents concernant la cible que vous recherchez et que monsieur Lacour a évoquée dans le message qu'il m'a laissé.

– Il vous a envoyé un message à ce sujet ?

– Je crois que c'est précisément ce que je viens de dire, monsieur Grazini. Je n'ai malheureusement que très peu de temps pour discuter, alors si vous aviez la gentillesse de me les faire parvenir par e-mail, je…

– Ça ne sera pas possible, ces documents sont confidentiels et je ne vous connais pas.

– Je travaille pour monsieur Lacour depuis des années.

– À quel titre ?

– Disons que je suis un accélérateur.

– Soyez plus précis.

– Un fournisseur de renseignements si vous préférez.

– Basé à Londres ?

– À proximité de Baker Street, oui, monsieur Grazini.

– Baker Street ?

– Oui, Baker Street, Sherlock Holmes, précisa Plummer, dont l'accent amortissait les envolées de Matteo.

– Vous êtes un enquêteur, c'est ça que vous essayez de me dire, sans le dire ? Un détective privé ?

– Vous êtes très perspicace, monsieur Grazini. Mais je préfère l'appellation d''intelligence économique'. Maintenant que nous avons fait connaissance, j'aurais besoin de ces documents afin de valider une hypothèse que je dois transmettre à monsieur Lacour.

– Vous pouvez m'en dire plus sur cette hypothèse ?

– Demandez à monsieur Lacour.

– Mais il n'est pas joignable.

– D'où mon appel, monsieur Grazini.

Matteo n'aimait pas du tout le ton de cette conversation. Il appréciait d'autant moins la mécanique de cet Anglais à la voix monocorde, qu'il semblait s'adresser à lui comme on parle à un enfant.

– Je ne sais toujours pas qui vous êtes, monsieur Plummer.

– Je suis monsieur Plummer, directeur de la société Proximal. Intelligence économique, nous sommes basés à Londres et…

– Ce n'est pas suffisant, monsieur Plummer. Je ne vous connais pas, vous ne me connaissez pas, et il m'est donc impossible de vous transmettre des documents confidentiels.

– C'est urgent, monsieur Grazini, le message de votre patron était tout à fait explicite.

– C'est-à-dire ?

– Un mois, a-t-il précisé.

– Ça ne me suffit toujours pas. Je suis désolé.

Un soupir transatlantique traversa la ligne, puis :

– Alors, laissez-moi vous convaincre de mon sérieux, monsieur Grazini.

Daniel Plummer extirpa du dossier estampillé 'Quetzal', qui était posé sur son bureau, une feuille dactylographiée comportant dans le coin supérieur, un portrait de Matteo.

Matteo profita de l'interruption pour jeter un coup d'œil aux images de la conférence de presse. Sans le son, le gouverneur était grotesque à rouler des yeux, et ce patron d'entreprise qui hochait la tête par intermittence semblait lui aussi attristé par la performance.

– Je vous écoute, monsieur Plummer.

– Un instant… Voilà ! Matteo Grazini, quarante-huit ans, vous êtes né à Milan. Scolarité sans problèmes particuliers dans un établissement jésuite, à l'exception d'un très léger accident à dix-sept ans.

– Mais comment savez-vous ? Et de quel…

– "Contre nature", dit le rapport, rien d'important, puisque vous vous envolez à Londres peu de temps après, poursuivit Plummer sans réagir à l'interpellation. Études d'économie et un master en finance en poche, vous débarquez finalement à Genève. Banque Cantonale dans un premier temps, Barclays ensuite, vous rejoignez Gabriel Lacour en 1997. Marié, sans enfant, vous divorcez et assumez ensuite votre sexu…

– Ça suffit comme ça, j'ai compris.

Plummer reposa la feuille sur la pile de documents :

– Les documents, s'il vous plaît.

– Je peux savoir pourquoi vous avez…

Il suspendit sa phrase, Plummer la compléta gracieusement.

– Pris des renseignements sur vous ?

– Oui.

– J'aime connaître l'environnement de mes clients.

– Nous n'avons jamais fait appel à vous que je sache.

– Vous ne savez pas tout, monsieur Grazini. Maintenant, ayez l'obligeance de…

Le silence grésilla et Matteo bondit dessus.

– L'obligeance de quoi ?

– Un instant, s'il vous plaît, il se passe quelque chose à la télévision.

Jerry reculait doucement dans sa direction, puis se retourna pour saisir la télécommande qui était posée sur son bureau.

– Monsieur Grazini ?

– Quoi ?

– Vous devriez regarder les nouvelles. Il semble que votre ville passe une très mauvaise journée.

Matteo se pencha légèrement sur sa droite pour contourner le dos de Jerry. Un homme avait posé la main sur le micro du gouverneur, tout en lui chuchotant quelque chose à l'oreille. L'image bascula ensuite du Capitole, où se tenait la conférence de presse, au studio de la chaîne d'information dans lequel un présentateur, la mine sévère, avait repris le direct. Jerry appuya sur une touche pour réactiver le son.

« *Nous interrompons la conférence de presse, des nouvelles nous sont parvenues...* »

– Monsieur Grazini ?

« *Une explosion sur Ocean Drive, dont l'onde de choc a été...* »

– Je regarde, monsieur Plummer.

– N'oubliez pas mes documents, s'il vous plaît.

« *Alors qu'après les sabotages, plus tôt dans la journée, la marée noire n'est plus qu'à quelques kilomètres des côtes...* »

– Tout de suite, monsieur Grazini !

La succession d'images était surréaliste.

« *Aucun lien manifeste entre ces drames pour le moment, mais on ne peut s'empêcher de penser à une action...* »

– Et avisez monsieur Lacour que je vais lui faire parvenir un e-mail dans la soirée, s'il vous plaît.

« *Le News Café, un haut lieu touristique, s'est effondré après une explosion, dont l'origine n'est toujours pas...* »

– Je transmets, répondit mécaniquement Matteo, avant de raccrocher.

« *Une équipe du FBI était, d'après nos informations, à l'intérieur du bâtiment...* »

– C'est quoi ce bordel ?!

« *Toutes les communications sont en panne. Police, FBI, les forces de l'ordre ont été victimes d'une attaque informatique qui a…* »

Les images passaient d'une scène à l'autre et il était impossible de tirer un fil conducteur.

– Jerry ?

– Oui ?

– C'est quoi ce merdier ?

Les premières images d'Ocean Drive apparurent sur l'écran.

– Marée noire et sabotage d'infrastructures pétrolières, énonça calmement Jerry. Explosion dans un café, une femme abattue sur les marches du palais de justice et les communications de la police sont coupées. Probablement un virus informatique.

– À Miami ?

– Oui.

– Et il y a un lien ?

Jerry avait replongé dans sa bulle. Les évènements de la semaine avaient fait émerger un schéma : le coup de fil qu'il avait reçu ce matin avait nourrit sa réflexion, la scène de chaos achevait simplement le travail. Son courtier new-yorkais lui avait communiqué une information, et l'intuition était devenue un engrenage, une idée, un nom et, finalement, une cible.

– Jerry ? On sait s'il y a un lien ?

Il voyait les mécaniques qui échappaient aux autres. Il sentait les mouvements avant que ceux-ci ne s'enclenchent, repérait les distorsions dans les courbes de ses graphiques, imaginait des relations, des connexions, que personne n'avait modélisées jusqu'alors. Un mélange de perceptions intuitives, de mathématiques, de physique quantique et une chimie dans son cortex, que la science était toujours incapable d'expliquer.

– Jerry ? l'agaça encore une fois Matteo.

Jerry tendit la télécommande à l'un des deux analystes qui l'avait rejoint :

– Non. On ne sait rien.

Puis il quitta le bureau et traversa l''open space', sans tenir compte des interpellations apeurées que s'échangeait le personnel.

Matteo le regarda s'éloigner, puis se rassit lourdement dans son fauteuil en expulsant un cri :

– Amber !

La jeune femme apparut quelques secondes plus tard.

– Appelez Gabriel, et vous insistez jusqu'à ce qu'il décroche !

– Sur quel numéro ?

– Son portable, moi, je m'occupe de son domicile, répliqua-t-il en enfonçant la touche 'rappel' du téléphone.

21

Posé sur la console à gauche du canapé, le téléphone réagit une nouvelle fois en dispersant sa variation dans le salon. La sonnerie glissa dans le couloir et à bout de course, s'échoua au pied du lit sans parvenir à franchir l'obstacle. Les mains toujours collées aux écouteurs, les jambes repliées et les yeux fermés, Angelica plaquait le casque sur ses oreilles et se concentrait sur le silence. Ce moment, juste après le dernier accord, c'était aussi là, à cet endroit, qu'elle tentait de sentir si la musique et son interprétation avaient, en fusionnant, produit ce miracle qui faisait d'une chanson, une émotion.

Satisfaction, puis immédiatement après, l'inquiétude.

Était-ce normal d'éprouver de la peur, de l'angoisse même ? Elle ne savait pas. Elle avait tendance à associer la sérénité à cet univers musical et cette fragilité qui s'installait dès qu'elle faisait face à ses compositions était dérangeante. Un sentiment d'illégitimité. Lorsqu'elle avait partagé cette pensée avec Gabriel, il lui avait répondu que, d'après lui, la peur ou l'angoisse étaient des déséquilibres qui faisaient partie du processus de création. "Si marcher est une succession de déséquilibres, s'envoler nécessite un moteur encore plus puissant, avait-il souri. Alors pourquoi pas le doute ? Pourquoi pas la peur ? avait-il continué. Parce que créer, c'est bien s'affranchir de certaines limites, non ? S'il n'y a pas de douleur, s'il n'y a pas de malaise, il n'y aura pas de dépassement, pas d'élévation…"

Un financier qui lui faisait la leçon… on aura tout vu…

Elle ôta finalement le casque de ses oreilles.

– Où ça ?

Angelica sursauta. Elle n'avait pas entendu la porte s'ouvrir. Elle posa l'ordinateur sur la couette et sauta sur la moquette bouclée. À l'extrémité du couloir, elle se figea, sur le seuil du salon. Gabriel était de profil, il ne l'avait pas entendue s'approcher. Il consultait son portable d'une main et le combiné du fixe était posé contre son oreille.

– OK, Matteo, je viens de recevoir l'e-mail de Plummer, on fait le point demain. 'Ciao' !

Ses traits s'étaient durcis, creusés. Angelica observa la scène sans intervenir. Un très court instant, alors qu'il reposait le combiné du téléphone sur sa base, son regard dériva sur le mur du salon, puis se fixa sur… rien !

– Gabriel ?!

Transformation instantanée, l'innocence reprit possession de ses traits lorsqu'il la découvrit. Le sourire et la lumière, se dit-elle en s'approchant. Le joueur d'échecs et… le masque.

– C'est ma chemise ?

– Ouaip.

– Salut poupée !

Ma chemise dégringolait sur ses cuisses bronzées et elle combla l'espace entre nous en quelques enjambées.

Étrange sensation. J'étais… libéré. Oui, c'est ça, libéré !

À tel point qu'en quittant le bâtiment du FBI dans l'après-midi, alors que le soleil était sur le point d'enjamber la façade, j'avais allumé une cigarette et ressenti un léger vertige, une frayeur presque, face à cet horizon qui se dégageait. Un peu comme un prisonnier qui aurait hésité à franchir la porte de sa cellule après une trop longue détention. J'aurais dû m'éloigner, mais au lieu de ça, j'étais resté, un peu paumé, dans la fournaise. La tension s'était progressivement dissipée et, comme un étrange phénomène d'aspiration, c'était son prénom qui avait occupé l'espace libéré. Angelica. Les bouffées de chaleur qui balayaient le bitume du parking s'étaient chargées de son parfum. Réveil des sens, besoin urgent de la retrouver, je m'étais engouffré dans ma voiture, qui avait relâché un air brûlant lorsque j'avais ouvert la portière. J'avais tourné la clef avec une force inhabituelle et le moteur avait protesté en grondant. La barrière s'était levée poliment à mon approche et je l'avais vue tressauter dans mon rétroviseur, tandis qu'elle se rabattait. Dernier regard au prédicateur qui souriait sur son affiche, je m'étais engagé sans réfléchir dans la direction opposée à celle menant au bureau et avais allumé la radio en poussant le volume. Un flot de sensations m'avait envahi, alors que j'avais bifurqué d'un boulevard à l'autre et que j'accélérais encore. J'avais glissé sur le bitume qui longeait l'océan jusqu'à rejoindre la résidence. Le gardien, qui officiait dans sa cabane, avait levé le nez et nos radios avaient fusionné un court instant : Latinos contre seventies. Kool and the Gang avait gagné le duel, je crois, puisqu'il avait actionné la barrière en battant la mesure. Soleil au zénith, pas d'ombre projetée, la plénitude douce que j'avais éprouvée à cet instant était supposée perdurer.

Mais Matteo avait assombri le climat en quelques mots. Marée noire et explosion du News Café…

– Comment s'est passée ta journée ?

Question simple…

– Comme d''hab', j'ai bavardé.

… réponse simple.

Je la ramenai encore plus près de moi, mais elle s'échappa et se dirigea vers le piano. Ma chemise blanche était son seul vêtement et, une fois assise, elle ne recouvrait plus grand-chose. Son pied trépignait déjà d'impatience, son regard pétillait, je connaissais cette étincelle.

– Tu as quelque chose à partager ?

– Assieds-toi, m'ordonna-t-elle, et écoute.

Je m'affalai dans le canapé et, de son pied qui tressautait en suspension au-dessus de la pédale, mes yeux grimpèrent sans le vouloir le long de sa jambe.

Elle se retourna et l'Italie avec elle.

– 'Ascolti con le orecchie[60] !

– 'Con le orecchie e con gli occhi[61] ?

– Les oreilles maintenant, les yeux après, rit-elle. Prêt ?

– Toujours !

Elle ferma les yeux, murmura à mon attention un… "piano voix, Gabriel" et prit une grande inspiration. J'en profitai immédiatement pour repartir en exploration. Ses jambes bronzées

---

[60] "Tu écoutes avec les oreilles !"
[61] "Avec les oreilles et les yeux ?"

marquèrent une cadence, son pied gauche se posa sur la pédale. Elle était légèrement de biais, comme si elle refusait d'attaquer le clavier de face et cette pensée fit écho à un souvenir que j'avais extirpé de ma mémoire le matin même pendant l'audition. Mais ce matin n'existait plus, seul l'instant était important. Elle était de biais parce qu'elle refusait de sauter dans le vide. Avocate ou artiste, elle n'avait toujours pas choisi. Et si 'Le Petit Prince', qu'elle avait évoqué la nuit dernière comme étant sa première lecture d'enfant, était mignon, ce n'était clairement pas un roman d'émancipation, songeai-je, en goûtant le galbe de sa cuisse.

Elle était super jolie sa cuisse…

Premières notes, premiers accords, la mélodie s'installait, je remontai d'un étage jusqu'au clavier. Ses doigts virevoltaient sur les touches, ses yeux étaient fermés. Je ne comprenais pas comment tout cela fonctionnait. Elle ouvrit la bouche et je dégustai chaque parcelle de son profil. Ses cils se déployèrent soudain, signalant par là même qu'elle avait finalement ouvert les yeux. Musique, paroles, composition et interprétation, elle était une femme-orchestre, une artiste complète.

– 'Into the jungle of secrets and lies'…

Sans être possédée, elle était habitée et j'étais toujours surpris par le phénomène. Je me concentrai pour écouter les paroles : son chant évoquait un homme et ses secrets, la jungle, et des larmes qui jamais ne coulaient.

Après la mort d'Alex, j'avais partagé une partie de mon histoire, un fragment de ma vie, pour qu'elle comprenne. Elle avait posé des questions, beaucoup de questions et je m'étais évadé en livrant quelques bribes supplémentaires. Et sur ce confetti, elle avait construit une épopée. Sur ce passé que j'avais déchiré, elle avait imposé sa beauté.

La poésie est un refuge. Je l'ai toujours su.

– 'Who is this guy, in only a few words… Has stolen my heart, letters can be swords'…

Elle parlait de moi, elle parlait de nous.

– 'Tell me why there is a wall… I hear your cry, but no tears fall… Hold my hand, don't go away… Close your eyes and feel my pray'…

Le refrain était puissant, il venait de loin et la force de la conclusion me bouleversa. La dernière note s'éteignit. Plus un bruit. Même ce silence lui appartenait. Respiration silencieuse, mais plus rapide que d'habitude. À la hauteur de sa poitrine, la chemise bougeait en cadence, puis s'apaisa progressivement.

– Alors ? m'interrogea-t-elle finalement, en tournant ses doutes dans ma direction.

Elle n'imaginait sûrement pas qu'avec sa voix, elle me prenait par la main et m'emportait sur des terres où je ne foutais jamais les pieds. Un voyage dans une vibration intérieure que je n'explorais jamais. Ça partait des oreilles, mais au-delà, oui, bien au-delà, derrière la raison et la pensée, une étrange mutation s'opérait. Comme si le chant se faisait guérison, une vibration qui agitait mes cellules, les nettoyait et les purifiait… Étrangement, cette vibration faisait également mal. Je ne savais pas pourquoi, mais j'éprouvais aussi une douleur. Comme si le chant agitait et matérialisait ce que normalement on ne percevait pas. Quelque chose d'invisible. Une absence ou un vide, je crois.

Du plaisir, de l'intensité, mais, dans mon cœur, dans mon ventre plutôt, il y avait aussi un malaise. Une vague de tristesse anormale qui, immanquablement, accompagnait l'écoute. Douleur et beauté, c'était un accord qui ne me paraissait pas totalement farfelu. Alors, j'acceptais la douleur, sans jamais l'évoquer, comme le signe certain que son interprétation tapait juste.

– Alors, insista-t-elle, tu as aimé ?

Je me dégageai d'un bond du canapé, la rejoignis en quelques pas et posai mes mains sur ses épaules. La chemise s'affaissa aux extrémités. Des frissons se dispersèrent sous mes doigts. Elle était chargée de particules que je baptisais, à défaut d'avoir un nom, d''élémentaires'. "Tu as aimé ?" venait-elle de me demander. Je ne voulais pas répondre à sa question. Y répondre, c'était accepter qu'il y ait l'éventualité d'une déception.

Elle flottait sous le tissu et j'imprimai une pression. Elle redressa la tête, les yeux humides, ma pression était une réponse. Le talent véritable n'avait pas besoin de définition, il se foutait de mon vocabulaire. Il était ou n'était pas, c'était aussi simple que ça.

Sans réfléchir, je me penchai et glissai une main sous sa cuisse, l'autre contre son dos et la soulevai. Elle se recroquevilla et plaça sa tête dans mon cou. Moment d'innocence, nos silhouettes se reflétèrent dans la baie vitrée.

Fusion parfaite, lorsque l'esthétique subjugue le sentiment...

Je la reposai délicatement sur le piano. Assise, elle se laissa aller ensuite. Au ralenti, elle s'allongea, ses jambes bronzées en relief sur le blanc glacé du piano à queue. Elle avait le sens du mouvement, le sens de l'instant. Je saisis ses chevilles et mes lèvres glissèrent sur sa peau, remontant jusqu'à l'intérieur de ses cuisses, volant de l'une à l'autre, jouant avec la frontière, sans la franchir. Angelica arqua son dos en gémissant.

Mon sourire s'élargit entre ses cuisses.

Elle déboutonna sa chemise, écarta les pans et mes mains effleurèrent son ventre, glissant sur ses hanches, puis sur ses seins. L'une d'elle remonta jusqu'à son visage, sa bouche s'écarta pour saisir un doigt, alors que l'autre entourait son cou. Sans le vouloir, j'encerclai sa gorge, elle répondit en posant sa main sur la mienne, accentuant encore la prise. Et alors que je me noyais dans sa saveur, son pied glissa sur le clavier et une série d'accords se joignirent aux soupirs.

Il n'y avait plus de fausses notes, j'étais enfin libre. Plus de passé, aucune projection. La vie, c'est un accident. Un accord, de l'harmonie ou des fausses notes. La vie, c'est maintenant.

N'y tenant plus, je la fis délicatement glisser le long du piano, jusqu'à la faire redescendre le long de mon corps. Ma chemise était ouverte et contre sa peau... ma peau. Ses seins se logèrent au creux de mes mains, puis je remontai mes paumes jusqu'aux épaules. Le tissus se souleva, je poursuivis la caresse en glissant le long de ses bras et la chemise accompagna le mouvement en plongeant de son dos jusqu'au sol. Sur la pointe des pieds, elle m'embrassa, tout en me débarrassant de ma chemise à son tour. Et contre ma peau... sa peau. Elle s'écarta et ses lèvres caressèrent mon torse, sa main s'aventura entre mes jambes le temps d'un courant d'air et d'un bruit de fermeture Éclair puis, se retournant, elle posa ses bras sur la surface brillante du piano. Ses formes se découpèrent contre l'instrument. Le type qui avait bossé sur ses courbes avait soigné la finition. C'était vertigineux. À tel point que je reculai de quelques pas pour apprécier le relief. Et comme debout, on a l'air d'un con... je m'accroupis finalement, les deux bras posés sur les genoux.

– Un violon contre un piano, murmurai-je, en attrapant une cigarette dans le paquet qui, de ma poche, était tombé sur le tapis.

Elle tourna la tête et éclata de rire.

– Et tu vas me laisser comme ça ?

Ouvrir le Zippo, pression du pouce sur la mollette, allumer la cigarette.

– Et tu fumes en plus ! me gronda-t-elle en se redressant.

– Ne bouge pas, ne bouge surtout pas ! Je suis à l'opéra.

– Gabriel ?!

C'était violent. Elle n'imaginait pas ce qu'elle m'offrait. Elle ne savait pas les effets que cela provoquait.

– Chut, ça commence, Angelica…

– Viens ici tout de suite et arrête de faire ton Peter Pan !

Peter Pan ! Elle m'avait affublé de ce surnom peu de temps après notre rencontre. Elle me le distribuait le plus souvent comme une fessée, pour punir mes silences ou mes incapacités, comme une caresse aussi, lorsque je m'éloignais du script que d'autres avaient écrit. Ça l'agaçait ou ça la charmait et, moi, j'écoutais la sentence en souriant. Écouter sans rien changer. Parce qu'on ne demande pas à Peter Pan d'arrêter de voler !

Elle rit de plus belle et me fit face. Nue, vibrante, légère et grave, c'était parfait…

– Gabriel Lacour ! Si tu n'es pas ici, en moi, dans dix secondes, je hurle !

C'était elle qui m'avait enseigné l'amour. Jusqu'à elle, j'avais abordé l'exercice comme une discipline, un exercice totalement dissocié des sentiments. Jusque-là, j'avais de petits sentiments et mes désirs s'adaptaient mécaniquement, une prestation dans laquelle le plaisir était l'origine et la conclusion. Orgasme des sens. Pas du cœur !

Je noyai finalement ma cigarette dans le verre d'eau posé sur la table basse, me redressai d'un bond et me précipitai sur elle comme un affamé. Sa poitrine se pressa contre mon torse, besoin de me fondre en elle, illusion enfantine qu'à force de se mélanger, nos peaux finiraient par communiquer sans que j'aie besoin d'intervenir. Intervenir ou mentir. Sa cuisse remonta le long de ma jambe, ses mains nouées dans mon dos et les miennes sur ses hanches, ses formes épousaient mes manques, ses reliefs comblaient mes vides. Ma peau le savait, mon corps le sentait. Glisser mes lèvres le long de son cou, puis l'embrasser. La sentir et la goûter.

– On ne fume pas dans la maison, murmura-t-elle en reprenant sa respiration.

– Et on ne fait pas l'amour la fenêtre grande ouverte, répondis-je, en la retournant.

Elle bascula docilement le buste sur le piano en m'offrant sa croupe, et ma bouche longea son dos, glissa sur ses hanches. Le terrain de jeu était spectaculaire et il m'arrivait de me perdre dans l'exploration. D'autant que j'avais envie de prendre mon temps, tout en étant incapable de patienter. Le sexe était source de contradictions. L'urgence, la patience, donner ou recevoir, ma tête avait du mal à suivre la cadence. Je me redressai, m'approchai et retrouvai le chemin, doucement. Elle emprisonna mon sexe dans sa main d'abord, puis me guida dans sa chaleur ensuite.

Elle ne savait pas que chaque fois, pour moi, c'était une première fois.

Sa tête était posée de profil sur le piano, sa main qui m'avait guidé en elle en une caresse subtile avait rejoint l'autre sur le coffrage laqué, et je rabattis ses cheveux sur le côté. Lèvres pincées, sa respiration s'accéléra et sa main, impatiente, repartit en arrière pour se poser sur le bas de mon dos. Elle signala son désir en l'appuyant sur ma peau et je répondis immédiatement à la sollicitation en l'attirant avec force contre moi.

Accord parfait, une musique dont le tempo allait monter en intensité.

– J'aime, murmura-t-elle.

Sa peau jaillissait à chacun de mes coups de boutoir.

– Gabriel ?

– Oui ?

– J'aime, mais arrête de penser.

Accord parfait. Elle sentait et elle voyait. C'était troublant de….

– Arrête de penser, rit-elle cette fois. Tu fais trop de bruit !

Accord parfait. Elle sentait, elle voyait et elle riait. Pour toute réponse, je saisis une poignée de cheveux et tirai sur la crinière. Son dos se creusa, accentuant encore la beauté de sa cambrure et mes hanches s'engagèrent joyeusement. Elle accusa réception en bloquant sa respiration, puis exhala un "pas penser, c'est bien" qui me fit sourire. Un cadre de photo, visiblement gêné par la scène, s'effondra sur le piano en un claquement sec. Sa respiration s'accéléra, gémissements, murmures, jusqu'à cet instant magique où un voile couvrit son regard.

Accélérer encore, fort, de plus en plus fort, jusqu'à sentir son corps se relâcher, puis frémir de plaisir. Ses mains posées sur le piano s'agitèrent, ses doigts s'écartèrent, puis se replièrent quelques instants plus tard. Elle expira un long soupir qui se déposa sur mon sourire.

L'orgasme se dispersait par vagues et je savourai chacun de ses spasmes.

Elle se retourna enfin, redressa une mèche de cheveux qui s'était rabattue sur mon œil, puis, sans un mot, prit ma main et m'entraîna à travers l'appartement jusqu'à notre chambre. Je m'apprêtais à m'allonger sur le lit, mais elle avait une autre idée en tête. Elle bifurqua vers la salle de bain, fit couler l'eau dans la douche, me projeta avec autorité à l'intérieur et se colla à moi sous le jet brûlant. J'avais toujours mes chaussures et mon pantalon. Mais visiblement, ce n'était qu'un détail sans importance pour elle.

Elle me rejoignit sous l'averse et ses ongles zébrèrent mon dos, un mélange d'excitation et d'agacement, je le savais. Elle voulait partager son plaisir et j'avais encore une fois retenu ma propre jouissance. Processus totalement inconscient, ma manière de donner, ma manière de me punir. Sa main glissa le long de mon torse, elle ne souriait pas, son regard était même d'une intensité un peu folle.

C'était une artiste, son regard me le hurla.

Elle saisit mon sexe et imprima son rythme. Aucune échappatoire. Elle accéléra le va-et-vient et, progressivement, je perdis pied, avec toujours cette étrange impression de ne pas mériter ce plaisir. Elle attira mon visage, posa ses lèvres sur les miennes et y imprima une morsure, fort, de plus en plus fort, tout en maintenant sa caresse. La douleur et le plaisir, un cocktail qui fit tomber mes dernières résistances. J'avais oublié un instant qui j'étais. Libération, jusqu'à la jouissance…

Une ombre s'insinua instantanément.

Cette ombre était une vieille amie qui me couvrait de son attention depuis mon enfance. Elle aimait mes abandons, c'était sa porte d'entrée préférée. Elle se nourrissait de mes omissions, de mes oublis, et mes silences étaient son terrain de jeu favori. Il n'y avait pas toujours d'images précises dans son bagage, mais, cette fois, elle avait des choses à me dire. À me crier plutôt.

— Non !!!

L'injonction m'avait pris par surprise. Les doigts posés sur la cicatrice qui longeait mon épaule, j'étais à une respiration de dégager la chemise, à un souffle de la case 'prison'.

— Non ? avais-je repris, en écho.

Tony avait soupiré, secoué la tête comme s'il chassait une pensée ou un souvenir et avait expulsé :

— Non, pas cette épaule. L'autre épaule. La droite…

Je l'avais dévisagé. Il avait les yeux rivés sur le boîtier d'enregistrement, puis, sans même prendre la peine de me regarder, avait conclu :

— Je ne vois rien sur votre épaule, monsieur Lacour. C'est parfait. Je consignerai donc tout ça dans mon rapport.

Nous étions enregistrés, son regard était bloqué sur le boîtier, le message était clair, je devais me taire. Je devais absolument me taire !

— Il est seize heures et quarante-cinq minutes, avait-il précisé après avoir jeté un coup d'œil à sa montre, et nous en avons fini. Vous êtes libre.

Il avait gribouillé quelques mots dans un document qu'il avait ensuite signé, puis avait repoussé l'interrupteur sur le boîtier d'un geste sec. La lumière avait basculé au rouge.

— La justice est affaire de circonstances, Gabriel. Pas la morale !

Sans m'en rendre compte, je m'étais retourné, les mains posées contre le mur, tête basse. L'une de mes mèches de cheveux me chatouilla l'œil, mais je la laissai pendre. Une fois restitué, le souvenir tourbillonna à mes pieds jusque dans le siphon. Angelica m'avait rejoint, réalisai-je alors. Son corps dans mon dos et ses bras noués autour de moi, elle resta un long moment sans rien dire. Elle me serra subitement de toutes ses forces, puis relâcha la pression en murmurant :

— Moi aussi, Gabriel…

Demi-tour… et faire face à ses cent soixante centimètres :

– Moi aussi ?

Elle saisit ma main :

– Moi aussi je t'aime !

Son "je t'aime" m'éclaboussa.

– Tu as beau me tourner le dos ou sourire comme un enfant parce que tu es acculé comme maintenant dans un coin de la douche, mais je sens quand tu t'éloignes. Il y a comme un courant d'air, alors dis-moi, à quoi pensais-tu ?

Je lâchai sa main, me frottai le bout du nez et redressai mes cheveux.

– Nerveux ?

– Pas du tout ! protestai-je.

– Alors, tu veux bien me dire à quoi tu pensais ?

À quoi pensais-je ? À pas mal de choses je crois. Dans le désordre, je pensais au fait que je n'avais jamais dit… 'je t'aime'. Au fait que je l'aimais puisque je n'aimais pas la vie sans elle. Au fait aussi que je devais toujours m'appuyer sur son absence pour envisager un sentiment, et que je ne voyais le plein qu'après avoir envisagé le vide. Au fait surtout que sa peau était une extension de la mienne et que vivre dans son regard, c'était un endroit très agréable. Que je la surplombais, mais que là, maintenant, face à moi, avec ces cent soixante centimètres tout mouillés et son "moi aussi je t'aime", elle était tellement plus grande que je ne le serais jamais. Peut-être parce qu'elle avait les mots que j'avais perdus ou plus simplement qu'elle osait être. Ou plus brutalement qu'elle osait aimer et vivre… sans détour. Et puis, je pensais aussi au News Café qui avait explosé et au fait que Matteo avait résumé la journée en s'agaçant, et que moi, je l'avais écouté sans réagir. Au fait que la buée tapissait la paroi de la douche et que j'avais envie d'y dessiner une rose, pour elle. Parce que la vie, c'était ce corps et ce sourire et que le reste, le monde entier, le passé et l'avenir, pouvait aller se faire foutre.

Elle croisa les bras, inclina la tête sur le côté et… ça y était. Sa poitrine s'était redressée, une inspiration charmante et le signal qu'elle s'apprêtait à me relancer. Et en effet, la commissure de ses lèvres s'étira. J'aimais bien l'idée qu'en prononçant la première syllabe de mon nom, il y avait toujours l'esquisse d'un sourire sur ses lèvres, mais je la pris de vitesse :

253

– Tu savais que, dans les films, les Ricains nivellent les tailles ?

Elle referma la bouche, ouvrit les yeux en grand, puis s'exclama :

– Quoi ?

– Pour un Américain, un homme doit embrasser une femme à l'horizontale. C'est une règle d'esthétisme ici. Alors, on grandit artificiellement la femme ou on réduit l'homme, mais un acteur embrassera toujours sa partenaire à plat.

– Je n'avais pas remarqué. Mais pourquoi me dis-tu ça ?

Elle m'observa et je lui renvoyai un sourire innocent auquel elle répondit par un regard appuyé. Les gouttes d'eau ricochaient de mes épaules jusqu'à son corps. C'était joli ces explosions d'épiderme.

– Je ne sais pas. Peut-être parce que j'aime bien nos vingt-cinq centimètres de différence.

Elle suivit mon regard qui s'était perdu et me laissa gambader sur ses courbes sans intervenir. Elle n'avait jamais éprouvé la moindre gêne avec la nudité. "Avec toi, être nue, c'est un vêtement qui me va plutôt bien", avait-elle un jour réagi. Je me souviens. C'était à Genève, dans sa salle de bain. Je sortais de la douche et elle avait d'abord parlé en italien avant de traduire en français. J'avais mémorisé la phrase dans sa version originale : 'Con te, essere nudo è un capo che mi sta abbastanza'. Un vêtement qui me va bien ? La formule était soyeuse et j'avais aimé la musique. D'autant qu'avant que je n'aie pu attraper la serviette, elle s'était blottie dans mes bras, avait saisi mon menton et l'avait tourné d'autorité vers le miroir et nous avions souri à notre reflet. Elle avait pris la pose, sa cuisse avait glissé sur ma cuisse en marquant un angle droit, sa main bien à plat sur mon thorax trempé, et son visage s'était tendu vers le mien. "Voilà, c'est parfait", avait-elle conclu en italien tout en jetant un regard en coin au miroir. Et 'perfetto[62]' c'était !

– Tu aimes nos vingt-cinq centimètres ?

– Oui.

– Et il y a quoi dans ces vingt-cinq centimètres ?

– Je crois que dans cet espace, il y a nous.

---

[62] "Parfait", en italien.

– Vraiment ?

– Oui. Les gens voient le vide. Les gens voient tout le temps le vide. Mais dans ce vide, dans cette absence, il y a toi qui t'élève pour m'embrasser et moi qui me penche pour te rejoindre. Et dans ce mouvement, il y a nous. Cet espace est à nous. On comble les vides, tu comprends ?

– Je comprends et j'aime aussi ces centimètres entre nous, même si je n'aurais pas refusé dix centimètres en plus de mon côté. Mais Gabriel ?

– Oui ?

– Tu pensais à autre chose, n'est-ce pas ? Je l'ai senti, alors dis-moi ce qu'il y a.

– Tout va bien. C'est juste que je viens d'apprendre que je dois partir demain. Un problème au boulot et je dois chasser la solution.

Un écarquillement des yeux, suivi d'un froncement de sourcils qui creusa une virgule au-dessus de son nez.

– Un problème ?

– Pas un problème, une petite urgence plutôt.

– Tu dois chasser la solution ?

– La débusquer, oui.

– Et elle va se tenir où, ta partie de chasse ?

PARTIE II

Même si la vie n'a pas de sens,
qu'est-ce qui nous empêche de lui en inventer un ?

Lewis Carroll

22

– Vous avez fait bon voyage, monsieur Lacour ?

Assis sur le ponton, j'avais enlevé mes chaussures, retroussé mon pantalon et plongé les pieds dans les eaux glacées du lac. Après l'audition au FBI, après les attentats, l'e-mail que Plummer m'avait fait parvenir avait pris l'allure d'un escalier de secours, que je m'étais empressé de dévaler.

Un mois pour acquérir une société ? Une mission impossible et cette urgence avait percuté une opportunité : une cible avait été signalée. De mon intuition, du message que je lui avais envoyé la veille depuis la salle d'interrogatoire du FBI, cet Anglais avait fait une destination. J'avais donc saisi le mouvement et m'étais envolé à l'aube. Parce que pour planer, c'était la règle, il fallait du vent, tout le temps du vent. Et pour le reste, à défaut de vent, l'espoir ferait l'affaire.

– Un vrai délice, Plummer. Vous avez un tel sens de l'organisation et du confort. Vivement que nous passions nos vacances ensemble !

J'avais de nombreuses fois fait appel à lui dans mon ancienne vie à Genève et nous avions développé une relation plutôt piquante. Pour une raison mystérieuse, tout l'antagonisme entre Français et Anglais semblait s'être cristallisé sur nous et je me faisais une joie de repartir à l'assaut de son flegme.

– Je sais, monsieur Lacour. Tout cela est un peu rustique, mais vous sembliez pressé, je crois. Et vous m'avez fait part de votre exigence de discrétion, n'est-ce pas ?

Au fond de moi, il y avait probablement une pointe de jalousie. Embarquée dans la mondialisation, l'Angleterre avait préservé sa patine, alors que la France avait perdu son vernis. Un Trafalgar du vocabulaire et de la pensée qui m'agaçait au plus haut point. La

France était un top model et j'aurais voulu, qu'en ouvrant la bouche, elle soit à la hauteur de sa plastique.

– Je plaisantais mon ami.

Cela faisait seize heures que je sautais d'un vol à l'autre. De Miami à Berlin, puis de Berlin à Moscou. À chaque étape, les manchettes des journaux m'avaient sauté au visage. L'explosion du News Café, le virus informatique qui avait perturbé les communications des forces de l'ordre, la marée noire et enfin, une information que Matteo avait omis de me communiquer... Jane Croft, l'amie de Tony, avait été mortellement blessée sur les marches du palais de justice. J'avais peut-être effacé cette journée passée dans cette salle d'interrogatoire, mais Miami semblait avoir une bien meilleure mémoire que la mienne. Photos et commentaires sur la séquence, il n'y avait aucune piste sérieuse. Heureusement que le Moyen-Orient existait. En conclusion des articles, cette direction semblait retenir l'attention des journalistes. Parce que lorsqu'on ne se savait pas, les Arabes étaient toujours disponibles pour endosser le rôle du méchant. Et l'Amérique existait à travers les méchants. C'était son truc. À chaque époque son 'bad guy[63]'. Et puis désigner l'autre, ça évitait d'envisager sa propre responsabilité. Une anesthésie collective dont je ne m'embarrassais pas. Je n'avais pas besoin de méchant pour vivre. Pas besoin d'anesthésie, non plus. J'avais l'amnésie pour ça. L'oubli et le mouvement pour m'éloigner de ce passé qui, comme une ombre, s'entêtait à marcher dans mes pas.

Après Moscou, le transport s'était ensuite subitement dégradé : un vol intérieur vers je ne sais où, une fois débarqué sur le Tarmac rudimentaire, un type m'avait finalement récupéré, avait attrapé mon baluchon, avant de nous propulser tous les deux à l'arrière d'un 4x4. S'était ensuivie une longue, une très longue dérive sur des routes qui ne menaient nulle part, avec au bout d'un chemin, un lac. Le conducteur avait pointé du doigt le ponton qui s'étirait jusqu'à la carlingue d'un hydravion. Celui-ci flottait paresseusement sur la surface. L'engin avait crachoté un nuage poisseux à mon approche et nous deux, le gaz et moi, nous étions engouffrés dans la cabine. Le pilote m'avait remis un téléphone satellite, avait levé un pouce en se retournant, puis avait mis les gaz. La bête avait protesté, hésité même un long moment avant

---

[63] "Mauvais garçon".

260

d'accepter à contrecœur de s'élever. Une ascension approximative et pas très ambitieuse, puisqu'il avait survolé la surface sans s'en écarter franchement. Atterrissage humide, puis attendez-là, m'avait fait comprendre le pilote en désignant le ponton de bois. Les pieds dans l'eau, et puis l'appel de Plummer et son accent.

– Quelqu'un devrait passer vous prendre d'ici peu, me signala-t-il. Une heure de route et vous déjeunez avec Petrov.

– Vous lui avez parlé, j'imagine. Je dois m'attendre à quoi ?

Il prit le temps de la réflexion. Il n'avançait jamais à découvert mon 'British'. Chaque phrase était pesée, calculée et maîtrisée. Il avait beau rouler du mauvais côté de la route, il était le meilleur dans son domaine, l''intelligence économique' comme il se plaisait à qualifier son activité. D'ex-agents du contre-espionnage britannique constituaient l'ossature de sa société, à laquelle venaient se greffer des recrutements très sélectifs dans d'autres pays. L'ensemble formait une petite armée parallèle particulièrement redoutable dans la collecte d'informations, la protection de sites sensibles et autres opérations plus obscures, dont je n'avais jamais eu besoin jusque-là.

– Disons que c'est la version slave de votre client brésilien, reprit-il finalement. Un personnage intéressant, vous verrez. Une trajectoire assez classique : privatisations sauvages, puis mainmise sur le territoire avec les techniques habituelles.

– Ça ressemble à une description de la mafia new-yorkaise.

– C'est la Russie, monsieur Lacour.

– Et à votre avis, quel est le ressort chez Petrov ?

– Le ressort ? Qu'entendez-vous par là ?

– Qu'est-ce qui le motive aujourd'hui ?

– Le troisième pilier, j'imagine. Lorsqu'on a l'argent, le pouvoir, il reste le plus difficile…

– La reconnaissance ?

– C'est ça. La respectabilité et la survie. Cela dit, ne vous fiez pas à son allure ou à la région. La Sibérie dispose de ressources considérables et Petrov a su en tirer profit. C'est un homme d'affaires redoutable et il semble mûr pour sortir de son territoire. Comme je vous l'ai indiqué dans mon rapport, une association est envisageable. Elle serait même souhaitable pour lui, compte tenu de ses ambitions. Assurez-vous juste que les bases de votre accord, si accord il y a, soient aussi saines que possible.

– Comme souvent, ce sera une question d'hommes. Rien d'autre à me dire sur le bonhomme ?

– Vous êtes meilleur dans l'improvisation, n'est-ce pas ? Ne vous inquiétez pas, j'ai l'intuition que ça pourrait coller entre vous. Si j'ai un conseil à vous donner, et c'est probablement la seule fois que je vous recommanderais cette option…

– Dites-moi…

– Restez vous-même, monsieur Lacour.

– C'est un compliment ?

– Une tactique plutôt. Appelez-moi lorsque vous aurez terminé, le pilote viendra vous chercher.

– Merci, Plummer. Du beau travail.

– Vous présenterez mes excuses à votre associé, bifurqua-t-il, alors que je pensais que nous avions terminé.

– Matteo ? Pourquoi ?

– J'ai dû le secouer un peu hier.

– Il adore ça, ne vous inquiétez pas.

– Ce n'est pas le sentiment qu'il m'a donné. Mais peut-être était-il sous le choc.

– Quel choc ?

– Les explosions, le News Café et mademoiselle Jane Croft…

Plummer était un spécialiste du renseignement. Aucune de ses allusions n'était le fruit du hasard. Il venait à la pêche aux infos, je le savais.

– Je lui transmettrai vos excuses.

Il garda le silence. Je savais précisément à quoi il pensait et j'étais certain qu'il savait que je savais…

– Tragique tout cela, murmura-t-il, en guise de conclusion.

Je repliai l'antenne et remis le téléphone dans la poche intérieure de mon blouson.

J'avais toujours aimé ces moments un peu absurdes, ces tranches de vie qu'on arrachait au quotidien et qui donnaient un relief, une densité anormale à une existence. Cela dit, j'avoue que là, perdu je ne sais où, les pieds dans l'eau, il y avait un petit côté vertigineux à la situation. J'étais un citadin. Non pas par choix, plutôt par obligation. J'avais besoin de mouvement, de bruit, d'odeurs pour meubler mes sens. J'appréciais la nature, mais ce silence et la contemplation qu'elle impliquait, me dérangeaient. Face au néant et à ce lac dont le miroir s'étendait presque à l'infini, mes fantômes avaient la fâcheuse tendance à remonter à la surface. Mes silences étaient bruyants, mes absences aussi. Et il n'y avait rien pour détourner mon attention. La peine et le chagrin avaient besoin de vide pour se déployer. Et la peine et le chagrin, ça faisait mal. Le manque et l'absence aussi. J'agitai alors les pieds dans l'eau, histoire d'agiter le silence, remplir le vide et chasser la crispation qui, sans raison, de temps à autre, pinçait mon cœur.

La température était agréable. Il y avait un petit côté canadien au coin. Pas du tout comme ça que j'imaginais la région. Je ne savais pas précisément où j'étais, mais après une telle odyssée, j'étais plutôt bien tombé. Au loin, un hélicoptère survolait la forêt de mélèzes à basse altitude, alors qu'un 4x4 noir s'approchait du ponton. La civilisation n'était jamais très loin de nos jours.

Je me levai, rhabillai mes pieds et m'engageai sur le tapis de planches qui trembla à chacun de mes pas. La portière s'ouvrit et un type aussi large que grand descendit du véhicule pour m'accueillir. Alors que je lui tendais une main amicale, il tourna le dos à mon sourire et ouvrit la portière arrière. Je m'installai sans un mot, la porte claqua, et il fit de nouveau le tour du 4x4, avant que sa nuque rasée ne s'installe finalement au volant.

Le véhicule fit demi-tour, manœuvre nerveuse, je me cramponnai à la lanière qui pendait au-dessus de la fenêtre. Le chemin se rétrécit sur quelques kilomètres. Le 4x4 enjambait les obstacles sans effort, moi, beaucoup moins. La forêt était dense, le spectacle était ennuyeux à mourir et, secoué dans tous les sens, je fixai mon attention sur ce type qui amortissait les chocs sans réagir. Sa nuque me dévisageait toujours, silencieuse, et je lui rendis l'attention en cherchant un accroc, une calvitie, n'importe quoi pour m'occuper. Mais mis à part une rougeur à sa base, il n'y avait rien. Pas un pli, pas un mouvement, c'était un bloc de granit.

Lorsqu'enfin un ruban de bitume se dessina au loin, mes organes internes hurlèrent de joie ! J'étais au bord de la nausée. Nous bifurquâmes sur le goudron, je relâchai la lanière, fermai les yeux et me laissai aller.

C'est un coup de klaxon qui me réveilla. La voiture s'était arrêtée face à un portail. Les portes s'ouvrirent en réaction à un deuxième aboiement et je me redressai en évacuant les brumes de sommeil. La voiture s'engagea alors sur une route creusée à flanc de montagne et, de part et d'autre, l'espace était soudainement devenu totalement… domestique : deux remontées mécaniques sur une pente douce en contrebas et une piste de ski avait été dessinée dans la forêt. Petrov avait visiblement le sens du détail. Des vaches bardées de cloches helvètes paissaient paisiblement. Même la végétation avait changé. Les arbres, les buissons et l'immense chalet qui avait surgi au détour de la route… Il ne manquait que les saint-bernard ! Je m'étais assoupi bien plus longtemps que je ne le pensais. Parce que là, c'était clair… nous étions en Suisse. Je ne pus m'empêcher de rigoler, mais le regard bleu acier du conducteur dans son rétroviseur m'anesthésia instantanément. Fort de cette ébauche d'échange, je poursuivis malgré tout.

– 'Very nice[64]'.

– 'Da'.

– 'Very Swiss[65]', complétai-je.

– 'Da'.

La voiture s'engagea dans un rond-point, puis s'immobilisa. Nous étions arrivés et cela mit fin à une conversation qui s'annonçait peu fluide de toute façon.

Je m'extirpai du 4x4 avec soulagement et levai les yeux vers la bâtisse qui me surplombait. Un géant patientait en haut de l'escalier en bois. La barbe soigneusement taillée, il était habillé avec élégance, mais sans ostentation. Un pantalon sombre et un pull à col roulé assez cintré. Grand et plutôt bien gaulé. Impossible de lui donner un âge, mais ce type était impressionnant et ne ressemblait en rien à la photo que Plummer m'avait envoyée.

– 'Mister' Petrov ?

– Bienvenue chez moi, monsieur Lacour. Mais appelez-moi Vladimir, je vous en prie, répondit-il dans un français parfait.

Il descendit les marches à ma rencontre avec souplesse et sa main engloutit la mienne, sans excès. Un contrôle parfait. Il devait

---

[64] "Très beau."
[65] "Très suisse."

mesurer pas loin de deux mètres, était bâti comme un bûcheron, mais habillé comme une gravure de mode.

Jamais avare d'une remarque pertinente, je levai la tête en souriant :

– Vous êtes grand, Vladimir.

Il me regarda un instant, probablement un peu déstabilisé par mon entrée en matière, avant de sourire.

– En Sibérie, tout est grand, monsieur Lacour.

– Appelez-moi Gabriel, je vous en prie. Merci de me recevoir chez vous, Vladimir.

– Plummer a su trouver les mots. Je suis très heureux de vous rencontrer. Suivez-moi, si vous voulez bien.

– Vous connaissez Plummer ?

– Pas très bien, non, m'accorda-t-il, alors que nous pénétrions dans un hall, mais j'avais entendu parler de lui avant que son équipe ne prenne contact avec moi. Il vous porte en grande estime, semble-t-il.

– Vous êtes sûr que nous parlons du même homme ?

– Oui. Sans aucun doute.

– Amusant.

– Quoi donc ?

– J'étais sûr qu'il ne me supportait pas.

– Ah mais il ne vous supporte pas, je vous le confirme ! Cependant, il est anglais, reprit-il après un silence, et nous sommes tous des sauvages pour un Anglais, n'est-ce pas ? Cela dit, j'ai senti derrière son ironie qu'il appréciait vos qualités. Votre "différence", a-t-il même insisté.

Sur la gauche, une porte à double battant était ouverte sur un vaste salon. Les murs lambrissés étaient couverts de photos en noir et blanc de montagnes ou de villages typiquement helvètes. Il ne manquait que les caquelons à fondue pour compléter le décor.

Petrov m'indiqua d'une main les canapés beiges posés à côté d'une immense bibliothèque, au fond de la pièce.

– Je vous en prie, asseyez-vous, Gabriel.

– Vous parlez parfaitement le français.

– Une enfance en pension, en Suisse, puis en Angleterre.

– Je vois. Et visiblement, c'est la Suisse qui a gagné.

– En effet, sourit-il. Cela dit, un cottage anglais en Sibérie, je ne suis pas certain que cela aurait vraiment été du meilleur effet.

– Vous avez sûrement raison, oui.

– Vous voulez boire quelque chose ?

– Un café serait parfait.

Vladimir se pencha et saisit un appareil qui était posé sur la table. Une sorte de talkie-walkie. Sa voix mua lorsqu'il parla en russe. Plus grave, plus slave.

– Vous avez fait un long voyage pour me rencontrer, entama-t-il en reposant l'appareil sur la table. Votre approche n'est pas ordinaire. D'autant que j'ai à peine eu le temps de m'informer sur vous.

Sans réfléchir, je décidai d'avancer mon pion.

– Vous jouez aux échecs ?

Vladimir pivota en direction de la bibliothèque. Deux rayonnages traitaient du sujet. Je profitai de la diversion pour le dévisager. Il dégageait une force tranquille, tout en maîtrise, mais je ressentais malgré tout une légère pression. Peut-être parce que même assis, il me dominait.

– En effet, même s'il n'est pas simple de trouver un adversaire à ma taille, plaisanta-t-il. Et vous ? Vous pratiquez ?

– À ma manière.

– C'est-à-dire ?

Replonger dans mes souvenirs, sans provoquer d'association. Les échecs, mon premier flirt d'enfant avec la complexité du monde. Avancer un pion, et un mouvement devient une idée, une stratégie.

– Disons que je vous fais l'ouverture de Saragosse, Vladimir.

Surpris, mon Slave se redressa.

– L'ouverture de Saragosse ?

Il réfléchit un instant, avant de commenter la manœuvre.

– Vous ouvrez la diagonale, mais libérez le centre, c'est ça ? Ce n'est pas très raisonnable.

– Un peu agressif, j'en conviens. La maîtrise du centre du jeu est essentielle et mon ouverture vous libère l'espace. C'est juste une hypothèse, Vladimir. Disons que mes fous prennent la diagonale, ce qui est dans leur nature, et vous, vous conservez la maîtrise du cœur de l'échiquier. N'est-ce pas ?

Vladimir s'inclina légèrement en avant. Il n'y avait pas d'échiquier posé sur la table basse entre nous, mais la partie avait commencé.

– Vous me laissez le contrôle du cœur ?

– Et moi, je maîtrise la périphérie.

– Je crois que je vois l'image, cher Gabriel. Mais si mon cœur est ici, en Sibérie, où se situe le vôtre ?

– Trop loin pour que vos pièces puissent l'atteindre.

– Vous avez une proposition à me faire, d'après ce que m'a indiqué monsieur Plummer.

– En effet.

– Vous avez toute mon attention, Gabriel. Je vous écoute.

Je baissai la tête un instant et rassemblai mes idées.

Entre le rapport de Plummer et les informations que mes analystes m'avaient fait parvenir par e-mail et que j'avais pu consulter pendant que j'étais en transit à Berlin, j'avais trouvé le meilleur angle d'attaque. Le meilleur, parce que le seul, en fait. S'il n'était pas question d'intervenir sur sa structure cotée à la bourse de Moscou, en revanche, sa holding de contrôle, qui avait été discrètement installée à Luxembourg, était à ma portée. Et le Luxembourg offrait des possibilités et des souplesses tout à fait intéressantes pour servir de socle à l'idée que j'avais en tête.

– J'ai parcouru différents rapports concernant votre société, Vladimir. Une trajectoire spectaculaire en seulement quelques années.

– C'est vrai que nous avons profité de la libération de l'économie. Les choses sont allées vite, en effet.

– Cela dit, vous êtes à la limite de vos capacités. Et j'ai le sentiment que votre regard se porte au-delà de la Sibérie. Je me trompe ?

– C'est possible. Tout dépendra des perspectives.

– Des perspectives… et du partenaire j'imagine.

– Exact. Si je devais sortir de la Sibérie, ça serait dans le cadre d'une association.

– Je peux vous poser une question ?

– Je vous en prie.

– Connaissez-vous le Brésil ?

Sans se départir de son sourire poli, une étincelle un peu sauvage s'alluma.

– Pas vraiment. Mais j'ai entendu parler de Rio, la samba et la beauté des fonds marins, au large des côtes.

L'allusion était claire. L'information sur les découvertes pétrolières en eaux profondes était évidemment parvenue jusqu'à ses oreilles.

La porte du salon s'ouvrit. Vieux réflexe, je décidai d'attendre que la personne quitte la pièce avant de recommencer à parler.

Le parquet grinça dans mon dos et je refis un dernier tour silencieux de la contrepartie que j'allais lui proposer. Accéder aux puits Rosas était le rêve de tout pétrolier qui se respectait. Petrov avait la structure et la technologie, moi j'avais les ressources et les contacts. On pouvait envisager un mariage. Ou à tout le moins imaginer un contrat prénuptial. Et puis, le bonhomme me plaisait. Plummer avait eu raison.

Le bruit d'un bouchon de champagne interrompit mes réflexions. Un nouveau départ, champagne ! La vie avait enfin retrouvé son cours normal. Mon Slave n'allait visiblement pas se contenter d'une simple tasse de café et, dans ce bouchon qui avait sauté dans mon dos, c'était une partie de la pression accumulée qui se libérait.

Je relevai la tête.

Minuscule point d'impact à l'entrée, à peine une larme de sang sur son front. Une larme de sang et l'étonnement gravé sur son visage pour l'éternité. Sa tête avait basculé en arrière. Une projection sanguinolente tapissait le canapé.

Quelques abats également, eus-je le temps de remarquer, avant que l'obscurité ne m'embarque à son tour.

23

La barrière se redressa et le cortège de 4x4 sombres s'engagea fermement dans l'allée menant à l'entrée principale du FBI. Les véhicules s'arrêtèrent et un concert de portières sanctionna l'arrivée. Quelques instants plus tard, un gigantesque command-car truffé d'antennes de toutes sortes se stabilisa à son tour, sans pour autant stopper le moteur. Quatre autres agents émergèrent de la porte latérale.

La meute de costumes et tailleurs noirs rejoignit l'agent Amstrong, qui patientait depuis quelques minutes devant le bâtiment.

Raymond Bartholomé Amstrong, RBA comme son équipe le surnommait, était un spécialiste reconnu dans les affaires de terrorisme. Terrorisme international ou domestique d'ailleurs, il était devenu, au cours des deux dernières décennies, la référence dans ce domaine à Washington. Au quotidien, il naviguait entre différents comités et services de renseignement, remontait les pistes que ses hommes dénichaient et donnait un coup d'accélérateur aux enquêtes les plus difficiles, grâce à ses multiples contacts. Plus technocrate que Rambo, il savait que les guerres de demain se gagneraient aussi dans les couloirs feutrés des grandes institutions de la communauté du renseignement.

Il avait ôté sa veste, retroussé les manches de sa chemise blanche et avait fui le soleil en se plaquant contre le bâtiment. Il patienta le temps que son équipe se rassemble et songea à son discours à venir. Technocrate et policé dans les couloirs feutrés, il retrouvait avec plaisir les accents de son Bronx natal lorsqu'il devait s'adresser à ses agents. Mais avec ou sans accent, son discours serait assez simple et direct. Aucune revendication après les attaques, et en plus de six jours d'enquête, aucune piste sérieuse, son discours allait devoir s'adapter à ce vide. Le bureau local du FBI et la police de Miami n'avait rien trouvé et le patron du FBI l'avait contacté la veille depuis la Maison-Blanche. Monter une task force et régler le problème, lui avait-il ordonné. Parti de Washington à l'aube, à bord de l'un des jets de l'agence, il avait rapidement pris la mesure du chaos en débarquant dans le bureau de l'agent Perkins. Les communications de la police avaient certes été rétablies, mais le FBI de Miami était encore sous le choc après la disparition de quatre de ses agents dans l'explosion de ce café sur Ocean Drive et ce Perkins avait semblé hésiter entre l'agacement et le soulagement, lorsqu'Amstrong lui avait signifié qu'il prenait la main sur l'enquête. Au cours de la réunion, un agent avait surgi pour les alerter. Comme pour saluer son arrivée, un message s'était répandu à travers tous les panneaux de la ville, dès l'aube. Signalétique électronique de l'aéroport d'abord, les panneaux d'indication des alentours ensuite, tous les supports de la ville avaient été progressivement touchés. Lettre après lettre, un message, une revendication ou… une menace :

"Le sang pour le sang".

Après les explosions, cette attaque d'un nouveau genre avait encore amplifié le malaise de la population et le maire de Miami s'était empressé de téléphoner au FBI pour obtenir des réponses. Mais il n'y avait pas de réponses. Ils n'avaient rien, aucune piste et cette absence de réponses était la pire chose dans ce genre de situation. En quelques heures, ce message avait fait la 'une' de tous les médias, engendré nombre de théories fumeuses et l'agent Amstrong avait observé la désorganisation sans la commenter. Il attendait l'arrivée de son équipe avant de prendre le contrôle complet des opérations, mais la tension était à son comble.

Il n'y avait aucune piste, mais la volonté de terroriser était manifeste. C'était à lui que revenait la tâche d'identifier la menace au plus vite et de l'anéantir, parce qu'au-delà de la Floride, au-delà même des morts, la secousse avait fait trembler Wall Street. On ne touchait pas au cœur de l'Amérique sans conséquence. Moyens illimités et obligation de résultat, l'ennemi devrait faire face aux conséquences de ses actes. L'Amérique était souriante, mais impitoyable avec ceux qui osaient l'affronter. Le message, le virus qui avait interrompu les communications de la police, la prise de contrôle des caméras de surveillance autour du News Café ou, pire encore, les systèmes informatiques de Transocean qui avait été neutralisés, tout cela dénotait une technicité assez remarquable.

Une équipe d'experts en informatique allait se joindre à eux demain. Identifier le hacker était l'une des priorités et peut être la seule piste pour remonter jusqu'aux responsables, songea-t-il, alors que les agents se regroupaient silencieusement face à lui. Et pour compléter le décor, le responsable de l'antiterrorisme nouvellement promu, un certain Tony Becket, était à l'hôpital au chevet de sa fiancée. Opérée dans l'urgence après avoir été touchée par un tir à longue distance sur les marches du palais de justice, elle était encore entre la vie et la mort. Son pronostic vital était engagé. Y avait-il un lien ? Le pétrole, le massacre au News Café et l'assistante du procureur, quel était l'objectif ?

La panique n'était pas loin, Miami bouillonnait et les quartiers défavorisés s'agitaient déjà. La population se recroquevillait, les ventes d'armes avaient explosé, les magasins d'alimentation étaient dévalisés… Interrompre la spirale faisait également partie de ses attributions. Et cela passait par l'autorité. L'autorité dans le discours, déjà, pour commencer.

Il s'éloigna du mur en quelques pas, chaussa ses lunettes de soleil et chassa la transpiration qui perlait dans le triangle de ses tempes, puis s'immobilisa face à la task force.

— C'est ici et maintenant que le travail commence, messieurs, entama-t-il, sans se soucier des quelques talons hauts qui s'étaient regroupés, par solidarité, à l'extrémité de l'arc de cercle. Je vous demande de collaborer avec les équipes locales. Tact, mais fermeté ! Cela dit, n'oubliez pas qu'ils ont perdu des amis. Quatre agents sont morts et notre job est aussi de leur rendre justice.

Les agents approuvèrent gravement et Amstrong poursuivit :

— La menace n'est pas identifiée et nous ne savons pas si d'autres actions sont à craindre. Donc, anticiper, réagir, contenir. On envisage le pire, toujours. Est-ce que je suis clair ?

Les agents approuvèrent le discours, chacun à sa manière. Du hochement de tête, à quelques "Yes sir".

— Et pour ceux d'entre vous qui s'interrogent, un étage a été réservé dans un hôtel à proximité. Mais cette nuit – il pointa du doigt le bâtiment dans son dos, sans pour autant se retourner – on reste ici, on dort ici et on règle ce merdier ! Vite et fort !

— Vite et fort ! reprirent les agents.

— Équipe Infrastructures ?

271

Cinq agents se détachèrent.

– Le sabotage des pipelines et du puits, cela demande des moyens. Cherchez le bateau à proximité des lieux, utilisez les images satellites et remontez aussi loin dans le temps que nécessaire, nous ne connaissons pas le moment où les explosifs ont été déposés. Cherchez une anomalie, une bâche sur le pont d'un bateau cachant le matériel, une immobilisation anormalement longue, vérifiez les ports et les marinas, mais trouvez-moi ce putain de bateau. Utilisez tous les moyens à disposition, la NSA est au courant et travaille de son côté. Autre chose, Billy Sanders, le patron de Transocean est déjà là. Il est plutôt de mauvaise humeur, je viens de l'informer que j'avais recommandé aux autorités de suspendre toutes les opérations sur les plates-formes en mer et, en plus, il n'a qu'une heure à nous accorder avant de s'envoler pour New York : une conférence de presse demain pour rassurer les marchés. Le type n'est pas commode, mais je veux tout savoir. Pourquoi lui ? Et pourquoi sa société en particulier a été touchée ? Et cherchez toutes les connexions possibles, personnelles ou professionnelles. On vous attend là-haut pour un briefing complet. 'Go' !

Les cinq agents disparurent dans le hall.

– Le News Café ?

Un groupe plus fourni encore s'avança.

– Explosifs, caméras de surveillance, revendications, là encore, la CIA et la NSA sont mobilisées, ils collaboreront sans problème. 'Go' !

Puis, s'adressant au reste des agents, qui s'étaient resserrés pour combler les vides.

– Deux assistants du procureur sont déjà là. Épluchez les dossiers de Jane Croft, trouvez le lien. Faite parlez la munition ! On cherche, on trouve ! asséna-t-il avec force. Après l'audition de Sanders, le patron de Transocean, j'irai voir l'agent Becket à l'hôpital. On fait le point après. C'est tout pour l'instant, messieurs !

Les hommes se dispersèrent, Amstrong pénétra dans le hall à son tour. Il avait déjà eu une rapide conversation avec le réceptionniste et il ne fut pas surpris de le voir raccrocher précipitamment en l'apercevant. Son action heurtait souvent les susceptibilités locales et, directement frappées au cœur, les équipes n'avaient pas apprécié la prise de contrôle.

Amstrong s'adressa à deux de ses hommes sans arrêter sa progression.

– Sécurisez le hall et vérifiez le périmètre. Cet endroit est peut-être une cible.

Puis, interpellant le gardien qui envisageait clairement l'invasion du hall d'un mauvais œil :

– Huitième étage ! Maintenant !

24

– **M**ais, que faites-vous là ? insista-t-elle encore une fois.

Odeur d'antiseptiques, murmure de conversations, j'avais progressivement renoué avec le décor. Une femme avait surgi à mes côtés. Visage chiffonné, coupe de cheveux improbable, regard fatigué, impossible de mettre un nom sur ces cernes et ces yeux marron. Heureusement, en baissant la tête, le souvenir eut l'amabilité de revenir. Un tailleur strict et des mollets tristes ? C'était l'assistante qui m'avait accueilli au FBI la semaine passée. Une semaine effacée.

L'assistante de Tony, le FBI et maintenant, l'hôpital…

– Vous avez une sale tête, reprit-elle pour combler mon silence.

– C'est gentil, merci.

– Vous venez pour Tony, c'est ça ?

– Je crois, oui.

Regard suspect, puis :

– Restez-là, m'ordonna-t-elle. Je reviens.

Elle tourna les talons et s'engouffra en quelques pas dans l'ascenseur, et j'obtempérai mécaniquement à son injonction en allant m'affaler dans l'un des fauteuils qui accueillaient les visiteurs. Le temps reprenait sa course. Une fois que le présent s'installait, le passé pouvait se déployer à nouveau. Hier, non, ce matin, j'avais fréquenté un autre hôpital. Un autre accent, mais la même odeur. C'était à Londres, je crois. Il y avait donc la Sibérie, Londres et puis Miami… Il y avait aussi des trous dans la séquence. Ma mémoire avait des ratés. J'avais effacé. Beaucoup effacé. Sauf quelques moments. Sauf le sang. De la Sibérie à Moscou, puis de Moscou à Londres et, enfin, Miami. D'une rive à l'autre, une succession de rêves. Un sommeil encombré de visages refoulés. Vladimir Petrov, une balle dans le front, avait rejoint ma galerie de portraits sinistres. Mon musée intime, un Grévin sanguinolent. Et ce matin, Plummer avait laissé des consignes au personnel en me déposant au comptoir British Airways de l'aéroport d'Heathrow et l'hôtesse de l'air m'avait laissé libre de gémir dans mon fauteuil. À chacun de mes réveils, elle s'était penchée, la mine soucieuse, et j'avais embarqué dans mon sommeil les mouvements de son bras et son sourire inquiet. Chemise bleue à manches courtes, toujours ce bras qui frôle mon regard par intermittence. Il incline à l'horizontal le fauteuil ou, plus tard, soulève ma tête ensommeillée et glisse un oreiller en évitant la blessure. Et puis, la chaleur qui s'engouffre lorsque les portes s'ouvrent. Après une nuit ennuagée et ma peau qui apprécie la caresse. L'impression ne dure pas. Les couloirs interminables de l'aéroport de Miami sont réfrigérés. Alors marcher sur des tapis roulants qui amplifient la fraîcheur en accélérant la vitesse et buter enfin contre un dos étranger. Le passage de la douane en colonne froissée, avec des passagers aux dégaines de coupables à force de sourire aux douaniers qui lèvent une main agacée pour appeler le suivant.

Une fois l'obstacle franchi, j'avais longé les carrousels qui distribuaient les valises. Mon bagage s'était perdu quelque part en Sibérie. Il était perdu et ce n'était pas grave. Un bagage ou le passé, il n'y avait rien de précieux dans ce bagage.

Après les valises, encore un couloir, puis un vaste hall dans lequel une foule compacte, en arc-en-ciel, attendait les voyageurs. J'avais jeté un regard distrait à tous ces visages qui, pour un certain nombre d'entre eux en tout cas, souriaient en anticipation des retrouvailles. C'était toujours sympa, un bonheur à venir. Traverser le hall, s'arrêter pour un café à emporter, avaler deux comprimés d'aspirine et observer les images retransmises sur un poste télévisé, puis sur ma gauche, des cris de surprise et des doigts pointés. Sur un panneau, les signalisations s'effondrent. Lettre après lettre un message prend la place des destinations. Un message, un virus, une infection. "Le sang pour le sang". Je me souviens. C'est à ce moment précis que j'ai décidé : voir Tony, maintenant ! Et puis un ascenseur, encore des passagers froissés par leur voyage, et enfin le parking. L'odeur était un peu forte. Savant mélange de pots d'échappement et d'humidité, Miami avait une flagrance. Je l'avais reconnue. Monter dans la voiture et… rouler. Rouler et s'arrêter. Introduire le ticket dans la machine, elle avait tiré la langue, le ticket était dans le mauvais sens, le réintroduire encore une fois, la barrière s'était levée, et puis…

Une voix dans un haut-parleur balaya le hall de l'hôpital. « *On demande le docteur…* » Mon mal de tête réagit aux décibels en projetant une vague de douleur contre mon amnésie. De l'aéroport jusqu'à l'hôpital, je n'avais aucune trace. Aucun souvenir du chemin. Rien. Le noir complet.

Mon téléphone me rappela à l'ordre. Je n'allais pas pouvoir m'échapper éternellement.

– Matteo ?

– Bon Dieu, Gabriel ! Tu pourrais répondre quand je t'appelle !?

– Désolé.

– Tu vas mieux ?

– Pourquoi je n'irais pas bien ?

– Ton accident de voiture !

Un accident de voiture ? De quoi parlait-il ?

– Ça va mieux, répondis-je prudemment.

– On était super inquiets. Mais la prochaine fois, appelle toi-même. Je déteste ce type.

– Quel type ?

– Plummer, Daniel Plummer. C'est lui qui nous a prévenus hier pour ton accident. Tu es sûr que ça va ?

– Un peu mal à la tête, mais ça va.

– Tu as vu le merdier, ici ?

– J'ai vu ça, oui.

– Et la Russie ?

Séquence effacée. Juste le mauvais endroit, au mauvais moment.

– Je t'ai envoyé un message, Matteo.

– Donc, c'est vraiment mort ?

Vision fugace du corps de mon géant.

– C'est mort de chez mort.

– Mais c'est quoi le plan, maintenant ?

Je n'avais pas de plan.

– J'appellerai Miguel. On verra bien.

Il garda le silence. Au fond du hall, les portes de l'ascenseur s'ouvrirent.

– Je ne sais pas comment il va réagir, poursuivis-je en découvrant Tony.

– Tu crois qu'ils pourraient se retirer ?

L'assistante m'avait pointé du doigt. Un peu en retrait, Tony martelait le sol.

– Gabriel ? Tu es là ?

Démarche lourde, légèrement voûté, un mort-vivant.

– Je suis là, Matteo. Je m'occuperai de Miguel demain, mais on fera le point avant tous les deux au bureau.

– OK.

– On en a vu d'autres. Rappelle-toi Genève ! On s'en sortira.

Tony s'installa dans le fauteuil sans prononcer un mot, alors que l'assistante s'éloignait de quelques mètres.

– Au fait, Iceman a fait un très joli coup, rebondit Matteo.

– Tu l'embrasses de ma part.

– Je fais ça dès qu'il revient, rigola-t-il un peu trop fort.

– Il n'est pas là ?

– Non. Il est parti sans un mot. Probable qu'il cherche du boulot ailleurs. Et Gabriel ?

– Quoi ?

– Conduis prudemment. Plus d'accident, s'il te plaît. Allez, 'ciao' !

Plummer, l'accident de voiture et la Sibérie ? Aucun souvenir de tout ça, mais il suffisait de ranger cette absence dans un coin. Il y avait du monde dans cette partie de mon cerveau, et heureusement, le vide ne prenait que peu de place. Un jour, je ferais le ménage, mais pas maintenant. Je m'occuperais de ça plus tard. Ou pas.

Tony s'était assis et son malaise égratigna mes capteurs. Il eut la délicatesse d'engager le mouvement :

– Je ne m'attendais pas à te voir ici.

– Pour être honnête, moi non plus.

– T'as une sale tête.

– T'es pas mal non plus. Comment va-t-elle ?

Tony écarta les mains et poussa un soupir.

– Je ne sais pas. C'est... enfin, elle est vivante. Elle se bat. Ils l'ont plongée dans un coma artificiel après l'opération et...

– Viens, sortons faire un tour.

Il tourna la tête et esquissa un sourire. Ses yeux étaient cernés de noir, il avait pris dix ans. Puis son sourire déclina, son regard se voila et il plongea en direction du carrelage.

– J'étais prêt, murmura-t-il.

– Quoi ?

Il garda le silence et je le relançai doucement :

– Tu étais prêt à quoi ?

Il releva la tête :

– J'étais au palais de justice et... et j'étais prêt à...

L'atmosphère aseptisée de l'hôpital devint encore plus irrespirable. Je posai une main sur son épaule, imprimai une pression totalement inutile, je me sentais complètement impuissant.

– Viens, Tony. On bouge !

– Philips est mort. À quelques mois de la retraite, reprit-il en baissant le ton de sa voix, et il est mort. On a retrouvé des bouts de lui. Impossible de... sa famille... tu imagines ? Et trois de mes hommes, Gabriel. C'est moi qui ai donné l'ordre. Tu te souviens ? Tu étais là quand j'ai donné l'ordre. Et ils sont morts. Ils sont tous morts. Et les touristes. Tout le bâtiment s'est effondré. Et moi, j'étais pas là et Jane... j'étais pas là. Ni pour eux, ni pour elle.

Il avait terminé. C'était confus, mais il avait visiblement terminé. Je me levai, il n'avait pas bougé.

– Tony ?

Il hocha finalement la tête et se leva à son tour. Nous nous dirigeâmes vers la sortie principale, les portes s'écartèrent et une vague d'humidité se précipita sur nous. Il s'arrêta et j'imprimai une pression sur son dos pour l'encourager dans sa progression. Le soleil nous faucha en quelques pas. Le bitume transpirait, Tony vacilla et je lui indiquai un banc qui paressait à l'ombre d'un palmier. En quelques instants, la sueur recouvrit nos visages et une gouttelette agaça la cicatrice sur ma nuque. Nous nous installâmes et le silence aussi. Aucun mouvement sur le parking. Deux ambulances scintillaient un peu plus loin. Il faisait trop chaud pour mourir.

J'extirpai une cigarette du paquet, puis en proposai une à Tony.

– J'avais arrêté. Je l'avais fait pour elle.

– Tant mieux. Jane t'engueulera. Une petite infraction à la règle, agent Becket.

Il saisit le filtre qui dépassait du paquet et le porta à ses lèvres.

– C'est vrai, j'avais oublié ton côté 'Frenchy'.

– Ouaip. Clope, vin et sexe. La vie quoi !

Un peu surjoué, un accent à la Maurice Chevalier histoire d'alléger tout ça, j'avais souvent tendance à aller trop loin quand j'étais confronté à la gravité. Je tendis le briquet, il s'inclina légèrement vers la flamme en la couvrant inutilement de sa main, il n'y avait pas le moindre vent, puis il inspira une taffe et toussa immédiatement.

– Putain que c'est bon !

J'allumai ma cigarette à mon tour. J'essayais d'arrêter moi aussi, mais j'avoue que celle-là, elle était vraiment bonne. Et puis fumer devant un hôpital, c'était un doigt d'honneur à la mort.

– Dis-moi Gabriel, tu te sens français ou américain ?

Je pris un moment pour réfléchir avant de lui répondre.

– Disons que… je pense en français, mais je bouge en américain.

Il tourna la tête et me dévisagea un instant.

– Comme dans ce cimetière ? Au Guatemala ?

Je ne m'attendais pas à ce rétropédalage.

– Oui. Comme dans ce cimetière. Tu veux que je te raconte ?

Il sourit. Un sourire triste.

– Je croyais que tu n'aimais pas revenir dans le passé ?

– Sauf quand le présent craint. Et puis, c'est un passage amusant.

– Amusant ? Je ne sais pas. C'est sûrement une mauvaise idée.

– Mais tu le savais.

– Je l'ai toujours su.

– Épaule droite, Tony.

– Oui, épaule droite, je sais.

– J'ai besoin de savoir pourquoi ?

– Pourquoi quoi ?

– Pourquoi m'as-tu laissé filer ?

Il fit tourner sa cigarette entre ses doigts et un sourire très pâle éclaira son visage :

– Pendant l'audition, tu nous as raconté une histoire. Alors, je vais faire la même chose. Je vais te raconter mon histoire.

Il aspira une bouffée, gonfla ses joues et expira la fumée avant de se le cancer :

– Un jour j'ai reçu un coup de fil. Tu vois, mon histoire commence un peu comme la tienne. J'étais un jeune agent et l'appel venait de Washington. "Vous devez filer au Guatemala, tout de suite", m'a-t-on dit. J'ai sauté dans un avion, puis un deuxième et j'ai atterri à Flores. Un taxi miteux, pas le temps de m'arrêter à l'hôtel, le rendez-vous était précis. À quinze heures, sur la place centrale. C'est à cet endroit qu'un enfant allait être libéré et en effet, j'ai trouvé un gosse. Tu as refusé de prendre ma main, je m'en souviens très bien. Bref, le lendemain, nous étions dans une salle, dans le commissariat de Flores. C'était minable et sombre. Les Guatémaltèques t'avaient interrogé et c'était à mon tour. Je t'ai posé des questions, le plus doucement possible, et toi, tu me regardais sans réagir. Et de temps en temps, ta main filait. Tu sais ce que tu faisais ? Tu chassais les mouches. Je n'avais jamais vu ça. Tu les attrapais, sur la table ou en l'air et tu les relâchais. Les unes après les autres, avec un sourire à chaque fois que tu les libérais.

– Et alors ?

– Et alors, il y avait aussi une mouche durant cet interrogatoire avec Perkins. À un moment, tu l'as attrapée et tu l'as relâchée. Exactement comme avant. C'est absurde, mais j'ai fait la même chose, Gabriel. Tu étais dans le creux de ma main, j'aurais pu la serrer et te broyer, c'est mon boulot tu sais, mais je n'avais pas d'autre choix que de te relâcher. La mouche ou toi, pas question de laisser Enrique gagner encore une fois.

– Sauvé par une mouche ?

– Oui. Sauvé par une mouche, mais ça ne change rien au passé.

Sa tête replongea en direction du gazon qui mourait de soif à nos pieds.

– Parce que tu as vraiment foutu la merde là-bas. Dans ce cimetière.

– Je suis désolé.

– Ou pas ?

– Ou pas, souris-je en aspirant une bouffée.

Il releva la tête et fixa son attention sur un point.

– C'est quoi sur ta nuque ? Y a un truc qui dépasse de ton col.

Un accident de voiture, avait dit Matteo.

– Un accident, repris-je sans vraiment y penser.

– Un accident ?

– De voiture, complétai-je en arrachant le pansement. Rien de grave.

– Il y a du sang sur ta chemise. Des projections de sang. Il y avait quelqu'un avec toi dans cette voiture. Ce n'est pas ton sang.

L'homme souffrait, mais le flic n'était jamais loin.

– J'ai pas eu le temps de me changer et… c'était un stupide accident.

– Il y a beaucoup d'accidents ces derniers temps. Le News Café, Jane et ce message.

– "Le sang pour le sang"?

– Tout ce qu'il y a d'électronique dans la ville a été infecté. Panneaux de signalisation, aéroport, gares ou au bord des routes, cette saloperie s'est propagée partout.

– Ça veut dire quoi ?

– Revendication, menace, j'en sais rien.

– L'enquête avance ?

– Un agent a débarqué ce matin. Il reprend l'enquête. Mais non. On n'a rien. Sauf les coïncidences.

– Le News Café et Jane ?

Il laissa filer un silence sans rebondir sur mon point d'interrogation. C'était pour ça que j'étais là ? Pour avoir une confirmation que le passé était revenu faire un tour ? Tony m'observa un court instant, puis bifurqua dans une autre direction.

– Et ta mémoire ?

– Quoi ma mémoire ?

– Elle est… bizarre.

– Ah bon ?

– Tu ne le sais pas ?

Il aspira la fumée, étouffa l'amorce d'une toux et avant que je n'aie inventé une réplique, il expira dans la moiteur :

– Laisse tomber.

C'était fragile. Après un léger renforcement, son humeur avait vacillé comme une chandelle en fin de vie et je n'étais pas à l'aise avec cette modulation. N'ayant pas l'option dans mon logiciel, je ne savais pas comment gérer toutes ces variations.

– Merci.

Il bascula sa fatigue dans ma direction.

– Merci de quoi ?

– Épaule droite, épaule gauche, Tony.

– Pas de quoi.

– Sans toi, je…

– N'en parlons plus, s'il te plaît.

– Il a saigné tu sais.

Une lueur dans sa fatigue.

– L'enfoiré ?

C'était à moi de souffler sur les braises.

– Il a bien saigné, confirmai-je une deuxième fois.

Une étincelle s'alluma enfin dans son regard. Pour une fois qu'Enrique Juavez était utile à quelque chose !

– Gabe ?

– Oui ?

– Vas-y, raconte-moi.

– Tout ?

– Oui, tout.

– Je dois repartir là-bas pour te raconter. Le Guatemala, Tikal et le cimetière.

– Parce que tu es aussi allé à Tikal ?

– J'ai bouclé la boucle.

Il garda le silence quelques instants, mais son silence était meublé de pensées bien plus dynamiques.

– Ça te pose un problème de revenir en arrière, te rappeler ?

– Non. Je t'ai dit, le passage est sympa. Mais j'ai juste effacé la séquence, alors, ça prend un peu de temps pour récupérer les images.

– Elle est vraiment bizarre ta mémoire.

– Ou c'est la tienne.

– Ou c'est la mienne, m'accorda-t-il, en aspirant une dernière bouffée, avant de tordre la cigarette à son extrémité.

La braise chuta sur le gazon. Je fis de même, et la mienne se déposa juste à côté. Nous les regardâmes se consumer paisiblement, chacun perdu dans ses pensées.

Le passé n'était pas une direction, mais il pouvait servir de dérivation. Renouer avec 'l'avant'. Alléger le présent. Repartir au Guatemala, refaire le voyage, c'était "il y a un an", avait insisté plusieurs fois Perkins, mais la date n'avait aucune importance. Plus que la date, la montre de mon père me servirait de boussole.

Tony me l'avait remise peu après la fusillade sur la terrasse du News Café, sans imaginer, à l'époque, ce que ce geste allait déclencher. "Quand est-ce que le cadavre de Felipe doit être rapatrié ?" lui avais-je demandé au cours de l'une de nos rencontres. "Bientôt", avait-il répondu. J'avais alors consulté la 'Prensa Libre', l'organe de presse principal du Guatemala, jusqu'à ce que la nouvelle paraisse. La date et l'heure de la cérémonie. Felipe, le fils de l'enfoiré que Tony avait abattu sur la terrasse du News Café, serait inhumé dans un cimetière que j'avais fréquenté.

Quand le destin murmurait, il suffisait de suivre le bruit.

– Tony ?

– Oui ?

– Tu sais que j'ai habité à Antigua ?

– Je connais ton dossier par cœur.

– Il est gros mon dossier ?

– Il est lourd.

– Donc tu sais tout ?

– Mieux que toi, à mon avis.

– Donc, dans mon dossier, il y a tout ?

– Exact.

– Sauf ce que tu ne sais pas.

– Comme quoi par exemple ?

Une ambulance était en approche.

– Tu te souviens de ce pick-up dont tu m'as parlé pendant l'interrogatoire.

– Oui.

La sirène prit de la consistance.

– Il était garé sur un chemin qui longeait le cimetière et il y avait quelqu'un dans ce pick-up.

L'ambulance s'était engouffrée dans le parking et deux infirmiers avaient surgi des urgences pour l'accueillir.

– Et ? cria-t-il pour couvrir le bruit.

– Et Agapito Mendez, ça te dit quelque chose ?

La sirène s'assoupit en parcourant les derniers mètres. Les deux infirmiers ouvrirent les portes arrière du véhicule et sortirent le brancard qui déploya ses pattes automatiquement.

Parmi les bonds spatio-temporels que j'avais effectués ces derniers temps, Antigua, l'ancienne capitale du Guatemala, était une destination nouvelle. Cet endroit était chargé de couleurs vives. Et d'odeurs aussi.

– Je n'ai pas entendu, Gabe. Agapito qui ?

– Agapito Mendez.

– Non, ça ne me dit rien. C'est lui qui conduisait le pick-up ?

– Oui.

– Un ami ?

– En quelque sorte.

– Il vivait à Antigua ?

– Oui, chez moi, Tercera Avenida Norte, la villa Paquita, au numéro sept. Une grande maison au pied d'un volcan. Un rez-de-chaussée uniquement, chaque pièce débouchant sur un couloir en 'L', des orchidées un peu partout et des canapés aussi.

– Tu construis les bords du puzzle, c'est ça ?

– Pardon ?

– Avant ton audition, nous avons fait appel à un psy qui a analysé ton premier témoignage. Il nous a expliqué que, pour revenir dans le passé, tu avais besoin de reconstruire les bords du puzzle, pour retrouver le modèle.

– Le modèle ?

– Le modèle du puzzle, le souvenir quoi !

– Je n'y avais jamais pensé, mais ce n'est pas faux. On ne fait pas tous ça ?

– Non. Normalement, les souvenirs reviennent naturellement. Et, pour info, je suis passé plusieurs fois dans cette maison, chez toi, 'avenida' machin à Antigua. On en a parlé pendant ton audition. Le chien, l'arme de ton père. Tu as déjà effacé ?

– Possible. Vraiment, tu es passé là-bas ?

– Elle est vraiment super bizarre ta mémoire. Bien sûr que je suis passé ! s'exclama-t-il. C'est même moi qui t'ai ramené jusqu'à Antigua. Et juste après aussi quand j'ai fait le chauffeur pour te déposer au cimetière de Guatemala City.

– Je ne me souviens pas.

– Tu ne te souviens pas du voyage entre Flores et Antigua ?

– J'étais un gosse, Tony.

– Tu avais sept ans, on se rappelle normalement !

Il me soupesa un moment, et secoua la tête :

– Vas-y, continue, Gabe, soupira-t-il enfin. Retourne dans ton puzzle et dis-moi qui est cet Agapito.

– Agapito, c'est le fils de Tan, la cuisinière. Je parlais mal l'espagnol, mais on arrivait à se comprendre. Il vivait un peu à l'écart dans la propriété, dans des maisons qui s'agitaient à chaque secousse.

– Des secousses ?

– Oui. Les tremblements de terre. Il y en avait tout le temps. Ma maison s'en foutait, des murs épais, elle datait du 17ᵉ, mais pour le personnel, c'était différent : des petites baraques, des toits en tôle ondulée, genre 'Les Trois Petits Cochons'. Et quand ça soufflait, quand la terre s'agitait, j'allais chez eux et on s'éclatait avec Agapito. La tôle ondulée, ça bougeait bien !

– OK. Donc, c'est avec ton pote que tu as arrangé ton coup du cimetière ?

– On n'est plus à une infraction près, n'est-ce pas agent Becket ?

– En effet.

– Après la fusillade au News Café, tu m'as remis la montre de mon père, tu t'en souviens ? Donc, avec cette montre, je suis parti au Guatemala.

– La rapporter à son propriétaire, m'avais-tu dit.

– Donne-moi une seconde.

– J'ai tout le temps, mais libère tes cigarettes, ça m'occupera pendant tes silences.

Je déposai le paquet et le briquet sur le banc et fermai les yeux. Je devais trouver le bon embranchement. Par où commencer ?

– Et commence par le début, on fera le tri !

Le début ?

Au début, c'est le Mexique. Rien de précis, une vague terre de transit. Après l'avion, un voyage en bus, de la chaleur et des bruits. Puis le moteur qui s'arrête. Oui, le moteur s'était arrêté et j'étais resté assis un moment. Tous les passagers piétinaient l'allée centrale d'impatience. Et moi, j'étais assis.

– Le poste-frontière… j'ai traversé la frontière entre le Mexique et le Guatemala. Nous avions rendez-vous avec Agapito, mais il ne m'avait pas indiqué un endroit précis. Une fois descendu du bus, je me suis arrêté à un rond-point et dans ce fourmillement, une silhouette immobile attire finalement mon attention. L'homme esquisse un sourire, puis s'engage sur la chaussée. Nous nous rejoignons sur le terre-plein central, sous un déluge de klaxons.

Grandes claques dans le dos, du nord au sud, le continent manifestait son plaisir avec la paume de la main, puis il s'écarta et m'évacua du trafic en direction d'une ruelle aux pavés grossièrement assemblés. Tapi dans l'ombre, un café s'était recroquevillé entre des plaques de tôle et nous nous installâmes dans un coin et…

– … et le volume était trop fort, les paroles étaient faibles, repris-je sans réfléchir.

– Hein ?

Un nuage de nicotine effleura mes narines.

– Pardon. On s'est retrouvés dans un café et la radio hurlait une chanson d'amour. Une reprise de contact assez bizarre. Tu sais ? Quand tu retrouves quelqu'un dont tu étais proche, mais que tu ne reconnais pas…

– Je vois très bien.

– Agapito a changé. Ses traits se sont affirmés, il est trapu, pas très grand, sa chevelure n'a pas bougé, mais son visage est déjà marqué par la vie et… sa moustache s'agite. Tu sais comme l'Indien d'Amérique centrale a un rapport complexe avec la pilosité ?

– Non, je n'avais pas fait attention.

– La nature est avare avec eux et la moindre poussée de gazon est un miracle qui se doit d'être exposé. Bref, les quelques tables sont garnies de voyageurs et je reconnais un gosse qui, dans le bus, avait répondu à mon sourire en m'envoyant divers projectiles. Au bout de quelques heures de voyage, je l'aurais volontiers étripé le môme. Il me regarde droit dans les yeux et tire la langue. Je l'abandonne à son triomphe et saisis ma bouteille de coca. Puis Agapito regarde l'heure à son poignet, dépose un billet de cinq quetzales[66] sur la table, il se lève et je lui emboîte le pas. Sur le chemin de la sortie, le gamin s'inquiète en me voyant approcher, avant de finalement lever la tête pour m'affronter du regard. Grossière erreur ! Je bascule sa bouteille d'une pichenette et le liquide se répand en cascade sur les genoux du p'tit con. Agapito, qui patientait dans la ruelle, a secoué la tête. Parce qu'il était devenu un homme. "C'est lui qui a commencé !" lui ai-je dis.

L'histoire filait, les images étaient limpides, fluides, rien n'était cassé, ni abîmé. Je ne savais pas si ma mémoire était bizarre, comme Tony le pensait, mais elle était redoutable. Aussi redoutable dans l'oubli, que dans la restitution.

---

[66] Monnaie du Guatemala.

– Désolé, je me suis égaré dans un passage sans intérêt. Donc on s'est retrouvés, on a bu un verre. À ma demande, Agapito avait tout organisé. Le programme était serré.

– Et en échange de son aide ?

– En échange, je me suis occupé de le rapatrier ici. Il vit à Miami maintenant, avec sa famille. C'était le deal.

– OK, rien d'officiel j'imagine. Donc, je ferme les yeux encore une fois, soupira-t-il. Et toi, tu continues.

– Le voyage dans son vieux pick-up prend plus de huit heures. Un voyage silencieux, entrecoupé de souvenirs d'avant et de rires qui, à chaque fois, s'interrompent bruyamment. La situation, notre destination ou le temps passé qui égratignent la complicité d'hier ? Je ne sais pas au juste. Mais lorsqu'enfin le pick-up s'immobilise près de la grille du cimetière, nous accueillons la fin du périple avec soulagement. Les lumières de la ville en contrebas et plus sombre, les volcans au loin.

– Enrique Juavez est là ?

– Non. C'est le jour d'avant et... c'est la nuit. Cette fois-là, je rapporte simplement la montre.

– Simplement ? rigola-t-il. Il n'y a pas grand-chose de simple dans ta trajectoire, tu sais !

– Dans la tienne non plus, rétorquai-je, en savourant le changement de climat.

Mes déambulations dans le passé semblaient l'avoir extirpé, pour un moment du moins, de sa spirale.

– Donc, c'est la nuit. On se gare à l'entrée du cimetière, je quitte la voiture et je suis Agapito qui lui-même suit le gardien qui nous attendait devant la grille. Le type tient à bout de bras une lampe à huile et on marche entre les croix, un slalom assez psychédélique. Lorsque la silhouette de l'arbre se dessine enfin dans l'obscurité, une ombre patiente juste à côté. Échange de 'mucho gusto[67]', Agapito avait recruté un... comment dit-on en anglais ? Tu sais, un type qui travaille la pierre...

– Un 'tailleur de pierre' ?

– C'est ça, il avait recruté un 'tailleur de pierre'. Le tailleur s'est immédiatement mis au travail. Le rythme du marteau et du burin

---

[67] Formule de politesse espagnole.

ébréchant la pierre est lancinant. Spectateur, j'assiste en retrait à un spectacle que j'avais pourtant initié. Ça dure longtemps, super longtemps, et nous, nous sommes regroupés autour de la lanterne posée au pied de la pierre tombale.

– On dirait que tu te souviens de chaque détail.

– Je ne me souviens de rien, Tony. J'y retourne et je découvre tout ça en même temps que toi. Je repars là-bas, tu comprends ?

– Plus ou moins, mais vas-y. Devant la tombe, le tailleur de pierre, le gardien du cimetière, ton pote Agapito et toi.

– Le tailleur de pierre, le gardien du cimetière, Agapito et moi. On dirait le titre d'une fable !

– Ou d'un mauvais rêve. Mais ne t'arrête pas !

– Silencieux, on regarde. Tu imagines ? Il creuse avec son burin et, moi, je contemple la scène, de l'extérieur...

Le Guatemala était un pays où la vie avait plus de relief qu'ailleurs, où les morts avaient une place à part. Les deux hommes qui m'encadraient étaient littéralement imbibés par le moment. Et la clarté de la lune apportait sa contribution à cette peinture. Les mains jointes, Agapito et le gardien des enfers psalmodiaient des trucs indistincts pendant que le tailleur… taillait.

– Ça veut dire quoi "de l'extérieur", m'interrogea-t-il, tout en saisissant une autre cigarette.

Des prières à celui qui, là-haut, se foutait de nous depuis son balcon. Ce Dieu de lumière pour les autres, mais qui avait assombri ma vie d'enfant et que j'observais depuis avec méfiance.

– Ça veut dire que je suis spectateur. J'ai toujours du mal à saisir la gravité des moments. À lâcher prise, si tu veux. Donc, sur ma gauche, le gardien du cimetière a un profil tout en relief. Un nez busqué, une peau grêlée de tombes et des lèvres charnues qui s'agitent dans le vide. Les rides sont profondes. Creusées par la vie et comblées par la mort.

En tant que gardien des morts, en voilà un qui devait avoir une ligne directe avec le Seigneur. Il n'y avait aucun doute dans ce murmure qui s'échappait. Il parlait, il croyait, il vivait dans son ombre. La croyance donnait du sens à l'absence, alors que chez moi, réalisai-je, c'était l'absence qui donnait du sens à mon existence.

– Creusées par la vie et comblées par la mort ? Elle est bizarre ta façon de parler.

Il ponctua sa remarque de deux ou trois pressions sur la roulette de mon Zippo. Dialogue à deux dimensions, aujourd'hui et avant, il fallait suivre !

– Je sais. J'ai pas l'habitude de revenir en arrière et même pour moi, ça sonne bizarre. Je crois que je récupère plus que le souvenir dans mon filet. Il y a aussi mes pensées qui reviennent. Bref, c'est le moment. Je sors la montre de son boîtier et la place délicatement dans la cavité. Puis le tailleur scelle l'épaisse vitre, se signe une dernière fois et disparaît avec Agapito et le gardien. Je reste un long moment immobile avant de trouver la force de prononcer le mot. Deux syllabes. Deux minuscules putains de syllabes. Élémentaires. Primaires. Enfantines.

– Papa ?

– Ouais. Papa ! C'est con, hein ? Donc, j'ai laissé la montre dans la cavité. La vitre est posée. J'ai réglé l'heure de la montre juste avant et la trotteuse s'éclate derrière la vitre. Bientôt, elle s'arrêtera. Je suis seul. Ils sont tous partis. Et puis, j'ai glissé quelques mots. J'ai parlé à la pierre tombale.

– Et tu lui as dit quoi ?

Se souvenir n'était pas naturel, partager mon intimité encore moins. Mais puisque j'avais décidé d'embarquer Tony dans ce voyage, autant avancer sans se préoccuper des conséquences.

– Tu m'avais demandé de le remercier, le reflet de sa montre t'avais sauvé la vie sur la terrasse, tu te souviens ?

– Oui.

– Alors, je l'ai fait. Je l'ai remercié de ta part. À voix haute. Le silence est assourdissant. Tu n'imagines pas comme la nuit, dans un cimetière, le silence est bruyant. Je l'ai à peine égratigné en parlant. La lutte était inégale alors je me suis rapidement arrêté de parler. Le silence a profité de l'interruption pour reprendre le contrôle. Il est chez lui ici, si tu vois ce que je veux dire. Il y a des morts partout et ce silence règne en maître. Il absorbe tout. Ma main est posée sur la stèle. Après avoir bronzé toute la journée, la pierre disperse sa chaleur. Sa chaleur ou mon père, je me perds un peu.

– Tu sais quoi ? tu me fais peur avec ton cimetière. Pas le genre d'image que je veux avoir en ce moment.

– Merde, c'est vrai ! Désolé, mais la suite est sympa, tu verras.

Compliqué d'interrompre la séquence. Une fois la porte ouverte, tout revenait.

– Je dois continuer. Je ne peux pas enchaîner sans aller au bout, repris-je finalement. Mais je vais faire court.

– Évite simplement les fantômes, s'il te plaît. J'ai tout ce qu'il faut en magasin.

– Pas de fantômes, mais le cadavre est sous mes pieds… ça va te paraître encore bizarre, mais dans ma tête, mon père avait une silhouette, mais plus de visage. Il n'y avait plus rien dans ma mémoire. Impossible de retrouver les traits. Plus de voix, ni d'odeur, plus rien. Alors, je me suis accroupi et j'ai posé la tête contre la pierre. Je crois que je me suis dit que peut-être qu'en surjouant le drame, les sentiments allaient se faire avoir ?

– Pourquoi ? Tu ne ressens pas de…

– C'est compliqué, Tony, l'interrompis-je.

– OK. Et ça t'a fait du bien ?

– Je ne sais pas pour toi, mais parler aux vivants est déjà compliqué, alors parler aux morts…

– J'ai le même problème.

– Donc, toujours ce silence opaque. Je me redresse finalement, plonge mes mains dans les poches de mon pantalon et reprend péniblement la conversation. L'arbre étire ses bras au-dessus de mon monologue. Les branchages bruissent quelques instants, leurs feuilles chargées de morts.

Tony grimaça.

– Eh merde ! Désolé. Je dois mettre certains passages en mode 'silence', je sais. Mais en résumé, je lui ai raconté le bordel sur la terrasse du News Café. Je crois que j'imaginais que ça l'amuserait de savoir que tu l'avais shooté.

– Felipe Juavez ?

– Oui. Et j'étais déjà venu dans ce cimetière. C'était à mon retour. Après… la jungle.

– On en a parlé déjà, Gabe. Le chien et le coup de feu.

Les mots se perdaient dans la nuit. Allongé dans son drap sombre, le croissant de lune souriait gentiment. La lune non plus n'y croyait pas.

– J'ai essayé, parler et ressentir, mais, rien ne passe. Ça ne marche pas.

Pas de douleur, interprétation exagérée, les émotions étaient bloquées quelque part. Dialogue à sens unique, un nuage confirma la sentence en camouflant la lune et le cimetière se drapa dans l'obscurité. Plus de visage, plus de souvenirs, le noir était une couleur, le silence était un bruit. Mes digressions s'éparpillèrent sans jamais atteindre leur cible. Mon père était mort et avec lui, l'enfant aussi.

– J'ai donc passé la nuit là-bas.

– Putain !

– Comme tu dis. Une nuit dans un cimetière, c'est assez particulier. D'un autre côté, vu la suite du programme, on peut considérer que j'étais également en repérage.

– Avant Enrique Juavez ?

– Oui. J'avais toutes les chances de ne pas survivre, alors, c'était l'occasion de parcourir ma future demeure.

– T'es con, Gabriel.

– Je sais.

– Et après ?

Dialogue contrarié, j'avais finalement allongé mon silence, jusqu'au lever du soleil, sur la tombe de mon père. Agapito m'avait repêché, alors que le chêne rosissait sous les premières lueurs du jour et il m'avait déposé sur une place encombrée de bus. Après la promesse de revenir me récupérer au même endroit le lendemain, ponctuée d'un geste de la main, son pick-up avait plongé dans la circulation à grands coups de klaxon.

– Après, c'est Tikal.

– Toujours avec Agapito ?

– Non. C'est un voyage que je devais faire seul. Des hauts plateaux jusqu'à la jungle, une sacrée glissade. Musique à fond, un vieillard au sourire édenté affalé contre mon épaule et enfin, le bus qui s'arrête. D'un geste de la main, le chauffeur m'a indiqué la direction à suivre. J'ai descendu les deux marches, la porte s'est refermée brutalement dans mon dos et le bus a pétaradé un nuage en s'éloignant.

– Pas sûr que ça soit une bonne idée de revenir là-bas.

– À quelques mètres de moi, le ruban de terre. Lui et moi, ce putain de chemin et mon passé, on s'observe un long moment. Je

292

m'approche, puis je m'arrête. Poser enfin le pied dans mon passé, puis un deuxième et le ciel disparaît. De part et d'autre du chemin, les branches s'embrassent. Je lève la tête. Il y a un plafond. Ce n'est plus un chemin, c'est un couloir, un corridor et au bout, il y a Tikal, la cité maya. Je me concentre sur mes chaussures. Avancer, un pied après l'autre, sans penser…

— Désolé, mais je ne comprends toujours pas. Pourquoi retourner à Tikal ? Ça n'a pas de sens !

— Parce que je n'avais pas été au bout du chemin à l'époque, murmurai-je, tout en piétinant la terre ocre de la jungle jusqu'à atteindre le moment.

— Pas le moment, l'endroit, me corrigea-t-il.

— Non, c'est pas un endroit, c'est un moment pour moi. Un sale moment. Il est là… un peu plus loin, le chemin fait un coude et… la douleur est là. C'est… c'est comme un serpent, elle jaillit du sol et plante ses crocs dans mon cœur. Les arbres m'écrasent. Retour à mes sept ans, à ma taille, à ma peur, à mon cri. Sans m'arrêter, j'enjambe le souvenir, résiste à l'envie de disparaître dans la jungle et la détonation retentit. La mémoire est une vraie salope, tu sais ?

— Je sais. J'en ai plein la tête aussi.

— Par terre, une tache de sang se colle à mes semelles. Je la foule sans pouvoir la dépasser. Le sang est noir, c'est une ombre sur la terre. Il est impossible de se débarrasser d'une ombre. Elle se métamorphose en un corps que je piétine dans mon affolement. La peur a pris le contrôle. Putain ! C'était là, juste là…

— Là où ton père est…

— Oui. Et comme un con, j'ai couru. Tu sais, comme je l'avais fait avant, comme je l'avais fait à l'époque, mais cette fois, je ne m'arrête pas. Les arbres défilent trop rapidement. Respiration désynchronisée, je prends subitement conscience que je cours. Impossible de m'arrêter. Juste courir, s'échapper. De toutes mes forces, ne pas ralentir, ne plus jamais ralentir.

Légère tension, se débarrasser de la sensation qui grésillait dans ma tête, saisir une cigarette dans le paquet et l'allumer.

— Ça va ? s'inquiéta-t-il.

— Tout bien. J'ai dépassé le moment et j'arrive sur le site. Les deux pyramides mayas qui se font face.

Il hocha la tête sans me quitter du regard. Je fermai les yeux. Je voyageais mieux les yeux fermés.

— Il n'y a personne sur l'esplanade. Je suis seul, les mains sur les genoux, la tête en feu, perdu dans cet îlot de gazon entouré d'un océan d'arbres. Le soleil rasant éclaire le sommet de l'une des pyramides, celle du Jaguar d'après mes souvenirs. Mes jambes sont en coton. Je devrais m'asseoir, m'allonger. Mais, au contraire, je me redresse et me dirige vers l'escalier et j'entame l'ascension, marche après marche. Une escalade régressive, les images du passé s'impriment en moi, malgré moi. Certaines marches se sont écroulées. Mes fondations aussi…

— Putain, c'est super flippant et je ne comprends toujours pas pourquoi tu as fait ça !

— Je grimpe au sommet. Je dois le faire, c'est comme ça. Et je suis sûr que tu aurais fait comme moi.

Vision trouble, la pyramide tangue, je ne suis plus seul : les fantômes sont là. Les silhouettes flottent, alors que je fixe le soleil. Je passe une main fatiguée sur mes yeux. Évacuer la sueur. La sueur… ou les larmes.

Parce qu'il n'y a plus de masque dans la jungle.

— Tony ?

— Oui ?

— Tu avais quel âge ?

— Quand ça ?

— Quand tu es venu me chercher à Flores.

— Vingt-trois ans, répondit-il, après quelques instants de réflexion.

— Et moi ?

— Sept ans.

— OK.

— Pourquoi ?

— Tu connais Tikal ?

— La ville de Flores n'était pas loin de Tikal, mais j'avais un gosse à récupérer et d'autres choses en tête à l'époque.

C'était moi, le gosse. J'avais encore du mal à me réconcilier avec lui.

– Tu devrais y aller.

– À Tikal ? Pourquoi ?

– Il n'y a plus de masque, là-bas. J'ai dormi au sommet d'une pyramide et… je ne sais pas, disons que les fantômes s'apaisent là-haut. Ça te ferait du bien, je crois.

– On verra, peut-être un jour. Alors, tu as passé la nuit au sommet d'une pyramide paumée en plein milieu de la jungle du Petén ?

– Ouaip.

– La jungle du Petén ! C'est rempli de saloperies qui piquent et mordent ! Pas certain que ça me convienne comme 'trip[68]'.

– Tu serais étonné, souris-je tout en refermant les yeux pour mieux redécouvrir l'horizon.

Perché au sommet de cette pyramide, les pieds dans le vide, l'absurdité de la situation libéra la pression qui venait de me comprimer la poitrine. L'absurdité était un remède efficace pour se dégager de la gravité.

Un dernier rayon de soleil accrocha le sommet des pyramides avant de s'éteindre. Encore un moment, puis la nuit aspira le paysage. Tous mes sens se brouillèrent. En contrebas, un bruissement agita des branchages et, comme s'il s'agissait d'un signal, l'obscurité se remplit de bruits. La jungle se réveillait la nuit. Une goutte de sueur glissa le long de ma colonne vertébrale, une parmi les centaines qui sillonnaient mon corps. J'extirpai une gourde de mon sac à dos et me laissai aller, le dos posé contre la pierre encore brûlante. En passant la main dans le sac, j'avais senti la crosse du fusil-mitrailleur…

– Puis, j'ai pris un bus à l'aube, retour à Guatemala City.

– Retour au cimetière ?

– Exact.

– Raconte la suite.

– La suite est plus compliquée.

– Pourquoi ?

– Parce que je n'ai pas vu grand-chose.

Tony fit un effort, se remémora le rapport sur la fusillade dans le cimetière qu'il avait pourtant consulté des centaines de fois, et réagit bruyamment en comprenant l'allusion.

---

[68] "Voyage" ou "expérience".

– Merde, c'est vrai !

– Alors, je vais m'appuyer sur ce qu'Agapito m'a raconté.

– Donc, c'était lui, l'homme au pick-up, garé sur un chemin qui bordait le cimetière ?

– L'homme au pick-up, comme tu dis. Oui, le chauffeur, c'était lui. Mais il a fait bien plus que ça.

– Comme quoi, par exemple ?

– Comme… tout me raconter après. Parce que, de l'endroit où j'étais dans le cimetière, autant te dire que j'ai raté deux ou trois choses.

– T'es vraiment un malade, Gabriel !

– Qui est le plus malade ? Moi ? Ou celui qui, volontairement, regarde la mauvaise épaule, au risque de tout perdre ?

Tony expulsa un rire.

– Tu n'as pas tort, ton truc est viral ! Mais avant, dis-moi une chose. Autant, je n'ai pas anticipé le merdier que tu as foutu en partant là-bas, mais Angelica ? J'ai du mal à croire qu'elle a accepté tout ça sans réagir. Elle n'a… OK… tu ne lui as rien dis, c'est ça ?

– J'ai oublié.

Il secoua la tête en plissant ses lèvres. Un mouvement de grand frère, une réprobation qui me réchauffa. Du moins, c'était ma traduction du moment.

– Pas malin, mon pote. C'est pas malin du tout. Crois-moi, tu te ballades avec une grenade dégoupillée et un jour, elle va – il joignit ses mains, puis ses doigts s'écartèrent en mimant l'explosion – mais vas-y, continue. Retour à Guatemala City ?

– Exact. Retour au cimetière. Détends-toi, la suite est vraiment cool. Alors, imagine la scène : il doit être autour de seize heures. En tête du convoi qui franchit la grille, une berline encadrée par deux jeeps de l'armée ralentit pour franchir le dos-d'âne, puis accélère dans l'allée qui découpe le cimetière en deux. À l'arrière de chacun des deux véhicules militaires, un soldat tient fermement une mitrailleuse. Les canons obliquent sur la droite, à l'affût du danger, ils pointent leurs museaux en direction des croix qui parsèment le gazon, avant de revenir dans leur position initiale.

– Tu sais quoi ? Tu devrais écrire un bouquin.

– J'y penserai, m'amusai-je. Je continue ?

– Donne-moi la situation d'ensemble.

– Ton côté FBI ?

– C'est ça.

– Alors, le cimetière est en périphérie de la capitale, une vue sur les volcans, une vaste étendue de gazon. Agapito est à la lisière du cimetière, allongé dans des herbes hautes et caché par des buissons.

– Et toi ?

– Moi, je suis dans mon trou.

– De quel trou parles-tu ?

– Une tombe située à une centaine de mètres de la cérémonie. Et avec la pluie, je me suis offert une 'thalasso' en version gothique.

– J'imagine !

– Donc, le président Hernandez quitte son véhicule et se dirige vers l'estrade. Il serre quelques mains dans la foule, puis s'immobilise devant la photo de Felipe, posée sur le cercueil. Il met un genou à terre, fait un signe de croix, puis se relève. Au premier rang, Enrique Juavez se détache de l'assistance afin de rejoindre le président.

– Non mais, sérieux, Gabe, tu dois écrire tout ça un jour !

– Les deux hommes se serrent la main. Ils sont ennemis dans la vie, mais la mort est une parenthèse.

– Et ton Agapito, il est armé ?

– Oui. Une magnifique paire de jumelles.

– Putain !

– Dans mon livre, tu t'occuperas des dialogues, Tony, OK ?

Il rit, tout en secouant mon paquet de cigarettes qui maigrissait à vue d'œil, et attrapa un bâtonnet.

– Les invités forment une masse compacte et sombre. Trois ou quatre cents personnes. Le prêtre qui officie avec conviction agite ses manches devant le cercueil. Le soleil a disparu. Les nuages se sont décrochés des cimes des volcans et grignotent méthodiquement le ciel bleu. Des dizaines de gardes du corps encadrent le cercle de puissants. Dans l'assistance, politiques, hommes d'affaires, les genres se confondent, l'argent les réunit. Tu sais comme les frontières sont nettes dans ce pays : il y a les

297

puissants et il y a les autres. Agapito parcourt lentement le premier rang avec ses jumelles, il fait ensuite le point sur les gardes du corps qui se sont dispersés sur le gazon. Généralement en binôme, ils tournent le dos à la scène. Lorsque deux silhouettes se détachent, les mains d'Agapito se crispent sur ses jumelles. Les deux hommes s'éloignent en direction de l'arbre qui, à une centaine de mètres sur leur droite, déploie ses branches. Les premières gouttes de pluie apparaissent. Ils accélèrent le pas. La pierre tombale n'est plus qu'à quelques mètres lorsqu'ils s'immobilisent.

– La pierre tombale de ton père ?

– Exact.

– Merde alors !

– L'un des hommes allume une cigarette, alors que l'autre colle son poignet contre sa bouche.

– Un micro ?

– Visiblement.

– Ils sont bien équipés…

– Ils sont riches.

– Évidemment !

– Donc, Agapito bascule ses jumelles en direction de l'assistance, juste à temps pour saisir le moment où un autre costume sombre s'approche d'une jeune femme à la chevelure de jais…

– De jais ?

– Sombre, noire.

– Catarina Juavez ?

– Oui, Catarina. Elle est assise au premier rang et le type lui glisse quelques mots à l'oreille, avant de se replier respectueusement. Agapito reporte à nouveau son attention sur les deux hommes qui se sont immobilisés à côté de la tombe de mon père. Le plus trapu du couple braque les yeux sur le chemin qui jouxte le cimetière et parcourt la bordure. Il glisse sur la position d'Agapito qui se recroqueville, mais le type ne remarque rien. Il aspire une dernière bouffée de sa cigarette et jette le mégot entre les planches d'une tombe en devenir.

– Une tombe ? La tombe ?

– Oui. Fraîchement creusée à ma demande, elle est à quelques mètres seulement et tu n'imagines pas comme j'ai eu envie d'attraper le mégot et de tirer une taffe.

– Putain !

– Je ne te le fais pas dire. Alors que la pluie gagne en intensité, un frisson parcourt l'assistance lorsque les parapluies se déploient en une vague. Des boucliers qui, ramassés les uns contre les autres, forment une muraille menaçante. L'assistance s'est muée en une armée et le bloc crépite de rage sous la pluie battante. La pluie tombe en rafales maintenant.

– Pas un bouquin, c'est un film !

– Il doit être autour de dix-sept heures et l'assemblée se disperse précipitamment. Les voitures sont garées non loin de là et les gardes du corps tentent de récupérer leurs clients dans le désordre le plus complet. Puis le cimetière retrouve enfin sa sérénité.

– Et toi ?

– Moi, je me noie doucement dans la boue.

– Nom de Dieu !

– Enrique Juavez s'avance de quelques pas, insensible à la tourmente, il expulse un soupir et apprécie le silence retrouvé, les yeux fermés. Au bout d'un moment, il relève la tête et cherche l'emplacement que sa fille lui a signalé. Catarina lui avait indiqué l'arbre sous lequel la tombe se trouvait, avant de s'éclipser avec les gardes du corps. Et, en effet, Enrique tourne la tête et cherche du regard, un peu plus loin, sous un grand chêne, la pierre tombale. Il plisse les yeux et tente de lire le nom qui y est gravé, mais n'y parvient pas. C'était un peu mon pari.

– C'est-à-dire ?

– Qu'il se rapproche de la tombe de mon père et s'éloigne des gardes.

– Mais il est complètement foireux ton plan !

– Mais ça a marché. Donc, il contourne la terre fraîchement creusée qui abrite la dépouille de son enfoiré de fils…

– Charmante famille.

– … et ses chaussures s'enfoncent à chaque pas dans l'herbe imbibée d'eau. Il s'approche, jusqu'à découvrir l'inscription gravée dans le marbre blanc : "John F. Lacour."

– Son fils et ton père, enterrés pour l'éternité à quelques mètres l'un de l'autre, c'est sacrément ironique ! Et Agapito ?

– Apparemment, c'est à ce moment-là qu'il a commencé à avoir peur. Il était persuadé que ça n'allait pas marcher. Mais en voyant Enrique s'approcher, il a surtout compris que j'avais toutes les chances d'y rester.

– OK.

– Il m'avait dit, quand on était assis dans son pick-up, juste avant que je ne rejoigne mon trou : "Si ça marche, si ton plan fonctionne, tu vas mourir ici."

– Je vois. Il y en avait au moins un qui était lucide dans votre couple ! Et tu as répondu quoi ?

– Pas certain de me souvenir. Mais sûrement un truc du genre : "Au moins, je serai sur place, le trou est déjà creusé."

– T'es vraiment con, soupira-t-il. Donc, Enrique est devant la tombe de ton père. Et ?

– Et c'est à ce moment qu'il découvre, incrustée dans le granit et protégée par une épaisse vitre, la montre en or. Il chasse de la main les gouttes de pluie qui couvrent la vitre. Une phrase est gravée dans la pierre, juste devant le bracelet de la montre, et il cherche à la déchiffrer.

– Parce que tu y avais fait graver quelque chose ?

– Oui.

– Quoi donc ?

– Un truc. Mais d'après Agapito, il n'a pas aimé le message.

– C'était quoi ce truc ?

– On fera un crochet en allant à Tikal. Tu verras ça par toi-même, évacuai-je sans y penser. J'en étais où ?

– Enrique qui chasse l'eau de la vitre.

– Oui. Il agrippe ensuite fermement la pierre des deux mains et crache sur la vitre.

– L'enfoiré ! gronda Tony.

– Mais la pluie a effacé l'affront, a tenu à me préciser Agapito.

300

– Et toi, pendant ce temps-là, tu es toujours dans ton trou ?

– Oui. J'avais un petit miroir que je glissais entre les planches pour voir ce qui se passait, mais avec la pluie, c'était pas super clair. Jusqu'au moment où je l'ai vu. J'ai vu sa silhouette. Mais à partir de là, de mon côté, je t'avoue que ça devient un peu confus. Je ne me souviens plus de rien.

– OK. Pour la suite, on reste avec Agapito, alors ?

– On fait ça, confirmai-je. Il m'a raconté qu'après avoir vu Enrique cracher, il avait dévié ses jumelles, mètre après mètre, avant de s'immobiliser sur les planches.

– La tombe où tu étais planqué ?

– Oui, et il a cru voir un frémissement parcourir les planches. Mais impossible de savoir si c'était la réalité ou un effet d'optique. Sa vision était floue, les gouttes rebondissaient à un rythme frénétique et les planches grossièrement posées sur la tombe tremblaient sous les impacts. Il a éloigné un court instant les jumelles afin de passer sa manche détrempée sur ses yeux et a repris l'observation. Et c'est à cet instant que des doigts ont émergé des planches, enchaînai-je, tout en accélérant le rythme : une planche se soulève, elle se dépose sur le côté et un tube métallique apparaît.

– Le canon de ton arme ?

– Oui.

– Quel modèle ?

– Un truc qui faisait tac-tac-tac.

– Un fusil-mitrailleur ?

– J'en sais rien. J'ai pas demandé.

– Et tu l'as trouvé comment ?

– Un ami.

– Je vois.

– Avec le canon dressé, une main fermement agrippée sur la crosse, une silhouette fantomatique a surgi de la boue en projetant une ou deux autres planches sur le côté.

– Et le sénateur ?

– Il s'apprêtait à rebrousser chemin lorsqu'il a distingué, sur sa gauche, un homme qui pointait une arme dans sa direction. Par

301

réflexe, il a gardé sa position de profil. Probablement pour donner le moins de prise possible au tireur.

– Et toi, tu ne te souviens de rien ?

– Rien de rien. Ou alors, j'ai pas envie d'y retourner. Bref, nous nous sommes parlé, d'après ce qu'Agapito a pu voir d'où il était.

– Vous vous êtes parlé ?! Tu as parlé avec Enrique !?

– Apparemment, j'avais deux ou trois choses à lui dire.

– Vraiment con ! On tire d'abord, on parle après, Gabriel !

– Oui, bon, je le saurai pour la prochaine fois.

– Et ?

– Et c'est confus, mais je crois que j'ai pressé la détente parce que l'écorce de l'arbre derrière lui a volé dans tous les sens. Le truc... le fusil-mitrailleur a craché presque l'intégralité des munitions en quelques secondes. J'ai dû corriger le tir, parce qu'une balle l'a finalement touché au bassin et une autre à la cuisse. Il s'est effondré en couvrant de son sang le nom de mon père.

– Et les gardes du corps ?

– Là aussi, c'est confus. Si j'ai bien compris, personne n'osait tirer, probablement de peur de toucher Enrique. À l'exception d'une jeune femme, m'a-t-il dit. Elle marche droit vers moi. Elle tire sans s'arrêter et les impacts, de plus en plus proches, entourent mon trou.

– Parce que tu es toujours dans ton trou ?

– Oui. Je n'ai pas bougé.

– Mais tu attends quoi pour dégager ?

– Aucune idée.

– Et Agapito ?

– Il est accroché à ses jumelles.

– Et après ?

– D'après lui, j'aurais levé la tête et crié.

– Tu as crié ?!

– Hurlé même, apparemment. Et ça lui a foutu une trouille bleue. Il y a eu un éclair, la scène s'est illuminée et je crois que, comme j'étais sur le point de crier à nouveau, il a pris les choses en main.

– C'est-à-dire ?

– Il s'est levé et s'est précité dans ma direction. Un sifflement aigu lui a caressé l'oreille.

– Il était devenu une cible à son tour.

– Ouaip. Et il m'a gueulé dessus pour que je bouge.

– Mais tu n'as pas bougé bien sûr.

– Non. J'imagine que j'étais bien, au fond du trou.

– Donc, c'est lui qui t'a sorti de là ?

– Oui. Il a couru jusqu'à moi, il a saisi l'arme et mon bras, et m'a entraîné de toutes ses forces vers le véhicule garé non loin de là. Les balles sifflaient dans tous les sens, d'après lui.

– Vous vous êtes enfuis ?

– Pas tout de suite.

Sur le chemin, les pieds légèrement écartés, Catarina recharge calmement son arme, sans me quitter du regard. Son bras se dresse, un sourire étire ses lèvres et elle tire. La pluie plaque son chemisier contre ses seins. Une amazone.

– Catarina est là. Elle tire, et moi, je suis immobile.

Une balle érafle mon épaule.

– Tu es à côté du pick-up, et tu ne bouges pas ?

Visiblement à court de munitions, elle baisse finalement le bras le long de son corps et, à travers le rideau de pluie, nos destins fusionnent.

Ma conjugaison patine. Le passé, quand il est trop fort, c'est du présent.

– Non. Je ne bouge pas. Une rafale des gardes du corps fait voler en éclats le pare-brise arrière du pick-up, mais…

– *Monte ! hurle Agapito.*

Derrière Catarina, des silhouettes d'hommes en armes. Les hommes du sénateur ont rejoint le chemin et lui ordonnent de s'écarter.

– … mais si elle a tiré plusieurs fois, elle m'a manqué.

Elle ne s'est pas écartée. Elle non plus, elle n'a pas bougé.

– Non, elle t'a touché, Gabriel.

Était-ce la légèreté que j'avais décrétée en partageant cette histoire avec lui, ou simplement le fait de refoutre les pieds dans une scène que j'avais effacée ? Aucune idée, mais la prise de conscience s'insinua, sans que je puisse la refouler. Catarina ne s'était pas écartée et la balle n'avait qu'effleuré mon épaule. Consciemment ou pas, Catarina, immobile dans la tourmente, s'était interposée. Elle s'était interposée et m'avait épargnée.

– Tu ne comprends pas, Tony.

– Je ne comprends pas quoi ?

Quand j'ouvrais une porte sur le passé, l'appel d'air pouvait être brutal. Douleur à l'épaule, le bruit des détonations et le visage de Catarina. Le visage et ses yeux. Elle veut me dire quelque chose, mais je refuse d'entendre. Encore ce vertige. La Sibérie ou Miami, ma tête était lourde et ma mémoire protesta. Un court-circuit dont je reconnus le signe avant-coureur. Un grésillement. Un grésillement et un éclair.

Agitation sur le parking de l'hôpital : l'assistante débarque, Tony se lève précipitamment, ils échangent quelques mots et il part en courant. Mon téléphone sonne et je décroche. Quelqu'un me parle et il y a une bascule. Le soleil, puis la pluie. Le passé et les morts. Une main qui s'échappe. Douleur d'hier, douleur d'aujourd'hui. Effacer, oublier.

– Gabriel ?

J'entends la voix, mais la chronologie n'est pas bonne. La chronologie, le timbre, ça ne colle plus. La Sibérie, Genève, le Guatemala ou Miami, succession de décors, ma boussole s'affole encore une fois.

– Gabriel ?

Je reconnais la voix. Je reconnais les yeux. Ce n'est pas Tony. Le décor a changé. L'hôpital a disparu. Tout est effacé. Qu'est-ce que je fous là ?

– Gabriel ?

Et lui ? Que fait-il là ?

25

– Gabriel ?!

Elle, je la vois, mais lui, que fait-il là ?

Une sacoche posée sur les genoux, Jerry Goldman flotte dans son costume. Il flotte dans mon canapé. Le canapé flotte dans le salon. Ça flotte de partout ! Deux chapeaux de lumière de part et d'autre, les abat-jours tamisent mon vertige. Sur ma droite, les spots incrustés au-dessus du bar se chargent de compléter l'éclairage. Je poursuis le panoramique jusqu'à la baie vitrée, dehors c'est sombre et dans le salon, c'est silencieux. Beaucoup trop silencieux. Quelle heure est-il ? 'I dont know[69]'. Le matin, l'après-midi, aucune idée. Mais s'il ne fait pas nuit, il fait vraiment sombre. Sombre et silencieux.

Étrange impression que ce flottement. Du genre de celle qu'on éprouve en se réveillant dans un lit sans plus savoir de quel lit il s'agit. Ni le lit, ni la maison, ni même le pays !

Un visage s'interpose. Faire le point sur ses yeux gris et descendre jusqu'à ses lèvres. Elle ouvre la bouche, mais les mots n'ont pas de sens. La synchronisation n'est pas bonne. Le doublage est mauvais ou c'est moi qui suis en décalage ? D'un visage à l'autre, je repars à nouveau sur le canapé. Posé sur un coussin, il a une dégaine d'objet perdu. Tout est recroquevillé chez lui. Roulé en boule, c'est un K-Way. Jerry Goldman est là et je me répète ou je bégaye encore une fois : que fait-il là ?

Il fixe quelque chose à mes pieds et j'accompagne le mouvement en baissant la tête. Des gouttes s'échappent d'une mèche de mes cheveux jusqu'au parquet. J'ouvre la main et un pansement ensanglanté tombe sans faire de bruit.

---

[69] "Je ne sais pas."

Le pansement, c'était la Sibérie. C'était l'hôpital aussi. Et l'hôpital, c'était Tony.

– Tu es trempé. Viens.

Les lèvres et le son, la 'synchro' était enfin bonne. Le vertige s'estompait et je reprenais contact avec le sol.

– Maintenant ! ordonna-t-elle finalement en saisissant ma main avec autorité.

Dans la cuisine, un type que je ne connaissais pas s'affairait autour d'une poêle et un autre type juste à côté de lui m'observait. Le plus massif des deux tenait un couteau. Un couteau dans une main et un énorme steak dans l'autre. Je le connaissais ce couteau. C'était le mien ! Un couteau, une main très grosse, un steak et une arme dans un holster.

– Jerry, on vous laisse un moment. Je dois parler à Gabriel.

Mon bras s'étira alors qu'elle s'éloignait. À la dérive, j'accompagnai le mouvement. Jerry, puis les deux types dans la cuisine…

– Qu'est-ce qu'il fait là ? murmurai-je enfin à Angelica qui m'avait emporté dans le couloir.

Étrange priorité. Plutôt que ces deux types armés dans ma cuisine, c'était la silhouette chiffonnée de Jerry qui me perturbait. Elle bifurqua dans la chambre, m'abandonna au pied du lit et quelques instants plus tard, une serviette vola dans ma direction. Je l'attrapai au vol.

– Qu'est-ce qu'ils 'font' là, me corrigea-t-elle. Sèche-toi et cette fois, on parle.

– Donne-moi une minute.

Elle repoussa la porte de la chambre qui claqua dans son dos, me contourna et s'assit sur le lit. La couette réagit à peine. Prendre la serviette et enfouir mon visage.

– Tu disparais pendant six jours et maintenant tu es planté dans le salon, trempé et il y a un pansement plein de sang qui traîne par terre. Tu ne sais pas ce que tu fais là, ni ce que ce Jerry Goldman fait là. Et encore moins ces deux types armés dans la cuisine.

Elle reprit sa respiration. Inquiétude et colère. Elle était belle quand elle vibrait.

– Et un Anglais m'appelle hier et m'annonce que tu seras de retour aujourd'hui après un crochet par Londres. Et puis c'est au tour de Matteo de m'appeler. Lui aussi a reçu un coup de fil de ce type. Il ne l'aime visiblement pas beaucoup. Tu aurais eu un accident de voiture en Sibérie. D'où ma question Gabriel. Tu as des pertes de mémoire ? C'est à cause de l'accident ?

– Possible.

– C'est possible ?

– Oui.

– Tu vas devoir trouver mieux comme réponse. Beaucoup mieux !

Reprendre le chemin. Redessiner le parcours. Ne pas remonter trop loin. Rétrécir le souvenir.

– Je crois que… oui… j'étais à l'hôpital.

– À Londres ? À cause de ton accident ?

– Non. J'étais à l'hôpital.

– Tu l'as déjà dit !

– Je voulais savoir comment allait Jane, alors j'ai fait un crochet par l'hôpital pour voir Tony. On parlait depuis… je ne sais pas combien de temps, mais ça a duré un bon moment, et puis son assistante a débarqué.

– L'assistante de Tony ?

– Oui. Elle était pâle. Super pâle. Tony s'est levé, elle lui a dit quelque chose à l'oreille, je l'ai vu chanceler, puis il est parti en courant.

– Et puis ?

Merde. J'avais effacé toute une séquence.

– Je me suis perdu, je crois.

Un silence plana quelques secondes, puis elle repartit à l'assaut.

– Avant de te perdre, tu parlais avec Tony ?

– Oui.

– Tu parlais de quoi ?

La mort, le News Café, Jane, la vengeance, le passé qui revient, "le sang pour le sang"…

– Gabriel ?

– On parlait de son amie, Jane.

– Et elle est décédée ? C'est ça ?

– Je ne sais pas. Je n'ai pas entendu ce qu'ils ont dit. Je suis parti.

– Mais, tu es parti où ?

– Je ne sais plus.

– Tu ne sais plus, jusqu'au moment où tu débarques dans le salon ?

– Oui.

– Je te repose la question. C'est à cause de ton accident ?

Les mensonges étaient des fils tendus dans l'avenir dans lesquels je me prenais les pieds de temps en temps. Il fallait une bonne mémoire pour suivre ces fils sans trébucher. Quelqu'un avait écrit un truc là-dessus. Je ne sais plus qui. Je ne savais plus grand-chose visiblement. Je suis debout, elle est assise. Elle attend une réponse. C'est à cause de ton accident ? me demande-t-elle. Mais il n'y avait pas d'accident, la Sibérie n'était pas le problème. Il y avait autre chose, mais quoi ? Alors répondre sans trop savoir :

– Non.

– Tu as le choix. Je t'emmène à l'hôpital ou tu parles.

– Donne-moi un instant, s'il te plaît. Je me souviens. Tony a couru et puis j'ai regagné ma voiture. Elle était de mauvaise humeur.

– Qui était de mauvaise humeur ?

– J'ai ouvert la portière et elle a relâché sa mauvaise humeur.

– Tu parles de ta voiture ? soupira-t-elle.

– C'était irrespirable. J'ai ouvert la fenêtre et les brûlures se sont mélangées. Le téléphone a sonné et j'ai décroché.

La conversation revient. La ligne est mauvaise, ou c'est le souvenir qui grésille ?

– C'était Plummer. Il m'a dit qu'il avait envoyé deux hommes.

– Oui, Gabriel. Ils m'ont raconté. Ils sont là pour me protéger, m'ont-ils dit. Et ensuite ?

Après ? Après il y a une lumière. Impossible de revenir en arrière. La conversation avec Plummer a disparu et le reste aussi. Impossible de raccrocher avec son "ensuite". Il ne reste plus que la lumière. Oui, un flash lumineux et dans ma tête, une grève générale. Un raz le bol. Un stop…

Dans ce naufrage, quelques fragments surnagent pourtant. La barrière de l'hôpital qui se lève et je roule. La suite était vaporeuse. Ni acteur, ni spectateur, à peine conducteur, la barrière s'était levée et j'avais roulé, mais dans ma tête, le rideau s'était baissé. Plus rien…

– Après, je ne sais plus.

– Je vais t'aider. Tu as quitté l'hôpital et tu as fait un tour sur une plage.

– Comment le sais-tu ?

Elle pointa un doigt en direction du sol. Il tremblait anormalement son doigt. C'était de la colère, je crois.

– Tes chaussures sont couvertes de sable et tu es trempé.

Je baissai la tête. Une croûte ocre sur le cuir et quelques grains sur le tapis. Et ces grains deviennent une plage…

– Oui. C'est vrai. J'ai fait un détour par la plage.

– Et il se passe quoi après ?

Lorsqu'on n'avait plus les images, il ne restait que les impressions.

– Il y avait une respiration menaçante, malveillante.

– Une respiration malveillante ?

– La surface de l'océan était comme figée par la nappe de…

– J'ai compris, m'interrompit-elle brutalement. Avec la marée noire et le pétrole, la mer est malveillante. Et alors ?

– La rue était barrée aux deux extrémités et une foule s'écoulait en direction du News Café. C'est un hommage aux victimes, je crois. Ils bougent, je reste immobile. Et puis, il se met à pleuvoir. Tu as remarqué comme…

– Pas de digression, Gabriel. Pourquoi ai-je besoin d'être protégée ? Et pourquoi as-tu effacé ce passage de ta mémoire ? C'est quoi le problème ?

Elle avait revêtu sa robe d'avocate. Le ton, les points d'interrogation, c'était un interrogatoire. Encore un.

– Je ne sais pas. Si, je sais. Tu dois partir.

C'était brutal. Ou c'était violent. Je n'avais jamais su faire la différence, mais je reconnaissais l'odeur. Beaucoup trop violent et aucuns préliminaires, c'était sorti tout seul, sans précaution. Elle ouvrit la bouche, ses yeux gris me bombardèrent de surprise. Elle se contint. L'avocate reprenait le contrôle.

– Je dois partir ?

– Tu dois t'éloigner de moi.

– Et c'est tout ?

– Oui. C'est tout.

Assise sur le lit, elle expulsa un soupir. Son regard s'ennuagea, puis elle détourna la tête. Les genoux serrés, un coude sur la cuisse et son poignet posé sous le menton…

Un Rodin au féminin.

– C'est simple en effet. Tu disparais en Sibérie, tu fais un tour à l'hôpital, puis la plage, tu effaces tout, tu reviens, juste quelques mots comme quoi je dois m'éloigner et puis, c'est terminé ? D'accord, mais avant de partir, tu m'expliques pourquoi tous ces mensonges.

– Je ne mens pas.

Elle soupesa ma réponse un court instant. La balance ne penchait pas en ma faveur. Pas une balance, un baromètre. J'étais sensible à la pression. Et ça sentait l'orage.

– Il y a deux gardes du corps dans la cuisine et je dois partir, m'accordes-tu comme seule explication. Tu es certain de vouloir t'entêter sur ce chemin ?!

– C'est la vie qui triche.

Mauvaise pioche. Ses prunelles s'enflammèrent.

– Il y a deux gardes du corps dans la cuisine, répéta-t-elle, et je viens d'apprendre qu'ils m'accompagneront à New York demain.

– New York ?

– Oui. New York. Tu as oublié ça aussi ?

Crispation. Chaque retour en arrière était une douleur. Je récupérai le souvenir en catastrophe :

– Ton rendez-vous avec un avocat, c'est ça ?

– C'était une simple curiosité, mais puisque je dois partir, puisque c'est ce que tu veux, je vais étudier sérieusement l'offre qu'ils me font.

– Je comprends.

– Donc c'est réglé. Je pars ?

– C'est ça.

– C'est à cause de l'explosion du News Café ?

– Non.

– Mais je dois partir ?

– C'est pour ton bien.

Je m'enfonce, je le sens, je m'enfonce de plus en plus.

– Rien d'autre à me dire ? Tu es sûr ?

– C'est mieux comme ça, je t'assure.

Encore un éclair dans ses yeux.

– Puisque tu refuses de me parler, je vais appeler Tony. Il aura des réponses, n'est-ce pas ?

Appeler Tony ?! Je n'avais pas anticipé la contre-attaque. Les mots se matérialisent, puis se répandent. C'est froid ou c'est brûlant, je ne sais pas, mais à l'intérieur, c'est de l'affolement. Une panique soudaine et sauvage. L'équivalent d'un coup de poing dans l'estomac ou d'un coup de genou entre les jambes plutôt. Ma vie ou ma mémoire, il y avait des compartiments et tout devait rester étanche, je devais garder le contrôle, sinon… sinon des portes s'ouvraient et derrière ces portes, la vérité sommeillait. Faut jamais réveiller une vérité qui dort !

– Ne l'appelle pas. Tu ne dois pas l'appeler !

– Alors réponds à mes questions. Jusqu'à quand dois-je remonter pour comprendre ? Jusqu'au Guatemala, dans ton enfance ?

– Je ne sais pas.

– La mort d'Alex ?

– Arrête s'il te plaît.

– Ton voyage au Guatemala après sa mort ?

Je gardai le silence.

– Donc, tu préfères prendre le risque de me perdre plutôt que d'avouer la vérité ?

– Il n'y a pas de vérité à avouer et je crois que tu ne comprendrais pas.

– Comprendre quoi précisément ? Ce que tu as vécu ?

– Non.

– Alors quoi ? Qu'est-ce que je ne comprendrais pas au juste ?

Ma réflexion butait, trébuchait même. Une partie voulait s'ouvrir, l'autre s'obstinait à enfouir.

– Gabriel ?

– Tu ne sais pas ce que je suis.

Et voilà. Elle m'avait attrapé. Première brèche dans l'armure, elle allait s'engouffrer dedans. Quel con !

– Je te connais, tu le sais pourtant.

– Mais tu ne sais pas tout.

– Alors explique-moi, c'est simple.

– Ce n'est pas ça l'important. L'important, c'est que tu t'éloignes de moi.

Je m'assis finalement à ses côtés et nos épaules s'effleurèrent sans qu'elle réagisse. C'était bizarre d'être à ses côtés sans l'enlacer.

– Exactement le même schéma, tu t'en rends compte ? Exactement comme après la nuit au château, à Genève. Tu m'avais brutalisée et je t'avais laissé une lettre le lendemain et qu'est-ce que tu en as fait ? Tu l'as déchirée. Aucune explication, tu as déchiré ma lettre et tu m'as effacée. C'est ça que tu veux ?

– C'est pour ton bien.

– Sauf qu'Alex n'est plus là pour réparer tes dégâts.

– Il n'est plus là parce que justement, il ne s'est pas éloigné de moi. Je ne veux pas faire deux fois la même erreur.

– Mais c'est exactement ce que tu fais, s'emporta-t-elle. Deux fois la même erreur en ne disant rien. Tu ne comprends donc pas ça ?

Mon mal de tête s'amplifia. Pensées confuses, elles s'agitaient sans déboucher sur quoi que ce soit. Elle soupira bruyamment, le filet d'air qui se brisait contre ma joue m'indiqua qu'elle m'observait :

– Merde, tu vas te décider à m'expliquer une bonne fois pour toutes ?! Je ne sais pas tout ? Alors dis-moi ! Et pourquoi faut-il me protéger ? Me protéger de quoi ?

– Du passé, abandonnai-je finalement. Il y a une ombre dans le passé.

– Une ombre ?

– Elle me suit. Elle est là.

– Tu vas devoir être plus clair. C'est quoi ou qui cette ombre ?

– Parler du passé, c'est compliqué. J'efface, Angelica.

– Gabriel ?

– Oui ?

– J'en ai rien à foutre de ton Tipp-Ex, alors, tu parles maintenant ou je te jure, je pars ! explosa-t-elle en se levant brusquement.

Comme tous les mollusques, j'avais la fâcheuse tendance à me refermer pour parer les intrusions.

– Tu vas finir pas avoir raison, m'asséna-t-elle en s'éloignant. Être seul, et finir seul !

Elle ouvrit la porte et ses épaules dénudées disparurent dans le couloir.

– Angelica ?

Parce que ma nature était ainsi faite que, lorsqu'elle cherchait des réponses, je m'échappais et, si elle abandonnait, je me sentais trahi. Reflexe primaire ou enfantin, je détestais ma nature. Une dualité médiocre entre ces deux faiblesses qui, d'un bout à l'autre d'une corde, tiraient de toutes leurs forces sans jamais gagner.

– J'ai perdu mon père.

Mais se taire, c'était la perdre et la perdre, reflexe tout aussi primaire ou enfantin… je ne veux pas.

– J'ai perdu mon père, répétai-je, en m'adressant cette fois directement au miroir.

La honte me submergea instantanément et les yeux grands ouverts, je découvris la transformation. Mes traits se creusèrent, plus de couleurs, la sanction était à la hauteur de la trahison.

Le bruissement d'un tissu m'indiqua qu'elle avait fait demi-tour. J'étais en pleine infraction, je le sentais de toute mon âme.

– Je sais que tu as perdu ton père.

– Il est mort.

– Dans la jungle, oui. Mais quel est le rapport avec aujourd'hui ?

– Parce que…

Des méandres. Le passé était plein de méandres. Remonter le cours du temps, d'accord, mais lequel était le bon ?

– Parce qu'ils m'ont retenu, ils m'ont retenu longtemps.

Comme toutes les pièces non aérées depuis trop longtemps, avec cet aveu, une puanteur se dégagea. Des relents de mort, un parfum de boue et de la nausée. Ne pas ouvrir les portes ? C'était trop tard. Malgré l'odeur, elle allait entrer.

– Quoi ? Au Guatemala ? Ils t'ont retenu prisonnier ? Mais tu étais un gosse !

– Je ne sais pas pourquoi je te dis ça, j'ai tout effacé, tout oublié. Mais il y a une raison, je le sens.

Elle s'engagea dans la direction que j'avais indiquée.

– Pourquoi remonter si loin ?

– Pour toi, j'imagine et parce que c'est là-bas que ça se passe.

– Quoi donc ? Qu'est ce qui s'est passé là-bas ?

– Je ne sais pas, je dois revenir sur ce moment qui n'existe plus.

– Pour comprendre ce qui se passe aujourd'hui ?

– Non, pour t'expliquer pourquoi j'ai fait certaines choses.

– Des choses que tu ne m'as pas dites ?

– Des choses que j'ai oubliées.

Elle se rassit à mes côtés et ce faisant, son reflet rejoignit le mien dans le miroir. Les pétales de la rose qui y était dessinée depuis si longtemps s'imprimèrent sur son cou et la tige plongea dans son corsage. C'était joli… ce tatouage.

– Je ne sais pas comment m'y prendre, mais je vais essayer, murmurai-je en fermant les yeux.

Elle saisit ma main et répondit par une pression des doigts.

– Donc, ils t'ont retenu dans la jungle ?

– Oui.

– Et tu avais sept ans ?

– Je crois.

Sa main se crispa dans la mienne. Elle était loin de ce monde, tellement loin de cette violence. Je m'en voulais aussi de salir cette innocence avec…

– Ton père est mort, une balle dans le dos, sur ce chemin, poursuivit-elle, mais j'avais cru comprendre que tu avais été retrouvé dans une petite ville juste à côté.

– Oui, à Flores. Il avait demandé à visiter Tikal, les ruines mayas, avec lui, et puis on a fait une mauvaise rencontre.

– Qui est ce 'il' ?

– Pardon. C'est moi, ce 'il'. C'est moi qui voulais voir Tikal avec lui.

– D'accord. Mais, contrairement à ce que tu m'avais dit, il s'est passé du temps entre ces deux évènements. Entre l'assassinat sur le chemin et le moment où on te retrouve. C'est ça ?

– Je ne t'ai rien dit, c'est toi qui as rempli les vides à l'époque.

– Si tu veux… mais c'est bien ça ?

– Oui. Il s'est passé pas mal de temps.

– Combien de temps ?

– Je ne sais pas. Le temps de négocier une rançon. Deux mois, plus ou moins.

– Deux mois !?

– Deux ou trois mois, oui.

– Et tu ne m'as rien dit ?

Je ne répondis pas.

– Et ça ressemblait à quoi ?

Sa voix vibrait anormalement.

– J'ai oublié. Donne-moi un moment, il faut que je retrouve le chemin. Pas le chemin, le souvenir. Et puis, tout n'est pas important, je dois simplement déterrer le truc.

– Le truc qui permet de comprendre la suite ?

– C'est ça.

– C'est incompréhensible, Gabriel.

– Quoi donc ?

– Tout ça. Ta mémoire, ton détachement, ton amnésie. Je ne sais pas, c'est déroutant.

– Je t'avais prévenue. Tu ne comprendras pas.

Cette fois, sa main se raffermit dans la mienne.

– Ne pas te comprendre ne m'empêche pas d'aimer chaque parcelle de ce que tu es. Est-ce que ça, toi, tu le comprends ?

– Non, mais je l'entends.

– C'est déjà pas mal.

– Ça y est. Je crois que j'ai trouvé.

– Parce que tu cherchais tout en me parlant ?

– Oui. Et je crois bien que j'ai trouvé.

– Quoi donc ?

– Je ne sais pas encore. Mais maintenant que j'ai trouvé le moment, je dois plonger.

– Plonger ?

– Revivre le souvenir.

– Putain !

J'aimais bien quand elle jurait. Je crois même que je puisai dans ce 'putain', l'impulsion dont j'avais besoin pour sauter dans la séquence.

On est sur le point de quitter le chemin pour s'enfoncer dans la jungle, quand une détonation claque. Un coup de fouet dans l'air.

Les images surgirent, mais ce n'était ni le bon moment, ni le bon endroit. Pourtant, impossible d'interrompre la suite.

Son dos se creuse, ses bras partent en avant…

Et sa main quitte la mienne…

– Tu m'as repoussée, Gabriel.

– Quoi ?

– Tu viens de repousser ma main, comme si ça te dégoûtait.

– Vraiment ? Je suis désolé, je… je suis remonté trop loin, je crois.

– Je ne comprends pas, murmura-t-elle. Pourquoi as-tu repoussé ma main ? Tu la repousses aussi la nuit, tu sais ?

Une main s'était échappée de la mienne il y a une éternité et, sans rien savoir de ce que j'avais éprouvé sur ce chemin paumé dans la jungle, il est probable que cet enfant avait signé une promesse, un engagement très ferme. Et dans ce contrat oublié :

Ne plus tenir de main, ne plus dire 'je t'aime'.

– Je suis désolé.

– Je voudrais comprendre.

– La nuit, je ne contrôle pas, c'est tout. Et je ne veux plus qu'on me tienne la main. Plus jamais.

– Mais, tu…

– Seulement toi.

– Parce que ton père a…

– Si tu m'interromps tout le temps, je ne vais pas y arriver.

– D'accord, continue alors.

J'avais perdu le fil. Le chemin, le coup de feu, c'était assez facile de les retrouver, mais la suite était beaucoup plus compliquée. Je n'avais jamais remis les pieds dans ce moment. C'était une page blanche.

– On marche, on marche tout le temps. Se déplacer, en silence.

– Tu parles de ta détention ?

– Oui. J'ai perdu la notion du temps. Du temps et de l'espace. Je me suis tellement perdu qu'être perdu est devenu normal.

Solliciter mes sens. Pas mes yeux, ça ne passait jamais par les yeux. Alors, retrouver les bruits. Le bruit de mes pas sur la terre. Avec les bruits, il y a les odeurs. Il y a la chaleur aussi. La chaleur, les cris et...

– La fumée, c'est de l'encens. Il y a une boule fumante au pied des marches. De la boule part une longue chaîne et, à l'extrémité de la chaîne, il y a une main, avec un corps. Du sang, il y a beaucoup de sang et les tripes se répandent. Elles sont vivantes et, lui, il est mort. Les marches d'une église, c'est un village paumé dans la jungle, le corps est affalé sur les marches, du sang et des tripes sur la tunique blanche. Les boyaux sont vivants, je les vois, ils bougent et rampent en sortant. De la fumée et de l'encens. Un brouillard d'encens. C'est un curé. Et un peu plus loin, c'est des enfants et des parents…

Un bout de souvenir parmi tellement d'autres. Ils se confondent, surgissent, me griffent, puis disparaissent aussitôt. J'ouvre les yeux, elle a la bouche ouverte, et dans ses yeux, de l'effroi.

– 'Porca puttana troia[70]' !

J'avais attrapé le sens du point d'exclamation. Quand c'était trop fort, l'Italien prenait le pas chez elle. Un juron en italien, ça sonnait toujours bien !

– 'Ma è un incubo[71]' ! enchaîna-t-elle sur sa lancée. Et tu as caché ça pendant toutes ces années ?

– Le Tipp-Ex Angelica. Je ne cache pas, j'efface. C'est pas la même chose. Je continue ?

Elle hocha la tête prudemment, posa son index entre ses lèvres, s'agaça contre le bout de son ongle et je poursuivis l'excursion.

– Je me retire du monde progressivement. Marcher, dormir, manger et boire. Et surtout, ne pas penser. Bloquer les images, toutes les images. Les massacres, les hurlements, les regards, faire un trou et enterrer tout ça, jour après jour, bien profondément. J'efface tout. Je m'efface même. Il n'y a que la détonation que je n'arrive pas à bloquer. Une nuit, je me réveille en sursaut et j'entends mon cri dans la nuit. Je ne reconnais pas ma voix. Le coup de fusil résonne encore dans ma tête. Je suis moins fort la nuit, tu le sais. Tout le monde dort. Je me lève sans faire de bruit et m'éloigne du campement. D'abord en marchant, puis je cours, de plus en plus vite. La jungle n'est pas épaisse comme je l'imaginais, mais elle est sombre. La nuit comme le jour. Le jour, le soleil ne perce pas, peu de choses poussent au sol. La nuit, il n'y a pas de ciel. La jungle, c'est qu'un sol et un plafond tout noir. Alors, je cours et cours encore. Je trébuche et je tombe. Je tombe souvent, je tombe tout le temps. Mais à chaque fois, je me relève. Lorsque le soleil apparaît enfin, j'entends des bruits de pas. Je me suis recroquevillé derrière un arbre, mais en quelques minutes, ils me débusquent.

– 'Mio Dio[72]' ! Tu t'es enfui ?

---

[70] "Nom d'une pute !"
[71] "Mais c'est un cauchemar !"
[72] "Mon Dieu !"

– J'entends les bruits, alors je me relève et cours encore, mais on me plaque au sol. Je reconnais la montre de papa, quand le coup de poing m'étourdit. Puis un autre et d'autres encore. Le chef sourit, et son sourire me donne envie de hurler. Mais je ne dis rien. On m'a relevé et le sang coule dans ma bouche. J'aime bien le goût du sang. Il m'a appelé le Quetzal et un des hommes a rigolé.

– Le quetzal, ça vient de là ?

– Oui. L'oiseau qui ne peut pas vivre dans une cage.

– Ce 'il', celui qui t'a donné ce surnom, c'est Enrique Juavez ?

– L'assassin, oui.

– Et tu m'as laissée plaisanter avec ce surnom ?

– Le Quetzal ? Tu ne savais pas.

– Et tu as appelé ta société Quetzal ? Mais tu es complètement dingue ! C'est un souvenir abominable ! s'exclama-t-elle.

– Je n'ai pas de souvenirs.

– Si, tu en as plein la tête des souvenirs. Tu en as plein tes nuits aussi.

– Je continue ?

Pas de réponse. Juste sa respiration.

– Angelica ?

– Oui. Continue.

– La cicatrice de Juavez apparaît au-dessus de moi et me dit de me calmer. Il me prend la main et le contact me brûle, me dégoûte.

– C'était après, quand ils t'ont retrouvé après ta fuite ?

– Je ne sais pas, j'ai oublié, mais je le vois. Je suis allongé, il est debout, je me redresse et c'est là, c'est ça, c'est à ce moment précis, que j'ai décidé.

– Décidé ?

– Non, pas décidé, mais… j'ai juré.

– Tu as juré quoi ?

Un jour, je te tuerai !

– Qu'un jour, je le tuerais.

Le silence accueillit la promesse. Le même silence qu'à l'époque.

– Ç'est ça le moment ? C'est ça qui explique la suite ?

Il me regarde. Il sourit. 'Matar[73]*'…*

– Oui, c'est ça le moment, c'est ça l'écho, je le sais.

– L'écho ?

– L'écho, c'est un bruit du passé, mais qui a des conséquences encore aujourd'hui. Comme un caillou qu'on a lancé dans l'eau il y a très longtemps et les ridules s'échouent encore… encore maintenant.

– Sois plus clair, s'il te plaît. Et j'ai envie de te prendre dans mes bras tu sais, je ne savais pas, c'est… je suis là, tu m'entends ? Je suis là, de toutes mes forces, mais je t'en supplie pas, ne t'interromps pas, vas-y, vas-y, jusqu'au bout cette fois.

– Quand j'ai posé les mains sur le cadavre d'Alex, tu te souviens ?

– Oui, sur la terrasse du News Café.

– En posant mes mains, je me suis souvenu.

– De quoi ?

Ouvrir les yeux. Tourner la tête. Quitter le passé et la regarder.

– Gabriel ? Tu t'es souvenu de quoi ?

– Je me suis souvenu. J'avais aussi posé les mains sur le corps de mon père.

– Mon Dieu…

Ses yeux étaient humides. Ils étaient gris. C'est super beau le gris, quand c'est mouillé.

– Gabriel, je ne savais pas… je… mon Dieu.

Premier débordement. La larme glissa le long de sa joue, ralentit un court instant sur sa pommette, avant de poursuivre sa course jusqu'à sa lèvre.

– Donc, c'est en posant tes mains sur le corps d'Alex que tu t'es souvenu ?

– Un écho de ma promesse d'enfant. Tout est revenu. Ça n'a pas duré, mais je me suis rappelé. La promesse, la promesse de sang. Je devais le tuer, je devais le faire pour lui, tu comprends ?

---

[73] "Tuer", en espagnol.

– Pour Alex ?

– Non.

– Pour ton père ?

– Non.

– Pour qui, Gabriel ?

– Pour l'enfant, je crois.

– C'est toi, l'enfant ?

– Pas vraiment.

– Ça veut dire quoi "pas vraiment" ?

– C'est moi, mais je ne me reconnais pas.

Elle garda le silence, et j'évacuai cette phrase de mon esprit. Elle était dérangeante, je ne savais pas pourquoi, alors autant la dégager.

– Donc, c'est cette promesse d'enfant qui explique la suite ?

– Oui.

– Qui explique les choses que tu ne m'as pas dites ?

– Je crois, oui.

Elle se raidit soudain. Sa main s'échappa.

– Et… non… ne me dis pas que… Après la mort d'Alex, quand tu es parti au Guatemala pour rapporter la montre de ton père ?

– Oui ?

– Tu voulais le tuer ?

– J'ai essayé.

– Tu n'étais pas au Mexique le jour de la tentative d'assassinat ?

– Non. J'étais au Guatemala, dans le cimetière, et j'ai tiré.

– Mon Dieu !

Elle me dévisagea. Je plongeai dans son trouble. C'était bon d'exister dans son regard. Sa main droite se détendit, puis elle se referma en formant un poing. L'avocate et l'amoureuse, la tête et le cœur, les deux collaboraient, mais n'étaient pas toujours d'accord sur les priorités. Je sentais ce qu'elle ressentait. Elle ne savait pas que si elle était un gant, moi, j'étais la main. J'étais en elle et ses combats devenaient les miens alors, quand elle fermait le poing, je fermais le mien.

– Donc cet homme, ce fantôme dont on a parlé dans les journaux, c'était toi ?

– C'est le passé. C'est terminé.

– Sauf qu'il y a une ombre as-tu dis. Et elle te suit.

– Possible.

– Je veux tout savoir, Gabriel. Maintenant. Raconte-moi ce qui s'est passé dans ce cimetière.

– Qu'est-ce que tu veux savoir ?

– Je te l'ai dit, je veux tout ! Du début à la fin !

– Vraiment ?

Elle glissa deux doigts contre sa joue pour essuyer les larmes qui avaient suivi le même chemin que la première.

– En fait, non ! s'exclama-t-elle. Deux ou trois mois, prisonnier dans la jungle, raconte-moi le reste avant de continuer.

– Non.

– Tu dois parler, Gabriel. Tu dois raconter.

– Non.

– Mais pourquoi ? Je ne comprends pas.

– Ça n'existe pas, ne me demande pas ça. Ça n'existe pas, répétai-je. Je l'ai fait pour toi, j'ai déterré ce moment pour toi, je te donne une clef pour que tu comprennes, pour te dire que je t'ai entendue, tu as le droit de savoir, j'ai compris. Mais le reste, ça n'existe pas.

Elle garda le silence.

– Je t'avais dit que tu ne comprendrais pas.

– Comprendre, c'est pas la même chose qu'être d'accord.

– Il n'y a pas à être d'accord ou pas. Je ne suis pas ce souvenir, je ne suis pas cet enfant, je ne suis pas celui qui a…… tué son père, étouffai-je précipitamment. Je ne suis pas ce souvenir, tu comprends ? Maintenant, laisse-moi te raconter la suite.

– Le cimetière ?

– Non, avant, il y a autre chose.

– Je t'écoute, soupira-t-elle.

J'avais ouvert la porte. Le courant d'air était puissant. Et derrière la porte, il y avait tout ce que j'avais caché. Je pris une inspiration et sans réfléchir :

– J'ai été convoqué au FBI.

– Quoi !? Convoqué par le FBI ? Mais quand ça ?

Elle avait croisé les bras, puis les avait décroisés avant de saisir mon avant-bras et de le relâcher.

– Il y a quelques jours. Une enquête sur la tentative d'assassinat dans ce cimetière, mais tout s'est bien passé.

– La tentative d'assassinat contre celui qui a tué ton père ?

– Oui.

– Et tu ne m'as rien dit ? s'étrangla-t-elle.

– Je ne pouvais pas.

– Évidemment, puisque tu avais menti sur ton voyage.

– Pas menti, j'ai simplement oublié de te prévenir. Mais tu ne dois pas appeler, Tony, tu comprends ? Il faut effacer tout ça.

– Putain Gabriel ! Tu es convoqué au FBI et tu ne m'as rien dis ?! Et… et tu y es allé sans avocat bien sûr ?

– Tout seul, comme un grand ! Et ça s'est bien passé.

– Pourquoi le FBI enquête-t-il sur une tentative de meurtre au Guatemala ?

– Commission rogatoire internationale.

– OK. Et ils avaient quoi contre toi ?

La professionnelle était de retour. Angelica avait plein de visages différents et j'aimais ça chez elle.

– Des soupçons, un mobile et une photo.

– Une photo de toi ?

– Pas de mon visage, mais de mon épaule.

– Ton épaule avec la blessure ?

– Oui.

Elle réfléchit, puis lâcha :

– Preuve circonstancielle…

– On a dû voir le même film, parce que j'ai dit la même chose.

Elle survola mon sourire et enchaîna sans le commenter :

– Et comment as-tu fais avec ton épaule ? Ils avaient un mandat pour…

– Tony a réglé le problème.

– Comment ça, "réglé le problème" ?

– Il s'est trompé d'épaule et, c'est terminé.

– Vraiment ? Il s'est trompé d'épaule ?

– Oui, je te résume le truc, épaule gauche ou épaule droite et, il a regardé la mauvaise.

– Il a fermé les yeux !

– Oui. C'est terminé, mais… ce n'est pas fini.

– Donc il y a encore autre chose ?!

– Rien de grave.

– Je fais tellement confiance à ton discernement en la matière, tu n'imagines même pas ! Bref, on reviendra sur cette histoire de FBI, mais balance la suite. Ça ne peut pas être pire !

– Tu es en colère ?

Elle ne répondit pas.

– Mais tu es toujours là.

Elle ouvrit la bouche, mais avant qu'elle n'ait pu trouver la réplique, je m'élançai dans la suite sans réfléchir.

– Il y a aussi les gardes du corps, Angelica.

– Putain, oui, j'avais oublié !

– J'adore quand tu jures.

– Et tu vas adorer ma gifle, mais j'attends que tu termines.

– Je croyais que tu voulais me prendre dans tes bras ?

– Je… arrête de jouer, pas maintenant ! Tu n'as pas le droit !

– Tu es vachement belle quand tu es en colère.

– Les gardes du corps, Gabriel, me rappela-t-elle à l'ordre.

– Pardon, oui, les gardes du corps, c'est juste une précaution.

– Donne-moi une seconde, j'ai la tête qui tourne.

– Le News Café qui explose, Jane qui se fait tirer dessus, Tony pense qu'il y a peut-être un lien, poursuivis-je sans attendre. Je crois qu'il imagine que vouloir le tuer dans le cimetière a pu l'agacer.

– L'agacer ?

– Oui, il est possible qu'à cause de moi, Juavez n'ait pas pu se présenter à l'élection présidentielle.

– D'où l'agacement ?

– Exact, mais ce n'était pas du tout dans mon intention.

– Toi, tu voulais simplement le tuer ?

Mes actions et mon absence de réflexion avaient un sens dans mon silence, mais exprimées à voix haute, elles avaient la fâcheuse tendance à s'affaiblir.

– Oui. Je voulais l'effacer.

– Et c'est pour ça que tu es allé voir Tony à l'hôpital ? Pour savoir si le passé ne revenait pas ?

– C'est ça.

– Et alors ?

– Je ne sais pas. Il y a des coïncidences, le News Café et Jane, mais le pétrole ou ce message, "le sang pour le sang", ça ne lui ressemble pas. C'est trop sophistiqué. Et puis tu connais Tony, derrière chaque explosion, il voit la main du passé. Mais non, il y a des moyens plus simples de se venger. Je ne pense pas que ce soit lui. Je n'ai rien à voir là-dedans.

– OK. Maintenant, tu me racontes ce que tu as fait dans ce cimetière. Du début à la fin !

– Du début à la fin ?

– Je veux tout !

Après Tony, Angelica. Dans les jupons de mon histoire, c'était la journée 'porte ouverte'. Une épilation intégrale de ma mémoire. Du jamais vu ! Son poing se resserra à nouveau et j'observai la minuscule boule en souriant.

Et c'est reparti pour un tour !

– OK. Après la fusillade au News Café, Tony m'as remis la montre de mon père, tu t'en souviens ?...

26

L'odeur était insistante.

Les deux hommes avaient oublié d'enclencher la hotte et la fumée prenait de la consistance. De la cuisine jusqu'au salon, le brouillard et… l'odeur. Les steaks brûlaient allégrement dans la poêle et Jerry fronça le nez et déglutit rien qu'en y pensant. Il avait une aversion féroce pour tout type de nourriture d'origine animale. Manger ce qui avait été vivant, c'était un crime contre l'humanité !

– On vous prépare un morceau ?

Celui qui s'adressait à lui avait enfilé un tablier. Un holster avec une arme était accroché à sa ceinture et une inscription barrait son poitrail de taureau : "Je suis Italienne, tant pis pour toi !" L'ensemble était incongru, et Jerry ne comprenait pas le message. À moins que cette femme qui l'avait accueilli en souriant, cette Angelica, ne soit italienne ? Il ne savait pas. Il n'avait pas fait attention à son accent.

– Monsieur ?

Jerry était bavard, mais il ne parlait que rarement. Dialogue intérieur, il n'aimait pas l'échange à haute voix. Les autres étaient source de conflits ou d'incompréhension. Il fit donc non de la tête et se réfugia dans ses pensées.

– Comme vous voulez, mais vous ratez quelque chose. Cette viande a du répondant. Je crois même l'avoir entendue beugler.

Son coéquipier partagea le commentaire en s'esclaffant et Jerry se concentra sur l'environnement pour chasser la vision, l'odeur et les bruits. À ses pieds, la table basse sur laquelle il avait disposé le dossier. Et à coté, une enveloppe avec "Gabriel" inscrit en lettres capitales. Dans l'enveloppe, la lettre manuscrite. Il en connaissait chaque mot et chaque virgule. Il dériva un peu plus sur la surface en inspectant les rainures du bois. À l'extrémité de la table, quelques magazines et des feuilles de papier. Des partitions de musique, mais écrites à la main. Il regarda encore l'heure à son poignet, déjà trois heures qu'il attendait. Il réalisa subitement que de toute sa vie, il n'avait jamais passé autant de temps dans la maison d'un étranger. Il reporta son attention sur le mur du fond. Une grande bibliothèque blanche occupait tout l'espace. Des centaines de livres dans toutes les langues. De l'italien, de l'anglais et la majorité en français. Il y avait des classiques, certains qu'il avait lus et d'autres plus étonnants. Des biographies d'hommes célèbres. Churchill, de Gaulle et puis des personnages anciens. Français, d'ailleurs et d'avant. Les auteurs américains étaient également très présents. De Hemingway à William Faulkner. De Philip Roth à Steinbeck. Et puis des romans plus légers. Romans policiers ou de science-fiction, il y avait de tout et aucune direction. Tout cela formait un patchwork et il avait échoué à tracer une médiane. Impossible de découvrir la personnalité réelle derrière cet amalgame.

– Merde, il est où le sel ?

Rentrer chez l'autre, s'installer dans son canapé, c'était rentrer dans son intimité. Et l'intimité de Gabriel était mystérieuse et très colorée. Et cette impression le rassura. Parce que depuis trois heures, à chaque seconde, à chaque instant, il avait été terrorisé par son audace. L'audace qui l'avait propulsé dans ce salon et cette fumée.

– Monsieur ? Vous savez où est le sel ?

Cette fois, il prit sur lui. Parler, échanger, c'était rarement intéressant, mais pas si compliqué. La question était simple, la réponse le serait aussi :

– Dans la salière, évidemment.

27

Depuis le temps, la rose dessinée sur le miroir avait perdu de son lustre et de ses couleurs : le rouge d'origine s'était mué en traits sombres, mais elle avait gagné en charme. Dans le reflet du miroir, une main attira mon attention. Je venais de terminer la promenade dans le cimetière et Angelica avait écarquillé les yeux et plaqué sa paume contre sa bouche. Elle me dévisageait et son profil se découpait. Elle était belle de profil. Tout le monde n'avait pas cette chance. C'était…

– Et tu n'as rien dit ! Tout ce temps, je ne savais rien. C'est…

– C'est cool hein !

Son regard me découpa et je ravalai mon sourire.

Elle garda le silence et j'en profitai pour cocher ma liste. Le FBI ? C'est fait. Le cimetière ? Aussi. Mon camp de vacances dans la jungle au Guatemala ? Un petit tour et c'est bon. Les gardes du corps ? Vu que les deux types campaient dans la cuisine, j'avais pas vraiment eu le choix. Elle doit partir ? Je crois qu'on est d'accord. Et… Eh merde ! Il en restait un.

– Gabriel ?

– Mmmh ?

– Je suis assommée. Je vais devoir digérer tout ça, mais…

– À mon tour de te poser une question, si tu veux bien. Maintenant que tu sais, le cimetière et les trucs d'avant, tu trouves ça mal ?

– Quoi donc ?

Je n'y avais jamais pensé, alors autant profiter de l'occasion pour le lui demander.

– De se faire justice tout seul.

Nos regards étaient vissés l'un dans l'autre. Après l'avoir embarquée dans ce cimetière, avoir partagé encore une fois la tombe et mon cri dans la nuit, sa colère s'était évanouie. "Une grenade dégoupillée", avait dit Tony. Peut-être. Mais dans cet œil du cyclone, dans ce calme retrouvé, il ne restait plus qu'elle. Et ce 'elle', je crois qu'il m'allait vachement bien. Émotion et intelligence, une très belle panoplie, et dans ses yeux, c'était tellement profond que j'étais à deux doigts de perdre pied. Il était fort ce moment. Dans ma hiérarchie intime, cet instant justifiait toutes mes conneries passées.

— Tu sais que j'ai déjà défendu des cas de ce type en cour de justice, même si pour être claire, la légitime défense ne s'applique pas chez toi. Des décennies après le crime initial ? C'est trop tard ! Et en plus, il y avait préméditation de ta part.

— Totalement prémédité et assumé, je sais, mais ce n'est pas à l'avocate que je pose la question.

— La vengeance, se faire justice, c'est le début de la sauvagerie.

— C'est une réponse de juriste et…

— Je n'ai pas terminé, Gabriel !

— Pardon.

— Oui, c'était ma réponse de juriste. Maintenant, je vais te donner ma réponse de femme. Tu es complètement fou. Ce que tu as fait dans ce cimetière était… c'était vraiment n'importe quoi, mais…

Elle suspendit sa phrase et moi, je dévorai chaque miette de cet instant.

— … mais il a tué ton père, il a tué Alex, il t'a retenu prisonnier alors que tu n'étais qu'un enfant. Des mois entiers, plongé dans l'horreur. Alors s'il était là, si cet Enrique Juavez était ici, maintenant, devant moi, c'est moi qui le découperais ce salopard !

— Tu le découperais ?

— Je le démembrerais, oui. Ça te va comme réponse ?

— Je te trouve super excitante dans ce rôle.

— Mais ça n'excuse rien. C'était con. C'était vraiment con. Et puis il y a tout le reste. Tous ces mensonges !

— Je sais.

– 'Sono innamorata di un pazzo sfrenato[74]', soupira-t-elle en conclusion.

Elle décrocha son regard et… la parenthèse se referma. Je stockai ce moment précieusement. Celui-là, ce moment-là, je ne l'effacerais jamais.

– Je sais vraiment tout ? Il n'y a rien d'autre ?

Toujours cette intuition qui immanquablement dénichait mes absences. Elle m'observa à nouveau, un vrai scanner et comme à chaque fois dans ce genre de situation, je me grattai le nez. Étrange d'ailleurs cette relation entre un inconfort et l'épiderme. Le mensonge ou le malaise, ça gratte…

– Tu sais tout ou presque, repris-je finalement.

Et la nuance ne lui échappa pas.

– Quoi encore ?

– J'ai eu un petit souci en Sibérie.

– Quoi encore ?

– Tu vas rire…

– J'en doute !

– Mais mon russe s'est fait abattre.

Pas de réponse. Aucune réaction.

– Mais ça n'a aucun rapport avec moi.

Toujours rien. Pause sur image, elle était totalement figée. Je crois que j'aurais dû espacer mes aveux. En faire un bouquin, soigner l'écriture et le lui donner tome après tome. Qu'elle prenne le temps de s'amuser. Parce que tout cela était amusant et assez léger. N'est-ce pas ?

– Angelica ? Ça va ?

– Il est mort ? balbutia-t-elle enfin.

– Une balle en plein front.

– Je… tu… tu n'as pas eu d'accident de voiture, hein ? C'est ça ?!

– Pas d'accident de voiture, non.

---

[74] "Je suis amoureuse d'un fou qui n'a pas de frein à sa folie", en italien.

330

– Attends, ça va trop vite. Ou ça fait trop ! réagit-elle, en se prenant la tête entre les mains.

– C'est toi qui voulais savoir.

– Et tu gardais tout ça pour toi, mais tu es…

– Un psychopathe ?

– Non, mais c'est…

– Fou ?

– Oui, complètement dingue !

– Donc, je…

– Attends, m'ordonna-t-elle. Je suis toujours avec ce petit garçon dans la jungle et je digère très mal ton passage au FBI… Je suis avocate, bordel de merde ! Et, OK, j'ai bien compris l'histoire des gardes du corps. Ils sont là pour me protéger, mais me protéger de quoi ? Parce que c'est quoi cette ombre ? Et puis, il y a le cimetière, la tombe, toi qui tires depuis une tombe, c'est…

– Cool ?

– Non. Arrête avec ce 'cool'. Et maintenant la Sibérie ! C'est quoi la Sibérie ?

– Rien de grave.

– Tu te fous de moi ! Rien de grave ?!

– Peut-être parce que j'évalue le truc selon sa conclusion. Et comme à la fin, tout va bien…

– Garde ta 'philo' au placard pour le moment, gronda-t-elle, et dis-moi plutôt ce qui s'est passé.

– On l'a tué, quelqu'un a tiré et, moi, je me suis évanoui.

– On t'a assommé ? C'est ça ? Et… on lui a tiré dessus ?

– C'est ça. Et quand j'ai repris connaissance, j'avais l'arme du crime dans la main.

– Mon Dieu !

– La police a semblé surprise, mais tout s'est bien terminé. Plummer est venu me récupérer et a réglé le malentendu.

– Plummer, c'est cet Anglais qui m'a appelée ?

– 'Yes'.

– Il fait quoi dans la vie ?

– Une boîte d'intelligence économique.

– Un ancien espion ?

– Un ex-SAS britannique, je crois. Un type très chiant, mais le meilleur.

– OK. Et de quel malentendu parles-tu exactement ?

– La police a eu comme un doute.

– Bien sûr, avec l'arme dans ta main... Et... que s'est-il passé pendant ces six jours ?

– Je ne sais pas.

– Comment ça, tu ne sais pas ?! Six jours, Gabriel !

– J'ai... effacé.

– Tu t'es évanoui. En te réveillant, il y avait quoi ?

Ma mémoire crépite. Elle crépite ou elle 'acouphène'. Ça 'acouphène' une mémoire ?

– Gabriel, il s'est passé quoi ?

– J'ai... j'ai ouvert les yeux. J'étais allongé dans le canapé.

Ouvrir les yeux. Longer le coussin, la table basse ensuite, franchir l'obstacle, puis découvrir le corps sur l'autre canapé. Remonter jusqu'au visage, vision trouble. Le mur au loin tremble sans raison.

– J'ai mal à la tête et...

Cligner des yeux, regarder, mais ne pas comprendre.

– ... et une dizaine d'uniformes s'agitaient dans la pièce. En face, sur l'autre canapé, Vladimir Petrov avait la tête renversée en arrière. Comme s'il cherchait quelque chose au plafond. Alors, j'ai levé la tête et tu sais à quoi j'ai pensé en levant la tête au plafond moi aussi ?

– Non.

– Pendant l'interrogatoire au FBI, il y avait une mouche au plafond et...

– Putain, Gabriel !

– Quoi ?

– Je m'en fous de ta mouche. Il a été abattu et tu me parles d'une mouche. Tu es...

– Pardon. Alors, je me suis réveillé dans le canapé et quelqu'un agitait un passeport devant mon nez.

Il ouvre le document, tourne les pages, puis énonce mon nom, l'écorchant à tel point que mon passeport en frémit. Puis mon prénom. Un peu trop de 'r', mais le progrès est notable. Il claque les doigts sous mes yeux pour attirer mon attention, pointe son doigt vers Vladimir, mime un coup de feu, puis prononce quelques mots.

– Il ne parlait pas anglais, mais il a mimé la scène et m'a montré la photo.

– Quelle photo ?

– Une photo de moi avec l'arme dans la main.

– La personne qui a abattu ton Russe a placé l'arme dans ta main, mais pourquoi ?

– Aucune idée.

– Et tu as fait quoi ?

– Le flic s'est énervé en russe. Alors, j'ai dit : 'Niet'. Deux autres flics ont soulevé Vladimir tant bien que mal. Ses pieds ballotaient dans le vide. Même mort, il débordait. Et puis, je sais plus.

– Ça s'est passé le premier jour ?

– Oui.

– Et tu es resté six jours là-bas. Tu n'as pas pu effacer six jours de ta mémoire.

– Je suis doué, tu sais.

– Ils t'ont emmené, j'imagine.

– Probable.

– Où ça ?

– C'était un bled.

Les cahots s'estompent lorsque nous bifurquons enfin sur une route au goudron approximatif. Reprendre contact avec le paysage. Les premières habitations se dessinent, sommaires. Plantées sans raison au bord de la route, ça pue la misère. Se fondre dans le décor, lutter contre l'engourdissement. Un voile sombre couvre ma vision. Une usine désaffectée, des hangars dévastés, puis quelques passants qui s'écartent précipitamment sur le bas-côté, avant de reprendre leur progression.

– Quel bled ?

Puis la densité augmente. Rien de vertical, le faubourg est plat. Ou c'est la ville ? Je ne sais pas. Les voitures s'engouffrent finalement dans une cour pavée. Claquements de portières, quitter le véhicule. Un escalier, trois marches et une porte, une pénombre chargée d'odeurs. Une main me dirige vers une chaise, puis, d'une pression sur mon épaule, m'ordonne de m'asseoir.

– Je ne sais pas. Une ville avec plein de consonnes. Ils m'ont installé sur une chaise, dans un commissariat et puis, une cellule. Je ne sais plus.

– Tu ne te souviens pas ?

Une ampoule disperse une lueur trouble dans la cellule. Elle grésille. Le filament semble à bout de souffle. J'inspire une bouffée d'air et la puanteur en profite pour s'insinuer. Bouche, nez, peau, elle m'accueille à sa manière. La grille se referme. Contact de la clef sur le métal, puis la rotation dans la serrure.

– Si. Je me souviens que ça puait.

– Et pendant tout ce temps, tu as fait quoi ?

– L'ampoule au plafond a vacillé, puis s'est éteinte.

– Et toi ?

– Ben, moi aussi. Je me suis éteint.

– Alors c'est tout ?

– Oui. C'est tout. J'avais mal à la tête et… c'est tout. Jusqu'au moment où la grille s'est ouverte, la lumière s'est rallumée et j'ai vu des chaussures. Elles avaient un accent anglais.

– Ton Anglais. Ce Plummer ?

– Oui. Il m'a sorti de là et on s'est envolé de Moscou pour Londres.

– Ça, c'était ce matin ?

– Oui. Non. Hier je crois.

– Tu ne me dis pas tout.

– Si. On a débarqué à Londres, un tour dans un hôpital.

– Tu as passé des examens à Londres ?

– Oui.

– Et ?

– RAS. On a parlé de ma mésaventure dans le hall de l'hôpital, Plummer m'a dit qu'il allait enquêter, puis un avion pour Miami, puis encore un hôpital avec Tony et enfin, retour à la maison.

– Rien d'autre ?

– Rien d'autre.

– Tu es sûr ?

– Non.

– Tu te fous de moi ! s'écria-t-elle.

Colère, inquiétude, tristesse, effroi et… colère encore une fois. Une vraie palette de peintre dans ses yeux.

– Pardon. Oui. Il y a encore autre chose. L'appel de Plummer tout à l'heure. Il croit qu'il y a un lien entre la Sibérie et Miami.

– Quel lien ?

– Un avion privé qui aurait fait le même chemin. Et l'homme à bord pourrait être celui qui…

– A tué ton Russe ?

– Oui.

– Tu m'as dit que ça n'avait rien à voir avec toi.

– C'est ce que je pense, mais Plummer pense qu'il y a peut-être un lien. Tu sais, imaginer des complots ou des menaces, c'est son métier.

– Ton 'British' pense qu'il y a un lien et Tony pense que le News Café et Jane, il y a également un lien. C'est ça ?

– Oui. C'est possible.

– Donc, c'est pour ça les gardes du corps ?

– C'est pour ça que tu dois partir.

Elle suspendit l'échange. Mains jointes, puis poings fermés, mains jointes à nouveau, j'observai la chorégraphie et je me laissai aller. Elle ferma les yeux, une pensée sombre probablement. Elle fermait les yeux lorsqu'elle était contrariée. Et puis c'est vrai, ça faisait beaucoup à avaler.

– Sans tout ça, tu ne m'aurais rien dit, n'est-ce pas ?

– Je ne comprends pas.

– Les inquiétudes de Tony et ces deux gardes du corps envoyés par l'Anglais. Tu me parles parce que tu n'as pas le choix ?

– Je ne sais pas.

Un rire glissa jusqu'à nos pieds. De la cuisine, jusqu'à la chambre. C'était étrange comme ponctuation. Ça ne collait pas avec le climat.

– Et que fait ce Jerry Goldman ici ?

– Aucune idée.

– Il m'a dit qu'il avait trouvé quelque chose. Il a une lettre pour toi et m'a dit que c'était urgent. Que ça pouvait sauver ta société.

– Je m'occuperai de lui après.

– J'ai lu sa lettre, c'est lui qui me l'a proposé, et j'ai parcouru son dossier aussi et son idée est complètement folle.

– Vraiment ?

– Je suis avocate. Ne fais pas ça. Ne fonce pas contre le mur. Encore et encore.

– Je verrai ça avec lui.

– Ta société est en danger. Ça aussi, tu avais oublié de me le dire.

– C'était pour ça, le voyage en Sibérie.

– Mais tu as échoué ?

– Oui.

– Et tu risques de la perdre ?

– Possible.

– Une société que tu as appelée Quetzal…

– Un joli nom.

– Un surnom que t'avait donné l'assassin de ton père !

– Tu sais tout de moi, c'est fou !

– Et tu voudrais la sauver avec l'aide d'un autiste ?

L'information prit un moment avant de remonter. Un autiste ?

– Quoi ?

– Tu ne savais pas que Jerry était autiste ?

– Non. Je… non… il ne m'a rien dit.

– Il ne m'a rien dit non plus. C'est dans sa lettre. Le syndrome d'Asperger. Il explique tout. Pourquoi il a quitté New York pour te rejoindre, la manière dont il t'a repéré au cours d'une opération en bourse que tu aurais faite à Genève. Une histoire pendant un krach boursier. "Seul contre tous", a-t-il écrit.

– Jerry est autiste ? Vraiment ?

– Un de plus, grimaça-t-elle. Plus on est de fous !

– Je ne savais pas. Mais… oui. C'est logique au fond.

– Tu trouves ça logique ?

– Oui. Il est très doué.

– J'ai remarqué le problème en une minute, Gabriel. Même sans sa lettre, j'aurais compris. Perdu dans le salon, des bouts de mots en guise de réponses à mes questions et son regard en mouvement permanent. Et toi, tu n'as rien vu ?

– Il communique mal, c'est vrai.

– Ça me rappelle quelqu'un.

Elle suspendit la conversation. Sa respiration s'était calmée. Une larme avait terminé sa course sur sa robe. À la hauteur de son sein, remarquai-je. Une minuscule corolle sur le tissu qui allait bientôt s'évanouir. C'était fragile et très beau.

– Gabriel ?

– Oui ?

– Arrête de regarder mon sein comme ça.

– Désolé.

Elle joignit ses mains, ferma les yeux, puis les reposa sur ses cuisses :

– La jungle, Alex, le cimetière, la Sibérie, un autiste et tes pertes de mémoire, résuma-t-elle.

– Je n'ai pas de pertes de mémoire.

– Et le passage dans la cellule ? Ou entre l'hôpital et le salon ? C'est quoi alors ?

– C'est autre chose et ça ne m'était jamais arrivé.

– Sauf au Guatemala aussi, dans ton enfance. Et ça veut dire quoi, c'est autre chose ?

– Pour perdre la mémoire, il faut en avoir. Et là, j'ai presque plus rien.

– Presque plus rien ? Dis-moi à quoi ça ressemble, presque plus rien.

– On pourrait pas s'arrêter là ?

– Non. C'est quoi ce qui se passe dans ta tête ? Je veux savoir !

– C'est…. comme un flash. Une lumière trop vive. Ça aveugle et mon cerveau ferme les yeux.

– Comme un flash de photographe ?

– Oui. Je ferme les yeux. J'imprime plus vraiment.

Petite pause silencieuse. La larme avait disparu. Elle s'était évaporée. C'était étrange d'imaginer que la peine pouvait s'évaporer, sans laisser de trace.

– Et tout cela est complètement normal pour toi ?

– Disons que ça fait un peu bizarre, parce que je l'ai exprimé à haute voix.

– Tu crois vraiment que c'est ça le problème ?

– Je crois, oui. Parce que sinon, dans le silence, c'est assez calme dans ma tête.

– Gabriel ?

– Oui ?

– J'ai un peu la tête qui tourne, mais…

– Mais quoi ?

– Mais, je ne sais pas, j'ai l'impression d'en savoir encore moins qu'avant, et c'est une sensation vertigineuse. Plus je sais, moins je comprends.

– Je sais.

– Tu sais ?

– Oui, parce que tu voudrais que je vive ou ressente comme toi.

– C'est pas normal tout ça.

– Ce qui est normal chez les autres est une aberration pour moi, alors, si ma normalité dérange les autres, ça me paraît plutôt… normal.

– Je ne comprends rien !

– Moi non plus.

– Et je ne suis pas les autres et le pire dans tout ça, c'est que quand tu ne dis rien, c'est énervant et quand enfin tu parles, c'est hystérisant !

– Je crois que j'agace la vie.

– Pas que la vie, je t'assure, pas que la vie ! J'ai tellement envie de te gifler, tu n'imagines pas ! Et ça, ça, ça…, patina-t-elle trois fois, ça ne me ressemble tellement pas ! Et puis, paf !

– Paf ?

– Oui. Paf ! Je ne sais pas comment tu fais, mais j'ai aussi envie de te prendre dans mes bras. J'ai envie de disparaître dans tes bras et puis, j'ai envie de prendre cet enfant aussi dans mes bras et… et je n'arrive pas à me décider.

– La punition ou les caresses, l'avocate ou l'artiste ?

– Gabriel ?

– Je suis là.

– Tais-toi.

Retour à sa position initiale. Jambes serrées, le coude posé sur la cuisse, le poing sous le menton.

Rodin au féminin…

– Donc, soupira-t-elle, je dois partir ?

– Le temps qu'on comprenne. Oui.

– Et toi, tu vas foncer dans le mur avec un autiste ?

– Je ne sais pas.

– Moi, je le sais. J'ai lu sa lettre et le dossier. Je connais son idée. Elle va te plaire.

– Elle ressemble à quoi ?

– À une attaque de diligence.

– Cool.

– Arrête ça !

– Arrête quoi ?

– Arrête de sourire et arrête avec ce 'cool' !

– J'arrête. Tu connais les détails de l'attaque ?

– C'est pas le sujet.

– En quelques mots. Quelle est la cible ?

– Non.

– Donne-moi le nom au moins.

– Transocean, m'accorda-t-elle finalement.

– La boîte dont les pipelines ont explosé ?

– Oui. Visiblement elle est fragilisée et en dessous de vingt dollars, une banque a la possibilité de déclencher une option d'achat. Il a un dossier complet et ce Jerry est aussi fou que toi.

– En dessous de vingt dollars ? Je ne connais pas la cotation.

– J'ai vérifié. C'est impossible.

– Mais Jerry pense le contraire. Il veut la tuer dans les marchés pendant que je négocie le rachat de la créance avec la banque, c'est ça ? Donc on a une attaque de diligence et un hold up ! C'est quelle banque ?

– Je ne sais pas. Un gros truc à New York.

– Une New-Yorkaise donc. C'est risqué, mais…

– Ne fait pas ça, Gabriel. Arrête de foncer contre les murs. C'est de la folie.

– Pardon. Je verrai ça avec lui.

Agacée, elle secoua la tête, puis repartit à l'assaut.

– Et tu n'as pas parlé avec Tony, n'est-ce pas ? De ton Russe et de cet avion qui t'a suivi là-bas ?

– J'ai confiance en lui. Pas dans le FBI.

– Donc tu vas régler le problème avec cet Anglais ?

– Je ne sais pas s'il y a un problème, mais oui, Plummer va m'aider à comprendre.

– Tu ne fais pas confiance au FBI à cause d'Alex ?

– Oui. Je l'ai perdu et… si je suis responsable, les coupables, c'est eux.

– Et tu n'as pas confiance en moi non plus.

– J'ai confiance dans…

– Dans quoi ? En quoi as-tu confiance ?

– Dans mes sentiments pour toi.

– Et c'est quoi ces sentiments ? Tu n'as jamais rien dit. Pas un 'je t'aime', rien.

Changement de direction et pas de clignotant pour prévenir avant. Elle avait le sens du questionnement et elle savait que c'était dans la surprise que les portes s'ouvraient, le plus souvent.

– Impossible de t'échapper cette fois, reprit-elle finalement en esquissant un sourire. Et je suis certaine que les sentiments, chez toi, c'est encore plus compliqué qu'une tombe dans un cimetière et une rafale de fusil dans la nuit. J'ai compris, tu sais. Un jour, un père a lâché la main d'un enfant sur un chemin de terre et depuis ce jour, l'amour et la confiance, c'est compliqué, n'est-ce pas ?

Elle n'avait pas tort, mais si j'étais capable de vivre le pire, je devais bien être capable de donner le meilleur ?

– Mes sentiments pour toi ? Mes sentiments pour toi, répétai-je sans trop savoir qu'en faire. C'est beaucoup plus simple que tu ne le crois. C'est… OK… c'est… OK… attends, ça arrive…

– Prends ton temps, je ne bouge pas, ironisa-t-elle.

– Très drôle ! Mais tu vas voir, ça va venir… Et c'est très simple.

– Respire, Gabriel.

– Excellent ! Tu es drôle, c'est hilarant ! Mais tout va bien. Et… c'était quoi la question ?

– Tes sentiments.

– Mes sentiments ? C'est facile. Je dois juste trouver le truc.

Se frotter le nez, puis le cuir chevelu, trouver le point d'entrée, la bonne image.

– Ça gratte ?

– Un peu, mais je gère. Tu es prête ? Alors, j'attaque. Mes sentiments c'est… OK… imagine un point d'eau. Un point d'eau dans le désert.

– Un point d'eau dans le désert ?

– Oui.

– C'est ça l'amour pour toi ?

– Oui. C'est une traversée, une quête ou une croisade.

Une image, puis une autre, un sentiment c'était un paysage. Terre inconnue, chaleur et brûlure, j'avance et découvre au fur et à mesure. Elle m'observait sans réagir et je repris :

– Du temps des croisades, avant d'arriver à Jérusalem, il y avait un grand désert. Tu le sais ?

– Non, je ne le sais pas, soupira-t-elle, mais continue.

– Dans ce désert, la traversée était périlleuse.

– Et alors ?

– Alors, il y a toujours un grand désert avant un point d'eau.

– Je suis le point d'eau, Gabriel ?

– Oui. Rien avant toi.

– Rien avant moi ?

– Juste le désert et j'ai super soif.

– Je suis un point d'eau et tu as soif ?

– Tout le temps soif.

Son ciel s'agita sans que j'en comprenne la raison. Dans ses yeux, des nuages.

– Je suis un mirage, une illusion, c'est ça que tu veux dire ?

– Pas du tout. Même si l'idée est belle.

– Alors je suis quoi ?

– Dans un désert, un point d'eau n'est pas un mirage, c'est une oasis. C'est une destination. Et pour un homme assoiffé dans le désert, oui, un point d'eau et une oasis, c'est la seule destination possible.

– Un homme assoiffé d'amour ?

– Assoiffé de toi.

– De moi, murmura-t-elle.

– Et puis il y a ton ciel.

– Quoi mon ciel ?

– Ton ciel, c'est le mien. Et tout comme maintenant, quand tu serres le poing, je serre le mien.

Elle observa sa main, puis la mienne et soupira :

– C'est pas plus simple de dire 'je t'aime' ?

– Ça veut pas dire la même chose.

Encore des passages dans ses yeux. Mais pas de nuages cette fois. Non. C'était brumeux. C'était joliment brumeux. Une perle surgit, puis se détacha. Encore une larme, mais pas de douleur je crois. C'était autre chose. J'observai le décrochage, puis la glissade sur sa joue qu'elle interrompit d'un revers de la main. C'était fascinant que de simples mots puissent faire pleuvoir.

– C'est vrai. Jérusalem, un chevalier assoiffé, un point d'eau dans le désert, mon ciel est le tien, c'est plus fort que 'je t'aime'. Et je suis la seule destination ?

– Oui. Sinon on meurt.

Elle suspendit le mouvement. Il n'y avait que sa respiration pour combler le silence. Je ne savais pas traduire les respirations, mais celle-ci était différente, un peu saccadée. Saccadée, mais son regard était doux. Il fallait le regard pour comprendre une respiration. Pour comprendre une émotion.

– C'est fatigant de t'aimer, Gabriel.

– Je sais.

– Arrête de sourire.

– D'accord.

– Et arrête de me regarder comme ça.

– C'est parce que j'ai soif.

– On dirait plutôt que tu as faim.

– J'ai faim aussi. Pas toi ?

– Et tu as envie de parler avec Jerry, c'est ça ?

– Question de politesse. Il est dans le salon, tout seul et tout perdu dans…

– Et ce hold-up t'excite, hein ? Une bonne décharge d'adrénaline ?

– Disons que je suis curieux.

– On n'en a pas fini tous les deux. La conversation n'est pas termi…

– Pardon de vous déranger !

Angelica sursauta. L'un des deux gardes du corps venait de surgir, un tablier de cuisine noué sur les hanches et une fourchette à la main.

– Mais on ne trouve pas le sel…

28

La montre était recroquevillée sur le bord de l'étagère. Il mémorisa le chiffre que la trotteuse venait d'effleurer, puis il baissa la tête, expulsa une giclée de savon d'une pression du coude sur le bec du flacon et se frotta les mains pendant plus d'une minute.

Une minute et trente secondes exactement.

L'aiguille découpait le temps. Immuable, imperturbable, elle le fractionnait, seconde après seconde, en tranches d'instant. Jerry Goldman suivit chacun des tressaillements, puis il interrompit le jet d'eau une fois les quatre-vingt-dix secondes écoulées. Il dispersa consciencieusement l'eau de ses doigts au-dessus de l'évier, saisit le bracelet de la montre et l'enfila sur son poignet, puis appuya sur le fermoir métallique qui répondit en un claquement sec. Le bracelet était un peu trop serré et il apprécia la sensation. Il avait besoin de ressentir une certaine pression sur sa peau. Il leva son poignet et observa une nouvelle fois les aiguilles. Encore un peu. Un tout petit peu. La trotteuse qui avait longé le trente, remonta ensuite sans effort le long du cadran. L'aiguille des minutes glissa enfin. C'était sa récompense.

08h08.

La répétition était une ponctuation. Les chiffres avaient leur propre langage. Heures et minutes, la symétrie avait un sens. Minuscule parenthèse pendant laquelle il extirpa le souvenir. Étrange souvenir d'ailleurs. Tard dans la nuit, il avait quitté l'appartement de Gabriel. Celui-ci l'avait accompagné jusqu'au taxi et lui avait ouvert la portière. Il se remémora ce moment étonnamment fragile et puissant à la fois. Il avait cherché à placer un dernier mot avant de le quitter, mais n'avait rien trouvé. C'était Gabriel qui avait rompu le silence en souriant d'abord, puis en chantonnant. "Bad boys, bad boys, whatcha gonna do[75] ! Notre chanson pour demain", avait-il rigolé. Jerry n'avait pas compris, mais avait souri à son tour en s'installant sur la banquette arrière. La portière avait claqué, puis le taxi l'avait emporté.

En quelques mois, depuis sa décision de quitter New York pour Miami, il avait creusé un sillon, son sillon. Une empreinte, une ligne, avec chaque jour, le même chemin. À force de répétition, il avait balisé le quotidien, rétréci la vision, l'avait cintrée, réduite, stérilisée. Et hier, il s'était écarté de la ligne, éloigné du chemin. Dans le taxi, il avait ouvert les yeux sur la nuit qui bordait le boulevard. En temps normal, il identifiait les repères au fur et à mesure : devantures de magasins, panneaux publicitaires, emplacement d'une boîte postale, numéros de rue, parce que chaque élément comblait un besoin et le rassurait. Or, rien de tel cette fois-là. Et cette absence de repères dans le trajet qui l'avait ramené au pied de son immeuble était en soi vertigineuse.

Il avait donc partagé. C'était une simple constatation. Il n'était pas sûr de savoir ce que cela voulait dire, mais il réalisa qu'en l'état, pour la première fois, il l'avait justement oublié… son état. Dans cet après-midi qui était devenu une longue soirée, il y avait eu du travail, de l'espoir, de la complicité, de l'intensité et des rires aussi. Il n'avait pas toujours saisi les images de Gabriel, toutes ces références étranges qui jalonnaient ses phrases et qui attisaient sa curiosité. Il n'avait pas compris non plus la présence de ces deux hommes en armes dans la cuisine, mais tout cela n'avait aucune importance. L'essentiel était que les barrières s'étaient estompées sans qu'il en ait vraiment eu conscience. Et en oubliant qui l'on était, on autorisait l'autre à entrer, avait-il finalement compris. C'était logique au fond.

Il observa de nouveau le cadran de sa montre. C'était l'heure. Jerry Goldman s'écarta de l'évier, poussa la porte sans toucher la poignée et passa devant la réception, en évitant soigneusement tout contact avec le sourire d'Amber. Il longea ensuite l'"open space' avant de bifurquer à angle droit en direction de son bureau.

***

---

[75] "Méchants garçons, méchants garçons, qu'allez-vous faire !" Inner Circle, *Bad Boys*.

– Encore une question avant de partir.

Sur le Tarmac de l'aéroport, les vapeurs de kérosène s'éclataient de toutes les couleurs. Des arcs-en-ciel chimiques qui s'évaporaient dans les rayons du soleil. Les avions privés décollaient les uns après les autres et celui que Plummer avait affrété patientait en bord de piste, moteurs allumés.

– Tu sais que ce n'est pas un adieu ?

– Je sais, mais, j'ai besoin de comprendre avant de partir.

Elle était épuisée, et ça se voyait. Absence de sommeil et révélations, la nuit avait été agitée. Nous avions fait l'amour, c'est vrai, et mon dos pouvait en témoigner. Les griffures étaient passionnées, mais un peu trop violentes aussi. Elle avait encore deux ou trois choses à me pardonner. Ce "encore une question", je l'avais entendu cent fois depuis hier.

– Je t'écoute.

– Quel jour sommes-nous ?

La question me prit par surprise.

– Pourquoi veux-tu…

– Quel jour sommes-nous, Gabriel ?

– Nous sommes… aujourd'hui.

– La première fois qu'on s'est rencontrés, c'était quel jour ?

– C'était le plus beau jour de l'année.

– Alors quel mois ?

– Il faisait chaud.

– Non, c'était en décembre.

– Moi, j'avais chaud tout le temps.

– Donne-moi l'année au moins.

– Je ne sais pas.

– Quel âge as-tu ?

– Tu sais très bien quel âge j'ai.

– Oui. Mais toi, tu le sais ?

– Bien sûr.

– Mais tu dois calculer ?

– Je suis bon en calcul. Pourquoi toutes ces questions ?

– J'essaye de comprendre. Par exemple, depuis combien de temps sommes-nous ensemble ?

– Depuis tout le temps ?

– Quel est mon âge ?

– Tu es plus jeune que moi.

– Oui.

– Deux ans plus jeune.

– Non, Gabriel. Quatre ans. C'est quatre ans !!

Elle suspendit les questionnements et croisa les bras. Discrètement, je hochai la tête en direction de l'hôtesse de l'air qui s'impatientait au pied des marches menant à l'appareil.

– Tu sais l'impression que j'ai ? reprit-elle en haussant la voix pour couvrir un énième décollage. J'ai l'impression d'être une page blanche. Une page sur laquelle tu écris, tous les jours, mais au final, rien ne reste. Tu déchires tout le soir venu et je disparais. Tu effaces tout et le matin, il n'y a plus rien.

Les deux gardes du corps échangèrent un regard. Leur job était de la protéger, et la tâche était compliquée. Toute la nuit, les explosions s'étaient succédé. Un vrai champ de mines parsemé de points d'interrogation. Et ce matin, le rythme n'avait pas baissé. Une Italienne en colère, je le découvrais un peu tard, ça ne se désamorçait pas facilement !

– Je croyais que tu avais compris.

– J'ai compris et... Tu oublies tout, Gabriel. Tu ne connais même pas ton âge ou le mien ! Tu te rends compte de ce que ça veut dire !?

C'était le moment. J'aimais bien ces moments charnières. J'avais la clef, il suffisait d'ouvrir. En temps normal, je laissais les autres sur le pas de ma porte. Ne pas être compris, c'est un privilège par les temps qui courent. Mais je ne pouvais pas la laisser dehors. Pas elle. Pas cette fois. Alors, tourner la clef, ouvrir la porte, la faire entrer :

– Après 'Georgia on My Mind', tu t'es levée.

– De quoi parles-tu ?

– Après 'Georgia on My Mind', tu t'es levée, tu t'es approchée du bord de la scène et ta robe s'est plaquée contre tes cuisses. Il y avait un ventilateur et en t'approchant, la robe s'est collée à tes courbes. Tu ne t'es pas rendu compte de l'effet et j'ai aimé cette innocence. Et puis tu es retournée à ton siège, à ton piano. Les conversations ont repris. Je m'en souviens. Les hommes parlaient fort et les femmes riaient encore plus fort, mais toi, tu t'en foutais. Tu étais dans ton monde, dans ta bulle. Et j'ai eu envie de te rejoindre dans cette bulle. En fait, non, c'est pire que ça. Je n'ai pas aimé être ailleurs que dans cette bulle. Tu as allumé une cigarette, expiré un nuage en levant la tête et puis, tu t'es rapprochée du micro et tu as dit : "'Roxanne'. Une 'Roxanne' un peu mélancolique." J'ai aimé ce mot. Ce "mélancolique" dans ta bouche, c'était super mélancolique. Tu as déposé ta cigarette sur le cendrier, sans l'éteindre. La fumée grimpait à la verticale avant que le ventilateur ne la chasse. Tu as remonté ta robe sur tes jambes et puis, tu as levé la main. Je ne sais pas pourquoi, mais tu as levé ta main. Un bracelet a glissé le long de ton poignet et tes doigts se sont agités. C'était fascinant. Comme si tu attrapais un truc dans l'air. Il y avait un sens à tes gestes, et j'ai eu envie de faire partie de tes gestes. Et puis tu as claqué des doigts, trois fois. Ta jambe a battu la mesure, ta main gauche a déposé un premier accord, non, tu as attaqué avec tes deux mains. Et puis : "You don't have to put on the red light[76]". Tu as fait une fausse note à un moment et tu as froncé le nez. C'était la première fois que je voyais quelqu'un froncer le nez comme ça. Un coté Charlie Chaplin. Et puis, toujours les yeux fermés, tu as souri. Tu as souri et moi, j'ai souri avec toi. C'était ma première fois. C'était brutal tellement j'ai aimé ça.

– Tu n'as pas oublié ?

– Ou alors un soir. Un autre soir où tu as attrapé une miette. Avant que le plat n'arrive, je mangeais un morceau de pain et une miette est tombée sur la nappe. On se vouvoyait, c'était notre premier dîner. C'était beau de se vouvoyer. Il y avait une distance, une élégance et mon cœur a aimé ce vernis, cette patine entre nous. Tu m'as posé des questions et j'ai slalomé entre tes points d'interrogation. Tu me vouvoyais, mais mon cœur te tutoyait déjà. Et puis, tu as attrapé la miette qui était tombée et tu l'as déposée sur la soucoupe. Alors, j'ai froissé la croûte du pain et deux autres

---

[76] "Tu n'es pas obligée d'allumer la lumière rouge" (autrement dit, de faire le trottoir). The Police, *Roxanne*.

miettes sont tombées. Et toi, très sérieusement, tout en parlant, tu as attrapé les deux cadavres et tu les as déposés encore une fois sur la soucoupe. J'ai refait le truc quatre fois avant que tu ne comprennes. Finalement, tu as souri et je me suis perdu dans ton sourire. Ton sourire et tes yeux gris. Tu as plissé les yeux et tu m'as dit : "Vous vous moquez de moi ? Déjà ?" Et je t'ai répondu…

– Un truc comme : "C'est la première fois que je suis jaloux d'une miette. Finir entre vos doigts, c'est plutôt sympa."

– Oui. J'étais intimidé. J'étais maladroit. C'était brutal de ressentir tout ça.

– Tu te souviens du nom du restaurant ?

– Aucune idée. Une entrecôte, je crois.

– Et de la date ?

– Je peux te donner la décennie, si tu veux.

– C'est dingue.

– Et un matin. Tu t'es levée, Angelica. Tu t'es levée et tu as marché vers la salle de bain. Tu as laissé la porte ouverte et je t'ai regardé. C'était notre premier réveil ensemble. C'était Noël.

– Ce n'était pas à Noël.

– Dans mon cœur, si. Exactement la même impression. J'étais allongé sur ton lit et c'était Noël. Après la salle de bain, tu es ressortie. Petite culotte et soutien-gorge, un vrai spectacle. Un véritable paquet cadeau. Tu es passée devant le lit, tu m'as tiré la langue et puis tu m'as envoyé un baiser en riant. Tu as marché en contournant le lit et le parquet a à peine réagi alors qu'avec moi, il craquait à chaque pas, et puis tu as ouvert un placard de la penderie. Je t'ai regardé. Tu faisais une étrange danse en même temps. Tes pieds s'agitaient sans raison. Un pas en avant, un pas en arrière. À un moment, tu as tendu à bout de bras deux je ne sais quoi. Deux chemisiers, mais sans col, je crois. Ils étaient identiques, deux clones parfaits. Aucun être normalement constitué n'aurait vu la moindre différence entre les deux et pourtant tu les tendais à bout de bras, comme s'ils étaient de sexe différent. Et tu m'as demandé : "Lequel à ton avis ?"

– Je ne me souviens pas de tout ça.

– Moi je me souviens. Je t'ai répondu : "L'autre." Alors tu as tendu ton bras droit vers moi, et j'ai dit : "Non, l'autre." Tu as tendu ton bras gauche, et je me suis levé en te disant : "Non, l'autre", et puis je t'ai décoiffée. C'était la première fois que je te décoiffais après que tu t'étais coiffée.

– Vivre avec toi, c'est être tout le temps décoiffé.

Sa voix avait mué. Un peu plus rauque que d'habitude. Un peu plus italienne aussi. Dans ses yeux gris, il y avait des bancs de sable. Des petites taches ocre qui nageaient à la surface. Selon la lumière, selon ses humeurs, autour de ses prunelles, les îlots de sable accentuaient leur présence. En plein soleil, la fatigue en prime, le spectacle était saisissant. Elle cligna des yeux et mon sourire s'élargit. Elle ne le savait pas, mais c'était super joli d'avoir un paysage dans son regard.

– Et puis, il y a tes bancs de sable.

– Mes bancs de sable ?

– Oui, les taches beiges dans tes yeux. C'est super technique, mais je suis devenu très bon dans la géographie de tes yeux. C'est pas de la géographie d'ailleurs, c'est plutôt de l'astronomie !

– Donc tu ne m'effaces pas tous les soirs ?

– J'ai l'essentiel de toi, parce que j'ai le beau. Le beau, le pur et toute la lumière. Ce n'est pas dans ma mémoire, mais c'est en moi, tout le temps.

Elle s'approcha d'un pas et m'embrassa. C'était violent, ses lèvres et ses yeux, c'était mouillé de partout, un baiser énervé et très méditerranéen, puis elle murmura :

– Désolé, mais j'avais besoin de te voir te battre, encore une fois, pour moi.

– Tu n'es plus fâchée ?

– D'ici un an ou deux, si tu me prêtes ton Tipp-Ex, j'aurais oublié, peut-être.

Elle éclata de rire en découvrant ma grimace. Son premier rire depuis une éternité.

– Monsieur Lacour, désolé, mais on doit y aller !

Elle attrapa ma main une dernière fois :

– Et puis, je suis ton ciel, c'est toi qui l'as dit et tu sais quoi ? tu avais raison. 'Tu es mon ciel', c'est encore mieux que 'je t'aime'.

Et elle s'échappa en quelques pas dans la carlingue de l'oiseau avec ses deux anges gardiens. Elle avait rendez-vous avec un avocat demain. New York la draguait depuis un moment et ce cabinet allait lui proposer un pont d'or pour qu'elle les rejoigne. Nous n'avions pas reparlé de cette offre, parce qu'en parler, c'était la possibilité qu'elle s'éloigne. Et tant qu'on ne prononçait pas les mots, l'éventualité n'existait pas !

Je m'adossai contre la carrosserie brûlante de la voiture. La fenêtre était ouverte et gentiment, la radio me consola en couvrant le bruit des réacteurs avec le tube du moment.

« *Work it, Make it, Do it, Make us*[77]… »

Un vrai mode d'emploi ! C'était le début d'une très longue journée. L'attaque allait commencer. Alors, pourquoi ne pas suivre les signes. …

« *Harder, Better, Faster, Stronger*[78] ! »

Et une chanson, quand on écoutait bien, c'était aussi un panneau d'indication.

***

08h58

Comme des saumons, l'information remontait naturellement jusqu'à lui. Les filiales de la banque disséminées dans le monde avaient pour mission de transmettre chaque jour un rapport de quelques lignes.

Jonas Flynt, le CEO de la plus grande banque commerciale du pays, coupa le son de la télévision qui diffusait les images en direct de Wall Street et reporta son attention sur la pile de documents. En bas de la première page, il découvrit le rapport de la filiale de Miami qui l'informait que le gouverneur de Floride avait décrété une suspension des opérations d'extraction pétrolière dans le golfe du Mexique. Et ce jusqu'à nouvel ordre. Les noms des sociétés clientes de la banque impactées par le décret complétaient la note. Flynt tourna la page et parcourut le tableau de bord synthétique

---

[77] "Travaille-le, fabrique-le, fais-le, rends-nous…" Daft Punk, *Harder Better Faster Stronger*.
[78] "Plus dur, meilleur, plus vite, plus fort !"

351

que son assistante avait préparé. Il s'arrêta sur une autre alerte, envoyée cette fois par la succursale de Londres. Quelques lignes d'explication et deux noms, ponctués par un point d'interrogation. Il reposa le document. L'un de ces noms faisait partie de la liste de ses clients, l'autre lui était inconnu. Il pianota le nom de son client sur son ordinateur et le dossier s'afficha.

Il réfléchit un instant. L'information venait de Londres, la cible était en Floride, mais étant donné le montant, c'était bien le siège de New York qui possédait la créance. Il saisit son téléphone, pressa une touche et son assistante décrocha à la première sonnerie.

– Oui, monsieur ?

– Pouvez-vous me confirmer la présence de monsieur Sanders à la conférence de presse ?

– Monsieur Sanders ?

– Billy Sanders, le patron de Transocean.

– Un instant, monsieur.

– J'ai également besoin d'informations sur une société : Quetzal Investment. Et sur son patron, un certain, Gabriel Lacour.

– Bien, monsieur. C'est noté. Quel est le délai ?

Flynt regarda l'heure à son poignet.

– Une demi-heure. Et demandez à messieurs Johnson et Flanagan de me rejoindre avec le dossier Transocean, je vous prie.

– Monsieur ?

– Oui ?

– Monsieur Sanders est bien enregistré. Début de la conférence prévu pour neuf heures trente.

– Elle sera retransmise ?

– Un instant, s'il vous plaît, je vérifie… Oui, retransmission sur CNBC, CNN et…

– Parfait, l'interrompit-il, dégagez mon emploi du temps. La matinée va être amusante pour une fois.

– Je m'en occupe, monsieur.

Il raccrocha et réanima le son du téléviseur d'une pression sur la télécommande, tout en inclinant légèrement le dossier de son fauteuil, et écouta les commentaires des spécialistes. Miami était au cœur des conversations. Des attentats là-bas, mais la secousse principale s'était propagée jusqu'ici. La ville-monde de New York était au cœur de l'organisme. Wall Street tremblait, pour autant ses fondations étaient solides. Les marchés s'adapteraient. L'adaptation, c'était le propre du capitalisme. Jonas avait confiance et la confiance était l'autre pilier du système.

L'irrationalité totale de ce monde avait été modélisée depuis des années, un processus empirique que les crises successives avaient paradoxalement consolidé. En mars 2000, le marché s'était trompé, mais il n'était pas mort. Les gouvernements avaient plié face au krach boursier. Aveu de faiblesse complet, ils avaient fait et feraient tout ce qu'il faudrait pour sauver le système. Tout, tout le temps et quel qu'en soit le prix. Les États étaient pris en otages, shootés à la dette pour satisfaire des promesses d'un autre temps, et la finance, dealer exclusif de la démocratie, avait gagné la partie. Le syndrome de Stockholm dans toute sa splendeur !

Il plissa les yeux, la cloche avait retenti sur le pupitre qui surplombait l'immense salle du New York Stock Exchange et les fauves s'étaient jetés dans l'arène.

$22\frac{3}{4}$… $22\frac{7}{8}$… 23… $22\frac{7}{8}$…

En quelques minutes de 'trading' seulement, le seuil du volume quotidien de transactions sur la société Transocean fut franchi. La banque n'était qu'un arbitre dans ce jeu, la loi de l'offre et de la demande ferait le reste. Parce qu'au bout du compte, l'équilibre d'un prix n'était rien d'autre que l'entente entre deux volontés opposées.

Un acheteur qui espère, contre un vendeur qui se désespère…

***

09h30

Matteo avait fait un détour pour récupérer l'e-mail qu'il avait imprimé, puis avait traversé l''open space' en piétinant la moquette de son agacement. Une partie du personnel s'était silencieusement regroupée derrière Jerry Goldman et patientait. Matteo s'arrêta un peu à l'écart, bras croisés, avant de finalement s'adosser contre un pilier.

Son gilet chamarré s'était froissé en plis disgracieux. En temps normal, il aurait réajusté l'ensemble d'un geste sec vers le bas, mais ce qui se passait n'était pas normal. L'e-mail que Gabriel lui avait adressé ne laissait aucune place à la moindre interprétation. Il leva le document et le relut encore une fois :

> Jerry a carte blanche. Tu fais sauter ses limites d'intervention, fonds illimités et tu ne lui poses aucune question.
> T'expliquerai tout à mon retour.
> Ciao

Puis il reporta son attention sur la scène.

À intervalles réguliers, les voix des traders surgissaient de l'un ou l'autre des haut-parleurs posés sur le bureau. Les épaules étroites et une chemise qui, à l'image de sa veste de costume, était beaucoup trop ample pour lui, Jerry scrutait les courbes de ses écrans qui s'ajustaient, nourries par le flux constant d'informations.

« 22¼, 50'000 à la vente. »

Puis, se chevauchant presque, une autre voix s'interposa dans un haut-parleur :

« Position masquée, 50'000 à l'achat, placé 22⅛, 100 à 22 figure. »

Après chaque intervention, le silence revenait. Les traders appuyaient et relâchaient la gâchette fixée sur leurs téléphones, qui leur permettait de couper le son à tout moment.

« Jerry ? Un paquet, 400 à l'achat, au marché ! » hurla un trader, immédiatement suivi par un autre cri :

« Achat Jerry, au marché, 200. Non ! 300 maintenant et... »

Le silence de nouveau, puis :

« Début de la conférence de presse ! »

La conférence à l'hôtel Hyatt venait de débuter.

– Jerry ?

Le jeune homme ne réagit pas.

– Jerry ?! l'interpella Matteo une deuxième fois. Où est Gabriel ?

Une dizaine d'hommes s'installaient derrière la table légèrement surélevée par une estrade. Jerry repéra sans difficulté le patron de Transocean, qui venait de déposer son chapeau de cow-boy sur le pupitre, avant de serrer la main de son voisin et de s'asseoir. Les caméras firent un gros plan sur son visage émacié. Ce n'était pas un ennemi, mais Jerry apprécia de pouvoir mettre un visage sur la cible.

– Je pensais qu'il devait passer au bureau ce matin !

– Il a changé d'avis. Tu n'as pas reçu son e-mail ?

– Si. Mais je n'ai pas d'explication. Et je n'aime pas beaucoup ça. Vous manigancez quoi exactement ?

Jerry était plongé dans la scène et ne répondit pas à la question. Un modérateur, ancien journaliste vedette de CNBC, placé au centre de l'estrade, prit la parole en se levant et les conversations s'interrompirent.

« *Mesdames et messieurs de la presse et de la télévision, merci à tous d'être là* », adressa-t-il à l'assistance. « *Vous avez devant vous les représentants de l'industrie pétrolière. Ils sont là pour répondre à vos questions et rassurer le pays.* »

Le présentateur baissa la tête, feignant de chercher ses mots, puis se redressa :

« *Nous avons tous été touchés, blessés même, par les drames qui ont frappé Miami, mais l'Amérique est forte* », gronda-t-il en regardant la caméra, alors qu'en arrière-plan, les visages fermés des pétroliers approuvaient la déclaration en hochant gravement la tête.

En spécialiste des médias, il savait jouer avec l'image. Avec l'émotion aussi. La mise en scène faisait partie de l'ADN du pays et, au-delà de l'aridité des informations financières, le spectacle n'était jamais loin.

« *Je vous demande d'être brefs dans vos interventions et d'attendre que je vous donne la parole.* »

Le silence s'installa, la tension était palpable.

Dans la grande salle de l'hôtel, aménagée pour la circonstance, Billy Sanders rongeait son frein. À côté de lui, transpirant malgré la climatisation, un homme corpulent semblait particulièrement mal à l'aise. Sanders s'inclina légèrement en posant sa main devant sa bouche afin de masquer le mouvement de ses lèvres :

– Ils sentent la peur et ça les excite. Reste calme et tout ira bien.

– On va se faire dévorer, soupira son voisin en balayant le parterre de journalistes. Putain, même quand ils sourient, ils sont effrayants.

Cette conférence de presse avait été organisée dans l'urgence. Seuls, ils étaient faibles, mais réunis, ils allaient former un bloc et lutter ensemble pour leur survie. Une parenthèse dans la compétition féroce qu'ils se livraient : c'était le moment de se serrer les coudes, former un 'cercle de chariots' et tirer, se dit Billy Sanders, en saisissant la bouteille d'eau qui était posée sur la table recouverte d'un feutre sombre. Il versa le liquide dans son verre et affronta calmement les regards des journalistes, tout en buvant une gorgée. L'un de ses aïeuls était mort au cours d'une charge de cavalerie, se remémora-t-il, sabre au clair. Il était dans le mauvais camp peut-être, mais les sudistes avaient résisté, alors que la logique aurait voulu qu'ils soient balayés en quelques mois. Que la cause ait été bonne ou mauvaise, son aïeul s'était battu avec force, et l'honneur du combat qu'il avait livré faisait partie de l'héritage immatériel qu'il avait transmis à Billy.

Matteo avait toujours les yeux rivés sur Jerry. Il y avait visiblement un lien avec cette conférence de presse retransmise à la télévision, mais lequel ?

– C'est quoi l'idée ? reprit Matteo, en s'approchant de quelques pas.

Jerry dévorait la scène à la télévision. C'était la première fois qu'il engageait un combat de ce type, la première fois qu'il découvrait l'homme que ses systèmes et autres algorithmes allaient attaquer. Il était le meilleur dans son métier, parce que l'humain disparaissait derrière les chiffres. Il était le meilleur parce que, dans son monde analogique, les mathématiques étaient la seule philosophie acceptable, supportable même, et les sciences comportementales complétaient de temps en temps le paysage, mais sans l'abîmer. L'humain et son cortège d'émotions était une matière quantifiable et, dans le monde de Jerry, une donnée, n'importe laquelle, pouvait être modélisée. Mais ce face-à-face avec ce visage buriné et ces rides découpées par le temps qui se creusaient lorsque l'homme plissait des yeux, c'était une grande nouveauté !

Dans la salle de conférence de l'hôtel, à New York, le maître de cérémonie avait frappé les trois coups :

« *Mesdames, messieurs, c'est à vous !* » conclut le journaliste, en tendant son micro à l'une des jeunes femmes chargées de le faire circuler dans la salle.

Une forêt de bras jaillit de l'assemblée et les plus audacieux prirent la parole d'autorité. L'homme assis à côté de Billy Sanders eut un mouvement de recul et Billy sourit en se redressant sur sa chaise. C'était sa charge de cavalerie, aujourd'hui, c'était à lui d'emporter la bataille.

– Jerry ! grogna encore une fois Matteo. C'est quoi votre idée ? Tu fais quoi ?

La télévision créait la distance salutaire, mais l'image instaurait également une proximité nouvelle. Au bout de la chaîne, il y avait donc un homme, une vie, une émotion, songea Jerry. C'était troublant.

– Jerry ! insista-t-il.

– Une attaque de diligence. On prépare une attaque de diligence.

– Bien sûr ! s'esclaffa Matteo, en prenant à partie le personnel. Et Gabriel ? Il fait un hold-up ?

– Exactement, murmura Jerry, en basculant vers ses écrans d'ordinateurs.

***

09h50

Si Genève était la mère de la banque privée, j'étais maintenant chez l'oncle, celui qui faisait du bruit dans les mariages, qui racontait tout, sans qu'on ait besoin de lui poser la moindre question. Ici, au siège régional de la Bank of America à Miami, le bruit n'avait rien de confidentiel. Il n'y avait pas cette distance dans les regards, cette frontière invisible que les employés des banques helvètes entretenaient par une multitude de petits détails et qui plongeait immanquablement le visiteur, le client, dans une atmosphère de sacré, d'intemporalité même. J'aurais reconnu une banque privée genevoise rien qu'au son. Le secret bancaire avait sa propre musique et les Suisses, qui en avaient fait leur instrument de prédilection, avaient accordé les bâtiments à la fonction. Comme souvent, la comparaison amenait à la prise de conscience : j'avais fait carrière dans le marbre, dans le silence ouaté des halls cathédrale et ce décor était devenu ma normalité.

Mon téléphone s'agitait depuis quelques minutes sur mes genoux. Matteo s'agaçait et mon e-mail n'avait certainement pas calmé ses ardeurs. Alors que j'interrompais l'appel encore une fois, un message sur l'écran attira mon attention. "Jane est réveillée. Les médecins sont confiants. Il faut qu'on parle !" Informations contradictoires. Soulagement pour Jane, heureux pour Tony, et ce "il faut qu'on parle" avec un point d'exclamation. Je repoussai la perspective et me concentrai sur l'essentiel. Angelica serait rassurée par la nouvelle. Enfin une bonne nouvelle ! Elle n'avait pas fait d'allusion ce matin au reste de ma journée. À cette guerre que j'allais déclencher. Peut-être avais-je réussi à la convaincre que dans une très mauvaise idée, quelquefois, il y avait du bien qui poussait…

— *Si vous avez besoin d'un coup de main pour le hold-up, on est là !*

C'était hier. Les steaks avaient disparu. Les bruits de mâchoires s'étaient enfin calmés et, depuis la cuisine, les deux gardes du corps s'étaient immiscés dans la conversation. Angelica, assise dans le fauteuil, avait souri. Jerry avait basculé le haut de son corps et moi, je m'étais levé. Il n'avait pas répondu la première fois, alors j'avais répété la question :

— *Tu t'occupes du marché, pendant que je dépouille la banque, c'est ça ?*

— *C'est ça.*

— *Et moi, je vais devoir jouer les yeux fermés.*

Jerry était resté silencieux. Son regard voletait un peu partout et sur la table basse, l'enveloppe et sa lettre que j'avais lue un peu plus tôt. Et dans sa lettre, son histoire. Le syndrome d'Asperger, sa difficulté à communiquer, l'opération en bourse à Genève qui avait attiré son attention, et puis sa décision de tout quitter pour venir me rejoindre à Miami. Il évoquait une sorte de proximité entre nous, sans préciser sa nature, mais j'avais compris, non, j'avais senti ce à quoi il faisait allusion. J'avais ensuite parcouru le dossier, mais c'était sa confession qui m'avait touché. Elle avait bizarrement chahuté mon petit confort. Son courage, sa manière d'affronter ses limites, et mon propre aveuglement. Parce que je n'avais rien vu.

Parce qu'il semblait tout savoir de moi et que je ne savais rien de lui. Qui était le plus handicapé d'entre nous deux ? Lui ou moi ?

Alors je suis venu.
Je suis venu pour expliquer mon idée. Et pour expliquer, c'est moi que je dois affronter.
De New York jusqu'à Miami.
Et maintenant, ici.

Et à la fin de sa lettre, une initiale qui flottait, la tête penchée sur la gauche, perdue en bas de la page. J'avais longuement regardé cette initiale qui était la manifestation de son audace.

J.

J'avais reposé la lettre et je l'avais observé. Et pendant que je redécouvrais cet étrange bonhomme qui, comme son initiale abandonnée en bas de la page, semblait perdu lui aussi dans mon canapé, Angelica m'avait également observé. Chacun dans nos fauteuils, nous avions formé un triangle silencieux auquel Jerry avait répondu en accentuant la bascule sur le coussin. Bascule sur un canapé, des yeux gris qui me dévisageaient et, dans mon dos, les deux anges gardiens qui, insensibles à la scène, fouillaient dans les placards. Ces types avaient faim. Tout le temps faim. J'avais repris le dossier, étudié à nouveau les graphiques, puis avais entamé la partie :

– *Une partie de poker à l'aveugle, c'est ça l'idée ?*

– *Je peux le faire.*

– *Je sais, Jerry. Je réfléchis juste à voix haute. Donc, une clôture en dessous de vingt dollars ?*

– *C'est ça.*

– *Le marché ne se laissera pas faire. Tu en as conscience, j'imagine. Et les acheteurs vont revenir en meute. Ça aussi, tu le sais.*

– *Comme toi à Genève. Seul contre tous.*

– *Et pendant que tu fais baisser le marché, je dois négocier avec la banque. Lui faire peur. La faire plier. Sans rien savoir de ce que tu auras fait ?*

– *Tu dois me faire confiance.*

– *Seul contre tous.*

– *Et pas de limites*, avait-il insisté. *Tu dois faire sauter les autorisations.*

– *Pas de limites, Gabriel. Je savais que l'idée de Jerry te plairait.*

– *Et pas de Matteo non plus*, avait rebondi Jerry qui n'avait pas saisi l'ironie dans l'intervention d'Angelica.

– *Tu en penses quoi, maître ?*

Avocate et artiste. Dans ses yeux, une étincelle avait brillé.

– *J'en pense que c'est une idée de fous.*

– *Tu as peur qu'on échoue ?*

– *Non, Gabriel. J'ai peur que vous réussissiez !*

J'avais souri à sa répartie.

– *Mais tu aimes l'idée, n'est-ce pas ?*

– *Ça dépend de Jerry.*

– *Je peux le faire*, avait-il insisté.

– *Donc, j'entame le mouvement par Londres. Aujourd'hui ?*

– *Oui.*

– *Et demain, on attaque pendant la conférence de presse qui doit se tenir à New York ?*

– *Juste après la conférence*, avait-il corrigé.

Angelica avait encore une fois consulté le dossier. Elle aimait les papiers. Elle aimait quand les choses étaient écrites noir sur blanc. J'avais fait l'essuie-glace. Sur la droite d'abord :

– *Angelica ?*

Elle avait parcouru le document, tourné une page, puis une autre, avant de soupirer :

– *J'avais un fou, j'en ai deux maintenant !*

Puis sur la gauche :

– *Jerry ? Tu peux le faire ?*

– *Je suis Iceman.*

– *Je confirme. Deux fous !* s'était exclamée Angelica.

Puis dans mon dos :

– *Messieurs ?*

Depuis la cuisine, deux rires s'étaient mélangés :

– On n'a rien compris, mais ça a l'air cool votre truc !

– Tout le monde est d'accord. Alors Jerry ?

– Oui ?

– Bienvenue dans la famille.

Un sourire timide et pour la première fois, son regard s'était reposé contre le mien. Ça n'avait pas duré, mais c'était notre premier contact. Une vraie rencontre du troisième type.

Dans la nuit, après des heures d'analyse, j'avais finalement appelé Londres. Plummer avait semblé surpris, mais quelques explications plus tard, l'idée l'avait amusé. Il passerait par la filiale londonienne et ferait le nécessaire afin d'attirer l'attention du siège de la banque à New York. Angelica aussi était partie pour New York, la coïncidence était amusante. Et maintenant, j'étais là. Après l'aéroport, direction la banque. L'attaque de diligence était lancée. Assis dans un canapé à bout de souffle, je me préparais à partir à l'assaut. Dernière respiration avant de jouer ma vie sur un coup de dés. Peut-être pas ma vie, mais ma société.

– Monsieur Lacour ? Veuillez me suivre, s'il vous plaît.

Je me levai et piétinai l'ombre de la secrétaire qui venait de m'arracher à mes pensées. Enchaînement d''open spaces' bruyants et dédale de couloirs à la moquette élimée par endroits, le décor était banal. La porte de la salle de réunion se referma dans mon dos et je m'installai sur une chaise, après avoir salué mes deux interlocuteurs au sourire de vendeurs de bagnoles. J'attaquai en ôtant ma montre, alors que l'un de mes hôtes entamait un bavardage convenu sur les attentats, auquel je répondis par une grimace tout aussi convenue. Une réunion de ce type était une pièce de théâtre et ma montre serait l'accessoire principal de mon jeu de scène.

Jim 'machin' prit une respiration et j'en profitai pour initier le premier mouvement.

– Merci de me recevoir, messieurs. Je sais que tout cela est un peu précipité, mais…

Il s'était assis en face de moi et sa mâchoire carrée eut la bêtise de m'interrompre. Dans un combat de ce type, il aurait dû attendre que je me dévoile. En me coupant, il me donnait l'ascendant psychologique sans le savoir.

– Monsieur Lacour, vos hommes ont préparé cette réunion avec nos équipes à Londres et, en effet, votre demande est très singulière.

Au centre de la table, une petite lumière clignotait sur l'araignée, un haut-parleur qui étendait ses pattes sur le bois de mauvaise qualité. Ce signal confirmait ce que j'avais espéré. À New York, le CEO du groupe, probablement entouré d'une nuée de conseillers, nous écoutait.

Pari gagné.

***

10h00

Malgré le calme apparent qu'il affichait, Billy Sanders bouillonnait. Dans le contrat de prêt qu'il avait encore une fois relu ce matin, les choses étaient claires : si l'action de sa société passait sous la barre des vingt dollars à la clôture de la bourse, la banque pouvait exercer son option. Et l'exercer, comme on disait dans leur monde, ça signifiait : devenir propriétaire de sa société.

Billy payait le prix de son audace.

Les études avaient confirmé le potentiel du gisement situé au large du Belize et du Guatemala. Il avait imposé cette décision à son conseil d'administration. Il avait même surenchéri face aux mastodontes de l'industrie pour remporter la mise et avait gagé sa société pour obtenir un financement auprès de la plus grosse banque du pays. C'était le prix à payer pour réussir. Le pétrole était une matière limitée. La recherche et l'exploitation nécessitaient des investissements de plus en plus considérables, alors que les gisements anciens se tarissaient les uns après les autres.

Une clôture en dessous de vingt dollars, c'était un seuil inaccessible lorsqu'il avait signé le contrat de prêt. Mais dans la glissade du titre, le seuil s'était dangereusement rapproché. Alors, communiquer, rassurer et le titre allait remonter. C'était la raison de sa présence à cette conférence de presse. Il venait de terminer une

362

réponse et le micro se baladait dans l'assistance vers un autre journaliste. Il se redressa sur sa chaise et scruta la scène.

Discrètement, les pétroliers assis à ses côtés sur l'estrade inspectaient les cotations sur leurs téléphones portables et leurs regards, immédiatement après, se portaient sur lui. C'était sa société qui avait été la plus durement touchée et Billy Sanders concentrait depuis quelques minutes un feu nourri de questions. Car non seulement sa société avait été la seule à être atteinte directement par les attentats, mais les journalistes spécialisés avaient aussi repéré une série de transactions jusqu'à la veille des attaques : des ventes massives de titres dont l'émetteur restait inconnu, puisqu'elles avaient été initiées à partir d'une dizaine de paradis bancaires dont le secret était inviolable. Ces opérations avaient amorcé la baisse avant même les évènements et le Texan se défendait pied à pied, distribuant ses explications sans manifester le moindre trouble.

Une jeune femme leva la main et le modérateur indiqua qu'il s'agissait de la dernière question :

– Monsieur Sanders, Stephanie Bounder, CNBC. Nous avons tous entendu vos réponses techniques et financières, mais j'aimerais m'adresser à l'entrepreneur, à l'homme que vous êtes. Le jour où votre entreprise a été visée et touchée par ces deux explosions sur vos pipelines, puis par l'explosion du puits de la plate-forme au large de Miami, quelle a été votre première réaction ?

Billy Sanders posa les mains sur la table, puis leva la tête. Un silence respectueux s'installa dans l'assistance. Cet homme dégageait un réel charisme et une force étonnante, une authenticité qui dénotait dans cet univers artificiel. Les caméramans zoomèrent progressivement sur son visage.

Jerry, qui suivait la conférence de presse sans en perdre une miette, saisit ses deux téléphones. Le moment approchait.

– Je fore depuis que j'ai quinze ans, madame Bounder. Le pétrole coule dans mes veines de la même manière qu'il a façonné l'histoire de notre grand pays. En provoquant cette fuite, c'est mon sang qu'ils ont fait couler.

Billy Sanders s'interrompit un instant, puis, sans réfléchir, prit son Stetson et le posa sur sa tête.

– Je suis un Texan, madame. Texas : savez-vous que ce nom vient des Amérindiens, de 'tejas', qui signifie "amitié" ? Alors au lieu de vous répondre, je vais m'adresser, en texan, et en toute amitié donc, à ceux qui nous ont fait ça.

Il prit une inspiration avant de se lancer :

– Je ne sais pas qui vous êtes, je ne sais pas pourquoi vous avez fait ça, je ne sais pas si ceux qui ont fait sauter mes installations sont également responsables du lâche assassinat de dizaines d'innocents dans ce café ou du tir contre une jeune femme au palais de justice…

Le bleu de ses yeux scintillait sous le reflet des projecteurs :

– … mais j'ai un message pour vous…

Après une courte interruption, durant laquelle son regard se durcit encore, sa voix gronda dans les haut-parleurs qui encerclaient l'immense salle de conférence :

– … On va vous débusquer ! Un par un ! Où que vous soyez, il n'y aura pas d'abri et dès que j'en aurai l'occasion, je viendrai moi-même vous expliquer que, si notre devise est l'amitié, nous, Texans, nous savons punir les enfoirés !

Le silence qui accueillit sa déclaration fut interrompu au bout d'une dizaine de secondes par un employé de l'hôtel qui, sous le coup de l'émotion, applaudit lentement en hochant la tête avec gravité. Il fut bientôt rejoint par les hommes sur l'estrade qui entouraient Billy Sanders. L'un d'eux se leva, puis un deuxième et la salve se propagea comme une vague parmi les journalistes. Du premier au dernier rang, travée par travée, ces spécialistes des marchés financiers dans leurs costumes cintrés, abandonnèrent un instant leur neutralité en se dressant, les uns après les autres, pour rejoindre cet élan de résistance.

***

10h02

Saisir ma montre, regarder l'heure, puis la reposer calmement sur la table. Dans une partie de poker, ne pas connaître le jeu de l'autre, c'était normal. Le problème était que je n'avais aucune idée des cartes que j'avais en main. "Je peux le faire." Mon sort était suspendu à une silhouette fragile, qui, à quelques kilomètres d'ici, m'avait assuré qu'il était capable de réaliser l'impossible. "Je peux le faire", avait-il répété et pour une raison étrange, je l'avais cru.

– Monsieur Lacour ? Tout va bien ?

Je pris une inspiration, décroisai les jambes et me redressai sur le fauteuil.

– Monsieur Flynt, je vous propose de…

– Monsieur Lacour, m'interrompit 'mâchoire carrée' en roulant des yeux, il n'y a pas de monsieur Flynt ici !

Mon sourire s'élargit.

– Monsieur Flynt est actuellement assis à son bureau et il nous écoute en ce moment même. J'imagine qu'il admire la vue sur Central Park. C'est bientôt l'automne et à New York, la saison est en avance. Peut-être que les feuilles rougissent déjà. Si je devais m'avancer, je dirais que votre directeur financier est assis en face de lui, chaise de gauche, et le patron des opérations sur l'autre chaise. Maintenant, reprenons : la proposition que je vais vous faire implique deux choses, monsieur Flynt. La première est que le gentleman assis en face de moi arrête de m'interrompre inutilement…

'Mâchoire carrée' se redressa, prêt encore une fois à intervenir. Je levai la main pour le faire taire.

– La deuxième est encore plus simple. Votre filiale à Londres vous a alerté et vous avez eu le temps de parcourir le dossier de prêt, et peut-être même d'obtenir quelques informations à mon sujet. Il est dix heures passées de quelques miettes et vous aurez jusqu'à dix heures quarante-cinq pour vous décider après que je vous aurai exposé mon offre.

Le silence s'installa, puis un déclic sur le téléphone et une voix grave, distinguée, new-yorkaise, surgit du haut-parleur :

« Chaise de droite, monsieur Lacour. Monsieur Johnson, le directeur financier est assis sur la chaise de droite. »

Après une courte interruption, un nouveau déclic :

« Nous vous écoutons, monsieur Lacour. »

La partie pouvait commencer !

***

10h15

Un haut-parleur cracha soudainement :

« *Fin de la conférence de presse ! Achat ! Je répète… achat massif. Ils reviennent… »*

« *Inversion de tendance* », reprit un autre. « *Attente de tes instructions, Jerry... Stand-by ! »*

« *23⅛… 23¼… »*

L'action de Transocean, qui s'était stabilisée pendant la conférence de presse, repartait à la hausse brutalement. Les flux s'accumulaient, tous dans le même sens, provoquant un décalage soudain, un trou dans la cotation, un vide dans la courbe. Et dans les haut-parleurs :

« *23½… 23¾… 24… »*

Matteo bouillonnait littéralement devant l'impassibilité de Jerry. Il avait compris que Jerry et Gabriel avait identifié une cible. Mais sans autre explication, il était impossible de comprendre le but. Peut-être que Gabriel avait perdu la tête et qu'il s'était lancé tout seul à l'assaut d'une société simplement parce que son cours avait baissé. Peut-être était-ce dû à cet accident de voiture en Sibérie ? N'y tenant plus, il s'approcha du fauteuil de Jerry et l'interpella :

– Tu peux m'expliquer ce que tu fous ?!

Jerry ne détourna pas le regard de ses écrans, il ne réagit pas, il n'entendait pas. L'analyse de flux aussi massifs, tous dans la même direction, avec la multiplicité des paramètres à prendre en considération et à anticiper, occupait tout son cerveau.

Il fit défiler une autre série d'indicateurs sur un écran, à la recherche de la faille, de la porte d'entrée, du bon moment ou de la bonne stratégie pour attaquer la cible. Mais en l'état, il était impossible d'inverser la tendance, le mouvement était trop puissant.

Il devait attendre, patienter.   Dans les marchés, attendre était aussi une décision et ne rien faire était une action, un mouvement.

– Jerry ?! insista Matteo, qui avait un mal fou à contenir sa colère.

Jerry regarda la pendule sur le mur.

Cette fois, il avait entendu Matteo, mais son cerveau avait balayé son intervention comme sans intérêt par rapport à l'objectif : il avait vingt-six minutes pour réaliser l'impossible. Mille cinq cent soixante secondes pour que Gabriel réalise son coup de poker. Taper au bon endroit, là où ils ne s'y attendent pas, se dit-il. Ni trop tôt, ni trop tard. "Lancer une pierre", avait dit Gabriel dans la nuit, "et que d'un ricochet à un autre, la ridule sur l'eau devienne une vague". Il fixa de nouveau son écran. Trouver le point faible, créer le malaise, amplifier la peur, inverser la tendance, se répétait-il inlassablement en parcourant les différentes actions possibles, imaginant la multitude d'impacts de chacune de ses interventions.

***

10h20

« C'est très intéressant, monsieur Lacour. Continuez, je vous prie. »

C'était sa première réaction. Une ouverture que ce grand patron m'avait accordée, mais elle n'avait pas duré. À peine avais-je entamé mon exposé, qu'il m'avait coupé. Reprendre le contrôle, contrarier le scénario, ce type était bien plus aguerri que je ne l'étais. J'avais évoqué un délai, un décompte, mais il voulait maîtriser le tempo. C'était dans cette maîtrise que les batailles se gagnaient. Les minutes s'étaient étirées. Propos convenus, il m'avait affaibli très subtilement.

Alors réagir ! Et vite !

– Monsieur Flynt, vous détenez une créance sur Transocean. Deux milliards de dollars que votre banque a prêtés sur une durée de cinq ans.

« En effet. »

– Et pour garantir ce prêt, la société a gagé ses titres cotés sur la bourse de New York.

« Une pratique courante. »

– D'après mes informations, il y a également un prix à partir duquel vous pouvez exercer votre option, en dessous de vingt dollars l'action à la clôture. J'imagine que monsieur Johnson analyse en ce moment même l'évolution du titre sur un ordinateur placé devant lui…

« *Vous êtes voyant, Lacour ?* »

– Non, monsieur Flynt. Mais je sais comment les choses fonctionnent. Vous êtes dans une situation particulièrement inconfortable et monsieur Johnson se demande depuis quelques jours ce qu'il convient de faire. La situation actuelle est une aberration et son instinct lui commande d'exercer cette option. Votre banque deviendrait actionnaire majoritaire d'une société active dans le pétrole. Vous auriez la responsabilité de la découverte et de l'exploitation d'un futur gisement en haute mer. En résumé, monsieur Johnson, directeur financier, devient J. R. Ewing, patron d'une société pétrolière et vous, monsieur Flynt, aurez à répondre de cette nouvelle activité auprès de votre conseil d'administration. Le moindre échec, et c'est vous qui porterez la responsabilité.

« *Ça fait partie du jeu, monsieur Lacour.* »

– En effet. Les risques du métier. Mais la situation a changé. Transocean a été durement touchée, toutes les opérations sont suspendues dans le golfe du Mexique et si par malheur cette situation perdure, vous immobilisez votre argent. Et d'après mes souvenirs, immobiliser de l'argent, c'est en perdre. Mais, pire encore, votre conseil d'administration vous demandera des explications : pourquoi et comment avez-vous pu prendre le risque de lancer la banque dans une activité d'exploration pétrolière ? D'autant qu'il faudra recapitaliser la société, injecter de l'argent et surtout prier pour que les futurs gisements soient à la hauteur des prévisions.

« *Nous n'en sommes pas là, monsieur Lacour ! Nous pourrions en effet exercer cette option, acquérir les titres et devenir actionnaire de la société, mais comme vous semblez particulièrement bien informé, il ne vous a pas échappé que l'exercice de cette option nécessite une clôture sous le prix de vingt dollars l'action.* »

– En effet.

« *Et mes analystes me disent que cette configuration est hautement improbable.* »

– Je ne sais pas vous, mais j'ai la fâcheuse tendance à ne pas écouter tous ces spécialistes qui envisagent et claironnent l'avenir à haute voix et se trompent le plus souvent en silence. Et puis, je ne vous aurais pas dérangé si je pensais que vos analystes avaient raison, et vous n'auriez pas pris le temps de m'écouter s'il n'y avait pas un doute dans votre esprit. Donc, l'action de Transocean va s'effondrer, le seuil des vingt dollars sera atteint, et vous en aurez la confirmation à l'issue de notre conversation.

« *Si vous avez raison, expliquez-moi pourquoi une mauvaise idée pour nous deviendrait un investissement intelligent pour vous, monsieur Lacour* ».

– "Soyez craintif quand les autres sont avides. Soyez avide quand les autres sont craintifs[79]."

« *Vous connaissez vos classiques* », réagit-il instantanément.

– Je me suis renseigné sur vos lectures.

« *Connaître sa cible avant de passer à l'attaque ?* »

– C'est la moindre des politesses, monsieur Flynt. "Si vous ne connaissez pas les bijoux, connaissez le bijoutier[80]" !

L'un des deux types assis en face de moi, roula des yeux. Il ne perdait pas une miette de la conversation, mais semblait désarçonné par l'échange.

« *Je suis le bijoutier, monsieur Lacour ?* »

– En effet.

« *Alors, puisque vous connaissez mon livre de chevet, vous avez également connaissance de la formule suivante : "C'est quand la mer se retire qu'on voit ceux qui se baignent nus[81]".* »

– Et je n'ai rien vu, dans le dossier vous concernant, qui indique que vous pratiquiez le nudisme.

« *En effet. Vous avez raison sur ce point au moins.* »

– La question est donc : la mer va-t-elle se retirer ou pas ?

« *Exact. Et vous semblez avoir une conviction forte sur le sujet, n'est-ce pas ?* »

– Elle se retire, monsieur Flynt, croyez-moi, elle se retire même très vite.

---

[79] Warren Buffett, milliardaire et auteur de coups spectaculaires dans le monde de la finance. Cette phrase correspond à une stratégie dans les marchés, qui consiste à prendre le contre-pied de la tendance générale.

[80] *Ibid.* Connaître sa cible, comprendre son activité, était l'un des maîtres-mots de Warren Buffett avant d'investir. Il a refusé les sociétés internet et a été l'un des rares investisseurs à échapper au krach boursier de mars 2000.

[81] *Ibid.* Cette autre phrase sous-entend que la fragilité se révèle au grand jour lorsque la bourse chute.

« *Je comprends. Mais vous n'avez toujours pas répondu à ma question.* »

– Quelle question ?

« *Pourquoi un mauvais investissement pour moi deviendrait-il un investissement intelligent pour vous ?* »

– Tout simplement parce que cet investissement viendrait compléter les différentes acquisitions que j'ai réalisées ces derniers temps. En résumé, ce qui est un risque inacceptable pour vous est une opportunité pour moi. C'est aussi simple que cela.

« *Je vois. J'ai en effet fait quelques recherches sur votre société et vos actionnaires. Il est vrai que vous avez été particulièrement actif durant les douze derniers mois et je peux aisément identifier les synergies que vous obtiendriez avec cette acquisition. Maintenant, en imaginant que l'idée de devenir propriétaire de cette société ne nous tente pas, ou que monsieur Johnson ne soit simplement pas désireux de porter le Stetson texan de J. R. Ewing, et que bien sûr, par miracle, la clôture à la bourse soit inférieure à vingt dollars, que me proposez-vous au juste ?* »

Rapide coup d'œil à ma montre. Il était dix heures vingt-neuf : plus que seize minutes avant l'expiration du délai que j'avais moi-même fixé. Rétrécir le champ m'avait paru être une bonne idée, cela donnait la possibilité de concentrer l'intervention de Jerry sans diluer nos ressources, mais je n'avais aucune idée du cours de l'action Transocean, aucune idée de ce que Jerry faisait et mon ultimatum me parut soudainement très étroit.

– C'est très simple, monsieur Flynt. Un coursier devrait avoir déposé il y a quelques minutes une enveloppe sur le bureau de votre secrétaire. À l'intérieur, vous trouverez ma proposition.

« *Donnez-nous un instant, monsieur Lacour.* »

Moment magique. Je ne maîtrisais rien, je maîtrisais tout…

« *Monsieur Lacour ?* »

– Oui ?

« *Deux milliards six cents millions de dollars ?!* »

– Oui, monsieur Flynt. Deux milliards, plus cinq années d'intérêts à 5%, soit cinq cents millions, et une prime de cent millions en cadeau. Un total de deux milliards six cents millions de dollars, comme l'indique l'offre que vous avez sous les yeux.

Le silence s'installa.

10h30.

Plus qu'un tout petit quart d'heure et des poussières...

***

10h30

« 23½… 23¾… 24… »

Volume, tendance, profondeur des ordres, une image commençait à prendre forme. Une absence plutôt. Il manquait quelque chose. Sa stratégie était la bonne, il l'avait imaginée et simulée depuis quelques jours déjà. Attaquer brutalement la périphérie de la cible d'abord. Jerry avait identifié les deux cibles annexes : Offshore Drilling et Petrol Cast Inc. Plus petites, plus faciles à manipuler. Les asphyxier, les assécher, jusqu'à les faire basculer à la baisse, puis jeter toutes ses forces sur Transocean. Oui… il pouvait le faire, mais il manquait quelque chose pour que l'attaque inverse la tendance générale sur le secteur pétrolier, qui, dans son ensemble, remontait maintenant.

Gabriel avait acheté la peur à Genève, se remémora-t-il. Gabriel avait saisi ce moment, cette fragilité psychologique. Il avait forcé l'espoir en injectant brutalement d'énormes montants dans le marché. Il avait choisi d'instinct le moment et la peur s'était effacée. Mais Jerry était dans une configuration exactement inverse de celle de Gabriel. La peur était au centre du combat. La peur, se dit-il à nouveau. C'était la peur ou l'absence de peur qui était le déclencheur. Gabriel, Genève, la surprise et la peur, il manquait… il manquait…

Jerry se leva doucement de son fauteuil, fit deux pas en arrière et observa la dizaine d'écrans qui s'étalaient devant lui, alors qu'à ses côtés, Matteo continuait à l'interpeller, le visage congestionné.

L'image apparut enfin. C'était tellement simple, tellement évident ! Dans les marchés, la peur avait son baromètre, son armure plutôt : jaune, brillante, intemporelle, c'était là qu'elle se nichait. Si Jerry voulait déstabiliser la confiance, faire baisser le marché, c'était cette armure qu'il devait détruire.

Il se rapprocha du clavier et, sans s'asseoir, il pianota un code de quatre lettres, appuya sur la touche 'enter' et visualisa un nouveau graphique sur l'écran. Il avait trouvé la faille. Ne restait plus maintenant qu'à trouver la bonne fréquence, le bon rythme, pour que l'attaque fragilise l'édifice et que le trouble se propage...

Gabriel lui avait dit autre chose hier. Une phrase pas si anodine que ça, réalisa-t-il soudain. Il y avait un sens plus profond, une deuxième lecture, un double sens :

"Lorsqu'une armée défile, les troupes ne marchent jamais au pas sur un pont. Les vibrations Jerry. De simples vibrations, l'onde se propage et l'édifice s'effondre."

– Les vibrations, Gabriel ! Ça y est, j'ai compris !

***

10h35

« *Monsieur Lacour ?* »

– Je suis toujours là, monsieur Flynt.

« *Votre proposition est intéressante, mais monsieur Johnson m'indique à l'instant que je devrais la décliner.* »

– Pourrais-je connaître la raison d'une telle recommandation ?

« *C'est très simple. Le cours de l'action de Transocean est à plus de vingt-quatre dollars. Le marché remonte comme une flèche, la crise est passée selon monsieur Johnson. Mon directeur des opérations me confirme l'analyse et je vais me fier à leur avis. Cela dit, je vous remercie, monsieur Lacour. J'ai passé un moment très... surprenant... en votre compagnie* ».

Putain... vingt-quatre dollars l'action ! Qu'est-ce que foutait Jerry ? Je me levai subitement. Les deux types surpris par le mouvement sursautèrent alors que je posais mes deux mains sur le bureau et m'inclinais en direction du haut-parleur.

Le bluff faisait partie du jeu :

– Monsieur Flynt, j'ai le sentiment que vous aimez les surprises. Je me trompe ?

« *Lorsqu'elles sont agréables, oui.* »

– Eh bien, comme je vous l'ai indiqué, mon offre est valable jusqu'à dix heures quarante-cinq et je ne crois pas que vous soyez homme à quitter une partie en plein milieu. Alors je vous propose la chose suivante : dans quinze minutes, vous allez m'appeler pour me supplier de renouveler mon offre…

« *Je ne pense pas, monsieur Lacour, mais continuez, je vous en prie.* »

– Dans quinze minutes, monsieur Flynt, vous allez m'appeler. Mon offre initiale aura expiré. Et si je devais vous la renouveler, vous aurez perdu la prime de cent millions de dollars. Ma nouvelle offre sera de deux milliards et demi de dollars seulement.

Flynt éclata de rire.

« *Vous êtes quelqu'un d'étonnant, monsieur Lacour* ».

– Ah et j'oubliais, monsieur Flynt ! Regardez de nouveau dans l'enveloppe.

Un léger bruit de froissement de papier, puis la voix de Flynt reprit possession de l'araignée.

« *Je vois. J'aurais perdu cent millions de dollars et une partie de golf, c'est bien ça ? Vous êtes un négociateur redoutable !* »

J'avais eu cette idée en parcourant le rapport que Plummer m'avait envoyé : Flynt était un inconditionnel de golf. Je lui offrais le rêve que l'argent ne pouvait pas acheter : une partie de golf avec Tiger Woods.

« *Pour votre information*, reprit-il, *le titre Transocean dépasse à l'instant les vingt-quatre dollars. Alors ce n'est pas moi qui décline votre offre, monsieur Lacour, mais ce sont les marchés qui refusent de vous suivre. Je vais patienter par curiosité, mais la crise est passée. Ce fut un plaisir de faire votre connaissance.* »

La lumière disparut sur le socle du téléphone, Flynt avait raccroché. 'Mâchoire carrée' sourit en croisant les bras.

– J'imagine que vous voulez attendre ? grinça-t-il.

Ces quinze minutes allaient être pénibles… Très pénibles…

***

10h36

Lorsque le marché avait peur, quand le monde était perdu, il y avait un réflexe, toujours le même : l'or.

L'or était le refuge, l'or était l'indice qui faisait écho à la peur. Le prix de l'or montait lorsque le doute, lorsque la crise, lorsque la crainte s'installait. C'était d'abord là que Jerry devait appuyer, puis attaquer les cibles périphériques et, enfin, concentrer toutes ses ressources sur Transocean. Il prit la télécommande, augmenta le son de la chaîne financière CNBC, ce qui fit taire Matteo, et attrapa ensuite ses deux téléphones en même temps.

Sur son graphique, l'or baissait brutalement, signe que les craintes sur le marché s'apaisaient.

– Tom ? Achat sur l'or, tu assèches tout, 'no limit' ! À mon signal…

« 'No limit' sur achat d'or. Compris, j'attends le 'go'. »

– Steeve ? Deux instructions. Vente Offshore Drilling. Je répète vente, bloc de 100'000 jusqu'à inversion de tendance. 100 par 100. Et vente 75'000 sur Petrol Cast Inc, jusqu'à inversion de tendance aussi. 75 par 75. 'No limit' sur les deux. À mon signal…

– Putain Jerry, tu es devenu fou !? cria Matteo.

« Vente, 100'000 sur Offshore Drilling et 75'000 sur Petrol Cast Inc, jusqu'à inversion de tendance, 'no limit' sur les deux, à ton signal, Jerry ! » répercuta le trader.

Jerry respira profondément et attendit une légère inflexion, un mouvement imperceptible pour confirmer l'instruction. Le marché était une dynamique, le marché était un pont et le mouvement qu'il allait impulser devait modifier la tendance. Une vibration, une onde. Ce n'était pas qu'une question de puissance ou de brutalité, il devait faire bifurquer un paquebot lancé à pleine vitesse et il n'avait que quelques minutes pour modifier la trajectoire !

– Tu dois arrêter ça, Jerry ! Tu es complètement à l'envers du marché ! s'exclama Matteo.

Jerry plongea son regard dans la myriade de points. Pas encore. Non, pas encore… Encore un peu… doucement… Voilà, se dit-il lorsqu'un minuscule frémissement apparut…

– Tu vas nous…

– Matteo ?

– Oui ?

– Silence.

– Putain de bord…

– Tom ?

« *Oui ?* »

– 'Go' !

Dans le haut-parleur, la voix de Tom bloqua le chapelet d'injures que Matteo avait en bouche.

« *Achat ! Je répète, achat or, je prends tout… 'Go'… 'Go'… 'Go'… »*

Quelques secondes plus tard, le prix de l'or interrompit sa chute, puis se stabilisa. L'opération avait surpris tous les opérateurs. Jerry avait injecté cent vingt millions de dollars dans le marché et, comme un élastique trop tendu, le prix rebondissait maintenant brutalement à la hausse.

Les deux journalistes évoquaient l'activité du jour, sourire aux lèvres et confiance affichée. Tout ce que Jerry ne voulait pas. Il relâcha la gâchette du combiné :

– Steeve ?

« *Je suis là.* »

– À toi, 'go' !

Les hurlements se chevauchèrent dans les haut-parleurs.

« *Vente 100 Offshore Drilling et 75 Petrol Cast Inc.* »

« *Achat sur l'or, je prends tout !* »

Quelques instants plus tard :

« *Jerry ? Position intermédiaire, 80'000 vendus sur Offshore et 65'000 sur Petrol, je continue.* »

Jerry ne répondit pas. Ses courbes enregistraient chaque oscillation, toujours pas d'inflexion. Les cours s'étaient stabilisés, il avait suspendu la hausse, mais ce n'était pas suffisant, réalisa-t-il. L'inertie était forte. Sur sa lancée, le marché ralentissait, mais ne se retournait toujours pas.

Seul le prix de l'or remontait comme une flèche.

– Tom ?

« *Je suis là.* »

– Plus vite !

Il relâcha la pression sur la gâchette et enclencha l'autre de la main droite.

– Steeve ?

« *Oui ?* »

– Tu doubles tous les montants, tout de suite… 'Go' !

Immédiatement, l'ordre fut répercuté.

« *Vente ! On double le tout, vente… vente… vente… !* »

Seul contre tous, se dit-il en basculant sur un autre écran. Modifier les règles, rééquilibrer le rapport de force.

Il fit apparaître un tableau.

– Pas ça, gémit Matteo dans son dos.

Il étudia les niveaux, surligna les contrats avec la souris et envoya les indications à ses courtiers.

– Vous les avez ?

Les deux voix répondirent par l'affirmative dans les haut-parleurs, alors qu'une litanie de 'mamma mia' s'éparpillait dans le bureau.

– Contrats futurs et options. Vous prenez tout ! Or et Pétrole. Jusqu'à inversion. 'Go' !

Ces contrats étaient les plus spéculatifs. Les plus volatils aussi. Espoir de gains très fort, mais le risque de pertes était… infini ! Au même instant, l'un des journalistes posa la main sur son oreille. Jerry avait saisi le mouvement du coin de l'œil.

« *On m'informe d'une hausse brutale du cours de l'or.* » Un graphique apparut sur l'écran de la télévision. « *Il semble que la tendance s'inverse. Les contrats futurs s'envolent. D'autres informations nous parviennent en ce moment même* ». Le journaliste, la main toujours posée sur son oreille, hocha la tête silencieusement, avant de reprendre la parole : « *Volume important sur le secteur pétrolier, Spencer en direct du 'floor'. Spencer ? Avez-vous plus d'informations ?* »

– Steeve ?

« *Toujours là, mon pote.* »

– Transocean.

« *Oui ?* »

– 'No limit, kill it[82]'!

« *Kill sur Transocean* », répéta Steeve. « *Vente… Vente…Vente !* »

***

---

[82] "Pas de limites, tue-la !"

10h45

– Monsieur Lacour ?

Les deux 'managers' de la succursale de Miami ne m'avaient pas lâché du regard.

– Il est dix heures quarante-cinq. Je pense qu'il est temps d'y aller.

J'avais joué, j'avais perdu. Leur sourire ironique était inutile, mais c'était de bonne guerre. Je franchis la porte de la salle de réunion et m'engageai dans le couloir. Des regards appuyés m'accompagnèrent jusqu'au hall, où je me pliai à l'exercice d'usage en serrant les mains de mes deux banquiers :

– Si vous avez besoin de nos services à l'avenir, n'hésitez pas à faire appel à nous, monsieur Lacour.

– Nous pouvons vous aider dans vos futures négociations, reprit le deuxième, qui clairement se foutait de moi. Prêt immobilier, achat d'une voiture…

– Ou un puits de pétrole ! ricana le Jim de l'équipe qui en profita pour exposer ses dents parfaites.

J'avais bien une ou deux répliques en tête, mais 'quand on loose[83]', on se tait.

Ils m'accompagnèrent de leur moquerie jusqu'à la porte vitrée qui s'écarta et le soleil me brûla les rétines. Je me repliai de quelques mètres en rejoignant l'ombre qui longeait le bâtiment et appuyai sur la touche 'appel' du téléphone. Sur le parking, la chaleur avait pris le pouvoir. Chausser mes lunettes de soleil, écouter les sonneries du portable de Jerry.

J'avais joué, j'avais perdu :

– C'est quoi ce bordel !?

Apparemment, Matteo avait intercepté l'appel.

– Passe-moi Jerry, s'il te plaît.

– Tu n'as rien à me dire ? gronda-t-il.

– Si.

– Alors vas-y !

---

[83] "Quand on perd".

– Tu me passes Jerry, Matteo. Tout de suite !

– Putain, Gabriel ! Il est au 'tel' et...

– Alors tu l'interromps et tu me le passes !

– Gabriel ?

– Oui, Matteo ?

– Tu fais chier.

– Passe-le-moi.

– OK ! Jerry ? Sors de ta bulle. Gabriel veux te parler.

– Monsieur Lacour ?

'Mâchoire carrée' avait déboulé sur le parking. L'écouteur de son téléphone portable posé sur l'oreille, toute trace d'ironie avait disparu.

– Oui ?

– Monsieur Flynt est au téléphone et...

– Gabriel ? m'interpella Jerry.

– Un instant, Barry, je suis au téléphone.

– C'est urgent, balbutia-t-il, et mon nom est Jim. Vous...

– Vous attendez une minute, Johny et je suis à vous, répliquai-je.

– Gabriel ? insista une deuxième fois Jerry.

– Je suis là.

– L'attaque de la diligence.

– Oui ?

– J'ai gagné, Gabriel.

– Donne-moi une seconde, Jerry... et écoute !

Le type de l'agence patientait en ruisselant de sueur.

– Vous aviez quelque chose à me dire, Andy ?

– C'est Jim, monsieur Lacour, et oui. Je voulais vous dire que le document est signé et...

Je me rapprochai de quelques pas.

– ... la prime de cent millions de dollars, nous l'avons retirée du contrat qui a été envoyé à votre bureau.

– Parfait.

Il leva son index pour me demander de patienter puis :

– Ce contrat est irrévocable. Vous avez racheté la créance, mais, pour la transformer et devenir actionnaire, il faut que le titre clôture en dessous des vingt dollars ce soir.

– Bien entendu !

– Monsieur Flynt propose donc d'attendre la clôture des marchés avant d'annoncer la transaction à monsieur Billy Sanders.

– C'est une excellente idée.

– Et monsieur Flynt me charge de vous dire que ce que vous avez réalisé est de la sorcellerie et qu'il vous attend à New York avec impatience.

– Septembre à New York est délicieux. Est-ce que demain, quatorze heures, lui conviendrait ?

Échange au téléphone, alors que mes pensées s'envolaient vers Angelica. New York, c'était la retrouver.

– Parfait monsieur Lacour. Demain, quatorze heures. Et une dernière chose : monsieur Flynt demande si la partie de golf peut quand même faire partie du deal, dans l'hypothèse, bien sûr, où les conditions d'exercice de l'option seraient réalisées à la clôture ce soir.

Je ne pus m'empêcher d'éclater de rire. Les banquiers avaient une étrange manière de communiquer.

– Un instant, s'il vous plaît.

Je rapprochai le combiné de mon oreille.

– Tu as entendu, Jerry ?

– Oui.

– Tu vas tenir jusqu'à la clôture ?

– L'inversion est solide, mais les acheteurs vont revenir. Probablement juste avant la clôture.

– OK. Une chose après l'autre. J'arrive.

Puis me tournant vers mon banquier qui avait perdu de sa superbe sous le soleil :

– OK pour la partie de golf ! Si je gagne, monsieur Flynt gagne aussi. C'est de bonne guerre, lui adressai-je, avant de coller à nouveau l'appareil sur mon oreille.

– Dis à Matteo que j'arrive, tu veux bien ?… Et Jerry ?

– Oui ?

– Bien joué, Iceman !

Ce n'était que la moitié du chemin. Je n'avais acheté qu'une option, un bout de papier de deux milliards. Tenir jusqu'à la clôture allait être de la haute voltige.

C'était pas gagné !

Mais une moitié de victoire, c'était toujours mieux qu'un échec…

29

Doser chacune de ses interventions, ne pas épuiser ses ressources, faire mal et détruire le moindre espoir de rebond. Parce qu'à la clôture, les acheteurs reviendraient. Alors reconstituer ses forces et… les anéantir.

Matteo s'était replié dans son bureau et Jerry avait apprécié le silence. Après l'attaque, Transocean reprenait sa respiration. Les investisseurs s'étaient éloignés et tentaient de comprendre ce qui s'était passé. Les volumes s'étaient calmés. Pas de direction. Le cours de l'action était stabilisé, mais la journée ne faisait que commencer. Autour de dix-neuf dollars aux derniers échanges, il traça un trait horizontal sur son graphique. Ce qui était un plancher devenait un toit. Vingt dollars, ce plafond devait tenir coûte que coûte. Seul contre tous ! Les spéculateurs allaient revenir et cette fois, il ne pourrait plus compter sur la surprise.

– Bonjour Gabriel !

Jerry enregistra l'information. Il jeta un coup d'œil à sa montre : 11h59. Il patienta jusqu'à ce que les deux aiguilles se confondent, puis décrocha son téléphone et appuya sur la touche qui le mettait en connexion avec ses courtiers à New York.

– Bonjour, Amber, répondis-je à l'alignement parfait de son sourire.

À Genève, les femmes étaient habillées par Calvin, une marque protestante assez austère, alors qu'ici, les créateurs travaillaient visiblement à l'économie : peu de tissu, pas de préliminaires, aucun mystère. La porte claqua dans mon dos et le décolleté d'Amber m'éclaboussa au passage.

– La journée est belle ?

Bras nus, épaules veloutées qu'elle releva en guise de réponse, puis un long soupir en conclusion. La demoiselle avait du vocabulaire et sa peau s'affichait comme ces enseignes lumineuses qui jalonnaient les avenues : un slogan efficace, éblouissant parfois, un fast-food sensoriel pour les gloutons. Elle décrocha le téléphone et je percutai en arrière-plan, derrière la baie vitrée, le regard noir de Matteo qui tempéra mon humeur vagabonde. Normalement, il se levait pour venir à ma rencontre, mais là, il m'ignora ostensiblement en plongeant sa barbe dans la lecture d'un document. Il avait visiblement dépassé le stade de la colère. Je l'avais tenu à l'écart et le pire, c'est que j'allais continuer sur ma lancée. Parce que tant que la victoire ne serait pas engrangée, je me tiendrais éloigné de sa mauvaise humeur.

La journée s'annonçait périlleuse. Un miracle serait le bienvenu. Je bifurquai dans mon bureau, contournai les deux fauteuils et m'approchai de la fenêtre. Dans l'immense baignoire, une autoroute de cargos encombrés de containers barrait l'horizon de va-et-vient incessants. Une planète sans cœur, juste des artères et de l'hypertension ! Au loin, la courbure de l'océan se perdait dans le ciel. Pas de nuages pour rompre la monotonie du spectacle, alors qu'en bas, l'atmosphère était différente. Au pied de l'immeuble, un roi mage en short avait déployé une immense pancarte à même le sol : "Jésus arrive !"

J'avais demandé un miracle, je n'en attendais pas tant !

Chaque jour, ce type s'installait sous mes fenêtres et haranguait la foule des passants. Un parmi les milliers qui survivaient à travers la ville, charriant leur misère, leur détresse ou leur folie. Lorsqu'on tombait ici, il n'y avait rien pour vous retenir, aucun filet de sécurité.

Pourtant, j'aimais la liberté farouche que ce pays diffusait. Cette absence de limites, de contraintes ou de frontières à leurs rêves. C'était primaire et enfantin. L'argent était au cœur de chaque mouvement, de chaque élan. C'était donc vulgaire aussi, de temps en temps, mais une vulgarité innocente, même si cette notion était en soi une anomalie. Et puis, c'était joyeux, léger et pas très sérieux. L'humanité pesait moins lourd de ce côté du monde et sans que j'en sache la raison, cette apesanteur convenait le plus souvent à mon humeur. Peut-être était-ce l'absence de passé et d'histoire. Il n'y avait pas d'amarres dans ce pays, aucune retenue, très peu de leçons, hormis ces grands principes de liberté ou de religion, qu'ils bafouaient en rigolant. Mais la liberté portée à ébullition, ça débordait. Et le prix à payer était ahurissant. Comme si la force ne pouvait surgir que dans la brutalité. Ici, l'inégalité était assumée, revendiquée et totalement décomplexée. Je ne savais pas si c'était le moteur ou le carburant, mais l'injustice et l'espoir balayaient le pays en permanence. Une brise ou une tempête, selon la position qu'on occupait, et que les étrangers appelaient naïvement 'énergie'. La réussite à tout prix modelait les esprits dès le plus jeune âge. L'argent plus que l'intelligence servait d'étalon, un modèle de société incroyablement performant, mais qui portait en lui les germes d'une violence inouïe.

Entre la perspective sans humanité ou l'humanité sans perspectives, l'Amérique avait tranché. Sorti de ma manche, Rodrigue pointa son museau. Il n'avait rien à faire là. Il en était encore plus savoureux...

Réduit au triste choix ou de trahir ma flamme,

Ou de vivre en infâme,

Des deux côtés mon mal est infini.

Ô Dieu, l'étrange peine[84] !

L'intelligence des autres me fascinait. Ces voix du passé qui continuaient à nous guider, à m'inspirer, c'était fragile et étonnamment puissant. Ces formules débarquaient toujours à contretemps. "Quitte à ce que ma Corneille se brûle les ailes sous le soleil sans nuances de Miami", pensai-je à haute voix. La poésie s'évapora contre la baie vitrée, juste une trace de buée qui disparut rapidement.

Une présence me gratta la nuque et je tournai la tête brusquement. Plantés côte à côte, mes Laurel et Hardy en costumes à mille dollars patientaient sur le pas de la porte.

– Tout va bien ? s'inquiéta l'un des deux analystes qui n'avaient toujours pas bougé.

J'avais récité Corneille à voix haute. À leurs yeux, j'étais probablement plus dérangé que le prophète qui arpentait le trottoir au pied de l'immeuble.

– C'est un rappeur français, indiquai-je en guise d'explication.

Fruits des meilleures écoles de commerce, les deux pieds ancrés dans le 21e siècle, mes deux analystes, de leurs regards étroits, fixaient l'avenir, rarement le passé. Ils dégageaient ce

---

[84] Pierre Corneille, *Le Cid*, acte I, scène 6.

merveilleux parfum de réussite illégitime qui avait tendance à m'irriter les narines. Entre la folie sur le trottoir et le conformisme vulgaire sur ma moquette, ce n'était qu'une question d'étage. La misère avait plusieurs visages et, moi, j'étais décidément trop bavard, soupirai-je, en leur faisant signe d'entrer.

Les deux artistes saisirent les fauteuils. Jimmy, le grand maigre de ma fine équipe, déposa un épais rapport sur mon bureau, avant de s'asseoir à son tour, son comparse l'ayant devancé d'une courte seconde. Je jetai un regard suspect à la chose. Parce que, moins il y avait de matière, plus il y avait de volume, c'était une règle universelle. Et, en l'occurrence, non seulement le dossier qu'ils avaient posé devant moi était épais, mais mon duo de choc avait même pris le soin de relier d'une spirale métallique le résumé de leurs pensées.

– Alors ?

– Les synergies sont parfaites. La technologie de Transocean, une fois recapitalisée par nous, ce serait parfait. Nos actionnaires devraient adorer.

– "Devraient" ?

– Oui, au conditionnel, me sermonna l'autre, parce que la clôture ce soir en dessous de vingt dollars est loin d'être acquise.

– En effet.

– Et dans cette hypothèse, nous aurons immobilisé une fortune pour une simple créance.

– Un bout de papier, c'est bien ça ?

– Exactement.

– Dans ce cas, la solution est simple.

– Vraiment ?!

– Oui. Réussir à contenir la hausse, pour que Transocean ne clôture pas au-dessus de vingt dollars.

– Mais…

– Mais c'est impossible ?

– C'est ça.

– Je vois. Merci, messieurs. Ce sera tout pour l'instant.

Les deux guignols échangèrent un regard, puis s'évacuèrent précipitamment.

Je n'avais qu'une chose en tête juste là : le rendez-vous, demain, avec le patron de la Bank of America était un magnifique prétexte pour enfreindre les règles de sécurité que Plummer avait instaurées. "Pas de contact", avait-il dit. Au diable ses instructions !

Je pris mon téléphone et composai le numéro du nouveau portable sécurisé d'Angelica, puis enfilai quelques mots : "Petit déjeuner à New York, demain, hôtel Ritz-Carlton. Love." J'allais appuyer sur la touche 'envoi', mais mon pouce se stabilisa juste avant. "Love", avais-je écrit sans réfléchir. Comme quoi, tout arrive ! Même si j'imaginais sans peine ce qu'elle penserait en le découvrant. Si on devait quantifier, un 'love', ce serait une moitié de 'je t'aime', pinaillerait-elle certainement en souriant. Un vrai progrès dans mon apprentissage sentimental pourtant. Passer par l'anglais d'abord, et peut-être qu'après, j'irais faire un détour en espagnol et puis un jour, qui sait, un 'je t'aime' en français sortirait de ma bouche. Et cette fois-là, elle l'entendra…

J'appuyai sur la touche 'envoi' et au même moment, une transaction apparut sur l'écran dédié aux opérations de Jerry. Bientôt suivie par une deuxième. Sur mes autres écrans, l'ensemble des indicateurs affichaient la stabilisation du secteur et les commentaires des journalistes de CNBC à la télévision, qui passaient en revue les performances des titres pétroliers, confirmaient la tendance. Les acheteurs allaient revenir. Seul contre tous. Non, un autiste contre le reste du monde ! Mon téléphone murmura sur le bureau et je décrochai sans quitter des yeux le graphique de Transocean. Jerry venait de l'assommer en vendant une quantité importante de titres et l'action avait décroché de plus d'un demi-dollar. Le combat allait être éprouvant.

– Gabriel ?

– Tony ? Je ne m'attendais pas à ton appel. Comment va Jane ?

– Elle va mieux. Ça va prendre du temps, mais elle va s'en sortir.

– C'est génial. Angelica t'envoie ses pensées.

– C'est gentil.

– Pour une raison mystérieuse, elle t'aime bien.

– Pour une raison étrange, elle t'aime bien aussi.

– Je sais. Vraiment étrange.

– Je voulais te dire, au sujet de l'enquête…

– Il y a du nouveau ?

– Non, il n'y a rien.

– Et c'est pour ça que tu m'appelles ?

Le silence comme réponse, je le meublais en suivant la trajectoire d'un avion en approche. Puis Tony brouilla la vision en quelques mots :

– Le News Café et Jane, c'est lui, Gabriel. C'est Enrique et je vais en parler. Je dois en parler. J'ai pas d'autre choix que d'en parler.

L'avion avait disparu derrière un nuage. J'enregistrai l'information. Elle se mua en colère.

– En parler à qui ? Au type qui a repris l'enquête ?

– Oui.

– Et j'imagine qu'il nous écoute en ce moment même ?

– C'est ça.

– Costume gris, les cheveux ras et sûr de lui ?

– Gabriel, ce n'est vraiment pas le moment de…

– Et le pétrole, ce virus informatique ou ce message ? Tu connais Juavez et tout ça ne lui ressemble pas du tout. Et si c'est une vengeance, pourquoi ne pas s'attaquer à toi ou à moi directement ?

– Je sais. Mais je n'ai plus le droit de me taire. Il va vouloir te voir.

– Il ? Le cow-boy sûr de lui qui débarque pour tout régler ?

Tony soupira :

– C'est l'agent Amstrong, Gabriel. C'est un grand ponte de Washington. Il va vouloir te parler. À toi et à Angelica.

– Je ne le connais pas. Je ne lui fais pas confiance. Et puis Angelica est partie. Je n'ai pas attendu ton grand ponte pour lui demander de s'éloigner.

– Donc toi aussi tu penses que…

– Juste une précaution et tu n'as rien, Tony. Il n'y a rien. On ne va pas réécrire l'histoire à chaque fois qu'un abruti balance un pétard.

– Le News Café et Jane. Tu sais bien que…

– Parler de moi au FBI, c'est parler directement à Enrique. J'ai joué le jeu une fois, pas deux et il n'est pas question de…

– Il n'y a pas de taupe chez nous.

Avec le passé, il y avait toujours de la colère.

– Je suis venu chez vous, tu te souviens ?

– Je sais.

– Et Alex est mort. Quelqu'un de chez vous a balancé l'info et il est mort pour rien. Et puis, tu n'as rien. Il n'y a rien. Ce n'est pas lui et s'il y a quelque chose, si c'est lui, tu crois que je vais prendre le moindre risque avec Angelica ?

– On peut la protéger.

– Je me débrouille tout seul.

– Je n'ai pas le choix, Gabriel. Je suis désolé. Je dois lui raconter et tu seras convoqué. Je voulais simplement te prévenir.

– Tu ne me préviens pas puisque tu viens de le faire, Tony. Et tu l'as fait sans m'en parler. C'est terminé pour moi. Ne me mêle plus à ce merdier. Plus jamais.

Gabriel avait coupé. Une série de sonneries que Tony interrompit à son tour en raccrochant avant de soupirer en direction de l'homme assis de l'autre côté de son bureau.

– Original ! grimaça Amstrong. Un "cow-boy" ?

– Je sais. Il est assez agaçant, mais il collaborera. C'est juste une question de temps.

– Cela dit, il n'a pas tort. Vous n'avez rien.

– Croyez-moi, j'ai déjà bouclé des enfoirés avec encore moins. Un virus informatique immobilise la police et force l'intervention du FBI au News Café. En même temps, un tir à longue distance sur les marches du palais contre ma fiancée. La fiancée de celui qui a tué, il y a un an, le fils de Juavez au cours d'une opération, comme par hasard, sur cette même terrasse de café ? Ça fait beaucoup. Vous ne trouvez pas ?

– Si vous envisagez la victime comme votre petite amie, je suis d'accord. Mais il se trouve que Jane Croft est également l'assistante du procureur et qu'après analyse, nous avons identifié une série de suspects qui auraient pu avoir un intérêt à l'éliminer. Et comme il est impossible en l'état de relier tous ces évènements entre eux, votre théorie reste une théorie parmi d'autres.

– Je sais que c'est lui.

– Enrique Juavez, un sénateur ?

– Je vous dis que c'est lui.

– Vous êtes personnellement touché, beaucoup trop impliqué émotionnellement. Ça perturbe évidemment votre jugement. Tenez, prenez ce message par exemple.

– "Le sang pour le sang" ?

– Oui. Il a infecté toutes les signalétiques électroniques de Miami pendant que vous étiez au chevet de votre amie.

– Et alors ?

– Et alors, j'ai reçu le rapport de nos linguistes tout à l'heure. Ils ont identifié une origine à cette... appelons ça 'une revendication'. Ne me demandez pas le nom, mais apparemment, on retrouve des traces dans un texte. Et ce texte est relié à une tribu, ou un groupe de tribus, à la frontière entre le Pakistan et l'Afghanistan.

Tony esquissa un sourire et pointa du doigt le mur sur sa droite :

– Faites cent mètres en sortant du bâtiment, tournez à droite et deux cent mètres plus loin, je vous trouve un Cubain qui vous la crachera à la figure cette formule. 'Sangre por sangre[85] ! Ça marche un peu partout. La connerie n'a pas de berceau ou de langue officielle. Moyen-Orient, Amérique latine, Europe ou États-Unis, la connerie n'a qu'une langue. Il n'y a que l'accent qui change, croyez-moi.

Amstrong afficha une moue dubitative :

– Pas le Moyen-Orient alors, mais un Latino ? C'est ça votre idée ? Original, agent Becket. Et c'est quoi cette histoire de taupe ?

– Des coïncidences. Des coïncidences troublantes, répondit prudemment Tony.

Amstrong prit un moment de réflexion. Il avait parcouru le dossier de Tony Becket. Un bon agent, mais un agent qui avait été marqué par plus de deux décennies de chasse à l'homme. Par une succession d'échecs également. Il avait déjà croisé le chemin

---

[85] "Le sang pour le sang !" en espagnol.

d'agents hantés par une affaire. Mais en l'absence de piste précise, il n'était pas en position d'écarter cette option.

– Il n'y aucun lien avec ce sénateur, reprit-il finalement. Mais, je n'aime pas les coïncidences.

– Moi non plus.

– Je ne veux pas disperser mes hommes dans une chasse aux fantômes mais OK. Je vais convoquez ce Lacour et vous, vous vous concentrez sur le président.

– Quoi ?

– Le président sera ici demain. Le News Café et un passage au chevet des victimes à l'hôpital. La première dame l'accompagne et la sécurité sera particulièrement sévère. Je vous détache temporairement. Liaison avec le Secret Service, sécurisation et coordination, les équipes de la Maison-Blanche vous attendent dans la salle de réunion. Et pour le reste, vous lâchez l'affaire, c'est compris ? Parce que j'ai …

– Monsieur ?

Un agent avait fait irruption dans le bureau.

– Alerte dans une raffinerie, une équipe de Miami News 10 est sur place. Il faut que vous regardiez ça !

Tony saisit la télécommande, alluma le téléviseur et sélectionna la chaîne d'information en continu.

« Les sirènes d'évacuation ont retenti il y a peu de temps. »

À l'image, ils découvrirent l'ensemble du personnel qui s'était précipité vers le parking qui servait de point d'évacuation. Les forces de police, stationnées devant l'entrée observaient l'agitation, la main sur la crosse de leurs pistolets, sans comprendre l'origine du problème.

« Seuls quelques ingénieurs et le directeur sont restés sur place, une pièce sécurisée dans laquelle sont regroupés les systèmes de pilotage et de contrôle », précisa la journaliste qui, régulièrement, jetait des regards vers le portail d'entrée.

– Transocean ? demanda Amstrong, qui s'était finalement retourné pour regarder les images.

– Non, répondit Tony, qui avait repéré un autre nom au-dessus du portail.

– Agent Amstrong ?

Un deuxième agent avait rejoint le premier sur le pas de la porte du bureau.

– J'ai monsieur Anderson en ligne, le directeur de la raffinerie, indiqua-t-il en lui tendant le téléphone.

Le patron de la raffinerie, en retrait, suait à grosses gouttes. Les regards de ses ingénieurs étaient passés de l'agacement à l'inquiétude, puis à la panique. Du coin de l'œil, il vit le responsable Systèmes s'énerver sur son clavier. Les instructions qu'il encodait nerveusement étaient rejetées à chaque fois.

– Quelqu'un veut bien me dire ce qui se passe ?!

Il n'y avait rien de plus contagieux que la peur. Les signaux d'alerte se multipliaient et les jauges s'affolaient les unes après les autres. Une nouvelle sirène au bruit strident se joignit aux alarmes et l'informaticien se tourna enfin vers le big boss qui, le portable collé à l'oreille, peinait à conserver son calme.

– On a perdu le contrôle !

– Quoi ? Comment ça, perdu le contrôle ?! répliqua Anderson, en s'approchant des consoles. Ça veut dire quoi ?!

– Ça veut dire que quelqu'un a pénétré nos systèmes et…

– Et ?

Dans le bureau du FBI, Amstrong s'impatientait.

– Allo, monsieur Anderson ? Ici l'agent Amstrong, FBI, vous m'entendez ?

– Un instant, agent Amstrong.

– Tony ! Deux autres raffineries sont touchées, indiqua le premier agent, qui avait reçu un nouveau message d'alerte.

– Quoi ?! Touchées par quoi, putain !?

Amstrong qui avait suivi l'échange, haussa le ton dans l'appareil :

– Monsieur Anderson ! quelle est la situation ?

– Nous avons perdu le contrôle. Je…

« *Deux autres raffineries ont également procédé à l'évacuation de leurs installations et toujours aucune information sur l'origine du problème.* »

– Le contrôle de quoi ?

– De l'informatique, répondit Anderson, tout en s'inclinant sur le poste de travail du responsable Systèmes. Celui-ci avait pointé du doigt l'indicateur d'une jauge, avant de longer un enchevêtrement de tuyaux et de valves dessinés sur un schéma, pour finalement s'immobiliser à un endroit précis…

– Eh merde… ! murmura Anderson.

30

À peine le temps de raccrocher avec Tony que l'agacement de Matteo fit irruption dans mon bureau.

– Tu peux m'expliquer ce que c'est ?

Il agita une liasse de documents sous mon nez.

– Transocean, Matteo. Je t'en ai parlé plusieurs fois. Quel est le problème au juste ?

– Le problème ? Le problème !? s'étouffa-t-il.

Du coin de l'œil, je vis le graphique de Transocean décrocher brutalement. Sur l'autre écran, aucune opération. Jerry n'était pas intervenu, mais pourtant, le titre dévissait.

– Le problème, Gabriel, c'est que tu as engagé la société dans une opération qui n'a aucune chance de réussir. Et ça, c'est un 'putana' de problème !

– Je vois.

– Tu vois, Gabriel ? Vraiment ?! Eh bien, je ne sais pas ce que tu vois, mais je vais te dire ce que, moi, je vois. Ton Jerry a réussi un truc de fou. Bravo, asséna-t-il en applaudissant, son accent italien revenant à la charge. 'Bravissimo' ! Tu as immobilisé plus de deux milliards dans cette opération. D'ailleurs, c'est pas une opération, c'est un suicide ! Impossible de maintenir le titre sous les vingt dollars.

– Gabriel, monsieur Flynt au téléphone.

Plus on était de fous…

J'appuyai sur la touche 'haut-parleur' du téléphone.

– Passez-le-moi, Amber.

La communication s'établit avec New York.

« *Monsieur Lacour ?* »

– Monsieur Flynt ? Je vous manquais déjà ?

« *On peut dire ça. Nous nous voyons demain, mais je voulais m'assurer que vous aviez reçu les documents par e-mail.* »

Matteo passa son pouce le long de sa gorge en tirant la langue et déposa la liasse sur mon bureau.

– Ils sont là, monsieur Flynt. Je n'ai pas encore eu le temps de les parcourir.

« *Votre sens du timing est étonnant. Presque inquiétant. Je voulais également vous informer que j'avais averti monsieur Sanders sans attendre la clôture.* »

– C'est très aimable à vous, mais c'est peut-être prématuré. Il n'est que treize heures et la clôture en dessous de vingt dollars n'est pas acquise. Et comment a-t-il pris la nouvelle ?

« *Il a perdu le contrôle de sa société. Il a donc pris cette nouvelle comme un Texan.* »

– Du goudron et des plumes ?

« *Exactement. Il attend d'ailleurs votre appel. Mais vous avez gagné, monsieur Lacour. C'est l'essentiel.* »

Les banquiers étaient plutôt prudents de nature. Envisager ma victoire avant même la fin de la journée n'était pas conforme aux usages.

– Je n'ai fait que la moitié du chemin, monsieur Flynt. Les marchés peuvent toujours me donner tort.

Vous n'êtes visiblement pas au courant. Comme je vous l'ai dit, vous avez gagné et je ne suis pas inquiet pour la clôture. Allumez votre téléviseur et vous verrez. Les dieux sont avec vous, ou alors est-ce le diable ? Quoi qu'il en soit, c'est une bien étrange journée ».

Et il raccrocha. Matteo avait levé les yeux au ciel et, immobile de l'autre côté de la vitre, Jerry flottait. Son regard ne croisa pas le mien mais je me levai d'instinct et il fit demi-tour sans avoir prononcé un mot. J'avais visiblement fait 'autiste' deuxième langue, parce que son urgence silencieuse m'avait frappé autant que s'il avait crié.

– "Les dieux sont avec nous" ? s'exclama Matteo en prenant mon sillage. Tant mieux. Parce que tu n'as rien gagné du tout et on va avoir besoin d'un sérieux coup de main. Clôture en dessous de vingt dollars ?! C'est impossible. Miguel, Perreira, ils vont nous décapiter ! Toi, moi, la boîte, ils vont nous couper la tête ! mima Matteo d'un geste sec du tranchant de la main.

La colère des autres m'amusait toujours et j'avoue que la colère d'un Italien était un spectacle vraiment savoureux. Il trottinait à mes côtés alors que j'avais suivi Jerry qui étonnamment, n'avait pas pris la direction de son bureau.

– Et à aucun moment, tu n'as pensé à me demander ce que moi j'en pensais ?! Pas une fois, alors que tu jouais aussi avec ma vie dans cette opération, tu ne m'as demandé si j'étais d'accord !

À chaque foulée, les pieds de Jerry revenaient vers l'intérieur, comme s'il visualisait un fil, une trace dont il ne fallait surtout pas s'écarter. Il se stabilisa à l'extrémité de l'open space'.

– Matteo, si je t'avais demandé ton avis, tu m'aurais dit quoi ?

Jerry tendit l'index en direction de l'extérieur.

– Que c'était une folie, Gabriel ! Que ça ne marcherait pas ! Que tu allais détruire la société avec cette opération !!! Que tu aurais dû appeler Miguel pour lui dire que ce qu'il nous demandait était absurde ! Prendre le contrôle en un mois d'une… d'une…

La baie vitrée s'était colorée d'une teinte anormale. Je plissai les yeux vers l'horizon.

– … une… une… Mais enfin, Gabriel ! Qu'est-ce que tu fous ?

– Maintenant, tu comprends pourquoi je ne t'ai pas demandé ton avis.

– Gabriel ! Rassure-moi, tu ne crois pas aux miracles quand même !?

Malgré l'opacité de la vitre, je devais mettre ma main en visière pour abriter mes yeux du soleil. Matteo me rejoignit finalement.

– Sainte mère de Dieu…, murmura-t-il.

Une ombre grignotait l'horizon. Au sol et dans les airs, elle avalait le paysage sur son passage.

– Pardon, Matteo, tu disais ?

31

Il était une fois un homme qui avait gagné une fortune grâce à un pigeon voyageur. L'empereur Napoléon avait engagé ses dernières forces à Waterloo et un pigeon avait voyagé jusqu'à Londres. Napoléon perdait la bataille et cet homme avait détaché la capsule accrochée à la patte et avait parcouru le message. Il était le seul à savoir et le savoir, c'est le pouvoir. La bourse anglaise anticipait le pire et cet homme avait acheté la terreur. Lorsque l'annonce de la défaite de l'Empereur était enfin arrivée, le marché s'était retourné.

De la terreur au soulagement, et une vie bascule. C'est sur le sang des soldats que Rothschild avait bâti sa fortune. Le sang... et un pigeon voyageur.

Le monde avait changé, mais pas l'homme. À seize heures précises, la cloche avait sonné. Wall Street avait clôturé. En bataillon, colonne après colonne, les chiffres sur nos écrans s'étaient ajustés pendant quelques secondes, puis l'image s'était figée. Transocean avait encore perdu 4% et... j'avais gagné. Le personnel avait applaudi à tout rompre, Amber avait poussé un cri de joie, Matteo avait rugi de plaisir et, emporté dans son élan, avait copieusement embrassé Jerry sur les joues. Apeuré, celui-ci avait essuyé le débordement en se réfugiant dans un coin.

L'après-midi s'était étiré, le bureau s'était progressivement vidé. À l'exception de Jerry qui s'entêtait à trouver une raison, une explication ou une logique à ce qui s'était passé. Je m'étais finalement levé et après lui avoir promis de revenir après le dîner, j'avais contemplé le paysage sur le chemin menant aux ascenseurs. À travers les baies vitrées, le soleil hésitait sur la conduite à tenir. S'allonger dans l'océan ou brûler ce nuage toxique qui se déchirait entre les buildings avant de se reconstituer un peu plus loin.

"Vous avez gagné. Les dieux sont avec vous, ou alors est-ce le diable ?" avait dit Flynt avant de raccrocher. J'avais gagné, mais ma boussole ne semblait pas d'accord.

Le parking s'éclaira et j'ouvris les yeux. Murmure de conversations, claquements de portières, bruit d'une voiture qui s'éloigne. Un néon clignote nerveusement et un léger brouillard flotte, remarquai-je, en agrippant le volant. Murmure de conversations, claquements de portières, bruit d'une voiture qui s'éloigne. Un néon clignote nerveusement et un léger brouillard flotte, remarquai-je, en rejoignant ma voiture. Le prix de la victoire avait tapissé mon pare-brise d'une fine couche de poussière. Je l'évacuai d'un jet d'eau. Les essuie-glaces balayèrent la chose et une pâte brunâtre se forma aux extrémités des arcs de cercle. Je tournai la clef dans le contact, les pneus miaulèrent dans la spirale goudronnée, la barrière se souleva et ce qui était familier ne l'était plus. Des particules sombres volaient dans la rue, s'insinuaient partout, se plaquaient sur chaque obstacle. Les couleurs avaient disparu. Un Waterloo, une morne plaine, mais sans belligérants. Il n'y avait pas de nom, pas d'ennemi identifié, alors pourquoi ce sentiment de faire partie d'un jeu ? D'avoir une place à part dans cette tragédie ?

Je quittai finalement le quartier des affaires, jetai un regard dans mon rétroviseur : l'épaisse fumée avalait tout sur son passage. Mes phares avaient du mal à se frayer un chemin dans l'avenue. Profitant de l'obscurité, la peur et le chaos avaient pris le contrôle de la ville. Découpée en tranches, riches ou pauvres, Miami était un gâteau. Un ghetto diraient certains. Et des quartiers défavorisés, les pillages s'étaient propagés. J'enjambai le pont reliant Miami à South Beach, la baie était totalement encrassée. À l'extrémité du pont, je bifurquai sur la gauche sur Washington Avenue. Étrange progression. Je ne reconnaissais plus rien du paysage que je traversais au ralenti. Les flammes de carcasses de voitures surgissaient dans le brouillard, avant de s'évanouir en quelques instants. Certaines devantures de magasins étaient éventrées et des ombres fantomatiques jaillissaient de nulle part dans la lumière projetée par les phares. La police et la Garde nationale, qui s'étaient déployées un peu partout, étaient loin d'avoir repris le contrôle de la situation. Les dizaines de cuves de pétrole brûlaient sans discontinuer à la périphérie de la ville. Trois des quatre raffineries étaient dévastées et comme un signe du destin, seule Transocean avait échappé à l'attaque. Les journalistes semblaient tous d'accord pour dire qu'il n'y avait pas grand-chose à faire pour éteindre les incendies. Le pétrole allait se consumer. "Deux à trois jours", avaient-ils précisé.

Et le destin, en cadeau, m'avait récompensé en épargnant la société que je venais d'acheter. J'avais gagné, Rothschild avait gagné. Grâce au sang versé par je ne sais qui. J'avais gagné, mais j'avais la dégaine d'un pigeon.

Il y a longtemps, je ne sais plus quand ni où, j'avais croisé au cours de l'ascension d'un volcan, un type qui en redescendait. Il m'avait souri de loin et son pied avait dérapé, un peu. Son pied avait dérapé et pour compenser, son autre pied s'était projeté en avant pour contrôler la vitesse. Un pied, puis l'autre, la pente était vertigineuse et son sourire s'était effacé. En dévalant la pente à quelques mètres de moi, j'avais attrapé sa terreur. Ce moment précis où il avait compris que la pente avait gagné. Un pied puis l'autre, impossible de s'arrêter. Il s'était écrasé sur un rocher en contrebas et j'avais tenu sa main lorsqu'il avait expulsé son dernier soupir.

Pourquoi repenser à ça ? À lui ou à ce Rothschild ? Parce qu'il y a des victoires illégitimes, je le sais. Parce qu'un pied après l'autre, une marche devient quelquefois une glissade. Pourtant personne ne m'avait poussé, Transocean était l'idée de Jerry, ce n'était pas la mienne. Mais un pied après l'autre, j'avais perdu le contrôle du relief. Personne ne m'avait poussé, mais il y avait une anomalie dans ce relief. Un pied après l'autre, de la Sibérie jusqu'ici, j'avais la sensation d'emprunter un chemin dessiné par… rien. Il n'y avait personne, aucun lien. C'était stupide tout ça ! D'une pression du doigt sur la radio, je passai sur une chaîne musicale. La radio gazouilla les premières notes d'un tube des années soixante-dix. Un 'September[86]' très joyeux. Le mois était le bon, pas le climat. Cette légèreté était particulièrement inadaptée à la situation. D'autant plus savoureuse, donc !

Lorsque les temps étaient exceptionnels, on avait tendance à imaginer des théories absurdes. J'allais dîner avec un Texan très agacé. C'était ça ma priorité. Un Texan furieux d'avoir perdu le contrôle de sa société. Encore une fois, une perte de contrôle. On perdait tous le contrôle un jour ou l'autre. Lui, moi, Miami. C'était dans la nature des choses. Rien de plus.

---

[86] Chanson d'Earth, Wind and Fire.

Je bifurquai dans l'avenue menant au restaurant que j'avais choisi pour la rencontre. Hormis quelques véhicules de secours et de police, l'avenue était déserte. J'attrapai le paquet sur le siège passager et fis glisser une cigarette en lui tapotant les fesses, la saisis entre mes lèvres sans quitter des yeux la route embrumée et l'allumai.

Quitte à avaler de la fumée, autant choisir la marque !

Je m'engageai finalement dans l'allée longeant l'hôtel, patientai un instant derrière des voitures arrogantes, puis coupai le contact et remis mes clefs au voiturier qui avait ouvert ma portière. Une file d'attente s'étirait contre un cordon tendu au sommet des trois marches menant au hall. Quelques pseudo-célébrités surexcitées, qui allaient faire la 'une' des journaux people dès le lendemain. J'abandonnai mon nom au type qui officiait à l'entrée. Celui-ci parcourut la liste des réservations, puis décrocha le cordon qui barrait l'entrée et m'invita d'un geste à poursuivre mon incursion.

C'est en découvrant la réception que je compris mon choix. J'avais proposé cet endroit à Billy Sanders, parce que je l'avais évoqué pendant l'audition. J'avais oublié cette séquence, mais visiblement une partie de moi s'en était souvenue. L'hôtel Delano arborait ce genre de décoration qui plaisait à la clientèle internationale : un hall spectaculaire, bordé de voilages blancs qui frémissaient au moindre courant d'air et une superbe piscine entourée de corps… spectaculaires eux aussi. Pourtant, aujourd'hui, le bâtiment avait perdu de sa superbe. Les rideaux étaient noircis par la suie. L'endroit semblait avoir oublié son côté glamour. La serveuse qui m'accueillit sur le seuil du restaurant s'aventura dans un sourire approximatif. Emmerdant ce Botox… À croire que l'expression qui était saisie pendant l'injection était figée pour l'éternité.

Je balayai la salle et pointai l'index en direction du Stetson posé sur une nappe blanche. Les yeux un peu trop écarquillés, la demoiselle m'invita à la suivre et me déposa à la table.

– Monsieur Sanders, Gabriel Lacour.

Il leva la tête et son regard bleu acier me réduisit en poussière. Au lieu de saisir la main que je lui avais tendu, il m'indiqua le fauteuil en cuir de l'autre côté de la table. J'hésitai un court instant avant de baisser le bras : m'asseoir sans réagir, c'était lui donner l'ascendant. Les images et citations débarquèrent à cheval. Quand j'étais attaqué, je n'étais pas avare de boniments. Ma manière de rebondir et de tester l'autre, également.

– Donc, vous êtes 'le bon', monsieur Sanders. Mais où sont 'la brute et le truand'[87] ?

Surpris, il plissa des yeux. Deux fentes très minces, des meurtrières en version horizontale.

– Je vous en prie, monsieur Lacour, vous pouvez endosser les deux autres rôles, j'en suis sûr.

Il y avait de l'esprit dans cet homme. De l'esprit et une volonté de fer.

– La brute et le truand ? Ça fait beaucoup, vous ne trouvez pas ? répliquai-je en m'asseyant.

– Vous voulez vraiment que je vous réponde ?

– Je ne crois pas que cela sera nécessaire, non. Donc, vous êtes Clint Eastwood et je serais un mélange de Lee Van Cleef et d'Eli Wallach.

– Vous connaissez vos classiques.

– Vous permettez ?

J'avais tendu la main en direction du Stetson, et Billy Sanders m'invita d'un geste à poursuivre.

Je posai le chapeau sur ma tête et pris une mine de circonstance.

– "Tu vois, le monde se divise en deux catégories : ceux qui ont un pistolet chargé et ceux qui creusent. Toi, tu creuses", récitai-je.

Billy Sanders me dévisagea alors que je reposais le chapeau sur la table. La réplique culte du film résonnait étrangement, compte tenu de notre situation et, à défaut d'avoir désamorcé son antagonisme, j'avais au moins désarçonné le cow-boy.

– En effet, je creuse. C'est ma vie et ma passion. Et vous ? Que faites-vous dans la vie, à part me voler mon entreprise ?

Désarçonné peut-être, mais il remontait vite en selle le bougre !

Plummer m'avait communiqué un dossier complet sur lui et j'avais visionné son intervention au cours de la conférence de presse : une force, une autorité naturelle et une flamme très

---

[87] *Le Bon, la Brute et le Truand*, film de Sergio Leone.

particulière. Assez intimidant en fait. J'avais du mal avec l'intégrité. Ça laissait peu de prise à mon originalité.

– Moi ? Je creuse aussi. Et en creusant, je suis tombé sur vous, monsieur Sanders.

– Et là, vous vous êtes dit : tiens, si je dépouillais ce brave Billy de sa société, c'est ça ?

– Pas tout à fait.

– Vraiment ?

– Oui, vraiment.

– Et Lacour, c'est français ?

– À moitié seulement.

– Et l'autre moitié ?

– Boston, par mon père.

– La France ou Boston, je ne sais pas ce qui est le pire !

Il détourna la tête et fit la moue. Les tables étaient bruyantes. Les rires aussi. Ce n'était visiblement pas une atmosphère qui lui convenait. Et ma présence non plus, apparemment. D'un autre côté, il venait de marcher sur mes racines. Elles étaient un peu sensibles mes racines. Elles étaient minuscules, mais sensibles. Et si je comprenais son agacement, je n'acceptais que rarement une gifle sans rendre la pareille. Question de politesse, j'imagine.

– Si vous le permettez, monsieur Sanders, nous pourrions poser les colts, commander notre repas et je vous expliquerai ce que j'ai en tête. À moins que vous ne souhaitiez jouer à 'qui pisse le plus loin' pendant le reste de la soirée ?

Son regard se durcit encore. Le bleu, quand il se solidifie, devient minéral. Bercé par Rostand, j'étais aussi né dans les westerns. Cow-boy il était, tout passait par les yeux. L'harmonica d'Ennio Morricone[88] aurait adoré le moment et je…

– Vous souriez tout le temps, monsieur Lacour ?

– Surtout pendant les duels. Vous êtes viande ou poisson ?

Il m'observa et je pris les devants. Un cow-boy c'est viande, bien évidemment. Une fois la commande passée, le sommelier prit le relais. Avec un steak saignant, du vin rouge. Puis…

---

[88] Célèbre compositeur de musique de films.

– Quetzal Investment, monsieur Sanders. Laissez-moi vous présenter ma maison.

Petite visite de mon organisation qu'il ignora ostensiblement. Je concluais la présentation par une localisation géographique. La curiosité remplaça enfin le mépris. Il se redressa et posa ses coudes sur la table.

– Les puits Rosas ?!

Les plats étaient arrivés et la tension était légèrement retombée.

– Oui, la concession du siècle, répondis-je, en reposant mon verre de vin.

– Vous êtes sûr de votre coup ?

– Au point d'avoir investi plus de deux milliards de dollars sur votre société, monsieur Sanders.

– Ce n'est plus ma société, monsieur Lacour, grinça-t-il en coupant sa viande comme on scalpe un ennemi.

L'entrepreneur avait repris le contrôle sur l'homme. Il attendrait la fin du repas pour me pendre.

– Je ne connais pas le Brésil, enchaîna-t-il.

– Ça reste du pétrole, n'est-ce pas ?

– Oui et non.

– Que voulez-vous dire ?

Billy Sanders but une gorgée du Château Lafitte que j'avais commandé.

– Le pétrole a un goût, une couleur, un accent, me dit-il, tout en faisant basculer le vin dans son verre. Le forage en lui-même est une expérience assez subtile, un art qui demande une compréhension, une intimité avec l'endroit. À quelques centaines de mètres près, vous pouvez passer de la roche à l'Eldorado, et inversement.

Il avait le regard perdu dans les reflets du vin et je l'écoutais, fasciné, évoquer avec poésie un métier brutal dans lequel il n'y avait guère de faux-semblants. Mise à l'épreuve quotidienne, les hommes se révélaient dans cette quête permanente. Lorsqu'il conclut son propos, je lui remis une liasse de documents, dont il parcourut les premières pages en silence, avant de retourner à l'attaque de son steak.

– Et vous avez les moyens de vos rêves, monsieur Lacour ?

– Moi ? Je ne suis qu'un architecte. Je réunis les compétences pour atteindre un objectif. Mais oui, j'ai les ressources pour aller jusqu'au bout, si c'est ça que vous voulez savoir.

– Ce n'est pas une science exacte, vous savez. Plus que de l'argent, il vous faudra les hommes.

– Je sais. C'est la raison de ma présence ici.

– C'est-à-dire ? Vous avez peur que je quitte le bateau en embarquant mes équipes ?

Il avait repris ses couverts. Son steak saignait d'impatience dans son assiette.

– Non, je n'ai pas peur de ça.

– Alors, de quoi avez-vous peur ? Vous avez ma société et les meilleures équipes au monde pour mettre en place votre projet. Et je vous laisse mon bureau pour que vous puissiez jouer avec vos petits milliards. Que voulez-vous de plus ?

– C'est très simple, monsieur Sanders. C'est vous que je veux.

Son couteau flotta au-dessus de son assiette.

– Vous pouvez répéter ?

La tournure de la conversation ne correspondait pas du tout à ce qu'il avait imaginé.

– Bien sûr. Je répète : c'est vous que je veux.

– Vous vous foutez de moi !? Vous m'avez volé mon entreprise et vous osez me dire que vous avez besoin de moi ?

– Exact.

– C'est mal me connaître. Très mal me connaître.

– Ou alors, en parcourant les documents que je vous ai remis tout à l'heure, vous avez peut-être interrompu votre lecture un peu trop tôt. Un peu comme si vous aviez stoppé un forage à quelques mètres de la nappe de pétrole.

– Il n'y a rien dans ce document qui m'inciterait à travailler pour vous, Lacour.

– Essayez, juste la dernière page, ça ne vous prendra qu'une minute.

– Et en plus, vous souriez. Je trouve cela particulièrement déplacé.

– Je sais, mais je ne me moque pas de vous, soyez-en sûr. En fait, je souris au malentendu. Je souris à votre refus de creuser dans ce document et à votre colère tout à fait légitime.

– Je crois que je n'aime pas votre sourire.

– Vous n'êtes pas le seul, mais ce n'est pas le sujet.

– Je vous l'ai dit, rien ne me fera changer d'avis. C'est une question de principe.

– Un coup de pioche, monsieur Sanders, un dernier coup de pioche et pendant que vous lirez la dernière page, je nous commande une autre bouteille.

Je levai la main pour attirer l'attention du serveur, pointai du doigt la bouteille et fis tourner mon index. La rotation fut accueillie par un hochement de tête du tablier blanc et je reportai mon attention sur mon vis-à-vis. Billy Sanders déposa finalement son couteau, attrapa les documents et parcourut la dernière page, pendant que je faisais un signe au sommelier pour qu'il serve à mon Texan le reste de la bouteille. Billy était occupé à lire. Alors attraper le verre, incliner le globe, observer la couleur et puis, goûter. C'est vrai qu'il était bon ce vin.

– Vous êtes sérieux ?! s'exclama-t-il enfin, tout en relevant la tête.

– On ne peut plus sérieux. En signant ces documents, vous récupérez immédiatement 20% de votre société à un prix que j'estime raisonnable. De plus, vous avez une option pour acquérir 20% supplémentaires dans trois ans.

– Mais, pourquoi ?

– Parce que c'est votre société, monsieur Sanders. Et que je ne parle pas votre langue du pétrole. Alors, j'ai besoin de vous.

– Et vos actionnaires sont d'accord ?

– Ils se feront une raison. Et puis, ma mission était d'acquérir la majorité du capital, pas la totalité.

– Vous pourriez embaucher un patron pour diriger la boîte, non ?

– Je n'ai pas fait tout ça pour gagner un duel. Enfin si, peut-être un peu, corrigeai-je en souriant, mais l'essentiel est que je n'ai jamais eu en tête de faire appel à un mercenaire ou de débaucher un patron qui ne me rejoindrait que pour l'argent. Je veux m'entourer de gens que j'estime et partager la réussite avec eux. C'est vous qui piloterez cette opération : l'acquisition, les recherches et l'exploitation des puits Rosas. C'est votre boîte, c'est votre sang, c'est vous le boss.

J'interrompis le sommelier qui s'apprêtait à me servir de nouveau et pris la bouteille qu'il venait de déboucher. Quelques gouttes dans mon verre et servir généreusement Sanders qui avait bu d'une traite le nectar précédent, sans rien manifester. Sacrée descente !

– Vous avez le pétrole et moi j'ai le vin, conclus-je avant qu'il ne replonge dans le verre suivant. À chacun sa matière première.

– Vous êtes un type bizarre, Lacour. Et il va falloir me parler de vous. Je ne signe pas un document sans comprendre à qui j'ai affaire.

– C'est un 'fair deal[89]'.

– Justement. Et c'est ça que je ne comprends pas.

– Très bien. Alors, que voulez-vous savoir ?

– Pourquoi le pétrole ?

– Je n'ai pas choisi le pétrole, mais le pétrolier.

– Pourquoi ma société ?

– Parce que l'occasion s'est présentée.

– C'est un peu léger, vous ne trouvez pas ?

– Je suis d'accord. Disons alors que c'est le destin.

Il fit la moue en plantant sa fourchette dans la pièce de bœuf.

– Vous croyez dans le destin ?

– Pas vraiment.

– Vous croyez en quoi alors ?

Le jeu était plaisant, mais la question était déroutante. Avant même que je n'aie esquivé, il insista une deuxième fois :

– Il y a bien quelque chose, non ?

– C'est important ?

---

[89] 'Accord équilibré'.

– Si vous tenez à ma signature, alors oui, c'est important.

Je saisis mon verre et bus une gorgée.

– Vous voulez que je vous aide ? reprit-il, sans me lâcher du regard.

– Ça serait gentil.

– OK. Alors commençons par les basiques. Vous êtes marié ?

– Non.

– Des enfants ?

– Pas que je sache.

Il grimaça. Le côté grivois, ce n'était visiblement pas son truc.

– Vous parlez notre langue parfaitement.

– Je vous l'ai dit, mon père était américain.

– Vous croyez en Dieu ?

– Vous savez que c'est une association que je vous propose, pas un mariage !

– Une association est ce qui s'en approche le plus, me percuta-t-il. Alors ?

– C'est important ?

– C'est la deuxième fois que vous me posez la question. Technique d'évasion ?

– Probablement, répondis-je en riant. Pourquoi voulez-vous savoir si je crois en Dieu ? Ma réponse va conditionner votre signature ?

– Je vous rappelle qu'après m'avoir dépouillé, vous venez me proposer une alliance. J'ai besoin de savoir où je mets les pieds avant de signer.

– Je ne vous ai pas dépouillé. Je vous ai battu. Mais je comprends.

– Et ?

– La religion est importante pour vous ?

– En effet.

– Dieu et la patrie ?

– Et le Texas, me corrigea-t-il. Et pour vous ?

– Je ne l'ai jamais rencontré. Alors j'ai quelques doutes.

– Et si vous deviez le rencontrer. Vous lui diriez quoi ?

Le silence flotta sur la nappe. Il m'observait avec gravité. Je fis un effort pour me mettre à la hauteur de l'instant.

– Disons que je le remercierais pour le libre arbitre qu'il nous a offert.

– Pas mal. Et c'est tout ?

– Et lui dirais que nous ne sommes pas à la hauteur du cadeau. La liberté, c'est trop grand pour nous.

– C'est plutôt sombre comme vision.

– Je connais l'histoire et savoir, ça assombrit un peu le regard.

À la table voisine, un éclat de rire et des applaudissements. Il observa la scène, puis repartit à la charge :

– Je suis croyant, mais ouvert, alors ne prenez pas de gants. Je n'ai pas peur de l'affrontement, au contraire. Après le libre arbitre, que lui diriez-vous ?

Il n'y avait qu'aux États-Unis qu'on pouvait avoir ce genre d'échange. Le mariage entre l'argent et la religion, une histoire tellement américaine, et comme dans tous les mariages… l'argent gagne à la fin.

– Vous savez que vos questions sont bizarres ?

– J'en suis conscient, mais j'ai le sentiment que le bizarre, c'est un territoire qui ne vous inquiète pas particulièrement. Je me trompe ?

– Non, vous avez raison.

– Alors, vous le remerciez pour le libre arbitre et l'engueulez en lui disant que son cadeau est inadapté. Et après ?

– J'imagine que je lui proposerais également une petite psychothérapie de groupe pour évaluer son discernement. En petit comité, chaque patron de ses multinationales de l'âme dûment représenté, avec pour mission d'opérer un audit précis de leur organisation.

– Protestants et catholiques ?

– Juifs et musulmans, toute la bande.

– Il a besoin d'un audit d'après vous ?

– L'espoir et la mort, le 'business model' est bon, mais le management céleste est clairement défaillant.

– Vous ne croyez pas dans l'homme ?

– Ce que j'en vois ne me donne pas beaucoup d'espoir. En revanche, lorsque j'aperçois de la lumière, je fonce. Il faut de l'ombre pour que la lumière soit belle.

– Vous êtes cynique.

– Ça m'arrive.

– Et l'argent ?

– Ça ne m'intéresse pas.

– L'adrénaline ?

– Fut un temps, oui.

– Ni Dieu, ni famille, ni argent alors. Et l'adrénaline non plus. Il reste quoi ?

Repoussé dans mes retranchements, je faisais face au vide. Je n'étais pas préparé.

– Il y a toujours quelque chose, n'est-ce pas ? insista-t-il.

– Oui.

– Alors ?

– Alors, il reste le mouvement.

– Le mouvement ? Mais pour aller où ?

– Aucune importance.

Il plongea son regard métallique dans le mien et esquissa un sourire.

– C'est le voyage, pas la destination ?

– C'est une vraie psychanalyse que vous me proposez !!!

– Vous êtes curieux, très différent de mes interlocuteurs habituels et j'essaye simplement de comprendre. Donc, ce n'est pas tant la destination, que le chemin qui vous importe ?

– Disons que je n'ai pas de problème particulier avec les points d'interrogation.

– Je ne comprends pas.

– Pas de Christophe Colomb sans points d'interrogation.

– Je ne comprends toujours pas.

Pas d'agacement dans sa réplique. Il voulait savoir et le détour que j'imposais dans l'échange ne le dérangeait pas. Il voulait savoir et comprendre. Tout simplement. Regard franc, intégrité, mais de la nuance également, appréciai-je avant de me lancer dans le vide :

– J'aime les points d'interrogation, cette ouverture sur le vide. Parce que sans eux, sans cette ponctuation, la certitude s'installe. Nous sommes pareils, monsieur Sanders. Lorsque vous forez, vous ne savez pas. N'est-ce pas ?

– En effet. Il y a toujours un doute.

– Exactement. Christophe Colomb ne savait pas grand-chose en partant. Et le doute ou les points d'interrogation, c'est tout ce à quoi les gens tentent d'échapper. Mais pas vous.

– Ni vous, si j'ai bien compris. Et le contraire du doute, c'est…

– La certitude. Et la certitude, c'est le conformisme, le bout du chemin, le point final, la fin du mouvement. Une invention du diable qui enlève le sel, le piment et l'épice. Anesthésie des sens et gravité de l'âme.

– Le diable plutôt que Dieu ?

– Le mal est une notion objective. Le bien est sujet à interprétation.

– Donc vous aimez les points d'interrogation.

– Si un point d'interrogation, c'est une question qui attend sa réponse, je pense que nous partageons le même plaisir. La même curiosité.

– Vraiment ?

– Ce que je veux dire c'est qu'un point d'interrogation ou un forage, c'est la même chose et je sais que vous comprenez.

– J'avais compris l'allusion et c'est vrai, l'intensité est souvent avant la réponse.

Il m'observa un moment et je lui renvoyai :

– Nous sommes donc d'accord.

– Nous sommes d'accord, mais vous êtes étrange.

– Question de point de vue.

Il esquissa un sourire. À peine une ride à la commissure de ses lèvres.

– Donc vous courez tout le temps ?

– Je marche aussi. Mais marcher, c'est bien une succession de déséquilibres, non ?

– Vous aimez les mots. Les mots et la complexité.

– Possible.

– Votre côté français.

– Par les mots ? Oui.

– Vous ne vous embarrassez pas de précautions, n'est-ce pas ?

Il était temps de s'écarter. Attraper un de ses mots, n'importe lequel, et l'emporter ailleurs.

– À ce sujet, vous saviez que les Français avait inscrit dans la Constitution, un principe de précaution ? Pendant que le reste du monde avance, sans aucune précaution, mon pays de mots se planque derrière une étrange ligne Maginot.

– C'est quoi la ligne Maginot ?

– Une fortification qui longeait la frontière allemande. Elle était censée nous protéger de l'appétit de nos cousins Germains.

– Oui. Je connais l'histoire. Une précaution qui est devenue une débâcle en 1940 ?

– Exactement. Les Allemands avaient le mouvement, et les Français avaient la précaution. C'est un mal qui vient de loin et qui se poursuit encore aujourd'hui.

– Je ne savais pas et c'est étrange, en effet. Un principe de précaution dans la Constitution, pourquoi ont-ils fait ça ?

– Perte de confiance, absence d'audace. J'imagine que si ceux qui nous gouvernent actuellement pouvaient remonter dans le temps, ils feraient du Siècle des lumières un siècle de bouts de chandelles. Et l'inventeur de l'escalier aurait probablement terminé sa vie en prison : son invention, dans laquelle nous avons tous trébuché, est un danger public.

– Tout comme l'électricité ou l'avion ?

– Et les lits. Tellement de morts dans les lits, tellement de douleur sur ces oreillers. Cette invention est criminelle !

Premier sourire complice. Son visage buriné s'était détendu. Taillé à la hache, la détente n'était pas spectaculaire, mais suffisante pour que j'accompagne son sourire avec le mien.

– Donc vos compatriotes disent non au mouvement ?

– Au pays de la Révolution et de l'audace, ils ont réduit l'esprit de rupture, jusqu'à l'effacer derrière une figure géométrique. La révolution s'est muée en une simple rotation, un cercle, une boucle. Une orbite géostationnaire, qui tourne à l'infini. Les Français tournent, vrillent, mais ne bougent pas. Ça les rend éminemment sympathiques, je trouve.

– Donc vous êtes français par les mots, mais américain dans le mouvement. Le mouvement et l'inconnu.

– Comme vous, monsieur Sanders. Comme vous.

– Le mouvement pour ne pas penser à la destination ?

– Mon côté américain, j'imagine. L'Amérique avance sans y penser. C'est l'estomac et pas la tête. Ils ont faim, alors ils mangent. Et l'estomac est bien plus efficace. Il n'y a pas de fin à la faim. C'est un sacré moteur !

– Donc, les mots et le mouvement. Français et Américain.

– Vous vouliez savoir, je vous réponds.

Il hocha la tête et saisit son verre.

– À votre manière, oui.

Il réfléchissait à je ne sais quoi et je l'accompagnai en buvant une gorgée à mon tour.

– Vous comprenez que j'ai bâti ma société à partir de rien ?

– Oui.

– Et que vous semblez prêt à jouer avec ma création avec beaucoup de désinvolture ?

– C'est parce que j'en suis conscient que je suis prêt à vous laisser les clefs.

– C'est justement ça que je ne comprends pas. Ce n'est pas logique.

– Vous n'avez pas fait appel à la logique lorsque vous avez trouvé votre premier gisement, alors que les experts vous disaient qu'il n'y avait rien, c'est juste ?

Il haussa un sourcil. Mon Texan était plutôt avare de manifestations physiques et cet accent circonflexe était un aveu manifeste que je l'avais pris par surprise.

– Vous avez bien révisé mon dossier, monsieur Lacour.

Je levai mon verre dans sa direction et portai un toast silencieux, avant de le relancer par une question. C'était à mon tour de jouer :

— Vous vous fiez à votre intuition, n'est-ce pas ?

— Ça m'arrive.

— Que vous dit-elle ?

— Que vous prenez de gros risques.

— Tout comme vous.

— Que vous aimez ça.

— Lorsqu'ils payent, oui.

— Même s'ils ne payent pas, monsieur Lacour, si vous voulez mon avis. Vous aimez la confrontation. Vous aimez tester les limites.

— En effet.

— Pourquoi ?

Pas le temps de réfléchir, ma réponse fusa.

— Parce que ça donne du sens.

— Du sens au mouvement ?

— Exactement.

Il soupesa la séquence, je la poursuivis en silence. Lui, je le savais, il croyait en Dieu, il n'avait donc pas besoin de donner du sens. Ni même d'en chercher particulièrement. Il m'arrivait d'être curieux quand je fréquentais cette allégeance. Surtout quand l'esprit était vif. J'y voyais une étrange contradiction.

— Vous êtes dangereux, Lacour.

— Vous également.

— En effet.

— Alors, marions-nous !

Cette fois, il rit de bon cœur et j'en profitai pour sortir un stylo de ma poche et le poser devant son assiette. Mes actionnaires brésiliens allaient faire la gueule, mais cette association valait toutes les emmerdes.

Une autre scène du film me revint à l'esprit. Chorégraphie parfaite :

– "Quand on tire, on raconte pas sa vie", monsieur Sanders…

Il attrapa le stylo, me regarda longuement, approcha la main des papiers, puis suspendit son geste :

– Ce mouvement, c'est pour échapper à qui ou à quoi ?

Il avait de la suite dans les idées et je n'étais plus en position de résister.

– À la gravité, monsieur Sanders. À la gravité ou à la vacuité.

– Et au passé aussi.

Ce n'était pas une question.

– Moi aussi, j'ai fait mes devoirs, Gabriel.

Je gardai le silence. La main en équilibre au-dessus des documents, il hocha la tête.

– Une dernière question.

– Allez-y.

– Pourquoi orange ?

– Pardon ?

– Vos lacets, compléta-t-il, en pointant le stylo vers le bas.

Je dépliai une jambe. La boucle du lacet rigolait sur le cuir de ma chaussure.

– C'est un repère, j'imagine.

– Un repère ?

– Ou un souvenir, conclus-je, en rabattant la jambe sous la jupe de la table.

Il poussa un soupir, allongea son avant-bras sur la nappe et signa l'accord…

PARTIE III

Rien n'arrive dans la vie
ni comme on le craint, ni comme on l'espère.

Alphonse Karr, *Sur la plage*, 1862

32

Une nouvelle journée. Le même rituel.

Jerry n'avait pas beaucoup dormi, trop de tension, trop de questions. En arrivant à son bureau, il découvrit un message et un dessin.

"Si la victoire est un drapeau, ce drapeau flotte entre tes mains. Bien joué !!"

Il observa le dessin. Maladroit, en noir et blanc, c'était un drapeau ou un fanion. Il plia la feuille en deux, la rangea dans un tiroir et sorti une bouteille d'antiseptique.

Une nouvelle journée. Le même rituel. Et un dessin de Gabriel dans son tiroir.

Il se concentra sur ses écrans qu'il venait d'allumer. Du monde entier, les ordres s'empilaient les uns sur les autres avant de disparaître, aspirés par la machine. Pierre après pierre, ils construisaient un monde parallèle. Une virtualité étrange, puisque la base de l'édifice, ou le socle, était l'absence de conscience. Pas de conscience, mais un appétit sans fin. La veille, les explosions des raffineries avaient encore une fois provoqué une baisse brutale. Mais déjà, l'appétit revenait. Encore plus fort. Toujours plus vorace.

D'une image à l'autre, il remonta le cours du temps et replongea dans un échange qui avait particulièrement agité sa nuit. En revenant de son dîner avec le patron de Transocean, Gabriel avait fait un détour par le bureau. Seuls, ils s'étaient retrouvés côte à côte, face à la baie vitrée, chacun dans un fauteuil. Un long silence qu'ils avaient meublé en observant la nuit. L'océan était sombre et de temps à autre, des lumières de paquebots en partance pointillaient l'obscurité. Et c'était à ce moment que Gabriel avait évoqué un passage de sa conversation avec Billy Sanders qui l'avait visiblement amusé : "Chez l'homme, l'organe le plus puissant, c'est pas la tête, c'est l'estomac." L'estomac, pas la tête ? Jerry s'était d'abord perdu dans l'analyse de l'anatomie du corps et des interactions entre ces deux organes, avant de finalement aboutir à une interprétation plus adaptée : chez l'homme, pas ou peu de conscience. Il n'était pas certain de savoir ce que la conscience signifiait, mais il avait compris une chose. Gabriel était cynique, il n'avait pas confiance dans l'homme. Jerry, lui, n'avait pas d'opinion tranchée sur le sujet. À force d'être stigmatisé, il s'était adapté à l'autre, sans le condamner, ni le comprendre, le plus souvent.

C'était troublant de partager, songea-t-il. D'autant que c'était la première fois qu'il acceptait le mouvement. La pensée de Gabriel était différente. Il s'affranchissait du langage courant, de la pensée commune.

L'échange, c'était accepter l'autre, lui avait dit son psychiatre à New York. Accepter l'autre ? Il ne savait pas vraiment ce que cela voulait dire.

"Pour imaginer l'avenir, il faut suivre l'argent", lui avait aussi dit Gabriel. "Avant, c'était la philosophie qui était la clef de la compréhension, aujourd'hui, c'est la plomberie", avait-il grimacé.

Jerry avait conservé en mémoire chaque mot prononcé. Jusqu'aux intonations amusées que Gabriel avait partagées :

– *Alors, suivre les tuyaux, observer les goulots d'étranglement, surtout là où ça coince parce que les flux d'argent sont trop forts. Et là où le cours de l'action grimpe, c'est le visage de demain qui se dessine.*

– *La plomberie ? C'est le visage de demain qui se dessine ? Je ne comprends pas ce que tu veux dire, Gabriel.*

Gabriel s'était redressé et avait pivoté le fauteuil dans sa direction. Jerry avait instantanément capté l'énergie. Il s'était lui-même, par mimétisme, redressé dans son fauteuil en attendant la suite.

– *OK Jerry, alors je vais t'aider. C'est un jeu. Tu es prêt ?*

– *Je ne comprends pas.*

– *Tu vas comprendre. C'est une gymnastique, un stretching du cerveau, un étirement de la pensée. Il suffit de se laisser aller. Je commence : pourquoi investir dans le pétrole ?*

– *Parce que la matière est rare.*

– *Rare et essentielle ?*

– Oui.

– Maintenant, dis-moi où l'argent circule en ce moment ?

– La nouvelle économie ?

– Oui, Twitter, Facebook et toutes ces conneries. Mais pourquoi les investisseurs se précipitent-ils là-dedans d'après toi ?

Jerry avait pris un moment pour réfléchir. Son avis s'appuyait le plus souvent sur des données financières ou économiques. Les faits d'abord, la réflexion après. Gabriel avait un cheminement contraire au sien. Intégrer l'information, mais ne pas la laisser prendre le contrôle sur le raisonnement, pour que la pensée circule sans à priori.

– Parce que ce marché est sans limites, avait-il finalement répondu.

– Ce qui n'est pas une bonne nouvelle, Jerry. Sans limites, quand la matière est infinie, le prix est bas, les investisseurs n'aiment pas ça. Sois plus précis : c'est quoi ce marché, cette nouvelle économie qui fait tourner les têtes ?

– L'homme ?

– Étrange, tu ne trouves pas ?

– Si.

– Si le marché est l'homme, quelle est la matière première ?

– La connexion, l'information, la distraction ?

– Aussi élémentaires que la nourriture, mais moins essentielles. Va plus loin. Ce dont tu parles, ce sont des véhicules, pas la matière première.

– Sa pensée alors ?

– Faire de la pensée un marché, on fait comment ?

– On lui donne ce qu'il cherche et qu'il ne trouve pas ailleurs.

– C'est-à-dire ?

– Du plaisir, de la compagnie et de l'émotion. C'est bien ça ?

– Oui, c'est ça. Et pourquoi lui donner du plaisir à travers une machine ?

Un stretching du cerveau ! C'était souple, et d'une réflexion à l'autre, il avait tenté de suivre les rebonds de Gabriel.

– Peut-être parce qu'il est perdu dans sa vie.

– Philosophe, Jerry ?

Jerry avait souri. Et il sourit encore une fois en se rappelant la chaleur qui s'était insinuée en lui.

– *Alors, il est perdu d'après toi ?* avait repris Gabriel.

– *Je crois.*

– *Donc, on le connecte ?*

– *Oui.*

– *Mais c'est pas suffisant.*

– *Ah bon ?*

– *Après la connexion, on fait comment pour gagner de l'argent ?*

– *On crée le besoin ?*

– *Oui. Alors on le nourrit. On le gave. On l'assimile.*

– *Tu crois ?*

– *Je crois que le pétrole est cher parce qu'il est essentiel et rare. Alors chez l'homme, quelle est cette matière première si rare que ces boîtes exploitent ?*

– *Je ne sais pas.*

– *Si la matière première est infinie, il n'y a pas d'argent à se faire. Tu es d'accord ?*

– *Oui.*

– *La machine, la connexion, la distraction, c'est le moyen, ce sont des véhicules. Mais la matière, le truc qui se cache derrière tout ça, elle est où et c'est quoi ?*

– *Quelle matière ?*

– *Cette matière première qui comprime l'homme, Jerry. Dès sa naissance. Tu ne vois pas ?*

– *Je ne sais pas.*

– *Je te fais une devinette.*

– *Une devinette ? Je ne sais pas si…*

– *Tu vas voir. C'est simple. Je te donne les indices. Prêt ?*

Bousculé, il avait hoché la tête.

– *Alors, c'est rare, c'est essentiel et c'est tellement précieux qu'on court après sans jamais le rattraper. On peut le perdre, on tente d'en gagner. Tout commence avec lui et tout se termine avec lui.*

Jerry avait accepté l'anarchie et la confusion. Avec ce regard décalé, mécaniquement, lui-même s'était déplacé. L'échange, c'était un mouvement.

— *Tout commence avec lui et tout se termine avec lui ? Le temps ? La matière première, c'est le temps, c'est ça ?*

— *Ouaip !*

— *Parce que le temps est peut-être infini, mais pas le nôtre. Chez nous, il est découpé. Naissance et mort ?*

— *Exact ! Un empilement de journées. Secondes et minutes. Vingt-quatre heures, pas plus. Et toutes ces boîtes exploitent notre temps, comme les pétroliers le font avec les gisements. Le temps est rare, c'est notre pétrole. Il est essentiel, c'est notre carburant. Ces boîtes exploitent chaque parcelle de notre temps, se battent, les unes contre les autres, pour nous voler ce temps. Chaque connexion est monétisée. Créer le besoin, la dépendance, le réflexe, la facilité et le confort.*

— *Je n'y avais pas pensé.*

— *Facilité et ne plus faire d'effort. Et le confort, c'est la mort de la pensée. On cherche tous le confort alors que toute création naît dans l'inconfort, paradoxal tout ça, tu ne trouves pas ? Et le pire là-dedans, c'est que si je n'ai plus le temps d'être, je n'ai plus de liberté. Ma pensée se formate. Et même si tout ça est source de progrès, j'ai une méfiance instinctive devant un système qui bouffe mon temps, qui tisse sa toile et qui ne pense qu'au profit. Il y a une contradiction là-dedans. Un déséquilibre dangereux.*

— *Vraiment ?*

— *Ma pensée, mon plaisir, mes besoins, mon information, ces boîtes s'insinuent partout. Ça, c'est ce que je vois. Et il y a tout ce que je ne vois pas. Parce qu'une telle puissance au service de l'argent, ça craint, mais au service d'un État, ça pue. Donc oui. Méfiance.*

— *Une prise de contrôle ?*

— *Je ne sais pas. J'étais plus dans le formatage que le contrôle, mais le formatage, c'est l'esquisse d'un contrôle. Le système est à son paroxysme. L'argent, le temps pris en otage, le formatage et la pensée. À toi de me dire, Jerry.*

— *Je n'utilise pas ces outils. Mais peut-être que ça fait partie de l'évolution. L'homme s'est adapté et le système s'adapte.*

— *Darwin serait d'accord avec toi. La question est donc : faudra-t-il rajouter une boîte de conserve à la fin de sa déclinaison ? Des milliards de boîtes de conserve digitalisées ? Tu sais quoi ? Je crois que je me sens plus proche du singe.*

Une pensée différente et des images pour l'illustrer. Il avait dû faire un effort pour visualiser la chose. Du singe à l'Homme et de l'homme à une boîte de conserve. Il avait souri et il sourit encore une fois.

— *Plus de citoyen, plus d'homme, juste une boîte de conserve ?*

— *En grossissant le trait, c'est ce que je vois. Mort des idéologies, épuisement des religions, et à la place ? Un GPS de la pensée. Tu sais, avec la fin des religions, on s'était affranchi du déambulateur céleste. Et puis, avec la fin des idéologies, l'homme est devenu un consommateur. Ça s'appelle le progrès, je crois. Un consommateur de produits soumis au marketing de sensations et d'émotions prémâchées.*

— *Tu sais, je ne serai jamais une boîte de conserve.*

— *Peut-être parce que tu n'es pas aussi perdu que les autres. Peut-être que, chez toi, il y a plus de tête que d'estomac.*

Il avait aimé sa conclusion. J'ai plus de tête que d'estomac, s'amusa-t-il, en remontant sur le carnet d'ordres affiché sur son écran. Le titre Transocean était toujours suspendu, mais les ordres étaient déjà placés en anticipation.

Et il y avait une anomalie. Toujours la même.

Jerry regarda l'heure. Gabriel avait probablement atterri depuis peu à New York. New York avait toujours été sa ville. Pourtant pour la première fois, il se sentait à sa place. Pas à Miami, ni à New York, ni ailleurs, mais simplement à sa place. Il existait pour la première fois dans le regard de l'autre. Et ça, ce n'était pas une question de géographie.

Ses systèmes repérèrent une nouvelle transaction sur Transocean. Toujours la même quantité et toujours dans le même sens : à la vente.

Il décrocha son téléphone et composa le numéro du portable de Gabriel.

33

Par fournées, les piétons s'engouffraient dans les tours qui se bousculaient le long de l'avenue. En procession disciplinée, ils ralentissaient devant les portes en formant des entonnoirs, avant de finalement s'écouler et disparaître. Portes coulissantes, les bouches des bâtiments s'ouvraient et se fermaient sans discontinuer. C'était l'heure de pointe et New York avait faim.

Le taxi m'avait expulsé sur le bitume et je m'étais faufilé sur le trottoir encombré, jusqu'au pied des marches de l'hôtel tenues par un portier étrangement affublé d'une redingote rouge et d'un haut-de-forme. J'avais hésité un court instant : entrer ou patienter à l'extérieur ?

Les évènements s'étaient enchaînés à un tel rythme que j'étais encore étourdi par la séquence. Billy Sanders m'avait quitté sur une poignée de main franche, hier soir, et j'avais passé une partie de la nuit avec Jerry, au bureau, à boucler les détails avec les équipes de Miguel qui, depuis le Brésil, m'avaient bombardé d'instructions pour la suite de l'opération. À peine le temps de sauter sous une douche que je m'étais précipité à l'aéroport pour attraper le premier vol : direction New York.

Pensif, je m'éloignai de quelques pas du perron de l'hôtel et m'abritai du flot en me plaquant contre le mur. J'étais en avance. Angelica, puis la Bank of America, la journée s'annonçait contrastée. Petite respiration dans les vapeurs de la circulation, fermer les yeux, puis les ouvrir, regard horizontal sur un paysage vertical, Manhattan se dressait fièrement. Quadrillage au sol, enchevêtrement de rues et d'avenues en angles droits, des tours rectangles de part et d'autre des artères encrassées et au plafond, le ciel. Découpé en tranches, il faisait lui aussi partie intégrante de la géométrie de la ville. Perspective étroite, je levai la tête. Pas un nuage et le bleu en toile de fond, l'île de Manhattan me faisait penser à ces boules de neige qu'on agite. Hors du monde ou cœur du monde, une bulle artificielle ou une cloche, sans conteste, ça palpitait fort par ici.

La pierre vibrait sans discontinuer dans mon dos, s'abandonner à la contemplation. La foule piétinait le trottoir, martèlement de talons désordonnés et un peu plus loin, un type jouait de la guitare. David Bowie, je crois. Le chanteur de rue s'acharnait sur un titre dont le nom m'échappait, mais s'il avait la voix qui portait, sa guitare s'égarait. Il tentait d'imposer sa patte à la chanson, mais Bowie était un monument. D'autant que j'avais récupéré le nom du titre : 'Life on Mars'. Plus qu'un monument, c'était un temple. Trop grand pour lui, il y avait des bâtiments qu'il était préférable de visiter sans modifier la 'déco' intérieure. Une sirène s'engouffra dans l'avenue, le véhicule de secours se frayait un chemin périlleux dans la congestion. Électricité et mouvement perpétuel, tous les clichés étaient réunis et la ville soignait la mise en scène. La sirène changea de ton en passant devant moi, phénomène que je n'avais jamais compris. L'ambulance s'éloigna, la modulation était différente, puis elle disparut et David Bowie revint à la charge. Une autre guitare en complément, un deuxième chanteur s'était joint au premier, remarquai-je. L'Amérique était faite de rencontres, et si l'avenue était bouchée, les opportunités ne l'étaient pas.

L'addition des deux n'améliora pas le spectacle. D'une guitare à l'autre, d'un trottoir à une rivière, ma mémoire débusqua une scène similaire et autrement plus réjouissante. Dans les duels, dans les westerns ou dès qu'il s'agissait de face-à-face, l'Amérique avait toujours été la référence. Et parmi tous ces vestiges hollywoodiens sur lesquels je m'étais construit, une scène très particulière avait surgi. 'Délivrance[90]', un film oublié qui retraçait la descente aux enfers d'un groupe d'hommes venus faire du rafting dans une rivière. Vieux film, mais la magie n'avait pas d'âge. Le souvenir n'avait pas pris une ride. Un homme échange des notes de guitare avec un banjo. Un banjo tenu en main par un garçon attardé. Visage émacié sur le perron en bois d'une maison abîmée, pas de mots, la musique comme vocabulaire élémentaire. Partage de notes, l'homme commence et le garçon suit. Un accord au sens premier, début timide, puis le partage devient fusion. Les accords s'entremêlent et la frontière entre l'homme et le garçon disparaît. La

[90] Film de John Boorman.

422

musique se fait symphonie. Une symphonie épique et éphémère parce que l'Amérique, c'était ça aussi. Une mélodie lancinante, des mondes qui fusionnent, les frontières disparaissent, un partage et une jouissance, et à la fin, une note et une émotion.

Changement d'humeur sur le trottoir. Après Bowie, Joe Cocker. Les deux artistes de rue engagèrent une lutte dérisoire. Personne ne les écoutait. Personne ne les entendait. La ville était en mouvement et chaque pas, chaque foulée formait une partition autrement plus bruyante. Abandonner les guitaristes et longer les façades. New York avait plusieurs visages, mais celui que je percevais maintenant était très éloigné des dépliants touristiques. Ils vendaient Broadway, des toits et des artères, mais je savais que, derrière les parois, New York était en guerre. Dans ces quelques kilomètres carrés, la concentration d'argent était ahurissante.

Sur le trottoir, le trafic s'était encore épaissi. Les hommes se heurtaient, rebondissaient les uns contre les autres. Inconscients du destin funeste qu'ils s'employaient à servir, ils se précipitaient dans les tours comme autant de dindes dans un four. Mais il n'y avait pas d'alternative au système. Je le savais. C'était le four ou le chaos !

Dans son envol matinal, le soleil percuta une vitrine de l'autre côté de l'avenue et m'éblouit. Je chaussai mes lunettes et observai le trompe-l'œil. Un logo de pomme croquée et une affiche pleine de visages sympathiques. Dents blanches et regards purs, le nouveau monde était souriant, mais derrière les vitres, l'opacité était la règle. La bête avançait masquée et elle se foutait de mes pensées. Elle s'en foutait tout en voulant les accaparer. Une fois déposées sur la toile, une araignée se précipitait. Des milliers d'araignées pour des milliards de pensées. Parce que si les multinationales du plaisir soignaient leur communication, l'humanité n'était qu'un poste comptable.

Rubrique 'pertes et profits'. Je le savais.

Avant que l'idée n'infuse plus loin, le téléphone vibra dans la poche de ma veste et je l'extirpai, la cigarette aux lèvres. Provocation supplémentaire, ou illusion stupide qu'en défiant la règle qui m'interdisait de me tuer à petit feu même en plein air, je m'élevais au-dessus des autres. Une femme s'approcha et pointa un index rageur sur le panneau d'interdiction de fumer qui rougissait au-dessus de ma tête. Je répondis au téléphone en souriant poliment à la vertueuse, qui, trop pressée par le temps, s'éloigna :

– Gabriel ?

– Jerry ?! répondis-je, surpris par son irruption. Ça va ?

– J'ai analysé et...

Il y avait des trous dans ses phrases. Sujet ou complément, il fallait remplir les vides, ou lui laisser le temps de combler les espaces.

– Et ?

– Nous n'aurions pas dû...

– Pas dû quoi ?

– Gagner.

– Tu parles de Transocean ?

– Oui. Ce n'est pas logique.

– Je sais.

Le silence s'installa. Jerry avait posé le doigt sur une impression, ce sentiment que j'avais d'être manipulé depuis un moment. Mais jusque-là, je n'avais rien identifié de concret pour étayer cette sensation.

– Tu as trouvé quelque chose ?

– Quelqu'un d'autre a joué dans l'ombre. Il a vendu encore une fois ce matin.

– Et là, il fait quoi ?

– Il continue. D'autres ordres arrivent. Toujours la même quantité.

– Vente à découvert ? Il joue à la baisse ?

– Oui. Des blocs de 500. Pas de stratégie claire, mais j'ai repéré la cadence. 500 par 500, toutes les douze minutes, interruption toutes les deux heures pendant trente minutes et puis, ça repart.

– Mais c'est absurde. À ce niveau-là, c'est impossible de jouer à la baisse. Il cherche quoi ?

Le silence qu'il m'accorda se dispersa dans la vibration continue. Cette ville irradiait de tous ses pores.

– Jerry ?

– "Lorsqu'on a éliminé l'impossible, ce qui reste, si improbable soit-il, est nécessairement la vérité[91]."

– 'Star Trek' ?

– Non, Conan Doyle.

– Je plaisantais, Jerry. Et donc ?

– On n'était pas seuls, Gabriel. Il y avait tout le temps quelqu'un avec nous. Et ce quelqu'un savait. Mais ce n'est pas terminé. Il n'a pas terminé. Il y a encore quelque chose. Je le sens et…

Il suspendit sa phrase, j'accompagnai son silence, puis il reprit son propos en trébuchant presque à chaque mot :

– … et c'est… c'est souterrain. C'est comme ça que… comme ça que tu aurais dit… je crois… C'est souterrain, méthodique et je n'aime pas ça. J'ai retracé toute la séquence, je suis remonté sur des semaines et, il était là. Planqué, masqué, invisible, c'est comme une maladie, Gabriel. Il y a un virus dans le système…

Il raccrocha sans préavis, me laissant ruminer sa conclusion.

Étrange complicité que la nôtre. Lui aussi, j'en étais certain, voyait dans la folie du système, les germes de la destruction. Lui aussi voyait, dans cette foule, dans toutes les foules, non pas une addition, mais une étrange dilution. C'était troublant de partager une telle proximité avec un autiste. Quand on était proche de quelqu'un, lorsqu'il y avait une résonance particulière entre deux personnes, est-ce qu'une partie de nous se reconnaissait dans l'autre ? Et lorsque l'autre était autiste, quel était donc le fragment de ma personnalité qui se retrouvait chez lui. Le regard ? Ou les murs ? Je ne savais pas et ce n'était pas Jerry qui m'apporterait des réponses. Des pans entiers de sa réflexion semblaient perdus, bloqués quelque part. C'était touchant cette fragilité et la confiance qu'il avait placée en moi était une responsabilité. Je l'avais acceptée sans y penser. Mais elle m'engageait sur la durée.

D'une pensée à l'autre, je ricochai, je glissai. "C'est souterrain", a-t-il dit. "Il y a un virus". Et je glisse. Du joueur de banjo à ce virus, d'un pied qui glisse, à un autre.

Il y avait toujours une raison à mes digressions. Je le découvrais souvent après. Plus tard ou trop tard. Ces plaidoiries silencieuses, que je n'exprimais jamais à haute voix, naissaient le plus souvent d'une impression et quelquefois, l'impression traçait un sillon ou laissait une empreinte suffisante dans ma mémoire.

---

[91] Arthur Conan Doyle, *Le signe des quatre.*

Hier, j'avais renoué avec un souvenir et aujourd'hui Jerry réanimait sans le savoir ce volcan évoqué. Un volcan et un accident. Oui, hier il y avait un volcan et un homme avait glissé et aujourd'hui, c'était le monde qui dérapait. Un homme, moi ou le monde, nous dévalions la pente, sans frein. La pente avait pris le contrôle et Jerry semblait d'accord. J'étais donc le joueur de banjo. Celui qui joue la musique dictée par un autre. Mais si j'étais le garçon, qui était l'homme qui composait la chanson ? Aucune idée et probablement personne.

Le banjo, le volcan, la dinde et le virus, il y avait du monde dans ma tête, beaucoup trop de monde ! Life on Mars, chantait Bowie. Et dans cette chanson, l'originale du moins, je m'envolais très loin. C'était ma chanson, ça l'avait toujours été. Je l'aimais tellement que j'avais du mal à l'écouter. Était-ce un signe ? Des signes ? S'envoler et partir ?

Peut-être était-il temps de sortir du jeu. Je l'avais déjà fait à Genève. Démissionner et partir. Rien ne m'empêchait de renouveler le plaisir. Partir et….

– Un baiser en échange de tes pensées.

Elle n'avait pas attendu de réponse pour déposer ses lèvres. Son corps s'emboîta sans effort et sa langue s'enroula autour de la mienne. Ma main s'égara sur sa hanche pour la rapprocher encore plus. Murmure à la fin du baiser. Elle s'écarta de quelques centimètres, glissa sa main le long de ma nuque et repartit de plus belle entre mes lèvres alors que ma main glissait dans son dos.

– Monsieur Lacour ?

Ses reliefs comblaient mes vides. Cette phrase ricocha dans ma mémoire. Je ne savais pas d'où elle venait, mais je la fis mienne.

– Monsieur Lacour, s'il vous plaît…

J'ouvris les yeux, redéposai Angelica sur le trottoir et pris son visage entre mes mains. Mélange de bonheur et d'excitation un peu folle, j'avais étouffé ses questions ou elle avait choisi d'attendre. Elle avait deux ou trois choses à me reprocher, mais elle avait le sens de l'instant. Et ce n'était pas le moment.

– Je suis désolé de vous… interrompre, mais j'ai un message de monsieur Plummer.

Je poussai un soupir et glissai quelques mots à l'oreille d'Angelica :

– Ne bouge pas. Tu gardes la position, hein ?! Je reviens !

Je m'écartai d'un pas et découvris le visage rubicond de l'un des deux gardes du corps dont Plummer nous avait affublés. Ce type n'aurait probablement pas frémi devant un cadavre déchiqueté, mais la tempête de baisers à laquelle il venait d'assister sur ce trottoir semblait l'avoir complètement déstabilisé. Il rougit comme une jeune fille lorsqu'Angelica se retourna vers lui tout en se recoiffant.

– Quel message ?

– Il m'a chargé de vous dire que la protection tient surtout au secret ! Vous retrouver à New York la met en danger, et…

– Je vais m'occuper personnellement de sa protection, complétai-je. Vous lui direz qu'à partir d'aujourd'hui, je serai son garde du corps.

– Je ne comprends pas. Tu as réglé le problème ?

Angelica s'était rapprochée.

– À ma manière et à l'instant, je crois que je viens de régler le problème.

– C'est-à-dire ?

– Je ne veux pas être une dinde.

– D'accord. Et ?

– Je ne veux pas être une dinde ou un virus. Je ne veux plus. Donc, j'arrête tout, je démissionne et on disparaît. Problème réglé ! Plus de Miami, plus d'ombre, on part et on disparaît. Si tu es d'accord, bien sûr.

– C'est quoi la dinde et le virus ?

– La dinde et le virus, c'est… simple.

Son sourire s'élargit.

– J'en suis certaine, mais encore ?

– Regarde !

Elle suivit la direction de l'index que j'avais tendu et observa les passants qui s'engouffraient dans les bâtiments de l'autre côté de la rue, puis leva la tête en longeant la façade de la tour.

– OK. La dinde, je vois, enfin, je crois. Mais le virus ?

– C'est… je suis devenu le système. Le virus, c'est le système, donc je suis le virus. Il n'y a plus de frein et je n'aime pas le monde qui s'annonce. Je ne veux pas être complice. Alors c'est terminé. Ça sera sans moi.

– Pourtant tu aimes ton travail ?

– Oui, mais plus comme ça. Je ne sais pas comment l'exprimer, mais je connais la fin de l'histoire.

C'était confus. C'était confus, pourtant ça n'avait jamais été aussi clair en moi.

– Et je ne veux pas perdre ce que je suis. Je ne veux pas m'adapter, ni m'habituer à ce que je vois.

– Parce que ça va mal finir, c'est ça ?

– Je crois.

– Et tu ne parles pas que de la bourse.

– Non. Le monde glisse, il perd l'équilibre et je sens qu'à la fin, ça va déraper.

– Et tu viens de prendre la décision ?

– En posant ma main sur ton relief, oui.

– Ton attaque de diligence a raté ? C'est pour ça que…

– Au contraire. Les documents sont signés et je finalise les détails en début d'après-midi, mais je viens de décider…

– … d'arrêter de foncer contre les murs ?

Lorsque les astres s'alignaient, nos fins de phrases se confondaient. J'aimais bien cette synchronicité.

– Plus ces murs-là. J'en trouverai bien d'autres, ne t'inquiète pas.

– Tu veux t'éloigner de tout ça. Miami, la finance, mais tu vas faire quoi ?

– Vendre ma participation et puis, te faire l'amour. Un job à plein temps.

– C'est tout ?

– Et, je veux un chien aussi.

– Tu veux un chien ?

– Oui. Un chien et un pick-up. Comme dans ce film avec Mel Gibson.

– 'L'Arme fatale[92]'?

– Oui. Toi, un chien et le pick-up.

– Tant que c'est dans cet ordre, ça me va, rigola-t-elle.

Et son rire se mua en un sourire. Elle ne me regardait jamais lorsqu'elle pensait et si son sourire n'avait pas disparu, il était maintenant de profil. Moi, j'étais un mec. Je la regardais toujours et… je ne pensais pas souvent. C'était dur de faire deux choses à la fois.

– Est-ce que tu as entendu parler de l'histoire d'un corsaire qui était devenu écrivain ?

– Un corsaire écrivain ? Non. Ça ne me dit rien.

– Peut-être parce que le livre n'a pas encore été écrit.

– Je ne comprends pas.

– Demande-moi comment il s'appelle.

– Ton bouquin qui n'a pas encore été écrit ?

– Oui.

– D'accord. Il s'appelle comment ?

– Échec et masque, répondit-elle en redressant son visage.

– Échec et masque, c'est le titre de ta chanson ?

– Oui, mais cette histoire est la tienne.

– Désolé, je ne comprends toujours pas.

– Tu sais, il y a une vérité en chacun de nous et changer de vie, c'est l'occasion de la découvrir. Et je crois qu'en écrivant, tu serais à ta place. Dans ta vérité, tu comprends ?

– Parce que tu m'imagines en écrivain ? C'est drôle. Tony m'a dit la même chose.

– Tu vois ? Et il est bien placé pour en parler, crois-moi. Un agent du FBI, c'est un expert en histoires et en romans. Et enfin, tu pourras mentir sans avoir peur des conséquences !

– Je ne mens jamais !

Elle éclata de rire.

– Voilà une belle parole d'écrivain.

---

[92] Film de Richard Donner.

– Mais, je n'ai vraiment pas ce qu'il faut. Désolé.

– Et il faut quoi pour écrire d'après toi ?

– J'en sais rien. Du ventre, des cheveux blancs, une pipe, du talent ?

Elle avait quelque chose en tête et l'étincelle s'alluma :

– Il paraît qu'écrire, c'est crier en silence. Et des cris, tu en as plein la tête. Tu veux que je te dise ce qu'il faut pour écrire ? C'est très simple. Je veux fermer mon poing lorsque tu écris que toi, tu fermes le tien. Je veux tenir une arme, les deux pieds dans une tombe et tirer sur un assassin. Je veux être un chevalier dans le désert, une femme assoiffée d'amour, une femme terrorisée à l'idée d'aimer. Je veux être ce point d'eau dont tu m'as parlé. Ce point d'eau ou cette oasis. Je veux pour un instant être une amazone et devenir une chanteuse.

L'étincelle était devenue un incendie.

– C'est ça le pouvoir de tes mots, Gabriel. Tu as les mots et la musique, et moi, j'ai envie de chanter tes pensées.

– Tu veux que je t'écrive une chanson ?

– Non, je veux que tu ouvres les yeux.

– Sur quoi ?

– Sur qui tu es.

– Et je suis quoi ?

– Tu es mon mec.

– Jusque-là, je suis d'accord.

– Tu es aussi quelqu'un qui a un passé et la distance pour l'évoquer ou au contraire, s'en éloigner. Et si tu ne te souviens pas bien ou peut-être justement parce que ta mémoire est bizarre, ton regard est différent. Tu avances là où les autres s'arrêtent. Tu avances là où la raison s'arrête. Et ce qu'il y a après cette limite, c'est ton territoire.

– Tu exagères, et je…

– Quand tu te réveilles au fin fond de la Sibérie, entre un cadavre et une mouche, c'est la mouche que tu vois, Gabriel. Et tout cela est normal pour toi, n'est-ce pas ?

– Je ne sais pas.

– Moi, je sais ! s'exclama-t-elle. Et j'ai des milliers d'exemples !

Je ne savais pas si ce qu'elle disait faisait le moindre sens, mais elle était tellement convaincue, que je me laissai gagner par son énergie. Une plaidoirie passionnée. L'avocate et l'artiste en pleine combustion !

– Et le pire, c'est que je crois qu'au fond de moi, je l'ai toujours su. Et la symétrie est belle. Une avocate devient une artiste… peut-être. Et un banquier devient un écrivain… peut-être. Nos parcours riment, Gabriel, tu comprends ?

Elle regarda l'heure à son poignet.

– Tu as rendez-vous où ?

Elle pointa du doigt le sommet d'une tour qui émergeait au-dessus des toits.

– Quel étage ?

– Cent deuxième et je dois filer. On se retrouve après. Parce que je n'ai pas terminé !

Elle s'apprêtait à partir, mais je la retins :

– Et toi ? Associée dans un cabinet d'avocats à New York, c'est ton rêve américain ?

– Tu ne comprends vraiment rien, n'est-ce pas ?

Non, je ne comprenais pas. Et ma confusion la fit sourire. Et puis, son sourire s'élargit et sa main repartit vers le ciel…

– Je voulais attendre le bon moment, mais peut-être que c'est le bon moment. Tu es prêt ?

Et elle claqua des doigts une fois, puis une deuxième fois et elle se lança :

– 'Tell me why there is a wall… I hear your cry, but no tears fall… Hold my hand, don't go away… Close your eyes and feel my pray[93]'…

Surpris, quelques passants s'écartèrent et le bout de trottoir devint une scène improvisée. Voix grave d'abord, puis montée en puissance, New York chantait et mon cœur s'emballa !

– Alors, toujours rien, Lacour ?

Je fis non de la tête et la réponse fusa. Frank Sinatra évidemment :

---

[93] "Dis-moi pourquoi y a-t-il un mur… J'entends tes pleurs, mais aucunes larmes ne coulent… Prends ma main, ne t'enfuis pas… Ferme les yeux et ressens ma prière…"

– 'Start spreadin' the news… I'm leavin' today… I want to be a part of it…[94]'

Un chauffeur de taxi pencha la tête par la fenêtre et hurla :

– New York, New York!!!

Angelica leva son pouce, le chauffeur klaxonna en retour :

– Tu vois ? Finalement, en chanson sur un trottoir, c'est parfait ! Un 'prod' a appelé et il m'a dit : "I just called… to say… I love you !!![95]"

– Tu as envoyé la maquette de ta chanson sans rien me dire ?

– Tu veux qu'on reparle de transparence et de secrets ? rebondit-elle.

– Et un 'prod' te veut ? balayai-je. 'Putchica[96]' !!! C'est génial ! Et tu te sens comment ?

– Je me sens comme : 'I am a woman in love… And I'd do anything… To get you into my world… And hold you within'[97]…, explosa-t-elle en m'envoyant un baiser de théâtre qui vola de sa bouche jusqu'à mon rire.

– 'Over and over again'[98] ?

– Oui. Toujours et toujours, Lacour !!

Une révérence, quelques applaudissements et elle disparut dans le flot de piétons avec ses deux anges gardiens.

Je restai planté un bon moment sur le trottoir, puis détournai la tête et rejoignis en quelques enjambées le portier de l'hôtel qui avait lui aussi applaudi la performance du haut de son perchoir. Il refusa le billet que j'avais extirpé de ma poche.

– Français ?

– Entre autres choses.

– J'en étais sûr.

---

[94] "Répandez la nouvelle… Je pars aujourd'hui… Je veux faire partie de…" Frank Sinatra, *New York*.

[95] "J'ai simplement appelé… pour te dire… je t'aime !!!" Stevie Wonder, *I Just Called to Say I Love You*.

[96] Expression courante au Guatemala. L'équivalent de "mince", en version plus… rugueuse.

[97] "Je suis une femme amoureuse… Et je ferais tout… Pour t'emmener dans mon monde… Et t'y retenir." Barbra Streisand, *Woman in Love*.

[98] "Encore et encore ?" *Ibid.*

Il prit les devants en pénétrant dans le tourniquet et je l'interrogeai en débarquant à mon tour dans le vaste hall de l'hôtel qui bruissait de conversations.

– Qu'est-ce qui m'a trahi ?

– Votre baiser, monsieur.

– Vraiment ?

– Un baiser, ça ne trompe que très rarement et dans le vôtre, il y avait les bords de Seine et un air d'accordéon.

Dans chaque New-Yorkais, un artiste sommeillait. La mise en scène et le sens du spectacle, Broadway n'était pas loin ! Et ça tombait bien, mon cœur faisait des pas de danse depuis qu'elle m'avait annoncé la nouvelle.

– Vous n'imaginez pas la connaissance que l'on acquiert du haut des marches d'un hôtel new-yorkais. Vous êtes dans la finance, n'est-ce pas ?

– Pour quelques heures encore, murmurai-je en ôtant mes lunettes de soleil.

Nous avions rejoint un tapis tout rond qui faisait écho à un immense lustre tout rond lui aussi. Du plafond au sol, tout était rond ou ovale, remarquai-je. Il leva la main et passa le relais à un groom parfaitement repassé.

– Monsieur désire une chambre. Une chambre double, précisa-t-il en souriant.

Ce n'était pas très élégant, mais pas complètement erroné. Je serrai la main complice du type, puis sa redingote rouge s'éloigna. Le groom m'indiqua la réception.

– Une chambre double, monsieur Lacour ? me demanda à son tour le réceptionniste, en parcourant le passeport que j'avais posé sur le marbre du comptoir.

– De toute urgence même, répondis-je en étouffant un bâillement.

– Pas de bagages ?

– Juste ma fatigue.

Le réceptionniste tapota sur le clavier devant lui, puis réclama ma carte de crédit et quelques nouveaux 'tapotis' plus tard, il me tendit enfin le sésame plastifié. Je le remerciai, fit demi-tour et traversai le hall en direction des ascenseurs. Face à face avec mon reflet jusqu'à ce que les portes métalliques s'ouvrent enfin. Je pénétrai dans la cabine et appuyai sur l'étage mentionné sur la pochette en carton qu'on m'avait remise, avant de m'adosser un court instant contre la cloison. Aucune pensée, pas de digression. J'avais probablement épuisé mon stock. Les portes s'écartèrent, le couloir était tamisé et je m'enfonçai dans l'épaisse moquette jusqu'à la porte de la chambre. Enfiler la carte deux ou trois fois avant de trouver le bon sens, puis comme tout papillon qui se respectait, s'approcher de la lumière. La baie vitrée était tapissée de bleue et elle plongeait dans l'Hudson.

Je m'affalai sur le lit, saisis la télécommande et allumai machinalement la télévision.

CNN parlait du nez et était blonde platine ce matin. Le président des États-Unis descendait la passerelle d'Air Force One, avec la première dame à son bras. La journaliste avait pris le ton d'usage, en rappelant les évènements tragiques que la ville de Miami avait traversés. Les yeux qui roulent, la voix chargée d'émotion, question compassion, ils sont au top les Ricains ! Puis, les images du cortège qui franchissait le pont en direction de South Miami. Un hélicoptère de l'armée suivait un peu en retrait. Légèrement incliné, il vrombissait, tête basse, à la recherche d'un ennemi invisible. Le cortège s'immobilisa devant les ruines du News Café. Un rideau d'agents couvrit la sortie de l'homme le plus puissant du monde et je cherchai, sans le vouloir, le visage de Tony dans cette marée de costumes sombres. Le maire de Miami s'avança pour accueillir le chef de l'État. En guise de 'serrage' de main, le président avait saisi celle du maire pour la ramener brutalement à lui. Je n'aimais pas ce type. Ni lui, ni sa poignée de main.

Couper le son, chasser de mon esprit les images des destructions, basculer vers la baie vitrée…

Ma compatriote, les pieds dans l'eau, semblait me snober comme la Parisienne qu'elle n'avait jamais cessé d'être. Je connaissais son histoire, mais ne m'étais jamais glissé sous sa robe. J'avais toujours trouvé l'idée saugrenue. Pourtant, elle avait dû en voir passer des destins et des rêves depuis son expatriation et si une femme, même au cœur de pierre, devait un jour écrire ses mémoires, c'était bien la statue de la Liberté !

Il était huit heures et demie, et j'avais deux bonnes heures devant moi pour fantasmer sur la porte de ma chambre qui allait s'ouvrir sur Angelica. Son dernier rendez-vous avant le plongeon.

Elle allait enfin sauter dans le vide. Assumer ce qu'elle était… Une artiste…

Son dernier rendez-vous d'avocate. Son dernier rendez-vous avec sa vie d'avant. Au cent deuxième étage, la vue devait être spectaculaire et Angelica aimait ça ! Elle adorait se perdre en altitude. Nous étions, sur ce plan aussi, plutôt complémentaires. Elle trouvait mes réflexions horizontales pertinentes et, moi, j'aimais sa vision verticale. Elle avait confiance, elle croyait en l'élévation. J'étais quant à moi plus modeste, ma vision était plus terrestre. Ou aquatique, me dis-je, en fermant les yeux sur la robe de la statue qui, à cette distance, semblait patauger dans l'océan. Elle se foutait de l'agitation des hommes.

Et comme j'avais pris la décision de partir. De tout quitter. Alors je crois bien que, moi aussi…

34

Dernier contact avec la piste, la pression tassa les corps dans les fauteuils.

Une légère vibration signala que les roues étaient en train de se replier dans le ventre de l'appareil, puis un bruit sec sanctionna la fermeture de la trappe. Un enfant s'agita sur sa gauche. Il tentait d'apercevoir, à travers le hublot, un dernier fragment de la ville.

Après s'être incliné, l'avion poursuivit son ascension avant de se stabiliser. Quelques instants plus tard, le signal lumineux indiquant la fermeture des ceintures de sécurité s'éteignit.

– Vous êtes nerveux ?

Il sursauta. C'était autant la parole que la main ridée posée sur la sienne qui l'avaient surpris. Il dégagea sa main brusquement de l'accoudoir et se pencha pour saisir son bagage entre ses pieds. Un sac en cuir plutôt bon marché qu'il posa fermement sur ses genoux.

– Tout ira bien, vous ne devez pas vous inquiéter.

Il bascula nerveusement la tête en direction de sa voisine. Une crinière blanche, une monture de lunettes bleue et un rouge à lèvres qui avait légèrement débordé, remarqua-t-il, tout en repliant le sac contre sa poitrine. Il jeta un coup d'œil à sa montre, puis observa la cabine. À quelques rangées devant lui, un homme s'était levé et avait fait un pas de côté pour rejoindre le couloir. Immobile, il semblait attendre quelque chose. De l'autre côté de la travée, deux hommes se levèrent à leur tour.

– Vous devriez boire un verre d'eau jeune homme. Vous êtes sûr que vous allez bien ?

Il regarda une dernière fois le visage de cette femme qui s'entêtait à lui parler dans une langue qu'il ne connaissait pas, puis

436

ouvrit la fermeture Éclair de son sac et plongea la main dans le compartiment situé sur le côté. Il posa le pouce sur le manche en plastique et le glissa le long du relief cranté. Un cliquetis puis un deuxième.

Les trois hommes s'étaient déjà éloignés en direction de l'avant de l'appareil.

– La météo est bonne, jeune homme. Le vol sera tranquille…

***

Miami, 08h20

Dans le hall de l'hôpital, une partie du personnel soignant patientait.

Ils avaient suivi les instructions d'une femme à la mine sévère, qui les avait déplacés d'un bout à l'autre de l'espace, jusqu'à ce que, satisfaite de l'angle de vue, elle les ait alignés en leur ordonnant de ne plus bouger. Le directeur de l'hôpital, au pied de l'escalier, discutait au téléphone, la main plaquée contre l'appareil. Il haussa le ton avant de se reprendre. Intrigué, l'agent des services secrets en charge du périmètre s'approcha.

– Tout va bien ?

Le directeur grimaça un sourire, échangea encore quelques mots, puis raccrocha :

– Un souci avec l'informatique, mais tout semble en ordre maintenant.

– Parfait. Tenez-vous prêt, le président ne va pas tarder.

L'agent bifurqua ensuite en direction de la porte principale, ralentit puis s'arrêta un court instant. Les vitres coulissèrent enfin et il s'engagea sur le parvis. Les chaises étaient déployées sur le parking et les journalistes discutaient entre eux. Il parcourut du regard le dispositif, vérifia l'emplacement des hommes qui, en binôme, quadrillaient l'espace. À l'extrémité ouest du périmètre, le command-car était stationné. À l'intérieur, le FBI participait à la sécurisation des lieux. L'agent sélectionna le canal dédié :

– Command-car ? Tout est OK ?

– C'est bon pour nous, répondit une voix qu'il reconnut comme étant celle de cet agent nouvellement promu.

– Merci, agent Becket. Deux minutes avant l'arrivée, indiqua-t-il en levant la tête vers les immeubles de l'autre côté du boulevard.

– 'Copy that[99]'.

Les bâtiments avaient été stérilisés. Les ouvertures donnant sur l'hôpital avaient été condamnées et les silhouettes des snipers se profilaient sur les toits. Il fit demi-tour et ralentit, avant que les portes ne s'ouvrent avec un léger décalage. Il communiqua l'information au chef du protocole qui de son côté, parcourait encore une fois le minutage précis de la visite présidentielle.

– Les portes sont lentes à s'ouvrir, l'avisa-t-il.

– OK. Je prends note.

Il était en charge de la sécurité, mais donner le meilleur de l'image du président faisait aussi partie de sa mission. Et il n'était pas question qu'une porte refuse de s'ouvrir face à son président.

***

New York, 08h46

En quelques secondes à peine, la boule de feu s'était muée en un champignon sombre. Les parois de la tour vibraient de colère et les passant qui s'étaient figés sur l'esplanade se dispersèrent en hurlant. Les premiers débris s'écrasèrent bruyamment sur le béton. Les premiers d'une longue série.

À près de quatre cents mètres d'altitude, la tour Nord du World Trade Center venait d'être percutée par un avion de ligne.

Dans le ciel, l'étincelle à l'horizon fut saluée par des exclamations de joie et Farouk, un Saoudien âgé de vingt ans, prit son compatriote dans les bras. Les cinq hommes avaient pris le contrôle de l'avion après avoir égorgé avec un simple cutter, le pilote et le copilote, dont les corps gisaient contre la porte. À l'extérieur, une hôtesse de l'air, qui avait tenté de s'interposer, avait subi le même sort. La première équipe qui visait New York à bord d'un autre avion, les avait précédés de quelques minutes et la

---

[99] "Bien reçu."

438

lumière qu'ils avaient allumée dans le ciel indiquait la voie sur le chemin d'Allah.

Farouk posa les mains sur le dossier du fauteuil du copilote et plissa les yeux en direction des ombres qui se dressaient sur sa droite. À cette distance, les tours étaient autant de croix dans un cimetière. "Transformer New York en une tombe", lui avait asséné un prédicateur de toute sa rage. Si ce n'était que ce cimetière serait aussi le sien, réalisa-t-il soudainement. La haine avait anesthésié la peur depuis tellement longtemps, que la prise de conscience fut un choc. Ses mains se crispèrent sur le dossier et sa vision se brouilla, alors que l'appareil s'inclinait sur la droite.

– Ô Dieu ! Fais que ma dernière parole, en quittant ce monde, soit de prononcer l'unicité de Dieu : "Il n'y a de dieux que Dieu et Muhammad est son Messager."

La prière étouffait la conscience, c'était un refuge, c'était un alibi. Mais pas cette fois. Elle n'avait pas dissipé la peur et la terreur s'insinua.

À bord du vol 175 de la compagnie United Airlines, seul Mohamed, l'Émirien qui avait suivi un stage de pilotage de quelques semaines, était resté concentré sur la conduite de l'appareil. Il réduisit la vitesse et corrigea le cap de l'avion, qui s'approchait maintenant du New Jersey. Manhattan avait progressivement rejoint le cœur du pare-brise du cockpit. Encore une pression sur le manche et l'avion perdit de l'altitude.

Le panache de fumée sombre dégagé par le premier avion qui s'était encastré dans la tour s'élevait à la verticale.

– C'est le doigt de Dieu ! s'écria le pilote.

***

Miami, 08h58

Au pied de l'estrade installée devant la porte principale de l'Hôpital central de Miami, une jeune femme terminait le nettoyage de l'immense vitre blindée qui avait été disposée un peu plus tôt. D'ici deux minutes, les portes coulissantes laisseraient apparaître le président et la première dame, qui viendraient s'adresser à la Nation depuis le pupitre encadré de bannières étoilées.

Le couple présidentiel s'était séparé dans le hall, afin de saluer le plus de victimes possible dans les étages. Mine grave, le président avait pris quelques minutes par patient pour évoquer l'horreur qu'il avait ressentie en voyant le News Café s'effondrer après l'explosion et assurer avec force que tout serait fait pour punir les auteurs de cet ignoble attentat. Son épouse, quant à elle, était au chevet des enfants. Force et compassion, les deux visages du couple seraient retransmis un peu plus tard sur tous les 'networks'.

Les journalistes gagnèrent leurs places, sur les chaises disposées face à l'estrade.

L'Amérique avait un rapport singulier à la violence. Le terrorisme intérieur lui était familier, les 'mass shootings[100]' étaient fréquents, mais une attaque coordonnée venant de l'extérieur était une brèche dans le modèle. L'Amérique exportait sans complexes la destruction, mais n'avait que rarement connu d'attaque sur son territoire. Un déséquilibre dans la balance que le chef de l'État allait s'employer de toutes ses forces à préserver.

Le président avait finalement rejoint le hall et conversait avec le personnel hospitalier. Dans son dos, avec un micro hors cadre le surplombant au bout d'une perche, un caméraman de l'équipe de télévision avait été accréditée pour le suivre à l'intérieur du bâtiment. Il ne perdait pas une miette des expressions attristées.

– Fox One, où est Lady ?

L'agent affecté à la coordination des équipes avait une main posée sur son oreillette et attendait la réponse du responsable de la sécurité de la première dame.

– Fox One, ici Eagle One, on vous attend, où êtes-vous ? insista-t-il encore.

– Eagle One, ici Fox One, une porte coulissante est bloquée. Service pédiatrique, premier étage.

– Estimation ?

– Cinq minutes.

L'agent grimaça. Il y avait toujours un imprévu dans une visite officielle, mais aujourd'hui, ça tombait plutôt mal. L'ensemble des 'networks' américains étaient réunis et la déclaration du chef de l'État ne souffrait aucun retard. Le président devait prendre la

---

[100] "Tueries de masse".

parole à neuf heures précises et les journalistes commençaient à fondre sur leurs chaises. La chaleur avait envahi l'esplanade de béton et il n'était pas question de décaler l'intervention. L'agent bascula sur un autre canal et contacta le chef du protocole.

– Peter ? Retard de la première dame. Je pense que le président devra commencer sans elle.

– OK. Je transmets.

À côté de lui, le responsable de l'équipe de la sécurité du président, qui avait entendu la conversation hocha la tête et alerta ses hommes.

– OK les gars, formation diamant pour la sortie de Phénix. Lady rejoindra l'estrade après. Dans une minute. Soyez prêts.

Puis, changeant de canal, le coordinateur s'adressa alors aux différentes équipes, celles du président et de la première dame, mais aussi 'snipers' sur les toits, forces de soutien et autres agents qui contrôlaient le périmètre. Le maillage était serré et il n'y avait aucune place pour l'improvisation.

– Eagle One à Périmètre, sortie de Phénix dans une minute.

***

New York, 09h03

Le silence qui avait pris possession du cockpit fut brusquement interrompu par des coups violents.

Farouk s'extirpa du vertige dans lequel il avait été aspiré, enjamba le corps sans vie du pilote et posa le dos contre la porte afin de la bloquer de tout son poids. Il repensa un court instant au rouge à lèvres de cette femme. Elle avait posé sa main sur la sienne et avait souri. L'ennemi avait tellement de visages, songea-t-il, et cette main serait son dernier contact avec la vie. Son dernier sourire.

Les coups redoublèrent de violence et il évacua la vision pour se concentrer sur la pression dans son dos. Aux commandes de l'avion, Mohamed corrigea une dernière fois la trajectoire. Le museau de l'appareil s'inclina légèrement, il reprit sa respiration, l'avion était parfaitement positionné. Sous les ailes, les toits et un enchevêtrement de rues encombrées de voitures. New York défilait à toute allure. Droit dans l'axe, les flammes ravageaient la tour et les volutes de fumée noire formaient une colonne que les vents d'altitude dispersaient sur la ville. L'un des hommes entama une sourate, un autre cria "Allahu akbar", alors que la pression et les cris de désespoir derrière la porte se faisaient de plus en plus violents.

L'avion s'inclina encore un peu plus.

La tour grossit à une vitesse terrifiante et la folie de ce que Farouk découvrit fusionna avec sa terreur. Le fuselage de l'avion, les ailes élancées, tranchantes et absurdes, ange de la mort dans un ciel azur, se reflétait sur la façade de l'immeuble. Sorti du plus profond de son être, il expulsa une plainte d'enfant. Il aurait voulu se recroqueviller, tout oublier, revenir en arrière, corriger la décision et repousser le prédicateur qui était venu le chercher dans son village. Dans le miroir de la façade qui se dressait à quelques centaines de mètres, le reflet de sa mort le frappa de plein fouet. Parce qu'un miroir inversait le sens, tous les sens. Et de bourreau en victime, il était devenu le terroriste de sa propre vie.

En une fraction de seconde, la lumière tant fantasmée se transforma en nuit éternelle.

***

Miami, 09h05

Le soleil avait atteint le toit de la camionnette et son abri était devenu un four. Souleymane passa un chiffon sur ses yeux, puis regarda les images sur les deux postes de télévision.

Pablo avait pris le contrôle de l'informatique, ainsi que des dizaines de caméras de surveillance de l'hôpital, et avait bloqué la porte coulissante du service pédiatrique. Malgré la mauvaise qualité de l'image, Souleymane distingua la silhouette de la première dame, debout à côté d'un lit. L'équipe de sécurité s'était regroupée devant la porte pour tenter de forcer le passage, alors qu'un autre agent s'énervait visiblement avec le directeur de l'hôpital, qui, derrière la porte vitrée, écartait les bras en signe d'impuissance. Sur le deuxième poste de télévision, la caméra de surveillance située au-dessus de la porte d'entrée principale renvoyait la silhouette de dos du président. Face aux journalistes, celui-ci avait entamé son allocution sur l'estrade.

Souleymane jeta encore une fois un regard à la photo jaunie par le temps : le merveilleux visage de sa femme qui souriait à son enfant.

Les Américains avaient gagné, l'armée d'Irak était disloquée. Venu de nulle part, sans raison aucune, un missile tiré par un avion, sur l'ordre stupide d'une armée d'assassins, avait provoqué la destruction complète de sa maison. Souvenir de guerre, image de mort, spectacle aberrant des membres de sa famille aux corps mutilés, recouverts de poussière. Écho de son propre hurlement lorsqu'il avait pris son enfant dans les bras. Ce cri qu'il avait poussé ne s'était jamais tu. Depuis des années, c'était même son seul compagnon.

Un cri de vengeance. Et maintenant, la justice.

Un mouvement sur l'écran attira soudain son attention. Un homme s'était approché du président et murmurait maintenant à son oreille. Souleymane vit le président se redresser brutalement.

Il se passait quelque chose.

Souleymane réagit immédiatement. Il devait garder le contrôle pour accomplir sa mission. Cette mission qui était sa récompense. Il avait payé le prix fort pour obtenir de la source logée au FBI les informations nécessaires. En échange de sa participation à une étrange chorégraphie : les explosions de pipelines, la plate-forme en haute mer, le sabotage des raffineries, le tir contre cette assistante du procureur au palais de justice ou l'explosion du News Café, il avait finalement obtenu les plans du bâtiment, les étapes et l'horaire précis de la visite ainsi que les différents scénarios envisagés en cas de problème. Il n'avait pas besoin de plus. L'Amérique avait la technologie, mais il avait chassé toute sa vie. Et dans cette partie, la technologie allait se retourner contre les puissants.

Il décolla le ruban de scotch qui masquait le trou percé dans la carrosserie. Un rayon de lumière traversa sa tanière. Délicatement, il fit coulisser le canon de son fusil dans l'orifice et, tout en posant son œil sur la lunette grossissante, il donna l'ordre :

– Vas-y maintenant, Pablo.

Quelques secondes plus tard, le bruit de l'explosion lui parvint.

De l'autre côté du bâtiment, à l'opposé de sa position, juste à l'extérieur du périmètre qui interdisait tout stationnement, une charge explosive avait projeté une voiture dans les airs.

Les hommes se déployèrent sur l'estrade, alors que deux agents qui s'étaient précipités auprès du président, l'agrippaient brutalement par le bras, le forçant à se courber, et l'évacuaient en courant. La Bête, surnom donné à la limousine blindée du président, s'immobilisa à côté de l'estrade et le président fut projeté dans le véhicule, qui s'éloigna en quelques secondes. Regroupés en arc de cercle, les officiers de sécurité pointaient leurs armes dans toutes les directions, sans détecter de menace directe.

– Numéro deux, 'go' !

Une deuxième explosion déclencha la panique dans les rangs des journalistes, qui s'étaient tous levés.

– Ouvre maintenant !

Dans le service pédiatrique, les hommes s'étaient rassemblés autour de la première dame et, armes au poing, l'avaient forcée à s'allonger. Lorsque la porte s'ouvrit enfin, ils se dispersèrent dans le couloir en couvrant chaque issue, puis firent un signe aux deux agents qui étaient restés en retrait. Au signal, ceux-ci relevèrent brutalement la première dame et l'escortèrent sans ménagement jusqu'à l'escalier principal, il n'était pas question de prendre l'ascenseur. Ils patientèrent quelques secondes, le temps que le reste de l'équipe s'assure de l'absence de menace, puis s'engouffrèrent dans l'escalier à toute allure. Pablo afficha les images d'une autre caméras sur l'écran et Souleymane les vit réapparaître dans le hall.

– Blocage de la porte, dans trois, deux…

Une deuxième limousine se gara au pied de l'estrade et une équipe se mit en position pour protéger l'évacuation.

– … un ! Maintenant !

Dans le hall, trois agents avaient déployé un bouclier pare-balles en Kevlar afin de couvrir la sortie de la première dame, mais la porte coulissante menant à l'extérieur refusa à son tour de s'ouvrir. Sur l'écran du téléviseur, Souleymane vit l'un des hommes se détacher du groupe de costumes sombres et poser les mains sur la vitre pour forcer l'ouverture, lorsque la troisième explosion, plus violente encore que les précédentes, le fit sursauter. L'agent leva sa manche et prononça quelques mots dans son micro.

À l'extérieur du bâtiment, la limousine démarra en trombe.

Souleymane sourit, détourna le regard de l'écran et rapprocha son œil de la lunette de son fusil.

La dizaine d'agents repartit dans une autre direction. Plus d'image. Ils étaient dans des couloirs de service. Avec sa lunette de vision, il longea la façade arrière du bâtiment, avant de finalement s'immobiliser sur une poignée de porte. Souleymane remonta à la verticale de la poignée sur cinquante centimètres, puis suspendit le mouvement. La précision était une question de respiration. Inspirer, souffler calmement.

L'index se posa sur la détente.

Quelques instants plus tard, la porte s'ouvrit violemment et quatre hommes émergèrent dans l'allée de service qui longeait l'hôpital. La voiture de la première dame, qui avait fait le tour, se gara devant la porte et deux autres agents sortirent du véhicule, armes au poing, en balayant le périmètre dans tous les sens. Un deuxième véhicule s'immobilisa derrière la limousine et trois autres agents équipés d'armes lourdes prirent position. L'un d'eux poussa un cri et le visage terrifié de la première dame des États-Unis s'imprima en plein cœur de la lunette de vision.

Souleymane bloqua sa respiration, exerça une pression sur la détente du fusil. La corolle de mort s'éparpilla en fines gouttelettes.

Une brume de sang silencieuse.

35

La détonation, le corps s'effondre. Il n'y a jamais de visage. Juste une tache sombre, le sang sur la terre.

Alors, je cours, de toutes mes forces, je cours à en perdre haleine. J'entends les cris des hommes, mais la peur me pousse à aller plus vite encore, sans me retourner. Il ne faut jamais se retourner. Courir, encore et encore, ne jamais s'arrêter. Mais la terre se dérobe sous mes pieds. Toujours cette chute qui griffe mon cœur, une terreur enfantine et un vertige qui m'aspire.

Ouvrir les yeux, la pluie crépite sur mon visage, je la sens. Étendre les bras sur les côtés, les parois sont lisses, le trou est une tombe. L'homme à la cicatrice sourit. Il me regarde un instant, puis dépose une planche, et puis une autre encore. Le ciel disparaît, la tombe se referme sur mon affolement. L'obscurité m'absorbe, mes mains d'enfant griffent le bois, la terreur s'engouffre. Hurler. Hurler de toutes ses forces. Mais il n'y a pas de son… Ni son, ni visage…

Je m'extirpai de mon cauchemar comme on sort d'un marécage. Était-ce le cri que j'avais poussé qui m'avait brutalement éjecté du sommeil ? Ou le grondement sourd, suivi d'une étrange vibration qui avait fait tinter les deux verres posés sur la console ? Aucune idée. J'avais dormi en pointillé et mon réveil était haché.

La lumière de la table de nuit grésilla quelques instants, puis revint à la normale. Je me redressai et observai le paysage. Le ciel était toujours là. Le soleil aussi. Ce grondement n'était pas un orage. C'était certainement un bruit que j'avais embarqué dans mon rêve. Il y avait souvent de l'orage dans mes rêves.

Je me levai enfin et l'anomalie papillonnait dans les airs. Un léger voile de poussière s'agitait dans la chambre. À croire que j'avais embarqué la fumée des incendies de Miami. Puis une sonnerie qui hachait le silence, remarquai-je enfin. Elle provenait du couloir ou de l'extérieur ? Aucune importance.

Je me dirigeai vers la salle de bain et croisai le regard de ce type bizarre dans le reflet du miroir, avant de me glisser sous le jet d'eau glacée, lorsque des bruits sourds contre la porte m'obligèrent à interrompre la séance.

J'enroulai une serviette autour de ma taille et allai ouvrir.

– Vous n'avez pas entendu l'alarme ?! On évacue l'hôtel, monsieur ! Et tout de suite ! me postillonna en pleine figure un type surexcité.

Je me penchai. Dans l'immense couloir de cet hôtel de luxe, c'était la débandade. Je refermai la porte, attrapai mon caleçon dans la salle de bain, puis allai récupérer le reste de mes vêtements et enfilai mon pantalon.

Coup d'œil à la télévision, poser les mains sur la boucle de ceinture, interrompre le mouvement. CNN s'était mise à faire… n'importe quoi !

L'écran était divisé en deux rectangles, un ruban rouge et dramatique en diagonale dans un coin indiquait : "Terreur sur l'Amérique". Rectangle gauche, les images du président propulsé dans sa voiture, une explosion en toile de fond, puis des dizaines de véhicules de secours. Une scène qui s'était apparemment déroulée un peu plus tôt à l'Hôpital central de Miami. Et dans l'autre rectangle, un avion de ligne au-dessus de New York, une tour percutée, une boule de feu. Le temps d'une sieste, le monde avait basculé.

Serrer la boucle de la ceinture, enfiler la chemise, puis s'arrêter.

La tour s'effondre sur elle-même. Encore et encore, l'image tourne en boucle. Elle s'imprime dans ma rétine, jusqu'à ce que la vision se transforme en bile. Saisir la télécommande, appuyer sur la touche 'son'.

« … à New York, la confusion la plus totale règne. Nous confirmons qu'au moins quatre avions ont été détournés, dont deux ont percuté les tours nord et sud du World Trade Center. À 9h59, il y a quelques minutes à peine, la tour sud s'est effondrée sur elle-même, causant un nombre indéterminé de victimes. Les opérations de secours sont… »

Dans la sidération, la stupeur a un goût.

« … et nous avons maintenant la confirmation du décès de la première dame des États-Unis. Un communiqué de la Maison-Blanche *confirme ce que tout le monde craignait : la première dame est morte. Toutes nos prières vont… ».*

Un goût de mort…

« … au Pentagone, l'ouest du bâtiment est ravagé par les flammes, rendant les secours… »

Baisser la tête. Le portable est sur la console. Le saisir, composer le numéro, attendre. Le silence est interminable, puis, une répétition de sonneries brèves. Raccrocher, recommencer, une fois, deux fois, puis arrêter.

Tourner la tête. À travers la baie vitrée, la statue de la Liberté est toujours là, imperturbable.

Repousser l'image, rejeter l'idée, ne pas mettre de mots. Sans mots, le vide qui s'installe ne peut pas se transformer en vertige. Ne pas penser, ne pas réfléchir, mais bouger. Ouvrir la porte, se précipiter dans le couloir, bousculer les retardataires, dévaler les marches de l'escalier et débouler dans le hall de l'hôtel. Courte pause, panoramique sur le marbre, puis sur ce lustre qui, du plafond, n'éclaire plus rien, et repartir de plus belle.

Quelques clients sont encore là, par grappes de deux ou trois, totalement apeurés. Une femme pleure sur ma gauche, un homme crie en face de moi. Ne pas s'arrêter, ne pas laisser leur trouille me toucher. Pousser violemment le tourniquet de la porte, s'engager, mais elle se bloque. Relâcher la pression, pousser en contrôlant la rage, sortir enfin et se figer sur la première marche de l'escalier.

Le ciel est bleu, aucune circulation, une foule compacte s'étire sur les trottoirs de part et d'autre de l'avenue. Bascule, vertige, avant même d'en comprendre la portée, l'évènement a déjà tatoué la ville. Les visages sont pâles. La peur suinte sur le béton. Au milieu de la rue, un type avec un casque hurle des instructions. Descendre les marches, être aspiré par le mouvement. Bousculé, puis projeté en dehors du flot, terminer la traversée sur la chaussée, à quelques mètres du flic dont le bras gauche mouline.

Son autre bras est tendu sur la droite. Tourner la tête dans la direction indiquée. Ce qu'il crie ne fait pas sens : "Évacuer Manhattan, rejoindre les ponts, maintenant !" Cette instruction m'éloigne des tours jumelles. M'éloigne d'elle.

Déjà, Angelica est devenue… 'elle'. Prise de distance, un vieux réflexe.

Le flic me dévisage, son regard glisse jusqu'à mes pieds, puis son bras mouline de plus belle. Un peu plus loin, dans la direction opposée, en plein milieu d'une intersection, un autre policier invective les piétons.

Suivre mon instinct, remonter la foule compacte.

– Vous là ! Revenez !

Marcher d'abord, courir ensuite…

– Stop !!!

Vite, de plus en plus vite.

Une brume a envahi l'avenue. Au croisement suivant, un autre policier s'avance et déploie ses bras pour me bloquer. Faire un crochet, éviter la prise et accélérer la course en bifurquant dans une rue sur la droite. La brume prend de la consistance. Une consistance et une odeur. Gorge, poumons, et les yeux, ça brûle ! Courir, encore plus vite. Ce n'est plus une brume, c'est un nuage. Et le nuage est vivant. Plus j'avance, plus la chose devient… compacte, hostile. Des silhouettes s'éloignent dans le désordre. Je les croise, je suis à contresens, je suis donc dans le bon sens. Aspirés par le nuage, les regards terrorisés sont dévorés par le monstre. L'air devient irrespirable, je l'avale pourtant à pleins poumons.

Une soupe, un potage, c'est l'ADN de New York. Du béton et de l'acier…

***

– Il est où ?

Les attentats à New York, la tour qui s'effondre, le Pentagone et l'assassinat de la première dame, New York ou Miami… Impossible de faire face. Impossible de ne pas se perdre dans ces images.

– Agent Becket !?

Tony Becket décolla son regard des écrans et bascula vers la porte du command-car. Perkins était sur le seuil, les traits creusés par la tension.

– Qui ça, patron ?

– L'agent Amstrong, il est où putain ?!

– Avec le Secret Service. Dans l'hôpital. Il fait le point.

Une autre voix sur sa gauche.

– Agent Becket ?

Tony se tourna vers l'agent en charge des communications qui venait de l'interpeller. Un casque sur les oreilles, la mine défaite, celui-ci avait pivoté son fauteuil pour lui faire face. À ses côtés, deux autres agents pianotaient furieusement sur leurs claviers. Toute la technologie qui les entourait paraissait bien dérisoire et ne masquait en rien la terrible réalité : la journée avait viré au cauchemar.

– Oui ?

– Une communication de la police. Un véhicule suspect a été repéré, trois ou quatre cents mètres au nord de la scène de crime.

– Dites-leur que j'arrive.

Perkins avança d'un pas :

– Je préviens Amstrong et on te rejoint !

– OK.

– Et Tony ?

– Quoi ?

– Tu attends l'équipe de déminage !

Puis sans le quitter des yeux :

– Agent Brady ?

– Monsieur ?

– Vous envoyez des renforts et le déminage sur position.

– Bien monsieur.

– Tu attends, Tony, insista Perkins en s'écartant de la porte. C'est un ordre !

Tony hocha la tête, ouvrit la porte et la chaleur percuta la climatisation du command-car. Il descendit les trois marches, interpella un flic à moto qui patientait un peu plus loin et lui ordonna de l'amener au plus vite auprès de l'équipe qui surveillait le véhicule suspect. Il enfourcha l'arrière de la moto, qui se mit en route à vive allure. La limousine était toujours là et la moto ralentit pour contourner le véhicule. Des experts en combinaisons blanches s'affairaient déjà sur la scène de crime. La flaque de sang brillait au soleil et l'équipe de la sécurité de la première dame formaient un cercle autour du périmètre, comme si leur mission était maintenant de protéger le sang présidentiel.

Puis la moto accéléra en quittant l'enceinte de l'hôpital.

***

Une voix quelque part, puis une autre encore. Progressivement, je ralentis ma course. Une ombre me frôle avant de s'évanouir dans le brouillard. Le nuage s'aplatit progressivement, je suis immobile.

La mort a violé la ville, souillé les cœurs et les âmes. Et dans la poussière, du béton et de l'acier, mais disséminés en poudre, je viens de comprendre, il y a aussi de la peau et des os.

Pousser un cri, son prénom se disperse dans le silence. Même les sons sont à l'agonie.

Un pompier me tend une bouteille, hurle quelque chose en pointant du doigt mes pieds, puis s'éloigne dans la fumée. Lever la tête, s'asperger d'eau, et regarder les flammes qui s'échappent dans le ciel. Des deux tours, il n'en reste qu'une. La première a disparu du paysage. La deuxième tour vibre et proteste. Des feuilles de papier flottent, des milliers de pétales blancs qui dansent dans l'air. À la verticale, un missile longe la façade, puis un autre encore. Suivre la trajectoire jusqu'au sol. Pas d'explosion, à peine le bruit de l'impact. Un simple bruit sourd, un bruit mat.

Fermer les yeux, baisser la tête, bloquer les mots. Ces missiles sont des corps.

Plus de nord, plus de sud, ma boussole s'affole. Reprendre le contrôle. Combien d'étages à cette tour ? "Cent deuxième", a-t-elle dit. Le cent deuxième, est-ce là où ça brûle ? Est-ce le point d'impact ? Et dans quelle tour avait lieu son rendez-vous ? La première qui n'est plus ou la seconde qui gronde de colère ? Encore un impact. Puis un autre encore. Pas de cri, juste le bruit sinistre du corps à quelques mètres de moi. Pourquoi ne crient-ils pas ? Ne pas penser, ne pas réfléchir. Se rapprocher de la tour. Est-ce la bonne ? Une chance sur deux, c'est du cinquante-cinquante. J'ai déjà joué avec moins que ça. Elle est là-haut, je le sens, je dois la rejoindre, c'est simple. Mais où est l'entrée ? Aucune idée. Des ombres un peu plus loin. Ce sont des pompiers. Une colonne d'uniformes.

S'approcher, l'un d'eux me repousse, mais j'insiste, il me repousse encore, m'ordonne de m'éloigner et je le laisse filer avant de reprendre ma marche. Elle est là-haut, je le sais. Encore des impacts contre le sol. Encore des corps. La mort ne fait pas de bruit. Et puis soudain, une vibration qui se propage sur le bitume. S'immobiliser, alors que les pompiers hurlent et s'éparpillent. Du goudron à mes pieds, le frisson se répand et devient un tremblement. Relever la tête, plisser les yeux et observer, mais ne pas comprendre. Il n'y a rien à comprendre. Les lois de la physique basculent. Dans le ciel, le sommet de la tour s'effondre et progressivement, ce qui était… n'est plus. L'affaissement s'accélère, étage par étage, la vision d'abord, le grondement ensuite.

Le râle s'engouffre dans la rue. Fort, de plus en plus fort.

Les réflexes prennent le dessus. Sans y penser, reculer, doucement. Un pied après l'autre, jusqu'à un obstacle dans le dos. Sans détourner la tête de l'apocalypse qui se déploie un peu plus loin, poser les mains, sentir le métal de la carrosserie, contourner la voiture et reculer encore. Au pied de la tour, un nuage se dresse, il gonfle ses joues, la bête prend sa respiration, puis se précipite de toute sa fureur dans ma direction. Buter contre le trottoir, se retourner et s'enfuir. En quelques mètres à peine, le nuage me rattrape et le souffle me propulse contre une façade. Se recroqueviller, ouvrir les yeux ou les fermer, il n'y a plus rien à voir, plus rien à faire. La devanture s'effondre, les vitres explosent, le temps se contracte, il se fige.

Plus rien…

Un sifflement continu, aigu, pointu…

Plus rien…

Une simple note…

S'enfouir dans le néant. S'enrouler dedans. Il n'y a plus de temps. Il ne reste qu'une note, un sifflement et le néant !

Puis un cri…

Première étincelle. Engager le combat. Une lutte sans merci entre ce son strident qui me perce les tympans et ce cri. Le jour ou la nuit, combien de temps suis-je resté recroquevillé dans cet instant ? Je ne sais pas. Impossible d'agripper le temps. Il s'écoule ou s'écroule, mais secondes, minutes ou heures, tout cela ne veut plus rien dire. Il n'y a que ce cri qui vient de s'éteindre. Il n'y a plus que ce sifflement aigu qui en profite pour forer mon cerveau. Le cri surgit encore une fois. Et ce cri, c'est le mien. Je crie, donc je suis. Les deux bruits s'équilibrent finalement, puis le cri prend l'ascendant. J'en suis donc réduit à ça : un cri animal et primaire. Mon humanité s'est dispersée, vaporisée dans l'effondrement de la tour.

Ouvrir les yeux, le nuage ravage toujours la vision. Une plainte sur ma droite, quelqu'un souffre, quelqu'un appelle.

Lorsqu'on ne conjugue plus, lorsque même le présent n'est plus, il n'y a plus de 'je', plus de 'vous' et le monde peut mourir, souffrir ou appeler, plus de 'je', plus de 'vous' et encore moins de 'nous'.

Des silhouettes qui s'agitent, des visages de cire qui surgissent, encore des cris, je repousse les mains. Ils me parlent, ils insistent, je n'entends rien. Ils s'éloignent enfin. Des gouttes tracent leur sillon jusqu'à mes lèvres. Mélange de poussière et de sang. Se relever enfin, prendre appui sur le mur, longer la façade avec la main, avancer, un pied après l'autre, suivre le relief du bout des doigts jusqu'à sentir une barre. L'agripper, puis la pousser. Une clochette tinte joyeusement. Avec la porte qui s'ouvre, il y a une cloche qui s'agite. Ce son est une cicatrice. Un souvenir d'une époque déjà révolue. J'enregistre mécaniquement le bruit. Je sais qu'il va me tenir compagnie, la nuit. Passer la manche de la chemise sur mes yeux, brûlure dans le regard qui s'ouvre, et respirer. Les poumons ne vont pas mieux. Refermer la porte, encore ce tintement innocent, quelques pas sur le parquet, puis s'affaler.

Fermer les yeux de nouveau, bloquer les pensées. Le sifflement s'apaise progressivement. Dans mon dos, un grésillement. Je me retourne. C'est le Frigidaire contre lequel je suis adossé qui murmure.

– Il y a quelqu'un ?

Pas de réponse.

Sur la gauche, une caisse sur un comptoir et, de part et d'autre, des rayonnages vides. Le choc ou le tremblement, je ne sais pas, mais le plancher est parsemé de boîtes de conserve, sachets ou paquets, bouteilles brisées et de liquides qui se mélangent. Un mouvement attire mon attention. Une autre flaque, si ce n'est que celle-ci s'élargit. Au bout de mes jambes, des doigts de pieds, la tête en l'air. Trop de poussière, passer la main sur les paupières puis observer l'anomalie. Pieds nus ? Apparemment, je suis pieds nus. Et de la plante des pieds, du sang s'écoule, sans faire de bruit. Aucune douleur, ni aux pieds ni dans mon cœur. Pied gauche, pied droit, deux ruisseaux se rejoignent sur le parquet. Les coupures sont profondes, parce que la flaque grandit. C'est mon cœur qui est à la manœuvre. À chaque battement, je me vide. Un joli résumé de la situation…

Les éclairages au plafond s'éteignent subitement, plus de lumière. Le murmure dans mon dos s'interrompt à son tour. Le Frigidaire exhale un dernier soupir. L'électricité est coupée. Reprendre le contrôle. Respirer. La conjugaison revient. Les basiques du moins.

J'étais, je suis, je serai. Je serai, mais pas elle. Je serai, mais sans elle. À peine un bruissement d'elle'. Fermer les yeux, la caresser, une dernière fois. Dernier détour dans le passé. Un reflet dans ses yeux, ses lèvres qui s'étirent en un sourire… C'est avec elle que je voulais dessiner un passé, mon ciel était le sien, mais la page s'est déchirée, éparpillée dans les rues de New York et le ciel s'est effondré. Plus de page, plus de ciel, plus de terre sous mes pieds, il n'y aura bientôt plus de nom, plus de parfum, plus de regard. Bientôt, il n'y aura plus rien.

Alors je m'accroche aux derniers échos. Ces derniers murmures qui flottent en moi, je les rattrape avant que l'amnésie ne les efface. Avec elle, à son contact, j'avais compris que ce présent que je chargeais de toutes mes forces était une muraille. Pas de passé, pas de futur, mais un minuscule présent. Ce présent dans lequel, il y a longtemps, un enfant s'est réfugié. Un gosse apeuré, recroquevillé dans l'instant, qui n'a rien trouvé de mieux pour s'abriter du monde que… le présent.

Se planquer dans une conjugaison, c'est tellement con !

Mais en saisissant ma main, elle avait dessiné l'esquisse d'un passé. Imperceptiblement, elle avait repoussé les murs et avec notre passé, avec son sourire, le futur s'était insinué. Passé, présent et futur, elle avait comblé mes absences et mes vides. Je l'avais conjuguée. Je le sais maintenant. D'un rêve, elle était devenue un sentiment. Et un sentiment avait toutes les conjugaisons. Elle était mon passé, mon présent et mon futur. Parce qu'en attrapant la main d'un enfant, elle avait attrapé ma main d'homme. Et sa main m'a quitté.

Culpabilité… ceux que j'aime meurent. Mémoire… ceux qui m'aiment meurent toujours. Comprendre, faire face, puis effacer. Tout effacer et m'effacer. Il ne restera qu'une absence. Un vide absurde dans ma chronologie intime, un de plus.

Quelqu'un court sur le trottoir. Je suis la cadence le long de la vitrine, j'entends les pas, sans les voir. Il court vers quelque chose, vers quelqu'un. Le bruit s'estompe. Il n'y a plus rien. Au passage, mon regard se perd dans le miroir qui tapisse le mur jusqu'à la porte vitrée menant à l'extérieur. La poussière couvre mon reflet. Des traces de doigts en profitent pour apparaître et le souvenir revient me mordre. Association d'idées ? Probablement. D'un reflet à l'autre, d'un doigt à l'autre, je me souviens. Je n'ai plus sa voix, mais le texte est là. "Tu ne m'as jamais dit je t'aime." C'était hier ou le jour d'avant ? ça n'a plus aucune importance. Mais le soir même, j'avais posé sans réfléchir mon index sur la paroi vitrée de la douche. Les mots qu'elle attendait depuis si longtemps étaient apparus. J'avais ensuite fermé le robinet, la buée s'était dissipée, puis j'avais rallumé le jet d'eau chaude et comme un con, j'avais souri. Dans la vapeur, mon premier "je t'aime" avait surgi contre la vitre. J'avais même soigné l'emplacement. À la hauteur de ses cent soixante centimètres, précisément. À la hauteur de ses yeux gris, une rose en complément aussi et puis, après réflexion, j'avais rajouté "tellement". "Je t'aime tellement". L'idée était jolie. C'était fragile et innocent. Il fallait de la buée pour le voir. De la buée, de la chaleur et un accident. Mais elle ne l'a pas vu. Le lendemain matin, elle n'avait pas vu le message et je n'avais rien dit lorsqu'elle était sortie de la douche. Elle m'avait embrassé alors que j'attendais sa réaction, dos contre le mur et bras croisés. Elle s'était approchée, ses cheveux humides s'étaient reposés contre mon torse, j'avais frissonné et elle m'avait embrassé. J'avais vu le message s'estomper au milieu des gouttes, sur la paroi vitrée. J'aurais pu lui dire, j'aurais dû le lui crier, mais je ne l'ai pas fait. Je ne l'ai pas fait parce que dans ma tête, c'était innocent et spontané. Il fallait donc un accident pour qu'elle le découvre. Parce que l'accident donnait du sens. Marcher, courir, aimer ou vivre, l'accident était ce pari contre la vie. Dans ce jeu ou cette partie que j'avais engagé depuis si longtemps, l'accident, le hasard ou le miracle devait terrasser Newton et sa foutue gravité. C'était le moyen de s'élever. Le seul moyen que je connaissais pour m'extirper de cette gravité qui plaquait les hommes au sol. Alors, lancer les dés, jouer ou parier, mais ne rien savoir et ne jamais rien présumer. Lancer les dés pour que le sentiment échappe à cette putain de gravité. Pour qu'enfin, la lumière triomphe de l'obscurité. Mais elle n'a pas vu, et ne verra jamais, et mon premier 'je t'aime' est… mort-né.

À la fin, Newton gagnait toujours. À la fin, l'obscurité triomphait. La nuit était tellement plus forte que le jour. Elle l'avait toujours été. Je l'ai toujours su. Et j'avais beau courir, lancer les dés, il était compliqué d'échapper à la nuit. Une idée aussi vaine que d'échapper à son ombre. À son ombre ou à son passé.

Plus de prénom, plus de visage, sans chaleur, tout s'évapore. Mémoire ou buée sur une vitre, effacer, enfouir, oublier. Parce qu'elle n'est plus. Je le sais.

Une sirène de police, puis une autre. Dehors, la vie continue. Elle continue sans moi. Je patiente jusqu'à ce que le bruit s'allonge, puis disparaisse.

Mon cœur proteste. Il résiste, il voudrait parler, hurler, mais j'étouffe son cri de toutes mes forces. Interrompre la séquence, refermer les yeux. L'amnésie travaille mieux dans le silence et l'obscurité.

Encore une sirène, puis d'autres encore. Les sons fusionnent, puis se dispersent. Le silence, l'obscurité. Disparaître jusqu'à s'oublier.

Quelque part, le bruit d'une goutte qui ricoche sur le parquet. Cadence régulière, hypnotique. Écouter, puis attendre la suivante. Une autre goutte, le silence encore. Puis un autre bruit, une anomalie.

Un son qui n'avait rien à faire dans ce décor…

« Hello Darkness, my old friend

I've come to talk with you again[101] »

Le murmure s'insinua sous la porte vitrée, puis rampa dans la poussière jusqu'à mes pieds. L'attaque était imparable, l'affaissement était prodigieux. "Salut Noirceur, ma vieille amie, je suis venu te parler à nouveau".

Le diable était malin, il avait aussi le sens de l'esthétique. Cette chanson était un message. J'étais responsable, j'étais coupable, et il le savait. Genève, Miami et enfin New York. En quelques jours, la

---

[101] Simon and Garkunkel, *The Sound of Silence*.

456

glissade s'était muée en dérapage. Et, au bout de la route, la chute, le chaos et le silence.

« *Within the sound of silence*[102] »

Oui, le diable était malin. Il était mélomane aussi…

---

[102] "Dans le son du silence".

36

$\mathbf{D}$eux voitures de police étaient déjà garées face à la camionnette. En approche, deux autres voitures avaient coupé leurs sirènes et glissèrent en silence. Les portières s'ouvrirent et les hommes prirent position. Abrité derrière chacune des portières, un uniforme bleu, un bras tendu et une arme pointée en direction du véhicule. La moto freina, puis s'immobilisa à quelques mètres. L'un des policiers, sans quitter la camionnette du regard, recula en longeant la carrosserie et rejoignit Tony en courant.

– Il y a un fil connecté à l'allume-cigare qui part vers le plafond et un de mes hommes a cru entendre un bruit à l'intérieur tout à l'heure.

– OK.

– Et puis il y a ça, indiqua le sergent, en pointant du doigt le toit du véhicule.

Tony observa la camionnette. En effet, sur le toit, un espace avait visiblement été aménagé : une surélévation qui semblait intégrée à la carrosserie, mais la peinture était fraîche et la démarcation était visible. Tony bascula la tête vers l'arrière du bâtiment qui se dressait à quelques centaines de mètres. La rue était parfaitement dans l'axe. La base de l'hôpital était masquée par les véhicules garés sur une cinquantaine de mètres avant le périmètre de sécurité, mais de cet emplacement un peu surélevé, la vue sur la porte de service devait être parfaite. À l'extrémité de la rue, il aperçut un 4x4 sombre qui quittait l'hôpital et se dirigeait à vive allure dans sa direction. Il savait qui était à l'intérieur.

– Vous ne bougez pas, sergent, je vais jeter un coup d'œil.

– L'équipe de déminage va bientôt arriver, on nous a ordonné d'attendre.

– Juste un coup d'œil, répliqua Tony en s'approchant de la portière avant de la camionnette.

Les deux sièges étaient vides et il inclina la tête vers l'arrière : rien sur le plancher. Pas un objet, aucune trace, rien. Il observa ensuite l'ouverture dans le plafond. Un rectangle grossièrement découpé dans le toit de la cabine.

Tony se retourna. Le 4x4 n'était plus qu'à une cinquantaine de mètres. Il sortit son arme, posa la main sur la poignée :

– FBI ! Sortez immédiatement !

Le 4x4 s'immobilisa dans un crissement de pneus.

– Les mains bien en évidence !

– Qu'est-ce que tu fous ?! hurla Perkins.

Tony ouvrit la portière, braqua son arme en direction de l'ouverture dans le plafond.

– Dernier avertissement ! Je veux voir vos mains. Tout de suite !

***

« Peut-être, je dis bien peut-être des dizaines de milliers de morts… »

Jerry Goldman intégra l'information.

Son psychiatre lui avait expliqué : l'empathie, cette projection dans l'autre, cette prise en compte de l'autre, c'était un angle mort dans sa vision à lui.

« Le trafic aérien est suspendu… »

Il imagina les itinéraires de délestage, puis remonta dans l'écheveau de connexions que cette décision allait provoquer dans tous les aéroports du monde.

« Un autre avion s'est écrasé et là encore… »

Quel modèle ? Taux de remplissage ? Origine et destination ?

« La bourse est suspendue. À Wall Street, les… »

Wall Street, capitalisation ? Localisation ?

La télévision, les images, le personnel regroupé, il écoutait malgré lui. À chaque intervention, son esprit se mettait en mouvement.

– Mon Dieu !

La chute d'un corps. Puis un autre encore.

– Quelle horreur !

Impossible d'éprouver. Il entendait les exclamations autour de lui, mais le drame n'avait pas atteint le stade de l'émotion. L'analyse prenait le pas, parce que la conscience de l'autre n'était pas disponible. La douleur de l'autre, la colère de l'autre, c'était un voyage impossible. Il avait déjà éprouvé l'émotion, mais c'était une déchirure intérieure. Il s'était employé depuis à colmater les brèches pour que jamais l'autre ne puisse ouvrir un espace.

Discipline, routine, solitude, il s'était façonné une vie. Un travail de couture, minutieux et précis. La vie, il l'avait enfilée comme un habit. Une protection, un abri, c'était une combinaison. Une combinaison de survie. Rien à voir avec l'autre. Ou alors, l'autre entrait dans ses équations. Comme Gabriel et cette proximité étrange qu'il avait ressentie avec lui et qui l'avait incité à le rejoindre.

Gabriel…

Il saisit son téléphone et composa le numéro.

– Tu appelles qui ?

– New York.

– Putain, c'est vrai ! Gabriel !!! rugit Matteo.

***

Les portes arrière de la camionnette s'ouvrirent brutalement. Les policiers braquèrent leurs armes en direction de l'ouverture, avant de les baisser.

– RAS !

Les agents Perkins et Amstrong s'approchèrent à leur tour du véhicule et découvrirent l'agent Becket, la tête dans l'ouverture découpée au plafond.

– Tony ! Tu as un problème avec "on attend l'équipe de déminage" ?!

– Désolé patron. J'en avais marre d'attendre.

– Il y a quoi là-haut ?

– Un corps.

– Récent ?

– Ça coule encore. Quelques minutes à peine.

Perkins s'adressa au sergent :

– Vous avez entendu une détonation ?

– Un silencieux, patron, intervint Becket. Un 45 équipé d'un silencieux. Nous avons affaire à un discret.

– Qui a tué la première dame ?! J'ai connu mieux en termes de discrétion, grommela Perkins. Rien d'autre ?

– Deux écrans de télévision, un fusil, j'ai pas reconnu le modèle, l'arme de poing avec laquelle il s'est tiré une balle dans la tête, et ça.

Perkins jeta un coup œil à la photo que Tony tenait dans sa main. Une photo en noir et blanc écornée aux extrémités à force d'être manipulée.

– Becket ?

L'agent Amstrong avait contourné le véhicule et s'était installé sur le siège passager.

– Oui ?

– Vous étiez impatient ?

– Je pense qu'on s'en est assez pris dans la gueule aujourd'hui, répliqua Tony, en tendant la photographie.

Amstrong avait enfilé des gants en latex et la saisit délicatement. Il la contempla un long moment, puis la donna à Perkins. Tony avait allumé sa lampe torche en se redressant dans l'ouverture au plafond pour l'inspecter de nouveau.

– Il a quel type votre cadavre ?

La lampe de poche éclaira le profil de l'homme qui baignait dans une mare de sang.

– Je dirais… Moyen-Orient, agent Amstrong.

– Pas un Latino, donc.

– Pas un Latino, non.

– Et cette photo le confirme. Une mère voilée, un enfant dans les bras et le style de la maison… On est en Syrie, en Libye ou en Irak.

– Il y a autre chose ! intervint Tony.

Le toit de la carrosserie gronda.

– Ne touche pas au corps, Tony ! Et sors de là ! l'interpella Perkins.

Tony avait soulevé le cadavre pour fouiller les poches. Il se replia dans l'habitacle en tenant délicatement un portable entre son pouce et son index, et grimaça :

– Trop tard, patron. Désolé.

– Tu es en totale infraction avec le protocole !

– Je sais.

Dans son autre main, Tony tenait une pochette en plastique transparent qu'il secoua pour qu'elle s'ouvre.

– Et je vous interdis d'appuyer sur la touche 'rappel' ! l'interrompit Amstrong.

Tony, qui s'apprêtait à glisser le portable dans le sachet, suspendit son mouvement.

– Mais si ça arrivait, ce ne serait qu'un accident, n'est-ce pas agent Becket ?

Perkins observait l'échange alors qu'Amstrong extirpait un stylo de la poche intérieure de sa veste et le tendait à Tony :

– Et si, par accident, vous deviez appuyer sur cette touche, merci d'utiliser ça !

Puis, s'adressant aux policiers qui s'étaient regroupés autour de la camionnette et qui attendaient les ordres :

– Messieurs, fermez les portes arrière ! Pas d'empreintes, on utilise les coudes. Et sécurisez le périmètre !

Les deux portes grincèrent en se refermant et Tony, qui avait attrapé le stylo, le pointa sur la touche, imprima une légère pression, puis une deuxième.

– Votre décision, agent Amstrong.

– Ma décision, mon infraction, agent Perkins, rassurez-vous. Agent Becket, alors ?

– Un seul numéro en mémoire. 305, indicatif de Miami.

– OK. Et si vous aviez la maladresse d'appuyer une nouvelle fois sur cette touche, agent Becket, il se passerait quoi ?

– Vous êtes sûr, Amstrong ?

– Agent Perkins, vous avez entendu l'agent Becket ?! On s'est pris un Pearl Harbor en pleine gueule aujourd'hui ! Alors…

– OK, soupira Perkins. Vas-y, Tony.

Nouvelle pression.

– La touche avec le haut-parleur, Tony !

Tony hocha la tête. Encore une pression avec le capuchon et la sonnerie résonna. Une fois, deux fois, puis une voix féminine répondit :

– Quetzal Investment, bonjour. En quoi puis-je vous aider ?

37

– **M**onsieur Lacour ?

J'avais fait la connerie de décrocher. Mais j'avais eu la présence d'esprit de ne rien écouter.

– Monsieur Lacour, vous avez entendu ?

L'accent britannique avait évoqué des tas de trucs. Puis il avait insisté, de plus en plus bruyamment, jusqu'à ce qu'enfin, je le rejoigne dans la conversation.

– Entendu quoi ?!

– Ça fait trois fois que je vous pose la question, et le temps presse maintenant !

Tout se mélangeait à nouveau. Plummer parlait, mais impossible de me concentrer.

– Répondez !

– Répondre à quoi ?

– Mais où êtes-vous, nom de Dieu ?!

– Je suis à New York, vous le savez bien….

– Je sais que vous êtes à New York ! Mais où précisément ?!

– Par terre, Plummer. Je suis allongé par terre.

– Il s'appelle comment votre hôtel ?

– Foutez-moi la paix.

– C'est bien le Ritz-Carlton ?

– Oui.

Il communiqua l'information à une autre personne, puis revint en ligne.

– Vous êtes blessé ?

– On s'en fout.

– Vous pouvez marcher ?

Je m'étais relevé tout à l'heure. Mes plantes de pieds avaient grimacé de douleur. Ça grimace des plantes de pieds ? Ce n'était pas le bon terme. Ce n'était pas non plus le moment de fixer mon attention là-dessus.

– Vous êtes avec moi, Gabriel ?

La communication était mauvaise. Il y avait une distorsion métallique et Plummer était à peine audible.

– Plus ou moins.

– OK. Vous pouvez marcher ?

– Oui.

– Alors écoutez-moi attentivement. Vous devez partir. Maintenant.

– Partir ? Pourquoi ?

– Je vous l'ai expliqué tout à l'heure.

– J'ai pas entendu.

– Miami, les attentats…

– Quoi les attentats !?

– Tout est lié, vous comprenez ? Le News Café, Jane Croft, le pétrole, les raffineries, Petrov, tout est lié !

– Je ne comprends rien, Plummer. Tout est lié ? C'est quoi le lien ?

– C'est vous, le lien ! Le message, "le sang pour le sang", c'était pour vous.

– Pour moi ? Mais pourquoi ? Comment le savez-vous ?

– On n'a pas le temps. Ils vous recherchent.

– Quoi ? Qui me recherche ?

– Le FBI. Vous êtes impliqué jusqu'au cou. De Miami jusqu'à la Russie, les explosions, Transocean, tout est lié, ils vous ont piégé ! Ou alors vous êtes coupable, mais j'ai pris le pari de croire que ce n'est pas le cas.

– Et New York ?

– Non, rien à voir, d'autres abrutis, un hasard. On n'a pas le temps, il faut partir. Tout de suite !

– Plummer ?

– Quoi encore ?

– Je ne comprends rien.

– Ecoutez-moi. Les deux gardes du corps que je vous ai envoyés, ils sont morts.

– Dans les tours, je sais.

– Mais… vous n'avez vraiment rien écouté !! Non, ils ne sont pas morts dans les tours. Ils ont été abattus, exécutés.

– Abattus ? Mais…

– Attendez ! aboya-t-il.

La communication empira soudainement. Des grésillements, des distorsions.

– Allo ? Plummer, je n'ai pas compris ! Vous pouvez répéter !

Sa voix était hachée. Des syllabes dans le désordre.

– Répétez, Plummer !!

– Ils arrivent, vous m'entendez ?! Ils arrivent !

Il y avait une telle urgence dans son ton que je réagis en me redressant et tournai subitement la tête vers la porte.

– Qui arrive ?

– Il faut bouger. Maintenant !

– Bouger ? Bouger où ?

– Attendez !

Il parlait avec quelqu'un d'autre et lançait des instructions à l'un de ses hommes. Puis un cri, un grésillement et enfin :

– Ils sont dans la… !

Le reste de la phrase se perdit dans un son aigu.

– Vous avez dit quoi ?

Le silence.

– Plummer ?! Allo ?!?

Des sonneries brèves, puis, plus rien. La ligne avait été coupée.

Les 4x4 s'immobilisèrent dans un crissement de pneus. Les hommes jaillirent simultanément dans leurs tenues sombres et prirent position sur le trottoir, en couvrant le périmètre.

La circulation était totalement interrompue. Hormis les râles des véhicules de secours qui sillonnaient les avenues désertes à toute allure, le cœur de New York était plongé dans le silence. Le ciel azur amplifiait le malaise. Contraste saisissant : immaculée en altitude, alors qu'au sol, la ville était tapissée de poussière. Une farine de morts et de débris vaporisés en un mélange odieux. Des milliers d'âmes, transformées en nuage de particules élémentaires, s'étaient engouffrées par vagues dans les avenues, dans les ruelles, dans les poumons.

Un homme à la carrure imposante se détacha du groupe, inspecta une dernière fois les environs, puis saisit le micro posé sur la tige métallique soudée à son casque et le rapprocha de sa bouche :

– Ici le SWAT, prêt pour l'intervention.

Il adressa un signe de tête à trois de ses hommes et, ensemble, ils activèrent la liaison satellite, puis enclenchèrent les caméras posées sur leurs casques lourds.

– Vérification. Miami, vous me recevez ?

À quelques milliers de kilomètres de Manhattan, dans le command-car toujours stationné sur le parking de l'Hôpital central de Miami, l'agent Brady accusa réception, bascula la communication avec le SWAT sur les haut-parleurs du command-car, puis pivota sur son tabouret pour aviser les trois agents qui conversaient à voix basse.

– Quetzal !? Quetzal Investment, une société active dans le pétrole, et vous l'avez laissé filer ?

Le buste incliné en direction de Perkins, Amstrong qui s'était levé, se rassit finalement. Cette journée était maudite. Perkins passa une main embarrassée sur son menton avant de répondre à l'interpellation :

– Il n'y avait aucun lien manifeste, Amstrong. Et puis, il était présent avec nous au début.

– Au début ? Quel début ?

– Les pipelines, la plate-forme, il était avec nous, dans une salle d'interrogatoire, rugit perkins qui s'était contenu jusque-là. Nous n'avions aucune raison d'imaginer que ce Gabriel Lacour puisse être impliqué d'une maniè…

– Putain Perkins ! Le News Café où il a perdu son ami et une société active dans le pétrole ! Et tout ce merdier est de notre faute, c'est bien ce qu'il a dit ?!

– Oui, mais il n'y avait aucun lien, répéta Perkins, et…

– J'ai essayé de vous prévenir, intervint Tony.

– En me parlant d'un putain de sénateur d'un pays de trous du cul, agent Becket. Jamais vous ne m'aviez dit que ce Lacour était un instable, confortablement installé à Miami, avec les moyens financiers et tout un tas de bonnes raisons de…

– Agent Amstrong ? l'interrompit un deuxième agent au fond du command-car.

Amstrong fusilla les deux hommes du regard, puis tourna la tête :

– Quoi ?!

– Nous avons vérifié et vous aviez raison. Transocean a fait l'objet d'une transaction.

– Quand ça ?

– Hier, monsieur.

– Quelle transaction ?

– Un 'takeover', monsieur. La SEC[103] a reçu un avis. Une société domiciliée à Miami, Quetzal Investment, a acquis une créance auprès de la Bank of America. Je n'ai pas les détails, mais…

– Vous envoyez une équipe là-bas. Demandez aussi à Washington de nous envoyer des spécialistes. Spécialistes dans la finance et la bourse. Et cette société, Quetzal Investment ! Vous me la retournez, vous entendez ? Chaque bureau, chaque putain de tiroir, vous confisquez tous les disques durs, et vous m'arrêtez les responsables. C'est compris ?

Puis basculant vers les agents Becket et Perkins :

– Et maintenant, ça vous paraît suffisant comme lien ?

– Le SWAT est en position, monsieur.

---

[103] Securities and Exchange Commission. Organisme américain de contrôle des marchés financiers.

– J'arrive, agent Brady.

Amstrong secoua la tête en se levant et Tony le suivit du regard alors qu'il franchissait les quelques mètres le séparant des deux agents qui s'activaient sur les claviers d'ordinateur.

– La liaison est établie sur le canal 7, précisa le spécialiste, tout en tendant un casque à Amstrong qui le saisit.

– Vous avez toujours la cible en visuel ?

Brady retourna à son clavier, pianota une série de codes et la carte de New York apparut sur l'écran principal.

– Oui, son téléphone est actif, mais la triangulation est approximative. Des relais ont sauté, l'électricité est coupée par endroits, mais il est bien là, indiqua l'agent, en pointant son doigt sur le point lumineux.

– Hôtel Ritz-Carlton de Battery Park, dans le Lower Manhattan ?

– C'est ça. L'hôtel a été évacué, ils ne répondent pas à nos appels, mais on a pénétré leur système informatique : il y a bien une réservation au nom de Gabriel Lacour, chambre 5017 et le signal est sur la zone. Périmètre de cinq cents mètres autour de l'hôtel, je ne peux pas faire mieux pour le moment.

– OK, vous avez transmis l'information au SWAT ?

– Oui, monsieur.

– Parfait, mettez-moi en liaison, Brady ! ordonna Amstrong, en ajustant le casque sur ses oreilles, ainsi que le micro.

Tony releva la tête et chercha parmi les écrans qui parsemaient la cloison du véhicule, celui sur lequel les images des caméras du SWAT seraient retransmises. Divisé en quatre carrés, un téléviseur affiche enfin un trottoir totalement vide de passants, la façade de l'hôtel, ainsi que les quelques marches menant au hall.

– Ici l'agent Amstrong du FBI. On vous reçoit, clair et net. Capitaine vous avez le 'go' !

« Bien reçu, agent Amstrong. 'Go' pour intervention ! »

Les doigts de l'agent s'énervèrent sur le clavier, s'interrompirent un court instant, puis reprirent de plus belle.

– Un problème, Brady ?

– J'ai perdu le signal, monsieur.

– Avec le SWAT ?

– Non, avec le téléphone de la cible, monsieur.

Amstrong vrilla son regard sur la carte détaillée de la ville. Le point avait disparu. Il bascula sur l'autre écran et suivit la progression du SWAT, qui s'était déployé dans le hall de l'hôtel. Le groupe se sépara en deux : escalier principal et issue de secours. Deux autres hommes couvraient la ruelle, située à l'arrière du bâtiment.

– Récupérez-le !

– Coupure du réseau à Manhattan, monsieur. Il faut attendre la réinitialisation.

– Combien de temps ?

– Deux ou trois minutes. Si tout va bien.

Amstrong enclencha le bouton sur l'écouteur :

– Capitaine ?

« *Oui ?* »

– On a perdu le signal avec la cible.

Un silence, puis un déclic :

« *'Copy that*[104]*'. Toutes les issues sont couvertes. On poursuit l'opération.* »

Images saccadées, ils montaient les marches en courant. À chaque étage, un homme suspendait sa course, couvrait la cage d'escalier avec son fusil-mitrailleur, alors qu'un autre ouvrait la porte menant au couloir afin de l'inspecter.

« *RAS !* »

Troisième étage, quatrième étage, le capitaine s'engouffra finalement dans le couloir du cinquième. À l'extrémité, l'autre équipe avait surgit par l'escalier de secours. L'un des agents pointa le doigt en direction d'une porte et les hommes se regroupèrent.

« *Miami ?* »

– Oui ?

« *En position !* »

– 'Copy that'… Et capitaine ? Vivant si possible.

---

[104] "Bien reçu."

L'un des hommes avait glissé une minuscule caméra sous la porte et le bras articulé balaya l'espace. Le capitaine jeta un coup d'œil à l'écran qu'un autre officier consultait déjà, puis leva un pouce avant de reposer la main sur son micro et de murmurer.

« *On fera de notre mieux. 'Over now*[105]'. »

Deux hommes tenaient à bout de bras un bélier et l'un d'eux se retourna un court instant pour vérifier le dispositif. Un autre membre de l'équipe s'était approché, abrité derrière un bouclier de protection. Le capitaine pivota de l'index la sécurité de son arme automatique, reposa le doigt sur la gâchette, se positionna derrière l'homme qui tenait le bouclier, puis lança le signal d'un hochement tête.

Le bélier bascula légèrement en arrière, puis repartit brutalement en avant, pulvérisant la serrure au passage. Les deux hommes s'écartèrent et la porte s'ouvrit sous la poussée du bouclier tenu fermement par l'officier chargé de neutraliser toute menace.

‒ Mains en l'air !

Le canon de l'arme était pointé dans ma direction.

‒ Qu'est-ce que vous foutez là ?

‒ Et vous, officier ?

L'uniforme s'approcha de ma position, rengaina son arme dans son étui et s'accroupit.

‒ On sécurise les lieux. Vous êtes blessé ?

‒ Tout va bien.

‒ Vous avez une sale gueule. Et vous saignez.

‒ Je vais bien. Je me repose.

‒ OK. Mais vous allez devoir partir. On évacue tout le quartier.

Le téléphone grésilla dans la paume de ma main.

‒ Une minute et je pars.

Le flic se releva, passa sa manche sur son visage pour essuyer la poussière qui le couvrait, puis son regard glissa le long de mes jambes :

‒ Monsieur ?

‒ Oui ?

---

[105] ''Terminé.''

– Vous savez que vous êtes pieds nus ?

– Je sais.

Le policier hocha la tête.

– Une journée de merde ?

– On peut dire ça !

Il jeta un dernier coup d'œil à mes pieds nus, puis fit demi-tour. La clochette tinta encore une fois alors qu'il franchissait le seuil de la porte, et je rapprochai le portable de mon oreille. Il pesait une tonne ce foutu téléphone !

« *RAS ! Miami, je répète : RAS !* »

– Putain, il est où ?! s'exclama Perkins, qui avait rejoint Amstrong devant l'écran.

« *RAS ! RAS ! RAS !* »

Amstrong posa sa main sur l'épaule de Brady.

– Vous avez récupéré le signal ?

Ses doigts volaient sur le clavier.

« *Miami ? Je répète encore une fois : RAS, il n'y a personne ici !* »

– J'ai entendu, capitaine !

« *J'attends les instructions.* »

– Une seconde, capitaine.

Le jeune homme pointa du doigt l'écran :

– Le signal est revenu, monsieur. Toujours deux relais actifs sur la zone. J'attends le troisième, pour…

« *Miami ? En attente d'instructions !* »

– Une seconde, capitaine, répéta Amstrong, tout en se penchant vers l'écran.

– Ça y est, monsieur. J'ai la position !

– Il est où ?

– Trois cents mètre à l'ouest. Attendez ! C'est bon, j'ai une adresse.

– Capitaine, trois cents mètres à l'ouest. On vous transmet l'adresse.

« *Copy that. SWAT, mouvement ! Retour aux véhicules !* »

Les images, qui s'étaient stabilisées après l'intervention dans la chambre, défilèrent à toute allure sur les écrans. Le couloir, puis les marches de l'escalier…

– Il est dans un magasin, monsieur. Une épicerie.

– Agrandissez !

Zoom sur la zone. Chaque détail apparut clairement sur l'écran.

– Parfait. Envoyez l'adresse !

Tony s'était levé. Il n'avait pas encaissé la nouvelle. Il n'avait pas totalement accepté la conclusion. Il observa le mouvement des caméras. Gabriel était donc là. Trois cents mètres, ça lui laissait à peine une minute pour réagir. Il hésitait encore. La ficelle était grosse, mais le FBI fonçait tête baissée. Ils avaient leur coupable et rien ne pourrait arrêter la machine. Gabriel était coupable ? Était-ce possible ? À peine trois cents mètres avant que le SWAT ne se mette en position. Une minute pour disparaître…

– Monsieur Lacour ?

– On a été coupés, Plummer.

– Vous n'êtes pas à votre hôtel, n'est-ce pas ?

– Je n'ai pas bougé.

– J'ai cru que vous étiez allongé dans votre chambre. Vous êtes où précisément ?

– Dans un magasin.

– Vous allez devoir être plus précis. Vous êtes où exactement ?!

– Aucune idée. Pas très loin de l'hôtel. Pas loin des tours.

Murmure d'une conversation.

– Plummer ?

– Écoutez-moi, Gabriel. Écoutez-moi très attentivement. Vous avez noté le point d'extraction ?

– Le quai nord, c'est ça ?

Encore l'écho d'une conversation étouffée. Il parlait avec quelqu'un et le ton était monté.

– Plummer !?

473

– Ils sont en route. Vous comprenez ? Ils viennent de se mettre en route. Ils vont vous arrêter. Deux ou trois cents mètres, ça vous laisse... vingt secondes !

– Vingt secondes ?

– Lâchez ce putain de téléphone tout de suite !

– Oui.

– Lâchez ce téléphone immédiatement ! Et laissez-le, ne le prenez pas avec vous, vous avez compris ?

– Oui.

Le bruit d'une sirène. Puis une autre.

– Maintenant, Gabriel !! hurla-t-il. Levez-vous et courez !

38

Spencey Jones immobilisa son véhicule à une intersection et ôta ses lunettes de soleil. Une splendide créature avait émergé d'une bijouterie sur sa droite et chaloupait sur le trottoir en direction du passage piéton. Elle traversa la rue commerçante en frôlant son capot, posa une main taquine sur la carrosserie, puis accéléra sur quelques pas tout en riant.

Avec l'argent, avec la banque, les grandes marques de luxe avaient prospéré en centre-ville et si les Îles Cayman recelaient des trésors au large de leurs côtes, les trottoirs n'étaient pas avares de pierres précieuses, s'amusa-t-il en redémarrant.

Il gara la Bentley au pied de la façade coloniale, ouvrit la portière et apprécia le bruit mat lorsqu'elle claqua dans son dos. L'argent avait un son particulier, jusqu'à l'écho de la portière d'un véhicule de luxe se refermant. Il parcourut les quelques mètres qui le séparaient de l'entrée. Pas de sas, juste un agent de sécurité discrètement positionné au fond du hall. Ce n'était pas une agence, ni une simple banque : c'était un temple. Personne ne songerait à violer cet édifice. Toute l'île était sécurisée. Le secret bancaire allait de pair avec la sérénité, le gouvernement y veillait.

Le hall était spacieux. Quelques œuvres d'art dispersées sur les murs et un silence de cathédrale que Jones dérangea à peine en foulant le marbre gris de ses mocassins soigneusement cirés. Une volée de marches et, à l'étage, quelques bureaux aux portes toujours fermées et puis la sienne, tout au bout du couloir. Il s'installa dans le fauteuil qui tournait le dos à la fenêtre à double battant. Spencey découvrit les messages que son assistante avait déposés, bien en évidence. L'un d'entre eux attira son attention. Un seul mot :

"Vendez".

Il saisit le numéro de compte sur son ordinateur et consulta le solde. L'opération était toujours en cours. Les sommes engagées étaient considérables et déboucler le tout prendrait du temps. Une multitude de ventes à découvert effectuées depuis deux mois. Il cliqua sur l'icône et le solde, qui s'était adapté à la dernière transaction, afficha le résultat.

Il grimaça.

Son métier prospérait grâce à l'instabilité. L'instabilité était à l'origine du succès des paradis fiscaux, mais ne devait jamais être une conséquence de son action. Avec le secret, il y avait aussi la discrétion.

Plus de huit cents millions de dollars de gains et la cotation de Transocean était suspendue !

Assez pour renverser un gouvernement, réalisa-t-il, en pianotant un message à l'attention de sa cliente.

À des milliers de kilomètres de là, un véhicule franchit le dos d'âne et s'immobilisa.

Le chauffeur présenta un document à un militaire qui laissa traîner son regard sur la jeune femme assise à l'arrière. Elle lisait un message qui venait de lui parvenir sur son téléphone et sans être rassasié, le gradé saisit finalement le laissez-passer.

Après l'anarchie du centre-ville, ils avaient rejoint la périphérie, où les puissants s'étaient regroupés. Le quartier résidentiel était replié sur lui-même, succession de guérites, barrages improvisés, la sécurité était une préoccupation permanente au Guatemala. Le militaire donna le signal, salua la jeune femme qui l'ignora, l'un de ses hommes leva la barrière qui bloquait la route et le véhicule redémarra. Le 4x4 blindé longea ensuite un mur d'enceinte surmonté de barbelés et de tessons de bouteilles, avant de s'arrêter. Le lourd portail de bois s'ouvrit, deux hommes en armes s'écartèrent et les graviers crépitèrent dans l'allée.

Le chauffeur se gara à proximité de l'escalier en pierre menant à la porte principale de la demeure. Catarina Juavez n'attendit pas qu'il vienne lui ouvrir la portière pour sortir du véhicule et enfila les marches en quelques enjambées. Son pantalon à taille haute épousait les courbes de ses hanches et son chemisier en soie, légèrement plaqué contre sa poitrine par la brise, suggérait subtilement ses formes, sans ostentation.

Elle observa un court instant son reflet dans la vitre. Savant mélange entre l'Espagne des conquistadors et la terre des hauts plateaux du Guatemala, elle était le fruit d'une longue lignée à l'histoire agitée. Poitrine généreuse et regard ténébreux, des lèvres pulpeuses et un nez légèrement busqué, son corps était taillé pour le plaisir. Mais de plaisir, elle en était privée depuis sa naissance. Elle était une lame de couteau, une arme. Son père l'avait aiguisée dès son plus jeune âge et le métal n'avait pas de conscience. Son reflet disparut lorsque les deux portes vitrées s'ouvrirent pour l'accueillir.

Elle survola les dalles ocre du hall en évitant le contact du sol avec ses talons. C'était un bruit qu'il n'aimait pas. Sur sa gauche, une autre porte. Un salon et, sur le bureau, un cigare à moitié consumé. Catarina se figea sur le seuil. Attendre le signe ou le regard, avant d'avancer.

– Tu te souviens de ce que tu m'avais dit ?

S'adresser à elle était un signal. Il était assis dans l'un des deux fauteuils qui tournaient le dos à la fenêtre. Son profil n'avait pas bougé. Il reposa les documents qu'il parcourait, sur la table basse, puis tourna son regard sombre dans sa direction. Il remonta de ses pieds à son visage, comme il le faisait à chaque fois. C'était un passage obligé. Un passage particulièrement désagréable qui plongeait ses racines dans son enfance. Elle avança de quelques pas et s'immobilisa au milieu du salon. Il détourna la tête et poursuivit :

– "La terreur est toujours psychologique, m'as-tu dit. C'est la répétition qui génère la vulnérabilité, détruit l'assurance, sape la confiance et terrorise les faibles." Tu t'en souviens ?

– Je m'en souviens, papa. C'était à l'hôpital. Tu étais blessé après l'attaque dans le cimetière.

– Exact. Je voulais me venger. Je voulais le détruire.

– Et c'est ce que j'ai fait. Je t'avais fait la promesse ce soir-là. Pour Felipe, pour toi, pour la présidence, et nous avons gagné.

– Nous avons gagné à ta manière. C'est pour cela que j'ai ajouté au programme le News Café et la fiancée de Becket.

– Sans me prévenir avant. Oui. Je sais papa.

– La vengeance est mon privilège de père, Catarina. Ils ont tué mon fils, ils devaient payer le prix et je n'ai pas touché à ton Quetzal.

Elle ne réagit pas. Lorsque son père affirmait son autorité, il fallait s'effacer.

– 'Le sang pour le sang', ma fille. N'oublie jamais.

– Je n'oublie pas.

– Donc toutes ces manœuvres ont réussi ?

– Exactement comme prévu.

– Avant, nous réglions les problèmes plus… directement.

– Je sais. Mais les temps ont changé et l'objectif n'était pas seulement la vengeance.

– Il y a une chose que je n'ai pas comprise. Cette audition avec le FBI. Comment savais-tu qu'il en ressortirait libre ? C'était un pari audacieux.

– Ce n'était pas un pari. Tout était calculé. Je me suis arrangé pour qu'il termine en tête à tête avec l'agent Becket.

– Je ne comprends toujours pas, s'agaça-t-il.

L'incompréhension n'était pas un état qui lui convenait. De tout temps, elle avait navigué pour éviter cet écueil chez son père. Une zone de turbulence dans laquelle naissait des tempêtes. Le contrôle était la base de son pouvoir. C'était la première fois qu'il déléguait une partie de ce contrôle à une tierce personne. Elle prit sa respiration et organisa sa pensée avant de se lancer :

– Les opérations ont été programmées le jour même de l'audition. Les pipelines d'abord, puis l'explosion de la plate-forme, le FBI allait être sollicité. Et c'est exactement ce qui s'est passé. Le directeur a dû partir. Tout était calculé, tout était prévu. Le virus informatique qui a immobilisé les forces de police, les explosions, tout cela avait un double objectif. Affaiblir Transocean et provoquer un tête à tête entre Lacour et Becket.

– Comment savais-tu que ce serait Becket qui resterait et non pas l'autre ?

– Lorsque le gouverneur appelle, c'est le patron du FBI qui répond. D'autant que je savais que Becket voudrait absolument rester. Ensemble, ils partagent une même haine et Becket devait le libérer. C'était un petit risque à prendre, mais la clef pour la suite. Le Quetzal est non seulement sorti libre, mais aussi persuadé que la chance l'avait sauvé. Il était donc impossible pour lui d'imaginer la manipulation qui allait suivre.

– Et la Russie ?

– Oui. Il nous a pris par surprise, mais notre homme a réglé le problème. Tu as reçu les photos prises dans ce chalet en Sibérie ? La photo où il tient une arme à la main ?

Enrique hocha la tête.

– Cela nous sera utile pour la suite, papa. Faire d'un accident une opportunité, s'adapter au terrain, c'est toi qui m'as appris. Donc, de cet autiste qui a reçu l'information par un moyen détourné, jusqu'à Transocean, impossible de sentir le piège. C'était facile.

– Et pourquoi les raffineries ?

– Un petit coup de main au destin. Je voulais m'assurer que le titre termine bien en dessous des vingt dollars à la clôture des marchés, sans endommager les infrastructures de la société. Ce sont les concurrents de Transocean qui ont été visés. Du gagnant-gagnant.

– Je n'aime pas la finance, Catarina, et je n'aime pas cette proximité entre vous.

– Entre nous ?

– Gabriel et toi. Déjà enfants, votre complicité, je n'aimais pas ça. Tu l'as sauvé ce jour-là. Et j'ai été faible. J'aurais dû l'abattre sur ce chemin.

Hier, aujourd'hui, rien n'avait changé. Le lien flottait. Un lien, une corde ou un nœud, la boucle tournait, encore et encore. Impossible de s'éloigner, leurs trajectoires étaient intimement liées. Et ce sourire qu'elle avait sauvé était sa propriété.

– Il n'y a pas de complicité entre nous. En revanche, je le comprends. C'est un atout. Et lui, il ne sait rien.

– Parce qu'il a tout oublié ?

– C'est ce que pense le psychiatre que le FBI a consulté. Tu as eu la copie du rapport.

– Je l'ai lue, mais je n'ai pas confiance. Je ne comprends pas comment on peut effacer son passé. Mais toi, tu n'as pas oublié, n'est-ce pas ?

– J'étais une enfant. J'ai oublié.

– Parfait. Alors combien ?

– J'avais prévu six cents millions, mais avec les tours jumelles, nous ne serons pas loin du milliard de dollars.

– L'Amérique a tellement d'ennemis. Les attentats de New York sont un signe de Dieu.

– Oui, papa.

– Notre homme est mort à Miami. Souleymane était un guerrier et un honnête homme. Nous nous comprenions tous les deux. Il a lui aussi vengé les siens.

Puis sans redresser la tête, il pointa son doigt en direction du bureau sur sa droite. Catarina récupéra le cendrier sur lequel le cigare était posé, ainsi qu'un briquet et posa l'ensemble sur la table basse. Elle se replia de deux pas et son père saisit le briquet, puis le cigare, l'humecta un court instant et l'alluma enfin.

– Souleymane a vengé les siens, Catarina. Avec l'aide de notre homme au FBI, il a traqué sa proie, manipulé les services secrets, déjoué la sécurité de l'homme le plus protégé au monde. L'argent n'est rien, la technologie n'est rien, la finance n'est rien et les morts ne sont rien. Il n'y a que la justice qui compte. C'était un homme d'honneur, reprit-il en expirant la fumée. Souleymane, c'est 'celui qui mord', en dialecte arabe et il a mordu le président au cœur.

– La mort était au bout du chemin. Sa mort et celle de la première dame. Son épouse assassinée en Irak par une bombe américaine contre une balle dans le front de l'épouse du président à Miami. 'Le sang pour le sang'.

– 'Le sang pour le sang'. N'oublie jamais.

– Jamais.

– Et le FBI a fait le lien ?

– Oui. Le Quetzal est le principal suspect. Notre taupe à Miami me l'a confirmé. À partir de son téléphone, comme prévu, le lien a été fait. Il est recherché, traqué. Il est détruit. Je te l'avais promis. Tous les objectifs sont atteints.

– Où est-il ?

– Il a disparu il y a deux jours à New York, mais il réapparaîtra comme prévu.

– Ici ?

– Là où tout a commencé. Oui.

– Il doit mourir, tu le sais ?

– Je le sais.

– Et le hacker ?

– Exfiltré au Belize par bateau. Il a touché son argent comme prévu. Changement d'identité, il disparaîtra lui aussi.

– Impossible de remonter jusqu'à nous ?

– Impossible.

– Et notre président ?

– Dans le dossier, papa, indiqua-t-elle en le déposant sur la table basse, tout est là.

– Donne-moi les détails sur la suite.

– Tu peux lancer l'attaque. Il est mouillé jusqu'au cou. Le virement a été fait sur un compte numéroté et j'ai laissé des traces suffisantes. C'est discret, mais ils trouveront. Avec nos nouveaux amis Brésiliens, le président aura même d'ici quelques jours, sans le savoir bien sûr, une participation dans Transocean. Et à partir de là, les Américains feront le travail à notre place. Ils remonteront du Quetzal jusqu'à Transocean, puis de Transocean, jusqu'au gisement pétrolier au large du Brésil. Et du Brésil, ils arriveront sur nos côtes. Ils découvriront les transactions le liant au Quetzal. Les Américains vont adorer l'histoire. Les virements, la manipulation des cours de Transocean et ensuite, la société au Luxembourg qui détient la participation. Je me suis arrangée pour que l'ancienne banque de Lacour détienne le compte de la société et tu verras que, d'ici peu, le ministère de la Justice américain émettra une commission rogatoire internationale. Pression de la Justice et de leur Département d'État, cela prendra à peine deux ou trois semaines avant que les juges suisses ne lèvent le secret bancaire. Lacour, Transocean, les attentats et la manipulation des cours de l'action, notre président ne résistera pas aux révélations et le monde assistera à ta victoire. Il sera destitué au cours d'un procès retentissant, toutes les télévisions suivront ta plaidoirie, tu auras une tribune mondiale pour t'exprimer. Nouvelles élections, pas d'opposants, tu seras élu et tout cela sans un coup de feu.

– Les Américains vont adorer l'histoire, dis-tu. Mais justement, c'est quoi l'histoire ? Si tu veux piéger un loup, si tu veux t'approcher de la meute, tu dois t'imprégner de son odeur. Les preuves ne suffisent pas, il faut une odeur. Il faut une histoire.

– Je sais, papa. Et l'histoire est simple. Un enfant a perdu son père dans la jungle, puis il perd un ami sur une terrasse de café. Au même moment, le président de notre pays est sur le point de perdre les élections. Tu étais le favori il y a un an. Alors, l'histoire, c'est la rencontre d'une haine et d'une vengeance et les rapports psychologiques soutiendront cette hypothèse. Un enfant qui est devenu un homme veut venger ses morts et un président qui s'associe à cette action, la commandite même peut-être. La tentative d'assassinat échoue dans ce cimetière, mais tu es écarté de l'élection. C'est le début de l'histoire. C'est dans ce cimetière que naît la collusion entre le Quetzal et le président. Un président qui abuse de son pouvoir ensuite. Virements sur des comptes numérotés, participation dans la société qui a obtenu une licence d'exploitation au large du Brésil. Corruption, vengeance, malversations et assassinat. Il y a l'histoire et l'odeur, papa. Et toutes les preuves seront là.

– Et le Quetzal viendra, tu en es sûre ?

– Il a perdu son amie à New York. Il viendra parce qu'il va comprendre la manipulation. Il comprendra, mais ça sera trop tard. Il est seul et sans ressources. Si les Américains ne l'attrapent pas avant, il viendra, je le connais. Il viendra ici, parce qu'il est incapable de résister à une mauvaise idée.

– Et son amie ?

– Tout est sous contrôle.

– 'Le sang pour le sang' ma fille. Ta main ne doit plus jamais trembler.

– Elle ne tremble pas.

– Elle a tremblé dans le cimetière. Je le sais.

– Elle ne tremblera plus.

Entre l'allégeance à un amour d'enfance et la servitude des liens du sang, il n'y avait pas de place pour l'innocence.

– Quand pars-tu ?

– À l'aube demain.

– Marrakech ?

– Oui. Puis le Liban, les Îles Cayman et retour ici.

– Elle est à Marrakech ?

– Avec cet attentat, j'ai dû réagir dans l'urgence.

– S'adapter au terrain, réagir, tu as bien fait. Tu peux m'embrasser maintenant, conclut-il finalement.

Catarina s'avança de quelques pas et effleura de ses lèvres la joue de son père, puis s'éloigna en direction de la porte menant au couloir.

– Catarina ?

Elle s'immobilisa le temps de remettre le masque de fer sur son visage. C'était ce visage qu'il voulait voir. Celui-là et aucun autre. Elle se retourna.

– Ne tremble plus jamais, ma fille. Il n'y a rien entre le Quetzal et toi.

Sauf à croire au lien, songea-t-elle. Sauf à croire à la magie et au destin.

– Il n'y a rien, papa. Il n'y a plus de lien, crois-moi.

ÉPILOGUE

Gauche, droite, puis gauche encore, la progression était laborieuse.

Le ruban serpentait dans la salle des arrivées de l'aéroport et des écrans de télévision étaient disposés à chaque virage. Une chaîne locale, mais l'image était américaine. Depuis deux jours, le monde avait l'accent new-yorkais.

– Suivant !

À l'extrémité de la file de voyageurs, le ruban s'éclatait en autant de rameaux face aux guérites des douaniers.

– Suivant !

Des espaces s'étaient constitués dans les lignes droites et par paquets, agglutinés dans les virages, les visages étaient tendus en direction de la projection. Les murmures des conversations s'atténuèrent progressivement.

Devant les ruines fumantes du World Trade Center, un quartet de violons et un homme. L'image était fixe et les voyageurs tout autant. Plus le moindre mouvement. Le silence s'installa.

Lorsqu'enfin le quartet engagea les archets, l'homme chargé de mettre des mots sur cette émotion qui avait bouleversé la planète, déplia une feuille. Son nom apparut en incrustation sur l'écran. Un célèbre journaliste du 'New York Times' et un écrivain également.

– Suivant !

La femme tenait son passeport à la main, mais elle n'avança pas.

– Suivant ! insista le douanier.

L'homme juste derrière elle ne réagit pas. Il observa le passeport, puis la brume dans ses yeux. Cette femme était américaine. Ce n'était pas le moment de la bousculer.

Les premiers mots balayèrent le hall :

> Si "mal nommer un objet, c'est ajouter au
> malheur de ce monde", alors, nommons
> l'indicible. Entrons dans
> l'insupportable. C'est un devoir. Un
> devoir de mémoire.

Les violons en toile de fond, sans détourner la tête, la femme murmura :

– La musique… c'est la musique de 'La Liste de Schindler[106].

> C'est dans la nuit qu'un écrivain plonge
> le plus souvent sa plume. C'est
> l'obscurité qui, de tout temps, lui sert
> d'encrier. En plein cœur de New York, il
> faisait nuit en plein jour et l'obscurité
> a envahi ma plume. Nuit et obscurité, un
> encrier pour une journée maudite.
> C'était hier, ou avant-hier, une éternité
> déjà. Et aujourd'hui, nous sommes tous
> là. Nous sommes tous là, parce que
> lorsqu'il n'y a plus rien, lorsque
> l'effroi et la stupeur balayent la
> lumière et le soleil, il nous reste les
> mots. Parce que lorsqu'il n'y a plus
> rien, il nous reste la poésie. Alors,
> nous sommes venus, armés d'une brigade de
> consonnes et de voyelles au sol et dans
> le ciel, une nuée de 'mi', de 'fa' et de
> 'sol'. Parce qu'être là, c'est un devoir.
> Un simple devoir de mémoire. Un devoir de
> crier, murmurer ou implorer : Où est la
> vérité, où est le cœur de l'histoire ?

Respiration de l'auteur, vibration des cordes, puis il reprit son texte avec force.

> Il y a l'histoire dans l'histoire dans
> l'Histoire…
>
> L'Amérique pleure ses morts, le monde est
> à son chevet, communion des âmes,
> communion des larmes. Douleur
> universelle, lorsque l'histoire se fige,
> une sidération saisit le tube cathodique

---

[106] Film de Steven Spielberg, sur la Seconde Guerre mondiale et sur les contradictions d'un industriel allemand qui sauve des juifs de la déportation.

et 'uppercute' les consciences.
L'histoire en majuscules.

D'un massacre à l'autre, la sauvagerie de l'homme. Cette musique tissait le lien entre deux abominations. La sauvagerie de l'homme. L'ignorance des hommes.

Il y a l'histoire dans l'histoire dans l'Histoire...

Les poupées gigognes grimacent et s'agitent, un tourbillon de minuscules. Laquelle est la bonne ? Laquelle faut-il saisir pour comprendre l'impensable ? La grosse joufflue qui réunit les autres et cache en son sein l'essentiel ? Ventre démesuré, masque de peine. Jusqu'où aller pour restituer ce cri, ce Munch[107] que des fous ont dessiné dans un ciel azur.

Il y a l'histoire dans l'histoire dans l'Histoire...

Ou alors est-ce la minuscule ? Une parmi des milliers. Un destin brisé, un corps déchiqueté dans l'effondrement du symbole. Ces deux tours, cercueils aberrants d'une conscience qui s'effondre, tombes à ciel ouvert et poussière d'hommes.

Il y a l'histoire dans l'histoire dans l'Histoire...

Et toutes les autres poupées, chacune avec son regard, son histoire, son désespoir. Elles hurlent dans toutes les langues, une vision, une explication, une douleur et mille questions, une vengeance ou un pardon.

Il y a l'histoire dans l'histoire dans l'Histoire...

L'homme de raison voudrait baisser les bras, trop de poupées, trop de désespoir.

---

[107] Edvard Munch, peintre norvégien. Son célèbre tableau *Le Cri* fait partie du cycle *La Frise de la Vie*, dans lequel il traite de la vie, de l'amour, de la peur et de la mort.

Le chroniqueur, celui dont le métier est de partager un regard sur le monde est pris de vertige.

Modulation grave, de plus en plus grave, sa voix s'était brisée sur la dernière phrase. Il reprit sa respiration et poursuivit la lecture. Une voix lancinante. Une voix de colère et de regrets infinis.

Des milliers de poupées aux visages grimaçants, comment choisir sans trahir les autres, toutes les autres ? Comment restituer l'impensable, l'inimaginable ou l'inacceptable ? Les mots sont vides, décapités. De la petite à la grande histoire, les poupées gigognes s'imbriquent et s'emboîtent à l'infini, tellement dérisoires...

– Madame ? l'interpella à nouveau le douanier.

La femme passa le bout de ses doigts sur ses paupières, puis se dirigea vers la guérite. Formalités, documents, questions et réponses, une rafale de tampons, et :

– Suivant !

L'homme s'avança à son tour et déposa son passeport.

– Première fois au Maroc ?

– Oui.

– Vous êtes loin de chez vous.

– Lorsqu'on est Australien, tout est toujours loin.

L'officier parcourut les indications sur la fiche cartonnée, puis ouvrit le passeport.

– Tourisme ou travail ?

– Je ne sais pas.

Surpris, il releva la tête et observa le passager. Une barbe naissante, quelques ecchymoses et une coupure sur le front qu'une casquette couvrait en partie, l'homme avait ôté ses lunettes de soleil et ne cilla pas lorsqu'il planta son regard dans le sien.

– Un accident ?

– Je tombe souvent.

– Que faites-vous dans la vie ?

– Écrire, c'est du tourisme ou du travail ?

Le douanier réfléchit à la question, puis :

– Vous écrivez ? vous êtes écrivain ?

Il hocha la tête.

– Pas journaliste ?

– Pas journaliste.

– Et quel est le sujet de votre roman ?

– Une histoire de vengeance.

Un tampon, puis un autre, le douanier referma le passeport.

– L'histoire est déjà écrite ?

Il récupéra le document, le glissa dans la poche intérieure de sa veste, chaussa ses lunettes de soleil et esquissa un sourire :

– L'histoire, je dois la vivre avant de l'écrire…

FIN

Miami, le 7 avril 2020

Chers Lecteurs,

Et voilà ! Fin du premier volet ! C'était comment ? Un peu décoiffés sur la fin ? C'est ce que j'espère. Être décoiffé, c'est tellement bien. Parce que dans un monde qui asthmatise et qui se cherche un second souffle, un peu de vent, une brise ou une tempête, ça fait du bien.

Vous venez de terminer la lecture et avant de refermer le livre, avant de le poser sur votre table de nuit ou de l'enfouir au fond de votre sac, je profite de ce tête à tête pour vous adresser ces quelques lignes.

Des années à sauter d'une ville à l'autre, sur les terrasses de cafés ou confiné dans la moiteur de Miami, j'ai écrit sous tous les climats et ce que vous avez découvert n'est que le début. La suite s'annonce pétillante et je me réjouis déjà à l'idée de vous dévoiler la prochaine étape. Gabriel va encore trébucher. Parce qu'il tombe souvent, comme vous le savez. Tome II, puis tome III, l'histoire est en mouvement. Mais d'ici là, et ceci n'est pas une figure de style ou un bavardage d'écrivain, le temps de cette lecture, j'en suis tellement conscient, j'étais entre vos mains. Sur vos genoux, au bout de vos doigts, dans vos salons, sur un banc public, dans un avion ou dans un transport un peu plus commun, et je tenais à vous remercier de m'avoir accueilli chez vous. C'était un immense privilège de partager ces instants à vos côtés.

Et nous voilà. Fin du tome I, Gabriel s'est enfui et je me suis enfui avec lui. C'est lui qui décide ou c'est lui qui subit, l'histoire a pris le contrôle. Sur sa vie, sur la mienne, et le temps d'une lecture, sur la vôtre aussi. Et puisque Gabriel court, alors je cours aussi. Un autre décor, une autre atmosphère, d'autres continents et à la fin, secret espoir, vous décoiffer, toujours !

En attendant de vous rencontrer, le temps d'une signature dans une librairie ou d'un café sur une terrasse, je vous adresse un sourire.

Portez-vous bien, Madame. Portez-vous grand, Monsieur.

Sincèrement à vous,

Yan Le Vernoy

www.ylv-ecrivain.com

www.ingramcontent.com/pod-product-compliance
Lightning Source LLC
Chambersburg PA
CBHW061506020726
47502CB00006B/1959